숨은 거인의 길

늙은 새는 낟알을 줍지 않는다

일송 윤덕선 선생 추모사업위원회 엮음

小花

젊은 시절 윤덕선 선생 내외

일송 윤덕선 선생과 가족들

한강 성심병원 개원식(1971)

동산 성심병원 개원식(1979)

성심복지회관 개원식(1992)

절친한 친구 이인민 선생과 함께(현 일본 大阪市 富浦外科醫院 院長)

강동 성심병원 이사장실에서

한림대학교에서 열렸던 일송 윤덕선 선생 고별식(1996. 3)

일송 윤덕선 선생 1주기 추도식(1997. 3. 10)

국가에서는 교육과 국가산업 발전에 끼친 공로를 기리기 위해 (일송 윤덕선 선생 서거 후) 지난 96년 3월 14일 국민훈장 무궁화장을 추서했다.

숨은 거인의 길

늙은 새는 낟알을 줍지 않는다

차례

화보 / 3
발간사 / 14

1. 내 인생의 보람과 좌절 / 17

아버지에 대한 회상 • 어머니에 대한 회상 • 어린 시절의 추억 • 재수 시절
경성 의전 시절 • 첫 개업 • 두번째 개업 • 한국 전쟁과 피난의 시작
학질에 걸린 동생의 손목을 잡고 • 면도칼로 입천장을 가르고
뱀들을 깔고 자다 • 총살의 위기를 넘기고 • 인민군 유치장에서
가족들과의 상봉 • 끝없는 잔인성 • 30여 명의 식구가 한집에서
백 병원 재건 • 화물선 타고 미국으로 • 귀국과 가톨릭의대 운영
가톨릭의대의 질서를 잡고 • 성모병원의 중흥 • 자리잡은 가톨릭의대
독일에 가서 원조를 요청 • 미국에 가서 원조를 요청 • CMC 파문
필동 성심병원의 개원 • 한강 성심병원의 설립 • 배신과 재기의 신념
자화상(1) • 자화상(2) • 삶의 보람

2. 역사와 민족 / 77

나의 역사관 • 근대와 미래 • 민족의 장래 • 민족의 재도약
민족 자존의 회복 • 애국심과 국가 발전 • 참된 애국자
그래도 희망있는 나라 • 정신대 문제의 해법 • 세계사의 흐름과 북한
마르크스주의의 오류와 북한 • 북한의 핵개발 • 남북회담 무방
통일 한국의 세계사적 역할 • 노동 개혁과 통일 • 통일 시기의 경제 개혁
통일에 대비한 토지 개혁 • 통일 한반도의 국토 계획
통일을 위한 사회 개혁 • 50년 전 일본인 학생들과의 해후

3. 변화하는 세계 / 115

국제화 시대의 새로운 덕목 • 지구촌 시대와 우리의 살길 • 정보화 사회
국제 판도 변화와 한국의 대응 • 서구와 아시아의 차이
유럽의 복지 국가 • 아시아의 과거와 미래 • 아시아의 두 블록
EC 통합이 우리에게 주는 교훈 • UN의 전쟁 억제 • 실패한 사회주의
사회주의 실패의 원인 • 고르바초프의 공적 • 러시아의 비극
소련 붕괴 이후 • 냉전 종식 • 일본의 이중성 • 일본 비판 • 일본인의 약점
일본에서 배울 점 • 일본, 경제 동물 유감 • 진정한 극일의 길
중국의 명암 • 중국의 지방 분권 • 중국에서 배울 점 • 미국에서 배울 점

4. 사회 변화와 국가 개혁 / 177

신사고와 대변혁 • 대개혁의 주요 과제 • 문화와 의식의 개혁
국가 개혁의 비전 • 권위주의의 잔재 극복 • 자유민주주의의 발전
문민정부의 개혁 과제 • 권력 • 정치와 지도자 • 지도자의 자질
지도자가 할 일 • 존경받는 지도자가 필요하다 • 애국심 있는 지도자
차기 대통령에 대한 기대 • 대통령 선거 유감 • 대도무문 • 정치인의 자질
국회의원의 자질 개선 • 파벌주의의 극복 • 문민 시대의 야당에 바란다
한심한 매스컴—14대 총선 전날 쓴다 • 매스 미디어의 참된 역할
언론 매체에 바라는 것 • 민주주의와 매스컴 개혁 • 민주화와 지방자치
관료주의 • 사회악 • 깨끗한 정부 • 깨끗한 정부 건설의 과제 • 탈국가 사상
세대 차이 • 정보화 사회와 신바람 • 사회복지 • 최고 관리자
한국 기업의 난관 극복 • 기술 도약 • 기술 입국과 규제 개혁
노동 운동 개혁 • 의대 증설 반대 • 1993년, 이제 새롭게 태어나자

5. 교육 / 245

가정 교육 • 자녀 교육 • 부모의 자식 교육 • 청결과 질서 • 타율적 교육 유감
교육의 핵심 • 자유의 한계 • 대입 혁명 • 대학의 본분 • 대학의 사명
교양 교육 • 대학의 여건 개선 • 대학 신입생에게
젊은이들이여, 잠에서 깨어나라 • 교수 연구 평가제 • 한림대 발전 구상
총장 선출 • 숨은 거인의 역할 • 96학년도 한림대학 입학식에 즈음하여
한국인의 특징 • 인격 형성을 위한 교육 방향 • 젊은 세대들

6. 생명 · 인간 · 종교 / 283

생명의 가치 • 지구는 살아 있다 • 지구의 환경 오염 • 환경의 문제
물질 문명과 공해 • 빈대, 벼룩, 공해 • 전쟁과 인간 • 더불어 살아야 한다
자연의 기와 인체의 기 • 인체 리듬 • 인간 생명의 존엄성 • 성 • 의학과 예술
과학은 인류에게 무엇을 줄 것인가 • 과학 기술의 발달과 그 부작용
과학의 발전과 사회의 가치관 • 과학의 방법론 • 국가의 안전과 세계의 안전
과학과 종교의 화해 • 종교란 무엇인가 • 생명과 영혼
우리의 존재 자체가 기적이다 • 종교도 변해야 한다

7. 나의 경영 철학 / 339

직장, 직업, 기업 • 물욕의 허망성 • 정직과 물욕 • 오만한 졸부 • 돈과 힘
자립 정신 • 명예 • 닭의 해를 맞이하여 • 세 가지 희망 • 냉철한 반성
직책의 조건 • 기다리는 인내심 • 책임자의 자격 • 능력과 대우
즐거운 직장 생활 • 세상은 더불어 사는 곳 • 기업 성공의 조건 • 하면 된다

숨은 거인의 길

8. 인생을 사는 법 / 373

성찰 • 새해의 각오 • 할아버지와 손자 • 가정, 가족 • 아버지의 길
어머니의 길 • 문화인의 조건 • 소유에 관하여 • 소유와 존재 • 분수에 맞는 삶
향락 • 감정의 억제 • 솔직하자 • 정직은 평화 • 만남과 헤어짐 • 사귐
거지 근성 • 남을 사랑하라 • 신의 • 건강한 삶 • 신사고 • 우물 안의 개구리
독서에 힘을 써라 • 불행의 극복 • 항상 최선을 다하자 • 새로움을 살자

9. 관찰과 사색 / 429

물 • 산 • 설악산 • 닭 • 닭과 호박 • 술 • 멋 • 풍류 • 조화 • 젊음 • 대화 • 책
문화와 문명 • 문화 • 일본인의 친화력

10. 늙음과 죽음에 관한 명상 / 455

늙음의 징표들 • 늙어서의 고독 • 노인의 언어 예절 • 효도 관광
나이만 먹었다고 노인은 아니다 • 늙어서 해야 할 일
늙은 개는 공연히 짖지 않는다 • 늙은 새는 낟알을 줍지 않는다
노인의 처세술 • 노인의 힘찬 삶 • 노인과 신앙 • 죽음의 예견 • 전생의 세계
사후의 세계 • 육체적 이탈 체험 • 죽음의 준비 • 빈손으로 가는 인생
죽음을 앞둔 벗에게 • 죽기 전에 할 일 • 죽음 앞에서도 희망을
죽는 복 • 내가 죽으면

11. 우리 아버님, 우리 할아버지 / 485

숨은 거인의 길

一松의 文集을 發刊함에 즈음하여

늦가을 한기가 스며들기 시작한 어느 날 저녁 무렵, 나는 일송과 함께 차를 타고 가며 졸고 있었다. 강원도청 옆 네거리 부근이라고 기억한다. 차가 문득 서기에 나는 교통신호를 기다리는 것이겠거니 생각하며 그냥 졸고만 있었다. 그런데 차문 열리는 소리가 들리기에 지그시 눈을 가늘게 떠보았더니 일송이 길가에 남루한 옷을 걸치고 쭈그리고 앉아 있는 걸인에게 무엇인가를 쥐어주고 있는 것이 아닌가. 잠결에 나는 얼핏 사고라도 일어났나 놀란 얼굴을 하면서 왜 무슨 일이 생겼냐고 일송에게 물었더니, "아니 그저…"라는 대답이었다. 알고 보니 차는 교통신호를 기다리려고 선 것이 아니라, 일송이 그 걸인을 보고 그에게 도움을 주기 위하여 일부러 세웠던 것이다.

이 일화는 일송의 생활신조의 한 단면을 보여 주는 것이다. 여기서 짐작할 수 있듯이 일송은 확고한 자기의 철학을 가지고 있었다. 그것은 그가 철저하게 믿던 천주교에 바탕을 둔 것이며, 현실적으로는 "베푸는 정신"으로 구체화되었다고 나는 짐작해 본다.

일송은 본업이 의사였다. 그러나 단순한 의술가의 경지를 뛰어넘어 인체의 치유에 그치지 않고 사회의 병폐를 치유하고, 나아가 사회의 행복과 평화에 기여하려는 큰 뜻을 품고 그것을 실천에 옮기는 데 헌신하였던 큰 인물이었다. 일송이 단순한 의료인에 그치지 않고 의료사업을 대대적으로 전개하여 우리나라에서 병원 경영의 귀재라는 세평을 받았거니와, 그 본래의 뜻은 국가와 민족에 또는 인류 사회에 베풂을 실현하기 위한 수단이요, 방법이었다고 나는 보았다. 일송이 신림종합복지관을 비롯하여 성심복지관을 설치 운영한 것은 바로 그 취지에서였으며, 또 나아가 한림대학교와 한림정보산업대학을 창립 경영한 것은 그렇게 하는 것이 나라와 인류에 베푸는 길이라는 그의 신조에 바탕을 둔 것임을 우리는 추리하기에 어렵지 않을 것이다. 일송은 훌륭한 경세가(經世家)였다. 그렇기에 미래를 내다보는 힘도 대단하였다. 이 책에 실린 일송의 글에서도 그러한 면모를 엿볼 수 있겠지만, 그는 자주 사회의 도덕적 혼탁함을 걱정하고 나라의 나아갈 길을 의미심장하게 논하곤 하였다. 그리고 내가 보기에는 그 논조의 모두가 문제의 정곡을 찌르는 것이었다.

학교 경영에서도 그러하였다. 한림대학의 교시(校是)를 구상함에 있어서 일송은 자기의 철학을 거기에 담으려고 많은 주문을 나에게 하였거니와, 그의 미래에 대한 통찰력도 대단하였다. 지금 생각하면 당연한 것이라고 생각하겠지만, 1982년 그 당시 이미 일송은 영어회화와 컴퓨터 교육의 철저를 강조하였으며 체력의 함양을 역설하였다. 영어회화 교육의 강화를 위하여는 외국인을 위한 영어 교육을 전공한 미국인을 여러 사람 초빙하는 등 많은 힘을 쏟았다.

또한 일송은 뛰어난 문장가요, 웅변가였다. 그리고 그 문장과 웅변에는 일송다운 사상이 깔려 있었다. 그의 사상을 바탕으로 한 문장의 탁월함은 이 문집에 실린 그의 유고(遺稿)에서 충분히 음미할 수 있지만, 그가 꾸밈 없는 웅변가였다는 사실은 일송이 생전에 입학식·졸업식 등에서 한 치사를 들은 사람들은 모두 느꼈으리라고 생각된다.

어떻든 이제 여기에 일송이 생전에 발표하였거나 글로만 남겨 놓은 많은 원고들을 모아 한 권의 책으로 묶어 세상에 내놓게 된 것은 비록 유명을 달리하기는 하였지만 일송이라는 인물 자체를 알고 그의 생애의 발자취를 살펴보는 데 대단히 뜻깊은 일이다. 그가 남겨 놓은 글에는 오늘을 사는 우리에게 많은 지혜를 던져주는 한편, 한림대학의 교육 이념과 방향을 제시하고 있어, 오늘의 우리에게 시사하는 바가 크리라고 확신한다.

끝으로 여기저기에 흩어져 있는 일송의 원고를 수집하고, 또 경우에 따라서는 난필(亂筆)에 가까운 필적을 해독하여 정리하느라고 편집에 노고를 아끼지 않은 차흥봉(車興奉) · 전신재(全信宰) · 성경륭(成炅隆) 세 교수를 비롯한 많은 분들과 출판사의 관계자 여러분들의 수고에 깊은 감사를 드린다.

2001년 3월
一松 尹德善 先生 追慕事業委員會
위원장 玄勝鍾

숨은 거인의 길

1. 내인생의 보람과 좌절

우리 7남매가 부모님 모시고 무척 단란하고
평화스럽게 산 가정이었음을 기억한다 ….
삶의 참된 행복은 물질의 풍요라는 척도만으로 잴 수는 없다.
단란한 가정, 아마 그런 것들이 옛 추억이어서
유달리 행복했던 것으로 느껴지는지…

아버지에 대한 회상

　나의 부모는 아주 건실한 생활을 해왔다. 32세 때 부친이 귀성 염전의 기관실에 오시기 전 진남포에서 사실 때에는 그곳 제련소에 근무하시면서 당시 엔지니어라 할 수 있는 직책인지는 몰라도 기계를 다룰 줄 아는 기술자여서 수입도 꽤 좋았다고 한다. 쇠고기 한 근에 5전일 때 월급 50원을 받았다니 굉장한 봉급자였고, 체격이 좋을 때라 힘도 장사고 엄청나게 술도 많이 마셨으며 부두 노조의 주먹으로 패싸움의 선두에 서셨다고 한다.

　부두 노조끼리 몇백 명씩 맞붙은 싸움의 선두에 서서 윤 방지거(부친의 세례명) 나온다 하면 상대편 쌈패들이 모조리 도망갔다고 한다. 힘이 얼마나 셌던지 한 번은 일본 헌병에 끌려가는 중에 일본 헌병의 귀를 찢어놓아 질겁을 하고 도망쳤다는 이야기도 있다. 삐죽삐죽 나온 콘크리트벽의 철근을 한 손으로 새끼 꼬듯 꼬는 일이 보통이었다니 그 힘을 알아볼 만하다. 한 번은 밤에 창문으로 구멍을 뚫고 안에서 잠긴 문고리를 빼려는 도적이 있었는데, 안으로 들여놓은 그 손을 방안에서 꺾어 놓으니 비명을 지르고 도적은 도망쳐 버렸다는 것이다. 이러한 일화는 셋째 삼촌[三淳]이 전해 주어 들은 이야기이고, 부친한테는 한 번도 들은 적이 없다. 아버님 계시는 데서 삼촌이 이런 말을 하셔도, 아버님은 그냥 모르는 척하시거나 씨익 웃기나 하시는 분이었다. 원래 말씀이 없으셨다고 한다. 하루는 어머님께 "당신은 밤낮 꿈이야기를 하는데, 그 꿈이라는 게 도대체 뭐요?"라고 물으신 적이 있다고 한다. 아버님께선 평생 꿈이라고는 꾸어 보신 적이 없다고 한다. 진남포에서 돈을 잘 벌어 그렇게 술을 많이 마시면서도 집에는 생활비라고 한푼도 갖다 주는 일이 없으니, 어머님은 먹고살기 위해 구멍가게를 해서 생계를 꾸려 가셨다고 늘 푸념을 하시곤 했다.

　그러시던 분이 32살에 마음을 작정하고 술을 딱 끊다시피 하여 귀성 염전으로 오시면서 독실한 신앙 생활을 하셨고, 월급을 받으면 저축했다가 연말에 나오는 상여금과 합쳐서 그 동안 외상졌던 것을 다 갚고―그 당시는 병원 진료비와 물건 값들에는 다 외상 통장이 있어서 연말에 한꺼번에 상계하는 일이 많았다―남은 돈으로 전답을 사곤 하셨다. 가을에 추수할 때 소작농이 소달구지에 추수한 볏섬을 싣고 오면, 일꾼 둘이나 셋이 끙끙거리며 등에 져 나르는 볏섬을 양손에 한 섬씩 거뜬히 들어다 놓는 것을 보고 아버지는 참 장사구나 하고 감탄하던 일이 지금도 눈에 선하다.

부친은 워낙 말재주도 없고 글을 읽어도 유창하지 못하지만, 그의 굳은 신앙심과 정성은 많은 사람들을 천주교로 이끌었다. 내가 자란 고향은 광양만(평남 용강군 금곡면 우등리)에 있는 약 700호가 사는 작은 마을이었다. 이런 작은 마을에서 부친이 혼자 힘으로 약 500명을 신자(영세자)로 만들었으니, 그의 감화력은 참 대단하였다. 그렇게 말주변도 없으시면서 어떻게 그런 일을 해내실 수 있었는지 지금도 하느님의 도우심이었으리라고 혼자 생각하곤 한다.

8 · 15 해방이 되자 동네 청년들은 모조리 공산당이 되었다. 나는 부모님만 남겨 놓고 가족과 함께 배를 몰래 타고 월남하였다. 이때 마을 청년들이 서로 힘을 합쳐서 야밤에 보안대 몰래 짐을 날라 주고 우리 식구들을 배까지 태워 주어 무사히 월남할 수 있었던 것이다. 이것도 다 부모님의 평소의 덕이었다. 참으로 덕이 많은 분, 이런 분을 후덕한 사람이라고 할 것이다.

부친은 심한 해소병에 고생을 많이 하셨다. 특히 추운 겨울에는 대단했다. 기관지 확장증이었다. 병연이 작으면 수술을 했겠지만, 원체 부위가 넓어서 폐절제도 불가능하였다. 그런데 아버님은 담배를 매우 좋아하셨다. 내가 담배를 피우시지 말라고 너무 성화를 하므로 내가 있는 데서는 담배를 피우시지 않았으나 몰래 피우셨다. 대문 밖에서 서성거리시며 담배를 피우시다가 일찍 퇴근하는 내게 들키면 무척이나 당황하시곤 했다.

아버님이 돌아가시기 3~4년 전 뇌혈전으로 오른쪽 반신을 쓰지 못하셔서 자리에 누워 계실 때, 어머님이 아버님의 대소사를 받아 시중드셨다. 누워 계시면서도 담배가 그렇게 피우고 싶으셨던 모양이다. 어머님이 몰래 담배를 사다가 아무도 없을 때에는 피우게 하시는 것을 알고 있어 때때로 어머님께 싫은 소리도 하곤 했다. 그러나 부친이 89세에 세상을 떠나셨을 때, 내가 후회의 눈물을 흘린 것은 왜 살아 계시는 동안 그렇게 좋아하시던 담배를 피우시지 못하게 했을까 하는 자책감에서였으리라. 아버님께서 담배를 피우시다가 아들한테 들킬까봐 불안해 하시게 한 나의 불효가 이다지도 눈물을 흘려 후회하게 하였고, 죽은 시신을 붙잡고 통곡하게 하였다. 담배가 몸에 해롭지만 얼마 남지 않은 인생에 그 즐거움도 드리지 못했으니 말이다.

돌아가시기 전날 아버님이 몹시 숨이 차셔서 이제 돌아가시나 보다 하고 병원 마취과 과장을 오라고 해서 기관을 깨끗이 청소하고 산소호흡을 해드리니 한결 편안해 하셨다. 돌아가시려나 보다 하고 형제들이 다 왔었는데, 호전이 되어 안심하고 돌아들 갔다. 다음 다음날 새벽 평소에 없던 4시 반쯤 잠이 깼다. 일어나서 부친 침실에 갔더니 아버님은 잠이 깨어 계셨고, 혈압을 쟀더니 100/70으로 평상시보다 조금 낮은 편이었다. "아버님 괜찮으세요?" 하고 물었더니, 아주 편안하신 투로 빙그레 웃으시면서 "기운이 없어." 하셨다. 한 10분 후 다시 혈압을 쟀더니, 80으로 떨어졌다. "아버님" 하고 소리치면 눈을 뜨시는 것 같았는데, 한 20분 후에 운명하셨다. 이 무슨 조화일까? 내가 왜 평소에 없던 일로 새벽잠을 깼고, 부친의 임종 곁을 지킬 수 있었는가? 아무래도 아버님이 운명하시려고 나를 깨우셨던 모양이다.

부친은 나에게 많은 교훈을 주셨다. 그에게 배운 것은 첫째로 과묵하시다는 것이다. 필요없는 말을 하시지 않았다. 둘째, 아버님같이 부지런하신 분이 없다. 셋째, 아버님은 형제간의 우애가 그렇게 두터울 수가 없었다. 삼촌들이 더러 마음에 들지 않는 짓을 해도 타이르고, 열 번 스무 번 청하는 도움을 거절하시는 일이 없으셨다. 넷째, 그의 신앙심은 인생의 힘이 되고 있었다.

이제 그분이 가시고 10여 년이 지나 내가 갈 때가 다가오고 있다. 인생을 마감하기 전에 나를 낳아 기르신 부모님에 관한 글을 꼭 남겨야겠다고 생각해서 이런 글을 적어 보았다.

〈1992. 4. 25〉

어머니에 대한 회상

어머님은 98세에 타계하셨으니 꽤 오래 사신 분이다. 부친이 별세한 지 11년 만에 돌아가셨다. 아버님이 돌아가시고 친구들도 다 타계하니 무척 외로워하셨으며, 손자들을 붙잡고 옛날 살던 이야기를 되풀이하셨다. 특히 10살 나이의 지나간 일들을 소상히 기억하시고, 했던 이야기를 되풀이해서 하시곤 했다. 그래서 어떤 손자·손녀는 할머니가 이야기를 시작하면 먼저 앞질러 이야기해 버려 할머니를 멋쩍게 하는 일도 있었고, 또 어떤 손녀들은 몇십 번 들은 이야기도 꾹 참고 새롭게 듣는 이야기처럼 맞장구를 치며 잘 들어주기도 했다.

어머님은 참으로 자상한 분이셨다. 한마디로 살림꾼이시다. 어머님이 담그신 김장·고추장은 우리 집안의 자랑일 뿐 아니라 자손들이 물려받은 좋은 유산이다. 무엇이든 아끼고 검소하게 사신 일생이다. 마음이 섬세하시기 때문에 아버님에게 푸념하시는 일이 아마 유일한 낙이었는지 모른다. 어머님은 아버님을 하늘같이 섬겼다. 또 자식들에게 아버님은 하늘같이 섬기도록 항상 가르쳐 주셨다. 아버님 밥상은 꼭 따로 차려 드리셨고, 물론 반찬들도 우리 식구들 먹는 것과는 판이하다. 간혹 가다가 나의 형제 7남매 중 내가 장남이어서 그런지, 나만이 아버님 밥상에 붙어서 먹을 수 있게 허락해 주시는 때도 있었다. 그러나 식구들이 바라보기만 하고 평소 먹을 생각을 못하는 계란찜·쇠고기 장조림 등에는 침을 삼키면서도 젓가락이 가지를 않았다. 혹시 아버님이 다 잡수시고 남겼다 해도 감히 그런 음식에는 손을 대지 못했다.

어머님은 워낙 부지런하셨다. 우물에서 물을 길어 오시는 일부터 청소·설거지·마당일이나 소·돼지 키우는 일 할 것 없이 혼자 다 하셨다. 나의 누님이 어머님의 일을 거들어 주면서 일을 많이 배웠다. 어머님은 12남매를 낳으셨는데, 다섯은 죽고 나의 위로 누님 한 분에 3남 4녀를 키우셨다. 애를 하도 잘 낳고 쉽게 낳으셔서, 나도 어렸을 때 어머님이 부엌 아궁이 앞에서 애를 낳아 가지고 들어오시는 것을 본 기억이 난다.

옛날 어른들은 다 그러셨지만 자식 사랑이 지극하셨다. 그러나 워낙 미개한 시대여서 실수도 더러 하셨다. 내 누이동생(밑으로 두번째)이 세 살 때 홍역을 앓았는데, 홍역 후 안질(결막염)이 생겼다. 어디서 들으셨는지 파리 대가리를 짓이겨 피를 낸 것과 녹슨 엽전을 갈아서 나온 물을 섞어 눈에 넣으면 좋다고 해서 그런 약을 쓰셨다. 눈병이 더 악화되어 자동차로도 한 시간 거리(50리)나 되는 진남포의 김안과라는 병원에 매일 우는 동생을 업고 다녔던 일이 생각난다. 결국 그때의 우매한 치료가 평생 눈을 나쁘게 만들어 버리고 말았으니, 이제 어머님 계시지 않은 이때 내가 동생한테 죄를 지은 것 같은 생각이 들 때가 한두 번이 아니다. 그냥 불쌍해 보이기만 할 뿐이다.

우리 집 뒤뜰에는 우물이 있었다. 내 막내 누이동생은 고집이 어렸을 때부터 세었다. 말을 듣지 않는다고 어머님은 막내를 거꾸로 들고 우물 속에 집어넣겠으니 잘못했다고 하라고 야단을 치고 계셨다. '어디 저 고집쟁이가 항

윤덕선 박사의 부친과 모친(1970년대 초)

복하나 보자'하고 바라보고 있는데, 누이동생은 끝내 항복을 하지 않았다. 할 수 없이 도로 우물에서 끌어내면서 "아이구 이 못난이를 어쩌나?"하고 한숨짓는 어머님이 아직도 눈에 선한데, 노후에 어머님에게 제일 효도한 것은 막내 누이동생이다. '어머님의 매와 욕, 그것이 곧 사랑이구나'하고 늙어 가면서 생각하게 된다.

아주 깨끗이 늙으셨는데, 돌아가시기 2~3년 전부터 잠을 못 주무시면서 헛소리를 자꾸 하셨다. 더욱이 아버님과 대화도 하시고 대소변도 가누지 못하셨다. 욕창도 심해서 아주 힘이 드시겠는데도 아픈 줄도 모르셨다. 하도 잠을 못 주무시니까 내 막내 누이동생(소아과 의사)이 집사람과 둘이서 발륨(valium) 5mg(이 분량은 소아용 정도)을 주사했다가 픽 하고 쓰러지시는 것을 보고 너무 놀라서 혼이 난 다음부터는 절대 주사를 안 놓겠다고 한 일도 있었다.

〈1992. 4. 26〉

어린 시절의 추억

나는 보통학교(지금의 초등학교) 다닐 때의 생각을 하면 많은 것을 느끼게 된다. 3학년까지는 고무신도 신지 못했고, 학교 졸업을 할 때까지 이밥(쌀밥)이라고는 정월 초하루 아침 한 끼 정도였다. 항상 우리 집에서는 상반밥이라고 해서 쌀 조금과 좁쌀·팥 세 가지를 섞어서 만든 밥이 상식(常食)이었고, 특별한 날에 이밥에 좁쌀을 약간 섞은 것을 먹었다. 나는 상반밥이 제일 좋았다. 반찬은 김치와 고추장이 어느 끼건 쭉 있었고, 때때로 망둥이 군 것 아니면 찐 것, 갈치 절인 것을 찐 것, 조갯국 등이다. 고향이 서해 지방이라 해산물을 비교적 많이 먹었다. 일 년에 몇 차례 돼지 내포(내장) 끓인 것, 또는 한두 번은 스키야키(쇠고기 전골)도 해먹었다. 어머님의 김치와 고추장 솜씨가 보통이 아니어서 그것만 있으면 그만이었다.

학교 다닐 때 도시락도 반찬은 김치와 고추장이었다. 간식이라고는 고구마 찐 것, 옥수수 등을 철이 되면 먹을 수 있었고, 또 사과의 명산지가 되어 과일을 자주 먹었다. 옷은 한복 바지저고리와 검은 두루마기였으며, 버선에 대님(다리매기)을 매고 고무신을 신고 자랐다. 아버님이 냉면을 좋아하셔서 저녁 일찍 들어오시면 때때로 자전거 뒤에 태우고 건너 마을 국숫집까지 가서 냉면을 사주셔서 먹기도 하고, 때로는 국숫집에서 사리를 사 오시면 집에서 동티미(동치미) 국물에 말아서 맛있게 먹기도 했다.

우리 집은 어렸을 때 초가였다. 나중에는 함석집 2층으로 가게도 있는 꽤 큰 집에서 살았다. 뒤뜰이 넓어서 소·돼지·닭들을 키웠는데, 바지런하신 어머님이 부지런한 누님과 함께 잘 꾸려 나갔다.

나는 학교 갔다오면 우선 해야 할 일이 당시에는 전기가 없어서 석유 등잔의 남포등(lamp) 등피에 입김을 불어 종이(주로 신문지)로 닦고 등잔 심지 탄 끝을 자르고 석유를 넣는 것이었다. 애들과는 씨름하기·제기차기·썰매타기, 새끼로 공을 둥글게 만들어 축구하기 등을 자주 즐겼다. 우리 집은 그래도 아루마을(동네)에서는 중상에 속하는 가정이었고, 우리 7남매가 부모님 모시고 무척 단란하고 평화스럽게 산 가정이었음을 기억한다. 내가 이런 글을 쓰는 것은 그 당시 우리 가정의 행복과 지금의 우리 생활과 행복감을 비교해 보는 때가 있기 때문이다. 사실 모든 것이 풍요로운 지금보다 옛날 내가 자랄 때 우리 가정의 부모·형제들처럼 살던 행복이 더욱 좋아 보인다.

북한은 경제 발전을 못해 옛날 내가 어려서 자랄 때와 같은 식생활밖에 못한다고 하지만, 사실 물질적으로 비교적 풍요로운 남한 생활이 북한보다 정말 행복한 것인가 고개를 갸우뚱하기도 한다. 못 먹고 헐벗으며 살아도 행복하면 되는 것이다. 삶의 참된 행복은 물질의 풍요라는 척도만으로 잴 수는 없다. 단란한 가정, 아마 그런 것들이 옛 추억이어서 유달리 행복스러웠던 것으로 느껴지는지는 모르겠으나, 인간의 행복이 어디에 있는지 다시 한 번 깊이 생각해 볼 수 있을 것 같다.

〈1992. 4. 27〉

재수 시절

평생을 살아오면서 몇 번의 좌절을 겪었다. 그 가운데 평고(平高)를 졸업하고 경성 의전의 입시에 낙방한 것이 첫번째 좌절이다. 너무 자신만만했던 교만한 마음을 하느님이 나에게 경고하기 위해서였다고 지금도 생각한다. 경성 의전의 입시 결과가 발표되기 전에 평양 의전 입시가 3차여서 응시했다. 당시 평고생들에게는 평양 의전은 그리 높이 평가받는 곳이 아니었다. 그뿐 아니라 나의 평고 때 실력도 있었고 경성 의전 입시에는 자신감이 있어 경솔하게 이미 합격된 것으로 알았다. 그래서 평양 의전 입시에서는 사실 되는 대로 치렀다. 더욱이 국시 때 평고 배속 장교였던 사람이 평양 의전의 배속 장교로 있으면서 구두 시험관이었는데, 이 사람이 일본과 미국이 전쟁하면 누가 이길 것 같으냐는 유치한 질문을 했다. 아마 그는 "일본이 절대적으로 승리한다. 왜냐하면 일본은 대화혼(大和魂)이라는 정신으로 무장되어 있기 때문이다"라는 대답을 유도하려 했던 같았는데, 나는 엉뚱하게도 "그거야 전쟁을 해봐야 알지, 아직 전쟁을 시작도 안했는데 그걸 어떻게 압니까?" 하고 답변했다. 이 사람[野展大佐]이 "그것이 너의 정답이냐?"고 반문하더니 나가라고 한다. 이처럼 내가 평양 의전의 입시에 진지성이 없었던 것은 내 스스로 경성 의전의 합격을 따 놓은 당상으로 자부한 오만 때문이었음을 지금도 생각하며, 항상 이 일이 나에게 경각심을 일깨워 준다. 구두 시험을 치르고 나와서 친구들과 구두 시험의 내용을 떠들고 있는데, 한 친구가 경성 의전의 합격자 발표가 있었다면서 나의 낙방을 알려 주었다. 우리 졸업반에선 한 명도 경성 의전에 합격한 자가 없었다.

그때 나의 부끄러움이란 이루 말할 수 없었으며, 나의 경솔과 교만이 나를 억눌러 왔다. 고향에 와서 부모님께 머리숙여 나의 낙방을 고백하고 잘못을 빌었다. 그러나 그때 나에게는 유별난 좌절감이나 낙심천만의 생각은 거의 없었고, 이제 시험에 재도전해서 명예회복하자는 생각부터 했다. 나는 이제부터 모든 시작을 다시 할 것이다. 어디 취직하기보다 무엇인가 해야지 하며 혼자 생각했다. 그때 고향에서 부친이 염전 기관의 책임자로 계시면서 봉급 생활을 했지만, 집을 개축해서 우리 마을(약 700호)에서 팬찮은 2층집을 지었다. 또 길가에 큰 가겟방도 있어서 조그마한 잡화상을 어머니가 누님과 함께 하고 있었다. 그러나 그것은 생계를 마련할 정도로 본격적인 장사는 아니었다. 나는 아버님께 말씀드려 자전거 뒤에 잡화를 싣고 염전을 돌면서 염부들에게 수건 · 장갑 · 양말 · 신발 · 비누 · 치약 등을 파는 행상을 시작하였다.

우선 매일 새벽같이 일어나 페달을 밟으니 운동이 되고, 하루 종일 돌아다니면 잡념이 없어지고, 무엇보다도 빈둥빈둥 놀고먹지는 않는다고 자위도 할 수 있었다. 이렇게 해서 초가을이 되어 평양에 가서 재시(再試) 준비를 하라고 아버님이 말씀하셔서 평양에 갔다. 학교 때 일본어를 가르쳤던 와타나베(渡邊)라는 선생이 자기 집에 와 있으라고 했지만, 사양하고 재수하는 낭인(당시 그렇게 호칭) 친구들이 하숙하는 집을 찾아 한 달쯤 동숙하며 도서관을 다녔다. 그런데 나의 생리상 타락할 것 같아서 다시 고향에 와 한두 달 혼자 공부하다가 입시를 한두 달 앞두고 서울로 왔다. 역시 보수 학교(補修學校 : 당시 제일 고보인 경기 또는 보인 상업 등에 부설된 재수 과정 학교)에 다니는 낭인 친구들이 하숙하는 집에 들어가 열심히 공부했다. 이들은 모두 담배를 피우고 술을 마셨으나, 저녁이면 서로 어려운 시험 문제를 내서 풀기내기를 하는 등 꽤 공부에 열을 올렸다.

이때 나는 심한 기침을 해가면서 변소에 가서 열심히 노력하여 담배를 배웠고, 그것 때문에 후년에 심한 골초(heavy smoker)가 되기도 했다. 여하간 이때 하숙 생활이 효과가 있어서 경성 의전의 입시에 합격을 했고, 그때 2차인 평양 의전을 일부러 보지 않았다. 또 떨어지면 진학을 포기하겠다는 생각이 있었기 때문이다.

지금 생각해 보면 이때 나의 재수(낭인 생활)가 인생의 첫번째 좌절이었으나, 많은 경험을 하게 했다. 사회도 경험해 보았고, 세상살이의 힘든 것과 부모님의 은덕도 알게 되었고, 술과 담배도 배우면서 새로운 친구들을 만나 많은 것을 경험하고 생각하게 해주었다. 그래서 이 좌절은 나의 인생 과정에 보탬이 되는 과정이지 결코 실의의 과정은 아니었음을 실감케 해주고 있다.

〈1992. 5. 30〉

경성 의전 시절

나는 경성 의전을 1942년 9월에 졸업했다. 일정 때 그 당시 경성 의전과 대만의 대북 의전(후에 대북국립대학교)만이 후생성에서 직접 관장하는 관립 전(官立專)이어서 수업료도 아주 저렴하였다. 당시 일본은 태평양 전쟁이 확대되면서 군의 인력(軍醫人力)이 태부족이어서 의전 교육을 3년으로 단축하였으나, 학교 수업은 매일 8시간씩 토요일까지 하고 방학을 단축하는 형편이었다. 이렇게 해서 4년 교육을 다 채운 셈이었다. 당시에 일본에서는 고등학교(3년) 졸업 후 대학에 진학하고 한국에서는 예과(2~3년) 수료 후 대학에 진학하는 제도였으며, 의학 교육 기간은 전문 학교나 대학은 예과를 포함하여 4년 똑같았다.

예과에는 의학 교육은 전혀 없었고, 일반 교양 교육과 자연과학 교육으로서의 의전 과정이 있었다. 나는 전문 학교에 들어왔기 때문에 일반 교양 과목에서는 대학 수업자보다 뒤떨어짐을 알고 있었다. 그래서 그 당시 법과·문과·상과 등을 다니는 동급생들과 방학 때 만나서 그들이 공부하는 책을 구해서 열심히 읽으면서 대학 예과 교육을 독학으로 공부한다는 생각이었다. 자연히 의학 공부는 소홀히 하게 되어 학교 때 나의 성적은 썩 좋은 편이 아니었다.

이제 의전을 졸업한 지 58년이 되어 일본인 동창생들을 만나 그중 한 사람이 쓴 과거 회고담을 읽으면서 옛날의 학생 모습이 되살아난다. 그는 4년 교육의 3년 단축으로 수업 시간이 늘고 학습량도 늘어 열심히 해야만 제대

경성 의전 조선인회(1941, 두번째줄 왼쪽에서 네 번째가 윤덕선 선생)

로 의학 교육을 받을 것임을 인식하고 열심히 공부했으며, 전쟁에 나갈 것을 대비하여 당시 의전에서의 군사 교련도 열심히 했다고 한다. 나는 이러한 회고담을 읽으면서 그 당시 젊은이의 가치관과 지금 학생들의 가치관 사이의 큰 차이를 읽을 수 있었다.

그때는 먼저 반미 교육이 시작되면서 중고교의 영어 교육이 축소되고, 의전에서의 영어 과목도 폐지되는 형편이었다. 당시 일본은 독일과 동맹 관계에 있었기 때문에 독일어 교육에 치중하였다. 그러나 일본에서는 중고교나 대학 교육에서 영어 교육에 변함없이 상당한 비중을 두어 후일 세계 속의 일본을 심을 준비를 하는 정신 상태였다.

요즘 우리나라의 대학 입시에서 일어를 배제한다는 말이 있다. 지금 세상이 무척 넓어졌는데도 그런 문제를 들고 나오는 국립 대학이 있다고 한다. 이러한 태도는 이해하기 힘들다. 아마도 일본어가 한국어와 유사점이 많다는 뜻이기도 하겠지만, 젊은 학생들 편에서 영어 · 독일어 학습의 난이도는 그리 큰 차이가 없다고 본다.

대학이나 학생이나 좀더 생각하는 관점을 달리했으면 한다.

〈1992. 5. 24〉

첫 개업

경성 의전을 졸업하고 백인제 외과병원에서 백인제 선생으로부터 외과 수련을 받은 지 2년 좀 남짓했는데, 일본 정부에서는 전쟁(태평양전쟁)이 한창이라 군의관이 모자라 수련 생활을 하는 의사도 모조리 군으로 징집해 갔다. 당시 나는 백인제 외과에서 봉급 생활을 하고 있었지만, 백 박사께서 경성 의전 부속병원 외과에 적을 두는 것이 좋다고 해서 그리했던 탓으로 군에 징집될 대상이었다. 개업의는 군에서 징집하지 않는다고 해서 많은 사람들이 개업을 하고 있었다.

나는 고향에서라도 개업할 준비를 하지 않으면 안되었다. 그러려면 결혼도 해야 한다고 해서 1944년 결혼을 했다. 나의 고향은 광양만(용강군 금곡면 우등리)인데, 여기서 부모님과 아주 가까운 김의현(金義鉉)이라는 경성 의전의 대선배가 오랫동안 개업하고 있었다. 여기서 또 병원을 한다는 것은 도리가 아니라 이분(나는 그를 작은아버지라 불렀다)과 상의했더니, 고향에서 약 20리 떨어진 용강 온천(용강군 해운면 온천리)이라는 곳이 좋다고 하기에 거기에 자리잡기로 하였다. 마침 일본인이 경영하는 여관 자리가 나서 이를 사기로 했다. 아버님이 주선해 주셔서 진남포 금융조합에서 일금 9천 원을 차용하여 집도 사고 기구도 장만했다. 내가 외과의이기 때문에 조그만 포터블 엑스레이(portable X-ray)도 하나 샀다. 그 밖의 기계들은 서울에서 백인제 박사와 거래가 있던 이오시야라는 의료기상에서 외상으로 샀다. 그런 후 개업을 했다. 이곳은 온천 지대이지만, 가까운 곳에 용강 비행장이라고 꽤 큰 군용 비행장이 건설되고 있었다. 이곳에 일본군에게 각지에서 근로보국대로 징집된 근로자들이 수천 명 일하고 있었다. 이 사람들을 상대로 일본인들과 아주 가까운 윤 모씨라는 사람이 개업해서 성업중이었다. 나는 환자 대상이 오로지 일반 시민들이어서 근로보국대 전문인 이분과는 조금도 경쟁 상대가 되지 못했고, 또 이분은 일본인 경찰관들과 가까워서 나 같은 사람은 안중에도 없었다. 그래서 나는 조용히 개업할 수 있었다.

개업하고 얼마 되지 않았는데, 어느 큰 집 독자인 네 살짜리 어린애가 농흉이라고 늑막에 고름이 괴는 병에 걸려서 생명이 위험했다. 진찰해 보니 누룩이 썩는 악취가 나는 고름이어서 수술을 권유했다. 이런 수술은 그리 힘든 것도 아니어서 마취를 하고(당시는 에테르로 마스크 마취를 했다) 갈비를 가르고 칼로 근막을 뚫었는데, 고름이 나오지 않는다. 아무리 주위를 후벼도, 바늘로 천자(穿刺)를 해도 고름이 나오지 않는다. 틀림없이 고름이 있는데 그 포켓을 찾을 수가 없다. 땀만 실컷 흘리고 큰 상처만 만들고 고름을 내지 못하니, 세상에 이런 실수가 없다. 애 아버지는 꽤 험악하게 생긴 사람인데, 말할 수 없는 모욕을 주면서 애를 살려 내라고 야단이다. 할 수 없이 일단 귀가시키고 매일 조석으로 방문해서 상처를 만져 주었다. 개업하자마자 이런 망신이 있을 수 없었다. 조그마한 부락에서 금방 소문이 났고, 윤 모씨라는 선배 의사는 나를 이만저만 조롱한 것이 아니다.

섣불리 개업했던 것도 후회되었고, 차라리 결혼이고 개업이고 다 그만두고 군대에나 끌려갔으면 좀더 의사 수련도 받았을 터인데 하고 후회와 좌절을 수없이 했다. 그러나 환자를 죽게 할 수는 없으니 매일 왕진을 다니는데, 하루는 애가 상처를 만지는데도 과히 울지 않아서 손으로 상처를 꽉 찔렀더니 누런 고름이 쏟아져 나왔다. 그 고름이 조그마한 대야로 하나가 되었다. 어떻게나 유쾌했는지 이루 말할 수가 없었다.

수술을 마치고 상처를 처치한 그날부터 어린애는 열도 내렸고, 밥도 잘 먹었고, 금세 회복이 되었다. 부모의 기쁨도 이만저만이 아니고, 나도 그 망신스런 꼴을 하고 다니지 않아도 되었다. 그렇다. 잠시의 실패로 좌절을 생각했으나, 강한 인내와 정성을 다하면 된다는 것을 배웠다. 열심히 환자를 보아 밤잠 설치는 것은 예사였다. 고향의 한창 추운 겨울에 ×× 끝이 떨어져 나가는 것과 같은 추위를 뚫고 말을 타고 시골 왕진도 다니면서 환자를 구해주었을 때의 기쁨과 보람은 잊혀지지가 않는다.

〈1992. 5. 31〉

두번째 개업

8월 17일(1945) 개업하고 있는 용강 온천에도 건국준비위원회가 결성되면서, 나는 거기의 후생 부장으로 선출되었으나 다음날 서울로 왔다. 백인제 선생을 찾아서 병원에 다시 근무하다가 백 선생께서 부모·처자를 다 데려오라고 하시기에 고향으로 갔다. 백 선생께서 부모님은 자기가 퇴계원에 과수원(배밭)이 있으니 거기 와 계시게 하고 나는 병원에서 근무하라고 하신다. 해방 후 당시 백인제 박사는 사회 주요 인물로 의료계뿐 아니라 각계의 지도급 인사로 꽤 바쁜 세월을 보내셨고, 병원은 동서인 김희규 박사가 맡아 관리하였다. 고향에 돌아와 보니 아주 사태가 달라졌다.

러시아 군대가 비행장을 접수한 후, 시골서 건달 노릇이나 하던 자들이 소련군과 밀착되어 적위대라는 무장 부대(10명이지만)까지 만들어 양민을 마구잡이로 유치장에 처넣고 일본인들을 학살하는 만행들을 자행하였다. 이 지역 한국 공산당 두목은 김현묵이라는 전에 투전꾼에다 마약꾼인 자인데, 내 환자이기도 해서 안면이 좀 있었다. 여하간 이를 이용해서 병원을 사회 병원이라는 국가 소유로 팔아치우고 나머지 재산을 정리하면서 부모님에게 얼마 후 월남하실 때 가져오시게 한 나는 처자와 함께 몰래 통통배를 얻어 타고 인천에 왔다. 부모님은 나이 드신 분이니 우리처럼 위험하지는 않을 것으로 알았다. 또 고향에서는 아버님을 교회에서 모시던 청년들이 공산당이 되어서도 항상 나의 부모님을 나 이상 잘 공경해 오고 있었다. 내가 몰래 배를 타고 처자(큰자식만 있을 때다)와 함께 힘들이지 않고 월남할 수 있었던 것도 이 아버님 은덕을 입은 청년들이 도와주었기 때문이다.

월남해서 처자를 군자 염전이 있는 곳에 미리 와 있던 고향 사람 김의현 씨 집에 두고 나는 백인제 선생 병원에 잠깐 들렀다. 당시 혼란이 극에 달한 남한 일대의 사회상을 구경하려고 여행하게 되었는데, 마침 김의현 씨가 현재의 개업지(군자 염전)를 옮기고 싶다며 같이 다녀오자고 하기에 동행해서 각 지방을 구경하며 다녔다. 마침 충남 홍성에 들렀는데, 이분이 그곳에 개업할 마음이 있어 아는 사람에게 미리 부탁해 둔 집을 계약했다. 그 후 다시 여행을 하고 돌아와 보니, 오시겠다던 부모님은 오시지 않았다. 들리는 바에 의하면, 부모님께서는 월남하시던 중 해주에서 가지고 있던 돈 70만 원을 몽땅 빼앗기고 유치장 신세 며칠 지다가 다시 고향으로 가셨다는 소문이다. 얼마 있다 부모님은 누이동생들도 데리고 넘어오셨는데 빈털터리이시다. 자, 이제 나는 이 식구들을 어떻게든지 먹고살게 해야 한다고 다시 생각에 잠겼다. 그야말로 모든 것을 다 잃어 빈털터리가 되었다.

그러나 나는 후회하거나 실의에 빠지지는 않았다. 외과를 공부하겠다던 생각은 버리고 개업을 해야 먹고살 수 있는 형편이다. 김의현 씨보고 충남 홍성에 계약했던 집을 나에게 양보하라고 간청하니 쾌히 승낙했고, 계약금은 빚으로 생각해 훗날에 갚겠다고 약속했다. 이분은 시골 충남까지 가는 것보다 서울로 가는 것이 낫겠다는 생각이 들어 홍성의 집을 계약했던 것에 대해 후회하고 있었다고 하면서, 마침 잘됐다고 했다. 돈 한푼 없으니 할 수 없이 백인제 선생님을 찾아가 빚을 달라고 간청하니, 돈 5만 원을 즉석에서 주셨다. 이 돈은 후일(약 2년 내) 다 갚았지만, 이분들의 신세를 많이 졌다. 큰돈이 고향에서 부모님과 함께 온다는 기대 속에 여러 가지 꿈을 꾸던 당시에 빈털터리가 되면서 천주께서 주신 이 시련을 고맙게 이겨 나가야 한다는 생각뿐이었다.

6 · 25가 나면서 형제와 친척들이 다 맨주먹으로 몰려들자, 탄광 덕대 · 트

력 사업 등 별별 일에 다 손을 대다가 맨주먹으로 온 형제들을 먹여 살리려고 열심히 병원 일을 하였다. 곧 빚을 다 갚고 병원도 확장하여 약 79명의 입원 환자를 수용할 수 있게끔 컸다.

⟨1992. 6. 1⟩

한국 전쟁과 피난의 시작

충남 홍성은 1950년 당시 작은 농산물 집산지요, 지방 행정의 중심지였다. 비교적 조용하고 깨끗한 편이다. 어느 날 라디오에서 38선에서 전쟁이 터져 북한 인민군이 물밀듯이 탱크를 앞세우고 남하하고 있다고 한다. 곧 서울에 총성이 들리고 정부는 서울을 사수한다면서 후퇴하기 시작했다. 북한군이 6월 27일 벌써 서울에 진입했고, 국방군은 한강 다리를 폭파해서 북한군의 도강 남하를 막으려고 했다. 그러나 애꿎은 양민들만 전쟁터에 휩쓸려 서울을 탈출하지 못하게 되었다.

29일경 김종진(金宗珍) 군이(오류동에서 개업하고 있었는데) 부인과 애들을 데리고 도보로 홍성을 찾아왔다. 소식을 들으니, 서울에는 피난민들이 수없이 남쪽으로 피난길에 나섰다고 한다.

한 이틀 후, 옛날 나한테 늑막을 치료받고 건강해진 착실한 이동진(李東珍)이라는 젊은 농부가 홍북면에 살고 있어 아버님과 가족들을 모두 그 집에 맡겨놓았다. 그리고 나와 동생 부부, 병원 조수 홍흥서(洪興瑞) 군, 친구인 영진과 그의 동생 영선 군(당시 경기고생) 6명이 자전거 석 대에 나누어 타고 남하 피난길에 나섰다. 당시 어머님께서는 누이동생 둘을 데리고 서울에서 방을 얻어 공부를 시키고 계셨다.

첫날 장항에 도착해서 금강을 건너 김제에서 자야겠는데, 비가 촉촉하게 내려 어디 비를 피해 노숙이라도 해볼까 했다. 그러나 심지어 여관집 대문

밖 처마 밑에서도 자지 못하게 했다. 할 수 없이 천주 교회를 찾아가 사정했더니, 유치원이 비어 있다고 해서 그곳에서 하루 저녁을 잤다. 수중에 기백 원의 돈이 있어 고기 한 근 사다가 소주 한 병으로 피난길을 달랬다. 정읍에 당시 선배 김영섭(金永涉) 씨가 개업하고 있어 거기에 들러 일박하려 했다. 그러나 전쟁터에서 부상당해 몰려드는 전투 경찰대들을 밤새 수술해 주고는 한잠도 못 자고 새벽길을 또 떴다. 광주에 가서 김희달(金喜達) 군을 찾아 친척 집(교회 과수원에 있는 집)에서 2~3일 있는데, 또 인민군이 뒤쫓으니 다시 순천과 하동을 거쳐 마산에 갔다. 그때에는 여비도 축나서 풍로와 숯 · 밀가루 · 설탕 · 소다를 사다가 꽈배기를 만들어 시장이나 여관을 찾아다니며 팔아오라고 동생들한테 주었더니, 동생들이 배가 고파 다 먹어치워 수입은 없고 굶어야 할 판이었다.

그런데 창녕에서 후배인 정이관 군이 개업하고 있는데 내 걱정을 그렇게 한다는 소문을 들었다. 그곳으로 가기로 하고 다시 북상해서 창녕에 사는 정이관을 찾았다. 마침 미군은 부산에 상륙하고 낙동강을 향해 북상해서 창녕에 머물면서 18야전병원(미 24군 소속)을 만들어 민간 병원을 이용하여 노무부대로 최전선에 징발되어 갔다가 부상당한 사람, 최전방 부락에 살다가 전쟁으로 부상당한 사람들, 인민군 포로들을 데려다 치료해 주고 있었다. 그리고 그들은 군청 창고를 이용하여 입원자를 수용하고 있었다. 이들이 페니실린 · 붕대 거즈 등을 지엠시(GMC) 트럭으로 실어다 주어 물자는 풍부했고, 또 쌀과 고기를 주어 먹고 지내는 데는 별 어려움이 없었다. 의료 활동이 힘은 들었으나, 당시 나이도 젊고 해서 그럭저럭 보람있게 지내고 있었다.

하루는 미군 사령부에서 부산에 가서 약을 가져오라고 했다. 그래서 약을 가지러 김영진 군을 보냈는데, 느닷없이 미군 사령부에서 전원 철수하라는 지시가 내려왔다. 이 지시를 받은 것이 아침 7시인데, 9시 반경이 되니 창녕읍에는 개 한 마리 없이 모두 비어 있었다. 창녕읍 뒷산인 화왕산을 넘으면 밀양이고 단숨에 부산이니, 이곳까지 빼앗기면 인민군이 이제 부산까지 가는 것은 불 보듯 빤하다고 판단했다. 나는 죽는 일이 있더라도 가족들이 있는 충남 홍성으로 되돌아갈 생각을 했다. 그래서 나는 남을 터이니 동생에게는 가는 곳까지 가라고 했다. 내 동생이 자기는 죽어도 형과 함께 죽겠다며 잔류하겠다고 했다. 그래서 형제가 남아서 아침밥을 지어먹는데, 10시쯤 인민군이 땀을 뻘뻘 흘리면서 따발총을 들이대며 들어왔다. 우물물을 두레박으로 퍼서 나보고 먼저 마시라고 한 그들은 내가 마시는 것을 보고서야 벌컥벌컥 마시며 "너희는 미군 간첩이 아니냐?"고 몰아붙였다. 아니라고 하니까 그들은 의사가 지금 시급히 필요하니 북진해서 인민군에 합류하라고 한다.

〈1992. 6. 2〉

학질에 걸린 동생의 손목을 잡고

인민군 지시대로 개울물을 따라 북진하는데, 개울 양쪽 야산에서는 미군과 인민군이 각각 총을 쏴대고 있었다. 인민군은 모두 엎드려서 총을 쏘는데, 미군들은 모두 앉아서 총을 나무에 기대고 쏜다. 참으로 이상하다. 다행히 계곡 개울이 낮아서 우리는 총탄을 피할 수 있었고, 무작정 개울 상류를 향해 북상했다. 도중에 수박밭이 많은데, 인민군 여러 명이 총탄에 맞아 피를 흘리며 목이 말라 수박을 깨먹고 있었다. 그런데 이미 죽음이 가까워진 인민군 병사들 몸에는 파리가 새까맣게 붙어 있었고, 숨만 겨우 쉬다가 죽은 모습들인 병사들을 수없이 보았다.

그러다가 유어면이라는 낙동강 하류에 있는 조그마한 마을에 도착했다. 해는 져서 날은 어둑어둑한데, 일단(一團)의 인민군이 쌀 창고 같은 곳에 있다가 우리 형제를 잡아들여 심문을 시작하려 했다. 그런데 느닷없이 당시 쌕쌕이라는 미군 제트기가 다섯 대씩 편대를 지어 공습해 왔다. 모두 뛰쳐나와 제각기 숨었다. 내 아우는 길 건너 다 무너진 초가집 속으로 뛰어들었고, 나는 건너편에 새로 짓는 가옥 속으로 뛰어들었다. 이 집에는 벽이 아예 없었고, 바닥에는 온돌을 흙만 발라 놓았다. 바로 그 온돌 대각선 쪽에 인민 병사가 피를 낭자하게 흘리면서 죽어가고 있었다. 나를 보더니 자기는 나이 16살이요, 평남 평원군 출신의 아무개라고 말하고는 조금 있다가 숨지는 처참한 꼴을 보았다.

쌕쌕이가 쏴대는 기관포 포탄은 가운데 손가락만한 길이에 두껍기는 손가락보다 더 두꺼운 구리색 총탄이다. 이것이 내가 들어앉아 있는 온돌 바닥에 마구 튀어 드는 것을 보고 이제 나 됐구나 하며 체념하고 있는데, 느닷없이 소나기가 쏟아지니 쌕쌕이는 조용해졌다. 쌀 창고에 있던 일단의 인민군은 들판에 개인 호를 파고 전부 그 속에 뛰어들어 숨었는데, 살아난 인민군은 몇 명 되지 않았다.

자, 이제 강을 건너야겠기에 수위(水位)를 측정해 보려고, 물 속을 가늠하려고 한참 들여다보는데, 동생은 말라리아에 걸려 고열이 나고 와들와들 떨고 있었다. 그래도 더 어둡기 전에 강을 건너야겠기에 옷을 벗어 머리에 동여매고 동생 손목을 붙잡고 강을 건너는 데 성공했다. 캄캄해서 여기저기 더듬다가 거의 절벽 같은 데를 올라가니, 인가가 있기는 하나 인기척이 없었다. 배는 고파 죽을 지경인데 아무리 뒤져도 먹을 것이 없다. 한구석에 보리(보리쌀이 아님)가 조금 있기에 솥에 넣고 불을 지폈다. 보리라도 볶아 먹어 보기 위해서이다. 조금 있으니 인기척이 나더니, 어떤 장정 두 사람이 나타났다. 이를 보더니 당장 불을 끄라면서 연기를 보면 미군이 기관포로 박살을 낸다고 했다. 어떤 사람들이냐기에 사정을 얘기했더니, 자기네를 따라오라고 했다. 산등성이를 넘으니, 그곳에는 수십 명의 피난민들이 모여 있었다. 그 가운데 한 사람이 우리들이 지금 허기졌으니 먹을 것을 주라고 했다. 그러니까 누군가가 보리밥에 된장과 풋고추를 주어 맛있게 먹었고, 거기서 그 사람들 틈에서 하루를 쉬었다.

〈1992. 6. 3〉

면도칼로 입천장을 가르고

다음날 아침 모인 사람들에게 고맙다고 인사하고 인민군들이 삼삼오오 남하하는 무리들의 반대로 북행하였다. 미군의 작전이 인민군을 낙동강을 도하시켜 놓고 섬멸하는 것 같다. 유어면에서 도하할 때 연안에 많은 도하선 (渡河船)들이 묶여 있었는데, 많은 인민군 시체들이 도하선 주변에 엎어진 채 걸려 있었다. 하여간 강을 일단 건너 북상하는 길가에는 방황하는 수많은 피난민들이 있었고, 또 포탄을 실은 인민군의 우차들이 많이 보였다. 때로 쌕쌕이가 편대로 날아와 도로의 사람이나 달구지를 마구 폭격해 댔다. 그때마다 개울에 뛰어들어 숨곤 했다. 합천이란 곳에 와서 인민군에게 붙들려 인민군 1군단 1연대라는 데로 끌려갔다. 참모장이라는 사람이 "의사가 없었는데 마침 잘됐다."고 하면서 나는 군의관으로 동생은 약제관으로 있으라고 했다. 저녁이 되자 15~16명의 남녀 젊은이들이 의무 공작을 갔다온다며 숙소로 갔다. 이들은 거의 다 경기도 시골에서 의료 기관에 근무하던 간호 보조원 같은 일들을 하던 사람들이며, 우리보고 이들을 지휘하고 진료 활동을 해야 한다고 했다. 그러나 실제로 약품이라곤 아무것도 없었다. 연대원들이 소대와 중대별로 가파른 산골짜기에 분산해서 주둔하고 있었고, 의무대는 그들을 찾아다니며 진료하고 있었다. 이러한 가파른 험한 골짜기를 택한 것은 쌕쌕이의 폭격을 피해서임을 알 수가 있었다.

동생보고 산 아래로 내려가 약품 공작을 해오라며 두 명의 병사를 딸려 보냈다. 동생보고 어떤 일이 있어도 기회를 보아 감나무에 감을 따러 올라갔다가 떨어져 팔이 골절된 것으로 위장하고 돌아오라고 했다. 나는 원래 이들에게 내가 폐결핵으로 마산 결핵 요양소에 있던 사람이라고 속이고 있었다. 그래서 동생이 약품 공작을 나간 사이에 면도칼로 입천장을 베서 피를 토하며 객혈한 것으로 위장했다. 저녁이 다 저물어 동생은 팔이 골절된 상태로 돌아왔고, 나는 객혈 환자로 격리된 상태였다. 밤 10시쯤이 되자 연대장이 부른다기에 동생이 가 봤더니, 내일 아침 일찍 연대를 나가라며 증명서를 써 주었다. 다음날 우리들은 아침 산골을 빠져 나와 다시 유랑길에 나섰다.

〈1992. 6. 4〉

뱀들을 깔고 자다

거창군 주상면이라는 곳에 오니, 넓은 들판(밭)에 수만 명의 인민군이 후퇴하다 머물고 있었다. 8월 30일자로 김일성의 특별 성명서가 나와 이제 전쟁은 승리로 끝나게 되었다면서 부상병은 아무리 작은 부상이라도 후방으로 보내자고 해서 이렇게 많은 인민군이 머물고 있었다. 우리는 붙들려서 심문 받고 있는데, 느닷없이 밖이 소란해 내다보니 트럭이 한 대 지나가고 있었다. 거기에는 부상당한 고급 장병이 후송되고 있었는데, 이 차에 올라타려는 수많은 인민군 때문에 난리였다.

우리는 이 틈을 타서 이곳을 탈출해서 산을 타기 시작했다. 밤은 아주 칠흑같이 어두웠다. 꽤 높은 산이 하나 있는데, 그곳에 밭 비슷한 것이 있어 우선 그 속에서 노숙했다. 그전에 산에 오르다가 어떤 외딴집이 있어 밥을 한 그릇씩 구해 먹었다. 그리고 하루 저녁을 묵어 가려는데 밤중에 왁자지껄하는 소리가 나서 귀를 기울이니, 인민군들이 들어와서 밥을 지어 먹고 옆방에서 쓰러져 자는 것 같다. 몰래 일어나 다시 산꼭대기를 향해 가다가 밭뙈기 비슷한 숲 속을 발견했다. 이곳이 행인이 다니는 길과는 멀리 떨어져 있어 몸을 숨겨 눈을 감았는데, 새벽에 눈을 떠보니 밑에는 수많은 뱀들이 꿈틀거리고 있었다. 이상하게도 물지는 않았다. 아마 밤새껏 이 뱀들을 깔고 잔 것 같다. 혼비백산해서 숲 속을 뛰쳐나와 길 비슷한 곳을 찾아 산을 내려오기 시작했다. 무서운 속보(速步)로 산을 넘는 이들이 드문드문 있었는데, 그들은 무슨 유격대 모습 비슷했다. 후에 알게 되었지만, 이 산등성이는 빼재 고개라고 한다. 이 산은 전라도와 경상도 중간에 있다. 산을 내려오니 무주 구천동이다.

문전걸식하다가 인민군 의안 부대에게 걸려 높은 망대 밑 지하 같은 곳에 끌려가 증명서를 보였더니, 여기서 이제 간첩을 총살하려고 하니 나가 보자고 해서 끌려나갔다. 한국 경찰의 부인과 자식인데, 젖먹이를 업은 부인이 산에 숨어 있는 남편에게 밥을 날라주다가 붙잡혔다고 했다. 애는 땅에 내려놓고 어머니만 큰 느티나무에 붙들어 매더니 총 세 발을 쏘는 것을 목격했다. 악을 쓰며 우는 어린것을 한 발의 총으로 직사시키는 것도 보았다. 세상에 이런 일도 있을까 하며 인민군의 잔혹함에 다시 한 번 무서움과 멸시로 바라보았고, 이들이 밥을 제공해 주었으나 거절하고 다시 유랑길에 나섰다.

〈1992. 6. 5〉

총살의 위기를 넘기고

수없이 남하하는 인민군, 조그만 상처를 입어도 후퇴할 수 있는 북진중의 인민군들이 길가에 우글거렸다. 어떤 인민군 장교가 우리를 붙들어 인가에 끌고 들어가 몸수색하다가 회중시계(Cyma)를 보고 뺏으려 했다. 그래서 이것은 아버님이 준 것이어서 줄 수 없다고 했다. 사실 그 시계는 옛날에 아버님이 고향(이북)에 계실 때 미국인 신부가 준 선물이었다. 아버님이 마을 사람들을 거의 전부 천주교에 입교시킨 독실한 신자이셨고 명친회 회장이셨기 때문에, 그때 진남포에서 1년에 두 번 미사를 드리기 위해 우리 고향에 오시곤 했던 미국인 신부가 선물로 준 바로 그 시계였다. 이런 사연이 있는 시계라 줄 수 없다고 했더니, 이 간첩 새끼 당장 총살하겠다고 했다. 나를 마당 한가운데 서라고 하더니 권총을 세 발 쐈는데, 한 발도 발포되지 않았다. 그래서 당장의 죽음을 면하기는 했다. 그런데 느닷없이 경무관(한국의 헌병격) 한 사람이 들어와 권총을 뺏으며 우리보고 가라고 해서 완전히 죽음을 면했다.

　지금 이때를 생각하면 당장 총살당하는 상황인데도 조금도 당황하지 않고 그저 (이 순간을) 멍하게 지낼 수 있었던 것이 참으로 이해가 가지 않는다. 걸어서 북진하며 문전 걸식을 했다. 그래도 구걸하면 꼭 보리밥에 된장과 풋고추로 상을 차려 주는 농촌 사람들을 보면서 그저 고맙기만 하였고, 이렇게 순박하고 마음씨 좋은 우리 농민들을 행복하게 해주어야 하는데라는 생각이 들었다. 옷은 반바지 하나에 노타이 서츠 하나뿐이었다. 바지는 터지고 닳고 닳아 궁둥이 살이 노출되어 꿰매다가 나중에는 그것도 포기하였다. 수염은 길게 자랐고 세수를 못하니 얼굴은 온통 검고 더러워 그야말로 거지 중에도 상거지의 모습이었다.

　해가 저물어 금산 바로 전에 진산이라는 마을에 닿았다. 마침 양철 지붕의 병원(진산 병원이라는 간판이 있었다)이 있기에 들어가 배가 고프니 한 끼 얻어먹자고 했더니, 원장이라는 사람이 어서 마루로 올라오라고 권하였다. 이렇게 남루한 사람이 어디 그 깨끗한 병원 안에 들어갈 수 있느냐고 사양했더니, 원장은 막무가내로 들어오라고 권하였다. 자기는 왕진을 가는데 저녁을 준비시킬 테니 기다리라고 하며 나가 버렸다. 한참 있으니 이게 웬일인가? 삶은 통닭 한 마리에 흰밥 두 그릇과 김치, 푸짐한 저녁상이었다. 얼마나 포식했는지 잘 먹고 난 후 그만 마루바닥에 쓰러져 자고 말았다. 이튿날 새벽에 일어나 원장에게 인사도 못하고 또 길을 떠났다. 이 고마운 분에게 아직도 인사를 못한 죄에 대해 어떻게 사죄할 것인가? 때때로 기도중에 하느님께 그분의 복을 비는 것이 고작이다.

〈1992. 6. 6〉

인민군 유치장에서

이럭저럭 남하한 것과 합산해서 2천 리 길은 족히 걸었으니, 옷이 남루한 것은 고사하고 발이 온통 부르텄다. 그뿐 아니라 물집이 몽땅 화농해서 누런 물집이 터지지는 않고 발등까지 퍼졌다. 걸음을 걸을 때에는 발바닥에서 이 화농한 물집 때문에 삐적삐적하는 소리가 들릴 정도였다. 동생은 한 팔을 깁스해서 매고 있으니 걸을 때 한쪽 팔만 쓰게 되어 한쪽 다리가 팽팽하고 벌겋게 부어 통증이 심했다. 더욱이 개울을 건널 때에는 바닥에 깔려 있는 자갈에 발바닥이 미끄러져 말할 수 없이 고통이 심했으나, 빨갱이 세상이 되건 말건 가족이나 어서 만날 심산으로 유랑의 길을 계속했다.

금산에 들어서서 옛 친구(경성 의전 동기) 박천수(朴天守) 군이 과거에 좌익 운동을 했으니 이 친구나 찾아야겠다고 생각하며 걸어가는데, 어떤 한 청년이 불렀다. 어떤 사람이냐고 하기에 합천 산중 부대에서 발행해 준 증명서를 보였더니, 대뜸 옷을 벗겨 어깨를 검사하고 손을 검사하더니 보안대로 가자며 끌고 갔다. 하루 저녁을 유치장에서 자고 이튿날 호출되어 나갔더니, 이것저것 묻다가 내가 아는 사람이 없느냐고 하기에 박천수와 친구라고 했다. 그랬더니 대뜸 "반동 박천수냐?"고 하며 "반동과 친구니까 반동이구면."이라고 하면서 다시 유치장에 처넣었다. 박천수는 좌익 운동을 하다가 전향하여 소위 보도 연맹에서 일했는데, 인민군이 들어오자 다시 좌익이 되어 나타나 배신자로 몰려 그때에는 이미 형무소에 수감되어 있었다. 이러한 사실은 나중에 알게 되었다. 그는 후일 인민군이 후퇴하면서 형무소를 불태울 때 불에 타 죽었다고 한다. 한 이틀 유치장에서 그야말로 한 숟가락 분량의 밀밥을 얻어먹고 있었다.

그곳은 무슨 인민군 동원서라는 간판이 붙어 있었던 곳인데, 소장이라는 사람이 부른다기에 갔다. 그는 아주 친절하게 걸상에 앉으라며 상냥하게 대해 주었다. 우리가 가지고 있는 증명서를 보면서 "이것이 가짜는 아닌 것 같아 당신들을 석방시킬 수도 있기는 하다."고 하며 여운을 남겼다. 그래서 "왜 이렇게 죄없는 사람을 구속하느냐?"고 물으니, 조용한 어투로 "당신 보따리에 몰핀이 두 병 있는 것 같은데, 그걸 나에게 줄 수 없겠느냐? 사실은 내 가족이 중병에 걸려서 몰핀이 꼭 필요하다."고 하면서 그것만 주면 당장 석방시켜 준다는 것이다.

이 자는 마약 중독자임에 틀림없었다. 나는 창녕에서 철수할 때 몰핀 가루 1mg 든 병 두 개와 페니실린 등 주사액을 가지고 나왔다. 페니실린은 중간에 팔았고, 몰핀은 함부로 처분할 수도 없어서 그냥 가지고 왔다. 이 자의 청을 그대로 들어주었더니 동생과 나는 즉시 석방이 되었고, 옛날의 증명서도 돌려주었다.

〈1992. 6. 7〉

가족들과의 상봉

여기저기 유랑하며 조금씩 북진해 갔다. 인민군들이 눈에 띄게 숨어드는 것이 아무래도 심상치 않았다. 그러나 우리는 충남 예산 땅을 향해 갔다. 예산 대흥산 바로 건너편은 충남 홍성군 금마면이라는 곳인데, 여기서 내 동생은 살아왔고 제수씨가 아직도 있을지 모르기 때문이다. 예산이 가까워지면서 길가에 즐비하게 서 있는 노점상들이 부침개·감 등을 팔고 있었다. 주머니 노자는 거의 푼돈밖에 없었으나, 부침개나 한 장 사서 형제가 나눠 먹을 셈으로 기웃기웃했다. 어떤 아주머니가 느닷없이 달려들며 "아이고, 원장님 아니시오?" 하고 소리를 지르고는 내 손목을 덥석 붙잡았다. 홍성에서 내 둘째 대인(大仁)이가 어머니 젖이 없어 유모 젖을 먹여 왔는데, 자세히 보니 바로 그 유모가 아닌가. 눈물이 핑 돌며 그 기쁨은 이루 말할 수가 없었다.

부침개를 어서 먹으라고 하며 감도 내주었다. 고맙게 몇 조각 맛있게 얻어

먹었다. 그 여인네도 너무나 가난해서 이것도 장사라고 하고 있는데 그냥 먹을 수가 없어서 품안에 간직했던 몇백 원 푼돈을 다 털어 주었다. 죽어라 하고 받지 않겠다는 것을 억지로 떠맡기고 총총히 자리를 떴다. 그 유모는 "원장님이 이게 웬일이냐?"고 하며 나의 거지 행각을 너무나 슬퍼했다.

인민위원회 초소들을 피해 대흥산 속으로 들어가 불빛이 보이는 금마면을 보며 하루 저녁을 잤다. 다음날 아침부터 종일 기다리다가 인적이 적은 틈을 타서 산을 내려갔다. 동생집에 들어서니 제수씨가 소스라치게 놀라면서 어서 들어오라고 해서 우리 형제는 방으로 들어갔다. 홍성에서 아버님과 식구들이 다 무사하다는 말을 듣고 일단 안심을 하였다. 저녁을 배불리 먹었고, 목욕도 하였고, 옷도 동생 것으로 갈아입었다. 그때까지 어머니는 아직 서울에서 내려오시지 못했다고 한다.

밤중이 되어 몽둥이 하나를 들고 혼자서 밤길을 걸어 약 30리 길의 홍성읍에 들어섰다. 여기저기 초소 가까이 인적이 있는 곳은 피해 우리 집에 스며들었다. 밤중인데 아버님께서는 혼자 마루에 걸터앉으셔서 묵주신공 기도를 열심히 드리고 계셨다. "아버님!" 하고 나지막하게 불렀더니, 이게 누구냐며 부둥켜안고 우셨다. 이 울음소리에 방 안에서 집사람이 뛰쳐나왔다. 무어라 할 수 없이 반갑고 눈물이 마구 쏟아졌다. 새벽녘이나 되어 밥을 지어 먹었는데, 아버님께서는 아직 인민군들이 있으니 넓은 공간이 있는 천장에 들어가 숨으라고 하셨다. 그래서 나는 요강을 가지고 들어가 천장 속에서 사흘 밤을 지냈다.

사흘 후 새벽에 아버님께서 인민군들이 철수한 것 같으니 내려오라고 하시기에 조심조심 내려왔다. 경찰서부터 찾아갔더니 소위 우익 분자라는 사람들이 유치장에 10여 명 갇혀 있었다. 경찰서는 텅 비어 있어서 자물쇠를 망치로 부수고 이들부터 석방시켜 주었다. 주민들이 하나 둘 조심스럽게 길가에 나오며 더러 만나는 사람들마다 얼싸안고 안부를 물었다.

〈1992. 6. 8〉

끝없는 잔인성

인민군이 철수하고 며칠이 지나니, 경찰도 없는 상태에서 자치대가 결성되었다. 숨었던 사람들이 하나 둘 나타났다. 라디오를 들은 사람은 미군이 인천에 상륙한다는 소식을 전해 주었다. 또한 인민군이 산등성이를 타고 북으로 퇴각하면서 때때로 촌락에 내려와 식량을 약탈한다는 말도 들렸다.

읍내 유지들 가운데 상당수의 사람들이 행방불명이 되었는데, 인민군이 양민들을 붙잡아다 인텔리니 지주니 하면서 마구잡이로 총살하고 산에 묻었다고 한다. 내가 홍성에서 개업하고 있을 때 천주교 신자로 홍성 고교 선생이던 사람도 총살되었다. 그의 부인이 사체를 찾을 수 없겠느냐고 울면서 하소연했다. 그 당시에는 관도 없어서 사과 상자 비슷한 3분 판으로 짠 빈약한 관을 만들어 지게에 짊어지고 근처 산에 사체를 찾으러 갔다. 산 입구에 들어서니 파리 새끼들이 안개같이 뿌옇게 하늘을 덮고 있었고, 산 이곳저곳 계곡마다 시체를 찾는 사람들이 허다했다. 우리도 여기저기 시체를 뒤지고 다녔다. 시체의 머리털이 다 빠졌고, 해골만 남은 것이 대부분이었다. 몸도 부패되었는데, 혁대와 신발만은 성했다. 결국 선생 부인이 자기 남편의 혁대와 신발을 찾았다. 시신을 거두니 마치 쭈그러진 고깃덩어리같이 한 움큼밖에 안되는 것을 관에 쑤셔 넣었다. 부인은 통곡하고 기절했다. 같이 갔던 천주교 남 회장이라는 노인과 함께 부인을 달래며 관을 옮겨서 근처에 매장하고 나무 푯말을 세워 놓았다. 세상에 자기 동족을 이렇게까지, 그것도 고등학교 선생에게 이런 짓까지 할 수 있을까? 분노가 치밀어 가슴이 쑤시도록 아팠다.

사람들은 피난을 갔다온 사람 중에는 읍내에서 제일로 그리고 윗사람으로 나를 대접해 주었다. 어느 날 아침 경찰서 마당에 들어섰는데, 한 20여 명의 농민들이 마당에 쓰러져 신음을 하고 있었다. 경비하는 사람들에게 이들이 누구냐고 물으니, 빨갱이들이라고 했다. 그들을 유치장에 가두려 해도 유치장 문이 모두 망가져 가둬 둘 수가 없다고 했다. 그래서 그들이 도망치지 못하도록 도끼로 그들의 다리를 모두 찍어 부러뜨려 놨다고 한다. 너무나 아찔할 수밖에 없었다. 아마도 자기 가족들이 인민군들에게 학살당한 원한 갚음으로 그랬겠지만, 세상에 이런 일이 있을 수 있는가? 한민족의 잔인성에 다시 한 번 경악을 금치 못했다. 치안대 사람들을 호되게 꾸짖었으나, 아예 이런 일에 관여해서는 안되겠다고 생각했다.

며칠 지나니 경찰대가 입성한다고 한다. 나가 봤더니, 본래 홍성 경찰서의 서장을 하던 박헌교라는 사람이 선두에서 말을 타고 경찰들이 총을 메고 열을 지어 오고 있었다. 마치 개선 장군과 같다. 자세히 보니, 같이 피난갔던 나의 매부와 병원 조수로 있던 홍 군도 경찰이 되어 대열에 끼어 오고 있었다. 박 서장을 만나니, 내가 창녕에서 죽었다는 소식을 듣고 명복을 빌고 제사도 지내며 신부를 모셔다가 장례 미사도 지냈는데 이게 웬일이냐며 그렇게 반가워할 수가 없었다. 박 서장은 그의 부인이 척추 결핵으로 오랫동안 나의 치료를 받아 온 터라 아주 가까이 지내는 사이였다. 이렇게 수복하고 나니 그렇게 반가울 수가 없었다.

친구 김영진 군은 창녕이 함락되자 피난을 포기하고 부산에 가서 해군에 입대했고, 김 군 동생도 해병대에 입대했다고 한다. 김 군 동생은 후에 해군 대령으로 제대했고, 김 군은 제대한 후 성모 병원의 소아과 과장으로 나와 함께 근무했다.

〈1992. 6. 9〉

30여 명의 식구가 한집에서

인민군이 서울에서도 퇴각하고 국군이 북진을 계속한다는 소식과 더불어 홍북면 동서리로 피난을 갔던 식구들도 돌아오고 서울서 어머니도 누이동생과 함께 와 모두 다 합류했다. 병원을 개원해 놓고 전쟁을 맞았던 터라 다시 병원을 열심히 하니 환자도 다시 북적거렸다.

매형이 큰애를 데리고 배로 월남해서 집에 와 있었고, 작은 매부도 그의 부모와 애들과 함께 다 와 있었다. 한창 식구가 많을 때에는 30여 명의 식구가 먹고 자고 했다. 고모도 서울에서 와 계셨다. 그래도 다 생계를 꾸려 줘야 했으므로 별별 일을 다했다. 그러다가 북진한다는 미군과 국군이 인해 전술(人海戰術)로 밀고 내려오는 중공군에 밀려 퇴각하면서 전쟁은 일진 일퇴(一進一退)를 거듭하는 상황이었으나, 우리가 홍성에서 다시 피난갈 형편은 아니었다.

어느 날 저녁 거지 여인이 애를 업고 대문에 들어섰다. 이것이 웬일인가? 누님이 둘째 애를 등에 업고 완전 거지가 되어 들어서는 것이 아닌가? 매형은 애들과 배로 피난했지만, 누님은 둘째 하나 업고 진남포에서 홍성까지 거의 걸어서 얻어먹으며 왔다고 한다. 때로는 중공군들 속에 섞여서 여기까지 왔다고 한다. 옷을 벗으니, 내복에 이가 하얗게 붙어 있다. 쓰레받기에 터니 이가 수두룩하게 떨어진다. 더운물에 속옷을 넣고 삶으니, 이가 하얗게 물에 떴다. 이것을 보며 세상에 별일 다 겪는다고 생각했다.

이 누님도 생계를 위해 밥장사라도 하겠다며 길목에 가게를 하나 벌여 국밥 장사를 했다. 누님의 음식 솜씨는 어려서 어머님한테 배운 것이라 여간이 아니었다. 그래서 국밥 장사는 아주 번창했다. 새벽이면 트럭 운전사들이 많이 왔는데, 어느 날 아침엔가 한 운전사가 누님의 손목을 움켜쥐며 희롱하더란다. 새파랗게 질린 누님은 그것으로 국밥 장사를 걷어치웠다.

고모부가 만주 간도에서 큰 부자였는데, 고모님은 딸 하나 데리고 시장 바닥에서 담요나 군복 따위를 파는 좌판을 벌였다. 6 · 25는 우리 민족에게 어마어마한 고통을 주었고, 그것이 한국 역사에 민족 상잔(民族相殘)이라는 불신의 벽을 깊게 했다. 그래서 남과 북은 항상 상대를 경계하며 군비 경쟁에 힘을 기울여 전쟁에 대비하기 위한 많은 군력(軍力)을 동원하였다. 따라서 경제는 뒤처지고 군대가 권력을 잡을 수밖에 없는 냉전이 오늘날 한반도의 불운을 가져오고 있다.

6 · 25만 없었고 남북이 분단만 되지 않았어도 오늘날 우리는 결코 일본에 뒤지는 경제 후진국이 되지는 않았을지 모른다.

〈1992. 6. 10〉

백 병원 재건

인민군들은 퇴각하면서 숱한 양민들, 대부분 종교를 믿는 사람들, 조금 풍족하게 사는 사람들, 인텔리들을 모조리 잡아다 학살했고, 그 시체는 여기저기 구덩이나 산골짜기에 내버려졌다. 심지어는 사람을 그냥 죽이지 않고 칼로 산산조각 각을 떠서 그 고깃덩어리를 쌀 창고의 쌀부대 속에 넣어 버리고 갔다. 창고의 쌀을 후일 인민들이 먹지 못하게 하기 위해서였다. 이러한 잔인성은 한 민족으로서 깊은 부끄러움을 되새기게 한다.

인민군은 퇴각하면서 숱한 저명 인사들을 강제로 납치해 갔다. 거기에는 나의 스승인 백인제 박사도 끼어 있어 아직도 생사를 모른다. 백 박사의 동료이자 백인제 외과병원(지금의 백 병원)의 부원장이던 김희규(金熙圭) 박사는 진해로 가서 해군의 촉탁으로 있었으며, 백 박사 사모님은 애들과 일본으로 가서 밥장사를 하며 그럭저럭 지내고 계시다는 소식이다.

김희규 박사로부터 편지가 왔다. 백 병원은 폐허가 되다시피 했는데, 이것을 재건하는 데 힘을 합치면 좋겠다는 뜻이다. 마침 홍성 병원은 이북에서 피난을 온 의사들이 있기에 그들에게 맡겨 놓고 서울로 왔다. 당시 서울은 아직 전쟁중이라 입성하는 데 몹시 까다로웠다. 그래서 한강을 건너는 도강증(渡江證)이라는 것이 있어야 했다. 서울에 와서 백 병원에 갔더니, 그야말로 병원 벽이나 창문은 하나도 없었고, 기둥과 지붕만 앙상하게 남아 있었다. 김 박사와 함께 당시 미군의 원조 기관인 CAC라는 곳에 가서 담요와 야전용 나무 침대를 얻어 왔다.

청계천에 가면 의료 기계를 산더미같이 쌓놓고 팔고 있는데, 그것들은 물론 난리통에 모조리 훔치거나 주워온 것들이다. 당시 아직 정식으로 입성이 되지 않아서 거리에는 온통 군인들하고 소수의 공무원, 장사치, 매춘하는 여인들, 드럼통 술집들만 있었다. 간혹 맹장 환자 정도이지 거의 성병이나 골절 등의 환자뿐이다. 서울대 의대에서 예방의학 교수로 계시는 손지황(孫指煌) 교수가 청계천에서 소파 수술로 재미를 본다기에 김 박사와 상의해서 그리로 갔다. 손 박사는 나의 대선배로 평소 잘 알던 아주 재미있는 분이시다. 자기도 이런 소파 수술은 처음이지만 이제는 하루에 10여 건씩 했더니 선수가 됐다면서 나보고도 배워서 하라고 했다. 몇 가지 요령을 배워서 돌아오는 길에 청계천에서 소파 수술기를 사가지고 와서 그날부터 소파 수술을 시작했다. 이것이 천주교 교리에 반하는 일인 줄은 알지만 배가 고픈데 천주께서도 용서해 주리라고 혼자 자문자답하며 열심히 수술하노라니, 어느새 산부인과 의사가 되고만 지경이 되었다.

덕분에 수입은 좋았고, 이제 꿈은 커졌다. 벽을 쌓고, 문짝도 달고, 환자는 제법 있게 되었다. 이때 대한산소 신 모 사장은 떼돈을 번 사람으로 김 박사와 안면이 있었다. 이분이 당시 백 병원 길가에 있는 건물을 빌려주면 백 병원을 완전 수리해 주겠다고 했다. 그 건물은 왜정 때 서정 산부인과 병원을 하던 곳이다. 그러기로 하니 백 병원은 아주 훌륭하게 수리되었다. 그리고 신 사장이 빌린 건물은 고급 호텔로 꾸며졌다. 이분이 사업에 망하고 몰락하여 그 건물도 내놓았다. 이러는 중 미군 군의관들이 우리 병원에 자주 놀러와서 수술하는 것도 보고 친해지면서, 이들이 쓰고 있는 보전 혈액의 제조법을 배우게 되었다. 외과의에게 혈액은 절대적이다. 그때만 해도 수혈이 필요할 때에는 직접 100cc 주사기(그것이 제일 큰 것이었지만)에 구연산소다를 5cc까지 용제(溶劑)로 넣고 각 형에 맞는 혈액을 채혈해서 즉시 환자에게 수혈하는 방법밖에 없었다.

미 121 야전 병원(evacuation hospital)이 당시 대방동의 성남 고교 자리에 있을 때, 매일 7시 미군 버스로 출근하고 저녁에 퇴근하면서 근 일 년 동안 임상 병리도 배우고 보존 혈액도 배웠다. 일주일에 한 번쯤 조선인 소속 부대 KLO라는 곳에 가서 수혈도 하고 미군들의 헌혈도 받아 병에 보관하였다. 일년을 다니며 열심히 이것저것 배웠다. 그랬더니 121의 원장과 의학부의 책임자가 상의해서 지엠시 트럭으로 두 대 분량의 냉장고와 진공병 등 각종 임상병리재 시약을 실어다 줬다. 그래서 한국에서 최초로 혈액원을 창설할 수 있었다. 어찌 된 셈인지는 모르지만, 후일 아무 관계도 없는 김희규 박사가 혈액원을 처음 만들었다고 서울 시장한테 상을 받았다는 이야기도 들었다.

이제 꿈을 키워야겠다. 백인제 박사가 늘 말했듯이 한국에다 미국의 메이요 클리닉(Mayo Clinic) 같은 큰 의료 기관을 만들어야 한다는 나 혼자의 야심에 불타고 있었는데, 가까웠던 미군들이 나보고 자꾸 미국에 가서 공부하라고 했다. "너에게는 수술하는 재간은 있는데 의학 지식이 부족하다. 그러니 꼭 가서 공부하라."고 하면서 코네티컷(Connecticut)주에 있는 브리지포트 병원(Bridgeport Hospital)이 괜찮고 봉급도 좋은 편이니 꼭 가보라고 했다. 그래서 주머니에 동전 한푼 없으면서 미국 유학길에 올랐다. 이 미국 친구들이 외과 수술 기술보다 나에게 필요한 것은 의학 지식이라며 우선 가서 1년쯤 병리학을 하라고 해서 유학이 시작되었다.

⟨1992. 6. 11⟩

화물선 타고 미국으로

미국에 유학을 가기 전 약 1년 간을 미 121 야전 병원(evacuation hospital)에서 미군 의사들과 함께 근무하고 그 밖에도 그들과 수시로 접촉했기 때문에, 나에게는 영어를 할 기회가 꽤 많았다. 왜정 당시 경성 의전을 다닐 때에는 일본 사람들이 한국에서는 영어가 적성어(敵性語)라고 해서 가르쳐 주지 않았으나, 평양 고보 때에는 친구들과 암기하기 내기를 할 만큼 영어사전의

'*' 표 있는 단어들을 거의 완전히 외웠다. 그래서 어느 정도의 어휘가 머릿속에 있었으므로, 이들 미군들과의 일상 대화에서는 거의 불편함이 없었다. 그런데 이상하게도 미국 샌프란시스코(San Francisco)에 상륙해서는 이들 미국인들의 말을 완전하게 알아들을 수가 없었다.

당시 한국의 미 군의관들이 미국 병원에 가도록 주선해 주었으나 여비가 있을 리 없었다. 그런데 한미재단(American-Korean Foundation)이라는 곳에서 유학생을 선발해서 미국 화물선을 무료로 태워 준다고 했다. 물론 이 선발시험 과목은 영어였다. 그런데 약 50명 지원에 2명을 뽑는다는 것이며, 응시한 의사는 거의 모두가 세브란스(Severance) 출신들이었다. 그도 그럴 것이 세브란스에서는 일정 때에도 학교에서 영어를 가르쳤고, 우리 같은 관립 의전(官立醫專)에서는 독일어 · 일어를 가르쳐 왔다. 그러나 운이 좋아서 선발된 두 명 중에 끼어서 미국 가는 화물선을 탔는데, 이 화물선에 탄 승객에게는 선장과 같은 대우를 해주었다. 그래서 지루하기는 했어도 아주 편했다. 부산에서 출발하여 21일 만에 샌프란시스코에 도착했다.

미국으로 유학을 떠나면서(1954년)

샌프란시스코에서 미 대륙 횡단 기차를 타고 뉴욕의 Grand Central Station 까지 3박 4일 갈 때까지도 한국인 동행들이 있어서 그럭저럭 괜찮았다. 그러나 뉴욕에서 Bridgeport(코네티컷)까지 기차를 타고 가는 길에 차장이 무슨 'Port' 하고 소리를 지르는데, 그때마다 'Bridgeport'인 줄 알고 내리려 하면 차장이 가만 있으라고 했다. 또 우리나라같이 개찰하는 것이 아니다. 그냥 타면, 기차가 떠난 후에 차장이 와서 기차 요금을 거두어 갔다. 그리고 그는 내 좌석 앞에 마치 캐러멜 껍질 같은 쪽지 하나를 끼워 놓고 갔다.

뉴욕에서 브리지포트까지 가는 길은 웨스트포트(Westport) · 사우스포트(Southport) 등 대서양 해안을 끼고 달리는 철도인데, 여러 곳에 무슨 'Port'라는 곳이 많아 아주 혼동을 일으켰다. 결국 느낀 것은 언어를 배울 때에는 악센트를 정확히 배워야겠다는 것이었다. Bridgeport에 도착하니 차장이 내리라고 해서 가방을 들고 내렸다. 서울 떠나기 전에 미국에 다녀온 선배들이 미국에 가면 차를 타라는 사람이 많은데 절대로 타지 말아야 하며, 섣불리 탔다가는 봉변당하기 쉽다고 했다. 버스를 타고 병원에 가려고 서 있는데, 도대체 어디 가는 버스라는 표지가 없었다. 그뿐 아니라 브리지포트 병원에 가느냐고 운전사에게 물어 봐도 무어라 대답했는지 알아들을 수가 없었다. 차들도 많고 그 숱한 운전사들이 차를 세우고 어디 가느냐며 태워주겠다고 해도 'No thank you'로 거절했다. 그러다 겨우 버스를 타고 병원에 찾아갔다.

이렇게 해서 유학 생활이 시작되었다. 그리고 막상 병원 근무를 시작했는데, 말을 통 알아들을 수가 없었다. 예를 들어 'esphagus'라는 말―식도(食道)를 뜻함―이 있다. 의사라면 누구나 아는 단어인데도 내 귀에는 '쏘와가스'로만 들렸다. 식도라는 말도 모르는 바보 의사가 되고 만 것이다. 또 'exosinophile'이라는 단어가 있는데, 이도 '에오시노휠'이 아니라 '씨노휠'로만 들렸다. 악센트의 중요성을 다시 깨달았다.

오죽하면 원장이 한두 달 영어 학원에 나가라고 하기에 나갔다. 학생들 대부분이 유럽에서 이민을 온 사람들인데, 이들은 기초 영어도 몰라 'Open the door' · 'Close the door'를 배울 정도였다. 1주일에 한 번 시험을 치면, 내가

미국 코네티컷주 Bridgeport 병원 스태프 시절(뒷줄 오른쪽에서 네 번째가 윤덕선 선생)

단연 100점을 맞았다. 그랬더니 선생이 장미꽃 붙은 1등 표시 답안지를 주었다. 악센트를 잘 몰라 바로 이러한 유치원 교육 같은 교육을 받아보기도 했다. 그래도 학생들 가운데는 유럽에서 대학 교수를 하던 사람들도 있었다. 도저히 다닐 수 없어서 원장에게 얘기했더니, 원장이 깜짝 놀라면서 어느새 영어를 그렇게 잘하느냐며 학원을 그만두라고 했다.

이때부터 밤잠을 자지 않고 1,500쪽이나 되는 병리학 책과 800쪽짜리 외과학 책 3권을 통달했다. 1년이 지나니까 이제 회화도 자연스럽게 되었고, 제법 의사 소통도 쉽게 할 수 있게 되었다. 밤낮 하루 2~3시간 수면에 열심히 공부하고 뛰는 모습이 미국 사람들 눈에는 꽤 높이 평가받게 되었다. 2년째 되어 한결 미국 생활도 몸에 배기 시작했다.

〈1992. 6. 12〉

귀국과 가톨릭 의대 운영

미국에서 돌아온 것은 유학을 마쳐서가 아니었다. 자유당 지구당 위원장을 하는 사람(홍성군 홍성읍)이 꿔 간 돈을 갚지 않자 동생이 말다툼하다가 따귀 한 대 때려 검찰에 고발되어 유치장에 처넣어져 출감하지 못하고 있다는 소식에 부랴부랴 귀국해서 동생을 나오게 하느라 온 것이었다.

얼마 되지 않아 우연히도 양기섭 신부의 권유로 가톨릭대학 의학부(당시 성신대학 의학부)를 떠맡게 되었다. 그때 의학부는 개교된 지 1년 만에 도저히 운영을 못하겠다며 고대 유진오 총장과 이전 계약을 한 상태였다. 그런 것을 양 신부가 미국에서 일시 귀국해서 이를 파기시키고는 도로 찾았다. 그것을 나보고 운영하라고 해놓고 본인은 미국으로 훌쩍 떠나고 말았다.

나는 얼떨결에 맡았다. 그러나 의과대학 교육이 무엇인지도 모른 채 덮어 놓고 맡아 놓은 무모함을 저지른 셈이 되었다. 경성 의전의 선배가 되시는 기용숙(奇龍驌) · 전종휘 · 김희규 · 이동기 선배들을 모시면서 지원해 달라고 했다. 그때 기용숙 교수가 "자네가 의대를 맡았다면 대학 운영에 관한 무슨 이념이 있을 것이니 말해 보게나."라고 하셨다. 그런 것 없다고 했더니, 대

명동 성모병원(현 가톨릭 회관)의 외래에서. 앞줄 왼쪽으로 윤덕선 선생, 김희규 교수(전 가톨릭 의대 교수), 뒷줄에는 배수동 교수(전 강동 성심병원 원장)

학을 맡으면서 그런 무책임한 태도가 어디 있느냐고 나무라시면서 대학 교육의 중요성을 가르쳐 주셨다. 이분은 그 후로 서울대에 계시면서 수시로 우리한테 오셔서 강의도 하시고 학생 지도도 해주셨다. 이렇게 이분은 나에게 많은 도움을 주셨다. 이분의 에피소드 중에는 다음과 같은 일들도 있었다.

"의사는 정직해야 한다. 적어도 자기에게 정직해야 한다." 이런 취지에서 선생님 본인이 가르치는 미생물 시험을 시험 감독 없이 치렀다. 시험지만 나눠주고 감독이 다 나온 채 시험을 치렀더니, 막상 시험 성적이 엉망이었다. 다시 1주일 후에 똑같은 시험 방식으로 치렀다. 조금은 나아졌다. 다시 치르고 해서 4~5회 무감독 시험을 치르면서 학생들을 가르치는 열성을 보여 주셨다. 후에 전종휘 · 김희규 교수 두 분이 가톨릭 의과대학에 오셔서 나에게 큰 용기를 주셨다.

의과 대학에서 의학 개론이라는 과목으로 의대생들의 인간 교육부터 시켜야 한다고 주장해서 이 과목을 기 박사에게 맡겼더니, 보통 열심이 아니셨고 더욱이 학생들이 아주 흥미를 가지고 강의를 들어주었다. 빈곤에 대한 강의를 두 시간 예정으로 했는데 학생들의 요청에 의해 8시간을 한 것이 지금도 흐뭇한 기억으로 남아 있다. 이 빈곤 문제에 관해서는 춘천에 와서 내가 은퇴하고 운영하는 한림과학원에서 선정한 연구 과제로 좋은 책도 출판하게 되었다.

〈1992. 6. 13〉

가톨릭 의대의 질서를 잡고

내가 가톨릭 의대의 운영을 인수했을 때는 그 학교의 예과 2학년이 시작됐을 때이다. 학생 정원이 45명인데, 한 학년 학생 수는 150명 정도였다. 45명 이외에는 모조리 청강생이라는 이름으로 등록하고 있었고, 이들은 그런

대로 정규 학생이나 다름없었다. 그중에는 상당수가 명동의 불량배들이었고, 등록만 하고 제때 등교도 하지 않는 학생들도 있었다.

부임하자 조회를 하면서 등록하지 않은 학생은 기한을 두고 제적할 것이라고 선언했더니, 돈 없는 학생은 공부하지 말라는 것이냐며 항의를 했다. "이 놈아, 돈도 없이 어떻게 공부하겠다는 것이냐?"며 당장 그만두라고 소리 지르는 판이었다. 그때 학생회장이나 가톨릭 학생회장은 의당 등록을 하지 않고 다니는 형편이었다. 전임 교수가 단 한 명도 없고 참으로 막막했다. 학교는 당시 명동성당 내 별관(지금 구 성모병원 자리) 2층 건물이었는데, 옛날 동성 상업학교가 있던 낡은 건물을 쓰고 있었다.

우선 학생들을 정리해야겠다는 생각으로 몇몇 학생들과 함께 성당 정문 입구에서 등교하는 학생들을 점검하면서 교복을 입지 않은 학생의 등교를 막았다. 차츰 규율을 잡아가면서 공부를 못하는 학생은 무조건 낙제나 퇴학 시켰다. 한 번은 밤에 순찰을 도는데 교실에 불이 켜 있어 들어갔더니, 학생들이 난로에 불을 피우며 소주를 마시고 있었다. 그런데 그들은 교실의 벽과 걸상들을 부수어서 불을 때고 있었다. 머리끝까지 화가 나서 몽둥이로 마구 패 주고 다음날 모두 퇴학시켰다. 그때만 해도 나는 혈기왕성해서 폭력배들을 폭력으로 다룰 수 있었다. 1년이 지나서 2개 학년 약 300명 중 154명을 낙제 또는 퇴학시키니, 이제는 학부모들이 들고일어났다. 대학 당국이 교수·학생 잘못 가르쳐서 공부 못하는 것을 이런 식으로 다루면 어떻게 하느냐며 집회를 열어 윤덕선이를 성토하고 문교부에 진정하였다. 문교부에서는 조사를 나오고 야단들이었다. 그러나 나는 요지부동이었다.

공부하지 않고 불량한 학생은 매로 다룰 수밖에 없다고 강경책을 쓰니, 결국 어느 새 학생들 사이에 나의 별명이 '윤(尹) 깡'으로 낙인찍히고 말았다. 한 번은 애들과 집사람과 청량리에 계시는 부모님을 뵙고 집에 오다가 애들이 짜장면이 먹고 싶다기에 중국집 2층에 들어가 음식을 시켜 먹고 있는데, 옆방에서 젊은 학생들이 "우리는 억울한 희생자들이다. 윤덕선 교수를 주먹으로라도 응징해서 우리가 살아남아야 한다."고 맹렬히 떠들고 있었다. 낙제

성모 병원 초창기 집무실에서

한 학생들로 그 주모자는 당시 학생회장이었다. 애들이 무서워하며 저녁 먹지 말고 집에 가자고 해 몰래 빠져 나왔다. 조금 있더니 학생 대표라는 자들이 나의 집으로 찾아왔다. 바로 조금 전의 그 학생들이었다. 내가 대뜸 "그래, 나를 응징하기로 결의들을 하던데 어떻게 응징하겠느냐? 너희들 아직 내 주먹 맛을 모르고 있구나?" 하고 소리쳤더니, 학생들이 "어떻게 선생님께서 우리가 무슨 말을 하고 지금 여기 왔는지 알고 있을까?" 하고 생각하며 새파랗게 질려서 모두들 도망가 버린 일도 있었다.

나는 백 병원에서 세를 얻어 주어 살았었다. 그런데 이곳으로 오게 되니 그 집을 내놓으라고 했다. 그래서 청량리에 부모님 계시는 집이 있었지만 교통도 불편해서 명동 성당 구내 지하 움막과 같은 곳에서 살았다. 의대 시체 탱크가 있는 지하층 한쪽을 주거지로 쓰고 있었고, 내 둘째딸(지금은 한림대학 교수)은 거기서 낳았다. 아주 습하고 어둡고 대문도 없는 지하 움막에서 살아 학생들도 혀를 찰 수밖에 없었다.

〈1992. 6. 14〉

성모병원의 중흥

양기섭(梁基涉) 신부는 교구장인 노기남 대주교로부터 의학부 운영 전권을 이양받았다. 노기남 대주교와 양기섭 신부는 신학부 동기 동창이다. 양 신부는 평양 의전의 교수 신부였는데, 38선이 생기자 사실 양 신부는 평양 교구장 홍 주교의 허락도 없이 서울로 와서 노 주교가 묵인해 주어 서울 교구에 있었다. 양 신부는 영어를 아주 잘했고 외교 수단도 좋았다. 정판사 사건으로 미 군정이 공산당을 때려잡을 때, 양 신부는 정판사 자리를 인수받아 경향신문을 창간했다. 이 신문은 장연·한창우 등 당시 야당계 인사들이 잡고 있었다. 그래서 창간 당시에는 양 신부가 사장이었는데, 후일 한창우로 사장이 바뀌었다. 그리고 이 신문은 강력한 야당지로서 명예를 날렸다.

양 신부는 그 후 서울 교구의 미국 주재원으로 가서 서울 교구를 위한 모금 운동을 벌였으나, 노기남 대주교와는 사이가 원만치 않았다. 신학교 다닐 때부터 양 신부가 우위에 있었는지 항시 노 주교를 깔보는 태도여서 두 분의 사이는 좋지 않았다. 노 주교는 왜정 때 오카모토(岡本)로 창씨개명했는데, 왜정 말기 프랑스인 우 신부가 명동 성당의 주임 신부일 때 얌전한 보좌 신부로 있었다. 노 신부는 해방이 되자 단번에 주교가 되면서 교구장이 되었으나, 교세는 그때만 해도 빈약해서 로마 교황청의 원조로 지탱되고 있었다. 노 주교의 라틴어 실력은 아주 대단했다고 한다.

양 신부는 성신 대학의 의학부를 인계받으면서 나보고 성모병원과 의학부를 다 맡아서 하라고 했다. 그러나 나는 어떤 곳인지도 모르고 섣불리 덥석 인계할 수 없었다. 그래서 당분간 백 병원에 있으면서 의학부의 교무과장 자리나 주면 그것으로 의학부를 운영할 수 있겠다고 했다. 의학부장은 양 신부가 맡았고, 나는 교무과장을 맡았다. 대학은 아직 전임 교수 한 분도 없고 서무과장 한 분만 있던 형편이었다. 성모병원은 왜정 시대부터 있었으며, 명동 성모병원 자리 길가의 2층 목조 가옥이었다. 그 집은 입원 환자의 수용 능력이 20병상 규모의 아주 낡은 집이었다. 나의 대선배이며 스승인 백인제 박사보다 경성 의전 2년 후배인 박병래 박사가 오랫동안 그 병원의 원장으로 계셨는데, 이분은 아주 신심이 두터운 신자였다. 양 신부가 나보고 원장 자리를 맡으라고 강권했다. 그러나 박 박사가 훌륭한 분이니 그냥 두라고 아무리 이야기했으나 말을 듣지 않았으며, 또 내가 잘 알고 모시는 대선배의 자리를 감히 차지한다는 것은 인간의 도리가 아니기에 나는 계속 반대했다. 그런데 양 신부는 이북의 진남포에 있을 때 소화병원을 운영했었다. 결국 그때 데리고 있던 평양 의전 출신 의사를 원장으로 앉혀 놓았다. 나한테는 의학부 운영에 어려움이 있을 때에는 의논하라며 후견자 비슷하게 경향신문 사장인 한창우와 윤형중 신부(양기섭 신부의 신학교 동기) · 강 신부(교구 경리 신부) · 최서면(당시 노기남 주교 밑에서 교구 총무원장) 등으로 팀을 짜놓고 훌쩍 미국으로 가 버렸다.

나는 그 후 1개월에 한 번쯤 대학 운영 내용을 편지로 보고하였고, 꼭 1년 동안 양 신부는 미국에 있었다. 그 후 귀국했으나, 본인 말대로 돈이라곤 주머니에 65달러밖에 없다며 한푼의 재정 지원도 없었다. 교구는 교구대로 빚더미에 올라앉았다. 그러나 양 신부의 배포는 대단했고, 또 20병상 병원이지만 병원도 그런 대로 잘되어 갔다. 양 신부는 1년 있다 귀국하면서 나보고 백병원을 그만두고 아주 오라고 하며 병원까지 맡기려 했다.

나는 원래 감투를 쓰지 않기를 내 인생 철학으로 삼고 있었다. 결국 원장은 양 신부였으나, 양 신부가 미국에는 'Medical Director'라는 직함이 병원에 있다면서 소위 의무원장이라는 칭호를 나에게 붙여 주어 병원 운영의 전권(全權)을 맡기다시피 했다. 양 신부는 아주 기발한 아이디어를 잘 내고 신념이 강해서, 그에게는 무엇이든지 하면 된다는 강한 의지력이 있었다. 그야말로 동전 한 닢도 없으면서 옛날의 벽돌 건물을 다 허물어 버리고 그 자리에 성모병원을 신축했다. 당시 미국에 가서 병원 건축을 공부하고 있다는 평양 고보 선배인 김정수(연대 건축과 교수) 씨와 윤규섭(서울대 교수) 씨에게 병원 설계를 맡겼는데, 건물은 당시 우리나라에서 최초인 커튼 월(Curtain Wall)

식 7층 건물에 엘리베이터까지 갖추었다. 그 당시에는 최초였으나 서향식 집이라 여름에는 고생을 했다. 이 병원은 그야말로 100% 고리채(高利債)를 얻어 지었다. 그러나 선생들이 열성이었고 또 병원으로서도 최신식 건물이었기 때문에, 환자가 마구 늘어 크게 돈이 생겨 수년 만에 고리채를 다 갚았다.

〈1992. 6. 15〉

자리잡은 가톨릭 의대

그저 밤잠도 별로 자지 못하고 병원에서 살다시피 하며 나의 청춘을 다 바쳤다. 그랬더니 교수나 학생들이 잘 따라 주었다. 술도 어지간히 마셔서 명동 그 많은 술집 가운데 '윤(尹) 깡'이라면 모르는 곳이 없었다. 의학부 초창기 학생이었다가 불량배여서 쫓겨난 사람들 가운데 명동 깡패(합죽이파 · 화룡이파) 대원들이 있었다. 그런데 내가 명동 바닥을 술이 취해 다닐 때, 그들은 은근히 호위까지 붙여 주는 고마움도 나에게 많이 보여 주었다. 드디어 학생들은 공부를 잘하지 못하면 쫓겨나게 된다는 것도 알게 되었다. 한편으로 방학이면 특히 성적이 좋지 않은 학생들을 기초 교실에 연구생으로 묶어 놓고 연구 과제를 주어 공부에 흥미를 가지게 하였고, 그들이 써 놓은 글들을 학생 연구논문이라고 해서 『성의학보』라는 교내 학술잡지에 싣게 하기도 했다.

모든 교수들은 열심이었고, 돈을 내고 비공식적으로 입학한 청강생들도 공부를 따라가느라 비지땀을 흘렸다. 청강생을 받아들이는 일은 수녀에게 전적으로 위임되었으나, 청강생은 일단 들어온 후 공부를 못하면 무자비하게 낙제나 퇴학당하였다. 노 대주교나 양 신부가 "이 학생은 좀 봐 주어야겠소." 하고 아무리 명령해도 그것만은 요지부동이었다. 또 교수를 채용할 때

양 신부의 어떤 명령이 있어도 듣지 않았고, 신부가 병원에서 활개를 칠 때에도 막무가내였다. 그러니 나의 행동은 오만불손한 것이 되었고, 많은 신부들로부터 교만한 독재자라는 질타를 받기가 일쑤였다. 그러한 거의 투쟁에 가까운 10년의 세월이 흐르면서 대학은 차츰 자리잡아 갔다. 학생들이 해마다 100%로 국가시험에 합격하니, 이제 가톨릭대 의학부는 일류 의대로 되어 갔다.

대학 건물 하나 제대로 짓고 물러날 생각을 하고 있었다. 그때 고 박희봉 신부가 양 신부의 후임으로 와 있었다. 마침 경운동에 땅 300평이 나왔다기에 당장 구입해서 그래도 우리나라에서 제일 규모가 크고 온갖 시설을 갖춘 의과 대학을 지어 놓았다. 이제 권불 10년(權不十年)이라는데 하면서 홀홀 털고 미국 펜실베이니아대 조나단 로드(Jonhathan Rhoad) 외과교수 연구실로 2년 계약을 하고 떠났다.

〈1992. 6. 16〉

독일에 가서 원조를 요청

노 대주교와 주위에서 미국으로 가기 전에 유럽에 들러서 산재 병원의 건축비를 지원받아 보라고 부탁했다. 그때는 성모병원을 짓는다고 독일 미세레오에서 25만 달러를 원조받았으나 병원에서는 한푼 구경도 못하고 전부 재단에서 다른 데 사용했던 때이다. 노 대주교가 주선해서 당시에 이효상 국회의장 · 김학렬 기획원 차관과도 만났다. 그들이 독일이나 유럽의 다른 나라에서 원조를 얻도록 몇 기관을 소개해 주었다.

당시에 양 신부는 이미 노 대주교와 불화로 떠났고, 조규상 교수가 우리나라에서 처음으로 직업병 조사를 하여 산업재해 문제를 다루고 있었다. 그의 제창으로 산업재해 병원을 짓기로 하였다. 나는 그때 부주교인 김창석 신부와 둘이서 유럽을 향해 떠났다. 김 신부는 양 신부 후임으로 미국 주재원을 했기 때문에 영어에 능통했다. 그뿐 아니라 그는 로마에서 공부한 일도 있어서 이탈리아어도 꽤 잘하는 편이었다.

독일에 들러 여기저기 수소문해서 결국 미세레오를 찾았다. 그때 가톨릭 의대 대표로 안용팔 교수가 독일에 와 있었다. 그래서 김 신부·안용팔 교수 셋이서 미세레오의 도싱(Msgr. Dossing)이라는 대표를 찾았다. 오후 2시가 약속 시간인데, 정각에 갔으나 웬일인지 면회가 되지 않았다. 겨울 날씨에 눈은 날리는데 불도 때지 않은 복도에서 한 시간 남짓 기다렸더니, 겨우 들어오라는 지시가 있었다. 아주 불쾌했으나 응접실에 들어가 조금 있으니, 도싱이 나왔다. 그는 금테 안경을 낀 전형적인 매서운 인상의 독일인이었으며, 나이는 50이 약간 넘어 보였다. 방에 들어온 이분이 인사도 제대로 받지 않으며 여기 온 목적부터 말하라고 했다. 그래서 우리가 산재 병원을 짓는 데 필요한 원조를 부탁한다는 말을 꺼내자마자, 그는 "너희가 성모병원을 짓는다고 해서 25만 달러나 원조해 줬는데, 어째서 갚겠다는 말 한 마디 없느냐? 갚을 것은 일단 갚아야 하지 않느냐?"고 하면서 극도로 모멸에 찬 말투로 힐난했다. 우물쭈물하다 화가 나서 "도싱, 사실은 그 돈을 우선 갚으려고 왔소. 당신한테 무슨 원조나 또 달라고 오진 않았단 말이오. 바로 지금 갚을 테니 받으시오." 하고 수표책을 꺼냈다. 당시에 미국 은행 수표책은 재단이 미국의 천주교 기관에서 의료 기계나 약품을 직접 구매하는 데 비용으로 쓰라고 만들어 준 것이었으나, 은행 잔고 25만 달러는커녕 25달러도 없었다. 그러나 이런 모욕을 받고 그냥 참을 수가 없어서 수표책을 꺼내 흰소리를 쳤더니, 도싱이 그제서야 얼굴색이 누그러지면서 "수표를 끊는 것은 그만두고 너희가 온 목적과 계획서를 가져왔으면 내놓으라."고 했다. 산재 병원의 여러 가지 필요성을 역설하면서 50만 달러의 원조를 부탁했다.

이야기하다 보니 이 사람이 나에 대해서 아주 자세히 알고 있었고, 또 가톨릭 의대나 성모병원에 대해서도 상세히 알고 있었다. 그는 서류를 가지고 안으로 들어가며 잠깐 기다리라고 했다. 한 20분 후에 그가 나타나서 "여기

20만 달러 있소. 우선 이거라도 가져가시오."라고 하면서 다른 제안을 했다. 즉 내가 미국에 간다고 하니, 미국에 가면 NCWC의 스완스트롱 주교(Bishop Swanstrong)를 찾아가서 30만 달러의 원조를 부탁하라는 것이다. 나는 일언지하(一言之下)에 거절했다. 나는 "50만 달러가 필요하지 20만 달러는 필요하지 않으며, 또 스완스트롱 주교가 30만 달러를 줄지 안 줄지도 모르는데 어떻게 이 돈을 받을 수 있느냐?"고 했더니, "너 꽤 쎄구나(strong). 좋다, 만일 스완스트롱 주교가 주지 않는다면, 내가 30만 달러를 마저 주겠다. 그러니 내 말을 믿고 미국에 가라."고 했다. 할 수 없이 20만 달러짜리 수표를 받아 쥐고 나오니 그렇게 기분이 좋을 수 없었다. 김 신부·안용팔 교수와 함께 맥주집에 가서 한 잔 잘 먹었다.

〈1992. 6. 17〉

미국에 가서 원조를 요청

로마 교황청에 들러 포교성 장관 추기경도 만나고 비서인 대주교도 만나면서 이분들이 한국 교회의 내용을 샅샅이 알고 있는 데 놀랐다. 유럽에서 약 2개월의 여행이 끝나가면서 오스트리아의 천주교 부인회를 찾아서 한국 천주교 구라회(나병) 원조를 부탁하기도 하고 독일 각 기관도 찾아다닌 후에 미국으로 향했다.

필라델피아에 가서 로드(Rhoad) 교수도 만나 내 연구실도 보고 집사람과 함께 살 방도 하나 얻어 달라고 부탁했다. 그런 뒤 뉴욕으로 가서 김창석 신부와 다시 만나서 엠파이어 스테이트 빌딩에 있는 NCWC의 스완스트롱 주교를 찾아가 도싱으로부터의 이야기를 전했더니, 그는 잘 들었노라면서 10시에 회의를 하게 되었으니 참석하라고 했다.

회의실에는 스완스트롱 주교 외에 많은 사람들이 있었는데, 그 가운데 한

넷(Msgr. Hannet)이 참석하고 있었다. 이 사람은 나도 잘 아는 사람인데, NCWC의 극동 대표로서 한국에 자주 왔었다. 반갑게 인사했는데도 예상과 달리 아주 냉랭한 것이 아무래도 이상했다. 회의가 시작되면서 한넷이 할말이 있다고 했다. 그는 "CMC(Catholic Medical Center : 성모병원·의과 대학을 포함한 명칭)에는 NCWC에서 약 5백만 달러어치 구호 약품을 주었는데 그 사용처도 불명한 형편이니, 이러한 일들이 사실대로 밝혀질 때까지는 CMC에 대한 원조를 지원하는 데 반대한다."고 주장했다. 나는 하도 기가 막혀서 "내가 물어 보겠는데, NCWC 미국 본부에서 한국에 무슨 물자를 얼마나 보냈는지부터 설명해 주기 바란다."고 했다.

스완스트롱 주교는 실무 책임자를 불러 한국에 간 원조 구호물자가 어떤 것이며, 특히 CMC에 주로 갔을 의약품은 어떤 것인지 보고하라고 지시했다. 이 담당자도 옛날에 한국 NCWC 지원에 있던 사람 같았다. 그는 보고는 하지 않고 딴소리만 한 30분 주절거렸다. 나는 화가 끝까지 치밀었다. 나는 일장 연설을 하였다.

"내가 받은 것은, 당신네가 적어도 CMC에서 쓰라고 보낸 약품은 한국 사람에게는 꼭 필요한 것은 아니었소 변비약은 큰 덩어리로 몇 개 정도고, 그것도 전부가 샘플 종류들뿐이었소 또한 어내신(Anacin)이라는 아스피린 계열 제재(製材)가 아마 상자로 몇 백쯤 되었을 것이오 그러나 이것은 몇 년 전부터 지금까지 그 용도로 쓰이지 않을 뿐 아니라 아스피린계가 갖고 있는 부작용 때문에 쓸 수도 없는 샘플 종류였소 내가 미국에서 의사 공부를 했으니 알지만, 미국에서는 쓰지도 않는 쓰레기를 모아 몇 덩어리 보낸 것을 한넷은 지금 아마 5백만 달러어치라고 하는 것 같습니다. CMC에서 그 이상의 어떤 것도 받은 일이 없습니다. 있다면 뉴욕 지원에서 무엇을 얼마나 보냈다고 장부에 명기되었을 터이니 지금 보여 주기 바랍니다."

하도 분(憤)이 넘쳐 거의 입에 거품을 품고 책상을 치며 내가 평생 이러한 모독을 당한 일이 없다고 야단을 쳤더니, 한넷이 "윤 선생(Mr. Yoon), 내가 잘못 알고 한 말 같으니, 자세히 조사하도록 합시다. 내가 너무 터무니없이 이야기한 것 같소."라고 하며 사과하였다. 스완스트롱 주교도 너무 화내지 말라며 "점심 시간이 되었으니 점심이나 하러 갑시다." 하고 달랬다. 아래층에 있는 고급 식당으로 가 융숭한 점심을 대접받았다.

결국 내 말이 옳았다며 30만 달러의 산재 병원 건축기금 지원을 약속받은 것은 내게는 큰 다행이었다.

〈1992. 6. 18〉

CMC 파문

CMC 일이 끝나자, 한국에서는 급히 귀국하라는 전보와 편지가 왔다. 적어도 2년은 미국에서 공부하고 CMC의 권좌에는 끌려다니지 않으려 했는데, 할 수 없이 다녀와야 했다. 약 5개월 만에 귀국하니, 큰일은 일어나 있었다. 경리 신부인 김모 신부가 수억 원의 부도를 내고 있었다. 내가 유럽과 미국으로 떠나기 전에 빚더미이던 재단의 빚은 다 갚았었고, 그야말로 노기남 대주교가 요새 걱정거리가 하나도 없어 신문을 보는 것이 소일거리라는 우스갯소리들도 신부들 사이에 있었는데 이게 웬일인가? 당시에 신학 대학장은 이문근 신부였는데, 김창석 신부와 함께 자세한 이야기를 들으니 매우 황당무계한 사기극에 걸려서 그렇게 얌전하던 김 신부가 이런 큰 실수를 저지르고 말았다는 것이다. 드디어 김 신부는 형무소에 수감되고 노기남 대주교가 해임되는 등 큰 변이 일어났다.

노 대주교가 해임되면서 윤공희 주교가 수원 교구장에서 서울 대교구장으로 부임했다. 10여 년 전 물러났던 양기섭 신부가 다시 CMC의 장으로 부임하니, CMC 내에서는 여러 가지 불만이 쌓였다. 어느 날 윤 주교는 "양 신

가톨릭 중앙의료원 초대 의무원장 시절, 가톨릭재단 부속 병원으로 개원한 백령도 김안드레아 병원을 방문한 윤덕선 선생 내외.

부가 당신을 싫어하니 어디 자리를 좀 피해 줄 수 없겠소? 내가 돈을 대 줄 터이니 그전에 가려던 미국에나 다녀오시오."라고 했다.

양 신부는 모든 사태 파악을 아주 잘못했었다. 거의 대부분의 교수들이 비협조적이고, 교수 회의를 소집해도 모이지 않게 되었다. 양 신부는 그것을 내가 사주했다고 크게 오해하였다. 그래서 그는 치안국장 채원식 씨에게 나를 구금시키라고 부탁하면서 CMC의 부정을 조사시켰다. 그런데 오히려 재단의 비리가 폭로되어 큰 난리가 났다. 드디어 양 신부 일행으로 CMC에 왔던 신부들은 정권(停權, suspension)당하고 윤 대주교도 물러나는 변을 치러야 했다.

나는 그래도 신자(?)로서 교회에 이러한 분란을 일으킨 것으로 큰 죄인이 되었으니 이제 그만두어야지 하고 사직을 했다. 이때 말도 비치지 않았는데 성모병원의 주임급 과장 13명이 같이 그만둔다고 집단 사표를 내서 신문에 크게 보도되었다. 내가 큰 잘못을 저질렀구나 싶고, 그래도 시간이 지나면 나를 이해해 주겠지 하고 생각했다. 그리고 이들 13명과 함께 필동에 성심병원을 개원했다. 이 성심이라는 이름은 내가 존경하던 수녀님(김 말가렛다)이 예수 성심을 생각하는 병원이 되라며 지어 준 이름이다.

〈1992. 6. 19〉

필동 성심병원의 개원

나까지 포함해서 성모병원을 나온 14명의 교수들은 어느 누구도 일인 독재는 없게 하여 크게 의료 사업을 만들고, 학문(의학) 발달에 기여하며, 늙어서도 생계에 지장이 없게 하자는 데 뜻을 모았다. 그래서 우리는 한국의과학연구소라는 사단 법인을 결성하고 그 부속으로 성심병원을 개원했다. 자금이라고는 14명의 퇴직금을 다 모아 봐야 일천 이백 몇십만 원밖에 되지 않아 웬만한 장비는 후불로 들여왔고, 3천만 원 보증금에다 월 450만 원으로 건물을 빌렸다.

병원 규모는 180병상 정도이나 종합 병원으로서의 시설을 다 갖추었다. 공간이 조금 부족해서 옥상(11층)에 가건물을 지어 감사실·원장실과 회의실 겸 성당 등을 마련했다. 한일은행 을지로 지점은 성모병원을 할 때 잘 아는 사이였다. 그래서 우리는 거기서 신용 대출로 3천만 원을 얻어 우선 집세보증금을 충당했지만, 나머지 약 2억 원은 사채를 얻어 개원했다. 14명 모두 합심해서 주야를 쉬지 않고 열심히 일해 재미도 있었고, 또 서로 한 형제와 같은 두터운 우애 속에서 일할 수 있었으니 참으로 다행이었다.

내가 초대 이사장 겸 원장으로 취임했으나, 모든 것은 14명이 한 달에 한두 번 회의를 열어 그간의 활동을 보고했다. 임광세 교수가 재정 담당 이사였고, 조현상 교수가 기획 담당 이사였다. 이 필동에 세워진 성심병원은 우리나라에 세워진 개인 종합 병원의 효시이다.

재정 담당 이사가 있지만, 나는 적금을 들었다. 이사들 모두 고리채 이자를 물어 가는 판에 적금이 무엇이냐고 반대하기도 했다. 개원하자 한국의과학연구소는 『한국의과학』이라는 월간 무료 의학 종합지를 발간해서 전국에 약 2천 부를 뿌렸다. 이것도 고리채 이자를 무는 주제에 무슨 잡지 출간이냐고 이사들의 반대가 있었으나 감행했다. 후일 건물주가 갑자기 건물을 팔겠다고 나섰을 때, 적금이나마 들지 않았더라면 그 건물을 구입도 하지 못했을 것이다. 잘했던 일로 자위했다. 『한국의과학』 발간을 한 것도 CMC는 그만두 었지만 학문의 길을 벗어나지 않기 위해 이사들이 의무적으로 공부하고 글 을 쓰게 하는 데 도움이 되었던 것으로 생각되며 잘한 일로 생각된다.

14명 모두 동등한 권리와 의무를 가지고 운영해 나갔다. 그러나 소위 민 주적 운영이란 여간 힘든 것이 아니었다. 나는 "만일 당신들이 내 의견을 따 르지 않겠다면, 나는 이사장이나 원장을 그만두겠다. 다만 이사로만 남겠 소" 하고 주장하기도 했다. 신념을 가진 자가 강한 의지로 일을 추진해 나가 면, 아무리 민주주의가 어렵더라도 사심없는 노력은 꼭 인정받게 되고 강한 신념을 관철해 나갈 수 있다는 자신감이 생겼다. 다만 절대로 필요하다는 나 의 신념이 혹시라도 권력을 독차지하겠다든가 자리를 이용해서 사리사욕을 채우겠다든가 하는 뒤가 구린 짓을 하지 않는 한, 몇몇의 반대가 있다고 해 서 우유부단하면 아무 일도 하지 못하리라 생각된다.

〈1992. 6. 20〉

한강 성심병원의 설립

성심병원은 환자가 넘쳐 성공이었다. 이것이 사립 병원의 시초가 되어 제 일병원 · 고려병원 등 사립 병원들이 생기기 시작했다.

이제 우리는 무엇인가 이 나라를 위해 기여해야겠다고 모두 생각하고 있 었다. 뜻밖에 우리 이사 가운데 민병근(閔秉根) 교수가 중앙 대학의 임영신(任 永信) 여사와 인척 관계에 있었다. 민 교수를 통해서 중앙대 의대를 설립해야 겠는데 '선 시설(先施設) 후 인가(後認可)'라는 정부의 정책 때문에 그러니 성 심병원을 부속 병원으로 하여 교육을 위촉하는 식의 결연(affiliation) 관계를 맺기를 원해 왔다. 이사들 모두 상의했더니 좋겠다고 했다. 그렇게 하기로 결 정한 뒤 우리 일행은 임영신 여사(당시 총장)를 그녀의 공관에서 만났다. 거기에는 대학원장을 하던 백철 씨 등 여러 사람이 있었는데, 임 여사 앞에서는 담배도 피우지 못하며 어려워하는 것을 보았다. 나는 임 여사에게 왜 의과 대학을 하려는지 그 목적부터 좀 들어보자고 했다. 종합 대학의 격을 갖추기 위해 의대가 필요하다는 대답을 기대했었는데, 뜻밖에도 세계 인류의 건강과 인류 생명의 존귀함을 지키기 위해 의대를 세우기로 했다고 말한다. 나는 이 할머니가 오랫동안 정치를 해서 허풍떠는 말을 참 잘하는구나 하고 속으로는 생각했으나, 그렇다고 겉으로는 말할 수 없었다.

그 후 임 여사가 병원에 자주 입원도 하여 만날 기회가 많았다. 그때마다 이분이 세계 인류의 행복이라는 말을 자주 하는 것을 들었다. "이분은 진심이구나, 진심으로 이분은 세계 인류의 번영을 늘 생각하고 있구나. 정말 나 같은 사람하고는 차원이 다르구나." 하는 마음이 생기면서 임 여사를 존경하는 마음이 커졌다. 그러나 임 여사는 머지 않아 신병으로 총장직과 이사장직을 그만두었고, 양자인 임철순 씨가 총장이 되었다. 나보다 나이도 10여 년 아래인데 이분은 성격이 아주 원만했고, 한마디로 좋은 사람이었다.

60년대 말에 영등포의 인구가 1백만이 훨씬 넘는데 종합 병원이라곤 영

한강 성심병원 개원 당시 영등포(1971)

등포 시립 병원밖에 없으니 종합 병원을 하나 세워야겠다고 나는 생각하고 있었다. 성심병원 일행 14명과 함께 영등포 병원을 추진하려 했으나, 모두 반대했다. 그런데 그 가운데 안부호 교수만이 찬동해서 부득이 거의 독자적으로 영등포에 한강 성심병원을 세우기로 했다. 마침 김현옥 시장 때 소설가 이병주 씨가 불하는 받았으나 대금 지불을 하지 못한 땅이 있어 비교적 수월하게 구입하였다. 병원을 지을 돈이 없었는데, 마침 한일개발이라는 건축 회사에서 지어주기로 했다. 그 회사는 대한항공(KAL)이 명동에 빌딩을 지은 후 만든 회사이다. 그런데 당시에는 실적이 있어야 정부 공사에 입찰할 자격이 부여되었다. 그래서 한일개발은 외상으로 2~3년 후불도 좋으니 병원을 지어 주겠다고 했다. 그렇게 해서 한강 성심병원은 지어졌다.

필동의 성심병원과 마찬가지로 재산은 나의 것이지만 중앙대 의대와 결연 형식으로 중앙대 부속 병원이라는 간판을 달았다. 개관식에는 임영신 이사장과 민관식 문교부 장관이 참석했다. 병원은 번창했고, 한강 이남의 인구는 폭발적으로 늘어났다. 1974년에는 정부 시책에 따라 의료법인으로 편입되었다. 이때 나는 중앙대 의무원장직을 겸무하고 있었다. 그 후 의무원장직을 사퇴하고는 후임으로 송호성 씨를 추천했으나, 임철순 총장은 임광세 교수를 의무원장으로 임명했다. 의무원장은 병원과 의대를 통괄하였다.

임영신 여사가 돌아가신 얼마 후, 임광세 원장이 찾아왔다. 그는 임철순 총장의 제안이라면서 한강 성심병원과 중앙대의 관계를 끊자는 이야기를 넌지시 했다. 무슨 이유인지 모르지만 나는 "할 수 없지." 하며 매우 섭섭해 했다. "중앙대는 이러는 것이 아닌데. 누군가가 이간질했구나?" 하고 혼자 실망에 빠지기도 했다. 그러나 그것이 후일 나에게는 크게 도움이 되었는지도 모른다. 그 당시에 나는 병원이 필요할 때 이런 식으로 여기저기 지어 놓고 이것들을 중앙대에 전부 기증하면서 죽을 때까지 생활 보장이나 받으리라 생각하고 있었다.

〈1992. 6. 21〉

배신과 재기의 신념

한강 성심병원을 처음 시작할 때, 성모병원의 중진급 교수 4명이 찾아와 필동 성심병원과 같은 동등한 회원 자격으로 병원을 하자는 요청이 있었다. 대지 구입비 외의 자금이 한푼도 없었는데, 이들이 참여하겠다니 그 이상 다행한 일이 없었다. 이들 4명과 방창덕·안부호 등에게 완전 100% 건축 설비를 일임하였고, 나는 한 회원(member)으로만 있으면서 실무에서 거의 소외되어 있었다. 이들이 병원 설계부터 건축 감독·기계 주문 등 모든 일들을 나누어 맡았다. 건물도 완공되어 약 1개월 후에는 개원하기로 하였다. 이들이 성모병원에 그 뜻을 전할 당시에 성모병원 의료원장이던 유수철 신부가 이들을 적극 만류하여 어쩔 수 없이 나오지 못하겠다는 통첩이 있었다. 나는 이 병원의 개원(開院)에 더 이상 신경을 쓰지 않고 있던 터라 당황스럽기 짝이 없었으나, 할 수 없이 그 회원을 다시 짜기 시작하고 친지들을 동원하여 불철주야 개원에 노력하였다. 드디어 1971년 12월 18일 개원을 했다.

성모병원 스태프들과 공동으로 하겠다는 계획은 무산되고 나 혼자서 맡게 되니, 지금 생각하면 이런 일도 후일 내가 마음대로 클 수 있었던 좋은 계기가 되었다고도 볼 수 있다. 돈을 벌겠다는 생각보다는 병원을 더 확장해야겠다는 데에만 정신이 쏠렸다. 재단은 전부 의료법인인 것이다. 재단이 누구의 것이건, 이것은 전혀 문제가 되지 않는다. 나는 일하는 사람으로서 일을 성공시키는 데 뜻을 두기만 하였다. 개원 1개월 앞두고 나를 배신했던 성모병원 스태프들을 결코 원망하지 않는다.

갑자기 이들이 나오지 못하겠다고 할 때 나의 충격은 보통이 아니었다. 사실은 모르지만 들리는 바 성모병원측이 생계를 보장해 준다는 데 귀가 솔깃해서 그렇게도 열심히 추진하던 일을 배신했다는 낙인이 찍혀도 좋다는 인생관은 도저히 납득이 가지 않는다. 한 번 약속했으면 끝까지 신의를 지켜야 한다.

이러한 일을 작고 크게 평생 여러 번 겪었다. 몇 년 후 나를 배신한 사람들은 나를 보면 숨을 곳부터 찾으려 하였고, 조금만 더 참았으면 아주 잘되었을 터인데 하는 일이 많이 있었다. 신의는 꼭 지켜야 하며, 배신을 당해도 좌절하지 않고 다시 딛고 일어선다는 굳은 의지의 신념이 인생의 요체라고 생각한다.

〈1992. 6. 22〉

자화상(1)

후회스러웠던 내 인생으로 다시 태어나면 나의 이런 성격을 가지지 말아야지 하는 때가 많다. 나는 격하기 쉬운 성격이다. 격하고 흥분하면 참지를 못한다. 말이 많아지고 남에게 함부로 욕지거리도 잘 해댄다. 더욱이 술이나 얼큰하면 이 증세는 아주 심하다. 그것보다 더 나쁜 것은 아주 심하게 흥분하거나 마음이 아플 때에는 결코 말을 하지 않는다는 것이다. 죽기로 하고 그냥 참고만 있으니 속에서 불이 날 지경이다. 이것도 사실은 나쁜 성격이다.

나는 말이 많은 편이다. 무얼 혼자 안다고 떠들기를 좋아해서 당연히 실수를 많이 한다. 말은 한 번 뱉으면 주워담지 못하는 것인데, 어떤 때에는 경망스럽구나 할 정도로 말을 많이 해서 부끄러울 때가 있다. 성격은 내성적이며, 사교성이 아주 약하다. 당당하지도 못하여 어느 모임이건 공연히 나가기 싫은 것도 억지로 나간다. 이렇게 되니 자연히 친구를 사귈 기회가 많지 못하다. 더구나 관공서 같은 데 부탁하러 다니기를 매우 싫어한다. 평생 기관장 노릇을 그렇게 했으면서도 이러한 내 성격은 큰 약점이었다.

무엇이 옳다고 생각하면 결단코 하는 것까지는 좋았지만, 저돌적 행동으로 독재자라는 말을 많이 들었다. 이러한 것이 옛날에는 통했지만, 이제는 그런 독재 행위가 더 이상 용납되지 못하여 나 자신을 교만한 사람으로 만들어

버리고 만다. 그렇게 되니 자연히 나를 싫어하는 사람도 생겼을 것이다. 갑작스럽게 무엇을 해보려고 열중했다가도 뒷마무리를 잘하지 못한다. 예를 들어 카메라에 취미를 붙여 본다고 큰돈을 들여 이것저것 장만했는데 몇 달도 되지 않아 장만한 것들이 다 어디로 갔는지 찾지 못해 하는 일 따위이다. 말하자면 뒤처리를 잘하지 못하는 것이다. 시작은 잘하고 또 열심히도 하는데, 이 뒤처리의 미흡이 항상 약점이다.

말을 함부로 해서 남의 마음을 아프게 할 때가 많다. 그때마다 후회하지만 이미 엎질러진 물, 말 많은 사람의 큰 약점이다. 아는 사람이 많지 않다. 폭넓은 교우가 없다는 뜻이다. 직업이 의업(醫業) 또 병원이라는 극히 제한된 전문 직종 때문이기도 하지만, 좀더 폭넓은 교우를 했더라면 더 큰 힘이 되었을 것이다. 너무 성격이 다정다감해서 정에 빠지기 쉽다. 강한 의지가 정을 감당할 수 있어야 한다고 생각할 때가 많다.

〈1992. 6. 29〉

자화상(2)

언변은 꽤 좋은 편이다.

음성도 괜찮다.

독서를 많이 하여 아는 것도 많다.

연설을 즐겨 한다.

신의가 있다.

솔직한 것이 흠이 될 정도이다.

직선적이다.

돈에 욕심이 없다.

사업에는 냉철하다.

혼자 말이 많지만, 남의 의견도 잘 듣는다.

일에 열중한다.

포용력이 많다.

약속은 꼭 지킨다.

꾸준한 종교 생활을 한다.

정이 너무 많다.

근면하다.

〈1992. 6. 30〉

삶의 보람

칠십 평생을 살아가면서 보람있었다든가 지금도 흐뭇한 감정을 느끼게 하는 얼굴이 누구였을까 생각해 본다.

경성 의전을 낙방하고 낭인 생활을 할 때의 일이다. 일정(日政) 때 일본 정부가 대동아 전쟁(태평양 전쟁)을 준비하느라고 운산의 금광을 캐기 위해 전력 공사를 할 때, 그 전화선을 운산 금광까지 끄는 공사를 부친께서 맡았다. 전화선 전주(電柱)와 철탑이 세워졌는데, 거기에 푯말(번호판)을 다는 일을 나와 내 아우 둘이 맡아서 했다. 무더운 여름에 산과 들과 논을 따라 한 5백 리 길의 전신주와 철탑을 따라가며 푯말을 붙였다. 산에 있는 소나무 밑에서 송충이 옴이 옮아 밤이면 가려워 잠을 이루지 못하면서도 땀을 흘리고 굶주린 배를 움켜쥐며 수십 리 길을 걷는 중노동을 한 때를 생각하면 그렇게 즐거운 추억이 될 수가 없다.

성모병원(가톨릭 의대) 외과의(外科醫) 시절에 7명의 레지던트하고 스태프들을 데리고 무의촌에 가 혼자서 대수술 17건을 할 때, 레지던트들은 과로로 쓰러지고 외과를 포기할 정도였다. 그때의 나의 충만한 젊은 정력을 지금은 그리워할 뿐이다. 미국에 유학을 가서는 말이 통하지 않아 이를 악물고 하루 3시간 이상 자는 일 없이 『앤더슨 병리학(Anderson Pathology)』 1,000여 쪽을 정독했을 때 나는 오로지 공부밖에 몰랐는데, 왜 지금은 그때의 그 정열을 다시 가질 수 없는가 못내 안타까워하는 때가 많다.

칠십 평생 살아가면서 그래도 그때가 좋았는데라고 생각나는 세월이 나에게는 보람있는 때였다면, 그것은 무척이나 힘들고 고생스러웠으나 그것을 이겨내는 삶이 추억되기 때문이리라. 놀기도 하고 술을 먹으며 즐기던 그 많은 세월도 없지 않았으나, 지금 내가 절실히 그리워하는 시절은 뭐니 뭐니 해도 힘들고 고생스러웠던 일들을 견뎌 내며 노력했던 시절이다. 그 일들이 지금은 즐겁게 느껴지기도 하고 누구에게나 자랑스럽게 말하고 싶은 추억들임을 생각할 때, 인생은 고생하며 노력하는 데에서 보람을 찾는 것이다.

〈1992. 1. 8〉

2. 역사와 민족

무엇보다도 깊이 염두에 두어야 할 것은
남북이 통일될 때 북한 근로자들의
임금 격차가 두드러져서는 안된다는 것이다.
북한 근로자가 원래 가난했다고 저임금으로 대우해도
된다는 논리는 절대로 있을 수 없으며,
이것 또한 통일국가 창출에 가장 조심해야 할 일이 될 것이다.

나의 역사관

나이가 들어가면서 역사(歷史)를 살고 있다는 느낌을 가질 때가 많다. 나는 학교를 일제 치하에서 마쳤고, 세계 역사상 어느 민족도 겪기 힘든 해방과 독립이라는 엄청난 감동도 경험했다. 6·25동란이라는 민족 상잔의 전쟁도 겪었고, 4·19혁명의 독재에 반항하는 학생 운동도 주도했고, 5·16군사쿠데타, 유신체제, 5·18광주사태, 6·10민주항쟁, 그리고 문민정부의 출현도 겪는 역사를 살아 왔다.

역사란 무엇인가? 그것은 어떤 시간과 공간에서 구현된 인간의 활동과 사회 생활이 시간이 지나면서 재구성되는 것을 말한다. 또 이러한 인간의 활동을 기록하는 사람을 역사가라고 부른다. 역사가는 보편성 있는 상식으로 정직하게 기록하는 것을 사명으로 하고 있다.

그러면 상식이란 무엇인가? 인간 생활에 필요한 요소, 즉 지식·사고·분별력·이해력·판단력 등 5감(五感), 그 밖의 감각으로 느껴지는 공통 감각, 그것들이 가지와 잎으로 무성하고 그 무성한 감각들이 다시 유기적으로 결합된 것을 상식이라고 한다. 모든 진리는 결국 상식을 명확하게 한 것이라는 격언도 있듯이, 상식은 모든 판단의 기본이 되는 것이어서 누구나 공감하는 보편성을 가지고 있어야 한다.

역사는 인간 생활의 뿌리이다. 역사가 없는 민족이나 국가는 뿌리가 없는 나무와 같아서 허약하고 오래 가지 못한다. 또 역사는 거짓일 수 없고, 올바르게 기록되고 보존되어야 한다. 옛날 중국의 한 무제(漢武帝) 때(BC 141~87) 사마천(司馬遷)이라는 사가(史家)가 한 장군의 전공(戰功)을 임금의 뜻과는 달리 사실대로 기록하기를 고집하다가 궁형(宮刑)이라는 극형까지 받았다는 사실(史實)이 있듯이, 역사의 기록은 중요하다. 하얀 설경(雪景)을 노란 색깔의 유리창을 통해서 보면, 그 설경은 온통 노란 색으로만 보이게 된다. 그러므로 올바른 역사 기록·역사 교육·역사관은 인간 생활의 기본이 된다. 나는 결코 반일(反日) 감정이나 배일(排日) 사상을 가지고 있지는 않다. 다만 사실(史實)은 사실(事實)대로 알고 있어야 하겠기에 이 붓을 들었다.

20세기 초 일본은 우리나라를 병합했다. 우리 민족이 그 주권까지 빼앗긴 일은 5천 년 역사에 처음 있는 일이었다. 일본은 한반도를 병합하면서 몇 가지 원칙을 세웠다. 이러한 원칙은 일본이 한국을 병합하면서 정책을 입안할 때 기록된 내용들이다.

첫째, 조선 사람들을 가난하게 만들어야 한다. 일본인들은 우리나라에 와서 모든 부(富)의 원천을 차지하였다. 소위 척식(拓植) 정책으로 규모가 큰 농장은 그들의 것이 되었고, 거기서 일하는 조선 사람들에게는 겨우 입에 풀칠할 정도밖에 주지 않았다. 광산 개발도 그랬고, 몇 개 공장도 마찬가지였다. 그들이 철도를 부설한 것은 일본이 중국(만주)을 침공하기 위한 시설이었지 결코 조선 사람들을 위한 것이 아니었음을 우리는 다 알고 있다.

둘째, 일본 사람들은 조선 사람들의 교육 기회를 막았다. 조선 말엽의 우리나라는 전국에 걸쳐 향교를 비롯한 많은 교육 시설을 통해 교육에 힘을 기울였다. 그러나 일인(日人)들은 교육 시설 미비라는 핑계로 이들 모두를 폐쇄시키고 한 군(郡)에 수 개의 보통학교, 한 도(道)에 몇 개의 중고등학교(고등보통학교)밖에 세우지 않았다. 나라에서 세운 중고등학교란 한 도에 한두 개 정도였다. 교육받을 기회조차 주지 않은 이 제도는 해방 후 우후죽순(雨後竹筍)처럼 생겨난 각급 학교의 팽창 현상을 보아도 짐작하고도 남는다.

셋째, 아주 중요한 것은 그들이 조선 민족에게 조선 역사를 가르치지 못하게 했다는 것이다. 그렇게 해서 그들은 조선 사람을 역사가 없고 뿌리가 없는 민족으로 만들려고 했다. 내가 학교 다닐 때를 돌이켜보면, 일본 역사에 대해서는 일본 역대 왕의 이름까지 외울 정도로 공부하게 했지만 우리나라의 세종대왕이나 이순신 장군은 알지 못하게 했던 기억이 난다.

넷째, 그들은 조선 민족 고유의 문화를 말살하려고 했다. 창씨 개명(創氏改名)을 하게 하면서 족보도 없애려 했고, 언어도 말살해서 말기에는 조선말을 사용하면 학교에서 퇴학시키는 규칙까지 만들었다.

이 글의 본지(本旨)와는 다른 이야기이지만, 태평양 전쟁 말기 그들은 지원병·학도병·근로보국대 등의 이름으로 수많은 한국 청장년들을 전쟁터로 잡아갔다. 그들은 전쟁에 패하니까 잡혀간 사람에게까지 너희는 일본 사람이 아니라며 온갖 수모와 차별을 하였다. 이러한 사실만 보아도 그들의 식민 정책이 얼마나 치졸하고 가혹하였는가를 알 수 있다.

이렇게 해서 세워진 일본 정부의 정책 근간은 소위 식민사관(植民史觀)에 있었다. 이로 인해 조선 민족에게 수없이 되풀이해서 심어 준 것이 "조선 사람은 열등 민족이다. 너희들은 미개하고, 가난하고, 나태하고, 더럽고, 거짓말 잘 하고, 서로 헐뜯어 화목할 줄도 모르고, 머리는 아주 나쁘고, 비열한 민족이다."는 것이었고, 교육을 통해 이것을 철저하게 주입시켰다. 일본인들이 이렇게 조선 민족에게 심어 준 식민사관에 젖은 우리들은 이런 식으로 후대들을 가르쳐 왔기 때문에, 그 후손들도 이러한 식민사관의 영향을 받고 오늘에 이르고 있다. 그래서 조선인(한국인)들은 아직도 자긍심·자신감을 가지지 못하며 당당하게 행동하지 못하고 있지 않나 생각한다.

역사적으로 우리나라는 지정학적(地政學的) 위치 때문에 외세의 침략을 수없이 받을 수밖에 없는 나라였다. 삼국시대 이전, 더욱이 우리나라가 만주에 자리잡고 있을 때에는 사료가 충분하지 못하여 자세한 것은 알 수 없지만, 삼국시대에 이민족으로부터 받은 침략은 대륙에서 110회, 해양에서 33회, 모두 143회였다. 고려시대에는 대륙에서 125회, 해양에서 292회, 모두 417회로서 일 년에 평균 한 번씩 침공을 받았다. 또한 조선시대에는 대륙에서 192회, 해양에서 168회, 모두 360회, 일년에 평균 한 번씩 이민족의 침공을 받았다. 그러면서도 우리 민족은 굳건히 싸웠다. 그러나 건국 후 수천 년 동안 한 번도 주권을 상실하고 국가가 멸망한 일은 없었으며, 20세기 초 일본에 의한 강제 병합으로 35년 간 수모를 겪은 일밖에 없다. 중국의 침공은 엄청난 피해를 준 반면, 그로 인한 문화의 유입과 발전은 어떤 면에서는 우리나라에 크게 기여도 하였다.

중국에서는 한(漢)이 위만 조선(衛滿朝鮮)을 정복하였고, 수(隨)가 남북조를 통일하여 고구려를 침공했고, 중국의 황금 시대를 이룩했던 당(唐)이 국력을 키우려 여러 차례 침공했고, 거란(契丹)·원(元)·청(淸) 등의 침공이 있었다. 그러나 수는 우리나라를 침공하다 패하여 나라까지 망했고, 당도 6회에 걸쳐 우리나라를 침공했지만 번번이 실패했다. 당은 신라와 함께 나당 연합군으로 백제와 고구려를 멸망시킨 후 돌아가지 않고 신라를 제외한 전국토를 탐식하려다가 신라의 7년 여에 걸친 공략으로 청천강 이북으로 패주하고 말았다. 고려가 원(몽골)의 침략에 대항한 40년간은 세계사에 기록된 기적이기도 하다. 중국 역대 왕조 중 진(晋)·송(宋)·명(明)만이 우리를 침공하지 않았다. 해양 방면으로는 미국과 프랑스의 침입도 있었지만, 주로 일본의 침략이었다. 일본에서는 300년간의 내전을 끝내고 처음으로 나라 모습을 갖춰 통일한 도요토미 히데요시(豊臣秀吉)가 대륙 진출에 대한 야망으로 임진년 전쟁(임진왜란 : 1592~1598)을 시도했지만, 처음 1년의 노도와 같은 침공이 그 후에는 보급로가 차단되면서 패퇴 철수해 버렸다.

　그런데 19세기 말부터 20세기에 걸쳐 세계는 제국주의 식민지 약탈의 시대였다. 아프리카·남아메리카·호주·동남아 일대의 대륙을 비롯해서 조그마한 섬나라까지도 식민지가 되지 않은 곳이 없었다.

　한반도는 대륙으로 진출하기 위해서나 대양으로 활개를 펴기 위한 동북아시아의 요지이다. 누구든 한반도를 점령하면 바로 동양의 사령탑이 될 수 있었다. 당시 세계 최강국의 하나인 러시아는 막강한 힘을 가지고도 세계 어느 곳의 섬 하나도 식민지로 가지지 못했다. 또한 넓은 국토에도 불구하고 부동항(不凍港) 하나도 가지지 못했다. 한반도는 그들의 좋은 먹이였다. 필리핀을 기지로 한 미국, 인도와 호주를 식민지로 가지고 있는 영국, 인도차이나 반도를 점유한 프랑스는 똑같이 러시아가 한반도를 점유해서 대양으로 진출하는 것을 막아야만 했다. 그때 일본은 조선보다 50~70년 앞서 서구의 기계 문명을 흡수해서 급성장하고 있었고, 그들은 한반도를 병합해서 대륙으로 진출하려던 참이었다. 19세기 말부터 미국은 떠오르는 별이었고, 자유의 천지이며, 민주주의의 상징이었다. 우리나라는 1882년 미국과 한미수호통상조약을 체결함으로써 한반도를 둘러싼 열강의 힘을 억제하려 하였으나, 미국은 몰래 일본의 가쓰라 다로(桂太郞) 수상과 협상해서 1905년 7월 29일 태프트-가쓰라(Taft-桂) 협약을 맺음으로써 일본의 한반도 점유와 만주 진출을 눈감아 주고 대신에 필리핀을 점령하였다. 한반도는 일본의 식민지가 되었고, 일본은 대륙 진출의 야망을 실현케 되었다.

세계사에서 조선 민족처럼 강인한 민족은 없다. 인조(仁祖)가 남한산성에서 청나라 태종에게 항복하는 굴욕을 겪었던 것은 수치이기도 하지만, 그 광대한 국토를 270년 동안 통치한 대국과 싸웠던 우리 민족의 자랑스러움도 기억할 필요가 있다.

일본인들은 조선 민족이 사대주의에 젖어 있는 민족이라고 얕보며 살아왔다. 그러나 미국 컬럼비아 대학의 레드아드 교수는 한국에 사대주의라는 외교 정책은 있어도 자주 정신을 내버린 사대사상은 없었다고 하였다. 열강의 틈바구니에서 5천 년을 지켜 온 민족이라는 자랑을 잊어서는 안된다. 우리는 자유롭게 각국의 문화를 도입했고, 왕성한 무역으로 국권을 다져 왔다. 대원군은 만일에 우리나라를 해롭게 한다면 공자가 다시 살아온다 해도 단호히 쳐부수겠다고 하였다. 그런 우리 민족은 자주 정신을 한 번도 잃어버린 적이 없다.

영국의 넬슨 제독이 덴마크를 침공하여 그 수도 코펜하겐까지 완전히 불태웠을 때, 그룬트비히(Grundt'vig)는 덴마크 민족에게 패배의 슬픔보다는 재기의 강인한 민족혼을 불러일으켜 오늘의 덴마크를 만들었다. 또한 이스라엘 백성들은 로마군의 침략으로 마사다 성에 갇혔을 때 마지막 한 명의 목숨까지 바치면서 항전해 낸 강인한 민족성으로 오늘의 이스라엘을 만들었다.

오늘날 선진국이란 높은 사회 윤리와 국민들의 협동 정신이 성장시킨 것이다. 우리의 주위를 둘러보아도 우리의 농촌같이 철저한 협동 정신으로 이루어진 사회는 드물다. 우리 민족은 같이 품앗이하고, 같이 잔치하며, 서로 부둥켜안고, 울고, 웃고, 춤추는 역사를 살아 왔다. 수많은 이민족(異民族)과의 전쟁으로 저항 정신은 자랄 대로 자랐고, 전쟁에서 살아남기 위해 인간이 가질 수 있는 모든 슬기를 다하여 새로운 문화의 창조와 발달에 쉬지 않고 힘써 왔다. 남의 문화를 슬기롭게 흡수·소화하면서 스스로 자랑스러운 한국 문화를 이룩하였다. 우리는 삼국시대의 미술, 원효의 종교 개혁, 고려의 금속활자와 청자, 세종대왕의 한글과 과학 기술, 화담·퇴계·율곡의 성리학 정립 등 자랑스러운 역사를 알아야 한다. 미국의 미크너(James Michner) 교수는 "한국인에게 영원한 종교가 있다면, 그것은 국토에 대한 뜨거운 사랑이다."라고 했다.

우리는 이제 오랜 식민사관에서 벗어나야 한다. 조선 민족은 가장 우수한 민족이다. 나는 우리 민족이 강인하면서도 서로 사랑하고 슬기롭게 부지런히 일하며 애국애족하는 민족임을 우리 역사를 올바르게 읽으면서 배웠다. 지금 한국은 남북 분단의 괴로움을 겪고 있다. 그러나 이 땅의 역사는 결코 그것을 내버려두지 않을 것이며, 세계는 이러한 부자연스러움을 용납하지도 않을 것이다. 우리는 역사를 올바르게 읽고 배워서 우리 후손들에게 전해 주어야 한다.

그런데 8·15해방 후 우리나라의 현대사 기술에서 갖가지 과오가 저질러지고 있지나 않은지 돌이켜봐야 할 필요를 느낀다. 북한의 역사 교과서를 보면 8·15해방은 김일성의 항일 투쟁에 의해 쟁취된 것이라는 장황한 기술로 엮어져 있다. 일본군이 연합군에 항복한 것이 아니라 김일성이 일본군을 물리쳐 항복을 받아 조선민주주의 인민공화국의 독립을 가져왔고, 남반부는 미제국주의자들의 침략으로 아직도 해방을 보지 못한 노예 상태임을 강조하고 있다. 이처럼 왜곡된 역사를 벌써 2세·3세의 후손에게까지 심어 주고 있다는 사실은 앞으로 우리 역사에 어떤 문제를 초래할 것인가? 참으로 걱정되는 일이 한두 가지가 아니다.

그런데 이와 유사한 역사 해석이나 역사 기술은 대한민국에서도 판을 치고 있다. 더구나 근래 민중민주주의 열풍이 젊은 학생들 사이에 팽배하면서 소위 민중사관이라는 왜곡된 역사 기술이 유행하고 있음은 참으로 근심되지 않을 수 없다.

해방 후 남한에서 정치 사회의 혼란은 여러 가지 문제들을 발생시켰다. 두드러진 것은 보수 우익 진영이 친미파·친일파로서 반민족주의적 매판자본의 주구들로 매도되었고, 반면에 좌익 또는 사회주의 진영은 소련 공산당의 앞잡이이고 사회를 혼란으로 전복시키려는 남로당 일파의 파괴·폭동 선동 분자들이라고 매도된 것이었다. 이러한 상황에서 북한에서 공산당으로부터 축출되거나 공산당이 싫어서 월남한 동포들은 당연히 반공 테러를 일삼는 일부 서북청년회(西北靑年會) 등 단체들을 발호케 하였고, 이와 대항해서 싸우는 남로당 진영은 이들을 극우 친일파라고 매도하였다. 이 혼란을 가중시키는 가운데 1948년 대한민국 정부 수립에 반대하는 4월 3일의 제주도 반란·폭동 사건이 일어났다. 수정주의사관에 젖은 사람들은 이를 민주 항쟁이라고 기술하고 있다. 같은 해(10월 19일) 발생한 여수·순천 반란은 당시 여수·순천 지역에 주둔하고 있던 국방군 14연대 내에 침투해 있던 남로당 분자들에 의한 군인·경찰에 대한 학살 사건을 계기로 일어났던 반란이었다. 그런데도 이를 민중 항쟁이라고 미화해서 기술한 역사 저술들이 범람하고 있다.

이러한 민중 항쟁으로 미화된 수정주의사관에는 대한민국의 정통성마저 부인하려고 하면서 우리의 현대사를 왜곡하는 사례가 많다. 예를 들어 1988년 온누리 출판사가 펴낸 『잠들지 않는 남도』(노영민)의 서문에서는 "4·3항쟁의 중요한 본질은 미군정과 우익 테러 집단의 패륜적인 만행과 이에 대항하는 제주 도민들의 자위적인 무력 투쟁"이라고 기술하고 있고, 같은 해에 힘 출판사에서 펴낸 『민족통일 투쟁과 조선 혁명』(고준석)에서는 "1948년 4월 3일 봉기로부터 5년 이상 계속된 피의 투쟁은 빨치산 부대의 애국 투쟁과 혁명적 투쟁 의지가 얼마나 강렬한가를 보여 주었다"고 서술해서 독자들에게 엉뚱한 민중사관을 심어 주고 있다. 이처럼 수많은 역사 기술들에서 좌익은 애국적 세력으로 규정되고, 반면에 보수적 민족 수호 세력, 즉 우익은 친일·친미 매판 세력으로 규정되고 있다. 그리하여 2·7사건과 4·3제주도

폭동 사건 및 5·8총파업 등도 남로당의 남반부 공산화 획책의 일환으로 간주되는데도 구국 투쟁·인민 민중 봉기 등으로 왜곡되어 우리의 역사 인식을 뒤집어 놓고 있다. 그들은 심지어 6·25남침에 대해 1950년 6월 25일 공산 집단의 남침이라고 기술하면서도, 그 당시 옹진 반도에서의 남북 충돌 부분을 강조하면서 마치 남쪽이 원인 제공을 한 데 대한 북한의 총공세로 기록하는 허위도 자행하고 있다.

이처럼 민중사관 수정주의자들의 횡포가 우리나라 역사를 왜곡하고 있는가 하면, 1988년도까지만 해도 한국에서는 국민학교 6학년 2학기 도덕 교과서에는 "이승복 어린이의 반공 피살 이야기"가 실려 있을 정도로 허위 왜곡된 반공 사상도 자행되었다. 결국 올바른 역사를 어떻게 기술하고 어떻게 배워야 하느냐의 문제가 크게 대두되고 있는 실정이다. 또한 4·19와 5·18 및 12·12에 대한 정통 사학에 의한 올바른 기술이 강력히 요구되고 있다.

고려대 한승조 교수에 의하면, 수정주의와 정통주의의 차이점은 다음과 같다.

1) 정통주의 사학은 대체로 민족주의나 실증주의 또는 양자의 혼합 절충이고, 그 이념적 성향은 보수·우익 반공이다. 이에 반해 수정주의 사학은 마르크스주의와 계급주의의 영향을 받은 혁신적이고 용공적인 입장에서 역사를 서술한다.

2) 정통주의는 당시의 시대적 상황·제도, 지도자층의 사상과 역할의 상호 작용에 초점을 두지만, 수정주의는 약소 민족이나 하층 계급의 입장에서 민족 해방 및 민중 해방 투쟁에 역점을 두고 있다.

3) 정통주의는 개방적 민족주의와 자유민주주의 가치관을 받드는 데 비해, 수정주의는 민족·계급·인간 해방이나 사회주의 가치관을 선호하고 학문 연구를 변혁 운동의 일환으로 추구하는 경향을 보여 준다.

이처럼 올바른 역사관의 확립을 통해 사실을 왜곡하지 말고 어떤 사실도 은폐하지 않는 데 힘을 기울여 우리의 후손들에게 올바른 민족사를 인식시켜 주는 데 힘써야 함을 다시 한 번 강조한다.

근대와 미래

근대 문명은 기독교 문화에서 자랐다. 신에 속해 있고 신을 숭상하면서 터전을 마련한 백인들은 르네상스와 더불어 신에게서 해방되고 신과 더불어 살면서 인간의 권위를 되찾았으며, 여기에 인간 본성의 발견과 번영을 위한 노력이 현대 문명을 창조했다. 이렇게 현대 문명이 백인에 의해 창조되었기 때문에, 백인 우월주의가 만연하였다.

백인들은 신으로부터의 해방을 꾀해야 하며, 인간성 회복 등의 역사와 더불어 왕권이 무너지고 민권이 새로 등장하면서 인간 자신의 행복을 자신의 힘으로 창출해야 한다고 했다. 그러면서 백인들은 민족끼리의 싸움을 벌이고 새로운 이데올로기를 창출하였다. 이러한 전쟁과 이념 투쟁은 그들을 피폐하게 만들었다. 여기에 기의 무한하리만큼 방대한 파괴력을 가진 초대륙 국가인 미국이 제1·2차 세계대전에 뛰어들었고, 이 두 전쟁은 미국에 의한 자유민주 진영의 승리로 이어졌다. 뒤따른 물질적 번영이 사회주의 이데올로기를 패퇴시키면서, 20세기는 미국에 의한 세기가 되었다. 그러나 미국을 주도하는 백인 세력은 그들의 정신이 탕진되면서 국가사회주의의 성립과 겹쳐 문명의 혼란 속에서 방향을 찾지 못하고 있는데, 역사는 쉬지 않고 흘러가며 21세기가 가까워 오고 있다.

많은 석학들은 21세기를 예견하면서 개인의 권리, 자기 인권 보장, 타인의 권리 존중 등의 시대가 올 것이라고 말하고 있다. 그러나 지금 세계가 이러한 정신 문화와 경제 혼란에서 자구 노력을 확고하게 하지 않을 수 없게 되면서, 유럽, 미국, 아시아, 러시아는 블록 체제에 돌입하려는 경향이 생겨났다.

과학 문명의 발달로 인구 유동, 잉여 생산, 운송, 통신, TV 등의 발달이 전세계 문명을 이끌어간다고는 한다. 그러나 이러한 전세계 인류 공동체 형성을 지향하는 현대는 너무 급속한 혁신 때문에 한 세대쯤 엄청난 혼란을 겪으면서 21세기 중반 후에나 안정을 되찾으며 인간의 참된 권리 · 자아와 가치관 · 종교관 · 국가관의 새로운 질서가 성립되리라고 본다.

이러한 역사의 흐름을 직시하면서 인류 역사를 가늠하는 일은 아주 중요하다.

〈1992. 2. 11〉

민족의 장래

20세기는 아시아인이 백인의 근대 문명에 쫓기며 짓눌려 사는 세기였다. 백인에 대한 의식 속에서 그들과 동화하려는 유색인들의 노력은 참으로 처참한 것이었다. 그러나 이제 아시아 황색 인류도 세계 속에 두드러진 인류의 하나로 부각되면서, 일본인들의 발전이 아시아인의 궐기를 가져오게 한 계기가 되었다는 것을 의심할 수 없다.

가히 21세기는 일본인들의 시대라고까지 한다. 세계 첨단 기술의 모든 것은 일본인들이 주도하는 세상이 되어가고 있다. 1987년 검은 일요일(Black Monday)의 다우 존스(Dow Jones) 파동이 미국은 물론 유럽의 모든 경제 파탄을 초래하게끔 되었을 때, 일본 정부는 그 나라 기업들에게 하락하는 주식을 팔게 하여 경제 파탄에서 탈출했다고 한다. 이와 같이 이미 세계는 일본에 의해 주도되고 있다. 이제 21세기는 아시아의 시대라고 한다.

그런데 우리나라는 아직도 꿈에서 깨어나지 못하고 있다. 정치인들은 실리에만 눈이 뻘겋게 되어서 세계 역사의 흐름을 보려고 하지 않는가 하면, 우리나라 지성의 선도자가 되어야 하는 대학은 아직 이념 갈등에서 한 발자

국도 나가지 못하고 있는 형국이니 참으로 걱정이 되지 않을 수 없다. 일본인들은 21세기의 번영과 인류의 행복을 위해 세계를 끌어가려 하고 있다. 그 국력의 위대함을 그 나라의 대학이 선도하고 있다는 것을 우리는 겸허하게 배워야 할 때이다.

또한 우리는 남북 통일이 아직도 이루어지지 못하고 있는 데 대한 민족적·세계사적 부끄러움을 알아야 한다. 더욱이 남북의 지도자라는 사람들, 특히 터무니없는 환상에서 벗어나지 못하고 있는 김일성 집단은 한시라도 빨리 역사의 흐름 속에 묻혀 버려야 한다.

북의 정치적·경제적 개혁을 이끌어 내기 위한 남쪽의 민주적 힘의 양성이 지극히 갈망되고 있다.

〈1992. 2. 12〉

민족의 재도약

근래 우리는 오랜 군사 독재에서 해방되어 자유를 찾은 듯하면서도 자유를 붙잡지는 못한 것 같다. 민주주의를 하겠다고 모두들 마음을 먹고 있지만 민주주의를 할 줄을 모른다. 군사 독재는 우리를 빈곤에서 어느 정도 해방시켜 주었지만, 인권이 유린되고 온 겨레의 참된 복지를 외면한 채 빈곤으로부터 탈출하려는 데에서 오늘의 혼란이 초래된 것 같다.

남북 분단은 여러 면에서 그 골을 더 깊게 패이게 했다. 이제 세계 정세의 영향으로 국토 통일의 빛이 보이기 시작했지만, 너무나 벌어진 정신적·사상적·관념적·물질적·정치적 차이 때문에 반드시 이루어야 할 통일 과업이 앞을 볼 수 없을 정도로 막막해 어디서부터 손을 대야 할지 모른 채 다만 우리의 능력 부족만을 한숨짓고 있는 형편이다.

한때 반짝했던 경제는 우리가 잠깐 한눈을 판 사이에 나락으로 곤두박질하기 시작했다. 그러한 경제는 원래 국민의 힘으로써 떠받쳐진 뿌리깊은 발전이 아니었기 때문에 무너지기도 쉬운 법이다. 우리의 상품은 이제 세계 시장에서 외면당하고 있다. 선진 여러 나라들은 기술 혁명과 선진 기술로 보다 나은 제품을 만드는 데 열을 올리고 있다. 그런데 우리는 아직도 10~20년 전 노동 집약 산업의 수준을 벗어나지 못하고 있는 실정이다.

그러면 우리의 잘못은 무엇이었던가?

가장 중요한 것은 나라를 일으켜야 한다는 국민적 합의가 이루어지지 못한 데 있다. 민족의 분열, 그것은 민족 국가의 파멸을 의미한다. 더 자세히 말하면, 남북의 분열, 지역간의 대립, 계층간의 대립, 이 모든 것이 나라를 망치고 있다. 이런 일을 멈추고 온 국민의 합의를 도출하는 민족 대궐기의 기틀을 잡는 방법은 무엇인가? 그것은 우리 모든 국민의 의지에 달려 있다. 마음만 먹으면 일어날 수 있는 것이 오늘의 상황이다.

세계는 지금 엄청나게 앞으로 달리고 있는데, 우리 국민은 무엇을 하고 있는가?

오늘날 우리의 형국은 밤잠을 자지 않고 뛰어도 선진국을 따라잡을지 말지 할 판이다. 후발국(後發國)에서는 한국을 배우자고 하던 것에서 요즘 와서는 왜 한국이 쇠망하고 있는지를 배워야 한다고 한다.

첫째, 증오심을 선동하는 사람은 이 땅에서 이제 자취를 감추어야 한다. 우리는 이제까지 한민족의 단일성(單一性)을 자랑해 왔다. 그런데 같은 민족끼리, 같은 국민끼리 서로 미워하라고 선동하는 자는 누구인가? 왜 서로 미워하고 적대해야만 이 나라가 일어날 수 있다는 것인가? 우리 서로서로 사랑하고 용서하며, 옛날의 잘못은 다시 하지 않도록 서로 진심으로 충고하고 잘못을 지적해 주며, 같이 다시 시작하자고 손과 손을 마주 잡자.

둘째, 우리는 파괴하지 말자. 이제 겨우 걸음마를 하기 시작한 우리의 문화 · 경제 · 전통은 파괴해야만 다시 건설할 수 있다는 망상에서 깨어나자. 우리는 우리의 전통을, 우리의 미풍 양속을 더 북돋워 주고, 그 안에서 우리 민족의 역량을 찾아내 육성해야 한다. 혁명은 결코 어느 누구에게도 행복을 갖다주지 못함을 우리는 역사를 통해서 배우지 않았던가? 왜 우리는 서로 돌을 던지고 불을 붙이고 최루 가스를 쏘아 대는 전근대적 행동의 부끄러움을 깨닫지 못하는가? 열 명만 모여도 그것이 곧 전체 민의(民意)이며 민주주의인 듯 집단이기주의의 망동을 일삼는 비굴함과 부끄러움에서 깨어나자. 젊은이들의 소동은 때려 없애야 한다면서 백골단(白骨團)을 조직하여 마구 가스를 쏴대고 폭력을 휘두르는 경찰의 행태는 얼마나 전근대적 작태인가 반성도 해보자. 무엇이 그리 원수가 되어 서로 목숨을 걸고 싸워야 한단 말인가?

셋째, 우리는 공부하고 일하며 기술을 배우자. 지금 우리는 밤잠을 편히 잘 수가 없는 형편이다. 남이 잘 때 배우고 공부해서 따라잡아야 한다. 우리는 뒤처질 수 없다. 결코 이대로 주저앉을 수는 없다.

우리나라의 젊은이들이여, 학생들이여, 산업 전선의 일꾼들이여, 힘찬 농군들이여 깨어나자. 시시한 건 잊어버리자. 어느 독재자가 무엇을 하라고 하건, 어느 혁명가가 무엇을 지시하건 우리는 우리의 앞길을 가자. 우리 민족은 정말로 강인한 민족이다. 그냥 쓰러질 수 없으며, 반드시 이 나라를 일으켜 보람있는 유산을 우리 역사에 심어 놓자.

〈1992. 3. 9〉

민족 자존의 회복

한민족 스스로 일본에 대한 우리의 감정을 정리해 볼 필요가 있다.

우리는 자주 과거 일본이 한국을 침략해서 우리를 식민지 백성으로 취급했던 서럽고 억울했던 일들을 토대로 일본을 원망한다. 그러나 이러한 추한 역사에 매달려 남을 원망하거나 미워하는 따위의 소국민적 감정에서는 벗어나야 한다. 우리가 얼마나 못났으면 외세의 침략으로 나라까지 빼앗겼는가를 반성하고 부끄러워해야 한다. 우리는 왜 무엇이 그리 못나고 나약했던가를 깊이 반성해야 한다. 그런 일로 남을 미워하거나 원망하는 따위의 생각은 참으로 부끄러운 일이 아닐 수 없다.

제2차 세계대전 후 남북은 외세에 의해 분단되었다. 그리고 이 남북은 원수가 되어 오늘날까지도 냉전은커녕 열전 직전의 전쟁 상태에 있으며, 그것도 우리 민족끼리 말이다. 얼마나 부끄럽고 창피한 일이냐? 남한은 반쪽 나라인 데다가 안보를 유지하기 위해 국방비를 마련해야 한다. 남들은 경제 발전에 전력을 쏟고 있는데, 우리는 그 힘의 반 이상을 전쟁 준비—남들은 생각도 안하고 있는 일—에 쏟아 넣고 있다. 그런 중에서도 어느 정도의 경제 발전을 이룩했다는 면에서만은 자랑스럽게 생각한다.

미국은 6·25동란 때 숱한 목숨을 바쳐 이 나라를 지켜 주었다. 그래서 그 나라에 대해서는 저절로 머리 숙여진다. 그러나 백인에 대한 한국인의 사대사상(事大思想)이나 그들에 대한 비굴한 태도는 솔직히 시인해야 한다. 그러면서 그 이유가 어디에 있는지 살펴서 우리 자신을 깨우쳐야 한다. 인격이 높다, 돈이 많다, 힘이 세다 등의 수식어를 백인에게 붙여 그들이 우리보다 낫다고 하면서 우리를 깎아 내린다. 우리도 그들을 이겨 낼 수 있음을 명심해야 한다.

한국인은 허세 부리기를 좋아한다. 과거에 너무 못살아서 그랬는지는 모르지만, 없는 사람치고는 너무 손이 크다. 저녁을 한 끼 사도 손이 크고, 선물을 한 번 줘도 일본이나 미국 사람보다 없으면서 크게 한다. 우리 한국인은 손님을 그렇게 잘 접대하는 민족성을 가지고 있다. 비단 외국인에 대해서만이 아니다. 우리끼리도 분에 넘치는 접대를 하고 선물을 하는 습관이 있는데, 이는 반드시 고쳐야 한다.

일본인에 대한 원망은 깨끗이 씻어야 한다. 그리고 일본을 배우고 서구를 배워야 한다. 한국인은 오랜 역사에 걸쳐 억눌려 지내고 배우지 못하고 가난해서인지 허세를 부리려 하고, 대학에 어떻게든 가려 하고, 돈만을 벌려고 하는 데 온통 정신이 없다. 노사의 극한 투쟁은 임금 문제만이 아니다. 권력·

돈의 문제이다.

대학입시 부정, 대학 치부, 재벌 · 졸부의 탄생들은 이와 같은 것을 뜻한다. 결코 일본에 빌붙지 말자. 미국에도 비굴하지 말자. 이제는 좀더 정정당당한 민족이 되어 통일에 대비하자.

〈1993. 3. 10〉

애국심과 국가 발전

인생을 살아가는 데에 나 자신이 한국 사람이라는 소속 의식은 죽을 때까지 떨어지지 않는다. 그러므로 한국이라는 나의 나라, 이 국가는 나에게는 없어서는 안되고 없어질 수도 없는 중요한 것이다. 나의 나라가 잘되면 나부터 자랑스럽고, 한국민(韓國民)으로서의 긍지와 용기를 가질 수 있다. 그래서 나는 나의 나라를 사랑하고 키워야 할 의무가 있다. 그것이 곧 애국심이다. 그래서 나라 사랑하는 마음은 한국 국민으로서 몽매에도 잊지 않고 간직해야 하고 다시 다짐하는 신조어야 한다. 애국심 없는 사람은 한국빈도 아니고, 한 국민이라는 딱지를 붙이고 다닐 자격도 없다.

내 나라는 나름대로의 유구한 전통, 역사, 문화가 있다. 자랑할 만하다거나 훌륭하다는 표현으로 전통이나 역사를 거론하는 것은 아주 경박한 행동이다. 우리의 역사와 전통은 곧 우리 것이다. 그래서 우리 것은 우리가 올바르게 파악하고 이해해야 하며, 우리의 뿌리인 전통과 역사 속에서 우리의 성장을 위해 노력해야 한다는 굳은 신념을 가져야 한다. 우리에게는 그러한 우리의 역사와 전통으로 키워진 우리의 문화에서 싹튼 우리의 가치관이 있다. 물론 이런 것들은 국수주의나 주체사상 등 편협한 것을 의미하지는 않는다. 외래 문화와 외국의 역사나 전통도 우리는 알고 배우지만, 우리의 것을 더욱 발전시켜야 함은 두말할 나위도 없다.

우리 국민은 건강해야 한다. 육체적으로 국민 건강이 육성되어야 하고, 정신도 건전해야 한다. 결코 심신이 불안한 국민이 되어서는 안된다. 그러기 위해 우리는 서로 믿고 협조하며 화합하고 정신적으로나 물질적으로 상부상조하는 국민이 되어야 하고, 그것이 곧 한국민으로서의 자랑이어야 한다.

이러한 우리 국민과 사회는 외부로부터의 무력은 물론 사회·경제·문화에서 부당한 침략을 결코 받아서는 안되며, 이러한 침략에서 국민을 보호하는 것이 곧 국가 안보의 책임이다. 마치 국가를 지키는 것은 군사적 침략으로부터 나라를 지키는 것만으로 생각하기 쉽지만, 이제 무력 안보는 차차 그 중요성이 희박해 가고 있다. 경제 침략·문화 침략으로 우리나라의 문화나 가치관이 무너지지 않도록 지키는 것이 국가의 책임이다.

우리는 우리나라를 사랑하고 지킴과 동시에 남의 나라를 침략하거나 예속시켜서도 안된다. 이러한 것이 국가의 기본 전제여야 한다. 국가는 또 모든 국민의 장래, 다시 말해 국가의 장래를 창출하고 자랑스러운 국력(군사·문화·경제 등 사회의 모든 것)을 후손에 전할 수 있는 책임을 져야 한다. 이것이 곧 국가관이다.

〈1993. 2. 14〉

참된 애국자

애국한다는 것은 그 나라를, 그 나라의 국토와 자연과 모든 국민들을 사랑한다는 뜻이며, 국토 자연 하나 하나를 진실로 사랑한다는 것이다. 국토와 자연을 사랑하기에 이를 훼손하지 않고 아름답게 보전하고 가꾸면서 모든 국민이 다 같이 잘사는 슬기를 가질 때, 애국은 시작된다. 살기 험한 곳, 기후가 나쁜 곳, 토양이 좋지 않고 경관이 좋지 않은 곳, 이 모두가 나의 국토일진대 험한 땅을 쓸모있고 자랑할 수 있는 국토와 자연으로 만드는 것이 애국이다.

마치 못난 자식이지만 잘 키우고 공부시켜 훌륭한 사람을 만들듯이 국토와 자연을 그렇게 키워야 하는데, 이제 황금에 눈이 어두운 시대가 되니까 경제 발전이라는 명목으로 좋은 강산을 마구 파헤쳐 국민들에게 피해를 준다.

국민을 사랑한다 함은 국민 하나 하나를 전부 사랑해야 한다는 뜻이다. 국민 중에는 악한 사람, 덜된 사람, 불량배, 파렴치한, 부정 공무원, 악덕 검찰과 경찰 등 허다한 나쁜 국민이 있다. 그래도 우리 국민이면 잘못을 잘못대로 그대로 받아들여 저 사람은 왜 저렇게 되었을까, 그 원인이 나한테도 있지는 않을까 깊이 반성하며, 착하고 어진 마음으로 그들 하나 하나를 참사랑으로 보살펴 주어야 한다는 마음가짐이 곧 애국심인 것이다. 부정한 공무원이 있다고 개탄하면서 뒷구멍으로는 그들에게 뇌물을 주어 타락시킨다면 어찌 애국한다 할 수 있는가?

저질의 악덕 신문인들이 있다고 침을 뱉고 욕을 하면서도 툭하면 기자들에게 돈이나 집어주며 그릇된 언론을 만드는 일은 결코 애국심이 아니다. 나는 나라를 진정 사랑하는가? 모든 국민은 서로 사랑하는가? 못난 자식이지만 사랑하지 않고는 못 배기는 부모처럼 국민 하나하나를 진심으로 걱정해 주고 사랑함이 참된 애국자라고 할 수 있다.

〈1992. 3. 31〉

그래도 희망있는 나라

월간조선(1992년 9월호)에 실린 근로자 정선수라는 사람의 일본 밀항 얘기를 읽었다. 그는 서두에 다음과 같은 글을 썼다.

"조국땅 한국 이상한 나라—정치인들의 아귀다툼, 기업가들의 막무가내식의 이윤 추구, 공무원들의 부정 부패, 민중들의 우매함, 개인의 무지몽매한 탐욕은 나를 질식하게 한다.…

　그들은 서로 물어뜯고 미친 듯이 할퀴고 어디론가 정신없이 달려가고 있다. 뭐가 그리도 바쁜지 빨리빨리를 중얼거리면서 줄을 설 줄도 모르고, 차들은 마구잡이로 끼여들고, 식사는 경찰에 쫓기는 범죄자처럼 순식간에 뚝딱 해치운다. 아이들은 공부에 무섭게 내몰리고, 어른들은 공부하는 아이들 옆에서 퇴폐 · 사치 · 허영에 탐닉한다. 나는 이 덜 떨어진 나라를 떠나 알몸으로 일본에 간다."

　그는 약 두 달 동안 일본에 불법 체류하면서 많은 것을 보고 배우고 뉘우쳐 보았다. 참으로 이런 뜻에서 감동적인 글이었다.

　과연 우리나라는 이렇게 딱지 덜 떨어진 나라일까? 이 38세 나이의 근로자 눈에 이러한 나라로밖에 비치지 못했다면, 누가 그에게 이 나라를 그렇게 가르쳐 주었는가? 학교 선생님 · TV · 라디오 · 신문 · 잡지, 이 모두가 이 나라를 그렇게 보이게 했다. 그러나 이 나라는 그가 느꼈듯이 그렇게 딱지 덜 떨어진 어수룩하고 더럽고 치사한 나라는 아니다.

　졸부도 있고, 퇴폐도 허영도 있다. 어느 나라에는 그런 것이 없겠는가? 사람이 사는 곳이면 어디에나 있다. 그러나 이러한 음성적 면만을 노출시키는 사회 문화는 온통 마구잡이로 이 나라에는 그런 것으로 가득 차 있다고 말하고, 쓰고, 사진 찍어 준다. 그래서 온통 세상이 다 그렇게 부정적으로만 느껴지게 한다.

　수많은 젊은이들이 도서관에 꽉 차 있다. 교보문고나 종로서적에 가서 보라. 젊은이들이 찾고 있는 많은 책들을 보라. 나이 많은 선배와 젊은 학도들이 연구실에서 밤을 세우고 있다. 많은 노무자들이 얼마나 열심히 일하고 있는가? 세계 마라톤을 제패한 우리나라 젊은이를 보라. 이 땅은 딱지가 덜 떨어진 나라가 아니다. 우리나라는 완전히 딱지가 떨어져 나가 아주 깨끗한 생명력 있는 나라이다.

　모두 열심히 살려고 애쓰고 있다. 일하기 싫어하고 놀고먹기 좋아하고 말로만 입씨름하는 무리들도 있고, 또 유달리 그렇게 눈에 띄기도 할 것이다. 그러나 그들은 사천만 민족 중 낙오된 극히 일부분의 사람들이다. 우리 모두는 한때 집단이기주의에 빠져 책임보다 권리를 먼저 찾으려는 우매한 경험도 했다. 그것은 나라가 성쇠할 때 일어나는 과정이요, 현상이다. 결코 비관할 필요는 없다.

이 나라도 이제 질서를 찾기 시작했고, 서둘러서 안된다는 것도 알기 시작했다. 일해야 보람을 찾는 것도 알았고, 무엇이 우선하는지도 알기 시작했다. 그것은 우리가 배웠기 때문이고, 많이 경험했고 공부한 탓이다.

이제 일어나고 있다. 지금까지 확실히 뛸 준비를 갖추고 있다. 역사는 멈추지 않고 멀리 멀리 가는 법이다.

찬란한 역사를 살아 보자.

〈1992. 9. 6〉

정신대 문제의 해법

정신대 문제가 한국과 일본 사이의 현안으로 한창 말썽이 일고 있다. 내가 1944~1945년 이북에서 개업하고 있을 때, 나의 바로 뒷집이 군인(일본) 전용 유곽이었다. 거의 매일 일본 군인들이 수백 명씩 줄을 서서 노란 딱지 한 장씩 들이대고는 여자를 유린하고 나왔다. 젊은 일본 군인들은 참기 힘들다고 소리를 지르며 빨리 나오라고 야단들이었다. 18~20세의 젊은이들인 이들은 대부분 비행장에 있는 군인들로 곧 특공대(神風, 가미가제)들인데, 그들은 비행기를 단독으로 타고 날아가 미국 군함을 향해 돌격하는 젊은이들이었다.

일본 정부는 이와 같은 야만적인 인간 학살(자살)로까지 전쟁을 몰고 갔다. 이미 최후 발악인 줄 알면서도 자기 나라 젊은이들을 이처럼 죽게 하는 일본인의 행동은 결코 애국도 아니요, 충성도 아니라고 본다. 일본 군국(軍國) 정부는 이미 승전(勝戰)의 희망이 없는 줄 뻔히 알면서도 황국(皇國)이라는 이름으로 젊은이들을 선동하여 죽게 하는 이런 짓을 저질렀다.

나는 그들의 이러한 행동을 구경하면서 일본의 패전이 멀지 않았음을 짐작하기도 했다. 이 특공대 젊은이들에게 출전(出戰) 1주일 전부터는 마음대로 술을 먹게 하고, 그들의 어떤 행동도 탓하지 않았다. 심지어는 그들이 저지르는 살인까지도 눈감아 주었다.

정신대로 끌려 온 여자들은 대략 20세 전후의 한국 여성들이고, 그 가운데 한두 명은 30대였다. 징발되어 끌려 온 이 여자들은 징징 울기도 했지만, 몇 푼의 돈이 생겼다고 담배도 배우고 술도 마셨다. 이 정신대 유곽은 외지인이 와서 경영하였는데, 일본 군영과 계약하고서 영업하였다.

우리나라는 나라까지 뺏겨 망국의 한이 이만저만이 아닌데, 그 일본이 젊디젊은 여자들까지 이 지경에 빠지게 만들었으니 얼마나 한탄스러웠으랴. 어서 우리도 독립을 해서 국력을 키워 이런 한을 풀어야 한다며 이를 악물던 일이 생각난다.

나는 일전에 일본에 가서 일본 사람들 중 정부 요직에 있는 사람들과 만나 이야기할 기회가 있었다. 그들이 정신대(挺身隊)에 대해 물었다. 아무리 묻혀진 역사 속의 일일지라도 그것이 부각되는 일이 부끄러워 말을 못해 왔지만 이제는 시간을 끌면 끌수록 일본인의 불명예이니 하루속히 해명해야 할 것이라고 했다. 일본 정부에서는 한일 협상으로 다 마무리되었으니 이제는 한국 정부가 해결해야 한다고 말장난하는 사람들이 아직도 있고, 이러한 잔꾀나 부리려는 정치인이 아직도 일본에 존재한다는 것은 한심스러운 일이니 하루속히 정치적 해결의 길을 찾으라고 말해 주었다.

이러거나 저러거나 우리나라가 어떻게 얻은 해방인가. 이제 다시는 이러한 치욕을 겪지 않도록 국민 모두가 정신을 차려서 국력 배양에 더 한층 일치단결해서 노력해야 한다.

〈1992. 2. 21〉

세계사의 흐름과 북한

지금 세계사의 흐름은 인간 개인의 자유와 스스로를 찾으려는 자기 발견과 자기 사랑에 눈뜨고 있다. 이러한 자기 정체성(self identity)을 찾기 위한 흐름이 세계를 휩쓸면서 전체주의·사회주의조차 무너지고 있는데 유독 북한만이 이 세계의 조류를 거역하려 하고 있다.

북한은 오늘날까지 김일성 우상화와 개인 숭배로 힘이 약한 민족의 민족 정기를 한군데로 집중시키는 데 한때 성공하였다. 그것은 전체주의나 사회주의의 한 방법이기도 하지만, 이제 역사의 흐름은 제자리를 찾고 있다. 어떤 이념이나 어떤 개인에 대한 숭배 및 예속화에서 탈피하여 자아를 찾겠다는 인간 본성의 분출인 자기 발견이 시작되고 있다. 그 도도한 물결은 아무도 거스르지 못한다. 북한의 2천만 인민은 이제 그 물결을 찾아 타게 될 것이며, 그들에겐 개인 숭배와 우상이 없어질 것이다.

인간이란 유한한 존재일진대, 개인 숭배나 개인에의 예속이란 영구적일 수 없다. 그들은 개인 숭배나 개인에의 예속을 통해 부자 세습을 영구화하려고 한다. 그러나 개인은 이디까지나 개인이다. 더욱이 개인에의 예속화와 부자 세습에 의한 개인 숭배는 결코 이루어질 수 없다. 자기에 대한 우상화의 지속을 위해 자기 자식을 이용하는 사람이 어떻게 인민의 숭앙을 받을 수 있는지 알 수가 없다. 김일성도, 김정일도 북한의 모든 인민들도 모두 자기를 찾아야 한다.

내가 위대하기 이전에 너와 내가 똑같은 무게의 존재라는 인식이 필요하다. 결코 나는 너보다 더 무게가 나갈 수 없을 뿐더러 모든 자아는 항상 가장 무게있는 존재이다. 인민 각자가 진실로 누구를 숭앙한다고 해도 내가 없으면 아무것도 아니다.

내가, 이 자아가 제일 소중하다.

나보다 금이 더 소중할 수도 없다.

나를 인식해야 할 때이다. 그것이 이 세계사의 흐름이며, 우리는 그 물결의 굽이침을 똑똑히 지켜보아야 한다.

〈1992. 2. 4〉

마르크스주의의 오류와 북한

한때 소련 공산당의 선전부장까지 지냈던 야코 부메르가 최근에 마르크스의 이데올로기에 대한 비판서를 출간했다. 그는 마르크스가 잘못 생각한 몇 가지 오류를 지적하였다.

첫째, 마르크스는 사회주의로 세계를 개조하겠다고 말했다. 세계 속의 인간은 미소하다. 어떻게 감히 인간이 세계를 개조할 수 있단 말인가. 최근에 경제 개발이니 산업 발전이니 하면서 산야를 파괴하여 입고 있는 피해를 우리는 잘 알고 있다. 언제 어떻게 인간이 세계를 개조한다고 했는가?

둘째, 마르크스는 세상의 모든 사상(事象)이 대립되어 있다고 했다. 그러면서 사회주의자는 이 대립을 이겨나가야 한다고 주장했다. 그러나 세상은 어찌 대립만이 있을 수 있겠는가? 거기에는 아름답고 따스한 조화가 인간을 껴안고 있지 않는가? 인간 만사는 결코 대립만이 아님을 그는 잘못 판단하였다.

그래서 빈과 부, 강과 약, 계급과 계급이 투쟁을 통해서 승리해야 한다고 하면서 폭력 혁명을 주장하였는데, 이는 곧 인류 세계의 파멸을 초래하고 만다. 오류 중에서도 가장 큰 오류이다. 사회주의는 극단적으로 독선주의이다. 누구의 비판도 이견(異見)도 거부한다. 그만이 옳다고 주장하는 가장 큰 오류를 저지르고 있다. 그렇게 해서 그는 고립되고 오늘의 실패를 가져왔다.

이제 소련은 무너지고 마르크스주의 사회의 모순이 낱낱이 드러나고 있는데, 북한은 아직도 금과옥조로 마르크스주의를 지키고 있다. 이제 하루속히 잠에서 깨어나야 한다. 마르크스주의 자체의 오류가 스스로 드러나고 있는데, 유달리 북한만이 이를 고집하고 있는 이유는 김일성이 독재를 유지하려는 수단으로 마르크스주의를 이용하고 있기 때문이다.

거기서 과감히 벗어나라. 프롤레타리아 독재는 구두선(口頭禪)이고, 신격화된 김일성의 독재를 이론으로 합리화하려는 북한 공산당의 허구는 곧 무너지리라.

〈1992. 10. 8〉

북한의 핵 개발

북한의 핵 문제는 아주 심각하다. 우리는 핵의 위험성·공포감·불안감을 잘 안다. 세계에서 지금 핵을 가진 나라로는 미국·소련(현 러시아)·중국·영국·프랑스·인도 등이 있다. 이들이 핵을 가졌을 때, 득히 미·소가 핵 보유를 위해 경쟁했을 때 가만히 있던 세계가 왜 북한의 핵 문제로 떠들썩하는가? 다른 나라는 핵을 가져도 되고 북한은 가져서는 안된단 말인가?

북한이 핵이라는 걸림돌을 제거하면 쉽게 서방 세계와 접근할 수 있는데, 그렇게 못함으로써 북한의 경제 위기는 극에 달하고 있다. 여기에는 몇 가지 문제점이 있다.

1) 북한은 왜 핵 시설을 탁 터놓고 내놓지 않고 있는가?

　(1) 핵이 없다고 시설을 완전 개방해서 핵이 없음이 확인되면 북한에는 서방 문화·경제가 급류처럼 흘러 들어갈 것이다. 이것이 북의 체제에 위험을 주게 되므로 될 수 있는 한 시간을 끌면서 서방 세계에 개방을 늦추

려 할 것이다.

(2) 북에는 핵 시설이 없을 뿐 아니라 그 가능성도 없으며, 그들의 말대로 사찰이니 뭐니 하면서 군사 시설을 다 개방할 수는 없을 것이다.

2) 북은 왜 핵 시설을 가져서는 안되는가?

(1) 북은 남을 목표로 핵을 보유하려고 한다. 즉 남에 대한 군사적 우위를 차지하려고 한다. 그래서 북은 남침을 기도하거나, 한 · 미가 북침한다면 이에 대응할 것이다. 그러나 북도 핵에 의한 전쟁은 남이나 북에 결코 도움도 안되고 통일을 앞당기는 것도 아니며 한반도 전부를 초토화한다는 사실을 알고 있다.

(2) 북의 핵 보유는 일본의 핵 보유를 자극할 것이고, 이러한 상태는 아시아에 냉전이나 긴장 또는 전쟁의 혼란을 가져오게 한다. 뿐만 아니라 아시아 각국이 핵을 보유하는 것은 현재 미국의 핵우산을 무력화시켜 당연히 미국의 세계 영향력을 감소시키게 된다.

(3) 북의 핵 보유는 힘의 과시와 국제적 발언권 강화에 목적이 있다. 북의 이런 위치 강화는 결코 미 · 일 등이 바라는 것도 아니고, 북이 핵을 보유하게 되면 당연히 한국에도 핵을 보유하게 하거나 배치할 것이다.

3) 핵은 이제 지구상에서 더 생겨서는 안된다. 그렇다고 유달리 북의 핵 보유만을 반대한다는 것은 명분이 되지 않는다. 북은 불량배이므로 이런 가공할 무기를 가지게 되면 무슨 짓을 할지 모른다는 말이 있다. 그러나 북은 그렇게 망나니는 아니다.

4) 북이 말하듯 원자력의 평화적 이용을 위해 플루토늄 추출이 필요하여 원자력 연구소가 설치되었다고는 하지만, 그 플루토늄이 곧 핵 폭탄의 전 단계라는 데 문제가 있다.

5) 일본이 핵 폭탄 바로 전 단계 물질인 플루토늄을 프랑스에서 제조된 형태로 수입하는 것에 대해서는 왜 미국이나 국제 여론이 침묵을 지키느냐도 문제이다.

어쨌든 북의 핵 보유가 통일 한국에 도움이 되든 되지 않든 우리는 이 문제를 심도있게 다루어야 한다.

통일 한국은 분단 한반도와는 전혀 다른 나라이다. 이 통일 한국은 아시아의 강대국이 될 것이며, 통일 한반도에 주어진 동아시아 평화를 위해 대단히 큰 역할을 할 것이다. 또한 그 위상이 사뭇 다르다는 점도 깊이 생각해야 한다.

〈1993. 2. 21〉

남북회담 무방

근래 남북 대화가 진지하게 이루어지는 듯 국민들을 자극시키고 있다. 그러나 여태껏 많은 접촉이 있었으나, 실질적 성과란 아무것도 없다. 회담이 일천하니 더 기다려야 한다고 한다. 남북의 군사 대결이 수그러진 것 같다고 한다. 그러나 그것은 남북 대화의 힘 때문은 아닐 것이다. 그것은 주변 세계 정세가 이제 무력 대결로 어떤 해결점을 찾으려는 노력을 용납하지 않을 것이라는 이유 때문일 것이나.

북한의 실태를 보자. 그들 위정자들이 행하는 김일성의 신격화와 그의 권력 승계를 목표로 한 김정일의 부상 작업은 인류사상 전무후무한 일이다. 수천만에 이르는 김일성의 조각 · 사진 등의 전시와 그를 뒷받침하기 위해 역사를 완전히 변조한 온갖 기념물, 이를 능가하는 김정일에 대한 신격화의 시작은 이 지구상 어느 나라이건 그 국가를 반동으로 몰아넣지 않을 수 없다. 거기에 바쳐진 막대한 인력 · 물자 · 시간은 한 나라를 망하게 만들고도 남는다.

그러나 한 가지 생각해 볼 점은 있다. 국민 정신을 한곳으로 집중시켜 나라의 심볼을 만드는 것이 국력 배양의 중심 역할을 한다는 것이다. 북한은 어린아이에게까지 아주 어릴 때부터 격리시켜 김일성 · 김정일에 대한 맹신적 교육을 일삼고 있다. 사람에게 물을 '돌이다, 돌이다'라고 몇 년 몇십 년을 두고 외우게 하면 물이 돌로 보이게 되는 것이다.

지금 북한 주민의 90% 이상은 이런 세상에서 태어나 이렇게 자란 사람들이다. 그러나 지금 그들은 엄청난 가난에 시달리고 있다. 굶주리고 있다. 그들은 밖을 볼 수가 없다. 그들은 굶주리면서도 낙원에서 살고 있는 줄로 알고 있고, 남한이나 일본·미국은 악이 사는 사회라고만 알고 있다. 그들의 굶주림은 오로지 김일성·김정일 승계 작업에 모든 걸 맞추는 데서 비롯된 것이다. 그러한 일은 앞으로도 계속될 것이다.

남북 회담은 결코 성공하지 못한다. 적어도 고향 가고 싶은 실향민이 북한 고향을 방문하는 것은 김일성·김정일이 무너지는 날에나 가능할 것이다. 회담으로는 그것이 이루어질 수가 없다. 우리가 자주 만나면 그들의 은폐·거짓이 탄로나기 때문에, 그것은 결코 이루어질 수 없다. 아마 판문점에서 그들의 감시하에서나 만날 수 있을지는 모르겠다. 남북의 경협(經協)도 이러한 기준에서 이루어질지는 모르지만, 더 구체적인 일이란 진전될 수 없을 것이다.

머지않아 북한 주민이 굶주림과 추위에 견디지 못하다 스스로 총탄을 뿌리치고 남한 땅으로 탈출하는 날이 올 것이다. 또 그곳에서 그러한 목적으로 혼란이 일어날 수도 있을지 모르겠다 그런 기회나 있게 된다면, 남북이 만날 수 있을 것이다. 그전에는 절대로 불가능하다. 고려연방제는 더구나 안된다. 적어도 한 나라 사람들의 왕래는 있어야 하는데, 왕래를 자유롭게 한다는 것은 현 체제에서는 생각지 못할 일이다. 남북 통일은 인간의 힘에서가 아니라 자연스럽게 이루어질 것이다. 김일성이나 김정일은 남북 통일을 막고 있다. 이들에게 기대하는 것은 그들의 농락에 놀아나는 것일 뿐이다.

문제로서 깊이 생각할 일은 당장 이 굶주린 사람들이 노도와 같이 남쪽으로 밀려올 때 그들을 대하는 우리의 마음가짐이다. 그들이 거지와 같다 할지라도 절대로 거지처럼 취급해서도 안된다. 따뜻한 동포애를 진심으로 기울여야 할 것이다. 그러면서 남북한 땅의 모든 문제를 차원높은 정치 문제로 연구 검토하여 시간을 두고 해결하는 데 노력을 집중해야 한다.

장사꾼이나 졸부가 생기지 말라는 법은 없지만, 남북 통일이라는 대과업이 이러한 사람들에 의해서 훼방을 받아서는 안될 것이다. 남북 회담은 그저 하는 것이지 기대할 수 있는 것은 아니니만큼 거기에 국력을 소모해서는 안 된다.

〈1992. 9. 30〉

통일 한국의 세계사적 역할

통일 한반도는 동아시아에서 아주 중요한 역할을 하고 있는 중국과 일본 이라는 두 강대국 사이의 교량으로서 양국의 무력 · 문화 · 경제를 조화있게 결합시키는 중대한 역할을 하게 될 것이다. 이러한 사실은 동아시아의 역사 가 증명한다. 중국의 문화는 한반도에 와서 정착되어 일본에 전래되었다. 일 본이 한국을 점유해야만 중국 대륙에 발을 들여놓을 수 있었던 역사적 사실 을 우리는 알고 있다. 한반도는 근세사가 말해 주듯 중국이나 일본의 먹이가 될 수는 없다. 한국은 절대적으로 문화 국가이다.

현재까지 무력이나 경제력에서 약했기 때문에 한국의 존재는 널리 알려 져 있지 않았다. 그러나 이제 한국은 무력으로도 간단히 넘볼 수 없는 나라 요, 경제력으로도 중국과 일본 중간에서 많은 기여를 하고 있다. 지금 경제적 침체를 겪고 있는 한국의 경제력 약화를 다들 걱정하고 있지만, 한국은 반드 시 또다시 일어나리라 생각한다. 적어도 전쟁이 아닌 경제력에서 한국은 일 본에 뒤질 나라는 아니다. 우리는 역사와 문화의 전통을 가지고 있기 때문이 다. 21세기가 되면 통일 한국의 힘은 무력 · 경제력 · 문화에서 아시아의 중 심 세력이 되고, 이것이 곧 세계 평화에 크게 기여하리라 생각된다. 한반도가 지닌 이 세계사적 책임을 볼 수 있는 안목을 키워야 한다.

이제 북과 같은 폐쇄된 세계에서 김일성에 대한 개인 숭배에 빠진 전근대 적 국가를 상상할 수는 없다. 유구한 역사에서 한 개인은 티끌만한 가치도 없다. 도도히 흐르는 세계사적 조류를 우리는 놓치지 않고 탈 줄 알아야 한다. 북은 지금과 같은 촌스럽고 부끄러운 꿈에서 깨어나야 한다. 남쪽이 쳐들어온다고 북쪽의 인민들에게 항상 공포와 긴장만 주고 있는 시대에 뒤떨어진 발상이나 행태에서는 이제 벗어나야 한다.

한반도는 어디까지나 하나이다. 결코 영원히 분단될 수는 없다. 더구나 연방제니 뭐니 하는 분단고착화를 기도해서도 안된다. 한반도가 짊어질 세계사적 책무를 다시 한 번 강조한다.

〈1993. 2. 22〉

노동 개혁과 통일

남북이 통일되는 날 남쪽의 자본·기술과 북쪽의 노동력이 합쳐져서 새로운 통일 국가가 되어 아시아에서의 대발전을 지향하는 일대 약진이 시작될 것이다. 여기에서 문젯거리가 되는 모든 장애물은 서서히 정리될 것이다.

첫째, 현재 남한에서 근로자들을 이끌고 있는 노조의 혁신이 요구된다. 여태까지 우리나라의 노조 활동은 마치 무슨 비밀 결사나 극에 달한 혁명 단체처럼 행동하면서 목표도 없고 이상도 없이 단지 근로자의 복지라는 구실에 지나지 않았고, 마치 우리나라 정치가들처럼 투철한 이념도 없이 몇몇 야심가들의 개인 출세욕에 끌려다니는 양상만을 띠었다. 억지와 폭력, 더욱이 무서운 것은 자기만을 위해 어떤 활동도 타당하다고 생각하는 집단이기주의의 테두리에서 벗어나지 못한 것이다. 기업이 무너지건 거꾸러지건 그것은 나의 관심 밖이며, 어떤 때에는 임금 인상이나 근로자 복지는 제쳐놓고 파업·파괴·집단사회폭력화로 치달으며 투사가 되고 열사가 되어 빈축의 대상이 되어 왔다.

이제 우리나라의 노조는 고급화해야 한다. 결코 누구에게도 부당한 착취를 당하는 근로자가 될 수 없으며, 당당한 근로자의 권리를 찾아 각자의 인간 개발에 힘써야 한다. 그러기 위해서는 현재와 같은 저질의 노조 지도자는 깨끗이 물러가고 지도자급의 고급화가 필요하다. 즉 노조 간부는 기업의 경영 내용을 읽고 해석할 줄 알아야 하며, 기업 경영에 직접 참여하여 자기의 의견을 과감하게 개진할 수 있는 능력을 갖추어야 한다. 기업이 근로자에게 얼마만큼의 대우를 해줄 수 있고 근로자들의 권익을 보호하고 그들의 지위 향상을 위해 어떤 노력이 필요한가를 아는 자가 지도자가 되어야 한다. 경영 내용을 하나도 해석하지 못하고 억지로 요구만 하는 후진성에서는 탈피해야 한다. 노조가 당당한 경영진의 일원으로 참여할 때 노조다운 노조가 될 수 있다.

근로자의 임금이 이제 우리나라 경제를 파괴시킬 정도로 균형에 맞지 않게 급등되었음을 누구나 시인할 것이다. 사실 이제 근로자의 생활도 많이 향상되었고 후진성도 면했다고 일반적 평가를 해도 무방할 것이다. 어림도 없는 소리라고 불만을 터뜨리는 계층도 있을 수 있겠지만, 그러한 불만은 어느 사회에서나 있을 수 있다. 적어도 고임금 때문에 경제가 파탄돼서는 안된다는 데는 누구나 합의할 것이다. 고임금이 기업을 파괴하는지 않는지의 여부는 근로자나 경영주가 다 같이 경영 내용을 분석하고 기업 발전을 위해 그 타당성을 엄격하게 판단하여 결정해야 한다.

그러나 또 한 가지 무엇보다도 깊이 염두에 두어야 할 것은 남북이 통일될 때 북한 근로자들과의 임금 격차가 두드러져서는 안된다는 것이다. 북한 근로자가 원래 가난했다고 저임금으로 대우해도 된다는 논리는 절대로 있을 수 없으며, 이것 또한 통일국가 창출에 가장 조심해야 할 일이 될 것이다.

현재는 우리 모든 근로자들이 눈을 더 크게 떠서 통일 국가의 일원으로 우리나라 건설의 대과업을 목표로 새로운 인식을 펴나갈 것이 절대적으로 요구되는 때이다.

〈1992. 7. 27〉

통일 시기의 경제 개혁

남북이 통일되는 날 경제 구조에서는 일대 혁신이 단행되어야 한다. 현재 우리나라 대기업이 그 나름대로 경제 발전에 큰 몫을 한 것은 충분히 인정되지만, 오늘날 대기업 또는 소위 재벌은 거대화하면서 그들의 힘이 너무 커져서 횡포에 흐르기 쉽게 되었고, 그들의 오만은 여타 대다수 국민들과의 계층 간 격차를 확대시켜 국민 총화를 이룩하는 데 큰 걸림돌이 되고 있다. 이러한 사실을 우리는 솔직하게 시인하여 새로운 경제 구조를 정립하는 데 아래와 같이 슬기를 모아야 한다.

1) 모든 재벌 형태를 해소하여 일부 소유주측에 편중된 재산권은 주식을 통해 많은 국민들에게 분양되어야 하며, 어느 누구도 일정 한도 이상의 주식을 소유할 수 없게 한다. 만일 기만적 수법(수단)으로 위장 소유하는 경우 그 주식은 국가에서 자동 몰수해야 한다.

2) 모든 기업주에게는 거기서 발생하는 수익의 최고 한도를 설정해서 그 이상의 수익은 세금으로 부과하고, 나머지 이익을 법으로 사회(교육 · 복지 · 기간 산업 등)에 헌납하게 해야 한다. 헌납하는 사람은 이러한 사회 사업에 적극 참여케 한다.

문제는 남한 사회의 큰 부조리 가운데 하나인 '부익부 빈익빈(富益富貧益貧)'에 있다. 돈이 있으면 돈을 벌 수 있지만 돈이 없으면 돈을 벌 수 없다는 체제에서 돈을 가진 자가 무제한의 부를 가질 수 있는 제도는 부의 편재(偏在)로 국부를 추진하는 데 큰 지장이 된다. 뿐만 아니라 이러한 빈부 격차는 국민 총화를 불가능하게 하고, 온갖 사회악이 조성되며, 계층간의 심한 차이가 국민 서로간에 불신을 가져오게 되는 등 큰 병폐를 낳게 한다.

〈1992. 7. 26〉

통일에 대비한 토지 개혁

체제가 전혀 다른 북한과 통일이 되는 경우 가장 큰 문제점으로 부각되는 것은 북한에서의 모든 국토가 국유화되어 반세기를 지났고 남한처럼 개인이 자유롭게 토지를 사유화할 수 있는 이점이 국민에게 주어지지 않는다는 점일 것이다. 또한 남한에서는 토지를 사유화하는 데 따른 많은 결점이 야기될 수 있다. 말하자면 부동산 투기가 판을 치게 되어 소위 졸부가 양산되기 쉬우며, 주택 마련이나 기업 창업을 위해 지불하는 데 따른 비싼 집 값과 막대한 자본이 필요하여 불이익을 가져온다는 폐단 등이 있다.

반면에 남한의 토지 사유화를 폐지하고 전면 국유화하는 경우 자유민주주의의 체제 아래에서 개인의 재산권 보장이라는 기본 정신이 말살되는 모순이 제기될 것이고, 또한 북한의 모든 국토를 경우에 따라 사유화할 수 있는 제도가 북한에 도입된다면 북한의 토지 불하에 따른 엄청난 투기라는 비리를 겪어야 될 것이다. 뿐만 아니라 북한에서 남하한 이북 사람의 상당수가 북한에 살 때 많은 토지를 소유했던 사람들이라는 점에서 자기 땅을 찾겠다고 나서면 큰 사회 혼란이 야기될 것이다. 이러한 점을 생각하면 통일이 멀지 않았음을 감지하고 있는 우리들은 이 문제를 심각히 생각하지 않을 수 없다.

남한·북한의 모든 국토를 국유화하는 경우 북한에서는 문제가 없겠지만, 남한에서는 일대 혁명 과업이 될 수 있다. 다음과 같은 방법을 생각해 보자.

1) 토지의 매매는 일절 금한다.
2) 현재(모년 모월 모일) 개인이 소유하고 있는 일체의 토지는 개인이 사용할 수 있되 장차 국유화하고 그때까지 최장 100년 기한으로 정부에서 임대해서 사용한다.
3) 임대료는 현재 부과되고 있는 세금을 임대료로 대체한다.
4) 사유되고 있는 토지를 금융 기관에 근저당하여 현금을 쓰고자 할 때에

는 그 당시 표준 시가에 따라 은행에서 융자를 얻어 쓸 수 있다.

5) 근저당하여 차용한 돈을 상환하지 못할 경우 그 토지는 은행 소유가 되며, 은행도 차용 기간에는 저리의 금리를 지불한다.

6) 채무를 상환할 수 없는 경우 은행은 그 토지를 소유하게 된다.

7) 토지를 근저당으로 잡는 금융 기관이 국립이거나 정부에서 많은 주식을 가지고 있는 금융 기관인 경우, 저당되었던 토지는 결국 정부 소유로 넘어간다.

8) 근저당할 수 있는 토지는 주택 기업·교육 기관이나 기타 국가 발전에 필요한 목적에 사용되는 경우에만 가능하되, 그렇지 않은 경우 예컨대 그냥 부동산으로만 가지고 있는 경우는 근저당 등을 할 수가 없다.

대략 이와 같은 방법으로 국가에서 국유·사유를 막론하고 합당한 목적에 따라 정부가 국민에게(소유주 우선으로) 장기 임대하여 토지가를 뺀 값으로 주택 기업 등이 비교적 손쉽게 사용할 수 있게 한다.

〈1992. 7. 25〉

통일 한반도의 국토 계획

한반도는 통일 한국의 국토이다. 수천 년간 세세대대(世世代代)로 이어 내려온 우리 겨레가 지켜 온 이 땅이 가난과 고통의 역사를 안고 있다지만, 이 땅은 빛나는 문화와 자랑스러운 한겨레의 민족 정신도 간직해 온 유구한 역사가 살아 있는 국토이다. 이러한 국토를 계속 지키기 위해서는 다음과 같은 사실을 명심해야 한다.

1) 영원히 국토는 건강하게 보존해야 한다. 전쟁이 일어나거나 경제 개발

을 구실로 수천 년 간직해 온 우리 이 땅의 모습을 훼손해서는 안된다. 산과 들과 바다, 이 모두는 울창하고 깨끗하게 보존되어 이 민족의 영원한 젖줄이 되어야 한다. 국토 개발이니 뭐니 하면서 이 강산을 허물어서는 안된다.

2) 이 땅은 북으로는 세계에서 가장 큰 중국과 러시아 대륙에 접하고 있고 동·서·남으로는 넓은 바다를 끼고 있어 세계 어느 나라나 접근할 수 있는 요지에 있다. 이 땅은 일본의 1억 2천만 인구와 중국의 12억 인구가 넘나드는 중간에 위치하여 동북아시아는 물론 세계 문명과 너무나 쉽게 접하는 위치에 있다. 우리는 국토의 이러한 지리적 조건을 중심으로 산업·경제·문화의 틀을 짜야 한다.

남한이 현재 동해안의 산업 기지를 발전시키는 데에는 문제가 많다. 서와 남의 바다를 이용하여 세계로 향하는 산업 기지가 이루어져야 한다. 우리는 북과 동북을 개발해서 중국과 러시아에 접근할 기지를 마련해야 한다. 그러면서도 울창한 산맥과 깨끗한 강물이 삼천리 강산을 젖 먹여 주게 해야 한다.

3) 지역 감정을 없애기 위해서라도 국토개발 계획은 깊이 연구되어야 한다. 행정 구획도 과감히 뜯어고치자. 조선시대와 일제 때부터 내려 온 시·도·읍·면·리의 행정 단위는 여러 가지 번잡한 행정 과정을 만들 뿐 아니라 이러한 행정 단위 설정으로 이루어진 지역감정 조성은 여러 가지 부작용을 낳고 있다.

4) 취락 구조의 과감한 개혁과 먼 장래를 봐서 현재와 같은 대도시 위주 인구 조밀과 경제 집중은 없어져야 한다. 남동·서남북 각각 그 지역 나름의 특성을 살려 각 지역 전체를 조화롭게 발전시킬 수 있는 정책을 과감하게 펼쳐나가야 한다.

5) 남북 분단이나 군(軍)과 안보라는 이유로 은폐되거나 미개발된 지역은 과감한 전체 계획의 일환으로 개발 계획을 세워야 한다.

6) 이러한 장기 목표를 설정하되 국가 전체의 기간산업 개발에 힘써야 한다. 철도·항만·도로·전력·상수도 등은 특히 북방 지역에서 더 힘써야 한다.

7) 통일이 이루어지면서 어느 날 갑자기 대폭적인 인구 이동이 있을 것이다. 여기에 대한 장기적 대책과 부작용도 심도있게 검토해야 한다.

올바른 국토의 이용에 따라 그 나라의 흥망성쇠가 달려 있다. 7천만 민족이 숨쉬고 살 보금자리는 먼 앞날을 보면서 꿈을 펴갈 수 있게 해야 한다.

〈1993. 3. 2〉

통일을 위한 사회 개혁

통일은 아주 요원하다. 국민도, 정부도 통일을 위한 아무런 계책이나 준비도 세워 놓은 것이 없다. 우리는 그저 막연하게 통일을 염원하고 있을 뿐이다. 더욱이 이북 출신 사람들은 통일이 간절한 염원이라서 조금만 남북 관계가 호전되는 듯해도 금방 통일이 될 것처럼 흥분하기를 잘한다.

독일은 통일을 해놓고도 심적 이질감과 위화감 때문에 모든 일을 잘 풀어나가지 못한다. 어떤 동독인은 차라리 예전대로 사회주의 국가로의 복귀를 원한다. 그들은 통일만 되면 금방 서독처럼 자유민주주의 시장경제가 될 것으로 기대했다. 그러나 많은 학자들이 참된 통일은 2010년대, 즉 20년 후에나 기대할 수 있는 것으로 보고 있다고 한다.

그런데 우리나라는 이것마저도 다음과 같은 사실 때문에 기대하기 어렵다.

1) 자유도, 민주주의도, 시장경제도 북한 사람들에게 자랑할 만한 것이 하나도 실천되고 있지 않다.

2) 한국이 북한에 대해 너무나 폐쇄적인 정치를 해왔기 때문에, 국민도 정부도 북한에 대해 너무나 무지하다.

3) 정치가 사실 국가 운명을 좌우하는데, 우리나라에서 가장 뒤떨어진 것

은 정치이다. 지금과 같은 정치 형태로는 남북 통일이란 절대로 기대할 수
없다.

　4) 요새 남북 통일을 위한 남북 대화를 하고 있지만, 결론적으로 현재의
북한 김일성 정권은 통일을 협의할 수 있는 대상이 결코 될 수가 없다. 오히
려 그들과의 대화는 통일을 더 어렵게만 만들고 있다.

　5) 이제 정부는 어떤 일도 제쳐놓고 남북 국민들이 서로 접촉하고 알게 해
야 하는데, 남과 북의 현 정권은 이를 절대로 용납하지 않는다.

　6) 국가관 · 가치관 · 역사관이 모두 다르다.

　이러한 난관을 극복하는 데는 시간이 걸릴 것이다. 북은 북대로, 남은 남
대로 자기를 알고 상대방을 알아 가면서 수많은 문제들 중 하나라도 풀어 나
가려면 30년 이상은 걸릴 것이다. 북은 남에서 흡수한다는 생각을 더러 하지
만, 남은 절대로 북을 흡수할 힘도 없다. 그리고 북을 흡수 · 통합한다고 하더
라도 남은 이를 감당할 정치적 · 경제적 · 이념적 능력이 절대로 없다.

　우리는 이제 시작 단계에 와 있다. 이것을 깨달아 준비를 하나 하나 해 나
가는 데 아주 중요한 것은 정치이다. 그런데 남한 정치는 아직도 밑바닥에서
헤어나지 못하고 있고, 국민들의 정치 의식도 너무나 뒤져 있다. 이 모든 것
은 오랜 군사 독재에 시달려 정치가 무엇인지 모르고 살아왔기 때문이다.

　그 가운데 제일 중요한 것이 매스컴인데, 매스컴의 저급한 질은 모든 것의
발전을 저해하고 있다. 언론 · 경제 · 사회 문화 · 국가관 · 역사관 · 가치관
모든 것을 언론이 혼돈시키고 있다. 이러한 사실을 누구나 알고 있다. 그러나
언론에 대한 정론(正論)을 짓밟아 버릴 것이 뻔하다고 하여 쉽게 언론 개혁
에 나서지도 못하고 있다. 실로 무서운 현실이며 한심하기 짝이 없다.

　언론을 개혁하자. 그래야 나라가 바로선다. 타락한 저질 언론과의 싸움은
어떻게 해야 할 것인가?

〈1992. 3. 24〉

50년 전 일본인 학생들과의 해후

50년 전 경성 의전을 졸업한 일본인 동급생과 함께 약 20명이 부부 동반으로 만났다. 한국 동급생은 불과 4명이었으나, 두 명은 건강이 노쇠한 것 같았다. 일본인들이 졸업 50주년이라 하여 공부했던 한국을 일부러 찾아왔는데, 이미 우리가 다니던 학교는 없어졌다. 그 자리에는 다른 건물이 들어섰으니 모교를 찾은 것은 아니고, 옛 한국 급우들을 만나려고 공부하던 나라를 찾은 것이다. 우리가 일본의 식민지로 있을 때, 그들 일본 학생들 중에는 우리 한국 학생들을 멸시하고 증오하려는 소견 좁은 학생들도 많았다. 우리는 그들에게 멸시받지 않으려고 항거도 하고, 독립 운동도 하고, 또 책도 많이 읽으며 민족의 힘을 되찾으려 애썼다.

그 당시 50여 년 전에 젊어서 못되게 굴던 그들이 이제 늙어 옛 친구(그래도 친구로 생각하고)를 찾아왔으니, 우리는 그저 반가워하기만 하면 된다. 오늘날 일본은 전쟁에서 패한 후 무(無)에서 분연히 일어나 세계 경제 대국이 되었다. 아마도 그들은 우리보다 잘산다고 오만한 생각을 조금은 가지고 있을지 모른다. 그러나 우리는 일본인들과 헤어져 갖은 역경을 겪으면서 오늘의 한국을 건설했다. 그것은 결코 누구에게도 부끄러운 일이 아니며 당당한 일이다. 지금 우리가 경제력이나 민족 정신 면에서 모두 일본보다 뒤지고 있다지만, 우리는 그들보다 가난하거나 못산다고 부끄러워하거나 기가 죽지는 않았다. 학생 시절에 식민지 백성으로서 일본인들로부터 멸시받던 때와는 아주 달라졌다. 그저 이렇게 50년이라는 세월이 그런 감정을 다 씻어 주고, 이제는 친구를 만나 즐거워하는 노인들이 된 것이다.

앞으로 두 나라 젊은이들은 우리가 살았던 과거를 살지 말기를 바라면서 역사의 뒤안길에서 이것저것 생각해 본다.

〈1992. 5. 23〉

3. 변화하는 세계

일반적으로 우리에게는 행동 규범이 부족해서 법규나 법칙을
소홀히 할 뿐 아니라 우아한 움직임을 볼 수가 없다.
또한 우리에게는 감정 억제 능력이 모자라서 감정 폭발이 심하다.
… 기차 시간이 좀 지연된다고
철도역 유리창을 박살내는 창을성 모자라는
민족임을 우리는 크게 반성해야 한다.

국제화 시대의 새로운 덕목

우리나라의 과거 역사에는 외국과의 관계가 아주 적었다. 1945년 해방까지의 일제 치하에서는 물론 조선 5백 년에도 중국과의 교류 이외에는 거의 활발한 외교 접촉이 없었다. 그뿐만 아니라 세계 열강이 탐내는 한반도의 지정학적 여건 때문에 문을 굳게 닫는 쇄국 정책을 쓸 수밖에 없었던 것 같다.

이처럼 장구한 세월에 걸친 쇄국 시대에 살면서 자연히 우리 민족은 외국인과 마주치면 모든 면에서 매우 부자연스러운 상태에 빠진다. 그러다가 한국 동란을 겪으면서 본성적으로 자기 방어에 깊이 신경을 쓰게 되어 자기 생존에만 집착하지 않을 수 없게 되고 말았다. 이것이 과거 2, 3백 년 동안 강대국에 의해 강요된 희생과 싸우는 동안 우리 민족 정신의 근본 체질 형성에 크게 관계된 것은 사실이다.

그러나 한국 동란에는 유엔군의 이름으로 세계 16개국에서 50만 명 이상의 우방 군대들이 참여하여 막대한 인명 피해와 재산 손해를 무릅쓰고 우리나라를 도왔다. 이것은 역사적으로나 문화적으로 세계적 시각과 이해가 모자랐던 우리 민족에게 새로운 각성의 계기가 되었고, 우리 일에만 집착하거나 우리 중심의 관념에서만 생각하던 것에서 벗어나 새로운 시각으로 국제 사회를 보는 계기가 되기도 하였다.

세계사를 돌이켜보면, 제2차 세계대전이 끝나 세상이 바뀌고 있는 정도가 아니라 산업혁명의 시대를 지나 이제는 정보화 시대가 되어 세계는 아주 좁아졌으며, 기술과 정보 혁명으로 새로운 국면에 접어들었다.

18세기는 인간 해방의 시대이고, 19세기는 민족 해방의 시대이며, 20세기는 빈곤에서의 해방의 시대라고 한다. 그러나 이 20세기 말은 활발한 물류 교류(物流交流) · 인적 교류(人的交流) · 신류(信流 : telecommunication) 시대로 전환되어 서비스 산업의 발달을 가져오고 있다.

이제 21세기 문턱에서 이 새로운 문명의 흐름은 적자생존의 냉혹함을 보여 주고 있다. 치열한 경쟁 속에서 지는 자는 완전한 패배를 피할 수 없게 되었다. 그런데 자랑스럽지 못했던 근대사 속에서 우리 민족 구성원들은 해외에 많이 나가 살게 되었다. 그래서 현재 전인구의 약 7%나 외국에서 살고 있다. 그러나 이러한 현상은 우리 민족의 해외 진출에 크게 도움이 되고 있다.

우리나라는 단기간의 경제 부흥으로 현재 세계 교역국 가운데 14번째이고, UN 분담금도 21번째이다. 그러면서도 아직까지 국제 대응력이 부족한 탓에 세계 무대에서의 영향력은 지극히 미미할 뿐이다. 1992년 우리나라에 입국한 외국인은 320만 명이고 관광으로 벌어들인 돈이 34억 달러였으며, 1994년에는 450만 명에 50억 달러를 기대하고 있다. 내국인으로 외국을 여행하는 사람은 1년에 200만 명이 넘고 있다. 정보문명 시대에 들어서면서 교통과 통신의 발달은 엄청났다. 중동의 걸프전쟁 모습이 안방에서 마치 잠실 운동장의 야구 중계를 보듯이 자세히 볼 수 있는 세상에 살고 있다.

이제 우리도 세계 속의 한국이라는 인식을 새롭게 하면서 과연 지금 우리가 안고 있는 문제가 무엇인가를 살펴보자.

흔히 외국 사람들이 한국에 왔다 가면서 한국은 볼 것도 없고 살 것도 없는 불친절한 나라라고 한다면, 이는 참으로 국제화 시대에 절대로 부합되지 않는 말이다. 살 만한 물건이 없다고 하는데, 그래도 전자 제품만은 세계가 인정해 주고 있지 않은가? 적어도 공항에서만이라도 외국인을 위한 전자제품 코너 같은 것을 마련하면 어떻겠는가? 서비스 부족은 우습게도 세계 최고라고 한다. 이 밖에도 예약 불이행, 팁의 과다 요구, 시설관리 부족, 위생 불결, 택시의 과속에다 요금 과다 요구, 비싼 음식값 등 이루 헤아릴 수 없다.

출입국시와 세관 통과시 불쾌한 인상을 아주 깊이 심어 주는 불친절 같은 후진성 등이 있는데, 어느 외국인이 한국을 다시 찾고 싶은 생각을 가질 수 있겠는가? 이러한 모습은 단연코 최고의 치부(恥部)라 하지 않을 수 없다. 우리는 오랜 유교 문화 영향으로 예(禮)를 숭상한다면서도 외국인을 멸시하거나 사대사상으로 지나친 환대를 하여 외국인을 어리둥절하게 한다. 그뿐만 아니라 우리 국민은 솔직히 평해서 국제 감각이 아주 부족한 사람들이다.

일반적으로 우리에게는 행동 규범이 부족해서 법규나 법칙을 소홀히 할 뿐 아니라 우리에게서 우아한 움직임을 볼 수가 없다. 또한 우리에게는 감정 억제 능력이 모자라서 감정 폭발이 심하다. 예컨대 무슨 사고가 발생하면 당사자 가족들이 대중 앞에서 몸부림치며 통곡하기 일쑤인 모습은 세계 어느 나라에서도 보기 드문 현상이다. 기차 시간이 좀 지연된다고 철도역 유리창을 박살내는 참을성 모자라는 민족임을 우리는 크게 반성해야 한다.

오랜 세월에 걸쳐 외세의 침략을 받아 온 탓에 해방·독립과 더불어 우리 민족을 지켜야 한다는 민족주의가 크게 대두하면서 쇄국주의, 나아가서 애국심을 내세워 폐쇄적이 되고 말았으며, 북한의 주체사상도 이러한 맥락에서 풀이될 수 있는 현상이다. 민족주의의 구체적 발로는 한글 전용에서 나타난다. 이는 곧 외국어 배척으로 나타났다. 한글을 사용하지 않는 외국어 표현은 반민족적 행위로 규탄되기도 하였다. 사실 우리나라 말의 80% 이상은 외국어에 그 근원을 둔다. 더욱이 자연과학·사회생활 용어의 태반이 중국어·일본어에 기원하는데, 대학교를 '큰 배움 집', 이화여자대학교를 '배꽃 계집아이 큰 배움 집'이라고까지 주장하는 난센스도 생겼다. 한글이 큰 보물이며 세계 유일의 우수한 글이라고 하지만—물론 한글을 경시하는 것은 결코 아니지만—세계 어느 나라에서건 그 나라의 언어와 글이 다 있는 것처럼 한글도 그러한 한 나라의 글 이상이 아님을 솔직히 인정해야 한다.

여기 한글과 더불어 세계에 대한 안목의 부족을 자성해 보자. 세계에서 109개국이 참가한 "대전 Expo 93"을 보자. 이곳에는 외국인 전용 편의시설이라고는 하나도 없다. 안내 방송도 외국어로 하지 못한다. 모든 전시물의 표지판이 한글 전용으로 되어 있어 어느 외국인도 그 표지판을 알아볼 수가 없다. 버스 터미널 가는 길, 여행 안내소, 표 파는 곳, 어디를 가든 온통 한글 전용이다. 서울이건 부산이건 어디를 가나 한글을 모르는 외국인은 간단한 표지판 하나도 읽을 수가 없다. 이러한 식의 민족주의여서는 안되며, 더욱이 국제화 시대에 도전하겠다는 생각은 아예 그만두어야 한다.

그러나 이 모든 것은 우리 민족의 기본 교양 함양에 달려 있다. 지금은 깊고 냉철한 성찰로 민족의 대각오가 필요한 때이다. 요즘 세상은 잘못된 것을 부끄럽게 생각하고 고쳐 나가야 살아남을 수 있는 세상이다. 음식을 먹을 때 소리내며 먹는 습관, 식당에서 떠드는 일, 잠옷 차림으로 호텔 복도를 마구 휘젓고 다니는 일, 엘리베이터를 먼저 타려고 쑤시고 들어가는 일, 대학생이면서도 영어 한 마디나 영어 편지 한 장도 못 쓰는 일, 잠잘 때는 자야 하는데 남에게 방해될 만큼 떠드는 일, 공중 도덕을 지키지 않고 새치기하며 끼어드는 것을 잘한 일로 으스대는 것들은 부끄러운 것임을 깨달아야 한다.

공동 생활에는 지켜야 할 규칙이 있다. 그래도 문화인이라고 자처하는 사람들이 음악회의 휴식 시간에 커피를 마시려고 머리 싸매고 비집고 들어가려 한다. 이러한 민족은 국제화가 될 수 없다. '집안에서 새는 바가지 밖에 나가도 샌다.'는 말이 있다. 후진성이란 천재(天災)가 아닌 인재(人災)로 무모하게 생명을 잃는 사회나 국가를 가리킨다.

이제는 국제화 시대, 이 시대는 우리가 외국인과 더불어 어울려야 살아남을 수 있는 시대이다. 그러기 위해 우리는 우리 자신이 돌보지 못했던 많은

국제지구촌협회에서 이사장에 피선된 윤덕선 선생(1992. 5. 15)

점들을 고쳐 나가야 한다.

이제 국제화 시대에 사는 우리의 자세를 생각해 보자. 국제화라고 해서 외국 문화를 무분별하게 받아들여 우리나라 고유의 전통과 문화를 상실해서는 안된다. 우리의 얼은 이 땅의 역사와 토양 속에서 자랐으며, 거기에는 다른 나라보다 앞선 여러 가지 자랑할 만한 문화가 담겨 있다. 근래 외래 문화의 범람과 경제 생활의 풍요로 분별없는 사치 · 허영 · 과소비에 빠지기 쉬운 것은 강력히 경계해야 한다. 그러면서 세계 속으로 뻗어 가는 젊은이를 키워야 한다. 이들은 기성 세대처럼 고달픈 역사를 살아보지 않았다. 적어도 젊은이들에게만이라도 앞으로의 국제화 시대에 행복하게 살 수 있게 해주어야 한다.

지구 전체가 국경이 없는 시대가 되어 간다. 외국의 문화 · 역사 · 전통을 공부하고, 적어도 한두 가지 외국어는 마음대로 구사하며, 나만의 행복이 아니라 온 인류의 평화와 행복을 위해 이바지할 수 있다는 자신감을 그들에게 심어 주어야 한다. 지구의 환경, 세계 인류의 평화가 곧 우리의 행복임을 깨닫게 해주어야 한다.

그러면서도 자기의 정체성을 굳건히 지키며 외국과 마찰 없이 국제적으로 자리잡기 위한 노력을 하게끔 해주어야 한다. 우리가 비록 조국 분단의 비극을 겪고 있지만 국제 사회에서 떳떳하고 긍지를 잃지 않고 고통을 자신 있게 극복해 나갈 수 있다는 자신감을 갖도록 해야 한다. 이렇게 해서 그들이 세계 모든 사람들과 당당하게 어울려 사는 젊은이들이 되기를 바란다.

옛날에는 국제 교류는 정부의 외교 활동에 의존했다. 그러나 지금은 민간 외교가 주류를 이루고 있다. 이것이 현대 시민사회의 참모습이다. 시민 한 사람 한 사람이 자유를 향유하면서도 전체적으로 조화와 균형을 유연하게 유지하는 사회가 시민 사회이다. 이 시민들은 국가나 권력의 개입을 거부한다. 국가는 민간 교류를 뒷받침해 주기만 하면 된다. 이것이 국민과 사회의 의식 · 행동의 선진화이며, 그것이 곧 국제화이다.

시민들은 웃음에 인색하지 말고 다른 사람의 고의 아닌 실수를 관용할 줄 아는 습성을 키워야 한다. 어학 능력이 뛰어나고 인간 관계와 지적 체험을 풍부하게 길러야 한다. 올바른 자아 인식·자아 성찰을 통해서 스스로의 정체성을 확고히 하고 대상 국가에 관한 연구 기관을 설립해서 국제화 능력을 갖춘 인재들을 키워야 한다. 일본은 국제화를 위해 1만 명씩의 젊은이들을 철저히 양성하고 있다.

정부는 과감하게 한글 전용을 폐지해야 한다. 학교 교육을 통해 한문 교육이 행해져야 한다. 싫건 좋건 우리는 한자 문화권에 살고 있다.

범람하는 간판과 표지판, 각종 선전물에 한자와 영어를 과감하게 도입하자. TV 방송에서도 한자와 영어 방송을 잊어서는 안된다. 국제화 시대에 세계는 상호 의존하고 있다. 모든 물품이 나만의 잣대에 맞추어질 것이 아니라 세계인의 잣대에 맞추어져야 한다. 외국 기업을 과감하게 받아들여 그들로부터 얻고 배워야 한다. 툭하면 "경제적 제휴는 매판 자본이다"고 운운하며 매도해 버리는 언론 매체의 미숙함이 한없이 부끄럽다. 대일 무역적자 타령을 무슨 민족적 차별감으로, 굴욕감으로 정부나 언론이 떠들 일이 아니라고 생각한다. 그들로부터의 기술과 자본의 도입이 우리 경제를 살리고 있다.

우리가 100억 달러치 들여다가 120~150억 달러 만들어 팔고 있지 않는가? 서유럽, 특히 독일 같은 나라는 일본의 요란한 경제 침략을 아주 긍정적으로 받아들이고 있다. '들어와라, 너희가 벌어서 우리에게 도움을 주고 있는 것 아니냐?' 는 식이다. 외국 자본에 예속된다는 식의 피해 의식에 사로잡히지 말자. 좀더 크고 먼 곳을 내다보자. 외국 기업의 국내 유치를 위해 그것이 우리 경제에 도움이 되는 한 모든 편의를 다해 주어야 한다.

근래 중국 교포(조선족)들이 우리나라에 관광하러 왔다가 여러 직장에 취업하고 있음을 언론은 아주 통렬하게, 마치 애국이나 구국 운동을 하듯 대서특필하는 것을 본다. 가난해서 자기 모국에 와서 돈을 좀 벌어 가는 것이 우리 언론은 그렇게도 통탄스럽단 말인가? 그들이 아니 왔다면, 그 힘든 3D 일은 누가 해내겠다는 것인가? 독일에서는 외국에 거주하는 독일 사람이 자기 본국에 오면 비단 국적이 다르더라도 본국인과 똑같이 대해 준다고 한다. 얼마 되지 않는 중국 거주 동포들이나 해외 동포들이 모국에 와서 한시적으로 취업하는 것이 그렇게도 무섭단 말인가? 또 정부 관리들은 법규만 들고 다니면서 구속한다는 식의 관료주의 의식에서 왜 속히 벗어나지 못하는가?

근래 꽤 활발해진 관광 사업은 마치 비생산적이고 불건전하고 소비 지향적이고 불요불급한 사업이라고 경시하거나 배척하는 경향이 있다. 또 고급 호텔에다 막대한 시설을 해놓고도 연회나 결혼식을 못하게 하는 관청은 무엇인가? 외국인을 많이 들어오게 하는 것이 우리나라의 금전 수입만이 아니고 그들을 배우고 그들에게 알려 주는 일이라는 것은 국제화 시대에 얼마나 중요한가를 인식해야 한다.

이상과 같은 국제화를 위한 우리의 노력에 교육과 언론이 많은 것을 책임져야 한다. 교육은 적어도 외국어 교육의 중요성, 그것도 일상 외국어의 중요성과 세계 문화에 대한 교육 등에 큰 무게를 두고 국제화·국제인을 위한 인간 양성에 모든 힘을 기울여야 한다.

요즘 우리나라의 정치·경제·사회, 모든 면에서 언론이 관여하지 않는 일은 없다. 그러나 문화나 문명의 모든 척도는 그 나라 언론의 질에 따라 변화한다. 지금과 같이 소양이 없고 앞을 잘 보지 못하고 인기 영합에만 힘쓰는 언론, 나라의 앞날보다 국민 선동에나 힘쓰는 언론은 그 책임을 어떻게 면할 것인가? 세계는 지금 어디로 가고 있고 우리는 어떻게 해야 하느냐를 계도할 책임이 있다고 인식해 주기를 간절히 바란다.

끝으로 선진 외국의 간단한 본보기 몇 가지를 생각해 보자.

일본 사람들은 어려서부터 남에게 폐를 끼쳐서는 안된다고 교육받는다. 미국 사람들은 남을 위하여 무엇을 해야 하고 어떻게 남을 도울 수 있느냐를 가르친다고 한다. 그런데 한국 사람은 모든 교육에서 남에게 져서는 안된다고 기를 쓰고 가르친다.

이기는 사회는 선진 사회가 아니다. 그런 사회는 이기기 위해 한탕주의에 빠지기 쉽다. 남을 위해 남을 생각하며 사는 사회가 국제화 사회이다. 미국에서는 집 앞의 눈을 쓸지 않아 지나던 행인이 넘어져 다치면, 그 집주인이 치료비를 지불해야 한다. 잔디밭의 잔디를 깎지 않으면, 마을 사람들이 그 집에 쓰레기를 버려도 된다고 한다. 잔디를 깎지 않으면 그만큼 마을을 더럽히기 때문이다. 공동 사회, 국제 사회에는 공동체의 약속과 규칙이 있다. 국제 사회에서 살아가기 위해서는 공동체 의식을 길러야 하고, 또한 사회복지 정책이 활발히 추진되고 남을 돕는다는 의식을 앞세워야 한다. 그래서 우리나라도 국제화가 될 수 있다는 사실을 우리 모두가 인식해야 한다.

일본인들의 완벽주의 철학을 배우자. 보잘것없는 상품 하나를 만들어도 끝까지 다시 점검하고 완전을 기하도록 온갖 정성을 다한다. 그래서 일본 상품은 세계 시장에서 사랑을 받게 된다. 모든 것이 성의에 달려 있다. 국제화를 위해 정부나 기업인이나 시민 한 사람 한 사람이 성의를 다하는 성실성을 가져야 한다.

우리나라는 다른 나라와 달리 민족 통일의 과업이라는 엄청난 부담을 안고 있다. 이 어려운 과제는 우리만의 노력뿐 아니라 국제적 지원이 무엇보다 큰 힘이 되고 있다. 국제화, 그것은 우리 민족의 절대절명의 과업임을 주장한다.

지구촌 시대와 우리의 살길

지구촌 시대, 국경 없는 시대가 오고 있다고 한다.

아직도 각 국가들은 국경을 두고 후진국 · 개발도상국 · 중진국 · 선진국 등으로 나뉘어 있지만, 지구촌 시대에는 이런 차별 없이 어디서나 섞여 살게 된다. 말하자면 국민소득 1천 달러의 가난한 나라와 3만 달러 되는 나라가 마구 섞여서 무자비한 경쟁을 해야 한다는 말이다.

가난한 나라는 여기서 살아남기 위해 자기 고유 분야의 기술과 특산물을 열심히 개발해서 맞서 싸워야 한다. 우리나라에 미국이나 일본 세력이 들어오는 것만이 문제가 아니다. 우리보다 뒤떨어졌다는 중국 · 동남아 · 중남미가 마구잡이로 침투한다. 그래서 세계는 지역 경제를 획책하게 된다. 아시아는 아시아끼리 관세를 철폐하고 힘을 합쳐서 공동 번영을 함으로써 미국과 유럽에 앞서 보자는 것이다. 국제화 시대에 우리는 잘못하면 신호등도 없는 교차로에서 폭주하는 자동차 사이로 생명을 걸고 길을 건너는 보행자처럼 긴박한 상태에 서게 된다.

먼저 나를 알고 있어야 하며, 내가 누구인지 '나'라는 자기 정체성(正體性)이 분명해야 한다. 내가 살아온 역사 · 환경 · 윤리와 오랜 가치관을 알고, 우리 민족의 전통을 알고, 그 전통을 찾아내서 외국의 침투에 당당하게 맞서야 한다. 우리는 우리의 독특한 기술과 경영 방식으로써 독특한 제품을 생산해 내 그들과 싸워 나가야 한다.

다음은 외국으로부터의 침략을 알아야 한다. 적을 알아야 적과 싸울 수 있다. 적을 알면 우리의 힘(역사 · 전통 · 노력)으로 그들을 이길 수 있다. 그들을 알려면 그들의 말을 알아야 한다. 외국어를 모르면서 외국을 알 수 없고, 외국을 모르면서 그들의 영향이나 침략을 감당할 수 없다.

이제 우리는 변해야 한다. 우리 것만 고집하며 자랑할 때가 아니고, 남의 것이라고 무조건 칭송하고 부러워만 할 때도 아니며, 우리가 살아남는 길을 찾아야 한다.

〈1992. 1. 19〉

정보화 사회

단절적이고 불연속적인 변화가 엄청나게 빠르게 진행되는 현대 20세기 후반, 21세기를 앞둔 지금의 시대를 "비이성(非理性)의 시대(The Age of Unreason)"라고 미국의 핸디(Charles Handy)는 말했다.

산업혁명으로 변화한 사회를 산업 사회라고 했고, 정보 혁명으로 변하고 있는 지금의 사회를 정보화 사회라고 한다. 이 정보화 사회를 이끌고 있는

네 가지 상품은 자동차 · 전화 · TV · 개인용 컴퓨터이다.

자동차는 운송 수단이다. 운송 수단으로는 기차도 있고 비행기나 상선도 있지만, 개인이 손쉽게 가질 수 있는 운송 수단은 자동차이다. 이 자동차는 시간적 · 공간적 제한을 넘어서 지리적 이동의 비약적 증가를 가져오고 있다.

우리가 6, 70년대에는 증산 · 수출 · 건설로 경제 부흥을 일으켰고, 초등학교나 중 · 고등 학교에서는 공장 굴뚝의 시커먼 연기가 힘차게 내뿜는 증산 수출이 이 나라를 살리는 길이라고 가르쳤다. 그러나 지금 8, 90년대에는 기운차게 내뿜던 연기가 사람의 목숨을 앗아가는 공해로 간주되고 있다. 이렇게 시대는 엄청나게 변해 가고 있다. 어제의 선(善)이 오늘의 악(惡)이 되는 시대이다.

컴퓨터는 그 위력을 60년대부터 발휘하기 시작했다. 거대한 컴퓨터의 위력은 큰 나라만이 가질 수 있는 무서운 무기로 등장했다. 그러나 1975년 22세의 스티브 잡스가 자기 고물 자동차를 팔아 창고에서 만들어 낸 애플 컴퓨터는 개인용 컴퓨터의 시초이다. 이 애플 컴퓨터는 컴퓨터계에 혁명을 일으켜 오늘날 개인 누구나 가질 수 있는 엄청난 정보 전달 · 해석 기계가 되었다. PC의 조작이 손쉽게 되고 TV의 영상이 더 선명해지면서 음성 문자 TV · 케이블 TV · 디지털 TV · HD TV · 위성 TV가 발달되어 양 방향 정보교환이 가능해지고 있다. VTR은 인간이 원하는 대로 정보를 저장할 수 있게 했다.

21세기를 목표로 하는 멀티 미디어는 모두 정보 문화를 가져오는 다기능 기술이다. 수송 거리를 무시한 신속한 통화, 음성 문자로 보완된 고화질 TV와 PC의 연결 등은 곧 인간 사회를 정보화하는 데 크게 기여할 것이고, 인간은 이러한 정보화 사회에 살아갈 수 있는 새로운 가치관 · 국가관 · 인생관을 준비해야 할 때가 왔다. 인간이 보다 행복하고 사랑과 믿음을 지닌 삶의 본질을 추구하기 위한 중대한 과제는 바로 이 정보화 시대를 슬기롭게 살아가는 지혜이다.

아파트마다 일본 위성통신 방송을 수신하기 위한 안테나 설치가 늘어나고 있다. CNN은 걸프 전쟁 실황을 마치 잠실 구장에서 야구 중계를 하듯이 자세히 보도하고 있다. 이것이 곧 정보 혁명이다.

컴퓨터와 정보 통신의 우위를 가지고 있는 미국은 독일어가 과학 언어에서 공인받던 것을 영어로 대체케 했다. 외교의 표준어였던 불어도 영어에 밀려나고 있다. 미국의 『뉴욕 타임스』나 일본의 경제 신문이 머지않아 현지에서 한국어로 번역 · 인쇄되어 우리 곁에 올 것이다. 소련이나 북한의 그렇게 강력했던 국방력도 미국이나 한국의 정보 통신력에 무릎을 꿇고 화해의 길을 찾고 있다.

이와 같이 선진국의 통신 신호와 방송 주파는 무차별하게 침공하고 있다. 우리는 어떻게 대처해야 할 것인가? 세계 각국의 고유 문화가 강대국의 문화 공세를 받아 사회관 · 윤리관 · 가치관의 동화를 강요당하고 있다. 문화의 예속은 모든 것의 예속화를 뜻한다. 기업 설립에 필요한 4대 요소가 있었는데, 이것이 이제는 정보가 필수 요소가 되었다. 기업은 정보관리 체계 확립에 주력해야 하고, 문화의 예속화와 사고의 표류에 대비한 정보 전쟁의 준비를 해야 한다. 모든 젊은이들을 컴퓨터 학원에 등록시키고, 첨단 기기(尖端器機) 전시장을 구경시키고, 그들에게 관련 잡지를 구독하게 해야 한다. 전통 문화와 결합된 창조적 기술의 잠재 수요를 개발하는 것이 필요하다. 이렇게 함으로써 독점 시장의 형성을 통한 국력 신장이 요구되고 있다.

신세기 문명의 발달은 엄청난 속도로 새로운 문명과 문화를 창출해 내는데, 그 주된 역할은 컴퓨터와 첨단 기기에 의한 정보 과학에 힘입은 바가 절대적이다. 정보 과학의 발달은 앞으로 우리가 선진 국제무대에 얼마만큼 관여할 수 있느냐의 척도가 된다. 그래서 정보 과학의 교육은 절대적임을 우리 모두 깨달아야 한다.

정보 혁명의 시대는 미래학(未來學)을 등장시켰다. 인성 · 사회성의 모든 분석과 평가는 손쉽게 장래를 점칠 수 있게 했다. 1960년대 그 당시에는 우리나라 인구가 2,490만 명이었는데 30년 후에는 4,450만 명이 된다는 미래학적 추측은 할 수가 없었다. 이처럼 여러 가지 기대할 수 없었던 미래 측정도 상존하기는 하지만, 정보 문화가 좀더 발달하면 이러한 계측이 거의 수치적으로 정확성을 기하게 되겠고, 또 그러한 미래를 가능케 하는 정보 문화의 역할도 나타나게 된다.

근래 앨빈 토플러 · 피터 드러커 · 폴 케네디 · 다니엘 벨과 같은 미래학자들이 각국의 또는 세계의 미래를 그려 보기도 하고, 인류 사회에 많은 경종도 보내 준다. 즉 그들은 지금의 세계사의 흐름을 알려 주고, 거기에 대응하는 새로운 정보 사회에서의 우리의 변화를 가르쳐 준다.

인류는 오랜 농경 사회에서 1770년대부터 방적기와 증기기관차를 발명하면서 산업혁명을 진행시켰다. 그런 후 경제 발전과 1789년의 자유 · 평등 · 박애를 제창하는 프랑스 혁명, 자유 · 평등 · 행복을 선언한 미국의 독립 선언, 1917년 부르주아와 프롤레타리아가 분리되는 볼셰비키 혁명을 지나면서 물자의 대량 생산과 대량 인명 살상무기의 개발 등이 세상을 휩쓸었다. 그러다가 지난 수십 년 간 지식과 정보를 소유하는 인지 계급과 비인지 계급의 틈을 벌리는 정보 혁명이 진행되고 있고, 이러한 혁명은 21세기 초에 완성될 것으로 보고 있다.

이러한 변화의 추세는 앨빈 토플러의 『제3의 물결』 · 『권력의 이동』에 의하면 대량 생산 · 대중 소비 사회 · 국가중심 경제 체제(제2의 물결)로부터 소량 고부가가치 유연 생산 · 소중화(小重化) 사회 · 범지구 경제 체제(제3의 물결)로 재구조화한다는 것이다. 이를 가능케 하는 힘은 고도의 지식집약적 생산 기술의 등장, 그리고 이에 따른 정보 처리 및 전달 기술의 범지구적 확대에서 이루어진다고 했다. 특히 정보와 지식은 새로운 가치를 창출하는 원동력이 될 것이고, 기존의 자본이나 물리적 힘에서 비롯된 권력의 이동 현상이 일어날 것이라고 했다. 이 시대가 오면 노동 · 토지 · 화폐 같은 실물의 소유와 분배를 둘러싼 계급간 · 국가간 · 지역간의 갈등은 의미가 없어지게 된다는 것이다.

미래학자 나이스비트가 주장한 미래의 첫째 모습은 산업 사회에서 정보 사회로, 둘째는 경작 기술에서 인간 감성이 곁들여진 첨단 기술로, 셋째는 국가 경제에서 세계 경제, 넷째는 중앙 집권에서 지방 분권으로, 다섯째는 대의 민주제에서 참여민주제로, 여섯째는 계층 조직에서 망상 조직으로, 일곱째는 양자 택일에서 다원 선택으로 변한다고 지적한다. 또 그는 정보 사회의 특징을 몇 가지로 요약했는데, 그것은 ① 르네상스가 다시 오는 예술계, ② 시장 경제를 신봉하는 사회주의 등장, ③ 지구적 생활 방식과 문화민족주의의 공존, ④ 환태평양권의 구체화, ⑤ 여성 리더십 급부상, ⑥ 생명 공학의 시대, ⑦ 새 천년을 맞는 종교의 부활 등이다.

다니엘 벨은『정보화 사회와 문화의 미래』라는 저서에서 21세기의 윤곽은 ① 공산주의의 몰락, ② 유럽의 재통합, ③ 미국 세기의 종언, ④ 환태평양권의 부상 등을 들었다. 여기에서 그가 특히 주장한 것은 경제 사회의 발전보다 더 중요한 것이 문화 영역에서의 자아의 실현이라고 강조했다.

드러커는『새로운 현실』에서 13세기 도시 문화의 전환 시대, 15세기, 즉 1455년부터 르네상스, 1770년대부터의 산업혁명, 그리고 1990년대의 전환 시대인 탈자본주의 사회를 구분하면서 1) 지식 사회의 축, 즉 지식을 생산으로 전환시키는 조직이 필요하며, 이는 공동의 과업을 함께 일하는 전문가 집단을 말하며, 마치 교향악단이 갖가지 전문 악기의 화음으로 훌륭한 연주가 이루어질 수 있다는 것이고, 2) 범세계적 체제의 축이며 단일 국가의 문명과 마찬가지로 세계 역사 · 세계 문명의 중요함을 강조했다.

그 밖에 인구의 폭발, 통신과 금융의 혁명, 다국적 기업의 증가, 농업과 생명 공학의 혁명, 로봇, 자동화와 신산업혁명, 자연 환경의 위기, 민족 국가의 불안한 장래 등을 들고 있다. 결국 정보통신 수단의 발달은 빈국 자체뿐만 아니라 부국에도 빈부 격차를 심화시킬 위험이 내포되고 있다고 하면서, 이러한 정보 사회의 변화 대처 능력에서는 단일 문화에다가 민족적 결속력이 강한 일본 · 한국 · 스위스 · 스칸디나비아 등이 뛰어날 것이라는 점을 들고 있다. 즉 새 문명에 대처할 때에는 문화의 결속력이 매우 중요한 것이라고 했다. 정보화 시대의 핵심은 새로운 지식의 창출이다. 끊임없이 공부하고 탐구하며 우리 모두 변신할 수 있어야 할 것이다.

국제 판도 변화와 한국의 대응

　냉전 시대의 끝맺음은 세계 지도의 색깔을 바꿔 놓았다고 한다. 냉전 시대에는 힘이 총구로부터 나와서 무력이 판을 쳤고, 군대의 힘이 어느 나라이건 막강했다. 세계에서 몇 안되는 예이지만, 일본은 미국이 총구를 들고 지켜왔기 때문에 무력을 가질 필요가 없었고, 거기에 사용해야 할 힘을 딴 곳으로 쏟았다. 즉 경제 부흥에 힘을 전력 투구할 수 있었다. 그러다가 부(富)를 휘어잡으면서 세계에 손을 뻗치기 시작했다. 제2차 세계대전은 일본이 진주만을 비행기로 폭격하면서 시작되었지만, 이제 일본의 재력(財力)은 하와이 섬을 통째로 사들일 만큼 되었다.

　대만은 정치적으로 고립된 나라로서 외교 관계를 가지고 있는 곳이 한국·사우디아라비아·남아연방 정도였다. 대만 국민들은 열심히 일했다. 이제 세계에서 가장 많은 외화를 가진 나라가 되었고, 외교 관계를 가진 나라가 29개국으로 늘어났을 뿐 아니라 외교 관계가 없는 나라의 외무 장관들이 몰려와 굽실거리고 있다.

　세계의 색깔은 이렇게 다시 칠해지고 있다. 지경학적(geoeconomics) 시대에 들어가면서 부의 재편으로 각국의 힘의 크기가 달라졌다. 미국 경제의 쇠퇴는 전쟁으로 찢겨졌던 나라들의 부상(浮上) 때문이라고 한다. 세계에서 유일하게 코카 콜라 상륙을 거부했던 인도마저 밖으로 튀어나오기 시작했으니 말이다.

　한국이 허무하게 북방 지역의 신기루를 쫓고 있는 동안, 일본은 지구상에서 가장 역동적인 동남아시아를 그들의 생산 기지와 판매 시장으로 만들고 말았다. 일본은 대동아 공영권을 대포가 아닌 기술과 자본으로 실현시키고 말았다. 동남아 거리를 달리는 차는 90% 이상이 일제 자동차이다. 미국 차는 1% 미만이다. 미국의 힘이 세계를 지배할 수 있는 날이 얼마 남지 않았다. 결국 정치적 힘으로는 세계 질서를 좌지우지할 수 없는 날이 가까워 왔고, 경제의 힘이 세계를 지배하게 된 것이다. 이것이 새로운 지경학적 시대라는 것이다.

한국은 어디로 가려고 하는가?

소련의 그로미코라는 외상은 오랫동안 소련 외교의 중심 인물이었던 사람인데, 하루에 한 시간 이상 자기 서재에 들어가 세계 지도를 바라보는 것이 그의 빠짐없는 일과였다고 한다. 한국의 정치인·기업인·대학생·군인들도 세계의 지도를 들여다보라. 우리가 북한과 대치하면서 가지고 있던 무력은 이제 쓸모없는 고철이 될 수밖에 없는 시대가 되었다. 한 삼사 년간 경제력을 키워 대만에 뒤지지 않았던 것이 이제 세계 무대에서 내려서고 말았다. 무엇이 잘났다고 큰소리를 치고, 데모하고, 선거하고, 권력을 뒤흔들고 있는가.

"세계는 지금 뛰고 있다." 이 말은 하도 많이 듣는 말인데도 자꾸 귀담아들어야 할 말이다. 이제 무기는 고도로 발달되어 전쟁 전략을 지경학적 전략으로 바꿔야 한다. 새로운 세계는 혁명도 쿠데타도 아니다. 이제 세계사는 다시 편집되고 있다. 일본은 메이지 시대에 구미(歐美)를 따라잡는다는 명백한 국가적 과제를 가지고 있었다. 이제 우리나라는 권력을 잡아 보겠다는 정치 싸움을 그만두고, 혁명한다고 학업을 팽개치는 뒤떨어진 어리석음에 빠지지 말고, 새로운 경제 시대를 헤쳐나갈 국가적·국민적 과제를 설정하고, 일본을 따라잡으려면 젊은이나 늙은이 할 것 없이 모두 허리띠를 졸라매자. 돈 있는 졸부는 더 이상 추하게 행세하지 말고, 국민적 합의와 국가의 총력을 키우는 데 모두 사심을 버리고 과감히 참여하자.

〈1992. 4. 16〉

서구와 아시아의 차이

냉전 종식으로 미국의 자유민주주의와 그에 따른 자본주의도 큰 변혁이 요구되고 있다. 겉으로 보기에 냉전의 종식은 사회주의의 패배와 자본주의의 승리처럼 보인다. 그러나 사회주의 패배의 원인 분석이 신중히 검토되어야 하고, 미국의 자본주의에 대한 깊이있는 반성과 냉철한 관찰이 크게 요구되고 있다.

서유럽 민주주의나 자본주의가 마치 세계 모든 인류의 공통된 복음이나 되는 것처럼 주장하는 사람도 있고, 또 그것을 서구인들이나 서구 문명을 추종하는 나라 사람들에게는 마치 큰 긍지처럼 생각하는 경향도 없지 않다. 그러나 서구식 민주주의나 자본주의는 특히 아시아 지역에서는 여러 가지 면에서 서구의 그것과 많은 차이를 가지고 있다. 우선 정치제도에서도 일본이나 한국의 정치 현황은 서구 사람들이 잘 이해할 수 없는 제도를 가지고 있으며, 더욱이 중국 같은 나라에서의 정치제도는 아직도 사회주의의 틀을 벗어나지 못하고 있다.

일본이나 한국 같은 작은 나라에서 나타나는 정치에 대한 국민의 과도한 관심과 정치인에 대한 국민적 외경심이 서구에서는 그렇게 노골적으로 표현되지 않고 있다. 따라서 일본이나 한국에서 정치인들이 파벌을 조성하고 금권·권력을 추구하는 등의 풍습은 미국이나 서구보다 매우 심하다. 그래서 그들은 마치 부패의 온상으로 비판도 받는다.

서구화하지 않은 제도라고 무조건 후진으로 단정짓는 경솔을 범해서는 안된다. 한국처럼 가족주의·족벌 사회가 엄연히 존재하는 나라도 있다. 그러므로 '합리적'이나 '개인주의적'이라는 말로 강요만 할 수도 없는 상황에서 자본주의나 민주주의를 본뜨려는 한국 같은 나라의 특성도 인정하지 않을 수 없다.

일본의 후쿠자와 유기치(福澤諭吉)나 우메사오 다다오(梅棹忠夫) 같은 일

본의 옛날 지도자들이 주장한 탈아론(脫亞論), 또 일본인은 아시아에서 특수
하고 선발된 민족이라고 생각하는 따위의 사상이 지금 경제 대국이 된 일본
에서 다시 대두되고 있다. 그들이 서구의 합리주의 또는 자유민주주의에 의
한 자본주의를 이어받는다고 주장하는 사람들도 있다. 일본인들 역시 정도
의 차이는 있으나 유교 문화 속에 살면서 혈연·지연 중시 등에 깊이 좌우되
는 여러 가지 문화·경제·사회 제도 속에 살고 있음을 부인할 수 없다. 즉
자본주의 경제 체제를 밀고 나가면서도 유교 문화의 영향을 받아 서구식 자
본주의보다는 국민 복지는 물론 자연 환경 보존 등에 대해 그 나름대로 독특
한 연대 의식을 갖고 살고 있음을 인식해야 한다. 서구나 미국의 개인주의
사상은 아시아권에서는 그리 큰 영향을 뿌리 내리기 힘든 실정임을 부인해
서는 안된다.

〈1992. 10. 16〉

유럽의 복지 국가

　북구(스웨덴·노르웨이 등)는 '사회민주주의 국가'라면서 사회복지의 철저
한 지향을 실천하고 있다고 한다. 그곳에서는 의료·휴직·노후·교육·병
가 등 거의 모든 면에서 국가가 책임지고 있다.
　이러한 일들을 감당하기 위해 정부는 세금을 징수해야 하는데, 돈을 많이
버는 사람은 누진세라고 해서 버는 돈의 80% 정도를 세금으로 내야 했다. 즉
일을 많이 하는 사람들은 돈을 더 많이 내야 했다. 일을 적게 하는 사람도 최
소한의 생활을 보장받을 수 있었다. 그 결과로 일을 안하는 풍조가 생기고,
외부에 노출되지 않는 돈벌이 노동이 성행하게 되었다. 이러한 결과 최근에
는 아무리 돈을 많이 벌어도 50% 이상의 세금은 내지 않도록 하고 있다. 철
저한 복지 정책을 펼친다고 해도 이에는 많은 문제점이 있음을 알 수 있다.

서구나 미국에서의 자본주의는 함께 실시되었으나 나라마다 빈부 격차가 심하므로 나쁘다고 할 수 있고, 사회주의 국가에서의 계획경제는 그 비능률로 이미 가난을 초래하고 있으므로 나쁘다고 할 수 있다. 북구에서의 사회민주주의는 이러한 양쪽의 결함을 보완하면서 충분히 사유재산을 인정하고 모든 국민이 평등하게 복지 정책의 혜택을 받게 하는 데 그 장점이 있다고 한다. 그곳에서 국민은 무엇인가 해낼 수 있는 뛰어난 능력을 키울 수 있고, 반대 정당도 정면 충돌을 피하고 타협할 줄 아는 여유를 가질 수 있다. 이렇게 할 수 있는 것은 그들의 국민성에 기인하는 것인지도 모른다.

교육제도에서는 고교를 졸업하고 당분간 사회 생활을 하게 한 후 대학도 가고 사회에도 진출하게 한다. 이와 관련하여 입시제도에서는 고교 성적만을 가지고 대학입시를 철저하게 치르고 간단한 적성검사만을 한다.

일반 국민은 검소하면서도 여유있고 부지런하고 인생을 즐기는 것 같다. 한때 자살률이 세계에서 제일 높은 나라라는 말도 들렸지만, 그것은 전연 사실과 다른 것이며 와전된 것이라고 한다.

〈1992. 12. 5〉

아시아의 과거와 미래

세계 각국은 블록화로 치닫고 있다. 거기에 맞서 아시아의 블록화도 불가피한 상태이지만, 누가 그것을 주도하고 그 현장적 근거를 만드냐가 중요하다.

아시아에서는 지금 일본이 초강대국으로 등장하고 있는데, 이는 그가 가진 막대한 경제적 힘 때문인 것만은 틀림없다. 그러나 나라와 나라와의 관계 특히 이국(異國) 사이의 유대는 결코 경제만 가지고 맺어지는 것은 아니다. 거기에는 역사적 관계에 대한 상호 이해, 문화와 사회 모든 면에서 국민과 국민 사이나 국가와 국가 사이의 깊은 이해가 앞서야 함은 두말할 나위가 없다.

'문명 개화(文明開花)'·'부국 강병(富國强兵)'·'탈아 입구(脫亞入歐)'라는 세 가지 국가 노선을 가지고 근대 일본은 문을 열었다. 근대 세계 문명의 핵이 서구 문명이라고 해서, 또 아시아에서 최초로 서구를 받아들였다고 해서 서구를 외경하고 아시아에서 탈피하였다고 한다. 그러나 이러한 것은 오늘날 일본에 대한 아시아의 불신을 초래하였다.

일본의 근대 외교는 믿음[信]을 가장 중요한 가치로 설정했다. 즉 일본은 "국가를 유지하는 것은 오직 하나인 신(信)뿐인데, 큰 '신'을 한 번에 세우면 국가가 모두 정해지고 부국의 길이 서며, 이로써 외침을 막는 데 족하다."고 했다. 말하자면 근대 일본 외교의 초심(初心)은 '신'이었다. 그러나 결과적으로 일본은 아시아 전체로부터 불신(不信)의 화신으로 인정받고 말았다. 그것은 그들의 외경서구(畏敬西歐)와 탈아(脫亞)에서 시작되었다. 아시아인들은 서구에 대한 외경심을 가지면서도 그들의 문명 유입에 조심성을 가지고 있는 반면, 일본에 대해서는 모든 면에서 불신(不信)만 가지고 있다.

사람과 사람과의 유대에서부터 국가와 국가 사이의 유대는 서로 알고 사귀는 데서 시작된다. 돈만 있으면 무엇이든 해결할 수 있다는 식의 발상은 졸부의 치기에 지나지 않는다. 역사와 문화를 중심으로 사회와 국가 사이의 정을 터득하고 사귀면 무엇이든 이해하고 협력할 수 있지만, 아무것도 모르면서 다시 말해 무지한 채 힘(그것은 무력일 수도, 경제력일 수도 있다)만 가지고 사귀겠다는 생각은 과거 일본의 한반도 지배나 중국·동남아 침략 이상을 가져온 것이 없다.

20세기의 아시아는 대재난의 시대였다. 식민지 지배·한국 전쟁·베트남 전쟁 등으로 아시아는 역사적으로 비극의 시기였다. 그러나 21세기의 아시아는 대재난에서 벗어나 자유·풍요·평화의 시대가 되어야 하며, 그러기 위해 우리 모든 아시아인들은 서로 알고 서로 말할 수 있는 깊은 이해와 우정으로 튼튼한 유대를 가져야 한다. 이렇게 함으로써 아시아인은 함께 사는 아시아인이요, 아시아국으로서 세계 질서에 당당하게 참여해야 할 것이다.

그리하여 모두 힘을 합쳐 우리가 이 시대에 직면한 인구 문제 · 환경 문제 · 식량 문제와 참된 평등을 찾는 과제들을 위해 함께 힘을 합쳐야 할 때이다.

〈1993. 1. 17〉

아시아의 두 블록

서구 사람들은 열매를 따먹기 위해서 사과나무를 심고, 중국 사람들은 이 다음에 그 그늘 밑에서 이 사람 저 사람들이 쉬게 하기 위해서 사과나무를 심는다는 말이 있다.

과실을 따먹으니 맛이 있고 그것을 팔아 돈을 벌 수 있어서 단순히 사과나무를 심었다. 그런데 더 맛이 있고 더 빨리 열매를 맺게 하기 위해 사과나무에 여러 가지 비료를 쓰고 접목도 하였다. 그렇게 해서 사과나무가 다른 어떤 때보다 훨씬 빨리 자라고 훨씬 맛좋은 과일을 얻게 하니, 자연히 돈도 많이 벌게 되었다. 그러나 돈 잘 번다는 바람에 너도나도 사과나무를 심으니, 너무 많은 과일이 생산되었다. 그러나 사람들은 필요 이상 먹지 않게 되어 그 결과로 돈도 벌지 못하게 되었다. 그래서 많은 사과들이 썩어 나가게 되었다. 그마저도 비료가 되지 않을 판이니, 그 나무를 모조리 그것도 저마다 빨리 잘라 버렸다. 그 자리에 공장도 세우고 다른 돈벌이를 할 궁리를 하였다.

이와 같은 예에서 보듯이 서구 사람들의 사과나무 키우기는 그들의 산업 근대화에서의 경제 발전을 여실히 설명해 주는 이야기인 것 같다. 결론은 경제 발전, 즉 돈 버는 데는 한계가 있거나, 아니면 끝없는 욕망으로 인해 사람을 계속 만족시키지 못하는 잘못된 인간의 욕망이 있다는 것도 설명해 준다.

중국 사람은 나무를 키워서 그 과실을 따먹겠다는 생각에서 사과나무를 심지 않았다. 오히려 그보다는 그 나무가 자라서 훌륭한 그늘을 만들어 주면 지나던 사람이나 마을 사람들이 모여서 휴식하는 데 얼마나 좋을까를 생각하고서 사과나무를 심었다. 즉 중국인은 경제 발전이나 돈을 바라기보다는 인간 삶의 여유와 그늘 밑에 쉬는 사람들의 대화와 친근함으로 얻을 수 있는 인간다움을 더 회구한 것임을 뜻한다.

그러나 동양철학의 학문적 배경을 종교처럼 믿고 이러한 신념에 살아온 한국 민족은 사과나무를 심으면서, 그 씨앗이 자라 나무가 되고 꽃이 피고 사과가 열리면 사람들이 그것을 따먹고 살 것이라고 생각할지도 모른다. 다른 한편 그들은 그늘에서 쉬게 하는 그 사과나무가 가르쳐 주는 대자연의 고마운 법칙을 순리대로 받아들이고, 그 철학 속에서 삶의 행복함을 찾아보겠다는 생각이 깃들어 있을지 모른다.

요즘 경제 발전 지상주의에 휩쓸린 세계 각국은 물론 중국도 이제는 잘살기 위해 열매 따먹기 위한 사과나무 심기에 열심인 것 같고, 우리나라도 그 예에서 벗어나지 않고 있다. 그러나 사과나무가 말해 주는 자연의 대법칙은 결코 변하지 않는 것이며, 우리는 그 사과나무에서 보여 주는 교훈을 터득해서 우리 민족의 앞날을 위한 사과나무 씨앗을 심는 심정을 다시 한 번 정리해 볼 필요가 있다.

조선 땅은 제2차 세계대전 후 완전히 타의에 의해 미 · 소 두 나라가 갈라놓은 분단 국가가 되었다. 반세기라는 긴 세월을 이렇게 장벽을 쌓고 살아오다 요새야 남북간의 담을 넘어 소리지르며 하늘에 뜬소리 같은 대화를 간간이 하지만, 거기에 많은 국민들이 흥분하고 기대하고 꿈도 꾸고 있다. 그러나 결코 그럴 것만은 아니다. 남한이 통일하려고 해도 절대로 통일을 감당할 능력이 없는 상태이다. 북한도 똑같다. 지금 세계에는 3천의 민족과 2백에 가까운 국가가 있고, 이 민족들이 서로 독립하겠다고 싸우고 있다. 그러므로 남북의 통일도 문제지만 세계 각 민족과 국가도 문제가 아닐 수 없다.

또 세계는 경제 발전 유지를 위해 점점 블록화를 이루고 있다. EC와 북미가 이미 블록화하였고, 아시아의 블록화도 시도되고 있다. 민족 분쟁은 유럽 각국에서 크게 대두되고 있고, 아프리카에서도 복잡한 양상을 보이고 있다. 그러나 이러한 민족 분쟁의 원동력이 되는 것은 그 종족의 강약에도 달렸지만 그 종족이 가지고 있는 문화의 힘이다. 그런 점에서 아시아에서는 비교적 종족 문제는 크지 않으나, 아시아 여러 민족들이 가지고 있는 문화 유형에 따른 블록화가 우선하리라고 본다.

ASEAN의 블록화는 현재 미국의 제동으로 더 이상 진전되지 않고 있지만 조만간 이루어질 수 있으리라 본다. 즉 그 블록화는 경제의 힘에 좌우될 것이 전망됨에 따라 일본이 참여한 ASEAN의 블록화가 조만간 쉽게 이루어지리라고 본다. 그 이유는 일본이 ASEAN 지역에서는 세계 어느 지역보다도 저항을 덜 받고 있고, 또 허약한 문화적 배경을 가진 ASEAN이 일본을 받아들이는 데 아무런 거부감을 갖고 있지 않기 때문이다. 즉 일본을 중심으로 한 블록화는 일본에게도 쉽고, ASEAN도 원하는 것이다.

아시아에서 일본은 현재로서는 경제 대국으로 세계를 상대로 군림하고 있지만, 중국의 12억 인구와 그 넓은 국토가 가지고 있는 잠재적 경제력은 머지않아 일본쯤은 손쉽게 능가할 것이다. 또 중국이 가지고 있는 잠재적 대일(對日) 악감정의 정서가 여간 뿌리깊은 것이 아니어서 일본이 중국을 위시한 아시아 전역에 그 힘을 미친다는 것은 거의 불가능하리라고 생각된다.

한국은 현재 분단된 국가이지만 통일 한국의 조선 반도가 가질 지정학적 가치뿐 아니라 통일 한국의 경제적 잠재력도 일본에 버금가는 힘을 유지할 것이다. 현재 한국의 위치나 대 북방 정책의 성공과 뿌리깊은 대일 악감정의 청산은 결코 간단한 문제가 아니다. 그래서 결국 아시아는 중국 · 한반도 · 몽골 등의 동일한 스키타이 · 알타이 문화를 가지고 있는 블록과, ASEAN · 일본의 블록화로 나뉠 것이다. 이 양 블록의 정치적 · 경제적 · 군사적 힘은 세계에서 절대로 얕볼 수 없는 존재가 될 것이며, 그중에서도 비슷한 문화적 배경을 지닌 중국 · 한국 · 몽골의 블록은 머지않아 꽤 강한 영향을 미칠 국가군이 될 것으로 전망된다.

〈1993. 2. 1〉

EC 통합이 우리에게 주는 교훈

경제 발전에서 서유럽에 항상 뒤지고 있던 아시아 국가 가운데 일본이 눈부신 경제력 신장으로 세계를 지배하게 되자, EC는 이러한 새로운 사태에 대비하기 위한 '1992년 계획'을 과감히 밀고 나가고 있다. 아시아, 특히 한국은 이러한 지구적 변화를 깊이 연구해야 한다는 생각으로 다니엘 번슈타인을 비롯 여러 국제경제 학자들의 주장을 정리해 보았다. 지금 세계는 어떤 변동을 겪고 있으며, 21세기 인류는 어디로 가고 있는가? 또 우리는, 아시아는 무엇을 생각해야 할 것인가?

20세기는 세계 정세의 급변적 역사를 기록했고, 또 지금도 기록하고 있다. 사회주의의 붕괴에 대해 많은 사람들이 공산주의는 패배했고 자본주의는 승리했다고 하며, 냉전의 종결을 이러한 주의(主義)의 승패로 표현한다. 좌우간 자본주의가 승리했다는 표현보다는 자본주의는 붕괴하지 않았고 아직도 살아남아 있다고 표현할 수 있다.

그러면 그 자본주의란 어떤 것을 말하는가? 대체로 셋으로 나뉜다.

첫째, 미국식 자본주의이다. 이것은 아담 스미스(Adam Smith)와 산업혁명에 그 배경을 가지고 있으며, 자유의 극대화, 자유 무역, 자유 시장, 사적(私的) 영역에 대한 정부 간섭의 극소화, 개인 기업에 따르는 보험과 보상을 강조하고 있다. 따라서 경제 계획이나 정부 주도의 광범위한 산업 전략에 대해서는 반대한다.

둘째, 지금 세계 경제에 우뚝 솟은 일본의 자본주의 경제 체제이다. 일본은 유교와 봉건주의, 메이지 유신, 제2차 세계대전 후 미국이 일본에 적용한 뉴딜 산업주의, 과거 재벌의 해체 등에 그 배경을 가지고 있다. 이는 경제 개발을 위한 장기적인 국가 전략, 수출 주도형의 중상주의적 무역, 개인의 자유와 소비자 이익 또는 시장자유화를 희생시키면서까지 기업이나 국가의 집단 이익을 촉진시키려는 어느 정도 독재 형태의 정치 경제이다.

셋째, 독일이나 유럽형은 독일 사회민주주의와 전후 중앙집중형 경제 재건의 문화적 배경을 가지고 있으며, 미국형과 일본형 자본주의의 중간 형태이다. 높은 수준의 개인 자유와 많은 부문에서의 시장자유화가 있는가 하면, 국가가 결정하는 장기적인 개발 전략을 기반으로 하여 거시경제적 경영과 국가 간섭을 강조한다. 또한 광범위한 사회 보장을 제공하고 개인과 기업 상호간에 따르는 위험을 구제해 주고 있다. 냉전 시대에는 미국의 핵우산 아래서 항상 눈치보는 경제제도를 시행해 왔으나, 이제 그러한 영향력이 점차 감소해 가고 오히려 새로 붕괴된 공산 국가들의 새로운 시장을 상대로 한 경쟁에 돌입하고 있다.

일본과 독일은 새로운 산업 기술과 세계적인 수출 상품의 개발을 위해서는 정부가 적극적으로 도와주어야 한다고 믿고 있다. 따라서 이 두 지역은 저비용 자본을 창출해서 소비보다 저축과 투자가 앞서도록 유도하고, 사업을 장기간의 과감한 계획에 따라 진행시킬 수 있도록 재정 정책을 촉진하고 있다.

반면에 미국은 이러한 정책을 하고 있지 않을 뿐 아니라 일본과 독일이 정부 · 기업 · 노동자의 동반 관계를 위해 설치한 철저한 제도적 장치조차 따르기를 꺼리고 있다. 또한 미국은 유럽의 냉전 종식에 따른 동력에 기반을 둔 부흥과 군사비 절약 등으로 일시적인 재정적자에서 회생할 수 있기를 기대하고 있다. 또한 미국의 가장 큰 경쟁 상대인 일본과 독일도 어려운 문제에 직면하고 있다. 독일은 통독(統獨)에 따른 부담을 극복해야 하며, 일본은 여태까지 시장을 개방하지 않은 채 중상주의적인 무역 정책을 펴 왔다. 그러나 이들 국가들은 이를 경제적 힘으로 처리해야 한다는 세계적 인식이 증가됨에 따라 새로 대두되는 국제 질서에 적응해야만 하게 되었다.

앞으로 유럽은 세계에서 가장 큰 시장이 될 것이고, 일본 또한 새로운 국제 질서에 대응하면서 엄청나게 방대해질 아시아 시장에 활기를 불어넣게 될 것이다. 여기에 우리나라도 거시적 안목으로 시장을 과감하게 개방하면서 아시아 경제권에 활발한 역할을 담당하게 될 것이 기대된다. 반면에 미국이 이상과 같은 유럽이나 아시아의 새로운 변화에 대응하더라도 문제가 해결되지 않는다. 미국 국내 경제를 쇄신하는 것이 세계 변화에 대한 대응책으로 가장 중요하게 될 것이며, 현재로서는 이러한 일에 성공하지 못했더라도 일대 방향 전환을 하지 않으면 21세기 자본주의 전쟁에서 가장 큰 타격을 받게 될 것이다.

유럽은 지금 개개 국가들이 하나의 목소리를 가지고 힘을 행사하고 있고, 그 잠재적 에너지가 세계의 모든 형태의 힘들, 예를 들어 재정 · 기술 · 기업 · 정치 · 군사 · 문화 · 이데올로기 등에 영향을 주기에 충분한 것으로 생각하고 있다. 이러한 움직임이 세계의 많은 나라에게 영향을 줄 것이며, 특히 일본을 중심으로 한 동아시아나 전체 아시아의 잠재적 에너지 개발이 뒤따를 것이 기대된다.

EC는 경제 통합을 한다는 '1992년 계획'이라는 것을 설정해서 이의 추진에 힘을 쏟고 있다. 현재로서는 장애도 많지만 머지않아 '1992년 계획'은 그대로 실현될 것이 기대된다. '1992년 계획'이 발표되면서 베를린 장벽이 무너졌고, 냉전이 종식되고 역사적인 독일 통일이 이루어졌다. 이러한 것들은 한국의 남북 통일과 동아시아의 여러 정세를 생각하며 우리가 깊은 관심을 가지고 바라봐야 할 중요한 역사적 과정이다.

그 후 이라크의 쿠웨이트 침공과 걸프 전쟁이 있었지만, 이러한 사건이 석유 분쟁의 일환일 뿐이었음을 우리는 인식해야 한다. 물론 걸프 전쟁이 가져다 준 힘의 현실적 의미와 전쟁의 집단 대처 방식 등 여러 문제가 제기된 것도 사실이다. 그러나 통독 등 충격적인 사건이 겹치면서도 '1992년 계획' 추진이 변치 않고 진행되었다는 데는 몇 가지 이유가 있다.

1) '1992년 계획'에 가장 큰 자극을 준 것은 미국이 레이거노믹스(Reagonomics)에 의해 괄목할 경제 성장을 가져왔고 수백만 명의 고용이 창출되고 첨단 기술의 혁신과 동시에 여기에 대한 재정 지원도 활발했다는 점이다. 그러나 이 레이거노믹스는 단기간의 이익을 위해 장기간의 이익을 희생시켰는

데, 그 좋은 예로 미국 내 재정적자를 메우기 위해 일본이 미국 경제에 쉽게 참여할 수 있도록 제한을 완화하여 결국은 헤어나기 힘든 해외 부채를 짊어지게 되었다는 것이다. 그런데 유럽은 이러한 흐름을 보면서 미국의 전철을 밟지 않아야겠다고 생각하게 되었다. 그리하여 유럽은 미국과의 종속적인 동반 관계에서 벗어나 스스로 이익을 추구하려고 하여 '1992년 계획'을 세웠다.

2) 일본의 대두는 '1992년 계획'을 서두르게 했다. 일본에 대응하기 위한 범유럽적인 힘이 필요했기 때문이다.

3) 고르바초프(Gorbachev)의 태도를 보면서 앞으로 소련과 동유럽의 해방에 따른 경제 개혁에 대처하여 유럽의 힘을 키워야 했다.

4) 경제의 세계적 추세가 국가간의 장벽을 허물어뜨리는 추세에 적응해서 유럽의 경제 통합은 선행되어야 했다.

5) 환경 문제의 범국가적 대처가 필요했다.

6) 관광업은 날로 세계적 규모가 되어 가고 있다. 여기에 대한 총체적 대처가 필요했다.

대개 이러한 요인들에 대한 분석으로 '1992년 계획'이 추진되었고, 많은 유럽 기업들의 국경을 무시한 통합 등이 이루어져야만 하는 입장에 들어서게 되었다.

1989년 11월 9일 베를린 장벽이 무너지는 소리에 미국을 위시한 모든 자유 서방 국가들은 환호를 외쳤지만, 그것은 새로운 지각 변동을 일으킨 환호보다 두려움의 소리였음을 우리는 인식해야 한다. 미 · 소 중심에서 소련은 적이었다. 그런데 서방은 미국에 의존하던 미국 중심에서 안보 · 경제 · 정치를 자신들에 의존해야만 하는 큰 변동을 예고하게 되었다. 이것이 곧 포스트 모더니즘(postmodernism)의 시작이었다. 이는 곧 유럽 사회의 변화를 가져왔다. 새로운 시대를 위한 극적인 제도 개혁이 대두되었다. 베를린 장벽의 붕괴에 대해 미국이 환호하면서 계속 세계를 이끌어 갈 수 있으리라 생각하고 있다면 큰 착오이다.

통독 문제로 부시(Bush)와 콜(Kohl)이 캠프 데이비드(Camp David)에서 회담을 가진 뒤, 기자들이 부시에게 이제부터의 적은 누구냐고 질문을 던졌다. 소련이라는 적이 없어졌기 때문이다. 부시는 이제부터의 적은 불확실과 불안정이라고 대답했다.

이제 냉전 시대와는 다른 새로운 우선권이 필요하게 되었다. 융통성이 없는 엄격한 전통에 기반을 둔 일본과 독일이 융통성과 변화에 대한 적응에 충실한 미국보다 새로운 시대에 잘 적응해 가고 있다. 베를린에서의 지각 변동은 이제 역사의 융기로 지반이 새로 변화되면서 독일이 유럽의 중심이 되어 가게 하고 있다.

제2차 세계대전 후부터 1989년 베를린 장벽이 무너질 때까지 냉전은 전쟁 선포를 하지는 않았지만 전세계적이었고, 전사자도 없었지만 경제적으로나 정치적으로 엄청난 충격을 주었다. 이 전쟁이 아주 교묘하게 진행되는 동안 세계의 누구도 그 복잡한 실체를 정확히 파악하지 못했다. 이처럼 냉전은 기능적인 면에서 제3차 세계대전이었다.

이 제3차 세계대전에서의 승자는 제2차 세계대전의 패자였던 일본과 독일이다. 물론 이 승자에는 동아시아 몇 나라와 유럽의 다른 나라들도 포함되고 있다. 이들 국가들은 모든 것을 참아 내면서 40년간 자신들의 적국과 경제적으로 제휴하면서 결국 승자로 등장했다.

냉전의 거대한 두 블록을 영도했던 미·소 중 소련은 철저하게 패배했고, 미국은 아직도 약간의 희망이 있어 전체적 패배는 아니라고 한다. 미국은 정보화 시대의 기술과 서비스 및 금융 조직 부문에서 계속 선도적 역할을 하고는 있지만, 이 부문에서 비약적 발전을 이룩한 곳은 유럽·일본·동아시아였다. 이들 시장을 지배할 수 있는 대규모 경제 체제를 만들어 내고 기존의 경쟁력을 강화시키기 위해 모든 기술이 통합되면서 1985년을 기점으로 결정적 국면 전환을 가져왔다.

미국은 레이건 집권시 처음 몇 년 동안에는 단기적 성장을 가져왔지만, 1985년 이후부터는 경쟁력이 급격히 약화되고 일본과 유럽의 진출을 허용하게 되었다. 일본의 경우에는 1985년 결정적 전환점이 있었는데, 이 당시 미국의 무역적자를 타개하기 위한 레이거노믹스의 잘못된 판단으로 엔화의 평균 절상을 가져왔고, 여기에 풍부한 경쟁 자산을 가지게 되면서 일본의 산업을 국제화시키는 데 도움을 가져왔다.

이를 요약하면 미국은 단기간의 경제 부양에만 관심이 있어 장기간의 결과를 무시해 왔고, 정부 · 기업 · 근로자들의 동반자 관계 인식보다는 적대적 관계를 유지해 오고 있으며, 새로운 산업 개발에 정부의 권한을 용인치 않고 생산 부문 산업보다 서비스업에 치중하고 기업의 국제화 및 국제 시장 개척에 힘을 쓰지 않고 있다.

결국 제2차 세계대전 후 미 · 소 두 나라가 패전 국가들에 무관심한 채 무력 유지에만 힘을 쏟으면서 경제력 육성에 노력하지 않을 때, 일본과 독일은 냉전에 국력을 소모하지 않고 경제력 증강에 최선을 다해 왔다. 결국 지금 많은 사람들은 1990년대의 독일이 선진국들의 세계에서 가장 큰 유럽이라는 단일 시장의 중심부가 될 것이고, 일본 역시 선진국들의 세계에서 가장 큰 단일 시장인 환태평양 지역의 중심부가 될 것이며, 반면에 미국은 앞으로 더 이상 유력한 경쟁력도 가지지 못하게 될 뿐 아니라 유력한 시장이 될 수도 없고 시장의 규모로 보아 단지 세번째만을 유지할 것으로 보고 있다.

다시 '1992년 계획'을 검토해 보자. 사실 미국의 많은 사업가들이나 다른 여러 나라들은 '1992년 계획'에 대해 매우 회의적이었다. EC는 12개 국가로 되어 있는 연합체이지만, 12개국은 각각 자신의 언어 · 종교 · 문화 · 정치 · 경제 · 사회 등 많은 부문에서 차이점을 가지고 있다. 그래서 EC를 기껏해야 3~4개국으로 나누는 것이 가능하지 않겠느냐는 비관적 관찰이 많았다. 그러나 낙관적 토대는 1993년 1월부터 시작될 계획의 대부분이 이미 진행되고 있고, 실질적 투자의 증가와 이를 예견한 경제 성장이 이루어지고 있기 때문이라는 점이다. 유럽 각국들은 '1992년 계획'이 경제력을 키우기 위해 유럽 시장의 단일화와 기술 혁신을 가져오고 연대 시장에 진출할 수 있는 강한 힘이 될 것임을 알고 있다.

'1992년 계획'의 279개 조항이 모두 1992년 말까지 이행될 수 있느냐가 문제이지만 비교적 낙관적이다. 결국 그들은 이 계획이 장차 정치 통합으로의 시발이라는 것도 알고 있다. 또 그것이 강력한 초국가적 힘이 된다는 것도 알고 있지만, 영국과 같은 나라에서의 반대도 그리 간단한 문제는 아닐 것이다. 독일은 EC에서 '1992년 계획'의 중심이 되면서 통독과 더불어 동유럽과 구 소련 시장을 개척하기 위한 창구가 되었다. 그래서 독일의 역할은 절대적이 되었다.

이처럼 전후 독일이 오늘의 기적을 일으킨 요인은 무엇인가?

1) 독일에서는 매년 1백만 명의 젊은이들이 3년간 계획으로 매우 수준 높은 직업 학교를 다니면서 직접 기업에서 일하게 되어 단순 노동이 아닌 전문화된 관련 기술까지 익히게 하고 있다.

2) 독일의 노동자들은 세계에서 가장 높은 임금을 받고 있고, 거의 미국 기준의 2배에 가까운 휴일을 즐기고 있으며, 작업 시간도 주당 35시간밖에 안되지만 세계의 저임금 국가들과의 경쟁에서 이기기 위해 매우 높은 생산성을 보이고 있다. 특히 작업 회의를 통해 경영에 참여함으로써 노사간의 협동을 강화하고 있다.

3) 독일은 생산성 · 품질 · 효율성에서 세계 최고의 수준을 추구하면서 일본과의 경쟁에 나서고 있다.

4) 독일은 한 기업이 한 종류의 상품을 생산하는 방식으로 소규모 시장에서 가장 앞서고 있다.

5) 독일에서는 중소 기업이 경제의 핵심을 이루고 있다. 특히 공구 산업 · 화학 관련 중소 기업이 세계에서 으뜸으로 알려져 있다.

6) 수출 지향적 정책에 따라 상품을 생산하기 때문에 상품의 내용과 질이 자연히 국제적 수준이다. 그 결과 장기적인 투자가 가능할 만한 잉여 자본을 가지고 있다.

7) 첨단 기술 산업은 일본이나 미국에 뒤지고 있으나, 그를 응용하는 데는

세계 최고이다.

　8) 독일은 통화와 금융 정책에서 매우 신중하며, 안정과 꾸준한 성장을 지향하여 독일 기업들이 장기성 기획을 할 수 있게끔 도와준다.

　동독과의 통일로 서독은 동독의 저임금 비숙련공을 많이 써 왔고, 기타 여러 가지 난관을 겪고 있지만 앞으로 동독 기업들과의 합작이 활발해지면서 많은 어려움을 수월하게 이겨 나갈 것이라고 생각된다.

　1950∼1960년대 세계 시장을 석권한 미국의 힘은 엄청나게 커졌고, 미 국민들의 생활 수준이 눈부시게 제고되었다. 그러던 것이 1970∼1980년대 미국의 많은 기업들이 보다 유리한 시장을 찾아 유럽에서 철수했고, 일부 철수한 기업들은 해외 시장에 눈을 돌리지 않고 미국에 다시 투자하게 되었다. 그러는 동안 유럽에서는 '1992년 계획'이 추진되면서 대외 경쟁력을 키워 유럽 경제의 활성화를 기획했다.

　여러 나라들이 '1992년 계획'을 유럽의 보호주의 정책으로 간주했으나, '1992년 계획'을 준비하는 동안 경력력은 더욱 자랐고, 걱정했던 보호주의 정책이 자취를 감추면서 유럽의 경제력은 급성장되었다. 일본 · 한국 · 호주가 EC를 넘보게 되었다. 이때 미국은 이미 경제 경쟁력에 압도당하는 형편이 되었다. 이제 미국은 전성 시대가 지났고, 압력 대신 EC와 협상을 통해 미국의 살길을 찾아야만 하게 되었다.

　유럽 각지에는 일본 관광객이 없는 곳이 없다. 이와 마찬가지로 일본의 자본과 기술은 유럽 각지에 파고들어 유럽의 자산을 인수하고 경영한다. 유럽에서는 이와 같은 일본의 침략을 경계했지만 일본이 투입한 자산에서 생기는 보상금에 맛들이고 있다. 차차 유럽은 일본의 자산과 기술을 도입하는 데 관대해지고 있고, 동유럽들은 일본이 엄청난 지원을 해주기를 기다리고 있다. 유럽 기업들의 1/3 이상이 일본 기업들과 합병하거나 합작하기를 기대하고 있고 투자하기를 기대하고 있다. 유럽의 보호주의 장벽이나 문화적 차이도 이러한 일본의 침략을 막지 못하고 있다. 이제 유럽은 일본의 침략을 막는 것보다는 일본 기업으로부터 얼마나 이익을 더 얻느냐는 데에 관심이 있다.

일본은 지난 50년 동안에 비해 지금에는 미국의 힘이 그다지 필요치 않다. 1993년 3월 싱가포르에서는 독일에서 제일 큰 기업인 다임러 벤츠와 일본에서 가장 큰 기업인 미쓰비시 상사가 광범위한 제휴라는 국가간 합작 투자를 성공시켰다. 이 두 기업은 미국 산업의 마지막 보루인 항공 산업을 협공하려는 데 목적이 있다.

냉전 시대가 물러가면서 핵우산이 필요없게 되었고, 안보에 대한 군사적 위험이 감소되었으며, 이와 관련해서 일본과 유럽 사이에 강한 의존적 유대가 생겨나고 있다. 유럽은 일차적으로 일본에서의 기술 도입이 필요하고, 이차적으로 자본을 바라고 있다. 유럽은 1990년대 말까지 첨단 기술의 발전에서 일본을 따라잡기는 어렵다는 것을 잘 알고 있다. 일본은 신기술에서 미국을 능가하고 있으며, 유럽은 미국보다 일본의 기술이 더 바람직하다고 생각하고 있다.

첨단 기술 · 유통 과정 · 경영 기술에서 일본은 미국이나 유럽보다 앞서고 있다. 이런 점에서 유럽과 일본의 합작은 유럽으로 하여금 장래의 번영을 약속하고 있다고 보아도 된다.

일본이 이처럼 경쟁력에서 절대적 우위를 차지하게 된 요인을 살펴보자.

1) 일본의 산업들은 자본 지출에서 다른 나라보다 앞서고 있다. 일본의 자본 투자는 국민 1인당 기준으로 볼 때 매년 거의 미국의 3배이며, 절대치로 보면 2,500달러 더 많다. 이로써 일본의 기업들은 플랜트 능력을 확장시키고 장비를 현대화해서 로봇 제작을 더 늘리고 연구 개발에 많은 투자를 하면서 새로운 상품과 산업 노선을 개발한다.

2) 일본은 통화와 재정에서 매우 강세이기 때문에 해외 자산을 획득하는 데 전략적으로 유리하며, 기업들의 전세계적 통합을 가능케 한다.

3) 국내의 소비가 증대되고 있으므로 수출 주도형의 성장이나 미국 시장에 대한 의존을 낮추고 있다.

4) 투자나 기술 혁신에 지속적이고 장기적인 계획에 힘을 기울이기 때문에 높은 기술과 생산 부문에서 미국을 압도하고 있다.

5) 일본의 산업들은 하드웨어(hardware) 산업에서부터 소프트웨어(software) 산업까지 다각화를 꾀하고 있다.

6) 일본은 로비 활동과 협조적인 인간 관계로 일본의 상품 수출과 미국 자산의 구매를 손쉽게 하여 광범위한 지지 기반을 구축하고 있다.

7) 환태평양 지역에 대한 많은 투자로 저임금을 충분히 활용하고 있고, 특히 동아시아에 대한 투자는 미국의 4배이고 독일의 8배이다.

이와 같이 자라나는 일본의 경제력은 미국에 대한 새로운 도전이 아닐 수 없다.

이제 '1992년 계획' 의 대략을 더듬어 보았다. 세계는 1989년 베를린 장벽이 무너지면서 냉전에서 벗어나 세계 질서의 새로운 평화적 경쟁에 돌입하고 있다. 그런데 동아시아에서만은 냉전 상태에서 거의 조금도 벗어나지 못하고 있고, 여러 가지 협력보다는 대치 상태를 계속하고 있다.

그 이유를 유럽과 비교해 보면 다음과 같다.

1) 동아시아에는 정치적 · 이념적 · 경제적으로 매우 이질적인 국가들이 모여 있다.

2) 이 지역 국가들은 유럽의 EC · NATO와 같은 경제적 · 군사적 공동체의 경험이 없다.

3) 이 지역 국가들은 역사적으로 시민 사회보다 국가중심적 사회를 영위해 왔다.

4) 동아시아에서는 중국 · 일본 등의 패권주의적 성향이 불식되지 못하고 있다.

5) 여러 나라 사이에 해결되지 않은 영토 문제가 많이 남아 있다.

6) 한국 동란을 겪은 한반도 등 냉전의 유산으로서의 분쟁 지역이 상존하

고 있다.

그러나 근래 이 지역에서도 러시아는 중국과 원만한 관계를 회복하고 있고, 중국과 베트남이 화해했으며, 캄보디아는 베트남 군이 철수한 후 화해와 안정을 찾아가고 있다. 또 중국과 대만, 남한과 북한도 대화와 교류를 추진하고 있는 시점에 있다.

이제 세계는 지역화(regionalization)와 세계화(globalization)의 경향으로 바뀌고 있으며, 더욱이 군사적 안보의 권위가 약해지면서 정치나 군사보다 경제력 회복과 진출에 더 열을 올리고 있는 실정이다. 소련의 붕괴와 더불어 안보 군사의 위력은 격감하게 되었다. 그러면서 러시아는 경제적 빈곤으로부터의 탈출을 시도하고 있고, 모든 것을 포기하며 경제 회복을 위해 노력을 집중시키고 있다. 이 경제 회복은 세계화 추세이고 전세계적 경향이다. 그러므로 우리는 여기서 우리나라가 갈 길이 명백함을 명심해야 한다. 지역화라는 세계적 추세에 우리는 동아시아의 블록화로 대응할 수밖에 없으며, 국경 없는 경제 경쟁으로 세계화의 경제 성장을 향한 현 시기는 세계의 모든 경쟁국을 상대로 한 동아시아 각국의 협력으로써 통일된 한국이 앞으로의 약진을 기획하고 기대하고 노력해야 할 시기이다.

한반도의 남북한 통일은 7천만 민족의 간절한 소망이고 염원이며, 평화를 추구하는 세계적 추세의 필연적 숙제이다. 21세기까지는 통일 달성이 기대되고 있다. 남북한이 통일 국가를 이룰 때, 우리는 반도 국가에 살게 된다. 지금까지 근 반세기 동안 북쪽에 이질적인 적대적 존재가 버티고 있음으로써 남한은 대륙과 차단된, 마치 도서(섬) 국가와 같은 존재일 수밖에 없었다. 그에서 비롯된 폐쇄성에서의 탈피는 한반도의 앞날에 큰 희망을 가져오게 할 것이다. 한반도 국가가 대륙과 복도(複道) 국가적 위치에 놓이게 되면서, 그 방대한 대륙과 연결된 나라로서의 기세는 대단해질 것이다.

그러나 한반도가 지정학적으로 여러 강대국의 디딤돌 같은 위치임을 감안할 때 혹시나 중국·러시아·일본·미국 등의 세력 각축장이 될 위험도 있다는 것을 우리는 알아야 한다. 어떠한 형태이건 통일 한반도는 탈이데올로기 국가일 것이며, 통일이 될 때 가장 큰 걸림돌은 복잡한 정치 문제보다는 토지의 소유 문제일 것이며, 이는 깊이 연구되어야 할 것이다. 또 근 반세기 동안 인적이 없던 수복 지구는 특별 관리를 통해서 뜻깊게 보존해야 한다. 그러면 이 지역은 지구상에서 드물게 보는 지역이 될 것으로 기대된다.

그 밖에 도시 국가 형태(예 : 싱가포르 · 홍콩 등)의 세계적 추세에서는 우리나라 장래에 관한 원대한 설계가 우선되어야 하며, 남북 · 동서 등 지역의 격차, 도시와 농촌의 균형 발전, 지방자치제의 정착 등 허다한 관문이 우리의 큰 일거리로 기다리고 있다. 통일만이 우리의 목표일 수는 없다. 무엇보다도 통일 국가 시대에 우리는 선진국에 진입해야 하며, 그러한 작업은 한국이 선도해야 한다. 선진국이란 지하자원이나 생산 설비가 많은 나라를 뜻하지는 않는다. 예컨대 지하자원이 풍부한 사우디 아라비아를 우리는 선진국이라고 하지는 않는다. 우리는 무엇보다 경제 선진국이 되어야 한다. 경제 선진국이란 새로운 기술을 창출할 수 있고, 새로운 제품을 만들 수 있고, 첨단 산업을 일으킬 수 있는 나라이다.

경제 발전에서는 기술 개발이 선행되어야 한다. 기술 발전은 산업혁명 이후 18세기에 시작되었고, 과학에 바탕을 둔 기술은 19세기에 화학과 전기에서 시작되었다. 산업혁명을 100년 늦게 출발해서 선진국이 된 나라는 세계에서 일본밖에 없다. 이런 의미에서 일본은 산업혁명을 1860년에 시작했고, 우리나라에서는 그보다 근 100년이 뒤진 1960년에 시작되었다고도 볼 수 있다. 기술은 조작의 대상이 자연일 경우를 말하며, 인간을 위한 목적에 자연을 가공하는 것을 뜻한다. 과학이라는 학문은 자연의 법칙을 연구하는 것이다.

기술 개발에 앞서 학문, 특히 기초 과학을 위시한 과학의 발전이 있어야 하며, 이는 건전하고 활발한 교육 추진에 의한다. 이러한 원론적 거론을 전제로 하여 개항(開港) 100년에 세계의 선진국이 된 일본은 어떻게 발전했는가를 배워야 한다.

1) 일본은 선진국을 철저하게 모방하였다. 생활과 정신 외에는 모든 것을 모방하였다.

2) 19세기의 선진국은 영국이었기 때문에 영국을 철저하게 모방하였다. 입헌군주주의·학제 등 세계의 최고를 철저하게 모방하고, 이해하고, 소화하였다. 심지어 일본은 영국을 닮으려고 자동차 운전대가 우측에 있는 좌측 운전까지 모방하고 있다. 우리나라 사람들에게는 남을 모방하는 것을 수치로 아는 버릇이 있지만, 먼저 우리도 모방에서 시작해서 더 높은 것을 찾아야 한다.

3) 교육의 질을 중요시했다. 초창기 동경제국대학은 영국과 프랑스에서 많은 학자들을 교수로 초빙했고, 졸업생들을 그 나라에 유학시켜 교수로 육성하였다.

4) 그들의 모방에서 시작된 학문의 발달은 1949년의 유카와 히데키(湯川秀樹)와 1964년의 도모나가 신이치로(朝永振一郎)가 노벨과학상을 타게끔 하였다.

5) 이렇게 해서 1930년대에 일본은 선진국 대열에 진입했으니, 이는 개항 이후 70년 만이었다. 그 후 그들은 태평양 전쟁을 준비할 수 있는 단계에 이르렀다.

6) 전후 미국은 유럽 시장에만 관심이 있었고, 동북아시아나 동남아시아에는 관심이 적었다. 그래서 미국이 장악한 시장을 침해하지 않는 조건 아래 일본에게 무한정 기술을 수출했고, 그것이 오늘날 일본의 자동차 산업과 컴퓨터 산업이 되었다.

이와 같은 짧은 역사에 눈부신 발전을 한 일본을 우리는 과감히 배워야 한다. 한반도 통일과 동아시아의 블록화 등 여러 가지 난제(難題)에 대한 해결은 경제 발전이고, 경제 발전의 전제는 기술 개발이며, 기술 개발은 교육에 대한 과감한 투자가 뒤따라야 한다. 미국과 소련 양대 진영이 만들어 낸 냉전은 우리 땅에서만 지구의 고아처럼 그대로 남아서 대립과 적대의 낡은 틀에서 벗어나지 못하면서 막대한 군사비만을 가중시키고 있지만, 이러한 대립이 화합으로 대치되면서 군사비에 쏟아 부었던 우리의 동력(動力)은 새로운 변혁에 충분히 동원될 수 있을 것이다.

일본을 배우자. 그리고 교육에 전력을 쏟아 넣자. 배우려면 철저하게 배우자. 무슨 가당치 않은 말장난을 할 때가 아니다. 유럽 발전 모델은 충분히 거론되었다. 일본의 선진화도 공부했다. 이제는 우리의 차례이다.

UN의 전쟁 억제

걸프 전쟁은 UN이 정당한 전쟁이냐 정당치 못한 전쟁이냐의 판단자로서의 역할을 한 첫번째 전쟁이어서 UN에 대한 의의가 크다. UN이라는 조직은 개별 주권 국가들이 전쟁을 하는 것은 좋지 않은 일이며, 만일 침략자가 나타날 때에는 UN 또는 국가 조직 전체가 그 침략자에 대항해야 하며, 개별 국가가 개별적 판단으로 대항하지는 말자는 생각을 기본으로 하고 있다.

UN 헌장 제1장에는 그 목적과 원칙을 기록하고 있는데, 그 가운데 제일 첫머리에 "UN의 목적은 다음과 같다. 즉 국가 평화 및 안전을 유지할 것, 그러기 위해 평화에 대한 위협의 방지 및 제거와, 침략 행위와 기타 평화의 파괴에 대한 진압을 위해 유효한 집단적 조치를 취할 것, 또한 평화를 파괴할 위험이 있는 국제적 분쟁이나 사태를 조정 또는 해결하기 위한 평화적 수단을 정의의 국제법 원칙에 따라 실현한다"고 씌어 있다. 또 제2조에는 UN의 원칙이 있는데, 무력에 의한 위협 또는 무력 행위 등 어떤 나라의 국토 보존이나 정치적 독립에 대치되는 행위, 또 UN의 목적과 양립되지 않는 어떤 방법도 삼가해야 한다. 즉 어떤 동기(예를 들어 국제 분쟁을 해결한다는 좋은 동기)에 의해서건 어떤 나라를 침략하기 위해 어떤 나라의 영토 보존이나 정치 독립을 침략하는 위협이나 무력 행사를 해서는 안된다고 명시하고 있다. 말하자면 제2차 세계대전 후에 정립된 UN과 같은, 국가를 초월한 조직이 판단하는 것이 요망된다고 하였다. 그러나 UN 내에서 최종 발언권을 가지고 있는 것은 안전보장이사회의 5대 상임 이사국이기 때문에, 상임 이사국이 동서로 나뉘어 대립되어 있는 한 UN은 기능하지도 못하였고, UN군은 만들지도 못하였다.

걸프 전쟁은 전 상임 이사국이 참가해서 UN이 확실하게 군사 행동을 인정한 첫번째 결정이지만, 이 걸프전에서는 다국적군으로서의 활약은 했으나 UN군으로서의 역할은 못하였다. 소련의 UN 보이콧이라는 상태에서 결정된 한국 전쟁 때의 다국적군은 정식 UN군이 아니었다. 사실 UN군이란 것이 갑자기 형성될 수 있는 것은 아니다. 군사 행동이란 생명을 걸고 하는 것이며 지휘관에서 병사에 이르기까지 일치 단결하여 사태에 대비해야 하는데, 여러 국가의 군대가 통합 사령부(統合司令部)를 만들어 협의하면서 작전한다는 것은 실제 전투에서는 성립되기 힘든 것이다. 결국 어느 나라가 중심이 되어야 하는데, 걸프전에서는 미군이 중심이 되어 프랑스군·영국군도 미군 지휘 아래 있었다. 또한 전쟁에서는 병기 사용도 다른 나라에 알려지기를 꺼리는 것이어서, 예컨대 미국과 소련이 연합군을 만든다는 것은 상상하기 힘든 일이라 할 수 있다. 여하간 안전보장이사회가 국제적 평화 및 안전의 유지에 필요한 조치를 취한다고 되어 있지만, 동서 대립 속에서는 이러한 집단적 자위(自衛)는 불가피하였던 것이다.

걸프 전쟁에서 동서의 대립이 없어졌고, 냉전은 끝났으며, 소련과 중국은 이라크를 구원하는 것보다 미국에 협력하는 것이 유리하다고 판단했기 때문에 합의를 이룩했다고 볼 수 있다. 이와 같은 역사적 사건은 앞으로 세계 각국의 개별적인 안전 보장이 어느 정도 집단 안보에 의존할 수 있느냐는 큰 과제 거리를 제시하고 있다.

〈1992. 5. 10〉

실패한 사회주의

사회주의는 실패하였다. 세계 도처에서 사회주의 국가들은 50∼70년 동안 견지해 오던 이데올로기를 포기하고 사회주의 이념에서 탈출하려 하고 있다. 체코나 중국을 보면 인민들은 경제적으로나 물질적으로 완전히 뒤떨어져 있다. 체코는 기계 문명이 공산 국가 중에서는 제일 발달했다는 나라인데도 그 사회에서 나온 기계(예 : 엘리베이터)나 의료 기계를 보더라도 얼마나 낙후되었는지 알 수 있다. 중국이나 몽골 같은 나라에서나 체코제 기계들이 많이 사용된다.

중국에서는 사회주의 이후 많은 인민들이 기아에서 탈출했다고 하지만, 뒷골목 인민들은 여전히 밀떡 한두 개를 시래기 국에 찍어 먹고 끼니를 때우는 것이 보통이다. 하기는 옛날 사회주의 이전 시대에는 밀떡 한두 개도 먹을 수 없었으니 사회주의가 그나마 먹게 해주었다고 해도 되겠지만, 중국의 뒷골목 인생, 체코의 뒷골목 인생들은 우리나라 20∼30년 전의 빈민굴과 흡사할 정도로 가난에 찌들어 있다.

사회주의에서는 경제 혁명이 모토인데, 이와 같은 경제의 실패는 곧 사회주의의 실패라고 볼 수밖에 없다. 여행 안내자의 월급은 300원(元)인데, 그 봉급은 중국에서 상당히 좋은 수준이며 달러로는 45달러 정도이다. 운전수의 월급은 70달러, 의사의 월급은 40∼45달러라고 한다. 빵 한두 개로 끼니를 때우기에는 가능하겠지만, 그들은 너무도 가난하다. 결국 사회주의는 모든 인민의 평등을 주장하다가 모든 인민이 평등하게 가난해져 버린 사상이 되고 말았다.

벌써 이러한 평등 사상에 젖은 인민들에게는 근래의 경제 개방과 더불어 여러 경제 구조가 달라져서 많이 일하는 사람은 그만큼 많이 얻을 수 있다는 이점도 있다. 그렇지만 사회주의 제도에서는 일을 안해도 모두 평등하게 살 수 있었는데, 이제 경제 개방으로 어떤 사람—그 사람이 나보다 일을 많이 했건 안했건—이 나보다 돈을 잘 벌고 잘산다는 것은 평등이 아니다. 내가 일하지 않아서 돈 벌지 못하는 것은 빼고 왜 같이 평등하게 살지 못하느냐에 대한 불평만 더해지며, 과거 사회주의로의 회귀를 원하는 사람들도 많아지게 되었다. 사회주의는 이처럼 인민들을 무기력하고 나태하게 만들어 버리고 말았으며, 여기에서의 탈피가 앞으로 큰 과제일 것 같다.

전깃불조차 부족한 북경 거리는 사회주의 경제의 실패를 여실히 말해 주고 있다. 인구 1,200만인 대도시인데 말이다.

〈1992. 7. 12〉

사회주의 실패의 원인

왜 사회주의는 실패하였는가? 중국을 여행하며 그 원인을 찾아보려고 애를 썼다.

첫째, 인권이 무시되었고, 개인의 자유와 욕구를 충족시키지 못했다. 변소는 대리석으로 잘 만들었고 물도 수시로 줄줄 흐르고 있는데, 밑을 닦을 휴지가 없다. 휴지쯤은 각 개인 자신이 해결한다는 식이다. 개인에게는 욕망이 있는데, 개인의 욕구는 어디서건 완전 무시되고 전체에 무조건 복종해야 하는 것이 사회주의의 한 단면이다. 사회주의에서 개방은 자본주의 사회에서 국민이 세금을 내듯이 농사를 지어도 일정액만 나라에 바치고 그 이상의 노력으로 더 번 것은 얼마든지 자기 소유가 되게 한다는 것을 뜻한다. 즉 개인에게 인센티브를 주는 것으로, 이는 개인의 인권이나 욕구를 살리는 개방이라고 할 수 있다.

둘째, 모든 일이 획일적이고 하는 일은 전부 도식적이다. 중국의 그 넓은 땅 각 식당의 메뉴는 거의 똑같다. 다양성을 인정하지 않는다. 식단의 가지수는 여러 가지이지만, 내용은 똑같다. 이러다 보니 조리사가 자기 연구에 따라 각자의 취향에 맞는 음식을 다양하게 연구하고 시도하고 개발하지 못한다. 그래서 모든 면에서 다양성의 새로운 개발이나 노력이 있을 수 없게 되었다. 비행장 등에서의 입국 수속 같은 모든 것은 도식적이어서 융통성이라고는 있을 수 없고, 정해진 방식대로 해야 한다. 식당에서는 정해진 메뉴에 따라 음식이 주어진다. 우리 일행이 간단한 국밥 한 그릇씩만 달라고 아무리 졸라도 막무가내다. "예, 예."만 하고 그냥 10여 가지 접시를 날라 온다.

셋째, 지나친 평등은 무질서를 가져오고 있다. 교통 규칙이 없다. 비행장의 카트는 10시 가까이 되자 아예 사용하지 못하도록 쇠사슬로 묶어 놓는다. 누구나 손님을 위해 일하라고 지시하는 사람이 없다, 모두 평등하니까. 서비스 정신이란 손님을 접대하고 도와주는 것인데, 획일적 사회에서 다양성있게 개인을 도와주는 일이란 있을 수가 없다.

넷째, 중국의 오랜 역사와 문화 전통에서 사회주의와 같은 혁명적 사상이 뿌리를 내리려면 과거와 같은 폭력 혁명으로는 성공을 장구하게 끌어낼 수가 없다. 더 깊이있게 그 나라의 역사 · 문화 · 사상 전통을 연구했어야 했다. 사회주의가 주장하는 유물사관에 따른 현대 세계의 모습은 인류가 거쳐 온 기본적인 생산 양식의 형태인 원시공산제 · 노예제 · 봉건제 · 자본주의 · 민주주의인데, 여기서는 자본주의에서 사회주의로 이행하는 단계라고 주장하고 있다. 그렇지만 그들 유물사관 학자들의 주장대로 근래 중국에서 발굴한 유적을 보면 선사시대의 원시공산제는 없었고, 그때부터 인류 가족제도 아래 살아왔고, 또 중국 같은 곳에서는 봉건제도까지는 있었지만 자본주의 시대는 없었다. 이는 러시아에서도 동일하다.

그런데 억지로 유물사관을 적용하여 없었던 원시공산제(그때까지 엥겔스는 고고학적 선사시대 발굴이 아직 없을 때이기 때문에 상상해서 이런 유물사관을 주장했다)나 자본주의 시대를 거친 것처럼 위장한 사회주의는 역사적으로 벌써 실패의 원인을 내포하고 있었다. 표면적 관찰이지만, 우선 생각나는 이런 것들이 사회주의 패망의 원인인 것 같다.

〈1992. 7. 13〉

고르바초프의 공적

6년 여 동안의 고르바초프 대통령직은 1991년 12월 25일로 끝났다. 고르바초프의 발자취에는 좋은 점과 나쁜 점이 있다고 한다. 그러나 그가 인류 사회에 극히 중요한 역할을 한 것만은 틀림이 없다. 소 연방 개혁에서 고르바초프의 최대의 실패는 최후까지 공산주의를 버리지 못했다는 점이다. 또한 1990년 12월 2일 마카린 내상의 사임과 12월 20일 세바르드나제 외상의 사임은 페레스트로이카에서 가장 필요한 인재를 잃어버린 결과가 되어 치명적 타격을 입게 되었고, 그리하여 보수파와 맞서서 방어하지 못하게 되었다.

그러나 그는 인류 역사를 크게 바꾸어 놓은 주역이며, 세계가 그에게 감사할 일은 많다.

첫째, 공산주의라는 관리(管理)와 억압 및 비민주주의 체제에서부터 많은 국민을 해방시켰다.

둘째, 현재 인류의 최대 난제 가운데 하나인 환경 문제를 크게 도와주었다. 만일 향후 10년만 더 소련과 동구를 그대로 두었더라면, 그 나라들에는 지금보다 더 큰 일이 일어났을 것이다. 예컨대 소련의 북극단으로 유출되는 테츄천 연안은 지금 죽음의 지역이 되고 있다. 1945~1951년 사이에 방사선 폐기물을 대량 지닌 폐액(廢液)이 아무 처리도 없이 유입되었다. 그래서 1951년까지 폐액은 저수지나 호수에 방치되었는데, 지금 이 호안(湖岸)에 한 시간만 서 있어도 치사량에 가까운 방사능을 받게 되었다. 그 밖에 체르노빌 폭팔 사고도 구 소련의 체질로는 세계에 완전히 은폐된 채 폐해를 입혔을 것이다.

이러한 점에 고르바초프의 공로는 지대하다. 지금 소련은 1917년 볼셰비키 혁명 이래 최대의 혼란을 겪고 있으며, 정치는 또 새로운 독재 형태로 돌아갈 위험성을 내포하고 있다.

〈1992. 8. 22〉

러시아의 비극

러시아 공화국의 옐친, 우크라이나 공화국의 크라프추크, 벨로루시 공화국의 슈슈케비치는 독립국가 공동체의 대표자들이다. 옐친과 러시아 국방상과의 회담에서 소련군의 해체 논의가 이루어지자, 많은 군인들이 각각 자기나라로 돌아가게 되었다. 핵은 러시아·우크라이나·벨로루시·카자흐 공화국에 집중되어 있다. 28,000개의 핵탄두 중 26,000개가 이 나라들에 있고, 나머지 2,000개는 다른 공화국들에 있다.

이 나머지 12개 공화국은 핵확산 방지조약에도 가입되어 있지 않아 핵을 어디에다 팔아먹어도 그것을 탓할 나라는 없다. 일설에 의하면, 아제르바이잔 같은 데서는 구 KGB 군인들이 핵을 훔쳐서 이란 같은 곳에 팔아먹었고, 그 밖에 항공기·미사일 등도 외부로 유출시켰다.

소련 전체에 있는 약 80개의 소위 핵 연구소의 연구원들은 해외로 빠져나가려고 한다. 극도의 가난에 찌들린 그들에게 연봉 2만 달러를 주겠다는 제의가 있다. 고르바초프의 연봉은 4천 루블 정도밖에 안된다. 지금 러시아에는 이 급변하는 역사의 흐름을 바라보며 헤쳐 나갈 지도자가 없다. 시골 관리직에나 있었던 사람들에게는 세계 속의 대국을 이끌어 나갈 자격이 없다. 극도의 빈곤·인플레이션·연료 부족·범죄 증가, 더욱이 무기력과 무지는 세계의 큰 골칫거리가 아닐 수 없다. 잘못하면 뜻하지 않은 민족간의 핵전쟁이 촉발될 위험성이 아주 크다.

〈1992. 8. 23〉

소련 붕괴 이후

1989. 6. 천안문 사건
      동구의 민주화 혁명
      베를린 장벽의 붕괴
      이라크의 쿠웨이트 침공
      동서독의 통일
1991. 8. 소련 쿠데타 실패
     12. 소 연방의 해체
     12. 고르바초프 사임

과거 3년 동안 세계는 엄청난 변화를 가져왔다. 거기에 따른 소련의 사회주의 붕괴는 무엇을 노출시켰는가? 모스크바 비행장에서 아에로플로트 30대가 기름이 없어서 뜨지 못하고 있다. 사회주의 시절 무뚝뚝했던 러시안들은 웃는 얼굴이 되었으나, 공항에서 시내까지 택시를 탔다가는 떼강도를 만나 몽땅 털린다.

리무진 타는 것이 제일 안전한데, 이는 리무진사를 마피아가 경영하기 때문이다. 교통 정리는 아주 엄격한데, 이는 교통 경찰이 딱지 하나 떼면 10%의 보상을 받기 때문이다. 어린애의 구걸 행위는 법으로 엄금되어 있다. 그런데 어린애들은 성인이 되면 생활비가 나오는데도 구걸하기가 일쑤이고, 차가 멎으면 유리를 닦아 주고 돈을 달라는 걸인들이 뉴욕 이상이다. 알코올 중독자는 길가에 너저분하다. 상점에서 물건 사려는 사람은 줄을 섰지만, 이제 상점에는 식량이 없다. 식량난은 엄청나다.

〈1992. 8. 21〉

냉전 종식

세계는 냉전 종식에 따라 새로운 세계적 질서를 모색하고 있다. 현대는 바로 미증유의 변동기로서 어떤 사태가 어디서 일어날지 예측하기 힘든 시대이다. 지금의 한국은 세계 속의 한국이라고 하는데, 이는 지구촌 시대여서 어느 한 나라만이 혼자 살 수 없는 시대임을 뜻한다.

첫째, 20세기는 핵 개발을 중심으로 한 미·소 양대 국가의 전쟁 준비가 한창이었던 시대이다. 소련에서는 국가 총예산의 50%, GNP의 20%가 국방 예산에 사용됨으로써 국가 경제는 말할 수 없이 피폐해졌고, 미국에서는 국가 예산의 30%, GNP의 6.5%가 국방 예산에 사용됨으로서 막대한 부채를 짊어지게 되었다. 이를 견디지 못한 양대 진영에서는 1985년 이후 고르바초프와 레이건이 수뇌 회담을 가지게 되면서 화해의 장이 열리고 냉전의 종식 과정이 시작되었다.

둘째, 20세기 물질 문명의 발달은 인간의 무한한 발달을 자극해서 현재와 같은 대량 생산과 대량 투자와 더불어 세계 인구의 폭발적 증가를 가져왔다. 기원 0년의 세계 인구는 약 2억으로 추산된다. 그런데 1900년 20세기 초에는 약 16억이었던 것이 1992년에는 54억이 되어 3배 이상이나 늘어났고, 금세기 말에는 67~68억 인구, 21세기 말에는 200억~250억 인구로 추산된다. 그런데 지구의 자원과 에너지는 유한하며, 과연 인류가 21세기에 생존할 수 있을까가 주목되는 형편이다.

냉전이 종식되었다지만 이라크의 후세인과 패권주의 유고의 민족 운동, 구 소련 내의 민족 운동 등 21세기에도 계속 혼란이 계속될 것으로 예상된다. 근래에 와서 지구촌에서의 국제연합(UN)의 역할은 크게 확대되고 있지만, 새로운 세계 질서 속의 현재와 같은 UN의 역할은 한계에 달하고 있다. 또 세계에는 아메리카·EC·아시아 등 블록 경제 움직임이 대두되고 있으나, 이러한 권역에서는 지역적 유대 특히 배타적 권역이 아니라 개방적인 지역 연대가 요구되고 있다. 이 새 질서에서의 UN 역할은 크게 변화할 것이 요구되고 있다.

세계는 지금 이처럼 용솟음치고 있는데, 우리나라 정치는 아직까지도 지역 감정 유발이나 하며 세계를 보고 있다. 이러한 상황에서 세계 속의 우리나라 발전을 생각하지는 못하고, 더욱이 거기에 눈도 뜨지 못한 채 TK다 호남이다 하며 파벌 싸움이나 개인의 권력 장악에만 눈이 어둡다. 이러한 정치의 면면에서 어떻게든 대변혁을 일으키지 않으면 안된다. 정치 개혁이 과감하게 그러나 단계적으로 이루어지고, 거기에 바탕을 두어 경제도 새로운 구조를 가지고 재도약을 시도해야 한다.

〈1992. 3. 18〉

일본의 이중성

요즘 미야자와(宮澤) 총리가 동남아를 순방하면서 일본이 아시아의 리더가 되겠다고 힘주고 있다. 과거와 현재의 일본을 다시 한 번 생각해 볼 필요가 있다.

우리나라 일은 제쳐놓은 채 다른 나라인 일본에 대해 왈가왈부한다는 것은 잘못이라는 생각에서 벗어나고자 한다. 일본은 아시아에서 아주 중요한 정치적 · 경제적 · 문화적 존재라는 것을 부인하고 있지 않기 때문이다.

일본에서는 평화주의라는 것이 제창되고 있다. 그 근거는 제2차 세계대전 말기 연합군이 일본의 히로시마(廣島)와 나가사키(長崎)에 원폭(原爆)을 투하한 결과로 일어난 참상이 되풀이될 수 없다는 데 두고 있다. 이러한 점을 강조하면서 원폭의 참화를 입은 일본은 엄청난 피해자라는 것을 강조하고 있다. 왜 연합군은 일본의 히로시마와 나가사키에 원자탄을 떨어뜨렸는가?

1886년부터 3년간 일본 정부는 히로시마에 대대적인 군사 기지를 설치하여 전쟁 지휘본부를 두었다. 또한 그들은 오(吳)·우품(宇品) 항구 등에 막대한 군항(軍港)을 건설해서 모든 병참 기지를 집결시켜 1894~1895년 청일전쟁을 치렀고, 1905년 러일전쟁의 침략 기지로 활용하였다. 제2차 세계대전까지도 근 반세기에 걸쳐 히로시마는 일본이 감행한 모든 전쟁의 근거지였다.

일본은 메이지 유신과 더불어 아시아에서 가장 먼저 서구 문명을 도입하게 되었다. 그러면서 일본 문명은 현대 문명(정치·군사·경제·사회·문화)에서 아시아의 선두 주자가 되어 그 힘을 키웠다. 메이지 유신 전까지 아시아의 조그마한 섬나라로서 왜소국이었던 일본은 그 힘을 급작스럽게 키우면서 진정한 리더로서의 경험이나 지식 없이 아시아 전체를 석권하겠다는 야심으로 우선 한반도를 병합해 버렸다.

일본은 히로시마 원폭을 계기로 피해자임을 강조하면서 평화주의를 제창한다. 일본이 엄청난 현대 무기에 의해 대량으로 인명 피해를 본 것은 사실이지만 그들이 아시아 침략을 통한 아시아인 전체에 대한 엄청난 가해자였음을 잊어서는 안된다. 그들이 아시아인에 대한 만행을 덮어 버리려 하거나 억지를 써서 변명하고 미화하려는 심리는 오늘날 큰 문제가 되지 않을 수 없다.

한국에서 일본이 물러간 지 반세기나 지났는데 아직도 한국인이 가장 싫어하는 민족은 일본이다. 중국이나 동남아에서도 친일이라는 말은 정권을 뒤엎는 말로까지 간주되고 있다. 그들은 아시아인을 멸시했다. 그들은 서구인에 대한 외경심이 강해서인지는 모르나 그 반작용으로 반일 단체는 물론 다른 아시아인에게까지도 잔악한 행위를 너무 많이 저질렀다.

그들은 한국인들에게 "너희가 우리 식민지일 때, 너희 나라에 철도도 놓아 주고 학교도 더러 세워 주지 않았느냐?"고 하면서 그들의 식민지 정책의 가해 상황을 미화하거나 은폐하려고 한다. 그러나 철도를 놓아 준 것은 대륙을 침략하고 한국의 생산물을 약탈하기 위함이었음을 왜 솔직하게 인정하지 않는가? 일본이 한국을 병합하지 않았더라면 한국은 철도도 놓지 못하고 제 민족에 대한 의식도 없이 야만족으로만 지낼 것으로 보느냐고 반문하고 싶다.

왜 그들은 그들의 만행과 잔악 행위를 은폐하고 미화하려는가? 그들이 이러한 심리를 가지고 있는 한, 한국인에게 세계에서 가장 싫은 민족은 일본일 수밖에 없다. 이러한 사실은 아시아에 일본의 대국다운 금도(襟度)에 절대적인 흠이 될 것이라고 확신한다.

이런 의미에서 이번에 미야자와 총리가 동남아 순방을 통해 아시아의 협력과 단결을 주장하였음은 또 하나의 패권 행위의 시작이 아닌가 염려된다.

〈1993. 1. 16〉

일본 비판

근간 일본 언론(『문예 춘추』)에 한국에서 나쁜 여론을 일으키고 있는 정신대 보도에 대해 남한은 마치 보채기만 하는 골치 아픈 어린애같이 사건과 말썽만 일으키고 있다고 실려 있었다. 이렇게 한국을 모욕하는 글이 실려 있는 것을 보고 참으로 부끄럽기도 하였지만, 세상에 이렇게 괘씸할 수 있느냐고 분개하기도 하였다.

한국에서 정신대 문제는 그 동안 우리 민족의 수치이기도 해서 공론화됨을 꺼려 오던 것이다. 그런데 우연히 정신대 피해자가 그 사실을 공표하였다. 이렇게 숨어 있던 부끄러운 일들이 공표되는데도 과거의 아팠던 일들을 숨기려만 한다면, 그것은 역사를 속이는 부끄러운 일이다. 그래서 언론들이 그 실상을 캐기 시작한 것이라고 생각된다.

마치 가려졌던 일들을 끄집어내 우리가 돈이나 뜯자고 보채거나 성화를 부리는 것처럼 일본 언론이 생각하고 또 일부 정치인들도 그런 식으로 생각한다면, 이것은 우리나라에 대한 엄청난 멸시이며 명예 훼손도 이만저만이 아니다. 그 부끄러운 정신대 문제나 끄집어내 일본을 성토하고 협박하여 몇 푼의 돈이나 우려먹어야 할 정도로 한민족은 비열하지도 또 그렇게까지 궁박하지도 않다는 것을 알아야 한다. 일본이 과거 일본인들의 낯뜨거운 소치를 역사 속에 묻어 버리려다 들통이 나니까 엉뚱하게 한민족을 멸시하는 글을 싣고 있음은 참으로 한심하기 짝이 없는 일이다. 일본은 좀더 큰 나라다워야 한다. 어느 민족이건 어느 개인이건 잘못을 한 번도 저지르지 않고 살 수 없다지만, 그때마다 그 잘못을 뉘우치고 다시는 그런 일이 되풀이되지 않도록 하는 것이 정도이다. 그럴진대 아무리 섬나라 사람이지만 어떻게 과거를 묻어 버리려고만 하는가.

독일 민족을 보라. 그 밖에 러시아나 선진 많은 민족들을 보라. 지나간 잘못을 겸허하게 반성하고 하나도 숨기지 않을 뿐더러 과거의 자기 잘못으로 희생된 사람이나 나라를 위해 마음으로부터의 회개와 슬픔을 표하고 있지 않은가. 절대로 그러한 과거를 미끼로 돈을 우려먹는다고 생각하지 마라.

오만불손에도 한계가 있는 것이다. 일본은 좀더 큰 나라가 되어 주기를 바랄 뿐이다. 역사를 왜곡하면서 자기 국민을 또 속이려는가. 한국은 묻혔던 역사가 드러나면서 국민들이 분개하고 정부로서도 대처하지 않을 수 없다는 것을 알고 있지 않은가. 이러한 여론이 일본 국민들 사이에서 일어난다고 할 때, 일본 정부는 그래도 역사의 일부를 속일 수 있다고 보는가. 세계는 지금 정정당당함을 요구하고 있다.

나는 일제 식민지 시대를 살았다. 나는 정신대의 추악함도 눈으로 수없이 보아 왔고 지난 역사의 산 증인이지만, 오늘까지 이러한 추악한 일들이 숨겨져 옴이 다 이유가 있겠거니 하면서도 혼자 부끄럽기도 하고 분개도 했던 것이다. 과거를 들추어내 양국 사이의 화해(和解)를 해치려는 생각은 결코 없고, 또 그러한 일로 한국과 일본 사이에 껄끄러움이 있어서도 안될 것이다. 한일 양국을 위해서도 그렇지만, 장래 아시아의 단결을 위해서도 이러한 발상은 다시 되풀이되지 말기를 바라마지않는다.

때때로 일본의 제2차 세계대전 전 식민지 정책을 미화하려는 사람도 있지만, 미화할 수도 없는데 누가 그런 왜곡된 역사를 수긍하려 할 것이며, 그러한 발상에 젖겠는가. 일본은 대동아권이라고 해서 아시아의 맹주가 되기 위해 태평양 전쟁을 일으켰다. 그러나 근간에 보여 주는 일본인들의 협소함은 역시 왜인(倭人)의 범주에서 벗어나지 못하는 데 기인한다. 이러한 생각을 하게 되면 한편 섭섭하기 짝이 없다.

근세 일본은 경제 부흥을 했다고 해서 역사를 왜곡할 수 있고, 돈이면 그들의 과거도 다 뜯어고칠 수 있다고 생각한다. 그러한 일본은 아주 큰 나라가 될 수 없다. 다시 말해서 대동아권을 이끌 만한 도량이나 역량이 없는 일본이 태평양 전쟁을 일으켜 식민지까지 만들려던 것은 그들로서는 근본적으로 잘못된 발상이었음을 지적하고자 한다.

일본이 언제부터 요즘 그들이 미화하고 있는 것처럼 위대한 문화 민족이었던가? 그들은 오랜 역사(고통과 번영이 수놓아진)와 문화의 전통이 없이 대동아권을 꿈꾸어 왔다. 이러한 것이 추악한 식민지 정책을 펼 수밖에 없었던 것임을 이제라도 솔직하게 깨달아야 한다. 이제 그들은 세계의 경제 대국이 된 이상 두려워할 것 없이 정정당당하게 자신을 밝혀야 한다.

그래서 그들은 이렇게 왜소하고 추악했던 역사 외에도 이러이러한 장점때문에 오늘의 경제 대국이 되었다고 세계 인류에게 교훈을 줄 수는 없을까? 그렇게 해서 세계의 많은 나라가 일본을 배우고, 아시아에서도 일본을 중심으로 전아시아가 서로 믿고 같이 번영하는 황색 민족으로서의 대동 단결을 할 수 있는 참 출발을 시도할 수 없을까?

〈1992. 3. 17〉

일본인의 약점

이 세상에 거짓이란 존재하지 않으며, 속임은 그것이 아무리 잘 위장되고 은폐되더라도 언젠가는 탄로가 나는 법이다.

일본인이 가지고 있는 그들 특유의 약점은 잔꾀로 남을 속여넘기기만 하면 된다는 식의 생각에서 벗어나지 못한다는 것이다. 그래서 많은 사람들이 일본인을 믿지 못할 민족이라고 한다. 그중 가장 큰 거짓이 역사의 왜곡이다. 이와 같은 거짓된 왜곡은 사회주의 국가에서도 동일하다. 일본은 장학량(張學良) 등을 마적떼라고 교육시켰다. 그래서 오늘날 역사를 공부하지 않은 어떤 대학 교수는 장학량을 마적으로 알고 있다가 중국 장춘에 있는 장학량 박물관을 보고 그 거짓된 역사 교육을 수십 년 후에야 깨달았다고 한다.

공산주의자들은 중국의 청소년들에게 장개석(蔣介石)을 비겁하고 믿을 수 없는 악당이라고 교육시켜 왔는데, 장개석이 세워 놓은 대만이 지금 중국보다 월등히 앞서고 있음에 대해 중국 지도자들은 변명할 여지가 없다.

장춘의 박물관에 가면 일본이 중국에서 중국인들을 작두로 목을 치고, 어린애들을 일렬로 눕혀 놓고 총으로 쏘고 칼로 찔러 죽이는 사진들이 전시되어 있다. 수많은 중국인들을 잡아다가 의학 실험을 하는 마르타 사건의 진상을 모두 사진으로 찍어 공개하고 있으며, 강택민이 쓴 "勿忘(물망) 6.28"(만주사변)이라는 큰 글씨를 써 붙여 놓고 일본의 만행을 전시해 놓고 있다. 그 당시 일본인들은 이러한 그들의 만행이 수십 년 후에 폭로될 줄은 모르고 그냥 은폐하면 되는 줄 알았다.

요새 거론되고 있는 정신대 문제도 같은 맥락에서 생각된다. 그들은 그들의 잘못을 솔직히 시인하고 부끄러워하지 않고 그냥 무슨 수를 써서라도 은폐하려 한다. 그러다가 나중에 돈 좀 벌었다고 돈으로 해결해 보려는 그 교만함 때문에 오늘의 일본인상에 아주 나쁜 영향을 주는 것 같다. 결코 속일 수는 없다는 사실을 우리는 역사를 통해 배워야 한다.

역사를 올바로 보고 배우면서 다시는 죄를 짓지 말아야 할 것이다.

〈1992. 7. 14〉

일본에서 배울 점

우리 국민은 누구나 자랑스러운 우리 조국을 만들어야 한다. 그런데 매스
컴이나 교육의 잘못으로 어떤 때에는 열등 의식에 빠지기도 하고, 어떤 때에
는 과대 망상에 걸려 일등 국가나 된 것처럼 생각하기 쉽다.

한민족(韓民族) 가운데는 자신과 똑같은 모습의 사람들이 사는 일본에서
한국이나 한국 사람을 싫어하는 교포들이 많을 정도로 자기 나라에 대한 긍
지를 갖지 못하고 있다. 이러한 사람들은 일본은 낙원이요, 한국은 지옥이라
고까지 표현하기도 한다. 한국인은 우선 남북이 갈라져 머리가 터져라 싸우
고만 있다. 모두 이러한 열등 의식 때문에 어른들이 어른스럽지 못하고 도덕
적으로 부패하고 툭하면 아귀다툼만 하려고 한다. 자기보다 약한 자는 도와
주어야 하는데, 그런 아량이 그들에게는 없다. 조금만 상대가 약해 보이면 우
선 지배부터 하려고 한다.

우리 사회에는 많은 극단과 극단이 있다. 그리하여 싸우지 않고 서로를 이
해하고 동정하려는 잘 균형잡힌 마음가짐들이 우리에게 없는 것은 이러한
양분 현상에서 비롯한다. 일본처럼 경제 활동이 몇 배나 큰 나라도 인력난이
그리 심각하지 않은데, 우리나라는 엄청난 인력난을 겪고 있다. 이것은 인력
의 절대적 부족 때문이 아니고 사람이 한곳에 오래 붙어 있지 못하고 자주
자리를 옮기기 때문이다. 근로자가 한 번 일터를 장만하면 거기에 붙어서 오
래오래 살 수 있도록 해주어야 하는데, 우리나라는 그렇지 못하다. 약한 자라
고 돼지 취급이나 한다. 그래서 숙소의 한 방에 10명 이상 수용해서 마구 대
우를 하는데, 누가 붙어 있으려 하겠는가?

또 근로자들은 자기 직업에 긍지를 가지지 못한다. 일본 산업을 일으킨 것
은 수많은 중소 기업들이 자신감과 사명감을 가지고 충실히 맡은 일을 해낸
데서 비롯한다. 우리나라는 저마다 대기업만 하려고 한다. 조그마한 일일지
라도 나와 이웃이나 수많은 고객들에게 얼마나 큰 도움이 되는지 알지 못한

다. 일에 대한 책임감이나 긍지를 가지지 못하는 많은 한국인들이 허영심에 들떠 있다.

한국인을 평가하면서 개인은 부자인데 나라는 가난하다고들 한다. 이는 정부의 부정 부패가 극에 달했음을 뜻하기도 하지만, 부유한 개인이 자신의 일만 생각하고 더 큰 일, 자신이 할 수 있는 큰 일이나 국가의 장래를 생각하지 않기 때문이다.

한국인들은 셔츠를 바지나 스커트에 넣지 않고 다니기를 좋아한다. 이같은 모습을 일본에서는 볼 수 없다. 일본인들은 반드시 셔츠를 바지나 스커트 속에 넣고 허리띠를 맨다. 이처럼 일본인들은 모든 일에 기강이 서 있다. 기강이 잘 서 있어야 모든 질서가 칼날처럼 잘 지켜지게 되고, 어떤 일이든지 잘 정돈되게 마련이다.

일본에는 산불이 거의 없는데, 이것은 담배 꽁초 하나도 함부로 버리지 않기 때문이다. 그런데 한국인은 엉성하고 비합리적이고 서두르기 잘하고 참을성이 없어 줄서기를 잘하지 못한다. 말하자면 한국인에게는 질서 정신이 없다. 그래서 한국인은 문화인이 되지 못하는 모양이다.

이렇게 한국인은 질서를 잘 지키지 않고, 어떤 물건이든 있을 자리에 놓지 못하고, 쓰레기를 아무 곳에나 함부로 버린다. 그러니 한국인은 비합리적이고 서두르기를 잘하고 불결하다는 말을 듣는다.

또한 한국인은 맺고 끊는 데가 없다고들 한다. 예를 들면 건축 공사를 해도 화장실 위치나 창문의 위치를 깊이 생각하지 않고 일을 진행시켜 결과적으로 분뇨 냄새를 풍기게 한다. 이는 원리 원칙을 무시하고 적당주의에 빠지기 때문이다. 도시락 하나를 싸더라도 정성을 다하고 편리하고 깨끗하고 아름답게 상품화하는 정성이 항상 깃들어 있어야 한다.

일본에서의 농촌은 도시보다 더 깨끗하고 문화적이다. 교통이 도시보다 약간 불편하지만, 농민이 농촌을 떠나지 않도록 시설이 잘 갖추어져 있다. 농촌에 있는 훌륭한 체육관·도서관 등이 그 좋은 예이다.

자! 이제 우리도 깨어나서 깨끗하게 하자. 질서를 잘 지키자. 정성을 다해

서 살고 후미진 곳에 더 많은 신경을 써서 아름다운 조국 강토를 만들도록
하자.

〈1992. 9. 8〉

일본, 경제 동물 유감

경제 동물(Economic Animal)이라는 말이 있다. 경제밖에, 다시 말해 돈밖에
모른다는 말이다. 마치 돈이 인생의 전부인 것처럼 산다는 말이다.

풍요롭다는 말은 무엇인가. 돈만 많다고 풍요로울 수는 없다. 돈도 있어야
겠지만 정신이 풍요로워야 한다. 정신이 풍요롭다는 것은 정신이 여유 있고
자유스러움을 뜻한다. 인생이 무엇인지 생각할 수 있고, 창조력을 가질 수 있
고 인생을 즐길 수 있는 마음이 풍성해야 한다.

일본의 경제 붐은 정신의 풍요를 가져오지 못하고 있다. 도쿠가와 막부(德
川幕府)부터 제2차 세계대전까지 오랫동안 죽기 아니면 살기에 골몰하여 이
제는 번 돈으로 인생을 즐겨 보자는 결심을 한 민족이다. 제2차 세계대전의
패전은 엄청난 가난과 굶주림을 가져왔고, 죽기 아니면 살기의 노력이 그들
을 그렇게 만들었다. 아침 6시에 일어나 허둥지둥 밥을 먹는 둥 마는 둥 회사
에 나간다. 한두 시간 지하철이나 자가용에 시달리며 8시 반부터 일을 시작
한다. 점심 시간 40분을 빼고 대개 잔업을 으레 한두 시간씩 해야 한다. 7시
반이나 8시에 퇴근하여 집에 도착하면 9시에서 9시 반이다. 손발 씻고 밥 먹
고 자고, 또 아침에 일어난다. 자식들 얼굴을 볼 수는 없으나 그들을 교육시
키는 교육비와 노후(老後) 복지를 생각해서 뛰어야 한다. 많은 젊은 부부는
맞벌이를 해야 한다. 애가 생기면 탁아소 · 유치원 · 학교 · 학원으로 보내야
하니 또 돈이다.

이렇게 해서 일본은 경제 대국이 되었는데, 경제 동물이라는 말만 들으니

일본인들은 한심하다. 그들이 나이 먹고 직장을 그만두면, 그들에게는 허탈이 찾아온다. 인생 육칠 십을 왜 뛰기만 했나. 복지가, 웃음이, 맑은 물과 공기가 인생에 무엇인지 알게 될 때, 그들은 가야 한다. 돈 때문에 사는 인생, 돈의 나라 경제 대국이 반드시 행복하지는 않다.

〈1992. 8. 7〉

진정한 극일의 길

사람의 언행에는 반드시 어떤 목적 의식이 있어야 한다. 그 목적을 이루었을 때 어떤 결과가 초래될 것인가를 예측하면서 언행을 해야 할 것이다. 예컨대 요새 대(對) 일본관에 관한 여러 가지 말들이 있다. 그런 여러 가지 말을 해서 반일 감정을 국민한테 심어 주게 된다. 그런데 반일 감정을 심어 주어서 우리나라에게 무슨 도움이 되며, 또 인간 세계의 다른 나라와 적대 감정을 가지게 해서 무슨 도움이 되겠는가를 생각하면서 그런 언행을 해야 한다.

더욱이 지금은 국제화 시대일 뿐더러 일본은 아시아에서 제일 발전했고, 또 우리는 일본에서 많이 배워야 하고, 아시아 각국이 서로 이해하고 협력해서 서구에 지지 않는 아시아의 번영을 가져와야 한다. 그런데 서구에는 아첨을 하며 비굴할 정도의 찬사를 보내면서도 일본에 대해서는 마치 보채는 애 트집 잡듯이 하는 경솔한 언행은 아무 데도 쓸모 없는 백해무익(百害無益)이다. 더욱이 이러한 언행이 과거의 일본을 전혀 모르는 청소년들에게 주는 영향은 대단히 크다. 이들이 성장했을 때 아시아인으로서의 넓은 도량과 높은 자긍심을 갖고 과연 살아갈 수 있을까도 생각하면서 일본에 대한 언행에 신중을 기해야 한다.

이런 말을 하면 어떤 사람들은 나보고 친일파니 뭐니 할 수 있을 것이고, 또 친일파는 아주 멸시당할 사람으로 생각할 수도 있을 것이다. 친일파적 의견을 가져서는 안되겠지만 반일 정신이 우리나 아시아인에게나 일본인에게 무슨 도움이 될 것인가도 같이 생각해 볼 필요가 있다. 이러한 점에서 불필요한 언행은 삼가하되 떳떳하고 당당하게 살아야 한다고 생각한다. 결코 일본인에게 아첨하거나 비굴하라는 것은 아니며, 우리는 이제 일본인에 대한 과거와 같은 열등 의식이나 식민지 의식에서 완전히 탈피하여 당당한 아시아인, 세계인으로서의 긍지를 가져야 할 때가 아닌가 생각한다.

〈1992. 5. 26〉

중국의 명암

중국은 역시 대국이다. 아시아의 왕자다. 그들의 역사와 문명을 세계의 어느 역사나 문명이 감히 넘볼 수 있겠는가.

일본이 근래에 경제 발전을 좀 이뤘다고 교만하게 굴지만, 중국은 일본 같은 나라 열두 개를 통으로 삼켜도 트림도 하지 않을 나라이다. 누가 까불건 교만하건 눈썹 하나 까딱하지 않는다.

나는 중국과 같은 아시아인이라는 데 긍지를 가진다. 세계 어느 나라도 그렇게 스케일이 크지 못할 것이다. 미켈란젤로나 로마 제왕 어느 누구가 중국의 문화를 흉내나 낼 것인가.

그들은 꿈쩍도 안하면서 서서히 역사를 살아간다. 안타까워하는 것도 없고 다급할 것도 없고 조금도 쑥스러울 것도 없다. 정정당당하다. 그들은 그들의 삶의 철학을 가지고 있다. 그들은 신의를 지킬 줄 아는 민족이며, 도량이 넓은 예의를 가지고 있다.

아직까지도 북한이 온갖 잘못을 다 저질러도 그를 버리지 않는 신의, 아무리 자기가 가난해도 일본에게 아직까지도 전쟁 배상 따위의 말을 비치지 않고 있는 도량 넓은 예의를 나는 부러워한다. 그까짓 경제 발전이 조금 되었다고 고기를 좀더 먹고 옷을 더 잘 입는 것이 무슨 큰 자랑거리냐는 식이다. 오랜 역사·문화와 훌륭한 전통을 자랑하면 했지 깜짝 쇼 같은 일시적 졸부가 됨을 소원하지 않고 있다. 그들은 근면하며 그 속에서 삶의 가치를 찾고 있다. 엄청난 국토·인구·자원. 그들은 결코 가난하지도 않고 불쌍하지도 않다.

몇 년 전만 해도 비행기나 기차가 떠나는 시간이 제대로 지켜지지 않아 4~5시간 늦어지는 것은 보통이니 비행장에서 출발을 기다리기 위해 읽을 책을 준비해 가라고 들었다. 그런데 금년 초『인민일보』사설에서 비행기 발착(發着) 시간을 지키지 않는 미개한 나라가 되지 말자고 하자, 단 1분도 어김없이 비행기 모두가 발착하는 것을 보고 그들의 힘에 경탄했다. 17일간의 비행에 한 번도 비행기 시간이 단 1분이라도 늦는 것을 볼 수 없었기 때문이다.

그러나 중국은 많은 문제를 안고 있다.

사회주의 혁명 45년 만에 가난에서는 벗어났다. 하지만 인민 대중은 겨우 굶주림에서 벗어났을 뿐이다. 사회주의는 인민들을 아주 경직시켰다. 이 경직성을 고치려면 상당한 시간이 걸릴 것 같다.

모든 이가 평등하다고 주장한다. 그래서 무질서는 말할 것도 없이 국력을 엄청나게 소비하고 있다. 대국이라고 잘못하면 패권주의에 빠지기 쉬운 것도 경계해야 한다. 인권을 존중하고 인명 하나 하나의 존귀함을 깨닫는 데는 오랜 시간이 걸릴 것 같다. 인해 전술(人海戰術)이라는 불명예스러움에서 하루속히 벗어나야 한다.

요새 개방되어 돈맛을 알고 난 그들은 마치 걸신들린 사람 같다. 돈만 되면 무엇이든 하겠다는 모습이다. 옛날 30년대 한국에 노동자로 온 중국인처럼 '아파 열댓 냥, 죽어 백 냥'이라는 시대가 되어서는 안되겠다.

앞으로 수십 년이나 1백 년 이상 아주 강력한 지도자가 있어야만 이 민중을 이끌어 갈 것 같다. 그들에게 자유민주주의 따위는 발붙일 여지조차 아직은 없다. 모택동(毛澤東)이 광대한 나라를 통일한 듯하지만, 어느 의미에서는 느슨한 통일 방식이 그것을 유지해 오고 있는 것 같다. 그러나 이 넓은 국토와 족벌 · 군벌 · 지역 파벌 등 분열의 조짐이 없는 것도 아님을 조심해야 한다.

〈1992. 7. 19〉

중국의 지방 분권

1992년 12월 12일부터 18일까지 7일 동안 제14회 전국인민대표자대회(全國人民代表者大會)가 열렸다. 1992년 봄 등소평이 남부 순회(南部巡回)를 하고 남월(南越) 담화를 발표한 것은 중국의 경제 정책에 통용하기 위한 것이 아닌가도 생각된다.

천안문 사건 후 중국의 개혁 시발은 정당했음을 주장하는 작업도 했다고 강택민 서기는 그의 정치 보고에서 밝혔고, 그 결과 다음과 같은 세 가지 특징을 발견할 수 있다.

1) 중앙위(中央委)가 과거에는 8인 수준에서 좌지우지되었는데, 현재 중앙위의 연령은 아주 젊어졌다. 그러나 중국의 현실은 아주 달라서 노인이 미치는 영향이 아직도 남아 있다.

2) 지방 간부들이 대거 등용되었다. 이것은 연안 경제권을 중심으로 한 연안 각 지방이 괄목할 만한 경제 발전을 한 데서 기인하며, 지방 분권이 더욱 심해졌다고 봐도 된다.

3) 군 출신이 아직은 약 20%를 점하고 있으나, 1969년도 제9전대회에서는 40%였으니 그전보다는 많이 감소되었다.

이상 세 가지 중요한 특성은 중국에 많은 문제를 던지고 있다.

지금도 사회주의 체제를 고수하고 있는 중국이 시장경제를 지향은 하나 정치 체제가 과거와 다름없이 여전하다는 데서 문제는 더욱 심각하다. 그래서 중국에서는 경제 개혁도 자연히 제한받을 수밖에 없다.

남방 연안성(상해·항주 포함)에서는 천안문 사건을 북경 사건으로 국지화하려 하고 있으며, 이는 동시에 지방의 독립성을 강조하는 뜻도 된다. 1988년 전국인민대의원대회에서는 중앙당이 제출한 경제 안건을 지방 의원들이 부결시키고 자기네가 제출한 내용을 통과시키기도 했다. 이처럼 지방의 힘은 강화되었고, 발언권도 강화되었다. 이는 연안 남방의 여러 성(省)이 지방 분권에 대한 독립성을 갖고 경제 정책을 추진한 결과라고 할 수 있다.

〈1992. 11. 17〉

중국에서 배울 점

중국과 국교가 성립되었다. 이제부터 우리는 많은 중국의 풍토나 문화와 접촉하게 될 것이며, 이런 접촉이나 국교가 성공하면 우리나라에도 아주 큰 이익을 가져올 것이다.

우리는 먼저 중국인이 가장 으뜸가는 도덕으로 생각하는 신의를 귀하게 여기는 풍습을 배워야 한다. 한 번 사귄 친구는 영원한 친구이다. 참된 친구가 되기까지는 어려움도 많겠지만 일단 사귀게 되면 배신을 모르는 법이다. 친구가 된 그 사람은 잘살 때나 못살 때도, 행복할 때나 불행할 때도, 선할 때나 악할 때도 있을 것이다. 그러나 언제까지나 변하지 않는 신의는 불행했거나 악했던 친구를 도와주게 하며, 이러한 변하지 않는 사귐은 사람이 살아가는 데 가장 소중하고 아름다운 것이다.

신의를 지키자. 그것이 중국인과 사귀는 데 첫발이 될 수 있다. 그들은 엄청난 인내심을 가지고 있다. 아무리 힘들어도 아무리 가난하고 더러워도 참는다. 필요하면 목숨이라도 바쳐야 하는 인내심을 우리는 배워야 한다. 참을성 없이 깜짝깜짝 놀라고 흥분하고 화내고 기뻐하는 다혈질이나 단기성(短

期性)이 되어서는 안된다.

　중국인에게서 많은 것을 배워야 하는데, 그 가운데 으뜸가는 것이 그들의 인내심이다. 그것은 오래 갈 수 있는 능력을 주고, 많이 생각할 수 있는 행동과 여유를 주는 것이다. 서둘지 말라는 뜻의 '만만디'라는 말은 그들의 인내심에서 비롯된 말이다.

　'깜짝 부자'를 그들은 원하지도 부러워하지도 않는다. 참는 버릇, 우리는 그것을 배워야 한다. 그래야 긴 역사를 유지할 수 있다.

〈1992. 9. 5〉

미국에서 배울 점

　미국에는 20세기를 뒤흔들 만한 영웅들(나폴레옹 · 히틀러 · 레닌)이 없다. 그저 평범한 대중 지도자들만이 있다. 이는 서부 개척이라는 뉴프론티어 정신과 같은 미국의 독특한 환경에서 비롯된다고 하겠다.

　미국인들을 풍요한 국민이라고 부른다. 풍요로운 자연 환경에 연유하는 그들의 삶은 주거 환경을 그리 깊이 생각할 필요가 없다. 다만 그들은 개척자로서 계속 겪게 되는 자연의 위엄과 모든 위기를 그들 자신이 이겨 나가야만 할 것으로 생각해 왔다. 그래서 그들은 그들 자신을 극복하고 지켜 나가야만 살 수 있다는 습관을 익혀 왔다.

　이러한 상항에서 미국에서는 건강한 개인주의가 발달되어 왔다. 이러한 의미에서 자조와 자립심은 미국인이 살고 있는 환경이 만들어 준 셈이다. 그들에게는 '누구인가(who he is)'가 중요하지 않고 '무엇을 할 수 있느냐(what he can do)'가 중요하다. 그들에게는 구시대의 유산인 가문 · 혈통 · 신분 · 명예 등은 전혀 쓸모가 없다. 인간이 만든 차별적이고 억압적인 제도들은 거대한 자연 앞에서는 뿌리를 깊이 내릴 수가 없다.

프론티어 정신에 뿌리를 깊이 내린 사상은 실용주의 정신이었다. 미국 사상에 청교도주의가 있다. 16세기 유럽에서는 종교개혁이 일어났다. 그 가운데 캘빈주의는 교조적이고 기질적으로 강한 신앙을 고집하였다. 그런데 17세기 중엽에 영국의 크롬웰이 혁명을 일으켰다. 말하자면 배타적인 교리는 부패한 영국 국교(성공회)를 정화하려 하였으며, 그것이 청교도라는 이름을 가지게 되었다. 결국 혁명이 실패하여 그들의 이상을 실현시킬 수 없게 되자, 그들은 신대륙으로 건너가 청교도 사상을 지속적으로 발전시켰다.

그들은 영국에서 3척의 배를 타고 뉴잉글랜드라는 신대륙에 상륙했다. 여기서 청교도들은 자본주의를 발전시켰다. 그들은 구원이 신에 의해 예정되어 있으며 자기들은 신의 예정에 따라 구원된다고 생각하고 있었다. 그래서 그들은 거기에 감사하기 위하여 자신의 최선을 다해야 한다고 생각해 왔다.

그 최선을 다함은 자기에게 주어진 직업에 최선을 다한다는 것이다. 그것이 신을 기쁘게 하는 것이라고 생각했다. 개인주의적이고 평등주의적인 미국의 프론티어 정신이 그것이다. 그러나 미국의 자연은 그들의 교조적이고 강한 신앙을 느슨하게 하였고, 그들의 근면과 절제만을 그대로 남게 하였다.

〈1992. 9. 14〉

4. 사회 변화와 국가 개혁

정보화 사회란 발신자와 수신자의 2인칭 문화인데,
우리의 인(仁)의 문화는 이 2인칭 문화와 맞먹는다.
이 정보화 사회를 잘 터득하고 신바람나는
민족성을 발휘하게 될 때,
우리나라는 크게 비약하게 될 것이다.

신사고와 대변혁

세계는 급변하고 있다. 공산 세계가 무너지며, 사회주의가 발붙일 곳을 잃어버리고 있다. 그런데도 북한·쿠바 등 소수 국가만이 이 변화에 대응할 길을 찾지 못해 고민하고 있다.

남북 통일은 민족의 지상 과제이다. 역사의 흐름을 거역할 수 없다는 면에서 어떠한 변화도 통일 지향의 흐름은 거역하지 못할 것이다. 이러한 지상 대과업을 앞세우고 우리 한국도 깊은 반성과 많은 변화를 맞이하고 있다.

첫째, 지역 감정의 해소이다. 한반도 반쪽에서 호남이니 영남이니 하며 지역 감정에 쫓겨 아귀다툼하면서 무슨 통일 과업을 이루어 낼 수 있단 말인가?

경상도는 1960년대 말부터 30년 동안 이 땅에 군림해 왔고, 정부의 고위 관리는 경상도 아니면 엄두도 내지 못했다. 경찰·정치·교육계 등에서 모두 영남이 판을 쳤고, 호남은 천대받아 왔다. 이제 이러한 것은 변해야 한다. 더욱이 TK의 월계수회 등의 파벌 조성은 뿌리부터 무너지고 새롭게 바뀌어야 한다. 이렇게 해야 통일 과업을 수행할 수 있을 뿐 아니라 신사고(新思考) 시대에 대응할 수 있다. 호남 시민도 마찬가지이다. 호남인들은 호남인들끼리만 뭉친다든가 김대중을 우상화하려는 우매한 생각에서 벗어나야 한다. 끝까지 김대중 씨나 편들고 있는 한 호남인은 영영 일어설 수 없다. 경상도나 전라도가 따로 있지 않다. 이제 이 땅은 새로운 시대와 새로운 사고가 요구되고 있다.

둘째, 흑백 논리·군벌 독재·경찰 국가 상황이나 음모 정치 시대가 막을 내려야 이 땅은 통일의 길에 설 수 있다.

셋째, 툭하면 통일을 위해 북이 변해야 한다고 말하는 사람들이 있지만, 나는 북이 변하기를 기대하기보다는 남한의 일대 변혁에 앞장서야 한다고 생각한다.

넷째, 자기 말을 따르지 않으면 모조리 반국가·반체제라고 하는 소인배 생각에서 탈피하는 과감한 실천이 요구된다. 순수한 사고가 활발히 논의되고 존중되는 시대가 와야 남북 통일을 할 수 있다. 이러한 국민적 · 국가적 일대 변혁 없이 통일을 주창하는 것은 말도 되지 않는다.

대통령부터, 대학 교수부터, 아버지와 어머니부터 모두 달라져야 한다. 깊은 성찰과 자기 반성과 깊은 연구가 필요하다.

〈1992. 1. 11〉

대개혁의 주요 과제

우리 조상들은 남을 모방하는 것을 경멸하고 전통 사상과 고유 문화의 틀을 확립하는 데 힘을 써 왔다. 이들이 남긴 뚜렷한 문화적 가치관과 창조적 사고력은 선비들의 자랑이었다. 그래서 그것이 5천 년 역사의 큰 줄기를 지탱해 왔고, 창의력 넘치는 선비들이 남긴 문화 유산은 대동여지도 · 거북선 등 얼마든지 많아 뜻있는 후손들에게 교훈이 되고 있다.

우리 조상들은 남을 모방하거나 남을 뒤쫓아가는 것을 가장 수치스러운 일로 생각했고, 결코 민족의 자존심을 잃지 않고 살았다. 오늘날 급변하는 세계에서 우리들은 통계 숫자에만 집착하여 수출 목표 얼마 달성, 개인 소득 얼마에만 매달리며 역사적 배경과 그 과정을 망각해 왔다. 그래서 우리 민족의 자부심을 승화시켜 이룰 민족 대각성은 그 틀조차 갖지 못하고 표류하고 있는 것 같다.

그래서 나는 다음과 같은 깊은 생각을 해본다.

1) 경제 발전은 멈추어라. 경제 성장 몇 %라는 말은 없애라.
2) 기술 개발과 학문 연구에 전력 투구하기를 3~5년 하라.
3) 임금 상승을 3~5년 완전 중단하라.

4) 가치관 · 역사관 · 국가관을 확충하고 고유 문화의 앙양에 힘써라.

5) 교육제도의 과감한 대개혁을 하라.

6) 물가 상승을 과감히 억제하라.

7) 호남 · TK 등의 파벌 집단은 완전 괴멸시켜 조그만 땅덩어리에서 추한 지역 감정을 완전히 없애고 대국화로 집중력을 결집시켜라.

미국의 영향력에 초연히 대처하며 세계 역사의 흐름을 직시하라. 같은 동족인 북한에 대비하는 국방비가 정부 예산의 26%나 차지하는 부끄럽고 창피한 예산 편성을 하지 않도록 해야 할 것이다. 이 막대한 국방 예산의 반만 줄이더라도 우리의 기술 연구 개발과 교육 개혁 등에 엄청난 힘을 쓸 수 있을 것이다.

이렇게 해서 우리 국민의 긍지를 일깨워 주고 신념을 불어넣어 자부심을 북돋아 우수 민족임을 세계에 알릴 수 있어야 한다.

〈1992. 1. 23〉

문화와 의식의 개혁

일본 · 미국이나 서구 각국들이 세계 경제를 주도하고 있다. 한국이 일본과 경제 발전에서 경쟁국이라는 생각은 애초부터 한계가 있는 것이다. 첫째, 우리나라는 분단 국가로서 일본보다 국토나 인구 모든 면에서 뒤떨어진다. 둘째, 일본은 우리나라처럼 국토 방위를 위한 군사력 부담이 크지 않다. 세계에서 나라의 규모에 비해 우리나라처럼 군사력 부담을 많이 받고 있는 나라는 많지 않다. 그러면서도 오늘날까지 이만한 경제 성장을 이룩한 것은 여러 가지로 다른 면에서의 힘이 크다.

가장 슬픈 것은 이러한 군사력 부담이 분단 국가라는 동족끼리의 반목 때문이라는 사실이다. 더욱이 이 분단은 우리가 원하는 바가 아니었다. 강대 외세에 의해, 우리나라의 정권욕에 눈먼 사람들의 광기에 의해 분단이 이루어졌음을 생각하면 참으로 부끄럽기 짝이 없다.

지금 우리나라는 경제 침체의 수렁에 빠져들고 있다. 요새 일본도 거품 경제 정국이라는 불경기에 시달리고 있다. 일본은 자산 팽창(부동산 가격의 앙등 등)으로 막대한 돈을 벌었고, 그것으로 엄청난 설비 투자와 과잉 스톡(stock)이 발생하였다. 그 결과 디플레가 발생하였다. 이 과잉 설비와 과잉 스톡이 거품 경제이다. 일본은 지금 과거에 이룩한 부의 결과로 이런 과잉 설비와 과잉 스톡을 내수(內需)와 수출을 통해 정리하면서, 새로운 21세기 경제 도약의 준비를 하고 있다. 일본은 결코 경제 침체나 후퇴를 하고 있는 것이 아니며, 이런 면에서 지금은 정리하고 앞날을 기약하고 있는 것이다. 그런데 우리나라에서는 이러한 과잉 설비나 과잉 스톡이 문제가 아니다. 일시적으로 고개를 들었던 자산 팽창, 즉 부동산 경기로 졸부 정신이 유행하여 국민 대다수가 부동산 가격 인상으로 인해 팽창된 부의 일시적 축적에 도취되어 과잉 소비에 접어들면서 사치와 낭비와 방탕에 빠지게 되었다. 이러한 국민 정신이 문제이다.

문화인들은 모든 힘을 합쳐 이 국민 윤리의 타락을 빨리 막고, 늪에 빠진 국민들을 되살려 내야 한다. 지금 일본은 오늘의 부의 견인차 역할을 했던 철강·전자·자동차 산업에서 좀더 기술집약적인 첨단 분야와 서비스 분야에 진출하려고 한다. 일본의 1억 2천 3백만 명, 이들은 앞으로 내수를 늘리면서 수입량을 증대시킬 것이다. 한국은 70년대부터 일본을 이끌어 온 철강·자동차·선박·전자 분야에 주력해서 일본보다 뒤떨어진 20여 년을 따라잡으면서 경제 재기에 힘써야 한다.

일본은 향후 21세기 일본 경제에 필요치 않거나 노동집약적 산업들을 동남아(東南亞)에 투자 유출시키고 있다. 그러나 동남아 각국보다 한 걸음 앞서 경제 건설에 들어간 우리나라는 그들 신흥국보다는 여러 가지 기간 산업의 발달(교통·전력)은 물론 철강·자동차·전자·선박 등에서 단연 앞서고 있다. 이제 우리나라는 동남아와 경쟁하거나 동남아가 따라온다고 생각하지 말고, 그들보다 한 걸음 앞선 산업(자동차·전자·철강)을 적극 개발하고 선진국 진입에 힘쓰면서, 그러다가 통일이 되면 그것을 계기로 크게 도약할 수 있을 것이다.

중요한 것은 이러한 경제 발전에 걸맞는 우리 국민의 문화 풍토와 의식에 일대 개혁이 선행되어야 한다는 것이다.

〈1993. 2. 24〉

국가 개혁의 비전

나라의 운명이 실로 백척간두(百尺竿頭)에 섰다. 가장 활발하게 나라를 이끌어 가야 할 정치계는 사오십 년 전의 구태에서 벗어나지 못하고 오히려 후퇴만 거듭하여 정치인들의 저질화는 날로 극심해져 간다. 이제 우리는 새로운 정치 구상을 해야 할 때가 왔다. 근 50년 지속되어 온 미·소 양대 세력의 대립 구도라는 구질서는 완전히 무너졌다. 우리도 새 질서에 적응하는 국가적 자세가 필요하게 되었다.

전쟁은 이제 회피할 수 있게 되어 간다. 모든 외세의 침략을 집단 안보에 의해 해결할 수 있는 범국가적 흐름이 확실해졌다. 지구촌 시대가 되었다. 나라와 나라 사이의 국경이 희미해지면서 많은 나라들이 통합을 찾고 있다. 식민주의와 패권 사상에 빠지기 쉬운 민족주의는 이제 퇴색해 가고 있다.

우리도 세계 속의 한국을 재발견할 때이다. 우리만의 한국은 이제 국제 사회에서 용납되지 않는다. 반세기 동안 타의에 의해 분단의 고통이 강요되었던 국토의 통일 시기가 바로 눈앞에 다가왔다. 연방제니 국가 연합 따위의 몇몇 빛바랜 정치 야망가들의 말장난에 놀아날 때가 아니고, 진정 한 민족과 한 핏줄로서 한 덩어리로 뭉쳐 통일된 진정한 독립 국가가 건설될 날이 다가 온다. 그냥 국내의 모서리에서 정권 다툼이나 하고 있을 때가 결코 아니다. 해방 후 분단 국가의 약점을 타고 자리잡았던 군벌의 목소리는 이제 들어가고, 다시는 군벌 독재가 이 땅에 발붙이지 못하게 될 것이다. 우리는 동북아시아의 정치·경제·문화의 주요 거점으로서 국가적 사명감을 가져야 하고, 남을 영도하고 조정하는 국제 사회의 중요한 책임을 과감히 짊어져야 한다. 통일 국가의 이념은 자유민주주의여야 한다. 개인들의 권리가 보장되는 시장경제제도를 가지게 되겠지만 모든 국토는 국유화해야 하고, 대기업은 어느 재벌의 소유물일 수 없고 국가에 예속되어야 하며, 재벌 세력은 이 땅에 다시 정착할 수 없게 되어야 한다. 인권이 완전히 보장되고 대개혁을 필요로 하는 건전한 민족 언론을 새로 정립해야 할 것이다. 금융실명제의 실시와 동시에 금리 자율화를 실시해 지하경제의 발호(跋扈)를 척결해야 한다.

지방자치제의 확고한 기반이 또한 정치의 시발로 되어야 한다. 또한 환경 파괴 없는 경제 발전이 경제 개혁의 근간(根幹)이 되어야 한다. 고령화에 대비한 복지 정책이 필요하고, 교육 개혁이 필요하다.

〈1992. 7. 21〉

권위주의의 잔재 극복

북한에서는 남한이 일제 잔재에서 벗어나지 못하고 친일파들을 숙청하지 못했다고 비방하고 있다. 우리는 이러한 북한의 비방을 그냥 지나쳐 버리거나 무시해서는 안된다.

해방 후 이승만 대통령은 경찰을 동원하여 공산당을 없애려 했으나, 경찰의 힘만 가지고는 이러한 일을 감당할 수가 없었다. 많은 사람들이, 특히 친일파들이 왜정 때 고등계 형사이던 사람들을 채용해서 그 일을 맡겨야 한다고 하니까, 이승만 대통령은 부득이 공산당을 잡기 위해 일제 치하에서 고등계 형사이던 사람들(노원술 같은)을 발탁하여 강력한 경찰권을 주기 시작했다. 이것이 우리 경찰의 뿌리를 이루었고, 일본에서는 이미 자취가 사라진 지 오랜 경찰의 권력은 날로 강대해졌다. 그래서 우리나라는 경찰이 국민 위에 군림하는 경찰 국가로 변하게 되었다.

또 건국 초기 국방군이라고 해서 군대를 만드는 데에도 일제 치하에서 군인이던 사람들이 관여하였다. 그들이 모여 우리 대한민국 군대를 창설하니, 그 군대는 자연히 옛 일본식의 군벌(軍閥)을 형성하였다. 군이 무력으로 국민 위에 군림하는 일본의 옛 군사 통치 개념(이제 일본에서는 상상조차 할 수도 없지만)이 우리나라에 뿌리를 내리게 되었고, 그 후 5 · 16군사쿠데타 · 5공 · 6공에 걸쳐 건국 후 거의 45년 동안 군의 힘이 막강해진 것이 오늘의 현실이다.

이러한 경찰 국가 · 군벌 정치가 일제 시대부터 이어져 획일주의 · 권위주의는 국민 모두에게 자리잡게 되었다. 진정한 민주주의를 실천하려면 이러한 일제 정신에 젖어 있는 사람들의 반발이 이만저만 아닐 것이며, 많은 어려움도 뒤따를 것이다.

여야 정치 권력이 치열하게 대치하는 풍조에서 우리 국민이 하루속히 탈출하려면, 국민 스스로 획일주의 · 흑백논리 · 권위주의를 무시하고 문화사상의 영속싱을 존중하는 습관을 길러야 할 것이다.

〈1992. 2. 17〉

자유민주주의의 발전

우리가 북한보다 우위에 있다면, 그것은 우리가 자유민주주의를 향유하고 있다는 점에서일 것이다. 이는 개인의 자유와 권리를 존중하는 데 목표가 있다. 민주주의란 북한도 주장하는 것이지만, 그들은 소위 합리적 자유라는 뜻에서 비롯된 민주주의, 즉 사회주의 국가이다. 이는 다수의 찬동을 얻어 사회주의 체제에 살면서 결정에 복종해야 된다는 식의 민주주의이기도 하며, 그러한 결정된 틀에서 개인은 완전히 무시되고 개인의 언론이나 사고는 억압되어도 된다는 식의 이론에서 실제로 개인의 자유·언론·사상은 용납될 수 없다는 정치 형태이다. 여기서 근 반세기를 살아온 북한 동포들은 외부와의 단절 속에서 그것만이 옳은 것인 줄 믿으며 살고 있다.

그러나 이 폐쇄는 곧 무너지고 말 것이며, 그런 경우 우리 남한이 북쪽 사람들에게 보여 줄 자유민주주의의 생활을 우리는 지금 어떻게 살고 있는가를 생각해 보아야 한다. 정치 형태로는 복수 정당에 민주주의의 틀을 가지고 있으나, 국민 대다수가 진심으로 우리의 자유민주주의를 확신하고 있는가를 반성해야 한다. 지방자치제는 얼마나 진전되어 있고, 중앙의 통제는 없는가도 반성해야 한다. 이와 같은 모든 민주주의 또는 자유에 대한 사상, 인권의 존중, 질서있는 언론, 사상의 자유 등이 더 성숙되어야 하고, 자유의 참뜻이 무엇이며, 민주주의는 무엇을 가르치고 그 장단점은 무엇인가가 심도있게 거론하고 국민들에게 깊이 알려야 한다.

우리가 북한에 내세울 수 있는 것, 또 우리나라가 앞으로 지향해야 할 대목표가 자유민주주의의 달성과 그 성취를 위한 국민적 합의라는 것을 말하지 않을 수 없다.

〈1992. 2. 24〉

문민정부의 개혁 과제

새 정부는 안정 속의 정치 개혁을 선언했다. 그 가운데 ① 부정부패 일소 ② 경제 건설 ③ 국가 기강 확립 등의 정치 개혁을 주창했다.

그런데 우리나라 정부 공무원이나 일반 국민들 중 소위 지도 계층이라는 사람들의 수십 년간 처세 습관은 권위주의나 뇌물 먹기에 젖을 대로 젖었다.

권위주의로부터의 탈피는 하루아침에 이루어질 수 없다. 어릴 때부터 대학까지, 그리고 사회에 나가서도 이 권위주의 구조에 푹 빠져 버린 국민 계층을 어떻게 바로잡느냐 하는 것이 큰 과제이다. 심지어 동장이나 반장부터가 국민에게 봉사하겠다는 생각보다는 대접이나 받고 몇 푼이라도 얻어먹으려는 심정에 젖어 있다.

심지어 구청이나 동회 서기가 자식 혼인 때 전혀 알지 못하는 관계 인사들에게 청첩장을 보낸다는 발상부터가 이와 같은 생각이다. 이러한 공무원이나 사회 지도층에 만연되어 거의 생리적 현상으로까지 되어 버린 국민 습관을 어떻게 고쳐야 하는가?

언론이 이에 앞장서야 한다. 이러한 권위주의 청산을 위한 국민 운동도 이루어져야 한다. 간단한 일은 아니나 밑바닥부터 뜯어고쳐야 한다.

결혼 청첩장 돌리기부터 없어져야 한다. 서울의 교통난 해소는 이런 점에서부터 시작되어야 한다. 결혼 같은 일에 억지로라도 많은 사람들을 불러들여 돈을 받아내야겠다는 치사한 생각은 권위주의에서 비롯된다. 국민의 기강을 바로 세운다는 일은 이런 부정부패 척결에만 있지 않다. 문화인으로서 해야 할 일은 누구나 해야 한다는 각오가 서야 하고, 해선 안되는 일은 누구를 막론하고 해서는 안된다는 가치관이 정립되어야 한다. 그것으로 국민을 계몽해야 한다.

말레이시아에 간 일이 있다. 지금 러시아 대사로 가 있는 황 대사라는 사람이 말레이시아 대사로 있을 때이다. 만나서 환담하는 중에 얼마나 일이 많으냐니까 정말 일이 없다고 한다. 외국에 살며 기업을 하는 사람들에게 무슨 문제가 있어 그 나라 정부나 공공 기관과 얘기해서 도와줄 일이 있어야겠는데, 말레이시아에서는 워낙 정부가 깨끗한 정부(clean government)라 모든 것이 법과 규정에 의해 다루어지지 어떤 특례로 다루어지지 않아서 별달리 도와줄 일이 없고, 더구나 뇌물이나 사례 같은 것은 일절 없기 때문에 별달리 도와줄 일이 없어 아주 편하다고 한다. 그러면서 이 나라는 더운 지방이지만 반드시 일어설 것이라는 말을 한다.

깨끗한 정부, 이것이 신한국의 목표여야 한다. 우선 정부 공무원의 일대 정신 혁명부터 시작해 보자.

〈1993. 2. 26〉

권력

자연계에서 어떤 주어진 법칙에 따라서 작용하는 힘과는 달리 사람이 자기에게 주어진 자연적 조건들과 역사적 조건들 아래서 스스로 계획한 목표를 실현하는 능력을 권력이라고 한다. 즉 자기 의지를 관철하는 능력이다. 이 권력이 사회 안에서는 남들의 저항을 이겨내고 자기의 의지를 관철하는 기회이기도 하다. 권력의 개념을 이렇게 정의하면 우리 인간들이 권력을 탐내고 가지려고 애쓰는 이유를 알 수 있다.

이처럼 인간과 사회에서 없어서는 안될 기본적 능력을 권력이라 한다. 왜냐하면 권력이 없으면 자기 자신은 물론 사회와 국가를 통치할 수 없기 때문이다. 만일에 이러한 의지와 그것을 관철하려는 힘을 발휘하지 못하는 인생이란 취생몽사하는 삶이기 때문에, 남을 이겨내고 자기 의지를 관철하려는 능력을 권력이라고도 할 수 있다.

여기서 문제되는 것이 권력의 도덕성이다. 자기의 뜻을 펴려는 것까지는 좋으나 어떤 방법으로냐가 문제이다. 남의 의지를 존중하고 합법적이고 인도적으로 정의롭게 의지를 펼 때에는 정당한 권력이지만, 남의 의지를 무시하고 강압하며 비합법적이고 정의롭지 못할 때에는 권력의 남용이라 하고 오용(誤用)이라고 한다.

인간들이 더불어 살아 나가기 위해서는 개인의 권리, 즉 각자의 의지를 관철시키려는 능력을 한 사람에게 모아 주고 그 사람의 통치를 받아야 한다는 생각은 국가가 생기게끔 하였고, 이것이 곧 국가의 계약설이다. 그리하여 무분별하게 개인 의지를 펴 나가는 것을 통제하는 일이 정치가 되었고, 여기에는 도덕이 선행한다.

정치란 원래 정의의 질서를 세우고 평화 속에 인간의 사회 생활을 보장해 주는 것을 목표로 삼고 있다. 그 권리를 행사할 수 있는 것을 통제하는 것은 국가가 된다. 국가에는 권력을 합법화하고 한계를 지어 놓은 장치가 있는데, 그것이 곧 법률이다. 권력은 이와 같은 법률에 의해서만 그 힘을 발휘할 수 있다. 이러한 합법성을 결여한 권력을 패권이라고 한다. 때로 권력이 강제나 폭력과 혼동될 수 있으나, 경우에 따라서는 권력을 이행하기 위해서 폭력을 그 수단으로 쓸 수도 있다. 이것을 협의의 공권력(公權力)이라고도 한다. 공권력의 행사는 합법성과 도덕성이 선행되어야 행사될 수 있다.

인간은 권력에 대한 유혹에 빠지기 쉽다. 그 유혹은 권력의 합법성과 도덕성을 벗어나 행사되는 것에 대한 매력이지만, 그것은 결코 올바른 권력이 아니다. 이러한 권력을 잡으면 자연히 그 권력의 노예로 전락하게 된다. 권력이 어떤 집단에 의해 강화될 때에는 매우 위험한 것이 되며, 이는 그것을 책임질 사람이 없기 때문이다. 군사 독재가 그 좋은 본보기가 될 수 있다. 이럴 때의 권력은 이름 모를 사람들이 집단의 권력을 사용하기 때문에 책임질 사람이 없는 무책임한 사회가 되고 만다. 이처럼 권력은 결코 남용되어서는 안된다. 권력은 그 본래의 뜻에 어긋나지 않게 행사되어야 한다.

〈1993. 1. 13〉

정치와 지도자

세상은 태곳적부터 쉬지 않고 움직이고 있다. 어떻게 보면 정체를 원하지 않고 있다. 현상 유지(status quo)는 없다고 한다. 그것이 우주의 생명이요, 실체인지도 모른다. 우주는 쉬지 않고 숨쉬는 에너지가 불멸의 상태로 작용하고 있다. 만물이 낳고 살고 죽고 썩고 무너지고 흐르고 폭발하면서 쉬지 않고 생동하고 있는 것이다.

국가도 민족도 사회도 문화도 쉬는 법이 없다. 항상 유동하며 어디론가 가고 있다. 더욱이 근대처럼 급변하는 세계에서 우주·지구·사회는 격동하고 있다. 인간도 쉬거나 정체될 수 없다. 인간이 쉬고 정체되면 곧 죽음을 뜻하는 것이고, 그 죽음은 인간이 아닌 또 다른 변화로 전환되는 움직임을 시작할 것이다. 이렇게 급변하고 움직이는 모든 사건에 대해 그 변화 후에 올 것이 무엇인가를 인간은 항상 예측해야 하고 거기에 대한 대책을 마련해야 한다.

걸프 전쟁에서 이기는 데만 정신이 팔렸던 미국의 부시 대통령은 세계의 새로운 변화 또는 신질서를 예견하지 못하고 그저 전쟁의 승리에만 취해 있다가 새로운 세계 질서로의 강력한 움직임에 당황하고 있으며, 이것이 곧 미국의 쇠퇴와 관련될지도 모른다. 사람은 항상 무슨 결정을 내리면 그 뒤에 올 결과와 진행을 예측하고 대비해야 한다.

요새 우리나라 정치인들의 행태는 실로 한심하기 짝이 없으며, 저 사람들이 장차 이 나라를 움직일 사람들인가 실로 무서움부터 앞선다. 우리에게로 거침없이 찾아들고 있는 세계의 새 질서를 보는 정치인은 없다. 그 새 질서에 대한 대처를 어떻게 해야 하는지에 대한 의문과 의욕은 찾아볼 수 없다. 그저 자기 일신의 영달, 정치는 곧 권력과 직결된다는 환상, 당을 위하여 그 파의 세력 이상을 내다보지 못하는 사람만이 정치에 뛰어들고 있다. 국가의 대표가 된다는 생각은 애초부터 없고, 겨우 지역 주민의 대리인 노릇이나 하겠다는 생각에서 정치에 뛰어들고 있다.

모씨는 돈을 마음껏 벌었으니 이제 권력을 잡아 보겠다는 생각으로 대통령 선거에 나섰는데, 대통령에게 자기 사업에 특혜를 달라고 뇌물까지 갖다 주었다가 마음대로 안되자 정치에 진출해서 권력을 잡아 보겠다는 생각을 했다고 한다. 개인적 복수심에 불타 100억이라는 뇌물을 갖다 주었다고 폭로까지 할 정도의 교양밖에 없는 사람이 정치에 뛰어드니, 또 이제는 그 사람의 돈을 뜯어보겠다고 구걸하는 심정으로 그에게 비굴하게 빌붙는 사람도 한때는 대학 교수요, 학자였다고 하니 실로 이 나라의 앞날은 암담하기만 하다.

정치하는 사람들은 무엇보다도 나라 걱정을 먼저 해야 한다. 애국심 없이 권력이나 부정으로 돈을 벌어 보겠다는 사람, 개인의 명예욕이나 계파간의 권력 다툼밖에 마음에 없는 사람이 정치를 하겠다는 것은 이 나라를 장차 늪으로 몰 뿐이다. 그것이 겨우 이 나라 국민들이 받아들일 수 있는 정치라면, 그 정도의 국민에게는 그 정도의 나라 이상은 기대할 수는 없지 않겠는가?

모두 가슴에 손을 얹고 우리도 나라를 사랑하는 마음을 되새겨 봐야 할 때이다.

〈1992. 3. 28〉

지도자의 자질

나라의 지도자라고 자처하는 사람들이 진심으로 이 나라를 위해 걱정하고 있을까? 대통령은 말로는 나라를 위한다고 하지만, 자기 퇴임 후 개인 생활과 신분 보장에만 급급하고 있지는 않은가? 퇴임을 앞두고 극에 달한 공무원의 부정 부패를 그가 모르고 있을 리가 없건만, 왜 알면서 방치해 두는가? 이대로 내버려 두어도 된단 말인가?

전·현직 대통령들, 대통령 입후보자들은 무슨 생각을 가지고 있을까? 정말 나라 걱정을 잠시라도 하고 있을까? 개인의 영웅심에 사로잡혀 국민들이 자기들을 받들고 있는 줄 착각하고 있지나 않은가? 공천이나 얻어 보겠다고 문전성시를 이루는 것을 보고 온 국민이 자기한테 빌붙는 것으로 착각하고 있지나 않은가?

지금 나라가 이 꼴인데 자기 욕심만 챙기려 하니 어떻게 하겠다는 것인가? 정권을 잡아서 나라를 바로 세워야겠다는 뜻이라면, 왜 확고한 국가관을 수립하지 못하고 있는가?

김일성은 또 무엇인가? 인민들을 온통 거지꼴로 만들어 놓고도 '수령님 만세' 만 부르게 하니 정말로 자기 만족이나 하고 있지 않을까?

수령으로 칭송받기 위해 나라 걱정을 하려는 것인가? 남과 북이 으르렁대는 것이 나라 사랑하는 것인가?

왜 자기 기만에서 깨어나지 못하는가?

이러한 부류들이 이 나라를 좌지우지하니 이 나라는 어디로 끌려 다닐 것인가?

나는 이러한 난국에서 무엇을 해야 하며, 무엇을 할 수 있을까?

이 사람 저 사람 탓하지 말고 나부터 나의 책임과 일할 거리를 찾아야겠다. 국민의 한 사람으로 나의 양심에 부끄럽지 않은 내 몫을 다해야겠다.

〈1992. 2. 1〉

지도자가 할 일

지도자의 역할은 다양하다. 우선 인화(人和)를 조성하는 데 힘을 기울여야 한다. 인화는 힘이며, 그 힘은 실속있는 힘이기 때문이다. 사람들을 움직이려면 개개인의 능력도 물론 중요하지만, 팀워크의 중요성에 비할 수 없다. 그래서 지도자는 마치 야구팀의 감독처럼 전체 선수나 참가자가 일사불란한 조화를 이루어 그 조화의 힘으로 아름다운 경기를 이루어 낼 수 있도록 힘써야 한다.

오케스트라의 단원들이 지휘자의 손놀림에 따라 아름다운 음악을 만들어 내듯 기업도 마찬가지이다. 지도자는 항상 사람들이 자신감을 가질 수 있도록 의욕을 돋구어 주어야 한다. 할 수 있다, 하면 된다는 자신감을 심어 주는 것이 지도자의 책임이다. 지도자는 항상 사람들에게 자극을 주어야 한다. 즉 불씨를 만들어 주어야 한다는 뜻이다.

미꾸라지를 양식할 때 메기와 함께 기르면 미꾸라지는 많이 먹어 특별히 살이 찌고 잘 자란다고 한다. 메기한테 먹힐까봐 자극이 되어 자꾸 먹는다고 한다. 지도자는 사람들이 신명나게 일하도록 일거리를 만들어 주어야 한다. 1kg의 꿀을 얻기 위해 꿀벌은 5백만 개의 꽃을 찾아다니며 열심히 꿀을 모은다. 그러나 벌집(통)이 가득 차면 벌들은 일을 하지 않고 논다. 그래서 양봉업자는 꿀통을 미리 준비해 줌으로써 꿀벌이 열심히 일하게 한다고 한다.

이처럼 항상 일을 준비해 준다는 점에서 리더의 책임이 강조된다. 리더는 불황이나 위험을 언제나 예측해서 거기에 대한 평상시의 대비에 게을러서는 안된다. 미래의 불행에 대한 대비로 마음의 준비와 훈련이 있어야 어떤 난관도 이겨낼 수 있다.

〈1993. 1. 9〉

존경받는 지도자가 필요하다

지금 우리나라는 난세(亂世)에 들어선 것 같다. 나는 항상 이러한 생각이 든다. 그러나 나는 국민들이 나라 잘못한다는 말만 하지 나라 잘한다는 말을 하는 것을 들은 바가 없다. 오랜 전제정치에서 민주공화정치로 탈바꿈하는 과정이라서 더욱이 그렇게 생각되는지 모른다. 정치하는 사람은 정권·당파만 생각하는 것 같다. 나라가 어디로 어떻게 가든 관심이 없는 것 같다. 경제는 마구 내리막길이다. 겨우 쌓아 올렸던 조그마한 탑이 무너지고 있다. 졸부(猝富)들이 판을 치는 세상이 되었다. 무엇을 좀 공부해서 안다고 자처하는 사람들은 입은 열었는데 실천은 완전히 뒷전이다. 그들에게는 정말 나라를 위해 말보다 실천하려는 의지도 용기도 없다.

군은 자포자기에서 이제 벗어나 자기 몫이나 챙기려 하고 있다. 나라 안보는 이제 뒷전이고 자기 자신의 보호책 강구가 고작이다. 또한 종교계는 마구

헝클어져서 이상하고 괴상한 신흥 종교들이 판을 치고 있다. 이럴 때일수록 훌륭한 지도자가 나와야 한다. 역사의 흐름을 정확하게 읽고 희망찬 앞날을 확고하게 설계할 수 있도록 민족을 이끌어 가며 민족의 갈 길을 제시해 줄 수 있는 사람이 나와야 한다.

세계는 지금 뛰고 있다. 과학이나 기술의 발달로만 소위 선진화하고 있지는 않다. 인간의 참된 삶은 무엇임을 알고, 전쟁을 회피하며, 몇 나라만 잘사는 세계가 되지 않도록 세계는 변하고 있다. 역사의 흐름을 알고 세계를 볼 줄 아는 지도자가 아쉽다. 살아가면서 그 행위의 가치관이 확실히 서 있어서 살아가는 법을 가르치는 사람, 본보기가 될 존경받는 사람이 아쉽다. 세상이 너무 빨리 변하면서 젊은이들은 무엇이 옳고 그른가를 올바로 알지 못하고 있다. 졸부가 사회의 비판을 받으면 어떻게 된다는 것을 제시해 주는 논거가 없다. 기업은 기업대로, 근로자는 근로자대로 자기 이득에만 눈이 어둡다. 기업이나 근로자는 나라에 어떤 의미를 지니며, 보람있는 앞날을 위해 우리 각자가 어떻게 살아야 하는지 지표를 내세워 주지 못하고 있다.

세계를 볼 줄 알고 역사의 흐름을 보면서 확고한 가치관을 가지고 미래를 설계할 줄 아는 지도자는 없는가?

〈1992. 8. 27〉

애국심 있는 지도자

9월 18일에 노태우 대통령은 민자당을 탈당했다. 표면적 이유는 한준수 연기 군수가 관권 선거를 폭로한 때문이었고, 단체장 선거를 집요하게 요구하는 야당의 공격에 대응하기 위해서였다. 아마 모르기는 해도 김영삼 후보의 강공에 맞서기 위한 정치적 탈출일 수도 있겠으나, 중요한 것은 이러한 일로 인한 정치적 혼란이다. 야당의 공격으로 인한 정국의 혼조는 일단 수습

된 듯이 보이지만 정계의 혼란이 일어날 조짐이다.

첫째, 대통령의 이러한 사태는 자신을 당선시켜 주고 밀어 주었던 자기 정당에 대한 배신이며, 이러한 배신 행위가 낳은 문제들을 어떻게 역사가 이끌어 나갈 것이냐는 일들이다.

둘째, 자기 당에 대한 배신 행위를 서슴없이 하게 되는 이러한 전례가 앞으로 선거 때마다 관습이 된다면, 정당정치를 바탕으로 하는 민주주의 제도는 큰 문제로 역사에 남을 것이다.

혹자는 6·29선언은 과감한 처사라고 칭찬하는 사람도 있으나, 결코 칭찬만 받을 일은 아닌 것 같다. 요는 진실로 자기 나라를 사랑하고 국가 재건을 필생의 목표로 삼고 있는 사람이 대통령이 되어야 하며, 그러한 경세의 지도자가 강력히 요망되는 때가 바로 지금인 것 같다.

소속 정당의 당리 당략(黨利黨略)에만 눈이 어두워 집권욕에 눈이 벌건 현 정치인들에게 이 나라가 맡겨진다면, 장차 이 나라의 운명은 어떻게 될 것인가? 애국적 지도자가 서슴지 말고 나와야 한다. 자기를 희생해서라도 나라를 구해야 한다는 애국심에 불타는 사람이 나와야 한다. 정치에 경험이 없어도 좋다. 나라 살림은 행정 전문가들에게 맡기고 국민 정신을 진작해서 책임지는 국민, 앞으로 가는 국민, 건강하고 문화적인 국민으로 이끌어 나갈 지도자가 나와야 한다.

참으로 위험하고 신중해야 할 때인 것 같다.

〈1992. 9. 28〉

차기 대통령에 대한 기대

대통령 선거 준비가 한창이다. 현직 대통령이 소속 정당을 탈당하는 기상천외의 해프닝도 생겼다. 다음 대통령에 바라는 것은 무엇일까?

첫째, 강력한 리더십이 절실히 요구된다. 지도자가 없다는 말이 성행하고 있다. 특히 노태우 정권 아래에서 그러했다. 민주주의라고 해서 모든 국민의 의견을 수렴해야 한다는 것은 큰 잘못이다. 대다수 국민, 즉 대중은 아는 것이 별로 없다. 무엇이 옳고 그른가를 가르쳐 주며 이끌어 나가야 하는 것이 대통령의 할 일이다. 신념을 가지고 무엇을 추진하려다가도 소문이 나 TV에서 몇 마디 떠들면 금방 주춤하고 만다.

명심할 것은 신문이나 TV가 여론을 이끌어 가기는 하나 그 논조가 나라를 생각하지도 않고 나라 걱정을 제대로 하지도 못한다는 것이다. 신문이나 TV를 통해 여론을 이끌어 가는 사람들은 거짓말을 식은 죽 먹듯 하고, 거짓을 동원해서라도 국민간에 불신(不信)과 불화(不和)를 조성하며, 국민에게 영합하는 사람들이다. 언론도 잘 이끌어 갈 수 있는 자가 지도자가 될 자격이 있다.

국민을 우롱하는 언론을 무시할 수 있는 자신을 가져야 한다. 확고한 신념, 나라 사랑하는 애국심은 대통령이 될 수 있는 필수 요건이다. 강하지만 국민을 사랑하는 공인다운 지도자가 나와야 한다.

둘째, 대통령은 청렴하고 성실해야 한다. 자리를 이용해서 사리사욕이나 일가 친족을 잘살게 하겠다는 옹졸한 생각은 아예 꿈도 꾸지 말아야 한다. 대통령은 이제 나라의 사람이지 사인(私人)이 아니다. 사리(私利)를 위해 권력이나 금력에 결코 눈을 돌려서는 안된다.

그러기 위해 자기 인기나 세우거나 역사에 기록되는 일을 하겠다는 생각은 아예 버리고 어떻게 하는 것이 나라를 위하는 일인가를 먼저 생각해야 한다. 결코 자기 측근이나 붕당을 위하는 사람은 대통령이 될 수 없음을 알아야 한다.

셋째, 임기중에 통일의 기반을 확고히 하거나 통일 사업에 직접 착수할 수도 있어야 한다. 또한 그는 역사 앞에 겸손해야 한다. 그러면서 가장 중요한 것은 민주주의를 완전히 정착시켜서 내정을 튼튼히 해야 한다. 그래서 북한 인민들이 이를 보고 감탄하고 좋아할 수 있는 나라를 만들어야 한다. 통일은 길게 잡아야 한다. 그러면 통일은 앞당겨지게 될 것이다. 그러기 위한 모든 준비를 다해야 한다.

국민 세금으로도 좋지만 국민 운동에 호소해서라도 통일 기금의 조성을 서둘러 착수하고, 나라에만 모든 것을 의존하려는 국민을 계도할 여러 가지 준비를 서둘러서 우리나라를 크게 변모시켜야 한다. 이러기 위해 중지를 모아 지속적인 연구를 해야 한다.

넷째, 최소의 공약이 최선의 공약이라고 한다. 경제 발전보다 안정을 추구해야 한다. 정부가 미주알 고주알 기업에 간섭하지 말고 기업 스스로가 자구 노력으로 커갈 수 있도록 밀어 주어야 한다. 물가를 억제하고 국제수지를 맞추어 가며, 노동력의 육성에 힘써라. 기술 개발과 교육에 국가적 투자를 아껴서는 안된다. 자원이 없는데도 인구 밀도가 조밀한 나라가 살아갈 길은 교육과 기술 개발뿐이다.

근검절약 정신을 일으키고 국민이 안심하고 부지런히 일하는 기강을 세워야 한다. 그러면 저축이 늘어나면서 투자가 활발해지게 될 것이다. 토지 국유화를 과감하게 실천해서 다시는 부동산 투기 등의 악현상이 일어나지 않게 하라. 지하경제를 이끌어 내기 위해서는 금융실명제와 금리자율화가 절대적으로 요청된다.

다섯째, 외교는 내정(內政)과 동일선상에서 중요시된다. 1997년에 홍콩이 중국에 넘어가면서 광동이나 홍콩이 큰 경제권을 이루려 하고 있다. 이를 중심으로 하는 복건성과 심천·상해 중심의 경제권이 무섭다.

미국·일본·중국의 3강(三强)과 ASEAN과의 밀접한 관계는 물론 캐나다·호주 등 태평양 연안 국가들과의 군사·외교·정치 교류와 협력이 요구된다.

여섯째, 지역성을 탈피하라. 선지자는 고향에서 대접받지 못한다고 하였다. 붕당으로 옹졸하게 뭉쳐서는 안된다. 온 국민이 한결같이 존경하고 믿을 수 있는 사람이 되어야 한다. 행정·처신·말, 모든 면에서 국민의 존경을 받을 수 있는 사람이 되어야 한다. 국민이 대통령의 말이라면 따르는 국가를 만들어야 한다.

권력을 잡으려 하지 말고 권력을 주는 정치를 해야 한다. 그것이 지방자치제의 활성화와 정착이다. 이는 곧 민주주의의 기반이기 때문이다. 내각을 수시로 바꾸어서는 나라가 안된다. 운동 경기에서도 선수를 자주 교체하지는 않는다. 마치 선심이나 쓰듯 이 사람 저 사람에게 모두 감투나 나눠 주려고 해서는 안된다.

야당(반대당)의 의견에도 진지하게 귀를 기울일 줄 아는 큰 포섭력이 필요하다. loyal opposition이라는 말이 있지 않은가?

〈1992. 10. 9〉

대통령 선거 유감

어제 대선(大選) 투표가 끝났고, 오늘 김영삼 후보의 당선이 결정되었다. 이번 대선은 우리들에게 몇 가지 문제를 제기해 주었다. 경선자(競選者)로 김옥선 · 백기완 · 이병호 씨 등이 나온 것은 외국에서 볼 수 없는 일들이다. 박찬종 후보는 1백만여 표를 얻어서 자기 이름을 널리 알려 차기 출마를 바라볼 수 있는 입후보였다고 해도 무방할지 모르지만, 그 밖의 다른 군소 입후보들은 그들의 출마의 뜻을 알 수가 없다.

민중의 대변자로 나선 백기완 후보는 독설로 유명해졌지만, 그의 독설이나 혁명적 발언들은 표를 얻지 못하였다. 국민의 호응을 거의 받지 못하는 입후보는 앞으로는 없어야 나라 체면이 서겠다. 정주영 후보의 경우는 아주 심각하다. 그는 정부가 밀어주어 오늘의 갑부가 되었으면, 그 돈으로 교육이나 학술 연구나 사회복지를 위해 써야 했다. 이것은 고사하고라도 우리나라 약진의 바람을 잘 타서 기업에 성공했다고 자만과 과대망상과 미욱한 욕심으로 비교적 순진하거나 무지한 국민들을 속였다. 이런 행위로써 나라의 대권(大權)마저 잡겠다고 온갖 거짓말을 마음대로 지껄이며 대선에 나오니 참으로 한심한 일이다.

국민 대다수가 우매한 줄로만 알고 비합리적인 많은 공약을 터뜨리고 자기는 만능 천재인 줄 오판하여 잡스런 정상배들을 끌어 모아 상대편의 행동을 도청까지 시켜가면서 대권 장악에 혈안이 되었다는 것은 이 나라를 위해 슬픈 일이라고 하지 않을 수 없다. 그 노령에 건강을 해치면서까지 나서다니 참으로 이러한 일은 다시 있어서는 안되겠다. 그는 일관성있는 정치 신념도 없이 입후보했다. 내각제를 해도 좋다느니, 국무총리로는 누구를 시키겠다느니, 국민을 갑자기 모두 부자로 만들어 주겠다느니 도저히 되지도 않을 일들을 말을 바꿔 거짓말을 해가면서 대권만 잡으면 된다는 발상자가 우리나라 경제 발전의 부산물로 노출되었다는 사실이 나라의 앞날에 어두운 그림자를 드리울 뿐이다.

어차피 대선은 끝났다. 처음으로 문민 정치를 한다는 선거였다. 군인의 출마가 없고 군의 관여도 없었다. 처음 있는 자유로운 선거였다. 국가의 갈 길이 바로 잡혀 가는 것 같다.

"자! 온 국민들이여 일어나자. 그리고 뛰자."고 소리 지르며 국민을 이끌어 가는 영도력을 발휘해 주기 바란다.

〈1992. 12. 19〉

대도무문

김영삼(金泳三) 대통령이 즐겨 쓰는 말에 대도무문(大道無門)이 있다.

이 말은 '큰길에는 문이 없다'는 뜻인데, 불교 법문(佛敎法門) "물절(勿節)"의 "大道無門. 千差有路. 透得此關, 乾坤獨." 가운데 한 구절이다.

"큰길에는 문이 없다. 그래도 천 갈래의 길이 있다. 이 관문을 지나게 되면, 하늘과 땅 사이에 마음대로 된다."

　진리를 깨우치고 나면 우주의 주인공이 된다는 뜻이다. 오늘날 한국의 여러 가지 부조리·부도덕 등의 한국병을 치유하면 신한국의 시대가 올 것이며 그때는 천하가 다 우리 모두의 것이 된다는 뜻에서 쓴 글이라고 생각된다. 이 한국병의 관문을 통과한다는 것은 비단 대통령 혼자에게만 주어진 일이 아니다. 대통령이 솔선하고 국민 모두가 이에 적극적으로 온몸으로 참여할 때에만 한국병은 치유될 수 있다.

　수많은 갈림길이 있는데, 우리에게는 한국병의 여러 가지 유형이 수만 갈래 있다. 남의 것을 도둑질하지 말라, 남의 생명을 해치지 말라, 속이지 말라, 음행하지 말라 등 헤아릴 수 없이 많은 길이 있다. 우리는 그 길을 헤쳐 나가야 한다. 그 여러 갈래의 길을 가게 하는 많은 가르침이 있다.

　그것이 곧 법이다. 앉는 법, 걷는 법도 법이다. 말하는 법, 밥 먹는 법, 잠자는 법, 어른 공경하는 법, 교만하지 않는 법, 자식 교육시키는 법, 친구 사귀는 법 등 천 가지 법이 있다. 이러한 법을 잘 지키고 길을 헤쳐 나가야 관문을 통과하고 우주가 내 것이 된다. 그러면서 한국병은 고쳐지고, 신한국이 건설될 것이다. 아주 경계해야 할 외래 문화의 무차별 침략으로 젊은이들도 어른 보기를 우습게 여기고 고마움도 모르며, 극도의 이기주의와 나 이외의 삶에 대해 무관심에 빠지게 된다. 그래서 스스로 한국병에 걸려 있는 줄도 깨닫지 못하는 중태에 빠지게 되는 것이다. 이러한 한국병을 올바르게 진단하고 슬기로운 치료법을 써야 함이 식자(識者)의 할 일이 아닌가 한다.

〈1993. 3. 16〉

정치인의 자질

정치인은 확고한 신념을 가지고 있어야 한다. 아무것도 모르고 여기저기 끌려 다니는 무기력함과 무식은 안된다. 광범위한 지식을 가져야 하며, 세계를 알고 우리나라를 알며 정치 · 사회 · 문화를 이해할 줄 아는 최소한의 지식이 있어야 한다.

정치인은 애국심이 남다르게 뚜렷해야 하며, 언행이 민족애를 바탕으로 실천되어야 하고, 올바른 국가관을 가지고 있어야 한다. 나라 사랑은 제쳐놓고 당리당략이나 개인 영달에만 눈이 어두운 자가 정치에 발을 들여놓으면 안된다. 당파 싸움이나 일삼고 반대당이라면 무조건 핏대를 올리며 듣기조차 부끄러운 욕지거리나 하면 투사가 된다고 생각하는 수준 낮은 정치인은 이제 무대에서 내려와야 한다. 흔히 당의 거수기 노릇이나 하며 왜 손을 들어야 하는지조차 모르는 국회의원이 얼마나 많은가?

국회의원이 되기만 하면 권력을 잡고 권력만 잡으면 치부할 수 있다는 생각에서 일단 권력을 잡으면 국민을 우습게 보며 호통치기 일쑤인 낯뜨거운 정치인이 얼마나 많은가? 우리 주변에 돌고 있는 수많은 군상(群像)들은 이제 쓸어 내야 한다. 공부 안하고 수양 안하는 국회의원은 다시 뽑혀서는 안된다. 되먹지 못하게 거들먹거리는 촌뜨기들은 없어져야 한다.

또 필요에 따라서는 더 큰 권력에 비굴하기 일쑤이고 구걸이나 하며 연명하는 자가 얼마나 많은가?

정치는 아무나 할 수 있다고 생각해서는 안된다. 정치를 알고 정치인의 사명을 알며 국가와 국민에 봉사하겠다는 정신 없이 선량(選良)이 될 수 없다. 숭고한 사명감을 가진 자는 국민으로부터 존경받게 되고, 존경받게 되면 그만큼 더 노력하고 공부하며 스스로 닦아 나가야 한다.

정치는 결코 권력 장악이나 치부의 수단이 될 수는 없다.

〈1992. 2. 28〉

국회의원의 자질 개선

3월 24일의 14대 총선에서 야기된 여러 가지 후유증이 꽤 오랜 시간을 끌 것 같다.

언제나 그 틀을 벗어나지 못하지만, 우리나라 선거란 극히 일시적으로 흥분되고 격앙된 축제이기도 하고 온갖 술책을 다 쓰는 인기 드라마의 장면 같다. 과열된 선거 운동은 온갖 수단을 다 써야만 하고, 자기 힘만으로 치르는 것도 아니다. 말하자면 선거는 금권·지역·파벌, 심지어는 아주 전근대적인 작태로 안기부·군대·관권 등까지 이용하는 추하기 짝이 없는(하루속히 뿌리 뽑아야 할 일이지만) 행태까지 동원되고 있는 후진 국가의 모습에서 벗어나지 못하고 있다.

언제쯤이나 우리나라도 이러한 후진적인 선거 행태에서 벗어날 수 있을 것인가? 이러한 선거 행태에서 벗어나야만 우리나라의 정치도 선진화하는 것이 아닐까?

선진국에서의 지역대표 의원들은 거의 대부분이 선거 때마다 특별한 하자가 없는 한 거의 고정되다시피 하며, 일회용 흥분 축제도 그렇게 도가 지나치지는 않은 것 같다. 이것은 지역대표 의원들에 대한 지역 구민의 신뢰도가 확고하여 그만큼 의원의 권위를 존중해 주기도 하고, 실제로 그만한 가치가 있는 사람이기도 하기 때문일 것이다.

선거 때마다 일회용 인기몰이나 하거나 특수한 선거 전략으로 당선을 꾀해서는 안된다. 의원의 수명이 오래가지 않는 데는 물론 소속당이나 집권당의 실정이 하나의 큰 원인기도 하지만, 바로 이러한 후진적인 선거 행태에 기인한다. 의원은 수시로 구민 회의를 열어 의정 보고를 해서 나라가 어떻게 되어 가는지 구민들과 같이 걱정하고 상의해야 한다. 그리고 의원은 수시로 구민들의 의견을 듣고 수렴하고 또 그 의견을 의정에 반영하는 노력을 항상 해야 한다.

선거 때만 되면 그렇게 머리를 잘 숙이고 지나칠 정도로 치사하게까지 굽실거리던 사람이 일단 국회의원에 당선만 되면 거만하기 일쑤이고, 툭하면 트집을 잡아 돈이나 우려먹으려는 행태에서 벗어나지 못한다. 이러한 의원 활동은 결코 오래갈 수도 없으며, 우리나라 정치를 후퇴시키는 일밖에 안된다. 국정(國政)에 참여할 때 국민이 원하는 바를 항상 염두에 두고 진심으로 나라를 사랑하고, 나라 사랑은 바로 그 나라 국민을 사랑하고 존경하는 것에서 비롯된다는 인식을 가져야만 한다. 그래야만 국회의원은 지역 구민의 대표로서의 자격이 있는 법이다.

당선만 되면 당선 사례나 하는 국회의원은 지나치게 선거에 집착해서 온갖 수단을 다 행사하고 무리해서 선거를 치른다는 생각은 말아야 하지 않을까? 의원이 되고 싶으면 선거 운동원을 일이백 명 갖는 것보다 항상 구민의 말을 귀담아 듣고 거기에 반응해서 보답할 일이 무엇인가를 생각하고 행동함이 곧 지역구 대표 자격을 갖추는 것이 된다. 다시 부언하지만 국회의원이 되었다고 어깨에 힘주고 다녀 멸시받는 행태들은 절대로 하지 말아야 한다. 그래야만 우리나라 정치도 궤도를 찾을 수 있을 것이다.

〈1992. 4. 11〉

파벌주의의 극복

1983년도 우리 대학 교수들 6, 7명을 데리고 일본의 대학을 시찰한 바 있다. 그때 나고야(名古屋)의 나고야 보건위생대학이라는 의과 대학을 견학하였다. 이 대학은 나고야 의대를 졸업한 의사가 평생 벌어서 세운 대학으로 꽤 규모가 컸다. 무척 인상 깊었다. 학장의 설명에 의하면, 이 대학은 교수진이 어느 대학 출신이건 전체의 30%를 넘지 못하게 하고 있다고 한다. 이사장 본인이 나고야대 출신이면서도 나고야대 출신이 30%를 넘지 못하게 하고 있다고 한다. 그 이유는 같은 대학 출신만 다수가 있게 되면 서로 매너리즘에 빠져서 학술 연구나 학생 교육에 타성이 생겨 자극이 없어져 열성도가 낮아진다는 것이다. 여러 대학 출신이 섞여 있으면 자연히 경쟁력도 생기고 파벌·세력 다툼 같은 것이 없어 이상적이라는 것이다. 참으로 배울 것이 많구나 하여 모두 인상깊게 들었다.

우리나라는 근래에 와서 두드러지게 각양각색의 파벌에 얽매어 온갖 추태가 다 연출되고 있다. 무엇보다도 먼저 지방색이다. 한때 호남에 가서 김대중이라고 불렀다가는 자동차에 휘발유를 넣지 못할 정도로 호남 사람들끼리만 김대중 중심으로 꽁꽁 뭉쳐 버린 때가 있었다. 호남이 타지방을 완전 배격하게 되니까 호남 사람들은 타지방에서 자연히 홀대를 받게 된다. 결국 호남 사람 스스로가 불이익을 초래하고 말았다.

이런 양상이 선거에서 두드러진다. 김대중이라는 사람은 근 20년 고생을 많이 한 지사(志士)이다. 요새 투표 성향에서는 김대중이 싫어 타당 후보가 마음에 들진 않지만 할 수 없이 그를 찍는 경향이 나타난다고 한다. 결국 호남 사람들의 자기들끼리의 단합이 자기네 불이익뿐 아니라 호남 사람 기피증을 각처에서 불러일으키게 한다. 그뿐이 아니다. 근래에는 TK라고 해서 대구·경북 출신들끼리의 지역적 결속이 지역 감정 유발에 큰 몫을 하고 있다. TK가 하도 지역적으로 뭉쳐 3대 내리 대통령을 모두 대구 사람들이 하다 보니, 그들의 기세는 대단하다. 요새는 TK가 나라 망치니 무엇보다도 TK부터 없애야 나라가 바로 선다고 한다. 세계 지도에서 한참 찾아야 눈에 띌 정도로 손바닥만한 작은 우리나라에서 남북이 분단되었는데도 또 분열되어 지역 감정을 조성하고 국력 신장을 가로막아 왔음은 실로 한심한 일이라 하지 않을 수 없다.

사람이 살다 보면 자연히 잘 아는 사람들끼리 사귀고 모이기 마련임은 결코 부인하지 않는다. 그러나 이러한 모임은 자기 모임만 중심으로 하여 다른 사람들은 일절 배척하고 자기편만을 두둔한다. 이렇게 서로 파벌 감정을 유발해서 민족 분열을 초래해서는 안된다. 어느 대학이나 어느 고교 출신끼리만 모여 서로 비호하며 타 대학이나 타 고교 출신을 배척하는 우스꽝스러운 일이 있다. 또한 윤씨니 박씨니 하여 자기 일가 친척들만 기용하는 추태를 우리는 몇몇 정권에서 보았고, 이러한 족벌 정치가 나라에 얼마나 해를 끼쳤는가도 알고 있다. 그 밖에도 종교적 종파에 의한 파벌을 위시하여 나라가 몇십 개 조각으로 분열됨은 실로 개탄하지 않을 수 없다.

가까운 사람끼리의 모임을 권장은 하지 못해도 또한 결코 배척만 해서도 안된다. 그러나 이것은 어디까지나 사적인 인간 관계이며, 공적인 일에 이러한 파벌을 개입시킴은 나라 발전이나 기업 발전에도 크게 저해된다고 할 수 있다. 더욱이 정치인은 나라와 민족을 위한다는 생각에서 출발해야 마땅하며, 결코 개인의 영달이나 조그마한 자기 지역이나 고향 또는 학맥을 위해 일해서는 안된다.

지역 · 학맥 · 족벌 · 종파를 초월한 공인이 이 땅에 많이 나타나야만 나라가 바로잡히는 것이다.

〈1992. 4. 21〉

문민 시대의 야당에 바란다

1993년 우리나라에 문민정부가 수십 년 만에 처음으로 발족되는 것으로 안다.

신정부는 소위 신한국(新韓國)을 건설해 보겠다는 강한 의지를 가지고 그 설계에 바쁘다. 새 문민정부가 당초의 뜻대로 어느 정도의 성과를 거둘 수 있을지는 모르지만, 신한국 건설의 취지를 이해한다면 거기에 반론을 제기할 사람들은 없을 것이다.

중요한 것은 이러한 과업은 새 정권에 의해서만 이루어지는 것이 아니고 국민 전체가 모두 참여하고 힘을 합쳐야 이룩할 수 있다는 사실이고, 어느 누구도 이러한 국가 개혁 작업을 방해해서는 안된다는 사실이다. 더욱이 야당의 역할도 막중하다. 강야(强野)니 뭐니 해서 옳은 일도 방해나 반대를 일삼고 냉소의 눈초리로 방관만 하는 자세는 이제는 그만두어야 할 것이다.

야당에 바라는 것은 다음과 같다.

첫째, 반대를 하기 위한 반대는 이제는 그만하자. 옳건 그르건 정부가 하는 것은 무조건 대안도 없이 반대만 하던 시대는 지났고, 그런 발상에는 국민이 모두 식상하고 있음을 알아야 한다. 반대하기 위해서는 정정당당히 대안을 내놓아야 한다. 그것이 나라를 사랑하고 훌륭한 나라 건설에 이바지하는 것이다.

둘째, 여(與)건 야(野)건 국회의원들은 거수기 노릇을 이제 그만두어야 한다. 여도 야도 법안 심의에는 각자 시시비비를 가려 독자적 판단을 하되, 의회민주주의의 원칙을 살려 충분한 득표 활동을 통해 표대결 결과에 깨끗이 승복하는 전통을 세워야 한다. 과거처럼 육탄전 등의 추한 꼴을 국민에게 보여 주어서는 안된다. 일시적인 흥분과 격분도 자제하지 못하면서 어떻게 나라 법률을 만들겠다는 것인가?

셋째, 행정부를 질타하는 것도 좋지만 욕 잘하고 남을 헐뜯기 잘하면 야당이라는 낡고 뒤떨어진 생각에서 벗어나야 한다. 무슨 잘못이 생기기나 하면 툭하고 장관 물러나라, 때론 대통령 물러나라 하는 것이 야당의 기질인 줄 아는데, 전혀 관련도 되지 않은 어느 말단 공무원의 잘못으로 장관이나 총리까지 내쫓는 일이 얼마나 국정의 안정 추진을 해치고 있는지 아는가? 어느 한도까지는 책임을 져야겠지만, 장관이나 총리까지 내쫓아야만 야당 구실을 한다고 생각하는 촌뜨기는 이제 의사당에서 물러나야 한다.

넷째, 야당도 언젠가 집권할 것에 대비한 능력을 키워야 한다. 많은 선진국에서처럼 야당도 집권은 하고 있지 않지만 소위 섀도 캐비닛(Shadow Cabinet)을 두어 국정 전반을 수시로 점검하고 행정부의 직원에게 조언할 수 있는 능력을 키워야만 앞으로 언젠가 대권을 인수할 능력을 가지게 된다.

다섯째, 야당이라고 해서 정부 공무원이나 국민을 협박해서 돈이나 뜯어

먹겠다는 생각에서는 이제 벗어나야 한다. 당당한 정치인으로 품위를 지켜 국민을 아끼고 지도하는 지도자가 되어야 한다.

여섯째, 개인의 선전에 힘써서는 안된다. 큰소리나 치고 욕만 잘하면 야당인이 되는 줄 알아서는 안된다. 일을 열심히 하는 사람, 내가 집권하면 이렇게 할 텐데 하는 것을 보여 주는 능력있는 야당인이 되어야 한다.

⟨1993. 2. 23⟩

한심한 매스컴—14대 총선 전날 쓴다

올해 14대 총선 열기는 무서운 광분의 도가니 속으로 국민을 몰아가고 있다. 국민들이 어떤 정치 일꾼들을 선택해야 하는지를 계도해 주는 것이 매스 미디어의 역할이다. 우리나라는 경제 위기뿐만 아니라 사회·문화 모든 면에서 급격한 신세계 조류를 미처 따라잡지 못하고 갈팡질팡하며 자기 자신을 되찾으려 방황하고 있다. 더구나 정치가 가야 할 길은 너무나 아득하고 험난한 이때 정치가 가야 할 방향을 제시해 주어 정치 지망생들이 그것을 배워 험난하고 무거운 짐을 달게 질 수 있도록 그들을 계도해야 하는데, 매스컴은 마치 정치나 선거가 당파끼리의 또는 사람끼리의 싸움이나 경쟁을 붙이는 양 온통 지면과 화면을 할애하여 군중 선동이나 당파별 충동을 일으키는 데만 온 신경을 쓰고 있다. 실로 한심하기 짝이 없다.

이러한 싸움판 선거가 끝나면 어떤 결과가 나오고, 그 결과로 생기는 우리나라 정치의 행방은 어떻게 될 것인가를 생각해야 한다. 신문은 올바른 정치 방향을 찾을 수 있다. 그런데 그것은 하지 않고 흥미 위주로 판매 부수 늘리기에만 주력하고 있다. 지금 나라는 중요한 국면에 서 있다. 가치관의 상실, 국가관·역사관의 부족, 황금만능주의, 인간 경시, 민생 불안 등 허다한 일이 쌓이고 쌓였는데, 선거 운동을 부추기며 싸움만 붙이고 있는 매스컴은 이에 따를 역사적 피해를 어떻게 감당하자는 것일까?

국민은 온통 나라 걱정은 하지 않고, 어느 당이 싫다거나 그 놈은 보기 싫다고 한다. 이런 식으로 선거가 행해지고 있다. 매스컴도 마찬가지이다. 나라 사랑부터 앞세워야 한다는 의식을 국민들에게 심어 주어야 함이 매스컴의 책임인데 실로 한심한 작태이다. 이러한 저급한 혼란기를 얼마나 거쳐야만 우리나라가 제자리를 찾아 다시 살아날 수 있을까? 선거 결과가 내일로 박두하면서 무책임한 말을 한 모든 매스컴에게 다시 한 번 한숨을 내쉰다.

〈1992. 4. 8〉

매스 미디어의 참된 역할

요새 매스 미디어의 역할은 현재 세계 추세에 비추어 큰 뜻을 가지고 있다. 그런데도 우리나라의 수준은 세계의 흐름을 타지 못할 뿐 아니라 수준 낮은 제작자들이 무성의하고 무책임한 태도로 국민을 호도하면서 국가 발전을 크게 저해하고 있다. 예를 들어 TV 프로를 보자. 저녁에만 방영되는 4개 TV 방송국의 저질 가요 열창, 저속하기 짝이 없는 코미디, 아무 뜻도 없고 그저 웃음이나 눈물을 짜게 하는 저질 드라마밖에 없고, 그나마 교양 프로나 예술 또는 사회 지도층의 이야기들은 잠들 시간인 10시가 넘어서야 겨우 명맥만 유지해 가고 있다.

첫째, 가요 프로를 보자. 이상한 옷차림, 악을 쓰는 소리 지르기, 내용 없는 가사, 이를 듣는 청소년들의 기성(奇聲), 이런 것들이 대부분이다. 도대체 주요 시청자들인 청소년에게 무슨 도움을 주겠다고 이런 프로를 매일 저녁 반복해서 방영하는가? 이제 국민 대다수는 고등 교육을 받았기 때문에 웬만한 가창력은 다 가지고 있다. 옛날에 흔히 말하던 음치는 이제 보기 힘들다. 특별히 누가 노래를 잘 부르는 것이 아니라, 어느 가수이건 가창력에서는 다

비슷하다. 그 사람 참 성악가다, 참으로 유명 가수다라는 것이 이제는 없다. 다만 자극적이고 이상한 가사나 이상한 곡에다 색안경을 쓰고 이상한 옷차림으로 광란의 반주에 맞추어 온몸을 미친 듯이 흔들어 대며 악을 쓰는 가수가 몇몇 소녀들의 기성을 지르게 한다. 이러한 것이 우리나라 젊은이들에게 무슨 도움이 된다는 것일까? 그러한 것이 단 한 가지라도 긍정적인 영향을 주고 있다면, 그 예를 제시해 주었으면 한다. 그렇게도 제작자들은 빈곤한 두뇌밖에 가지지 못했단 말인가?

코미디는 이제 사라져야 한다. 자연스런 웃음과 즐거움은 추호도 없이 억지로 웃겨 보겠다는 코미디언의 노력은 오히려 불쌍하기만 하다. 이러한 코미디가 초저녁부터 방영되어서 무슨 소용이 있단 말인가? 우리나라 젊은이들을 모두 골빈 바보로 만들겠다는 의도로밖에 보이지 않는다.

드라마도 마찬가지이다. 적어도 드라마는 시청자들 가슴에 와 닿게 하는 어떤 감명이나 깨우침이 있어야 한다. 우리나라의 TV 드라마 연출가들은 그 정도의 실력밖에 없단 말인가? 방송위원회라는 것이 있다. 이 방송위원회는 막대한 예산을 쓰고 있으므로 TV 내용을 선도해야 하며, TV의 방영이 국민에게 주는 영향이 어떤 것인지를 신중히 생각해야 한다.

TV 방영뿐 아니라 신문의 낮은 수준도 참으로 나라의 앞날을 위해 큰 근심거리이다. 이제 신문을 보지 않는 국민이 거의 없을 정도인데, 신문 기사는 매일 국민에게 무엇을 알려 주어 국민을 바보로 만드는 우민 정책을 쓰는가? 선거 과열이라지만 누가 선거 분위기를 과열케 하는가? 바로 신문이다. 매일같이 입후보자나 유권자를 과열케 하면서 '과열, 과열' 하고 손뼉치고 있는 것이 신문은 아닌가? 민자당 대권 경쟁이 무엇이 그리 국가 대사(大事)라고 매일 조간 · 석간에 대문짝 같은 활자로 과대 포장되어 기사로 실리는지 아무래도 이해가 가지 않는다. 대권 경쟁을 부추겨 무얼 얻겠다는 것인가? 그러한 것은 매일같이 국민이 그렇게도 감지해야 할 국가 대사는 아니지 않는가?

TV 프로는 지금의 허물어질 대로 허물어지고 엉킨 실타래 같은 사회 현상에 크게 책임을 져야 한다. 훌륭한 예술 작품, 국가 의식의 고취, 국내외 거인 · 선현 · 현인들의 이야기를 들려주고 역사를 가르치고 세계를 보여 주어 국민과 국력을 키울 수는 없는가? 신문 활자 하나하나를 선택할 때, 글자의 크기 하나하나를 고를 때, 그것이 국민에게 무엇을 도와주고 우리나라 국력에 무슨 보탬을 주는지 생각할 줄 아는 두뇌와 사상과 철학을 가진 기자나 편집자들은 없는가? 실로 근심하지 않을 수 없다.

〈1992. 5. 4〉

언론 매체에 바라는 것

TV · 신문 · 잡지 등 언론 매체에 당부하고 싶은 일들을 정리해 본다.

첫째, 사실을 확인하지 않고 침소봉대하거나, 사실 무근인 것도 국민의 흥미를 돋구거나 우매한 국민을 선동하기 위해 기사로 쓰거나 보도하는 일은 없어야 하며, 이러한 일을 저지를 때에는 명예 훼손 또는 선동으로 다루어 엄벌하는 규칙이 있어야겠다.

둘째, 국민을 선동하기 위한 기사, 그로 인해 국민 화합을 깨뜨리고 국민들 사이에 불신 풍조를 불어넣고 당파 싸움을 부채질하는 모략 기사는 뿌리 뽑아야 한다. 이러한 의도나 그 효과가 신문 부수를 늘릴 것이라는 생각에서 그러한 기사가 파급시킬 국가적 손실은 생각조차 하지 않은 채 보도하는 신문은 신문 윤리 차원에서 엄히 다스려야 한다.

셋째, 음담 패설로써 젊은이들에게 엄청난 악영향을 주는 기사들이 많다. 그러한 엄청난 보도를 하는 기자나 출판사는 어떠한 법으로라도 엄히 다스려야 한다. 강간 · 살인 · 폭행 등 인명 경시 행위를 파렴치 범죄로 보고 이것의 나쁜 면을 강조하면서 보도해야 하지만 우리나라 전체가 이러한 파렴치 행위로 가득 차 있다는 식의 보도는 하지 말 것을 바란다.

이상과 같은 금기지론(禁忌之論)을 토대로 다음과 같은 점을 크게 보도해서 국민 기강을 진작시키고 국민 교육 계몽에 크게 기여하기를 바란다.

첫째, 근로 정신을 북돋아 근로가 건강에 좋고 인간 생활의 기초가 되는 선행(善行)임을 강조하고, 근로에는 육체적 노동뿐 아니라 독서 · 취미 · 체력 향상 등이 다 포함되어 신성하고 윤택한 인간 생활 유지에 필요함을 강조 계몽해야 한다.

둘째, 절약 운동을 고취하여 사치 풍조를 없애고 저축심을 고취시키는 행동이 필요하다.

셋째, 상하 구별을 확실히 하고 질서 의식을 높이며, 윗사람을 공경하고 아랫사람을 사랑해 주고 불우한 이웃을 생각하면서 서로 나누어 가지는 아름다운 풍조를 고취시켜야 한다.

넷째, 인간 생명을 존중한다는 사조는 인간 사이의 사랑을 일깨워 주며, 남의 생명만 아니라 남의 재산도 해치지 않는 기본 사상이 국민들에 팽배해야 한다.

다섯째, 이상과 같은 올바른 가치관을 국민들에게 심어 주고, 우리의 역사를 알게 하여 긍지를 가지게 하며, 나라의 소중함과 애국심을 키워 주어 국제 사회에서 존경받는 한 나라의 국민이 되도록 국민을 유도하고 고무시키는 언론 매체가 지극히 요망된다.

〈1993. 1. 14〉

민주주의와 매스컴 개혁

우리나라에는 4~5년 전부터 민중민주주의라는 사상을 신봉하는 학생 운동 · 노동 단체들이 있어 무척이나 세상을 시끄럽게 하고 있다. 또 그러한 사상에 빠져들었거나 물든 예술가 · 작가들도 상당히 목소리를 높이고 있으며, 소위 민중 사상이 무엇인지 알고 싶어한다.

근대 2백 년 동안은 민주주의에 대해 많은 찬반 논란과 투쟁들이 점철한 시대이다. 프랑스 혁명 이래 자유주의가 팽배해지면서 대략 합리적 자유주의란 복수 정당의 합리적 다수 참가와 민주적 질서인 다수결을 골자로 하는 합리적 민주주의로 많이 제창되어 왔다. 한편으로는 인민민주주의(사회주의)라는 타락된 형태를 산출하기도 했고, 다른 한편으로는 대중민주주의인 중우정치(衆愚政治)라는 왜곡된 형태도 창출했다. 이 두 형태는 역사가 경과하면서 근대 민주주의 2백 년 동안에 만들어진 '타락아'로까지도 일컬어지고 있다.

민주주의는 대중 세론(大衆世論)이 지배하는 형태로 이루어지는 것인데, 그 세론(世論)이라는 것은 이론이 정연한 대화·토론 등을 중심으로 형성될 때에만 민주주의의 중심적 역할을 할 수 있는 것이다. 왜곡된 말장난으로 이루어진 세론, 다시 말해서 언론 없는 세론(世論)은 결코 건전한 민주주의 발전을 이룩하지 못하고 오히려 저해 역할을 하며, 민주정치를 중우정치로 타락시킨다. 이 중우정치는 사실 그리스 시대부터 지적되어 왔고, 이런 의미에서 플라톤은 민주정치를 부정하기도 했다. 그러나 실제로 민주주의가 발달한 서구에서는 근대에서의 중우정치적 주장은 대중사회 비판이라는 형태로 받아들여지고 있다.

그런데 매스컴이 세론을 지배하는 우리나라와 같은 사회에서 이 거대한 매스 미디어는 획일성을 탈피하지 못하고 국민의 감정·기분·분위기를 질투와 욕구 불만 등 비교적 저급하고 왜곡된 요소로써 선동하고, 이 요소들은 점점 더욱 저급한 요소로 변질한다. 그리하여 매스 미디어 활동은 한층 더 선정적이 되어 세론을 형성하게 되고, 대중을 한층 더 중우군(衆愚群)으로 전락시키고 만다.

예를 들면 매스 미디어는 수서 사건·대학 부정·정치인 불신 사건 등을 대대적으로 보도함으로써 국민들을 자극시켜 저런 나쁜 놈들 봤나 하는 식으로 국민 의식을 저급한 것으로 전락시켰다. 마치 그것이 민의(民意)인 양 탈을 바꾸어 쓴 세론으로 변질시켰다. 다른 한 예를 들면, 매스컴이 교통 사고를 당한 위급한 환자를 여러 병원에서 진료 거부를 하였다고 보도한다. 이러한 귀중한 생명의 위급을 외면한 것은 마치 돈만 아는 악덕 의사와 진료 기관이 있기 때문이라고 한다. 정곡을 찌르지 못하고 마냥 외면적 사실만을 보도하여 의사나 병원들을 마구 때려잡으며, 일반 대중에게 적개심을 불러 일으켜 국민들을 다 같이 흥분시킨다. 이처럼 아주 저급한 충동이나 선동으로 세론을 형성해서 그것을 정치권의 압력으로 작용하게 하는 행태가 종종 있다.

사실 이 진료 거부 사건의 진상은 나중에 다 밝혀져 사법 기관에서도 분명해졌다. 교통 사고 환자를 택시에 싣고 병원에 온 운전 기사와 보호자는 환자를 택시에 그대로 둔 채 병원 응급실에 들어와 이 병원이 자동차 보험과 계약이 돼 있느냐고 물었다. 이에 그 병원은 자동차 보험에 가입을 안했다고 했다. 그러면 교통 환자를 어떻게 하느냐고 물으니까, 그것은 일반 환자 수가로밖에 진료할 수 없다고 했다. 그래서 운전 기사와 보호자는 환자를 다른 병원으로 옮겼다. 그때까지 멀쩡하던 환자가 이런 병원 두세 군데를 옮겨다니는 동안 갑자기 사망했다. 이것이 그 경위이다. 멀쩡하던 환자가 갑자기 상태가 나빠지는 일은 머리 부분 손상 환자에게는 흔히 일어난다. 이 사건은 보호자도 병원까지 갔을 때에는 환자가 멀쩡해서 안심하고 신체 하부에 약간의 상처만 있음을 보고 있다가 예기치 않게 일어난 것이다.

이러한 일은 후일 진상이 밝혀져 모두 무사히 끝났다. 그러나 매스컴은 대서 특필하여 보도할 뿐 아니라 각 병원 간판과 내부를 요란스럽게 보도했다. 매스컴은 진상 아닌 그것을, 심지어 거짓 보도임을 짐작하면서도 국민들에게 보도하여 저급한 충동질로 국민들의 반감을 조작했다. 그리고 매스컴은 세론을 앞세워 질투·욕구 불만의 심정으로 좀 낫게 사는 것 같은(사실은 아니지만) 의사나 의료 기관을 완전히 악질적인 방향으로 오도했다. 마치 그것이 세론 형성을 하는 것으로 착각하는 오늘날, 이러한 행위는 우리나라 매스컴이 민주주의를 완전히 파괴하는 작태라고 지적하지 않을 수 없다.

이러한 민주주의 타락의 위험을 인식하지 못하고 원인적 감정론에 지나지 않는 것을 세론으로 하니, 국민은 점점 중우(衆愚)로 간주되어 저급한 매스컴의 희롱물이 되고 있다. 이러한 슬픈 현실을 우리는 너무나 많이 경험하고 있다. 이렇게 저급한 매스컴에 의해 우롱당하는 민중도 민주주의의 대상이 될 수 있느냐를 깊이 생각해야 한다. 즉 민중이란 주권자로서의 적합한 자질 · 덕성 · 지성을 보유하고 있어야 한다. 이러한 전제 아래 민중은 칭찬받을 수 있는 것이고, 또 그러한 민중에 의한 정치라면 아무도 반대할 수 없을 것이다.

현 문명 세계에서 매스컴의 횡포나 저급한 행태로 말미암아 민중은 당연히 중우(衆愚)가 되고 마는 것이다. 이러한 중우를 선동해서 선동자들은 쉽게 권력을 잡을 수 있다고 기대한다. 그래서 그들은 더욱 민중을 선동하여 권력 찬탈 음모에 열중하는 것이 오늘의 민중 운동이라고 볼 수밖에 없다.

현대 대의정치에서는 민중의 대다수가 정치적 능력에 한계가 있으므로 그들의 대의(代議) 역할을 할 국회의원을 선출해서 그들로 하여금 정치를 하게 한다. 그러나 그들이 잘못된 정치를 할 때, 민중은 그들을 소환하거나 탄핵할 수 있어야 한다. 사실 민중이 그들의 인격 · 경험 · 식견 등을 알고 있어서 그들을 대리가 아닌 대표(representative)로 선출할 수 있는 것이 대의정치이며, 이것이 오늘날 민주주의 근간이 되는 것이다.

그러나 이러한 국회의원들은 결코 한정된 지역의 이득만을 위한, 즉 그 지역의 대리인 역할을 하는 소위 대표자(delegate)여서는 안되며, 전체 사회와 국가의 이익을 위해 일하는 진정한 민중의 대표여야 함은 물론이다. 이러한 뜻에서 오늘날 우리나라처럼 저급한 매스 미디어의 진정한 발전 없이 민중을 우롱하며 그들을 이용해서 권력을 잡으려는 저급한 민중민주주의는 그것을 아는 사람들의 지지를 결코 받을 수 없을 것이다.

〈1992. 3. 11〉

민주화와 지방자치

한국 정치는 권위주의에서 시작되어 권위주의에 머문다고 한다. 사실 이승만 박사는 그의 카리스마적 인기로 정치를 시작했다. 그에게는 내세울 만한 정치적 경륜이 없었다. 그저 그는 식민 시대에 망명 정부를 외국에서 수립하고 독립 운동을 했다. 그러한 망명 정객에 대한 국민의 숭앙이 그를 독립된 나라의 통치자로 만들었다. 내외 정세가 어쩔 수 없어 그의 주변에는 과거에 친일 행위를 했던 잔재들이 많이 모여들었다. 그들은 그를 둘러쌌고, 그의 카리스마적 위력을 십분 이용해서 독재정치를 실현시키게끔 했다. 결국 4·19로 이 노인은 축출당했다.

장면 정권이 진정 이 땅의 민주주의를 뿌리내리려는 찰나, 6·25를 통해서 성장한 군부는 드디어 쿠데타를 일으켜 군부 독재의 권위주의를 시작하였다. 17년이라는 긴 세월을 통해 그나마 박정희 정권은 경제 성장에 열을 올리며 가난에서의 탈출을 오직 유일한 목표로 해서 권력을 휘두르며 민권을 탄압하였다.

이러한 역사를 보고 자라 온 전두환은 권력만을 동경하였다. 그는 군부 독재를 다시 과시해 보겠다는 것 이상의 생각을 가질 교육적 바탕이 없었으니, 무리해서 권력을 탈취한 것이 그의 집권 7년의 큰 오점이 되고 말았다. 그의 권력은 군대의 무력으로 시작하여 금권을 장악해서 금력(金力)의 발휘로 모든 것을 휘어잡겠다는 욕심의 발로였다. 그래서 그는 권위를 내세우는 권력의 화신이 되었다. 그의 권력은 필요하면 군대·경찰이나 조성된 관권의 집단력을 가미해서 권위로 승화시킨다는 발상이다. 권위주의는 이렇게 형성되면서 근대화라는 미명 아래 정치 문화로서 이어져 오고, 물질적 번영으로 모든 힘의 내용을 설명하려 한다. 반면 일본 같은 곳에서는 군벌 독재가 무너지면서 오히려 군대 정신으로 단련된 국민을 사무라이 문화로 변신시킴으로써 국민적인 질서 유지에 힘을 써서 깨끗한 문화 형성에 성공했다.

6·29선언으로 참 민주주의를 세워나가려 했지만, 그러려면 올바른 지방

자치 육성부터 시작해야 했다. 이를 바탕으로 해서 민주주의는 서게 되는 것이다. 장면 정권은 진심으로 참 민주주의를 해보려고 지방자치부터 시작하다 군사 쿠데타로 실패하였다. 그 후 30년 가까이 정치하는 사람들은 지방자치제는 말뿐이며 결코 그것을 육성하려 하지도 않았다.

이제는 정권 유지 때문에 겨우 지방자치제를 시작했지만, 육성하려는 의지 없이 거의 방치된 상태이다. 정치인들의 유일한 목적인 권력과 지방자치제는 너무 멀다. 그래서 지방자치제를 방치하는 그들은 많은 국민들로부터 경시당하고 있다. 아마 정당을 대표하는 선량들은 지방 사람들이라면 우선 깔보려는 습성부터 갖고 있는 것 같다. 이러한 자들이 정치 무대에서 숨을 쉬는 한, 이 나라에서의 민주주의는 오직 요원할 뿐이다.

〈1992. 9. 10〉

관료주의

관료주의란 관이 우선한다는 데 그 사상의 근거를 두고 있다. 말하자면 관료주의란 관이 가지고 있는 온갖 규제 조항과 법률·법규 등을 무기로 인간 생활을 통제한다는 생각에서 국민을 지배하려는 것을 말한다. 그래서 관료주의는 될 수 있는 한 많은 법규를 만들어야 국민을 괴롭힐 수 있다고 생각한다. 관료주의 아래에서는 관의 횡포가 마음대로 이루어지기 마련이다. 무슨 일이든 관련 법규에 어긋나서 되지 않는가 하면, 어떤 다른 법규로 말미암아 복잡하고 쉽게 풀리지 않을 일들이 아주 쉽게 풀릴 수도 있다.

이처럼 아주 비합리적이면서도 합리적인 것처럼 보이는 것이 관료주의의 한 형태이다. 형식에 치우치는 정도가 너무나 지나쳐 아무 일도 못하는 일도 있다. 공장 허가를 내는 데 30여 종의 서류가 필요하다는 말도 똑같은 해석이다. 정액으로 500원만 내는 톨게이트가 있는데, 500원짜리 쿠폰 20매로 되어 있는 회수권이 발행되고 있다. 톨게이트에서 팔면 아주 쉬운 일인데, 별도 사무실에 가서 차량 번호 · 운전 면허 · 주민등록증 등을 전부 기재해야 회수권을 살 수 있다. 도대체 무슨 이유로 또 무슨 필요로 이와 같은 서류가 필요한지 알 수가 없다. 이것이 관료주의의 한 단면이다.

관료주의란 국민을 괴롭히는 데 그 목적이 있으므로 당장 뜯어고쳐야 한다. 예산을 짜서 집행해 나가는 데도 모순이 있다. 어떤 일에 예산은 20만 원인데 쓰기는 15만 원밖에 쓰지 않았으면, 5만 원을 도로 환수하면 된다. 그런데 그래서는 안된다고 한다. 그 이유는 나머지 남은 5만 원을 환수하면 다음 예산 때 20만 원 아닌 15만 원밖에 나오지 않으므로 나머지 5만 원은 무슨 방법으로든지 써 버려야 한다는 것이다. 이러한 것이 관료주의의 비효율이요 낭비이다. 이러한 관료주의는 고쳐져야 한다.

우리 병원 운영도 전부 이런 식이다. 관료주의 관습에 젖어 버려서 일반 민간인도 같은 사고 방식밖에 가지지 못하고 있다.

〈1993. 1. 8〉

사회악

우리나라가 고쳐야 할 몇 가지 사회악이 있다.

첫째, 우리나라는 권력을 잡기 위해 날뛰는 풍토다. 권력이란 사람을 깔보고 사람 위에 군림하며 모든 재물을 자기 마음대로 하겠다는 욕심을 말한다. 사람을 억압하고 마음대로 부릴 수 있는 힘과, 재물을 자기 마음대로 사리사욕에 충당할 수 있는 힘을 권력이라고 할 때, 이는 기필코 없애야 한다. 정치가 · 군인 · 경찰 · 검찰 · 공무원 등이 그 예이며, 그들은 불량배나 깡패와 같은 폭력배와 동일시할 수 있는 사회악이다.

둘째, 황금의 노예가 되어 돈 버는 데 삶의 일차적 목표를 가진 사람들은 돈을 벌기 위해 어떠한 방법도 가리지 않고 또 그 목적을 위해 타인의 희생도 눈 깜짝 안하고 강행하는 사람들이다. 기업에서 돈을 벌기 위해 근로자를 혹사하고 근로자의 인격을 무시하고 그 기업이 사회와 국민에 끼치는 영향을 무시하는 기업인들, 부동산이나 각종 투기로 졸부가 된 사람들, 또 졸부들 중에는 이 땅에서 얻은 돈을 해외에 도피시켜 자기 개인의 안녕만을 생각하고 나라가 입는 피해는 생각하지 않는 사람들, 그들이 바로 사회악이다. 이들은 갖가지 사회악을 부추기는 사람들로서 하루속히 없어져야 한다.

셋째, 출세욕에 눈이 어두워 인간이 저지를 수 없는 모든 악을 태연히 저지르면서 남이 어떻게 되건 배신을 식은 죽 먹듯 하고, 심지어 부모 · 형제와 처자까지 버리는가 하면 사랑도 출세를 위한 수단으로나 생각하며, 이런 철학으로 열심히 일하고 공부하는 파렴치한은 없애야 할 사회악이다.

넷째, 섹스 · 환락 · 나태에 젖어 술과 담배나 마약에 취하고 밤거리나 배회하며 사회의 기생충 노릇이나 하며 무위도식하는 친구들, 결국 돈이 없어 몸을 팔기도 하고 도적질 · 강간 · 살인을 예사로 해치우며 불량 폭력배 틈에 빠져드는 기생충 같은 인간들, 이들은 사람의 생명을 자기 생명같이 생각해 볼 기회조차 갖지 못한 쓰레기 인간들이다.

다섯째, 하는 일은 없고 하기는 싫고 할 능력도 없어서 구걸이나 해먹거나 남을 속여 사기나 치거나 형제 자매들의 돈이나 뜯어먹거나 온갖 수모를 받으면서도 친구한테 구걸하는 쓰레기 인간들이다.

여섯째, 소위 혁명 운동이니 민중 운동이니 하면서 단편적 지식을 가지고 세상을 다 알고 있는 애국 혁명가로 자처하고, 또 법을 어겼다고 법의 추적을 받으면 탄압받는 애국자라고 자처하면서 누구의 동정이나 얻어 봤으면 하는 실로 개혁되어야 할 인간들, 민중을 위해 뛴다면서 민중의 고통은 추호도 아랑곳없고 그저 소란이나 피우고 경찰의 최루탄 쏘기만 기다려 피압박 혁명아가 되려는 불쌍한 사상가들, 공부는 안하고 노조 운동을 합네 하고 수염을 기르고 남루한 옷을 입고 머리에 붉은 띠나 두르고 주먹질이나 하며 일은 하기 싫고 근로자 민중을 위한 투쟁을 한다는 족속 등은 하루속히 제거되어야 한다. 근로자가 불쌍하고 민중이 잘살아야 한다면서 일은 하기 싫고 궁상이나 떨면서 혁명하겠다고 설치는 자들이 하루속히 없어져야 민중도 근로자도 살아날 수 있다.

〈1992. 3. 30〉

깨끗한 정부

1993년부터는 우리나라에서 문민정치가 시작된다. 군사 독재 30여 년의 악습에서 벗어나는 일은 여간 힘든 일이 아니다. 경제는 이제 바닥으로 떨어져 더 이상 나쁠 수가 없는 지경에 이르렀다. 무엇이 바뀌어야 하는가? 무슨 잠에서 깨어나야 하는가? 우리나라가 올바로 서기 위한 반성, 개과천선(改過遷善)의 길은 무엇인가?

누구나 경제가 바닥으로 떨어진 것은 공무원의 부패 때문이라고 말한다. 이 공무원의 부패 가운데 뇌물을 받고 정실 인사나 하고 정실 행정이나 하는 것만이 문제는 아닐 것이다. 그러나 뇌물을 받아먹은 말단 공무원에서 고급 공무원에 이르기까지 국적(國賊)으로 취급해서 엄벌에 처해야 한다. 공짜로, 또는 관(官)이라고 해서 얻어나 먹겠다는 심정에서 이제는 깨어나야 한다. 또 민간인도 공무원이라고 그들에게 무조건 질질 끌려 다녀야 할 때가 아니다. 왜 뇌물을 주어야 하는가? 이는 비리(非理)를 합법화시키는 데 그 목적이 있다. 비리가 합리(合理)로 되게 하는 일은 없어야 한다.

수고했다는 사례도 일절 없어야 한다. 사례가 뇌물이 되기는 아주 쉬운 일이다. 구십만 공무원의 일대 각성이 전국민적 목소리로 요청된다. 뇌물이나 바라는 공무원은 극형에 처하도록 법을 만들어야 한다. 그것은 뇌물 자체의 크고 작음보다 나라를 뒤흔들어 놓는 국가 반역자이기 때문이다. 이왕 강력 정권이 들어섰으면 강력한 기강이 있어서 공무원이 존경받는 깨끗한 정부

(clean government)를 만들어야 한다.

말레이시아는 그랬는데라는 생각이 자주 일어난다. '깨끗한 정부'가 되면 외국인 투자도 늘 뿐더러 국민의 신망도 그만큼 크게 되니, 정부도 국민도 모두 일할 맛이 날 것이다.

〈1993. 1. 6〉

깨끗한 정부 건설의 과제

문민정부의 시발은 우리나라 정치사에 새로운 획을 그었다. 그러나 그것으로 만족할 일이 아니다. 김영삼 대통령은 43%라는 절대 다수의 표로 당선이 되어 그의 정치 기반은 아주 튼튼하다는 보도도 있다. 하려고 하면 무엇이든 할 수 있고, 또한 자신을 가져야 한다. 그러면서 다음과 같은 일이 선결되어야 한다.

첫째, 부정부패 일소를 다짐해야 한다. 사실 이 정부가 앞으로 5년 간 부정부패 없는 깨끗한 정부로만 된다면, 그 이상의 공적은 없다. 이제 깨끗한 정부를 선언했으니, 과거 모든 대통령의 전철을 결코 밟지 말고 기어코 깨끗한 정부를 만들어야 한다. 부정부패를 없애는 데는 지도 계층이 먼저 앞장서야 한다. 대통령이, 비서실 사람들이, 도지사, 서장, 구청장, 군수부터 깨끗한 사람이어야 한다.

윗자리에 앉아서 아랫사람들에게 비용 조달이나 상납을 지시하거나 받거나 압력을 가하는 따위들이 천연스럽게 이루어지니까, 아랫사람들은 상납하고 비위맞추기 위해 뇌물을 먹고 압력으로 돈을 뜯지 않을 수 없다. 서장·구청장·군수부터 싹 바꾸어야 한다. 공연히 필요치도 않은 행정 서류 규정을 만들어 이것 저것 트집잡으면서 그 구실로 돈이나 뜯어먹자는 마음이 팽만해 있다. 면장이 자동차 샀으니 관내 공장에서는 휘발유 값을 거둬 달라는 식의 면장은 없어져야 한다.

국민을 도와주기는커녕 트집잡아 국민을 괴롭히는 공무원은 형벌에 처하면 된다. 이러기 위해 공무원들의 처우 개선을 과감히 해야 한다. 예산 부족이라는 핑계를 대겠지만, 그것은 뇌물을 먹는 것이 처우 개선보다 수입이 많기 때문이다. 지금껏 국민들이나 기업들이 바쳤던 뇌물의 반만 세금으로 더 거두어도 공무원들의 처우 개선은 충분하고도 남는다. 지금 이 부패 속에 못 사는 공무원이 몇 되는가? 그렇게 박봉인데도 호화스럽게 살아서 탈이라는 사실을 누가 부인하는가? 백이면 백 공무원이 다 잘산다는 것은 아니다. 부패 공무원의 사치 생활이 청렴한 공무원 1백명분의 생활을 혼자 누리고 있지 않는가?

둘째, 대학입시 부정이 큰 문제로 대두되고 있다. 사실 솔직히 말해 다른 곳에서의 부정에 비하면 '새 발의 피'이지만 젊은 학생들에 관한 일이니까 사회적 문제가 된다. 사립 대학이 재정난을 해결하기 위해 저지르는 일이라고 한다. 정부에서 교육 지원을 과감히 못하면 기여입학제를 자신있게 허용해야 한다. 어느 계층에서 반대한다고 하니 못하겠다는 등 자신감이 없다고 이런 부정을 그냥 내버려둘 수는 없지 않는가? 무슨 일이건 말썽을 부리지 않는 일은 아무것도 없다. 그것이 오직 한 길이면 과감히 허용하되, 최소한의 허용과 납득할 만한 기준을 두어야 한다. 이를 잘못 적용하는 대학은 그만큼 그 대학의 위신을 떨어지게 할 것이다. 어떤 사립 대학에서는 재단이 영리 목적으로 부정입학시켰다고 한다. 재단 몇 사람의 호화 사치를 위해 부정 입학이 이루어졌다면, 그 재단 사람들은 아예 다시는 교육에 손대지 못하게 하면 된다. 결코 이런 일이 공공연하게 일어난다고 볼 수는 없다.

셋째, 깨끗한 정부는 공정한 인사에 힘써야 한다. 능력과 인격을 기준으로 하되, 결코 학력이나 지역 안에서의 정치적 배려나 친인척 인사는 절대 금물이다.

넷째, 무한한 장래를 내다보는 국가 계획과 확고한 국가관을 가지고 경제 개발에 힘써야 한다.

다섯째, 흩어진 국민의 기강은 국민 운동으로 바로잡아야 한다. 학원·기업체·종교 단체, 기타 각계각층의 기관들이 작고 큰 국민 운동을 통해 악이 싹트지 못하게 해야 한다. 국민 기강 문제는 정부 자신이 깨끗하면 많이 해결될 수 있는 문제이다.

언론 매체는 좀더 수준높이 보고 생각하고 판단하는 능력을 갖추어야 한다. 단지 높은 수준의 눈만 가지고 국민 선동에 열중하면 된다는 식의 촌뜨기 티는 벗어나서 국민 기강 확립과 국민 계도에 더 힘써야 할 때이다.

〈1993. 3. 3〉

탈국가 사상

한나 아렌트는 "인간은 제작을 본성으로 하고 있다"고 한다. 인간은 무엇인가 만들려고 한다. 인간은 인간을 만들고, 사회를 만들고, 국가를 만들어 왔다.

무슨 국가를 어떻게 만들어야 하는가? 그것이 이데올로기이다. 국민 국가를 만들어 왔다면, 그것은 다수가 지배하는 국가이다. 마르크스는 프롤레타리아 독재를 주창하면서 소수에 대한 지배 억압을 지향했다. 많은 나라들이 국민 국가를 만든다면서 다수가 지배하고 소수가 억압받는 국가를 만들어 온 것이 20세기 이데올로기이다. 그러나 20세기 후반에 들면서 이데올로기의 붕괴가 왔다.

인간들이 추구하던 다수가 지배하는 국민 국가 이데올로기는 실종했다. 민족주의 국가는 벌써 20세기 초에 실종되고 말았다. 이제 21세기를 눈앞에 두고 인간은 이데올로기의 죽음을 겪는 것이 아니고, 새로운 인간 본성의 제작을 시도한다. 그것은 초국가(超國家) 사상이고 탈국가(脫國家) 사상이다.

탈국가 사상에서는 기존 국가로서의 사상을 어떻게 극복하느냐가 문제이지만, 이제 EC 같은 형태가 이미 시동되었음을 본다. 이제 국가 · 정치 · 개인을 넘어선 사회가 탄생하려고 한다. 국가 혁명이 되기보다 인간 정신의 일대 혁명을 거쳐 새로운 이데올로기를 창출해야 할 때가 왔다. 이제 역사의 종언이 주장되는 마당에 인간은 지금까지의 역사적 인간이 아니고 새로운 인간, 즉 자연으로 되돌아가는 인간이다. 앞으로도 전쟁 · 혁명 등과 같은 것이 꿈틀거릴지 모르겠으나, 이 새로운 사상에서는 인간이 스스럼없이 자연 속에 몰입되는 시대가 올 것이라고 생각한다.

여기서 인간은 새로운 역사이자 문화 · 예술이다. 자연으로 되돌아가게 된다. 어떻게 그렇게 될 것인가? 인간이나 자연의 소멸이 없을진대 인간의 갈 길은 거기밖에 없다.

이것이 곧 실존주의에의 회귀라고 할 수 있지 않을까.

〈1992. 9. 17〉

세대 차이

신세대 또는 한글 세대라고도 하는 연령층은 지금 30대 초반까지의 연령층을 말한다. 그들의 소위 신사고는 40대나 50대 초반까지도 올라갈 수 있다.

그 이상의 소위 기성세대는 오랜 생활 환경에서 생긴 고정 관념에 젖어 있기 때문에 이들 신세대와 많은 갈등을 불러일으킨다. 기성세대는 3D, 즉 힘든 일(difficult), 더러운 일(dirty), 위험한 일(dangerous)이더라도 서슴지 않고 겪으면서 생활해 가는 데 반해, 신세대는 이를 기피한다. 그러면 누가 이 3D를 해내느냐에 문제가 있다.

신세대는 조직보다는 개인이나 가정을 중시한다. 조직(기업 · 사회 · 국가)이 어찌 되건 개인의 이득(고소득 · 일 덜하기)과 가정만을 생각하면 기업은, 사회는, 국가는 어떻게 되겠는가? 그들은 실리(實利)에는 아주 밝은 듯한데 먼 곳을 바라보지 못하고 장래 생각을 하지 않는다. 그래서 그들은 일은 하지 않고 소비만 하려 하며, 저축도 하지 않으려 한다. 말하자면 그들은 국가가 사회복지 정책을 쓰고 있어서 그들이 늙거나 직장이 없어도 먹고 살게 해준다는 엄청난 착각에 빠져 있다. 사회보장제도(Social Security System)가 있다고 하더라도 국민 각자가 낸 세금 이상의 대우를 해줄 수는 없다. 많이 일해서 많이 벌고 미래를 위해서 많이 저축하면 노후나 실직 때에도 그 값을 되받을 수 있지만, 일하지 않고 저축하지 않고는 복지의 혜택을 받을 수 없다. 복지 정책은 국민의 세금으로 이루어지기 때문이다.

군의 복무는 시간 낭비라고 신세대는 생각한다. 그들은 나라를 누가 지키느냐에 대해서는 모른다. 고생 끝에 오늘을 이룩한 기성세대는 그 보람이 무척 큰 데 반해, 기성세대보다 유족한 환경에서 자란 신세대는 고마움과 보람보다 불평이 앞선다.

신세대는 기성세대보다 교육은 많이 받았지만 인간 형성 교육은 많이 받지 못하며 자라났다. 이러한 차원의 교육은 왜곡된 교육제도 아래에서 이루어졌기 때문에 문제가 많다. 그들이 기성세대보다 합리적이고 따지기 좋아하니, 이것은 장점도 되지만 하나는 알고 둘 이상은 모른다는 단점이 된다. 소비 생활에서는 실질적 원칙을 따르므로 기성세대의 권위주의적 낭비 · 과시 · 소비보다 월등히 낫다.

기성세대에서는 의리 · 학연 · 지연 · 혈연 등이 생활의 일부인데, 신세대에서는 비교적 소원함이 어떤 의미에서는 좋다. 기성세대는 많은 형제와 같이 자랐는데, 신세대는 홀로 자라서 고독 · 오만 · 비타협의 성격이 형성되기 쉽다. 성(性) 모럴의 변화는 앞으로 큰 문제가 될 것이다. 그들에게는 사회적 출세와 부를 이루어 보겠다는 욕망이 없다. 또한 그들에게는 독신주의가 많아졌다.

미래 학자들에 의하면, 앞으로 거품이 걷힌 경제 아래에서 궁핍하지는 않으나 풍요하지도 않은 상태가 오리라고 한다.

〈1993. 1. 3〉

정보화 사회와 신바람

서구 산업 사회를 근대화 사회라고 한다. 그러나 근대화한 미국에서는 이혼율이 50% 수준에 이르고, 영국에서는 문맹자가 삼사백만 명에 달한다고 한다. 일본에서도 내가 과연 무엇을 위해 살고 있느냐는 분위기가 국민 대부분에게 깔려 있고, 12~20세 젊은이들의 사망자 가운데 절반이 자살이라고 한다.

그들의 근대화는 산업화에 대한 방법론, 즉 노하우(knowhow)에서 비롯되었다고 한다. 또한 그들은 품질 관리(QC : quality control)를 지향하는 노화이(know-why)에 치중해서 근대화를 이룩했다고 한다. 그러나 문제는 경제 발전이나 산업화가 무엇을 위한 생산이며 무엇을 위한 발전이냐는 노홧(know-what)이다. 'know-what'은 우리말로 표현하면 신바람나는 일이라고 할 수 있다. 즉 내키지 않는 일이나 억지로 하는 일은 비능률적이지만, 반대로 신이 나서 하면 지금까지와는 다른 사람이 되는 것이 한국인의 기질이다.

유교 정신을 배경으로 살아온 한국인은 인(仁)을 삶의 기본으로 삼고 있다. 그러면서도 한국인은 신바람과 같은 뜨거운 기질을 내포하고 있다. 개인을 중심으로 한 미국 사회 같은 곳은 1인칭 사회이고 집단을 중심으로 한 일본은 3인칭 사회이지만, 우리나라는 '우리'라는 말이 표현하듯 분명히 인(仁)의 정신을 바탕으로 한 2인칭 사회라 할 수 있다. 그런데 정보화 사회란 발신자와 수신자의 2인칭 문화인데, 우리의 인(仁)의 문화는 이 2인칭 문화와 맞먹는다. 이 정보화 사회를 잘 터득하고 신바람나는 민족성을 발휘하게 될 때, 우리나라는 크게 비약하게 될 것이다.

신바람이란 스스로 마음속에서 우러나오는 힘을 말한다. 한국 사람은 하던 일도 멍석 깔아 놓으면 하지 않는 민족이라고도 하는데, 서양이나 일본은 철저하게 멍석 위에서 잘 해내는 고도의 관리 사회라고 할 수 있다. 이 관리 사회를 참여 사회로 전환시키는 것이 곧 신바람이다.

농경 시대를 손으로 일하는 노동의 시대, 산업 사회 시대를 몸으로 일하는 작업의 시대라면, 장래(후기 산업 사회)는 가슴으로 일하는, 즉 신바람으로 일하는 시대가 될 것이다. 패션 · 연예 · 정보문화 산업 등 모두가 여기에 속한다고 할 수 있다. 즉 기능보다 고감도(high touch)의 감동을 더 중시하는 사회가 후기 산업 사회라고 할 수 있다.

우리나라에서 지금까지는 이 신바람이란 기업이나 정치판에서는 볼 수 없었고, 주로 굿판이나 놀음판 같은 데서 그 힘을 발휘해 왔다. 그런데 오히려 우리 사회에서는 이 신바람을 죽이는 현상이 많이 일어났다. 즉 사람을 키우고 평가하는 데 아주 엄하고 인색해 온 것이 그 좋은 한 예이다.

남을 칭찬하기보다는 헐뜯거나 하고, 영웅을 만들어 주기보다는 도리어 나무를 흔들어 높이 올라간 사람을 떨어뜨리는 일을 많이 해왔다. 그 가운데 아주 뚜렷한 현상으로는 위에서 행정적으로 눌러 버려 전제적 관료주의에 빠지게 하여 사람들이 신바람을 내지 못하게 하는 것이라 할 수 있다.

이렇게 경직된 관료주의 · 전제주의 · 권위주의로부터의 일대 변신은 사람들에게 용기와 자신감을 심어 주게 된다. 그럼으로써 그들이 스스로 일하며 신바람을 일으키는 데 크게 도움이 된다. 그리하여 이것은 우리나라가 재도약하는 계기가 될 것이다.

〈1993. 1. 30〉

사회복지

의과 대학의 신입생 선발 전형 때 나는 학생들에게 너는 왜 의과 대학을 지망했느냐고 묻는다. 80% 이상의 고교 졸업생들은 슈바이처 박사(Dr. Schweizer)같이 되기 위해서라든가, 가난하고 불우한 이들의 고통을 덜어 주기 위해서 의과 대학을 지망했다고 대답한다.

그러나 의과 대학에 들어와 6년 동안의 교육을 마치고 다시 5년의 의사수련 과정을 마치는 동안 이들 가운데 무의촌(無醫村)이나 불우한 환자들이 있는, 예컨대 빈민촌에 설치된 무료 진료소 등에 가겠다고 자원하는 사람은 한 명도 없다. 그뿐만 아니라 그들은 모두 그러한 활동에 동원되는 것을 무척 싫어한다. 나는 교수들에게 의과 대학에서 교육을 어떻게 했기에 젊은이들이 이 지경이 되었느냐고 힐난하기도 한다. 물론 교육보다도 물질 문명에 탐닉해 버린 현대 사회가 이들을 그렇게 만들었을지도 모른다.

나는 의사들이 자비심만으로 사회의 빈곤에 대처해서는 안된다는 점도 잘 알고 있다. 자선이란 그 자선을 받는 사람은 자유롭지 못하게 되고, 베푸는 사람에게는 마음의 구속이 되게 마련이다. 이러한 자비심이 자본주의의 모순인 경제적 불평등의 문제를 해결하는 방법이 될 수 없음도 잘 알고 있다. 그러나 적어도 의료에 종사하는 사람은 가난한 사람에게나 부유한 사람에게나 똑같이 대해 줄 수 있는 마음가짐이 있어야 하고, 더욱이 가난 때문에 생명을 위협받고 있는 집단에게는 솔선 봉사한다는 인간성의 바탕이 의료인이 되기 전에 이루어져야 한다는 생각이다.

과거의 자선적 봉사 활동은 이제 제도적 측면에서 이루어지고 있어 의료보험제도와 같은 사회제도가 책임지는 분야가 되었다. 오늘날은 어느 개인의 자비심에 의존하는 시대가 아닌 것은 확실하다.

우리나라 헌법 34조에는 다음 몇 조목이 명시되어 있다.

1) 모든 국민은 인간다운 생활을 할 권리를 가진다.
2) 국가는 사회보장과 사회복지의 증진에 노력할 의무를 가진다.
3) 국가는 여성의 복지와 권익의 향상을 위하여 노력해야 한다.
4) 국가는 노인과 청소년 복지 향상을 위한 정책을 실시할 의무를 진다.
5) 신체장애자 및 질병 · 노령 기타의 사유로 생활 능력이 없는 국민은 법률이 정하는 바에 의하여 국가의 보호를 받는다.
6) 국가는 재해를 예방하고 그 위험으로부터 국민을 보호하기 위하여 노

력해야 한다.

이상 헌법에 제시된 국민복지는 제도로서 국가복지 사회를 지향하고 있
다. 그러나 국민복지는 반드시 국가에 의해서 만족할 만하게 제도로서 마련
되지는 못한다.

시장경제 사회에서 자본주의의 결점은 극심한 불평등과 빈곤층의 형성이
다. 산업혁명기를 거치면서 발생하는 불평등과 빈곤층 형성에 대해 자본주
의 사회는 부(富)의 재분배를 통해 갈등의 해소를 시도하고 있고, 또 일본처
럼 국가복지제도보다 기업복지제도를 도입해서 사회 구성원 사이의 불평등
과 갈등을 해소하려는 경향도 있다.

또 사회주의는 모든 국민의 경제적 평등을 인간 사회의 복지 정책의 근본
으로 삼고 혁명을 일으켰지만, 복지란 경제적 빈곤의 해결만으로 이루어지
는 것이 아님을 알게 되었다. 또한 사회주의는 경제적 평등이나 경제적 빈곤
에서의 해방을 가져오지도 못했다.

그런데 1백 년 전만 해도 유럽에서 가장 가난했던 북구의 스웨덴은 사회
민주주의를 도입해서 지금 노르웨이 · 덴마크 등과 더불어 가장 잘된 복지
국가로 떠오르기도 하고, 뉴질랜드도 비슷하다. 그러나 이들 나라도 무엇을
해보겠다는 의욕에 찬 사람들이나 무엇인가 해낼 수 있는 뛰어난 능력을 가
진 사람들이 살 곳은 못 된다고 한다. 이 나라들이 가지고 있는 특색은 복지
국가 건설을 위해 정치적 충돌은 피하고 타협 위주로 운영되어 왔다는 사실
이다. 이러한 점은 우리나라처럼 여야의 대립이 마치 훌륭한 투쟁이고 정치
인 줄 착각하고 있는 나라에서는 깊이 배워야 할 점이기도 하다. 스웨덴은
풍요한 사회주의 국가임을 자랑한다. 그러면서도 스웨덴은 산업체의 90%
이상을 민간 기업이 차지하고 있고 사랑이 깃든 자본주의 국가라고도 자랑
한다. 그러나 거기에도 여러 가지 문제가 많다. 1932년부터 6년을 제외하고
는 60년 동안 사민당(社民黨)이 이끌어오면서 복지 국가 건설의 산파역을 해
왔지만, 최근에는 다시 정권이 교체되면서 대표적인 사회민주주의(社會民主

主義) 국가에도 여러 가지 문제들이 제기되고 있음을 알려 주고 있다.

사실 역사적으로 아담 스미스(Adam Smith)나 칼 마르크스(Karl Marx) 같은 많은 학자들은 인류가 인간다운 삶을 누리게 하는 복지제도를 어떻게 하면 가질 수 있을까 하고 많은 연구와 노력들을 해왔다. 우리가 찢어지게 가난했던 시절 풀죽도 겨우 쑤어 먹던 초근 목피(草根木皮)의 생활에서 벗어나 이제 의식주에 궁핍하지는 않게 되었다고 복지 사회에 살게 된 것은 결코 아니다. 사람은 경제만으로 행복해질 수는 없기 때문이다. 가난한 시절에는 경제적 평등이면 복지가 다 해결될 것이라고 생각했다. 그러나 이러한 평등은 오히려 일 안해도 똑같이 평등하다는 경제적 평등 속에서 불평등을 낳게 되었다. 그래서 기회(직업 훈련)의 평등과 같은 평등은 있을 수 있으나, 무조건적인 경제적 평등은 모순과 갈등을 파생함을 우리는 보아 왔다.

사회권(社會權)이란 인간다운 권리의 차원으로 간주하는 데에서 비롯된 것이며, 이러한 사회권은 자유주의 사회를 전제로 한다. 또 자유권(自由權)은 자기의 능력과 희망에 따라 강제받지 않고 자기의 소망을 추구할 수 있는 권리라고 정의한다. 여기에 인간다운 생활 또는 권리는 우선 궁핍으로부터의 자유를 기본으로 하지만, 여기서 경제 개발·기술 개발·민주화 및 생활의 질 향상에 이어지는 사회복지를 생각해야 할 단계에 이르렀다. 다시 말하면 사회복지는 이제 자선·박애 정신에서 비롯하는 구호 사업 수준에서 벗어나 인간다운 생활을 누리도록 하는 데 있다.

과학 기술의 발전과 경제 수준의 향상은 우리 국민의 생활 수준을 높였다고 하지만, 이로 인한 도시화·핵가족·중산층화·민주화 등의 정치 사회적 변화가 인간다운 생활 유지에 어떤 영향을 주느냐를 심도있게 연구해야 할 단계에 왔다. 이제 복지 문제는 비경제적·비화폐적 서비스 위주의 제도적 변화가 요구되는 시대에 이르렀다. 국민이 열심히 일하면서 정신적인 여유와 안락이 기대되는 시대에 진입하고 있다.

복지제도를 구태여 단계적으로 나누어 본다면 다음과 같다.

우선, 최소한의 인간다운 생활 단계인데, 보호받지 못하는 아동·노인·

불구자 · 폐질자 · 임산부 문제에 대한 일들이다. 이어서 탁아, 이에 따른 부부 생활의 마찰, 약물 중독, 알코올 중독, 가정 폭력, 자살 시도, 비행 청소년 문제, 휴양지, 캠핑 시설, 취미 생활 등을 다루어야 한다. 이에 좀더 나아가서 질병 사고의 예방, 청소년 지도, 부모 교육 등에 관심을 가져야 한다. 끝으로 삶의 보장, 충일감, 만족감, 스트레스 해소, 취미 생활을 통한 다양하고 매끄러운 인간 관계 등이 검토되어야 한다.

이러한 사회복지제도가 성취되기 위해서는 상당한 국가 예산이 책정되어야 하는데, 1989년 한국의 복지비는 전체 예산의 4.3%에 불과하다. 이는 싱가포르의 5.76%, 9개 선진국의 11.0%, 22개국 평균 11.2%에 훨씬 미달한 상태이다.

만족스러운 복지 정책을 수행하려면 사회복지 서비스 기능의 활발한 활동을 반드시 전제로 하여 추진되어야 한다. 개인의 잠재력 개발, 가족의 행복에 대한 이해, 노동 의욕의 고취, 의존도 탈피 등을 유발시켜야 하며, 여러 가지 바람직하지 못한 원인 제공을 색출하고 치안 확보가 우선되어야 한다. 최저임금제도가 정착되고, 연금제도도 확립되며, 유료 · 무료 양로원제도도 확립되어야 한다.

나는 전문가는 아니지만 점증하는 사회 불만 · 불안, 그로 인한 각종 범죄 등이 국가 안위에 영향을 줄 만큼 조장되고 있는 시점에서 한 번 생각해 보았다.

최고 관리자

'아는 것이 힘'이라는 말이 있다. 살아가는 데 그보다 더 중요한 것은 없다. 젊은이가 처음에 새로운 것을 좀 알게 되면 세상만사 다 아는 것처럼 느끼게 된다. 어떤 젊은 의사가 인턴 수련을 받으면서 맹장수술 시술에서 교수가 수술하는 것을 어쩌다 한 번 보고 난 후 외과 수술은 아무것도 아니라고 마치 벌써 외과의 대가가 된 것처럼 떠드는 것을 본 일이 있다.

조금밖에 모르면서 많이 아는 체하는 것처럼 위험한 일은 없다. 하급 직원은 많은 일들 가운데 하나를 담당하고 거기에만 종사하는 직분이다. 조금 경험을 쌓으면 네다섯 가지 일을 담당하게 되고, 더 윗사람이 되어 과장이나 부장이 되면 그 기관의 모든 일들을 다 알아야 한다.

하나를 겨우 알면서 모든 것을 다 아는 것처럼 착각하는 하급 직원일수록 민주주의의 의미를 착각하고 자기의 주장이 그 기관 전체에 영향을 주는 것처럼 목청을 돋우는 일이 많다. 어떤 젊은 층은 자기들의 주장이 무슨 회의에서 거론되면 그것이 자동적으로 집행되어야 한다고 생각한다. 또한 그들은 처장·총장·원장이 그들의 주장을 무시한다고 한다. 상의하달(上意下達)만 하고 하의상달(下意上達)이 되지 않는 일은 민주주의에 위반하는 것이라고 열변하는 소리도 들린다.

하의(下意)가 상달(上達)은 되어야 하겠지만, 그러한 하의가 반드시 그 기관의 결정 사항이 될 수는 없다. 하의는 극히 제한된 일면만의 하의이며, 그 기관 업무 집행의 전부가 될 수는 없다. 기관의 장은 언제나 하의를 청취는 하되, 많이 알고 있는 장은 모든 것을 고려하여 최후 결정을 내리는 것이 마땅하다.

그래서 윗사람은 말단의 구석구석도 항상 자세히 파악하고 있어야 하며, 이러기 위해서는 앉아서 보고나 듣고 도장이나 찍을 생각 말고 어느 말단 직원 못지 않게 구석구석 직접 찾아다니며 많이 보고 많이 들어서 전체를 자세히 파악해야 할 것이다. 또 그럴 수 있는 윗사람이라야 하급 직원도 통솔하고 그 기관을 리드해 나갈 수 있다.

〈1992. 3. 21〉

한국 기업의 난관 극복

기업을 살리기 위해 숱한 기업인들이 피나는 노력을 시도하고 있으나, 하루 평균 거의 27개씩 중소 기업이 도산하고 있다. 기업이 안되기 때문이다. 이제 중소 기업측의 문제점들을 살펴보자.

첫째, 자금난이다. 충분하고 여유있는 자금을 마련해 가지고 시작해도 될까 말까 한데, 금융 기관을 통한 막대한 자금 조달이 부채로 그냥 남으면서 기업의 자금 능력을 초과하기 때문이다. 무엇보다도 담보 물건을 금융 기관이 과다하게 요구하는 것은 기업에서 자금을 융통하는 데 크게 부담이 된다.

담보 물건은 곧 자금이 되는 것이 원칙이지만, 100의 담보를 잡아 30~50의 현금밖에 계산하지 않는 것이 금융 기관의 통례이다. 융자를 해줄 때에는 우선 꺾기부터 한다. 1억 원을 융자하면 기업인에게 주는 돈은 5천만 원이 될까 말까 한다. 우선 3천만 원 이상을 곧 다시 저리(부채 금리보다)의 예금으로 떼어놓는다. 1억 원을 얻어 쓰려면 금융 기관 종사자들에게 사례비로 최소 몇 백만 원은 주어야 한다. 기타 각종 수수료가 엄청나게 든다. 복잡하기 짝이 없는 서류 수속은 자연히 비용이 요구된다. 이처럼 담보를 가지고도 금융 지원이 어려운 형편이다.

둘째, 산업 기술 인력, 기능 인력은 턱없이 부족하다. 서비스업이 늘어나면서 웬만한 능력 또는 기능 인력은 힘이 덜 드는 서비스 산업으로 전직해 버린다. 제주도만 하더라도 그 많은 감귤 농장에서 일하던 일꾼들이 거의 모두 우후죽순으로 세워지는 각종 호텔의 수위·기관실 관리원·청소원으로 다 빠져 나간다. 그래서 농장에서 일할 사람이 없다. 생산직 기술 인력의 부족이 1989년 22만여 명(16%)이던 것이 1990년 32만 명(23%), 1991년 36만여 명(25.7%)이 되어 해마다 인력난이 극심해진다.

셋째, 신기술 개발의 어려움이 가속화한다. 자금 지원이 부족한 데다가 개발 요원도 부족하고, 기술정보 수집 노력도 부족하고, 생산품의 판로 확보도 어렵게 된다.

넷째, 극심한 교통난이다. 1990년 한 해에 고속도로에서만 1조 3천억 원의 손실을 가져왔다고 한다. 항만 적체에 의한 손실은 7천억 원이라고 한다. 실례를 들어 포항 제철에서 철강 1t을 서울까지 가져오는 데(470km) 19,270원의 수송비가 드는데 포항에서 오사카까지(688km)는 8,064원, 포항에서 미국 서부까지(5,000km) 25,000원(31달러)이 든다는 사실은 국내 기업의 어려움이 얼마나 큰가를 말해 주고 있다.

다섯째, 중국이 추격해 오고 있다. 중국은 적극성도 있지만 실제로 세계 무역 순위로도 우리나라보다 한 단계 앞선 11위이고, 2010~2012년경에는 세계 최강의 경제 대국이 될 것이라고 한다.

결국 우리나라 경제가 살아남을 길은 금융 지원 방식의 과감한 개혁, 기술 개발을 위한 금융 및 세제(稅制) 지원, 인력제도의 문제점 해결(장기 교육 계획을 포함), 중국과의 협력 모색 등이며, 정부가 의지만 있으면 모두 해결할 수 있을 난관들이고, 또 성급히 기대하지 말고 서서히 해결해야 한다. 이러한 것들은 우리의 능력을 초과한 경제 활동만 아니라면, 예컨대 기간 산업인 도로 · 항만 · 철도 · 전력 · 수력 등의 공급은 자연을 보호하면서 이 땅이 감당할 수 있는 한도 내에서 시간과 의지력을 놓치지만 않으면 충분히 해결할 수 있는 문제들이라고 생각된다.

⟨1993. 2. 28⟩

기술 도약

요새 우리나라 기업들은 인력난과 고임금으로 발전을 못한다고 한다. 동남아의 싼 임금과 풍부한 인력 때문에 우리나라 기업이 발전을 하지 못한다는 것이다. 그러나 우리보다도 몇 배나 더 어려운 인력난과 고임금을 겪고 있는 독일 · 스위스 · 일본은 잘해 나가고 있지 않는가?

말레이시아에서는 이제 골프 캐디를 구하지 못해서 인도네시아에서 수입해 온다고 한다. 90년도까지만 해도 공장의 인력난은 사무실 문 열기 두 시간 전만 되어도 이미 근로자들이 장사진을 쳐 쉽게 해결됐다. 지금은 아무리 광고를 내도 근로자가 오지 않는다고 한다. 촌장에게 부탁해서 겨우 노동력을 구할 수 있을 정도이다.

일본은 자기 나라에서 이미 한물간 설비를 동남아에 설치해 생산 공장을 시작했다. 이제 그 시대는 지났다. 일본이 동남아에 투자했던 시설들이 최신 장비로 바뀌어 생산품을 다시 일본으로 역수출하고 있다. 이제 일본과 동남아는 수평 분업 시대에 들어섰다.

일본의 미쓰비시 첨단과학연구소 소장은 말한다. "오늘날 일본에서 개선이라는 말을 쓰면 바보 취급을 받는다." 일본에서 말하는 개선은 극단적 개선이다. 일본의 전자 업체인 NEC는 한때 연구원들을 공장으로 내몰아 생산 현장에서 기술의 씨앗을 찾게 했었다.

쾌적한 연구실에서 시간을 보내는 기술 개발이 아니다. 일본에서는 이틀에 하나 꼴로 새로운 팩스 제품이 나온다. 동경에서 신제품을 사들고 미국에 도착하면 즉시 구형(舊形)이 되고 만다. 세계 기술 개발은 이만큼 극단적이다. 『2020년』의 저자 데이비즈(Stain Davids)는 지금과 같은 형태의 경제는 2020년에는 끝이 난다고 한다. 지금과 똑같은 비즈니스도 5~10년 후까지 갖고 있으면 안된다.

왜 그런지를 빨리 알아차리는 자가 승리한다. 과거에는 전쟁이 나면 세계의 구리 값이 엄청나게 뛰었다. 그런데 걸프전이 발발해도 구리 값은 변동이 없었다. 엔화나 마르크화가 주로 절상되었는데도 그들은 세계 시장을 잃지 않고 있다.

고임금과 인력난을 이기는 길은 기술 개발뿐이다. 일본은 한국 인력의 1/3을 가지고 철강업을 한국 이상으로 해내고 있다. 수출 방식도 달라지고 있다. 직접 수출보다 현지 생산을 통한 기술 습득과 판매시장 확보가 더 중요해지고 있고, 일본은 내년부터 미국의 현지 자동차 생산량이 일본에서의 직접 대미 수출보다 많아지게 된다고 한다.

실력 있는 중소 기업의 다국적화가 시급하다. 고도 기술과 그에 상응하는 효율적 체제가 요망된다. 외국의 대한(對韓) 투자가 둔화되는 것은 한국이 아무 매력도 없는 나라가 되어가고 있다는 것을 의미한다. 어느 일본 기업인이 한국 공장을 보고 "돈이 줄줄 새어 나가는 것이 보였다."고 했다. 우리가 지금 해야 할 것은 내일을 위한 준비이며, 그것은 곧 기술 개발뿐이다.

〈1992. 4. 17〉

기술 입국과 규제 개혁

일본과의 무역 역조와 기술 이전(技術移轉)이 한국과 일본 사이의 현안 문제로 대두되고 있다. 일본 관리의 말에 의하면, 한국의 한일 무역적자 90억 달러의 90%가 일본서 반제품(半製品)을 수입해다 손질해서 다시 일본이나 다른 나라에 수출한 것이니 무역적자 운운은 말도 되지 않는다고 한다. 또 한국 정부가 산업 기술 이전을 요구하려면 일본 제품(기계 등)을 들여오게 하여 그 제품에는 어떤 기술이 가해졌는지 알아야 하는데도 무조건 일본에서 이런 제품이나 기계를 들여오지 못하게 하니 기술 이전이 있을 수 있겠느냐는 것이다. 이렇게 기술 이전만을 요구하니, 이번만은 총리가 한국 정부에 제시한 바를 양국 실무진이 깊이있게 연구해서 기술 이전이 빈말이 되지 않도록 서로 노력하자는 것이 일본측의 말이다.

이런저런 말로 위법성 또는 불법 등이라고 하고 있지만, 기술 이전이나 무역 역조에 대해 일본 정부에 따지려는 식의 태도는 결코 이해가 가지 않는다. 그 비참한 태도가 더 마음에 들지 않는다. 세계는 기술, 특히 첨단 기술과 첨단산업 기술의 경쟁 시대에 들어갔다. 더 새롭고 가치있는 기술과 산업을 어떻게 발전시키느냐에 국력(國力)이 달려 있다.

우리도 꾸준하게 연구비를 지원하고 과학자들도 불철주야 신기술 개발에 힘쓰면 조만간 선진국을 따라잡을 수 있다. 이러한 노력을 기울이지 않고 남의 것을 거저 얻으려는 의타심만 살아 있는 한, 이 나라의 과학 기술 발전은 희망이 없고 또한 새로운 기술로 만들어진 제품의 수출도 희망이 없는 것이다.

경제 발전이 국가의 최대 지상 과제라면, 정부나 기업은 전력을 투구해서 신기술 개발에 노력해야 한다. 기업이 노사 분쟁·임금 상승·물가 폭등 등을 이유로 투자는 안하고 부동산 투기라도 해서 살아야겠다고 생각하기 쉬운 것을 정부는 인식하고, 이러한 기업의 인식을 올바로 잡아야 한다. 자금이 은행에서 나가 투기에 쏟아지는 것을 빤히 알면서도 눈감아 주는 것은 정부가 투기를 부채질하는 것이나 마찬가지이다.

물가를 잡으려면 확실히 잡아서 물가 폭등을 막아야 한다. 노사 분쟁도 직원 교육 등을 통해 해결하게 해야 한다. 그런데 이러한 노력은 하지 않고 권력층도 그대로 내버려둔 채 기업만 보고 제조업을 살리라고 소리치는 알 수 없는 정부 태도로는 우리나라 산업을 바로잡을 수 없다. 뿐만 아니라 정부는 국민 생산성 향상 등을 도와줄 생각은 하지 않고 툭하면 규제니 세무 사찰이니 하며 정부의 권력 유지에만 눈이 어두운데, 누가 무엇이 안타까워 그 수많은 아니꼬운 규제·단속·사찰·수모를 받으면서 기업을 하려 하겠는가를 생각해야 한다. 사실 정부는 말로는 산업 발전을 해야 한다고 하면서 실제로는 방해만 하고 있다는 것을 국민이라면 알 만한 사람은 알고 있다.

정부의 각성으로 이러한 구조적 병폐를 과감히 뜯어고치고, 기업인들과 허심탄회하게 이 나라 앞날을 설계해야 할 것이다.

〈1992. 2. 22〉

노동 운동 개혁

　근래에 노사 문제가 우리나라의 큰 사회 문제의 하나로 제기되었고, 또 사회 혼란의 중요한 요인으로 작용해 왔다. 그러나 이러한 노사 분규가, 아니 소란 또는 소요 사건들은 노(勞)나 사(使)가 공히 문제에 대한 경험도 없고 교육도 받지 못한 채 일어났다. 두 측 모두 전혀 훈련되지 않은 채 영웅 심리나 출세욕에 눈이 멀어 사회 변혁에 편승해서 노조 운동이라는 탈을 쓰고 평소의 자기 불만 노출로 분규를 일으켜 왔다.

　우선 기업주측을 보면, 가난에서 탈피하려는 데만 목적이 있었던 우리의 과거 현상 때문에 돈만 벌겠다는 데 일차적인 목표를 두었고, 같이 하는 근로자들의 복지 문제를 염두에 둘 생각조차 못했다. 우선 벌어 보자는 의욕은 자연히 졸부들을 만들어 놓음으로써 계층 사이의 거리감 · 차별감을 강하게 부각시키면서 소요를 불러일으켰다.

　다음으로 근로자측을 보면, 근로자의 권리 · 복지와 상관없이 자질도 없는 사람들은 사회 혼란을 틈타 지도자로 자처하면서 군중 심리에 사로잡혀 엉뚱한 실수를 파생시켜 점점 노조 운동을 궁지에 몰리게 하였다. 내부분의 근로자들은 우리나라 대부분의 국민들과 마찬가지로 오랜 역사 동안 독재 권력 앞에 굴복하거나 굴종하는 습관에서 이러한 영웅 심리에 사로잡힌 소위 지도자라는 사람들의 선동에 놀아나기가 일쑤였다. 이들 지도자들은 아는 것도 모자라기 때문에 마치 적화 선동이 노조 운동인 줄 착각하고, 머리에 붉은 띠를 둘러야 노조 운동 또는 근로자를 대변하는 세력이 되는 양 착각하며, 특히 북한 공산 집단에서 흔히 쓰는 이미 지구상에서는 버린 구호를 외치기가 일쑤였다. 또 허위 사실을 유포하여 국민에게 증오감을 일으키고, 공산 혁명을 본따 폭력을 사용하여 소요 사태를 일으키며, 공산 혁명을 모방하여 기업을 파괴하고 기업은 파멸되어야 한다는 슬로건을 앞세우는 과격 내지 광적 소란에 빠졌다. 결과적으로 근로자 복지나 임금 인상의 대화조차 못하게 할 뿐 아니라 그 기업의 능력조차 무시한 채 소란 파괴를 일차 목적으로 하는 소요 난동은 결국 사회의 매서운 지탄과 국민의 혐오감을 일으켰고, 심지어는 국민경제 파멸 직전의 위기까지 조성케 했다.

또 이들의 단체 행동이 집단이기주의로 둔갑하여 집단만 이루면 사회 질서의 모든 것을 파괴시킬 수 있다는 생각으로 자기 기업이나 직장과는 아주 무관한 철로와 고속 도로를 차단하는 일까지 노조 운동인 양 선동하기에까지 이르렀다. 아주 파렴치하게도 정치가들까지 여기에 합세하여 근로자들을 선동하는 현상까지 자아내게 되었다. 그래서 우리나라 노조 운동은 1987년부터 시작하여 1992년까지 거의 완전히 사회적 위신을 추락시켜 노조 운동 자체를 파괴시키는 데 기여했을 뿐이다.

그러나 이제 노조는 올바로 새로 시작되고 건전하게 육성되어야 한다. 기업은 건전한 노조가 그 기업 발전에 절대적 역할을 한다는 것을 확실히 인식해야 한다. 근로자들의 복지 문제에 기업 발전의 제1차적 우선권을 부여한다는 데 초점을 두어야 하며, 모든 직원들에 대한 인권 존중 의식을 절대 조건으로 가져야 한다. 모든 근로자는 물론 전 직원들이 기업 내의 한 가족으로 깊은 사랑과 유대를 가지고 가족적 분위기 조성에 일익이 되는 노조를 활발하게 육성해야 한다.

〈1992. 2. 26〉

의대 증설 반대

의협(醫協)·병협(病協) 등 의료인 단체와 보사부는 의과 대학 증설(增設)을 반대하고 있다. 그들은 90년대 후반에 가면 인구 700~800명당 의사 1인이 되어 의료 인력의 과잉 공급으로 인한 의료 인력의 저질화를 이유로 내세우고 있다. 그런가 하면 지방 대학과 사립 몇몇 전문대에서 의대 신설(新設)

을 강력히 요구하고 있다. 또 7월 22일자 조선일보 사설은 의대 신설을 반대하는 의료 단체의 주장이 타당치 못하다고 하면서, 다음과 같은 사항을 열거하고 있다.

1) 우리나라 의사 1인당 700~800명은 선진국의 460명당 의사 1인에 비하면 아주 많은 숫자이다.
2) 일부 지방 대학은 벽지 지역에서의 의사 인력의 필요 때문에 의대 신설을 요구한다.
3) 종합 병원을 찾는 환자들이 2시간 대기 3분 진료라는 현상이 있다.
4) 의사들의 불친절 · 진료거부 등의 문제가 있다.

조선일보의 사설은 이러한 것을 근거로 들면서 의대 증설의 필요성을 역설하고 있다.

한림대학 부속 춘천 성심병원 개원식(1984. 12. 10)

의학은 사실 아주 고도화된 전문직이어서 특수 교육 과정을 거쳐야 한다. 이렇게 해서 교육된 의사의 인구당 몇몇이 적절한가에 대한 문제는 그렇게 단순히 숫자 놀음만 가지고 해결되지는 않는다. 그 나라 국민들의 건강과 이병률(離病率)·빈발 질병 종류·경제 형편 등 많은 사항들이 관계되는데, 어느 선진국이 460명당 의사 1인이니 우리도 앞으로 선진국으로서 그래야 한다는 논리는 논리의 장난치고는 너무 심하다. 이러한 숫자 놀음으로 국민을 우롱해서는 결코 안된다. 현재 우리나라의 의료에 관한 많은 문제점도 신중히 검토되어야 하며, 많은 대학들이 의대 설립을 요구하는 참된 이유가 무엇인지도 다시 한 번 생각해 봐야 한다. 인구 460명당 의사 1인이라는 소위 선진국의 의사 인력의 문제점도 진솔하게 검토 연구된 뒤에야 숫자 놀음의 장난에서 벗어날 수 있다.

의사 인력은 고도의 전문화한 직업인 동시에 귀중한 인간 생명을 취급하는 직업이다. 이러한 점이 절대적으로 고려되어야 하며, 그만큼 의사 인력에 대해서는 특수 교육 과정을 이수하도록 해야 하고 충분한 대우를 해주어야 한다. 사회주의 국가에서는 인명을 그렇게 중요시하지 않는다. 그래서 의사 인력은 여러 종류별로 분산된다. 의사 인력에 대한 대우는 여행 안내자의 월급 정도나 그 이하이며, 주로 여자들이 택하는 직업이다(이는 중국의 예를 들어 쉽게 알 수 있다). 그 나라의 의료 수준이나 의학 수준은 형편이 없다. 또 큰 수술이라도 받으려면 봉급 의사가 근무하는 문진소(問診所)라는 곳을 찾아 그 의사에게 막대한 돈을 은밀히 지불해야 한다. 그러지 않으면 환자는 제대로 수술도 받지 못하는 실정이다.

3분 진료에 2~3시간 대기는 결코 의료 인력 부족 때문이 아니다. 간단한 감기나 배탈 같은 것은 3분 진료도 필요없다. 1분 진료로도 된다. 그래서 우리나라 의료 전달 체계에서 간단한 병(3분 진료도 되는 병)인 경우에는 개인병원을 이용하라고 하는데도 많은 사람들이 막무가내로 큰 병원만 찾으니 3분 진료에 2~3시간 대기일 수밖에 없다.

큰 병원에서는 모든 환자를 다 진료하는 것으로 모두들 알고 있다. 그러나 큰 병이나 어려운 병을 대하면 의사는 진단하는 데만 3주일 걸리고, 정확한 진단을 위해 밤낮 문헌을 찾고 연구하고 노력하게 된다. 그러니 마치 모든 환자를 3분 진료로 끝내는 것처럼 언론이 국민에게 불신감을 주는 경망스러운 일들은 없어져야 한다.

불친절과 진료 거부가 사회 문제가 되고 있다. 그러나 진료 거부란 간혹 있을지 모르겠으나, 그러한 진료 거부는 의사가 많아진다고 없어지지는 않을 것이다. 또 있다면 의당 법으로 다루어야 한다. 실상 언론에서 대서특필하는 진료 거부란 매도되는 경우도 많다. 즉 그 내용의 진상은 자세히 알아보지도 않고 엉뚱한 판단으로 의료인을 매도하는 기자들이 의료인들에 대한 편협한 감정으로 보도하는 경우가 많다. 언론은 그의 저의가 뭐든 의료에 대한 불신을 제기한다. 그리하여 의료인은 며칠을 두고 수사 기관의 수사 대상이 되어야 한다. 의료인이 이런 치욕스러운 곤혹을 치르는 일이 한두 번이 아님을 언론들은 더 잘 알고 있을 것이다.

불친절은 의사나 의료인이 겪는 가장 곤혹스러운 비판이다. 의료인은 항상 환자들에게 이러한 평을 받지 않도록 노력하고 있지만, 때로는 그럴 수가 있음을 시인한다. 그러나 이것은 결코 의료 인력의 회소 가치 때문이 아니다. 만일 의료 인력이 많아 의사가 환자를 구걸하고 다니면서도 대우도 받지 못하는 직업이 될 경우, 우리나라 의료가 형편없이 저질화할 것은 틀림없다. 환자는 알 권리가 있고 의사는 친절해야 할 무거운 의무가 있음은 두말할 나위가 없다. 이것은 결코 의사 인력의 숫자 문제가 아니고 교육의 문제이며, 의료인의 인격·사명 의식의 문제임을 명백히 하고 넘어가야 한다.

또 여러 대학이 의대 신설을 요구하는 이유 가운데 하나는 가령 서울에서는 주로 시립 병원들의 의사 인력 보충 문제, 지방 대학에서는 그 지방 병원 의사 충원 문제를 들고 있다. 그러나 서울에는 이미 과다한 숫자의 의대가 있음은 누구나 부인하지 못할 것이며, 또 각 지방에도 제주도를 제외한 각 도에 의대가 있다. 그러므로 의료 인력 수급을 위해 의대가 신설되어야 한다는 것은 이유가 될 수 없다. 만일 혹시라도 그럴 필요가 있다면(사실 그럴 필요는 없지만), 이미 각 도에 설립되어 있는 의대를 증설하든가 위탁생 제도를 만들 수도 있는 것이다. 사실 여러 대학이 의대 신설을 요구하는 이유로 든 것은 모두 적절한 이유가 되지 못하며, 각 대학들은 의대가 있어야 위상이 높아진다고 생각해서 억지로 이유를 붙여 의대 신설을 요구하고 있다.

의대 설립에는 엄청난 예산으로 고급화한 의료 인력 교육을 책임질 많은 의사 인력 구비라는 풀기 힘든 과제가 있음을 알아야 하고, 또 막대한 자금이 소요됨을 인식해야 한다. 자금은 정부가 대줄 것이고 적자도 정부의 책임일 터이니 의대만 설립하겠다는 안이하고 성숙하지 못한 태도로 이러한 요구를 해서는 안될 것이며, 더구나 대언론이 자세한 연구도 없이 국민을 현혹시키는 논거를 펴서는 안될 것이다.

〈1992. 7. 28〉

1993년, 이제 새롭게 태어나자

1993년은 우리에게 새로운 변신을 요구하고 있다. 우리나라 경제는 바닥까지 떨어졌다. 국민들은 정치의 완전한 탈바꿈을 요구하고 있다. 군사 독재는 이제 사라졌고 문민 정치가 열리고 있다고 한다.

북쪽의 남침 능력도 쇠퇴해 가고 있다. 더 이상 안보를 핑계삼아 어떤 변명도 하기를 거부한다. 사회의 모든 일에 대한 불만과 불행의 표출도 이제 한 시대가 지났고, 수년 전의 그 무서운 투쟁도 이제 희화화해 가고 있다. 우리는 현재에 안주할 수 없다. 어느 누구에게도 그 책임을 미루지 말고 모두 내가 나 자신의 일을 책임져야 한다는 생각으로 탈바꿈하자.

교통이 혼잡하다고 서로가 그 책임만 미루지 말고 과감한 치유 방법을 생각해서 처리하면 된다. 문제는 교통 체증을 어떻게 해결하느냐는 데 있다. 그 해결에 따른 어떤 불평이나 이유가 문제될 수 없는 상태에 왔다. 5부제나 3

부제를 과감히 실시하여 위배하면 엄청난 벌금을 물리면 된다. 왜 개인의 자유를 억압하느냐, 왜 자동차세를 그냥 받느냐 등의 불평은 누구나 다 할 줄 안다. 혼자만의 권리를 주장할 줄 알고 혼자만 똑똑한 줄 알아서는 안된다. 문제의 교통 체증을 없애는 데 그 목적이 있으니, 그 목적을 위해 모두 생각을 바꾸어야 한다.

이제 미온적이거나 남의 눈치나 살필 때가 아니다. 이 나라는 끝까지 왔다. 이제 우리는 어떤 것을 희생해서라도 다시 일어나야 할 때이다. 방사선 필름의 처리 문제가 병원마다 큰 골칫거리가 되고 있다. 그러나 필름 제조 판매 회사인 코닥과 후지가 필름을 없애는 컴퓨터 매체를 개발했다고 한다. 이만저만한 변신이 아니다. 이러한 과감한 변신이 없이는 21세기에 대처할 수가 없다. 병원도 환자가 많다 적다를 따질 때가 아니다. 환자의 수보다도 의료의 질적 도약을 우리가 다 같이 꿈꿀 때이다. 정부나 의료 단체에 그 책임이나 업무를 미룰 것이 아니라 우리 자신의 개혁이 필요한 때이다.

대학은 정부에 기대어서 입시 문제의 해결을 기다리고 있을 때가 아니다. 과감하고 소신있는 우리 대학 스스로의 변신이 요구된다. 교육의 대임(大任)은 정부 눈치만 보는 데에 있지 않다. 원만한 상대 관계와 인간 관계를 위해 그럴 수밖에 없지 않느냐 따위의 고리타분한 변명은 이제 신물이 난다.

나라의 교육을 위한다는 절대 목표를 수행하는 데에 나 자신부터 바꾸어 나가야 한다.

〈1993. 1. 4〉

5. 교육

인격 형성의 기초는 해야 할 일과
해서는 안될 일을 분간할 줄 아는 것이다.
올바른 역사관과 국가관을 가지고
떳떳하고 정정당당하되 결코 비굴하지 않아야 한다.

가정 교육

교육은 학교에서만 하는 것이 결코 아니다. 학교 교육·사회 교육의 기초는 어디까지나 가정에 있어야 한다. 그만큼 부모의 역할이 크다. 학교 교육, 적어도 지금 우리나라의 학교 교육은 일그러질 대로 일그러졌다. 그렇기 때문에 가정 교육은 학교 가기 전만이 아니라 학교를 다닐 때에도 중요하다. 가정에서의 훈련은 아주 중요할 뿐더러 많은 시간을 이용할 수 있기 때문이다.

가정에서는 적어도 아이가 자라 한 시민으로서 시민 사회에 섞여 살 수 있는 자질을 길러 주어야 한다. 이것을 시민 의식의 형성이라고 해도 된다. 적어도 시민 사회에서 나에게만 집착하는 이기주의 교육이 없어져야만 그 사회에서 행복한 시민으로 살 수 있다. 시민 사회에서 한 시민으로 살기 위한 것이 아니라 지도자가 되게끔 가르쳐야 한다는 착각을 하는 사람들이 많다.

사회에서는 지도자건 누구건 나 혼자만 사는 것은 아니다. 요새 흔히 보는 부모의 과잉 보호는 애들을 무기력하게 하면서도 이기주의에 빠지게 한다. 남이야 어떻든 나만 위하면 된다는 식의 교육은 완전 실패한 시민을 길러 낼 뿐더러 이 다음 성장해서 엄청난 절망을 겪게 한다. 자식이 하나니까 밖에 나가 놀다 다칠까, 동네 애들과 싸울까, 더러운 애들한테 병이나 옮지 않을까, 나쁜 버릇이나 배우지 않을까, 이런 저런 걱정 때문에 애를 집안에만 꼭 가두어 엄마 치마폭 속에서 자라게 하려는 경향이 있다. 참 기가 찬 교육일 수밖에 없다.

여럿이 같이 사는 것이 사회이다. 나 혼자 살 수는 없다. 어울리는 습관을 길러 준다는 것은 지극히 중요하다. 학교 가면 애들과 어울려 노니까 일단 집에 오면 나가 놀지 못한다는 식은 안된다. 학교에서 선생들의 통제 아래 어울리는 것과 다르다. 자유스러운 어울림을 자기 스스로 가져야 한다. 공동체 의식을 심어 주어 나는 나만을 위하는 것이 아니라 내가 사는 집단 사회 또는 그 안의 남을 위해서도 살아야 한다고 배워야 한다. 이기주의는 가족주

의 · 당파주의밖에 기르지 못한다. 공동체를 가르치는 교육을 넓게 시켜야
한다.

〈1992. 2. 13〉

자녀 교육

요새 맞벌이 부부가 많아지면서 자연히 문제가 되는 것이 어린이 교육이
다. 어린애를 낳으면 집에서 할머니나 애 보는 아줌마에게 맡기는 수가 많다.
집에서 할머니에게만 아이의 교육을 맡기는 것은 아주 위험한 일이다. 이러
한 어린애는 육체적 양육에서는 과(過)영양의 위험 외에 별 걱정이 없겠으나,
할머니한테 '오냐, 오냐' 만 알고 자라 자립심이 결여돼서 저런 꼴이 되었다
는 말을 많이 듣는다. 이것은 아주 심각한 문제이다. 말하자면 어린애는 할머
니의 손자 사랑 때문에 버릇이 없게 되고 무엇이든 졸라대는 의타적 성질이
강해진다. 그러다 보면 할머니의 거의 무절제한 보살핌으로 아이들의 건강
조차 나빠지게 된다. 때로는 아이들을 보육원이나 탁아소에 맡기는 수가 있
다. 엄마가 없어 외로워도 혼자 있는 것이 습관이 되어 엄마 사랑이 아이들
에게 느껴지지도 않고, 엄마도 아이들에 대한 사랑에서 극히 형식적이기 쉬
우며, 참다운 모정을 키울 수 없다.

이러나 저러나 어려서부터 아이들의 기본 교육은 반드시 필요하다. 아이
들을 통제하는 획일적 교육이 나쁘다고 주장하는 사람도 있지만, 인간으로
서 갖추어야 할 기본적 인격의 기초는 있어야지 사람을 동물처럼 방임 교육
을 시킬 수는 없다. 어른들에게 인사하기는 기본 교육이다. 아이들이 엄마의
애정 없이 키워질 때, 그 아이들은 자연히 자기 방어에 힘쓰게 되며, 자기 물
건에는 절대로 남이 손을 대지 못하게 하면서 남의 물건에는 몰래 손을 대게
된다. 그들에게는 남의 것도 존중하고 내 것도 서슴지 않고 빌려주는 습성이

필요하다. 또한 옷을 깨끗하고 단정히 입는 습관도 키워야 하고, 말하는 법을 가르쳐서 상스러운 못된 말은 못하게 해야 한다. 싸움을 잘하고 남을 때리기 좋아하는 습관은 억제하도록, 남에게 굴종하는 버릇은 없게 한다.

아이가 초등학교에 가게 되면, 맞벌이 부부는 학교에서 일찍 돌아오는 아이들을 저희들끼리 방치해 두기 쉽다. 고운 말 쓰게 하기, 남에게 나쁜 말 쓰면 고쳐 주려고 노력하기, 인사를 잘하게 하기, 자기 책이나 장난감을 잘 정돈하고 간수하게 하기, 일과를 꼭 정해서 무리하지 않은 범위 내에서 매일 자기 할 일을 반드시 끝내고 놀게 하기, 놀이터나 노는 장소를 정해 주되 교통이 번잡한 곳이나 복잡한 음식점·만화 가게 등에 접근하지 않게 하기, 이러한 습관을 아이가 평소에 익히게 해야 한다.

시간이 나는 대로 부모는 직장 때문에 애들을 돌보지 못한 것을 보충하기 위해서라도 아이들을 데리고 박물관 등을 찾아 역사 교육과 정서 교육을 시키면서 아이들에게 부모의 애정을 전달해 주어야 한다. 어려서부터 식사 예절을 배우게 해야 하고, 손님들이 집에 찾아왔을 때 인사하게 해야 하고, 어른들에게 말참견하지 않게 하며, 조용히 놀거나 책을 읽는 습관을 키워 주어야 한다.

〈1992. 4. 9〉

부모의 자식 교육

좋은 토양은 곡식을 풍성히 자라게 한다. 여기에는 물론 많은 공기와 적당한 온도가 있고 자상한 보살핌도 있어야 함은 물론이다.

사람이 자라는 데도 마찬가지이다. 토양은 어머니와 같다. 항상 자식을 품 안에 안고 있다시피 젖을 먹이고, 옷을 입히고, 몸을 닦아주고, 노래를 불러 주고, 말을 가르친다. 어머니는 이렇게 아이를 온갖 정성을 다해 키운다. 그러나 이 어머니의 정성은 아이가 커 가면서 때때로 일그러진 모습으로 변형되는 수가 있다. 말을 잘 듣지 않는다고 매질하거나 공부를 하지 않는다고 미워하는 것은 좋게 생각하면 아이를 사랑하기 때문이겠지만, 이러한 마음가짐이나 행동이 아이에게 어떤 영향을 줄지도 신중하게 생각해야 함이 어머니의 본분이다.

어머니가 어린애와 관계없이 하는 모든 말투나 행동도 아이는 보고 들으며 크게 상처를 받기도 하고 크게 배우기도 한다. 어머니가 상스럽게 많은 말을 하거나 허영에 빠져 화장을 짙게 하고 옷을 남달리 사치스럽게 입거나 하는 일들은 애들이 다 보고 느끼게 되는 일들이다. 항상 교양있고 자신있고 사랑에 넘치는 고매한 마음가짐은 아이에게 좋은 본보기가 되고, 아이들이 이를 보고 자라면서 어머니를 사랑하고 존경하게 된다.

아버지는 마치 곡식이 자라나게 하는 맑은 공기와 바람과 햇빛과 같다. 아버지는 자식들의 빛이며, 자식들이 갈 길을 비추어 주는 거울이다. 말 한 마디 행동 하나가 자식들에게 무엇을 가르쳐 주는가를 항상 잊어서는 안된다. 아버지는 술을 함부로 마셔 절제를 잃어버리는 언행을 해서는 안되고, 마구잡이로 욕질하면서 아내를 학대하는 저질 남편이 되어서도 안된다. 이러한 행동들을 함으로써 아내나 자식들로부터 존경받지 못하면 빛을 잃는 것과 같다. 풍부한 지식과 높은 교양은 부모 모두 항상 힘써야 할 일들이며, 돈을 벌어 자식을 기르는 것은 당연한 것이거늘 자식 때문에 부모가 고생한다는 따위의 치사한 자랑거리를 결코 자식들에게 해서는 안된다.

자식이 잘못되고 잘되고는 부모의 영향이 큰 것임을 우리는 항상 잊어서는 안될 것이다.

〈1992. 5. 28〉

청결과 질서

요즘 우리나라 젊은 대학생들에게 부탁하고 싶은 것이 있다.

주위 환경을 깨끗이 하는 청결 운동에 앞장서자.

깨끗함은 문화의 근간이다. 무엇이든 거기에 질서가 있어야만 깨끗하다. 자동차도 주차할 수 있는 곳에 있어야만, 교통이 복잡해지지 않는다. 길거리에 쓰레기·담배꽁초·빈 깡통이 마구 버려져 있으니, 우리는 문화인이 아니다.

대학 구내부터 깨끗이 하자. 벽보 선전물은 붙일 곳에 붙여야 한다. 아무 데나 마구 붙여 학원을 추하고 더럽게 만들지 말자. 벽보를 붙일 자리가 없으면, 벽보판을 더 만들어 달라고 학교에 요청하라. 요새 대학생에게는 치외법권(治外法權)이 있다는 엉뚱한 망상에 빠져 있는 사람들도 있다. 벽보를 아무 곳에 붙이는 행위를 대학생의 자유라고 하는 이론은 어느 세계에도 없고, 어느 상식에서도 용납되지 않는다.

대학은 지성의 요람이다. 그러니 대학생은 부끄러운 짓을 하지 말아야 한다. 쓰레기통을 여러 군데 만들어 꽁초나 휴지를 반드시 쓰레기통에 버리도록 하자. 이러한 운동은 대학에서만이 아니고 사회나 자기 집에서도 벌이는데 선봉이 되어 우리나라 전체를 깨끗한 환경으로 만들자.

나는 우리 대학 초창기에 일본의 유수 대학을 시찰할 기회를 가졌다. 그때 오카야마(岡山) 근처에 있는 가와사키(川崎) 의대라는 곳을 찾았다. 이 대학은 가와사키라는 의사가 병원을 해서 번 돈을 내놓아 육영 사업으로 시작했다고 한다. 여기에 우리 대학 교수들 7~8명이 갔는데, 만나는 학생들마다 어디에서나 깎듯이 인사하고 지나가는 것을 보고 실로 감탄했다. 나중에 학장에게 물었더니, 이 대학에서는 개교 초부터 재단 이사장이 웃어른에 대한 공경을 비롯한 질서 지키기를 대학의 근간 이념으로 삼아 왔다고 한다. 윗사람 (스승이나 내부·외부를 막론하고 윗사람, 즉 나이 많은 사람)에게 인사할 줄 모르는 학생은 특별 교육을 시키게 되어 있고, 그래도 시정하지 못하면 퇴학시킨다는 것이다. 참으로 아름다운 풍경이었다.

요새 대학을 위시해 사회에서도 학생들의 데모나 근로자들의 노동 운동이 집단화하면서 자기와 아무 관계없는 타인에게까지 막심한 피해를 주는데도 그것이 집단 행동이기 때문에 방치할 수밖에 없다는 착각에 빠진 사람이 많다. 학생들의 데모에서는 그 시위 학생 수보다 월등히 많은 학생들이 교실이나 도서관에서 조용히 공부하고 있는데(이런 일이 또 대학의 본분이기도 한데)도 바로 그 창문 밖에서 스피커를 들이대고 소리 지르고 노래를 한다. 그러한 행동은 극도의 이기주의라 아니할 수 없다.

근로자들의 시위도 이와 마찬가지이다. 봉급 인상을 요구하는 시위에 자기 기업과 상관없는 고속 도로를 차단하거나 도로를 마구 점거하면서 집단 시위를 벌이는 것은 아무리 생각해도 결코 칭찬받거나 이해받을 수 없는 야만적 행동임에 틀림없다. 이러한 행태를 집단이기주의라고 표현하는데, 이렇게 자기만 알고 남은 생각하지 않는 저열한 이기주의는 이 땅에 결코 뿌리 내려서는 안된다.

〈1992. 4. 22〉

타율적 교육 유감

자기 일은 자기 자신이 해야 하고, 자기 공부는 스스로 의욕을 가지고 해야 한다. 더욱이 교수가 공부하는 법을 가르치고 공부하는 길을 열어 주면, 학생들은 'Learn how to learn'을 배워서 스스로 공부해야 한다. 그런데 그것이 큰 문제이다. 학생들은 시험·재시험·유급·제적 등의 위험이 없이는 스스로 공부하려고 하지 않는다. 교수들 또한 그러한 방식의 교육을 받아온 사람들이라 학생들에게 스스로 공부할 수 있는 습관을 기르게 하지는 않고 무조건 강제로 학문을 주입시키는 방법밖에 모른다.

요새 외압(外壓)이라는 말이 있다. 대통령 후보 경선(競選)에 나선 어떤 사람이 외압을 넣지 말라고 불평하는 것을 들으며, 이 사람도 어려서부터 어지간히 외압받고 자라 온 사람이구나 하고 혼자 고소하게 생각한 적이 있다.

우리 가정에서는 많은 주부들이 어린애들에게 아주 어려서부터 온갖 외압을 가한다. 달래기도 하고, 치켜세우기도 하고, 욕도 하고, 매질도 해가면서 학교서 오자마자 먹을 것 주고는 줄곧 피아노다, 태권도다, 수영이다, 그림이다 하고 밤늦게까지 몰아치니 아이들은 할 수 없이 끌려 다닌다.

학교에서도 마찬가지이다. 선생님은 초등학교 저학년부터 한 보따리의 숙제를 내준다. 방학 때도 마찬가지이다. 도대체 이러한 교육은 아이들에게 무엇을 얻게 하고, 또 어떤 결과가 그 아이에게 미치는지조차 깊이 생각하지 않는 것 같다. 더욱이 외국어도 그렇다. 초등학교 1~3학년에 외국에서 배웠던 외국어도 한국에서 고등학교만 가면 깡그리 잊어버린다. 이런 것만 봐도 초등학교 초기부터 너무나 큰 외압을 아이들에게 주는 것은 백해무익하다. 그렇게 하지 않고는 좋은 중학교나 고등학교에 가지 못하니 할 수 없지 않느냐고 하지만, 고등학교 진학도 이런 관점에서 깊이 성찰할 필요가 있다.

고등학교에서도 이런 식으로는 대학에 떨어진다는 악담과 위협을 앞세워 학습을 강요한다. 이러한 습관에 젖은 아이가 대학에 들어왔다고 스스로 공부하는 기풍을 키운다는 것은 여간 힘든 일이 아니다. 요즘 어린 초등학교·중학교 학생들의 자살이 사회 문제로까지 번지고 있다. 이러한 심각한 상황은 선생이나 부모 모두 진지하게 생각할 문제이다.

결국 이런 식으로 교육받은 청소년들에게는 자립 의식이 없다. 무엇이나 남에게 의존하고, 무엇이건 남의 탓으로 돌리려고 한다. 대학을 졸업하고 나이 삼십이 넘은 자식을 취직시키려고 늙은 부모들이 찾아다니는 것을 보고 부모가 죽으면 저 청년은 어떻게 살려는가 하는 걱정도 앞서고, 자신의 인생을 남이 대신 살아 주는 자기 상실을 보면 참으로 근심스럽다.

〈1992. 5. 15〉

교육의 핵심

우리나라 각종 학교가 고쳐 나가야 할 일은 하나 둘이 아니고, 또 그것이 올바른 교육의 양성에 얼마나 큰 영향을 주고, 그것이 장차 우리나라 운명에 크게 영향을 끼친다는 사실을 인식해야 한다. 행정부는 획일적 사고에서 과감하게 탈피해야 하며, 치사하게 붙잡았던 권력을 놓기 싫어해서는 안된다.

각급 교사들은 폭 넓은 지식 습득에 게으르지 말고, 기법에 대한 식견을 넓히고, 스스로 생각을 하여 학생들에게 귀감이 될 인격자가 되어야 한다. 그뿐만 아니라 사회와 동료들로부터도 존경받고 서로 격려해 주는 인격 수양

한림대학 개교기념식(1982. 3)

에 힘쓰고, 학생을 사랑하고 존중할 줄 알며, 학생 한 사람 한 사람에 대해 깊은 관심을 가지되 제도권 교육의 틀에 빠지지 말아야 한다. 그렇게 해서 권위주의에서 탈피하고 자유민주주의가 무엇인지 몸소 실천하며 학생들을 지도해야 하며, 자신이 가르친 것을 스스로 실천하겠다는 마음 자세를 잃지 말아야 한다.

교육은 학생들이 앞으로의 인생을 살아가면서 해야 할 일과 해서는 안될 일에 대해 삶의 올바른 가치관을 갖게 하고, 남을 존경하고 사랑하는 것이 스스로에게 하는 것처럼 하게 하며, 자유민주주의의 사랑을 몸소 체험하게 해야 한다. 또한 교육은 학생들이 급우와 사랑하는 마음을 키워 주고, 서로 의지하고 단결하는 정신과 강인한 의지력을 배양해서 올바른 국가관과 역사관을 가진 자긍심 있는 인간이 되게 해야 한다. 또한 주입식 교육에서 탈피하여 흥미 위주로 자발적 지식과 경험을 습득하게 하고, 호기심을 부양시켜 자질의 발휘와 표현력의 향상을 꾀하며, 경쟁 의식에서 탈피하여 사물을 제대로 이해하는 데 기초를 두게 하며, 건강한 체력을 양성하게 해야 한다. 결국 교육은 학생들이 넓은 시야를 가지고 문화 세계를 폭 넓게 경험하게 해야 한다.

또한 민주주의를 배워 다양성을 이해하도록 육성해야 한다. 항상 깨끗하고 참을성 있고 질서를 지킬 줄 아는 학생이 되게 해야 한다.

〈1992. 2. 25〉

자유의 한계

사람들은 자유를 갈망한다. 더욱이 젊은이들은 누구의 간섭을 싫어하고 억제하기 힘든 욕구를 충족시키기 위해 자유를 찾는다.

오랜 역사를 통해 많은 철학자들이 인간이 가질 수 있는 진정한 자유의 개념에 대해 연구해 왔다. 근대에 와서 합리적 자유주의라는 말이 나오기 시작했다. 민주주의 시대의 자유란 다수결에 의해서 다양한 의견의 수렴을 하여 그 집단이 정해 놓은 규범을 지키는 한도 내에서의 자유를 말한다. 또 하나는 역사적으로 그 사회가 오랜 전통 관습으로 지켜지는 예의 · 에티켓 · 매너 등의 틀 안에서 지켜지는 자유이다.

그러나 이 두 경우 모두 자기의 자유로운 언행이 남에게나 그 소속 집단에게 해를 끼칠 때에는 엄격히 규제받게 된다. 그런데 이러한 자유의 개념은 완전히 무시한 채 자유를 찾는 우스꽝스러운 현상이 사방에서 속출하고 있다. 특히 집단 행동은 어떤 규제를 완전 무시하며 소위 집단이기주의의 양상을 띠게 된다. 그것은 자기와 무관한 타인이 어떠한 피해를 입건 자신의 목적을 위해서는 그 타인이 희생되어도 된다는 식의 사고 방식으로 전개된다.

바로 옆의 학생들이 강의를 듣는 강당 옆에서 "이것이 혁명이다" · "이것이 개혁이다"라고 꽹과리 치고 연설하고 악을 쓰며 조금도 부끄럽게 생각하지 않는다. 남이 강의를 듣지 못하건 어떤 피해를 입건, 그것은 자신의 목적 달성을 위해서는 희생되어야 마땅하다는 생각과, 적어도 자신이 하는 일은 그것이 폭력이건 소란이건 누구한테서도 방해와 억제를 받을 수 없다는 생각이 바로 이기주의이다. 이것은 세상의 어떠한 행동보다도 가장 추악한 생각이다.

또한 군이나 경찰도 마찬가지이다. 최루탄을 마구 쏘아 대면서 불법 군중을 해산시키겠다는 구실은 좋지만, 이와 같은 또는 이와 비슷한 경찰의 폭력 행동은 그 주된 목적 달성을 위해 군중 집회와 아무 관련이 없는 주변의 조용한 선량한 국민들이 얼마나 피해를 입는지는 꿈에도 생각지 않고 자기 목적만을 달성하겠다는 행동이다. 이와 같은 이기주의나 관권(官權)의 일방적 권위는 마치 불법 군사 쿠데타와 똑같다. 폭력이나 무력으로 자기 의사를 강요하는 것은 군사 쿠데타와 다를 것이 없다.

그런데 재미있는 것은 앞에서 말한 군중 시위자나 이와 유사한 이기주의자들이 하나같이 군사 쿠데타를 욕하고 비판하고 있다는 사실이다. 다시 말해 군인들은 이러한 일을 해서는 안되지만 학생들이나 노동자들은 똑같은 일을 해도 된다는 식의 생각은 아주 저속한 사고이다. 남에게 해를 끼치면서 자기의 의사만을 관철하려는 이와 같은 행동은 인간의 자유를 무시하는 행동이다.

이러한 인간의 기본적 자유조차 무시하는 어떠한 행동도 결코 용납되어서는 안된다.

〈1992. 3. 14〉

대입 혁명

우리나라의 대학입시 개혁은 자연히 중고등학교 교육에 크게 영향을 주게 된다. 그러기에 나는 대학입시 제도의 일대 개혁을 강력히 주장한다. 초등학교를 포함하여 중고교 교육에서는 '사회의 변혁에 대하여 주체적으로 대응할 수 있고, 여유있는 마음으로 씩씩하게 살 수 있는 소질을 육성' 해 주는 것이 필요하다.

여기에 항상 문제가 되는 것이 전교조에서도 주장하는 획일성 교육의 지양이다. 자유인으로서의 인간, 그러기 위한 개성의 중시는 지극히 필요하다. 적어도 고등학교 학생들에게는 선택의 기회를 주어야 한다. 거기서 항상 문제되는 것은 교육의 자유성이다. 개성이 중시되는 대명제에 자유는 우선되어야 하지만, 자유에는 반드시 자율이 뒤따라야 하고 인간 행동에는 반드시 책임이 동반되어야 한다.

인간에게는 기초 학력이 반드시 필요하다. 초등학교에서는 읽고, 쓰고, 발표하고, 셈하는 교육이 반드시 이루어져야 하며, 청소년들이 주체적으로 판단하고 해독할 수 있는 능력을 양성시켜 줄 필요가 있다. 세계사 · 한국사 · 지리 · 윤리 · 경제도 기초 지식으로 가르쳐서 확고한 국가관과 올바른 역사관을 가질 수 있게 해야 한다.

학교 교육은 초중고교뿐 아니라 대학에서도 선생에게서 배우는 것이 참으로 재미있다고 학생들이 느낄 정도가 되어야 한다. 교사나 부모가 억지로 몰아세워 이루어지는 교육은 절대적으로 개편되어야 한다.

이러한 관점에서 대학 입시는 대학 수학에 필요한 학력을 가진 자를 선발하면 된다. 그래야만 배움을 얻고 배우는 데 기쁨을 가질 수 있다. 한국의 대학은 들어가기는 힘들어도 나오기는 쉽다고 한다. 대학에 들어올 수 있는 기초 능력과 품성만 있으면, 대학 입시는 그것으로도 충분하다. 힘든 입시 준비는 이제 그만두어야 한다. 그것은 결코 교육이 아니다. 과중한 과외 공부에다 사설 학원의 교육을 받으면서 밤 12시가 넘도록 독서실에 다니며 강제로 몰아세우는 교육을 받은 학생들이 대학에 들어와 무엇을 저지르고 있는지 국가는 똑바로 보아야 한다.

이런 의미에서 나는 고교의 내신 성적만으로 입시를 치를 것을 주장한다. 몇 등급 이상만 되면 지원생의 품성·적성만 테스트해서 입학시키는 제도가 정착되어야 한다. 고교 수준이 다양한 데 따르는 문제는 지금까지의 각 고교의 대입 합격률 및 기타를 참작해서 감안할 수 있다. 그것이 절대적 기준이 될 수 없다는 사람들이 있겠지만, 다시 주장하건대 대학에서의 학습 능력만 있으면 되지 시험 점수 몇 점에 얽매일 필요는 없다. 물론 이러한 제도가 여러 가지 문제를 노출시킬 수도 있다. 그것은 그 나름대로 시간을 두고 시정해 나가면 된다.

이러한 내신 성적 위주의 입시제도는 고교의 모양새를 아주 바꾸어 놓는 계기가 된다. 다시 공부하고 연구하면 고교 교육의 개혁은 우리나라 교육제도에 일대 혁신을 가져올 수 있다. 어느 한 대학이 먼저 시작하자. 그래도 큰 실패는 없을 것이다. 과감한 개혁은 뚜렷한 신념에서 이루어지며, 뚜렷한 신념은 확고한 실천력이 뒷받침되어야 한다.

〈1992. 4. 18〉

대학의 본분

우리나라 대학은 상아탑이 아니고 우골탑이라고 하는 사람이 있다. 학문을 한답시고 남의 것, 특히 외국 것 베껴 먹기 일쑤였다. 외국에 갔다 왔다는 것이, 더욱이 외국서 학위를 따왔다는 것이 학문과 교수의 상징이 되고 있다. 또 그래서 미국파 · 일본파 · 유럽파 등으로 학파도 나뉘고 있다.

자연 과학 분야는 100% 그렇다 치더라도, 인문 과학마저도 그 이론이나 실제가 그들이 공부한 곳과는 전혀 다른 우리나라에서도 모든 것을 외국 것 본떠서 복사하는 것 이상을 못하고 있다. 심지어 우리나라 국학마저 일본이나 미국이 조사한 내용에 미치지 못하고 있다.

연구를 못하는 사람들이 연구소도 없고 시설이나 자료도 부족한데 제대로 연구할 수 있느냐고 한다. 다른 한편에서는 그들에게 연구를 하겠다는 의욕이나 있어야 연구비도 줄 수 있는 것이 아니냐고 한다. 또한 그들에게 연구할 생각이 꿈에도 없는데 무슨 시설이나 자료가 필요하냐고들 한다. 이러한 악순환만 거듭하는 것이 우골탑의 실상이다.

도서관에 미국에서 도서관학 박사학위를 취득한 사람을 데려왔다. 이 사람이 교수들에게 필요한 외국 잡지를 주문해 주겠으니 목록을 내라고 했으나 외국 학술 잡지(자기 전공 분야) 이름조차 적어 내지 못하더라는 보고를 받은 일이 있다. 그런데도 그들은 연구비 타령은 빼놓지 않고 있다. 이러한 우골탑 교수들은 그래도 교수라고 툭하면 반핵 운동이나 하고, 총장만은 자기 손으로 뽑아 교수 손에 놀아나는 총장을 만들겠다고 주장하는 난센스들도 있다.

그러나 이러한 비판과는 거리가 먼 교수들도 있다. 실제로 학문 연구에 깊이 몰두하면서 심야에도 연구실에 불이 켜 있는 곳이 많다. 그들은 많은 도서나 컴퓨터를 사 달래서 쉬지 않고 자판을 두들기는 성실하고 존경받는 교수들이다. 이러한 많은 교수들 틈에 엉터리 교수들이 섞여 들어 미꾸라지 흙

탕물 만들듯이 대학의 체면을 마구 깎아 먹는다.

하루속히 대학은 제자리를 찾아야 한다. 그러기 위해 미꾸라지 같은 교수들은 하루빨리 축출되고, 학문 연구에 진지한 교육자인 교수들로 대학이 채워지고, 그러한 존경스러운 교수들을 본떠서 그에 걸맞는 학생들로 대학이 메워져야 한다. 그럴 때 이 나라의 앞날은 빛을 보게 될 것이다.

덧붙여 하나 더 말하겠다. 몇 년 전에 일본 도쿄대학 법학부 교수 한 분을 만났다. 그분은 일본 석학들의 존경을 받고 있는 분이다. 오십을 바라보는 나이이지만 돈벌이만을 아는 것은 윤리에 어긋난다고 하면서 일요일에도 대학 연구실에 나와 산다고 하기에 그 이유를 물었더니, 집이 너무 비좁아 책상 놓을 자리가 없어서 대학 연구실에 나온다는 말을 들었다. 그가 과연 일본의 오늘을 만드는 사람이구나 하며 스스로 머리가 수그러짐을 느꼈다.

〈1992. 2. 16〉

대학의 사명

대학의 사명은 교육 · 연구 · 사회 봉사라고 한다. 대학은 훌륭한 인재를 양성해서 사회에 공급하고, 인류 문명을 발달시키는 각 분야의 학술 연구를 통해서 새로운 문명과 인류의 행복을 추구하는 길을 제시해 준다. 또 사회가 원하는 학문 연구나 국민 평생 교육 또는 산 교육을 위한 지식 제공 등의 사회 봉사도 한다.

이처럼 대학이 이 사회의 발전과 그 사회 · 국가에 엄청난 공헌을 하고 있다는 것을 알아야 한다. 혹자는 이러한 중대한 교육 사업은 국가가 전적으로 책임져야 한다고 한다. 그것도 일리가 있으나, 우리가 사는 우리 사회에 공급하는 이 중요한 인재 · 학문 · 기술을 만들어 내는 대학의 일은 우리 사회 스스로가 해야 할 일임을 알고 스스로 힘을 쏟아야 한다. 그것은 절대적 사명

한림대학 신축교사 입주식에서(1986. 10. 3)

이며, 그런 뜻에서 사립 대학은 자진해서 이 사명을 짊어지고 있음을 자각하고, 밖에서도 그런 뜻으로 인식해 주어야 한다.

대학 교육은 13세기경에 방만하고 방대했던 기존 지식을 체계화하는 작업으로 이탈리아에서 시작된 것으로 보아도 좋다. 신학 · 의학 · 철학 등 각 분야의 기존 지식들을 체계화하여 전수만 할 것이 아니라 새로운 지식의 창출이라는 연구를 담당해야겠다는 일이 시작되었다. 대개 독일을 중심으로 이러한 경향이 나타났으며, 우수한 교수들이 도제식으로 제자들을 모아 가르치며 진리 탐구의 대학을 세우게 된다. 그러면서 기존 지식의 전수나 진리 탐구에만 그치지 않고 덕육(德育)과 정서 함양 등 신사 교육이 영국에서 시작되어 널리 퍼지게 된다.

그 다음 19세기 후반에 미국에서 교육 기관이 막대한 국유지를 처분한 자금으로 그곳에 대학을 설립해서 그 지역의 농업과 공업을 가르치게 하였으며, 이것이 미국 주립 대학의 시초이고, 그것이 곧 사회 봉사의 사명으로 되었다고 한다. 그러다가 1940년 제2차 세계대전이 일어나면서 전쟁에 필요한 무기 개발을 위시한 전쟁 수행에 필요한 지식을 미국은 대학에서 구하게 되었고, 이러한 요구를 광범위하게 책임지게 된 큰 대학(University)이나 아이비 리그(IVY league)의 명문 대학들이 태어나게 되었다. 이렇게 되면서 기존의 작은 대학들은 Miniversity로 불렸다. 그 후 20세기 후반에는 University가 백화점식으로 많은 분야를 담당하면서 Multiversity로 불리게 되었다.

대학은 다음 네 가지 자유가 보장되어야만 상술한 목적을 원만히 수행할 수 있다.

1) 누가 가르치는가에 대한 자유
2) 무엇을 가르치는가에 대한 자유
3) 어떻게 가르치는가에 대한 자유
4) 누구에게 가르치는가에 대한 자유

여기서 오늘날 가장 문제되는 것은 4)의 '누구에게 가르치는가'에 대한 입시제도의 자유인데, 이는 우리 모두 충분히 경험했다. 재원(財源)이 없는 사립 재단은 우선 대학에서 손을 떼거나 간섭하지 말아야 한다. 더욱이 옛날같이 대학 경영으로 재벌이 된다는 생각은 난센스로서 앞으로는 이 땅에 발을 들여놓지 못할 것이며, 대학 운영의 사명감이 투철하지 않고는 대학을 설립할 수 없다.

교수의 가치관과 자각이 무엇보다도 요구되는데, 입시를 통한 교수들의 부정은 사소한 문제로서 한두 대학의 잘못일 것이다. 이를 침소봉대하여 격정할 필요는 없으며, 크게 문제시할 수 있는 것도 아니다. 다만 우리나 매스 미디어가 있을 수도 있는 잘못을 고쳐 주어 대학과 교수들을 키운다는 자세가 더 바람직하다고 본다.

〈1992. 5. 7〉

교양 교육

교양학부의 교양 교육은 절대로 지식의 전달만이 아니라 보다 인간다운 삶의 슬기를 가르치는 데 있다. 이것은 모든 학문의 기초가 된다. 지금처럼 통제된 획일주의 교육에서는 틀에 박힌 인간밖에 길러 내지 못한다.

현대 문명은 그 가치관에서 비롯함을 알아야 한다. 인간을 이해하고 인간의 정을 쓸 줄 아는 존경받는 인간이 길러져야 한다. 자기 일에 대한 책임을 질 줄 알면서도 남을 도와줄 수 있는 마음가짐을 가진 존경받는 인간이어야 한다.

지금의 제한된 교육이나 획일주의 교육은 모든 가치를 하나로 묶어 버리고 말며, 급변하는 세계에 적응하지 못하게 한다. 역사 의식이 뚜렷하고 힘을 창출하는 교양 교육이 필요하다. 사회 생활에서는 이기주의로 인한 집단 폭력에 빠지지 않도록 가르쳐야 한다.

그런데 지금의 교양 교육은 강의만으로 시간을 때우고, 그 결과에 대한 비판은 하지 않는다. 교육 평가에 따른 비판 의식도 없다. 누구나 좋은 말만 하면서 교양 교육을 시킨다는 식의 생각은 없어져야 한다. 교양 교육의 모순성은 이루 말할 수 없다.

〈1992. 2. 14〉

대학의 여건 개선

장래의 국가 위상은 교육에 달려 있다.

우리나라 교육은 우리나라 경제와 함께 엄청나게 팽창되었으나, 우리나라 경제 성장이 허수(虛數)이기 때문에 생기는 혼란과 마찬가지로 교육 또한 완전한 허상(虛像)이 되어서 그 무서운 결과가 서서히 나타나고 있다. 우리나라 무역 규모는 세계 10위권에 든다. 또 우리나라 고교 졸업생의 36%가 대학에 진학하고 있는데, 이 비율은 영국보다 월등히 높다. 그러나 교수 규모나 확보율은 아르헨티나나 미국보다도 낮다.

정부의 연구 개발 투자의 2%만이 대학에 배정되고 있다. 대학의 행정은 교육 수준·방법 등에서 후진성을 면치 못하고 있다. 실험 실습 장비와 연구 시설이 부족하고, 학생들이 공부할 공간과 도서가 부족하다. 더욱이 21세기 문화를 접할 컴퓨터 등 각종 기기가 현저하게 부족하다.

우리 대학은 교수 수에서는 우리나라에서 선진화한 측에 들고 있고, 실험 실습 기자재도 그 나름대로 갖추어져 있다. 그러나 컴퓨터 등 첨단 전산 시설과 도서의 부족이 문제이며, 더욱이 컴퓨터에 대해서는 과감한 투자가 요구된다. 도서는 과히 부족하지 않지만 학생들의 학습용 교재가 많이 부족하며, 이는 교수들이 조금만 신경을 써도 재단에서 지원을 손쉽게 얻을 수 있을 것이다. 요새 우리 대학의 교수들은 학생 지도·실습·연구 등에 고무적인 모습을 많이 보여 주고 있다. 특수 연구 장비만 능력있는 교수들에게 지원해 주면 될 것이다.

캠퍼스 문제 등 기타 건물 문제는 각 대학의 여건(도시 계획 등)을 보아 점차로 신중한 자세로 대처해 가며 먼 훗날을 생각해서 발전시켜 나아가야 할 것이다. 예측대로라면 앞으로 2010년경부터는 학생 수의 격감이 초래될 것이고, 우수 학생 모집에서는 지금 그 기초를 다져 놓기 위한 과감한 조치가 요청되고 있다. 또 자체 분교를 전국에 설립해서 우리의 교육 이념에 부합하는 교육을 초등학교·중학교·고등학교에서부터 실시하여 우리 대학 수험생 상당수를 무시험 입학시키는 방법은 재고할 만하다. 초등학교·중학교에 걸쳐서 자체 학생을 먼저 확보해 놓은 다음, 교육망을 확보함이 바람직하다.

〈1992. 1. 22〉

대학 신입생에게

고교를 졸업한 학생들이 가지고 있는 사고 형태, 더욱이 대학에 새로 입학하는 신입생들은 다음과 같은 성장 배경을 가지고 있으니, 몇 가지 점에 유의해야 할 것이다.

1) 문제(시험 문제만이 아니고 모든 사회 현상까지도 포함해서)를 이해하기보다 재빠른 기지와 판단력을 살리는 데 힘을 기울여 그것이 그들을 선다식 시험 문제에만 숙달케 하였다. 그러면서 재빠른 기지는 눈치빠른 판단력은 키웠겠지만 깊은 사고력을 기르지 못하게 했다. 말하자면 시간을 두고 사물을 이해하려는 노력이나 습관을 키우지 못하게 했다. 대학에 들어오면 우선 사색의 시간을 가지고 생각하는 습관을 가져 나를 응시하고 학문을, 나라를 깊이 생각하고 이해하는 것을 배워야 한다.

2) 대학은 여태까지 타의적으로 학습에 시달리던 고교 때와 다르게 스스로 공부하고, 스스로 운동하고, 스스로 토론하고, 스스로 쓰는 자율적 정신을 배우는 곳이다. 이제는 부모님이나 선생님이 하라고 해서 하는 공부가 아니고 나 스스로 필요해서 하는 공부이다. 그래서 그 공부는 하고 싶어서 하는 것이기에 재미가 나고 신명이 나는 것이다.

3) 무엇을 해선 안되고 무엇은 해야 한다는 것은 아이들 때이다. 내 마음대로 행동하고 말하고 소리지르는 치기스러움이 아니고, 스스로 생각하고 판단할 줄 아는 그런 일이다.

4) 대학은 문화와 지성이 숨쉬는 곳이다. 문화란 질서요, 청결이다.

질서가 없는 세상은 동물 세계만도 못하다. 철새들도 가지런히 떼를 지어 하늘을 여행하는 질서를 가지고 있다. 하물며 인간에게서야 가장 중요한 것이 질서인 것은 말할 것도 없고, 그것은 인간이 만물의 영장일 수 있는 문화라는 것이다. 아침에 해가 뜨고 저녁에 해가 지는 대자연의 질서가 이 우주를 운행시키고 있다. 아침에 제시간에 일어나고 저녁이면 휴식에 들어가는 규칙적인 생활, 그러한 질서가 있어야 한다. 대학에 들어와서 늦잠 자고 밤늦게까지 자지 않고 시간 보내는 따위의 무질서는 결코 자유도 아니고 타락이다.

스승을 존경하고 웃어른을 섬기는 예의는 질서의 표본이다. 이는 스승의 곁에서 멀리 떨어져 그 그림자조차도 밟지 않는다는 옛말의 실천을 뜻하지는 않는다. 그러나 스승도 부모도 어른도 몰라보는 무질서는 문화인이 아니다. 마음으로부터 받들고 스승에게 공손히 인사하고 스승의 말씀 하나하나를 가슴으로 들으며 배우겠다는 마음가짐이 필요하다.

요새 자유다, 계급 투쟁이다 하며 질서라는 문화를 왜곡하는 일이 더러 있다. 스승이 바로 옆을 지나가도 인사하지 않고 윗사람 바로 앞에서 담배를 피우는 것을 자유라고 소리치려는 자도 있다. 자유가 패륜을 뜻하는 것은 아니다. 대학에서는 유인물 한 장도 제자리에 붙일 줄 아는 질서가 아쉽다. 벽보 하나만 보더라도 현관 창문이건 강의실 담벼락이건 어디에다 붙여야 하는지조차 모르면서 학생 운동의 지도자를 하겠다는 광대 같은 젊은이들이 허다하다.

사람은 젊었을 때부터 깨끗해야 한다. 옷도 머리도 신발도 단정해야 함은 자신이 깨끗해서 위생적이기 때문이고, 남이 볼 때 유쾌한 감정을 주고 상대의 기분을 상쾌하게 해주기 때문이다. 내 모습만 깨끗할 것이 아니라 내 행동과 주위가 깨끗해야 한다. 지금 우리나라가 다시 일어나는 길은 청결함이다. 버스 정류장에서, 거리에서, 내 집에서, 내 책상에서 질서가 있고 깨끗할 때, 우리의 삶, 우리의 정신은 반드시 질서를 찾게 된다.

대학은 친구와 만나는 곳이다. 없던 친구도 사귀게 하는 독특한 기능을 하는 곳이 대학이다. 삶의 동반자가 필요하며, 그것은 대학에서 친구를 만남으로써 이루어진다. 좋은 친구와 더불어 여행도 하고 등산도 하면서 인생과 학문을 논하고 내가 갈 길을 찾아 나서야 한다.

〈1993. 2. 27〉

젊은이들이여, 잠에서 깨어나라

대학 학생회가 발간하는 학술지를 들춰보면서 여러 가지 감회가 깊었다. 아직 글을 배우고 있는 대학생들의 글 모임이었고, 지도(편집) 교수도 기재되어 있었다. 여기서 받은 감회는 다음과 같다.

첫째, 그들은 열심히 공부한 학생들이었고, 그만한 공부를 그 나름대로 정리해 보려고 애를 쓴 흔적을 여실히 볼 수 있었다.

둘째, 그들은 공부하기 전에, 아마 적어도 책이라는 것을 대학생으로서 읽기 시작하기 전에 극좌파 학생이나 북한 사회를 알거나 유사한 영향을 받은 사람들한테 아주 철저히 폐쇄된 상태에서 주입식 사상 교육을 받았다.

셋째, 그들은 그들에게 영향을 준 상황이나 독서 외에는 전혀 접촉할 수 없었기 때문에, 마치 북한 같은 폐쇄 사회에서 북한만이 낙원이라고 굳게 믿듯이 그들이 열심히 공부한 폐쇄된 학문 세계가 학문의 전체인 양 확신하고 있다.

넷째, 그들의 학술 공부에 반론을 제기하거나 반론 논거를 지지하는 자는 모조리 반동이라고 증오하고 적대해야 한다는 정신적 도취감에 빠져 있다. 예를 들어 "자주적 통일 운동과 민중 주도 통일운동사"라는 대학 3년생들이 쓴 글과 "우리는 지금 통일로 간다"는 모 대학 3년생이 쓴 글을 읽으면서 이만큼 열심히 공부했고 하려는 학생들인데 대학과 교수들은 왜 이 젊은이들을 올바로 지도하지 못했을까 하는 걱정이 이만 저만이 아니다.

그들이 쓴 글이 북한을 찬양하고 북한의 사상에 반하는 미국이나 남한 정부를 증오하고 있다고는 하지만, 나는 결코 한국 정부나 미국을 찬양하거나 아첨하는 따위의 나약한 생각에 빠져서 이 글을 쓰는 것은 아니다. 한국 정부 특히 군사 정권은 그 나름대로 이룩해 놓은 업적들도 있지만, 열심히 공부하려는 학생들이 조금만 정부에 대해 비판적인 글을 쓰거나 말을 한다고 하여 싸잡아 보안법에 걸어 형무소에 보내거나 중앙정보부에 끌어가 온갖 고문을 가했다. 이러한 것을 절대로 너그럽게 이해하겠다는 생각은 없다. 또한 이 군사독재 정권과 결탁한 졸부 자본가들의 사치와 부패를 긍정하겠다는 생각을 가져본 일은 더 더욱 없다.

미국이 한국에 대해 정치적으로나 경제적으로 미주알 고주알 간섭하는 따위의 내정 간섭을 용납하려는 생각도 가져 본 일이 없다. 나는 정치에 관여치도 않았고, 정부와 결탁해 본 일도 없다. 그러면서 나는 나 나름대로 올바른 비판과 긍정을 하면서 열심히 살아 칠십 인생을 겪은 사람이다.

그런데 통일 운동사 같은 것을 읽어 보면 다음과 같은 관점이 나온다.

미국은 남한을 제국주의로 독점하기 위해서, 또 소련 세력을 축출하기 위해서 한반도를 독점하려 했다고 한다. 그러면서 6 · 25동란은 한반도 해방이었다고 선동하고 있다. 6 · 25동란은 미제가 한반도의 영구적 분단을 하기 위해 일으킨 전쟁이라고 하며, 중공의 참전에 대한 기록은 없다. 그 후 한국에서의 모든 시위와 소요는 모두 민중의 애국심이 미제를 몰아내려는 운동이라고 규정하고 있다. 이러한 견해와 반대되는 글이나 논문 · 저술을 보지· 않았을 리가 없지만 아예 눈을 가린 것 같다.

학생의 이러한 학문 방법은 아무리 긍정적으로 생각하려 해도 납득이 가지 않는다. 북한 노동당 간부의 글을 장황히 실었지만, 한국의 의견은 하나도 싣지 않았다. 심지어 7 · 4 공동 성명은 미제와 박 정권이 유신 헌법을 만들기 위해 조작한 것이라고 한 것은 해도 너무했다. 아무리 학술 논문이지만 영원히 남을 수 있는 역사 기록일 수 있는데, 이렇게까지 극단적으로 왜곡된 글이 어떻게 책으로 나올 수 있으며, 이러한 편협한 시각으로 사물의 판단을 폐쇄된 문으로만 보려는 학문 태도가 그대로 용납될 수 있었는가?

학생들은 자신이 지금 무엇을 하고 있고, 무엇을 읽고 있고, 무엇을 보고 있는지 생각해 보라. 많은 것을 읽고, 읽기 싫거나 비위에 맞지 않는 것도 읽어서 내가 습득한 지식을 정돈하며, 적어도 자기 스스로 비판하는 노력도 있어야 하지 않겠는가? 바늘구멍으로 들여다보고 그것이 전부인 양 왜소한 식견의 소유자가 된다는 것은 자기는 물론 사회에 대해서도 백해무익한 것이다.

이러한 철없는 학생들의 행위를 비위나 맞추기 위해 눈감아 주거나(그것이 크게 잘못된 것임을 알면서도) 또 운동권 학생들에게 아부하려고 그런 행동을 부추기는 교수가 있다면, 대학의 앞날은 실로 암담할 뿐이다. 손톱만한 지식으로 학문을 우롱해서는 안된다. 아는 척하는 자일수록 어리석은 자임을 알아야 한다. 또 이렇게 저급한 학생들에 의해 지도되는 학생 운동은 파멸의 길을 걸을 수밖에 없으며, 왕성해야 할 학생 운동을 침식하고 허약하게 만드는 것일 뿐이다.

젊은이들이여, 잠에서 깨어나라. 너희는 당당해라, 학문에 말이다.

〈1992. 3. 12〉

교수 연구 평가제

교수 연구 평가제에 대해 많은 의견들이 속출했다. 심지어는 평가제가 대학 위상을 높이는 데 그렇게도 중요한가 등 젊은 교수들 가운데 대개 반대 성토의 말이 높다. 그 이유를 요약하면 다음과 같다.

1) 대학이 자율이라면서 평가가 웬 말이냐?
2) 학술 분야가 다 전문화해 있는데, 누가 평가한단 말인가?.
3) 몇 퍼센트나 몇 점 등의 방식인데, 이로써 정확을 기할 수 있는가?
4) 평가제로 교수를 묶어 놓을 수 있는 줄 아는가?

다시 말해 젊은 교수들이 중구난방이며, 교수간의 마찰이 상당한 것 같다. 또 어떤 교수들은 교수 연구 평가제를 강력히 추진하되 총장의 신념이 꺾여서는 안된다, 결정된 것은 밀고 나가야 한다고 한다.

나는 평가제에 대해 전혀 관심도 없고 이해하지 못하는 것도 있다. 그러나

3~4년 지났는데도 논문 한 편 내지 않는 교수조차 연한(年限)만 차면 승진되어야 한다고 강변할 사람은 없으리라 믿는다. 석사·박사학위 논문을 가지고 전임 강사로 들어온 교수들 가운데는 조교수로 승진할 때에는 석사학위 논문을 내놓고, 부교수로 승진할 때에는 박사학위 논문을 내놓고, 교수로 승진할 때에는 그 밖의 논문을 내놓는 분들이 있다.

평가제 심사 과정에서 드러난 각 전문 분야의 차이점은 안다. 나는 외과학회 회장도 지내서 외과학회에 대해 어느 정도 알고 있다. 평가제에서는 학회지에 실린 논문에 대해서 100% 또는 100점 준다고 되어 있는데, 외과학회의 학회지에는 레지던트 과정이 끝난 젊은이들이 전문의(專門醫) 시험을 치르기 위해 제출해야 할 논문을 싣게 되어 있다. 교수들의 논문은 실릴 수가 없다. 대한외과학회지는 레지던트 논문집이 되고 말았는데, 대학 교수가 어떻게 이런 잡지에 논문을 실을 수가 있겠는가? 불가능한 일이다.

그런 평가제에서는 일률적으로 학회지에 실린 논문에만 100점 준다고 되어 있는 것에 모순이 있다. 이와 유사한 모순은 모든 학술 분야에 다 있으며, 이러한 문제는 심사 과정에서 충분히 여과되고 정리되어야 할 것이다.

그러나 이러한 이유를 들어 평가제 자체를 반대하는 것은 잘못이다. 더욱 이러한 문제로 교수간의 화합이 깨지고 있다. 지극히 개탄할 일이다. 3학년 학생이 공인회계사 시험에 합격했다고 총장이 관계 교수들과 함께 그 학생에 대한 축하연을 가졌다. 그 자리에서 교수들이 평가제 반대 이론으로 언성을 높였던 일이 있다고 들었다. 철이 없어도 너무 없다. 학생들 앞에서 교수들이 할 수 있는 말이 따로 있다.

교수 평가제는 잘될 것이다. 앞으로 절대로 재론하지 말라. 나는 너무도 저질 질문을 하는 교수들이 있다는 말을 듣고 총장에게 야단친 일이 있다. 그따위 교수들을 왜 뽑았느냐고. 앞으로 교수들의 화합을 깨는 어떤 언행도 결코 용납치 않을 것이다.

〈1992. 10. 17〉

한림대 발전 구상

개교 10년이 지난 우리 대학은 지금 재도약으로 또 다른 10년을 향해 기운찬 전진이 요구되기에 앞으로 대학의 발전 방향을 가늠해 본다.

1) 규모는 대학발전위원회(대발위)에서 정한 내용을 주축으로 한다. 단, 교수 수는 적절히 늘린다.

2) 컴퓨터 보급을 과감하게 2~3년 계획으로 실시한다.

3) 영어 · 일어 등 외국어 교육을 정착시킨다.

4) 도서관을 확충한다.

5) 학생들의 공간을 마련한다.

· 옥천동에는 의대 · 자연대 · 공대(체대)

· 장학리에는 인문대 · 사회대 · 법대 · 대운동장

· 옥천동과 장학리에 학생 수에 걸맞는 학생회관 · 체육관 · 대강당 · 박물관

· 장학리에는 대운동장(전문대용)

이와 같은 기본 목표 달성을 위해 다음과 같은 학사 계획을 추진한다.

1) 특수 학과를 해마다 또는 2~3년에 한 과씩 확충하여 기본 시설, 과감한 투자, 교수진 확보, 연구 활성화에 주력

2) 교수 기법 개발에 주력, 암기 교육 지양, 학생 자발학습 유도

3) 교수들이 춘천에 정착하도록 독려

4) 교수 의견을 폭 넓게 적극 수렴하여 학장은 가능한 한 교수들 추천으로 임명

5) 교수들의 파벌 절대 배제

6) 우수한 교육자 및 연구자 포상

7) 학생의 질 개선 및 우수 학생 확보

8) 자질 부족 학생에 대한 특별 교육

9) 교수의 학생 근접 지도

10) 학생 운동 지도

11) 대학 홍보 강화

12) 졸업 후 취업 적극 알선

대학 운영은 다음과 같이 한다.

1) 학사(學事)는 총장이 전담하며 관리는 재단에서 직접 관장하되, 학사와 관리의 밀접한 협조와 조화를 이루며, 결코 재단에서 학사에 관여하지 않는다.

2) 현 총장이 거물이기 때문에 후임도 이에 못지않거나 엇비슷한 무게가 필요하다.

한림대학교 종합대학 승격 현판식에서(1989. 2. 28)

3) 후임 총장은 대학 발전의 방향에 대한 굳은 신념과 흔들리지 않는 의지를 가지고 교수들과 적극적인 화합과 더불어 강력한 추진력을 가져야 한다.

4) 총장의 카리스마적 모습은 필요하나 너무 권위주의적인 태도는 피한다. 지도자는 교수들이 만들어 주어야 한다.

〈1992. 10. 13〉

총장 선출

총장 선출 방법을 싸고 말이 많다. 확실한 것은 지금으로서는 정관(定款)에 총장은 재단에서 임명하게 되어 있다는 것이다.

한 가지 알아두어야 할 것이 있다. 재단만큼 대학을 사랑하고 걱정하는 곳이 없다. 나는 친구들과 저녁 먹을 때에도 자나깨나 대학 잘되기만을 궁리한다. 그런 재단인데 아무나 함부로 총장을 임명할 리가 있겠는가? 생각하고 또 생각해서 한다. 교수들의 지지를 받지 못하는 총장을 재단에서 어찌 총장으로 임명하겠는가?

선발위원회(Search Committee)를 통한 방법이나 직선제 등 여러 가지 선출 방법을 강구하라고 하지만, 나는 규약이나 제도를 자꾸 만드는 데 반대한다. 해방 후 서구 문명이 들어서면서 합리주의 사상이 무슨 큰 복이나 갖다 주는 줄 알고 툭하면 합리주의를 내세운다. 그러나 나는 합리주의의 절대성에 반대한다. 나는 규정에 따라 하는 것이 합리주의인 줄 안다.

이 대학 설립 당시 학장을 지내신 분 이야기이다. 이분은 우리 대학의 초석을 이루는 데 열심이었고, 또 많은 공을 세웠다. 그런데 이분은 평생 관리 생활을 한 사람이다. 무슨 일이건 규정에 없는 일은 하지 않는다. 어떤 때는 무슨 일을 처리하는 데 규정에 위배된다. 그러면 이런 규정에 위배되는 일도 할 수 있는 규정을 만든다. 이렇게 사람들이 규정을 자꾸 만들다 보면, 결국

한림대학교 제3대 이상주 총장 취임식에서 임명장을 수여하는 윤덕선 선생(1996. 3. 2)

규정에 둘러싸여 아무 일도 하지 못하게 된다.

여하튼 총장 선출에 관한 많은 의견들을, 교수들의 총의(總意)를 들어야한다는 것이 나의 주장이다. 선발위원회·직선제 등 많은 교수들의 의견을들어야 한다. 그러나 이를 달성하려는 방법이 교수들의 불화·파벌 등 부작용을 파생시킨다면 큰 잘못이다. 재단은 누가 총장감인지 잘 모른다. 그러니까 여러 교수들의 의견을 자꾸 수렴하고 있지 않는가? 많은 교수들의 의견을 수렴하노라면 기착점이 나온다. 그러면 되는 것이다.

너무 합리적이라는 말에 현혹되지 말라.

〈1992. 10. 18〉

숨은 거인의 역할

총장이 궐위되니, 많은 사람들이 1~2년만 나보고 총장을 맡아 강력하게 기초를 닦아 놓으라고 한다. 그러나 나에게는 그런 역할보다 더 중요한 역할이 있다. 누가 총장이 되면 뒤에서 그를 밀어주고 도와주는 사람, 재단과 대학의 교량역을 하는 사람, 자유로운 입장에서 대학을 보고 말을 들어주는 사람이 더 중요하다.

감투나 행정에 쫓기며 멀리 보지 못하는 사람이 되어서는 안된다. 많은 사람과 격의 없이 만나고 말하고 들으면서 대학을 밖에서 솔직히 들여다보아야 한다. 남에게 감투나 쓰고 싶은 사람이라는 인상을 받기보다는 고고한 입장에서 대학을 키우는 숨은 거인이 되고 싶다.

대학을 나만큼 사랑하는 사람이 없을 것이다. 그것은 내 스스로가 대학을 만들었기 때문이다. 대학을 사랑하면서 대학 속에 파묻혀서 자기를 보지 못하는 근시안이 되어서는 안된다. 힘든 때나 어려운 때 이를 도와주고 해결해 주는 비상구가 있어야 한다. 나는 그 책임을 져야 한다. 남들을 시켜서 내가 뜻하는 방향으로 삐뚤어지지 않고 가게끔 부축해 주어야 한다.

〈1992. 10. 21〉

1996학년도 한림대학 입학식에 즈음하여

태어나서 기어다니다가 걸음마를 시작할 때, 걷다가 말을 시작할 때, 그러다가 초등학교에 들어가고 또 중학교나 고등학교에 들어갈 때 우리는 모두 새로운 인생의 전환기를 맞습니다. 이제 여러분은 대학 문턱에 들어서서 대학 생활에 관한 중대한 전환점에 서 있습니다.

앞으로 여러분이 맞이할 4년 또는 6년간의 대학 생활은 그 어느 때보다도 여러분의 인생에 새로운 의미를 가져다준다는 것을 알아야 합니다.

여러분들 가운데 고등학교 때 성적이 과히 우수하지 못한 사람도 있을 것이고, 또 자기 점수에 맞춰 학과를 선택한 사람도 있을 것입니다.

그러나 학교 다닐 때의 학업 성적이 반드시 인생을 가늠하지는 않습니다. 다시 말해서 고등학교 때에 1~2등 하던 사람이 반드시 일등 인생 또는 이등 인생을 사는 것은 아니고, 또 여러분들의 고등학교 생활을 점수라는 잣대로 잰다는 것은 인간의 가장 어리석은 행동의 하나이기 때문입니다. 더욱이 내 적성과는 맞지 않는 학과를 점수를 기준으로 해서 선택하였다면 그것은 더 큰 잘못입니다.

인생이란 미래 지향적인 것입니다. 항상 우리는 미래를 보고 살기 때문에 우리가 가야 할 미래에 각각 어떤 목표가 설정되어 있어야 합니다. 그 미래의 목표에 그냥 도달하게 되는 것은 아니고, 우리가 계획하고 찾아가야 하는 것입니다. 그래서 미래란 그냥 순응하는 것이 아니고 창조하는 것입니다. 미래로 가는 길이 열려 있지 않으니 그 미래를 지향하는 길을 개척해 나가야 합니다. 여러분은 무한한 장래를 가지고 있으며, 그 안에는 한없이 넓은 가능성이 내포되어 있습니다. 여러분은 대학에서 이 창조적인 능력을 배우게 됩니다. 자신감을 가지십시오. 한림대학인이라는 긍지를 지켜야 합니다.

이러한 일에 있어서 우리 한림대학은 여러분들에게 결코 실망을 주지 않을 것입니다. 한림대학은 들어오기는 수월했지만 나가기는 힘든 대학입니다.

이제부터 여러분은 "배우는 방법을 배워라(Learn how to learn)"라는 앨빈 토플러의 말을 기억해야 합니다.

대학은 배우는 방법을 가르치는 곳이지 여러분의 배움을 하나하나 지시하지는 않습니다. 여기에는 과외 공부도 없고 학원 공부처럼 강요하지도 않습니다. 여러분이 스스로 찾아서 공부해야 합니다.

한림대학은 인성 교육을 기반으로 합니다. 인간을 키우는 데 목표를 두고 있습니다. 무엇을 해야 하고, 무엇을 해서는 안되고, 무엇을 할 수 있다는 것을 배우게 됩니다. 확고한 인간성이 정립되어야만 무슨 학문이든지 열매를 맺게 됩니다.

여러분들이 맞이할 학생 운동을 잠깐 이야기하지요.

우리는 이제 후진국도 아니고 군사 독재하에 살지도 않습니다.

과거처럼 무조건 부정하고 무조건 남을 비판하는 시대는 갔습니다. 이제 우리는 긍정하며 삽시다. 내가 조금 전에 강의실 복도를 지나가니까 "등록금 거부 투쟁"이라고 쓴 플래카드를 보았습니다. 왜 투쟁이어야 합니까? '등록금 거부 운동'이나 '등록금 거부 주장'이라는 것이 타당하지 않을까요?

"등록금 거부 1단계 승리"라는 광고도 보았습니다.

학생 운동이 무슨 권투 시합입니까? 1회전을 승리했다는 말인 듯한데, 도대체 싸움은 누구하고 했고, 어떤 격투를 했기에 이러한 원색적인 표현이 나옵니까? 시위를 하려면 어떤 시위를 하건 쇠파이프와 화염병부터 준비하던 학생 운동의 부끄럽던 역사를 이제는 되풀이하지 맙시다.

여러분들은 한림대학의 학생들입니다.

마치 한총련의 하수인으로 전락하듯이 이렇게 하라고 하면 똑같이 앵무새처럼 되풀이하는 학생 운동은 이제는 그만둡시다. 많은 대학이 한총련의 지시를 거부하고 있는데, 우리는 이 자주성없는 부끄러운 학생 운동을 지양하고 좀더 차원 높은 곳에 우리의 목표를 두고 뜻있는 학생 운동을 해주기 바랍니다. 더욱이 한총련처럼 어느 정치인의 하수인 노릇을 해서는 안됩니다.

학생 운동의 순수함과 고고함을 자랑으로 삼을 줄 아는 한림인의 학생 운동이기를 기대합니다.

이제 여러분은 자주성을 찾을 때입니다. 내가 무엇이며 내가 어떻게 커 가야 하는지를 깨달으면서 확고한 자아를 똑똑히 인식하고 나 자신의 성장을 기약합시다. 이제부터 여러분은 대학생입니다. 그것은 엄연히 한림대 학생이라는 긍지를 잊지 마시기 바랍니다.

다시 한 번 여러분들의 한림대학 입학을 진심으로 축하합니다.

〈1996. 3. 2. 입학식 축사〉

한국인의 특징

어떤 외국인이 한국인의 특성 가운데 큰 것 두 가지가 있다고 한다. 하나는 교육열이고, 다른 하나는 건강이라고 한다. 언뜻 듣기에 그럴듯하다. 그러나 한국인은 교육을 통해 인격을 도야하고 훌륭한 국가의 동량(棟梁)을 키우려는 데 목적을 두지 않고, 좋은 대학을 나와서 출세도 하고 돈도 벌자는 데 목표를 두고 있다. 마치 교육이나 학문을 출세나 돈을 버는 수단쯤으로 생각해 교육을 위해서는 별일을 다한다고 한다. 부정 입학이니 과외 공부 등등은 한국인의 교육열을 유달리 표출시킨 것이다.

만학(晩學)을 좋아하지 않거나 능력이 없으면 고교만 나와 그대로 직장에 뛰어들어 스스로 품격 양성도 할 수 있고, 또 직업 교육을 받을 수도 있다. 대학을 가는 것만이 마치 인생의 전부인 것처럼 생각하여 재수나 삼수를 하는 풍속은 한참 잘못된 일이다. 이렇게 된 것은 현재 우리나라 교육이 지향하는 바가 옳지 못한 데 더 큰 원인이 있다.

학교는 졸업장이라는 증명서만을 떼 주는 곳이 아니고 인간을 키우는 곳이다. 학교에서 자란 사람은 권력이나 황금보다 더 높은 곳에 삶의 뜻을 두어야 한다. 그리하여 그는 나라의 피가 되고 기운이 되어 세계로 비상할 수 있어야 한다. 학교는 이러한 인간을 양성하는 곳이라야 하며, 대학은 그러기 위해 노력한다는 것을 국민들이 알게끔 해야 한다.

건강을 위해 한국인은 곰의 쓸개에서부터 지렁이 · 미꾸라지 · 뱀까지 잡아먹는데, 그것은 한국인의 신체가 허약하거나 그들에게 무슨 병이 있어서가 아니다. 정력을 키우는 데 한국인은 그렇게 열중한다. 아마 한국인은 유달리 정력이 모자라거나 유달리 색을 탐하기 때문인지도 모르겠다. 그러나 그러한 특수 식품이 결코 정력을 증진시키는 것으로 증명된 바도 없고, 또 성욕에는 그러한 식품보다는 정신적 안정과 평안함이 더 유효하다고 알려져 왔다. 성적 정력보다는 신체가 병들지 않고 건강하게 살아가는 데 목적이 있어야 한다. 그러기 위해서는 어느 약이라도 먹는다는 식의 억지 행동을 해서는 안된다. 그럴 것이 아니라 자연의 섭리에 따라 마음을 편안히 하려 하고 생활에 무리가 가지 않게 노력하는 데 건강의 요체가 있다.

요컨대 교육이나 건강 모두 과도하거나 결코 필요하지도 않은 욕심에 사로잡혀 자기 이상의 것을 탐하려는 데 문제가 있다. 허심(虛心)이라는 말이 있는데, 이 말은 허심의 경지를 살자는 철학적 얘기가 아니라 있는 그대로 자연과 더불어 사는 것을 목표로 살자는 뜻이다. 교육도, 건강도, 출세도, 황금도, 정력도 자연과 더불어 스스럼없이 사는데, 거기에는 욕심이라는 것이 있을 수 없다.

팔십이나 되어 20대 아가씨를 임신시켰다고 자랑하는 사람도 있지만, 과욕과 염치도 분수가 있는 법이다. 누구는 팔십이 넘어도 애 하나 없는데, 자기만 초능력을 가진 것처럼 떠드는 미친 노인도 있다. 과욕은 노망을 뜻한다. 노망한 인생을 살지 않고 남의 지탄을 받지 않는 삶이야말로 부끄러움을 아는 삶이 된다.

〈1993. 3. 8〉

인격 형성을 위한 교육 방향

인간은 태아 적부터 성격이 어느 정도 형성되며, 이러한 것에다 생후의 환경이 인격 형성에 크게 작용하는 것 같다. 형제간에 비슷한 성격을 많이 볼 수 있기 때문이다. 그래서 인격 형성에는 개성에 따라 각각 그 방향이나 방법이 달라야 할 것이다. 그러나 원론적으로 인격 형성의 기초가 될 몇 가지 공통된 교육 방향은 들 수가 있다.

1) 해야 할 일과 해서는 안될 일을 분간할 줄 알아야 한다. 말이나 행동으

로 또 생각으로 남에게 해를 끼치는 일은 안된다. 거기에는 모함·험담·속임 등 모든 것이 포함된다.

2) 형제간의 사랑, 부모와 스승에 대한 존경심을 가져야 한다. 결코 복종이나 예속을 뜻하지 않는다.

3) 올바른 역사관과 국가관을 가지고 떳떳하고 정정당당하되 결코 비굴하지 않아야 한다.

이러한 인격 형성의 기본적 교양은 누구에게나 갖춰져야 한다. 이와 함께 다음 여러 가지 사항을 실천하여 인격 형성을 다져야 한다.

1) 광범위한 독서
2) 체력 단련
3) 매일 과중하지 않은 지속적인 운동
4) 자유 토론과 의사 발표 훈련
5) 전문 분야의 공부
6) 그림·음악·연극 등 정서 교양 축적
7) 폭 넓은 사교와 항상 웃음으로 주위를 즐겁게 해주는 습관
8) 굳은 신념과 집념
9) 허황된 환상 경계
10) 일에 집중하는 습관
11) 물질 만능주의에서의 탈피

〈1992. 4. 6〉

젊은 세대들

기성세대는 가난에서 벗어나려고 애를 쓰며 살아왔고, 그렇게 해서 자식들을 훌륭히 키우려고 온갖 고생을 다했다. 이제 돈은 벌 만큼 벌었고, 가난에서도 벗어났다. 그런데 돈은 한이 없는 것이어서 더 많이 벌겠다고 계속해서 고생하며 애를 쓰고 있는데, 이런 부모의 모습은 자식들로부터 존경을 잃게 되는 것 같다.

기성세대가 가지고 있던 가치관·윤리관·국가관이 아주 달라졌다. 젊은세대는 극히 현실주의적이다. 미래를 생각하지 않는다. 현실적 욕구를 만족시키면 그만이다. 효도는 좋은 일이지만, 늙은 부모에게 용돈이나 조금 주면 그만이다. 어른들은 그렇지 않다. 자기에게 순종하는 자식이라야 효도라고 생각하는데, 부모나 기성세대가 젊은이들에게 순종을 기대하는 것 자체가 잘못이다. 존경을 받을 수 있는 어른들이 있어야 젊은이들이 따라가겠는데 존경받을 어른들이 없다고 한다.

젊은이들은 어른들보다 더 많이 안다. 사회도 학문도 민주주의도 더 잘 알고 있다. 그들은 자율을, 자유를 원하고 있다. 돈이나 버는 것을 인생의 모토로 삼는 부모는 결코 존경의 대상이 되지는 못한다. 어른이 가지고 있는 가치관(돈 버는 것, 가난에서 벗어나는 것)은 자식들에게 이해되지 않는다. 애정 따위는 지난날의 유행가이다. 내가 즐기기 위한 방법이 애정이 된다. 우정이란 더욱이 그 기준이 모호해졌다. 그래서 서로 필요하고 의지할 수 있을 만큼씩만 될 수 있는 것이 우정이다. 과연 국민으로서 나라를 그렇게까지 사랑할 필요가 어디 있겠는가 하고 애국에 대해서 의문시하는 젊은이들이다.

내일이라는 세계는 반드시 온다. 그러나 그것은 결코 오늘보다 못한 내일일 수 없으며, 오늘의 내가 이렇게 멀쩡하게 있듯이 내일의 인생을 이끌어주리라 생각한다. 이제 기성세대는 젊은 세대한테 배워야 한다. 그들의 가치관도, 논리관도 배워서 소화해 가면서 삼킬 것은 삼키고, 뱉을 것은 뱉어 내야 한다. 기성세대는 그들 젊은이들 속에서 숨쉬며, 그들 속의 가치있는 삶을 찾아야 한다.

무엇이 좋고 무엇이 좋지 않다는 것은 어른의 눈으로 익히고 어른의 머리로 판단하며, 이제 사라져 가는 인생으로서 젊은이들에게 한 번 생각해 볼 수 있는 기회를 주어야 한다. 버릇없는 놈들, 한심한 것들이라고 결코 탓해서는 안된다. 그들은 기성세대를 똑같이 한심한 인생들이라고 보고 있다는 사실에 눈을 감으려 하지 말자.

〈1992. 5. 11〉

6. 생명 · 인간 · 종교

아무것도 믿을 수 없는 세상이기에
아무거나 믿는 세대가 되어서는 안 된다.

생명의 가치

돈을 뺏기 위해 팔십이 된 할아버지와 다섯 살짜리 어린애를 포함해서 일가족 다섯 사람을 산 채로 땅에 파묻어 죽인 극악한 사건이 보도되면서, 사람들은 가치관이 무너진 때라고 개탄들을 한다. 온 세상에 가치관의 혼란, 가치관의 실종이라는 말이 많다.

가치관이란 사람이 살아가는 데 따르는 여러 가지 사상에 대한 판단 규범을 말한다. 여러 가지 바람직하지 못한 사태에 대해 가치의 결손 때문이라고 하지만 가치의 지나침 때문이다. 옛날부터 사람들에게는 신이 절대적 가치일 때도 있었고, 국가나 이성이 또는 이데올로기가 절대적 가치로 취급될 때도 있었다. 그러나 하늘 아래 모든 사상이 달라진 것은 없으며, 역사로부터 공인받는 가치관이란 불변해야 한다.

가치관은 뚜렷이 세 가지로 나눌 수 있다.

1) 자기 중심의, 자기 존중의 가치관이다

이 세상에서 자기의 삶이나 인생만큼 소중한 것은 없다. 사회주의에서, 국가주의나 민족주의에서 사회가 가장 소중하고 국가나 민족이 개인보다 우위에 있는 것처럼 생각되지만, 그런 전체주의 사상도 전체 안에서 개인이 존속함을 바탕으로 하는 것이며, 단지 이러한 전체주의에서는 개인의 중요함을 덜 강조할 뿐이다.

나라는 개인은 이 세상에서 그 이상 소중할 수가 없다. 나의 생명은 존중되어야 한다. 나는 모든 사람과 사물로부터 존경받아야 한다. 이 귀한 내가 가치없게 취급되어서도 안된다. 더구나 돈이나 물건보다 덜 소중한 것으로 취급되어서도 안된다. 그래서 돈에 팔리는 인생이란 가치관이 전도된 인생이다. 나는 소중하기 때문에 자유로워야 하며, 돈이나 물건이나 어느 누구와도 바꿀 수 없는 것이다. 그래서 나는 더 높은 삶을 찾아야 한다.

2) 남을 존중해야 한다

내가 존경받으려면 나도 남을 존중할 줄 알아야 한다. 나와 똑같이 남을 존중하는 것이 절대적 생의 가치관이다. 따라서 남의 재물이나 육체와 명예를 훔치는 따위의 도적질과 사기 행위로 남을 해치는 일은 절대적으로 나쁜 일이며, 가치관에 위배되는 것이다. 남을 험담하거나 시기하거나 질투하는 것 등은 육체적 손상과 똑같은 살인 행위이다.

3) 사회 규범을 존중하는 것이 가치관이다

나와 너, 모두 더불어 사는 것이 삶의 본질이다. 이렇게 어울려 살며 나의 생명·명예·재산을 보호받기 위해 우리는 여러 가지 사회 규칙을 제도화하는 데 합의한 사회에서 살고 있다. 합의된 사회 규칙은 존중되어야 하고, 그것을 준수함이 삶의 가치관이 되는 것이다. 또 이러한 합의된 규칙을 지키기 위해서는 나의 자유도 제한받을 수 있는 것이고, 자기(나)의 크고 작은 인생도 감내해야 함은 물론이다.

이러한 세 가지 규범은 세상과 역사가 어떻게 흘러가도 불변의 진실이며 절대적 가치관이라고 믿는다. 또한 가치는 어디까지나 절대 가치를 말하는 것이지, 상위 가치 또는 하위 가치를 말하는 것이 아니다.

〈1992. 1. 9〉

지구는 살아 있다

지구가 죽어가고 있다는 말이 있다. 어떤 뜻을 가진 말인지 잘은 모르겠지만, 지구가 죽어가고 있다면 지구가 살아 있다는 말이 된다. 살아 있다는 말은 지구도 한 생명체임을 말하는 것이다. 아마도 지구를 한 생명체로 취급해서 지구는 죽어간다고 한 말은 아니겠지만, 이 말은 참 재미있는 표현이다.

제임스 허튼(1785)은 이미 약 200년 전에 토양 속의 무기물의 순환과 바닷물의 육지로의 이동을 인체에서의 혈액 순환과 비교하여 지구도 하나의 거대한 생명체라는 주장을 폈다. 생명체의 본질은 물과 단백질이라는 유기물과 여러 가지 무기물로 되어 있다. 현대 과학은 생명체를 축소시키면 유기물인 단백질만이 최종 잔재가 된다고 해서 유기물만이 생명의 본질이라고 주장하고 있지만, 사실은 생명체는 마지막 잔재만이 그 본질일 수는 없다. 유기물인 단백질과 기타 무기물도 포함해서 생명체를 이루고 있다.

그렇게 자꾸 파고 들어가면 지구상의 모든 물질은 생명체를 이룰 수 있다는 말이 된다. 지구는 숨을 쉬고 있다. 이 지구는 파란 나무와 바위 위에 덮인 이끼들처럼 햇빛과 물이 다 같이 어울려 이루는 초거대 생명체인 것만은 틀림없다.

바다의 수분이 증발해서 안개와 비구름이 된다. 이는 비가 되어 땅에 뿌려진다. 땅에 스며든 물과 여기에 포함된 많은 유기물과 무기물은 다시 강물이 되어 바다로 흐르는 순환을 한다. 이러한 물질의 순환이 어느 곳에서 막혀 버리거나 그 행로를 바꾸면, 지구는 손상을 입게 된다. 그것이 병든다는 말로 표현되면서, 지구의 이러한 물질의 순환은 인체의 혈액이나 림프액의 순환과 동일하다. 아마 이것이 우주의 신비요, 우주 생명의 신비인 것 같다. 그래서 우리는 우주의 섭리 또는 순환 속에 있는 생명의 신비를 볼 수 있는 것 같다.

유교에 "순천자(順天者)는 존(存)하고, 역천자(逆天者)는 망(亡)한다."는 말이 있는데, 이 우주의 섭리를 이해하지 못하는 자는 인간을 이해하지 못하는 것이 아닐까?

〈1993. 2. 18〉

지구의 환경 오염

　자연은 항상 원래의 모습을 그대로 간직하고 유지하려는 특징을 가지고 있어서 어느 정도 훼손되더라도 스스로 회복할 수 있는 능력을 가지고 있다. 그래서 사람이 자연을 이용하는 경우 이러한 사실을 염두에 두면 좋겠다. 그러나 그렇지 못한 과도한 파괴는 자연의 여러 가지 기현상을 도출하게 된다. 사실 인간도 자연의 일부인 생물체로 존재하는 것인데, 언제부터인가 자연과 인간은 금이 가기 시작해서 심한 갈등을 겪게 되었다.

　모든 인류가 자연 그 자체의 원리에 따라 살아가는 것이 정도(正道)라는 것은 누구나 수긍할 것이다. 자연의 원리에 따라 살아가는 것을 생태학이라 한다. 그런데 자연계에서 인간이 그를 제외한 모든 생물체들을 이용하며 살아가는 행동(behavior)의 원리, 이것은 경제학(economics)이다. 이러한 자연계의 논리와 인간계의 논리의 갈등이 환경 문제라고 한다면, 생태학과 경제학의 갈등이 곧 환경 문제라고 표현해도 될 것이다.

　원래 'eco'라는 그리스어는 집 또는 공간이라는 뜻인데, ecology(생태학)나 economics(경제학) 모두 주거 공간의 논리를 규명하는 것이라 할 수 있다. 이런 뜻에서 생태학은 자연의 경제학(The Economics of Nature)이고, 경제학은 인간의 생태학(The Ecology of the Man)이다.

　이 양자의 갈등에서 일어나는 환경 문제란 대개 대기 오염·수질 오염·토양 오염·소음·진동 등으로 국한하고 있지만, 이들은 인간 생활에 직접적인 피해를 주는 것들뿐이다. 예를 들어 대기 중에는 탄산가스 농도가 320ppm 정도인데, 이것이 강우시에 수증기와 작용해서 탄산(H_2CO_3)으로 합성함으로써 pH 5.6 정도의 산도를 띠는 것이 자연 상태이다. 여기에 인간이 방출한 과도한 이산화질소·아황산가스 같은 대기 오염 물질은 상공에서 물방울과 작용하여 산을 형성하며, 이것이 이른바 산성비가 되는 것이다. 이 산성비는 식물의 광합성을 저해한다. pH 2~3의 산성비에서는 마그네슘

(Mg) · 칼슘(Ca) · 망간(Mn) · 철(Fe) 등의 금속 이온이 녹아 나와 식물의 광합성이나 호흡 기능을 저해하게 된다. pH 4~5까지는 식물에 해를 끼치지 않으나, pH 3 정도의 안개가 짙을 때 그 피해는 심각하다. 산성비의 피해는 유럽과 북미에서 많이 보고되고 있지만, 아시아의 일본 같은 데서도 큰 피해가 있었다. 또 토양의 산성화는 식물의 영양분에 칼슘 · 마그네슘 등이 녹아서 밖으로 흘러나오거나 또는 토양 속에 있는 양분을 만드는 미생물이 감소하여 토양의 비옥도가 낮아진다. 그것은 식물의 성장을 저해한다. 산성비는 자동차의 배기 가스나 공장 굴뚝의 매연에서 나오는 아황산 가스와 질소 산화물 등이 빗물에 녹아서 생긴다. 산성비는 사람에게도 피부염을 일으키게 한다.

오존 구멍(Ozone hole)은 1989~1991년 3년 연속으로 남극 상공 전역에서 크게 뚫렸다(9~10월). 인간이 사용하는 프레온 가스(freon gas)의 수명은 대기 중에서 수십 년 이상 지속된다고 한다. 프레온 가스가 지구상 어느 곳에서 방출되더라도 지구 전역에 거의 고루 퍼지는데, 남극 상공이라고 예외일 수는 없다. 남극에서는 겨울의 저온기(低溫期)에 수증기나 질산이 얼어서 극성층 전운이라 불리는 빙적이 대량으로 생산된다. 그 표면은 비교적 안정된 광합성 물질로 전환되므로, 겨울이 끝나고 제비가 옴과 동시에 그 표면에서는 열소 원자가 방출되어 오존 파괴가 급속히 진행된다. 여기에 오존의 축소, 남극 상공의 소용돌이 대기 운동으로 성층권 극역이 약화되어 구멍이 뚫리는 현상이 생긴다고 믿고 있다. 이렇게 태양의 유해 자외선을 막아 주는 오존층의 일부가 일시적이지만 극단적으로 감소하게 된다. 이렇게 되면 남극 지방의 강한 자외선이 그곳의 주민과 생물에 막대한 영향을 끼치게 된다. 남극의 오존층 감소가 전지구로 번지고 있음을 알아야 한다.

또한 최근 트리클로레들렌(Trichlorethlen)의 지하수 오염이 크게 문제되고 있다. 이 물질은 기계 부분의 세정 등에 사용되는 유기염소 화합물이다. 이것을 마셨을 때의 안전성이 문제가 되고 있다. 이 물질은 기화해서 대기로 올라가 비가 되어 식수로 쓰이게 된다.

〈1992. 5. 20〉

환경의 문제

브리태니카(Britannica)는 환경을 "생물 또는 생태계(ecological community)에 영향을 미치며 종국적으로는 물리적·화학적·생물학적 요인의 복합체이다."라고 정의하였다. 또 환경이란 그것이 우리를 둘러싸고 있어서 우리가 볼 수 있고 들을 수 있고 접촉할 수 있고 냄새맡을 수 있고 맛볼 수 있는 물리적·생물적 서식(棲息) 기반이라고도 한다.

오늘의 인류가 당면하고 있는 3대 과제로 인구 폭발·환경 오염·자원 고갈을 든다. 이 셋은 서로 밀접한 관계에 있어 서로 원인도 되고 결과가 되기도 한다. 방종한 기계 문명은 산업혁명 이후 물자의 대량 생산을 가져와 대량 소비로 인한 인간의 가치관의 변화와 더불어 물질 우선 또는 황금만능주의에 빠지게 했고, 이러한 대량 소비는 대량 폐기로 인한 자연 자원의 고갈은 물론 자연 환경의 극심한 오염을 가져오고 있다. 그런데도 기계 문명의 발달은 멈출 줄 모르고, 이제는 기계가 스스로 필요로 하는 기계를 만들 수 있는 단계에까지 이르렀다. 무분별한 물질우선주의는 한계를 모르는 성장지상주의에 도취하게 하고, 결국 인간 부재의 물질적 가치관은 인간 상실이라는 인류가 원치 않는 지경에 이르게 하고 있다.

결국 사람은 성장 위주로 물질의 노예가 되어 한정된 지구 자원을 필요 이상으로 소모하고 있다. 자연 자원의 고갈은 레이첼 카슨 여사의 『침묵의 봄』에서처럼 "봄은 왔어도 꽃은 피지 않고 새도 지저귀지 않는 조용한 죽음의 침묵"에 가까워지게 한다. 이제 환경 문제는 이데올로기·동서·남북·여야·노사의 구별 없이 인류의 문제로 크게 대두된다.

인구 증가의 미래는 우리에게 큰 충격을 주고 있다. 최초로 인구가 10억에 도달하기까지 100만 년이 걸렸는데, 두번째 10억 인구의 증가에는 120년이 소요되었고, 세번째 10억 인구 증가에 32년, 네번째 10억 인구 증가에 15년이 걸렸다. 2000년에는 61억 7천만의 인구가 될 것이고, 2020년에 82억,

2100년에는 105억이 될 것으로 예측된다. 이 인구 증가로 인한 자원 소비와 각종 재해를 어떻게 대처해 갈 수 있느냐는 지구가 안고 있는 엄청난 과제라 아니할 수 없다.

쉬지 않는 경제 개발은 폭발적인 인구 증가와 더불어 심한 도시화 경향을 띠게 한다. 도시에는 도로·교통·전기·통신이 갖추어져 있고 보건·의료·위생·교육이 발달하게 되니, 인구의 도시화는 당연한 추세이다. 여기에 따르는 분뇨·생활 폐기물·생활 하수는 그 대책이나 책임을 누구에게 떠맡길 수 없는 인류 각자가 저지른 결과임을 깨달아야 한다.

문명의 발달은 가속화하고 있고, 그 직접적인 전제 조건은 에너지이다. 원래 사람이 사람과 동물의 근력(筋力), 즉 육체 노동을 하는 데서 문명은 시작되었다. 그러다 차차 인간은 태양열을 이용하기 시작하였고, 그러면서 풍력을, 그 다음에 수력을 이용하면서 자연력·석탄·석유·천연 가스 등 화석 연료를 사용하게 되었다. 화석 연료는 산업 발전이 왕성한 북반구에서 더 많이 사용되어 이로 인한 아황산가스(SO_2)·이산화질소(NO_2)·유황(S) 등은 대기·수질·토양을 오염시키고, 이로 인한 산성비는 생태계를 파괴하게 되며, 탄산가스(CO_2)의 증가는 기후의 변화를 가져온다.

종합해서 지구 환경의 8대 위해(危害) 요소를 정리해 보자.

1) 산성비와 생태계 파괴

석탄·석유 등의 화석 연료가 발전소 산업용 보일러와 자동차 등에 사용되면서 유황이 발생하고, 이것이 공기 중에서 산화되어 아황산가스와 이산화질소를 발생시키고 공기 중의 수증기와 산화 반응을 일으켜 pH 5.6 이하의 산성비를 만든다. 이 산성비는 풀잎과 나뭇잎의 엽록소 생산을 방해한다. 이로 인해 수목(樹木)의 뿌리는 부식되고 흡수 체계가 파괴되어 수목은 말라 죽는다. 또 호소(湖沼)의 산성화는 알루미늄 농도의 증가를 가져와 수저면(水底面)을 불모화시켜 어패류(魚貝類)를 떼죽음시키며, 수중(水中) 생태계를 파괴한다. 토양도 산성화함으로써 농작물의 성장이 불가능하게 되고, 곰팡이 등의 번식으로 식물에 갖가지 질병을 일으키게 한다. 그래서 토양은 척박해진다.

2) 탄산가스의 증가와 기온 변화

화석 연료는 대기 중의 탄산가스를 증가시킨다. 태양 광선은 단파 복사로 지표면에 도달했다가 장파 복사로 대기권으로 방사된다. 이때 대기권에 가스($CO_2 \cdot ClFC \cdot HC \cdot CH_4 \cdot O_3$)가 존재하게 되면, 방사 광선의 차단으로 온실 효과(green house effect)가 발생하여 지표 상공의 온난화를 가져오게 된다.

3) 오존층 파괴

오존층은 성층권에서 대기 속의 산소 분자가 파장 $2,400\text{Å}$ 이하의 짧은 태양 자외선을 흡수하여 분해시킴으로써 생긴 것이다. 오존층은 인체나 생물에 해로운 강력한 $2,800\text{Å}$ 이하의 자외선을 흡수하여 그것이 지상에까지는 도달하지 못하게 하고 있다. 즉 지구의 생물이 무사히 생활할 수 있는 것은 오존층 덕분이라고 할 수 있다. 인간은 근래 에어컨 · 냉장고 · 산업용 용제로 염화비화탄소(ClFC : Chlorofluoro Carbon)를 많이 사용하고 있다. 이 가스에서 발생되는 염소 원자가 오존과 작용해서 일산화탄소(CO)와 산소(O_2)를 만들기 때문에, 오존은 점차 고갈되어 소위 오존 구멍을 형성하게 된다.

오존층의 높이는 $20\sim25\text{km}$로서 계절에 따라 변화하는데, 겨울에서 봄에 걸쳐서는 낮고 여름에서 가을에 걸쳐서는 높다. 또 오존의 전량은 고위도에 많고, 저위도에 적다. 이러한 관계로 오존 구멍은 남극 상공과 노르웨이 상공처럼 오존이 희박한 곳에서 잘 발생한다.

이러한 오존층의 파괴는 게 · 새우와 같은 갑각류와 플랑크톤의 멸종을 초래하고, 식량 생산 · 흑색종(melanoma) · 안구 손상 · 면역체 약화 · 영양소 섭취 감소를 일으킨다. 이 염화비화탄소 가스가 초고층에 도달하는 데는 15년이 걸리고, 거기서 수십 년 동안 활동한다는 사실도 알고 있어야 한다.

4) 화학 물질

현재 지구상에는 약 6~7만 종의 화학 물질이 있는데, 매년 200~1,000종이 새로 개발되고 있다. 이 많은 화학 물질 가운데 유해한 것은 15,000종, 발암 물질은 2,400종이다. 이 화학 물질이 제초제·살충제·살균제·농약·식품 첨가물 원료·용제·보조제에 사용되고, 이를 사용한 동식물에서는 내성(耐性)·저항성(抵抗性)을 일으키고 중금속과 더불어 인체에 엄청난 해독을 끼친다. 약품과 오염된 음료수 또는 중독된 어패류나 동식물을 먹어서 여러 가지 중독 증상과 불치의 질환에 걸리게 된다는 사실은 새삼 기술할 필요가 없다.

5) 사막화, 토양의 경화

토양의 염화·알칼리화·산화는 지금 지구 표면의 사막화를 가속화시키고 있고, 토양의 척박화를 촉진하고 있다. 이는 과잉 방목(放牧)으로 토질을 경화(硬化)시키고 식량의 과잉 경작으로 토질 변화를 가져올 뿐 아니라 각종 비료·농약의 사용으로 일어나는 퇴화 현상이다.

6) 물의 오염

공장 폐수·생활 하수·산업 폐기물·생활 폐기물·농약·화학 비료, 이미 서술한 바 산성비 등으로 양식업의 피해, 사해화(死海化)와 산성화로 심지어 인간의 음료수마저 구하기 힘든 형편이 된 것은 우리가 지금 겪고 있는 가장 뚜렷한 환경 피해의 하나이다.

7) 열대 우림의 감소

앞에서 서술했듯이 대기 오염이나 화학 물질의 사용은 물론 목재를 얻기 위한 무분별한 산림 파괴(아마존 강 유역 등)는 지상에 산소 공급을 감소시키고 동식물의 서식지를 파괴시키며, 열대 식물의 종(種)의 생육 기반을 파괴하여 지구의 온도 변화를 가져오고 농업 기반의 퇴화를 가져온다. 또한 의

약 · 농업 · 공업 부문에서 중요한 가치를 가진 열대 식물의 생육 기반을 파괴한다.

8) 핵 문제

현재 전세계 26개국에 423기의 원자력 발전소가 있고, 건설중인 것이 100기, 계획중인 것이 73기라고 한다. 우리나라에는 14기가 있고, 이는 우리나라 전 발전량의 54%를 유지하고 있다 핵탄두는 전세계에 37,000~50,000개가 있는데, 이의 폭발력은 1945년 일본 히로시마(廣島)에 투하된 원자탄의 846,000~1,540,000배의 위력을 가지고 있다. 핵의 방사능은 지구 변화와 기상 변화를 일으키고 생태계를 파괴한다. 핵 먼지(核塵)는 태양빛을 차단하고, 기온 저하를 가져오며, 자외선 과다 조사(照射)를 초래한다. 원자력의 방사선이 얼마나 무서운가는 두말할 필요가 없다. 특히 우리가 유념할 것은 핵 폐기물의 가공할 방사능이 거의 영구 불멸이라는 사실이다. 아무리 밀폐된 상태로 아무리 땅속 깊이 파묻어도 그 핵 물질의 존재는 지구에서 없어지지 않는다는 사실이다.

이상 우리가 직면하고 있는 초미의 중요한 환경 문제만을 열거해 보았다. 1972년 로마 클럽은 성장의 한계를 제창하면서 환경 파괴에 따른 경제 성장은 유해하고 무의미하다고 선언했다. 같은 해 UN은 스톡홀름에서 인간 환경 회의를 열었다. 이제 환경 문제는 어느 선진국의 문제가 아니고, 지구 전체의 시급한 문제로 대두되었다. UN에서 비롯하여 각종 국제 협약이 체결되었다. 나는 여기에 다음과 같은 몇 가지를 강력히 제창한다.

첫째, 기계 문명 · 기술 개발, 여기에 뒤따르는 물질 문명의 발전을 멈추어라. 인간을 되찾자. 인간은 황금이나 물질의 노예가 아니다. 인간의 정신—거기에 따른 안정과 평화—그것이 곧 선진 인간임을 알아라. 인간을 되살려야 한다. 인류의 선진 가치관을 물질에서 찾는 허황함을 떠나 정신의 안정과 평화에서 찾는 철학이 일어나야 한다. 여기에는 철학자 · 문학자 · 예술가, 각 방면의 강력한 궐기가 요구된다. 철학도, 문학도, 예술도 황금에 중독되어 참된 인간 되살리기가 얼마나 시급한가를 잊어버리고 있다.

철학의 대혁명(大革命), 그것은 곧 교육의 과감한 회생(回生)에서 비롯되어야 한다. 지금처럼 되어야만 산다는 따위의 경쟁 위주 교육은 이기기에만 정신이 팔려 참된 이김이 무엇이고 무엇이 주어지는지조차 망각하는 그런 교육인데, 우리는 이런 교육에 물들어서는 안된다.

둘째, 자연과 더불어 살아야 한다는 하늘의 섭리를 깨닫게 해야 한다. 우리 인간도 자연의 일부이고 자연과 함께 살고 있다는 인식이 피와 살이 되어 생활해야 한다. 자연의 훼손은 우리 삶의 훼손이요, 그것이 우리에게 얼마나 큰 아픔을 주는가를 인식하고 자연의 생명을 훼손하는 무거운 죄에는 엄한 벌을 주어야 한다는 것을 알게끔 해야 한다.

셋째, 지금의 물질 문명은 후퇴해야 한다. 지금의 문명을 그냥 유지하려는 것은 인류의 파멸만 가져올 뿐이다. 모든 문명은 자연과 인간의 생명—그것은 각기 하나밖에 없는 — 을 우선해야 하며, 현대 문명처럼 인간이나 자연의 생명을 희생시켜서만 살아갈 수 있는 잔혹한 문명에서 과감히 뛰쳐나와야 한다.

넷째, 성장 위주의 경제 발전이야말로 인류가 살아갈 길이라는 착각에서 벗어나자. 경제 성장이 누구를 희생시킨 성장인가를 반성하자. 인간 자신을 잊어버린 기계 인간을 양성하고, 모든 생명(자연이나 인간이나 동식물까지도)을 살상해서 이룩한 경제 성장이 자랑스럽다고 떠드는 무서운 군상(群像)들로 하여금 이 악몽에서 깨어나게끔 해야 한다. 물질의 가난에서도 굶주리지 않고 사랑과 정(情)이 넘치는 정신의 회복 또는 되살리기가 우선해야 한다. 여기에는 성장 지상에 탐닉하는 정치가들의 일대 각성이 필요하다. 인생 철학을 다시 배우자. 사람은 무엇 때문에 사느냐, 사람은 누구와 함께 사느냐부터 새로 배우고 정치를 다시 시작해야 한다.

다섯째, 아직도 이 지구상에는 빈곤에 시달리는 수다한 민족들이 있다. 이들을 외면하겠느냐고 강력히 반발하는 사람들이 있다. 경제 성장으로 이들을 가난에서 구출해야 한다고 한다. 묻나니 그대는 진정 그 가난한 사람들을 위해 경제 성장을 주장하는가, 지금도 잘사는데 더 잘살아 보자고(어떻게 하는 것이 더 잘사는 것인지 모르겠지만) 성장지상주의를 외치고 있지는 않는지 묻고 싶다. 가난은 구제되어야 한다. 인간 생명이 가난으로 굶어죽고 얼어죽고 병들어 죽어서는 안된다.

진정 이들을 위한 전인류의 공동 노력이 있어야 하고, 또 그와 같은 진정으로의 합심이 이루어지면 이 지구상에서 가난을 몰아낼 수 있다는 자신이 있다. 인구의 폭발적 증가로 인한 식량을 어떻게 해결할 것인가를 묻는 이가 있다. 유전 공학이 발달해서 지구 표면의 농경지를 더 이상 희생시키지 않고도 식량은 해결할 수 있다고 사람들은 생각한다. 가난이 어찌 인간만의 문제인가? 우리는 우리를 살려주고 도와주고 우리 생명을 키워 주는 우리 주위의 자연(동식물을 포함해서) 생명을 가난하게 방치해서는 안되고, 그 자연의 생명을 희생해서는 더욱이 안된다.

여섯째, 핵은 없어져야 한다. 방사성 물질을 밀폐해서 아무리 깊숙이 묻는다 해도, 결국 우리(인간과 자연)와 함께 있는 것이다. 그것이 지금 평화적 사용으로 현대 물질 문명에 도움을 준다고 하지만, 우리가 성장 위주와 성장주의에서 벗어날 때 그 필요성은 자연히 사라진다. 위험한 것, 다시 말해 생명에 위험을 주는 것은 이 지구상에서 없어져야 한다.

일곱째, 자동차를 개조해서 화석 연료의 무분별한 사용을 없애자. 도시 교통은 무궤도 전차나 모노레일의 교통망으로 만들고, 이 대중 교통 수단을 고급화하여 수시로 손쉽고 편하고 유쾌하게 이용할 수 있게 하며, 자동차는 무거운 운송 수단으로만 사용하되 그 밖의 목적으로 이용되는 자동차에는 아주 무거운 세금을 부과하자. 또 불원간 화석 연료를 사용치 않는 전기 자동차의 개발에도 기대를 건다.

여덟째, 음식 쓰레기의 양을 줄이자. 우리나라처럼 쌀을 주식(主食)으로 하는 민족에게는 음식 쓰레기가 엄청나다. 우리의 먹는 습관을 '먹는 양만큼만 갖다 먹는다'는 뷔페식 식사로 바꿔서 음식 폐기물의 양을 줄이면 쓰레기를 줄일 수 있다. 그뿐만 아니라 음식을 낭비하지 않는 데에도 도움을 주게 된다.

아홉째, 청결은 문화인의 필수 조건이다. 내 얼굴이나 옷맵시에만 신경을 쓰지 말자. 나의 주위, 나의 집, 나의 마을을 다 깨끗이 할 줄 알 때, 우리는 유쾌하고 깨끗하게 너도나도 다 좋은 삶을 살 수 있게 된다. 이러한 것을 깨달아 조금씩만 노력하면 단번에 문화인이 될 수 있음을 알아야 한다.

열째, 인구가 증가하는 것만이 문제가 아니다. 인간의 도시 집중이 모든 환경 파괴의 큰 원인이 되고 있다. 도시화는 교통 · 교육 · 의료 · 위생, 모든 면에서 편리하기 때문이다. 그러나 인구가 많아도 도시집중화만 없다면, 오염 문제는 훨씬 가벼워진다. 우선 편리한 교통망을 구축하자. 그렇게 힘든 것이 아니다. 의료나 교육은 뜻만 있으면 해결하기 쉽다. 밀집한 아파트 생활이 인간 건강에 얼마나 해로운지 모른다. 인구가 전원(田園)으로 분산만 되면, 분뇨 · 생활 쓰레기 · 대기 오염 · 음료수 오염이 해결된다.

온 국민이 이렇게 하는 것은 옳은 길임을 하루속히 깨닫게 해주어야 한다. 이 모든 일은 너도나도 항상 반성하고 생각하고 궁리하면 반드시 해결될 수 있는 일들이다.

물질 문명과 공해

20세기의 문명 세계는 인류에게 행복을 가져왔다고 생각하는 사람들도 있겠지만, 빛이 있으면 그늘이 있는 것처럼 현대 문명을 긍정적으로(positive) 평가할 수도 있으나 많은 면에서 부정적으로(negative) 평가할 수도 있음을 우리는 안다.

우리는 흔히 3P라고 하여 poverty(빈곤) · population(인구) · polution(공해)을 문명의 발달과 관련짓는다. 즉 문명의 발달은 지구상의 빈곤(poverty)을 부각시키게 되었고, 기하급수적으로 증가하는 인구(population) 문제와 물질 문명의 산물인 공해 문제를 야기시켰다. 과학이 발달하면서 자연에 대한 지식이 깊어지고 자연을 이용함으로써 인간은 자기의 힘을 더 강하게 했다. 그러나 '과학→기계→물질 대중 생산', 이러한 과정은 자연을 파괴하는 대가를 치러야만 했다.

인구는 기하급수적으로 늘어나 단위 면적당 인구 밀도가 높아질 뿐 아니라 공해의 가속화를 가져오고 있다. 인구가 증가하면 GNP가 올라가고, GNP의 상승은 환경에 부정적인 영향을 끼친다. 즉 환경 자원의 고갈과 원료의 채취·가공에 의한 대중 생산과 대중 소비에 따른 대중 폐기로 지구는 엄청나게 오염된다. 경제 성장은 경제 생활과 인구의 도시 집중을 초래한다. 도시 자체의 공해는 무섭게 증가한다.

성장과 기술의 진보는 공해 발생 원인을 증가시키고, 환경파괴적이고 자연이 흡수할 수 없는 물질을 배출하게 된다. 특히 방사성 물질·DDT·세척제·화학 물질, 이러한 물질들은 자연에서의 재순환이 거의 불가능하며, 또 이런 물질들은 환경 오염의 흡수력마저 파괴한다.

물론 기술 혁신으로 환경 오염의 심각성을 감소시킬 수 있다는 바람도 있고, 또 어떤 사람들은 ZEG(zero economic growth)로 경제 성장을 억제하면 된다고 한다. 그러나 기술 혁신의 결과를 얼마만큼 기대할 수 있겠느냐도 문제이다. 더욱이 ZEG는 인간이 성취할 수 없는 충동에 사로잡혀 헤어나지 못하고 있음도 알아야 한다.

〈1992. 5. 19〉

빈대, 벼룩, 공해

내가 어려서 객지에 나가 하숙하며 공부했던 70여 년 전만 해도 학교에 가지 않는 주일이면 흔히 하는 일 가운데 하나가 겨울 내복을 벗어서 이와 서캐를 잡는 일이었다. 벼룩이나 빈대는 말할 것도 없다.

빈대장이라고 광목으로 만든 큰 주머니 속에 자리를 깔고 자야만 빈대의 습격을 면할 수 있었다. 빈대는 빈대장 안의 사람 냄새를 맡고 이 빈대장 구멍으로 밤새 들어오려고 새까맣게 모여 있곤 했다. 빈대 · 벼룩 · 이 같은 벌레들은 이처럼 사람의 피를 빨아먹으며 살았고, 또 사람들은 이들 벌레와 공생하는 것을 사실상 용납하고 있었다.

그러던 빈대 · 벼룩 · 이는 어느새 완전히 우리 곁을 떠나고 말았다. 옛날 사람들은 장작이나 솔잎을 때서 밥을 해먹고 방을 데우면서 살았는데, 어느새 연탄을 때면서부터 연탄 가스 때문에 빈대 · 벼룩 · 이는 모조리 죽어 멸종했다고 한다. 이것이 생태계의 한 변화임을 우리는 경험하고 있다.

그러나 여기 한 가지 깊이 생각할 것이 있다. 만일에 벼룩 · 빈대 · 이처럼 그렇게 번식력이 강하던 벌레들이 연탄 가스 때문에 멸종이 되었다면, 그 가스를 항상 마시고 사는 인간은 아무렇지 않은가? 오늘날 우리는 장작을 때고 살 때나 연탄을 때고 살 때나 또 요즘같이 기름을 때고 살 때나 큰 변화가 없다고 생각하고 있다. 그러나 다시 한 번 생각해 보라. 연탄이나 기름은 이 · 벼룩 · 빈대를 깡그리 없애 버릴 만큼 우리에게 해를 주었는지도 모른다.

연탄 가스는 나쁘고 빈대 · 벼룩이 필요하다는 이야기는 아니다. 단지 그 유독 가스의 인체에 대한 피해를 알고 살아야만 우리가 건강을 좀더 자세히 이해할 수 있을 것 같다는 것을 말할 뿐이다. 나는 요새 나이 들어 건망증에 걸렸지 않나 하는 생각을 자주 하는데, 옛날에 연탄불을 모르고 살던 어른들도 이랬을까 하는 생각을 해보기도 한다.

비단 빈대 · 벼룩 · 이만이 아니라 요새는 파리 · 모기조차 점점 없어져 간다. 이것들은 왜 우리 곁에서 사라져 갈까를 생각해 보아야 한다. 우리가 깨끗하게 살게 되어, 소위 문화 생활을 하게 되어 파리가 서식할 곳이 없어서 적어졌다고 하는 사람들도 있다. 사실 파리가 서식할 곳까지 없을 정도로 우리 주변은 깨끗한가? 이렇게 아전인수격 해석을 하기 전에 파리와 모기는 왜 우리 곁을 떠나고 있는가를 생각해야 하겠다.

〈1992. 6. 26〉

전쟁과 인간

인류가 지구상에 태어나면서 인간은 여러 가지 천재지변과 동물에 의해 목숨을 잃었다. 그러다가 민족이라는 종족 집단이 생기고 나라가 생기면서, 세력 다툼이 일어나고 급기야 전쟁이라는 형태에 이르러 거의 매년 또는 일정한 기간을 두고 세계 각처에서 많은 인류가 죽어갔다. 그러한 역사가 수천 년 지속되었다. 아마 이것이 하늘이 내려 준 인류의 자기 조절인지도 모른다.

이렇게 국가 형태의 인류 집단이 늘어가면서, 인간 세계에는 전염병의 내습으로 많은 생명들이 죽어갔다. 즉 인간이 많아지고 그들이 집단을 이루거나 접촉을 많이 하면서, 전염병의 위력은 더욱 커졌다. 페스트·콜레라·천연두 등 무서운 전염병이 만연하여 전쟁에서만큼 인명 피해도 커졌다. 그러다 과학 문명의 발달로 여러 가지 질병들이 없어지고, 여러 가지 급성 전염병도 소멸되어 갔다.

여전히 전쟁은 계속되어 제2차 세계대전에서만 5천 2백만 명이나 죽었고, 한국 전쟁에서도 260만 명 이상 죽었다. 그러나 이제 21세기를 맞이하면서 대전쟁은 차차 없어져 가는 듯하나, 인류가 직면하고 있는 과학 물질 문명은 공해가 주는 새롭고 강력하고 가공할 도전에 직면했다. 공기·물 등 모든 것은 인류가 생존하기 위해 절대적인 것인데, 이러한 공기와 물과 햇빛과 토양이 인류에게 엄청난 위해물로 전염되어 가고 있다. 이제 과거 인류가 겪었던 천재지변이 다시 일어나게 되었다.

전염병이나 전쟁의 위험은 아무것도 아니다. 넘치는 인류의 수는 조절될 때가 왔다. 앞으로 인간 스스로가 만든 공해로 인해 많은 인류가 죽어갈 것으로 보인다. 현재와 같은 인류가 개발한 지나친 과학 문명은 하늘이 용납치 않을 것이며, 인간 스스로 그것에 대처해 나갈 때가 가까워 오고 있는 것 같다.

〈1993. 2. 13〉

더불어 살아야 한다

리우 회의에서 드러난 것은 선진국들이 아주 가난한 나라에게는 빵 부스러기라도 뿌려 주어야지 하는 거만한 태도와, 이제 NICS같이 선진국에 못지 않게 살아 보려고 턱걸이 안간힘을 쓰는 중진국에게는 모든 수단을 써서 억누르고 더 이상 선진화하지 못하게 하는 행태이다. 우리나라의 경제(물질 문명) 발전이 이제 이만큼 발전했으니, 우리나라도 모든 분배 구조 문제들을 재조정하면서 골고루 나누어주어 궁핍하거나 굶주리지 않고 살 수 있는 물질 문명의 적절한 한계점을 찾을 수는 없을까?

더불어 산다는 말이 있다. 형제가 더불어 살고, 이웃이 더불어 살고, 이웃 나라들이 더불어 살아야 한다고, 또 더불어 살아야 살 수 있다고 하느님이 가르쳐 주었다. 그러기에 우리는 모두 더불어 살려 하고 있다. 그러나 하느님은 사람끼리만 더불어 살라고 하지 않았다.

대자연의 모든 것들이 다 더불어 살아야 한다는 것이 하늘의 대섭리였다. 하늘과 땅과 흙과 물과 태양 광선과 더불어 살아야 하고, 모든 동물과 식물이 다 어울려 살아야 한다고 삼라만상을 만들었는데, 사람들은 문명의 발달로 오만해지고 있다. 더욱이 근세에 와서는 과학이라는 학문을 발달시켜 기계 문명을 일으켰고, 그로 인한 물질 문명의 엄청난 팽창으로 인간의 욕심은 한없이 커지고 있다. 그래서 산허리도 끊어지고 굴도 뚫렸다. 산맥이 쑤셔지고 온갖 나무와 바위가 마구 쓰러지면서, 기는 짐승과 나는 새는 멸종하게 되었다. 이제 하늘의 천벌을 받아 온갖 재앙을 겪고 있다.

더불어 살아야 한다. 이제라도 대자연의 섭리에 순종하자. 그러기 위해 우리의 중지를 모아야 한다.

〈1992. 7. 10〉

자연의 기와 인체의 기

일제 말에 한국에 연주하러 온 독일 음악가들을 연금시켰을 때, 그중에 후프(Goseph Fup)라는 바이올리니스트가 있었다. 이들은 중동 교회 근처 양옥에 연금되어 있었고, 그들의 행동은 일경(日警)의 허락 하에 이루어져, 극도로 제한되어 있었다.

나는 그 당시 '백인제 외과병원'의 백인제 박사 밑에서 외과 수련을 받고 있었고, 그 후프한테서 독일어를 배우고 있었다. 그는 물론 경찰의 허가를 얻어 1주일에 두 번 병원에 와서 가르치고 있었다. 이들은 그 당시 술을 입수할 수 없어서 병원에서 에틸 알코올을 얻어 칼로멜(calomel)이라는 약을 타서 알코올 냄새를 희석시켜 술을 만들어 먹곤 했다. 하루는 사람들이 "네가 수술 환자의 피와 건강한 사람 피를 흡수지에 섞어서 찍어 두면, 후프가 와서 어느 것이 암 환자의 피인지 알아낸다."고 한다. 그는 은으로 만든 둥근 활 비슷한 것으로 두 종류의 피가 묻은 흡수지 위에서 무엇을 측정하듯 하는데, 피에 따라 은 선(銀線)의 움직임이 달라지며 영락없이 암 환자의 혈액을 찾아낸다. 그러면서 후프가 이것은 지금 독일과 프랑스에서 화제가 되고 있는 ERD STRAHLAN이라는 지구선 작용이라면서 독일 학술 잡지의 발표문을 보여 주며 앞으로 공부해 보라고 하였다.

이 논문에 의하면, 지구에는 ERD STRAHLEN이라는 선(X-RAY 같은)이 지나가는데, 암 환자의 혈액은 이 선의 영향을 받고 있고, 또 암의 발병도 이 ERD STRAHLEN과 유관한 것이라는 것이다. 그 당시에는 몇 번 되풀이해서 시험해 보았는데, 100% 틀림없이 알아맞혔으며 매우 흥미를 가졌었다. 그 후 해방이 되고 6.25가 터지면서 다 잃어버렸으나, 동서 의학에서 경락설 (經絡說)을 읽으면서 인체에도 아직 알아내지 못한 어떤 흐름(혈액이나 임파구 또 신경 같은)이 있다는 것을 알게 되었다. 또 땅에는 지기(地氣)가 있어 사람의 인체와 하늘의 기(氣)가 서로 어울려 생명을 유지하고 있다는 동서 철학을 읽으면서 깊은 관심을 가지고 있었지만, 현재처럼 발달한 자연과학의 힘으로 아직 발견하지 못한 이 기(氣)라는 힘의 흐름을 물리학에서 어떻게 보고 있는지도 알고 싶다.

또 인체에는 전체가 일정한 전류에 의해 생명 활동이 전개되고 있을 뿐 아니라 자기의 영향 내에서의 생명 활동을 의학에서 수없이 구명하고 있고 MRI(Magnetic Resonance Imaging : 磁氣共鳴畵像) 등 많은 전류 기계가 사용되고 있음을 안다. 흔히 풍수지리를 공부하는 사람이나 물줄기를 찾는 사람들이 마치 무슨 요술이나 부리는 것같이 인식되는 수도 많고 또한 현대인의 이러한 요술 같은 일을 믿지 않는다는 사람도 많지만, 나는 깊이 관심을 두고 구명하는 데 최선을 다해 그것의 허구 여부를 확인함이 현대 과학의 길이 아닌가 생각해 본다.

〈1992. 5. 14〉

인체 리듬

사람은 시계를 보지 않고도 지금이 몇 시인지 대개 알아맞힌다. 반시간의 차이밖에 나지 않는다. 또 몇 시에 잠을 깨겠다고 생각하면, 많은 경우 대략 그 시간에 잠을 깬다. 사람은 잠을 자고 음식을 먹는 것도 대개 시간을 맞추어 한다. 눈을 깜박이는 것에도, 호흡에도, 맥박에도, 숨쉴 때 콧구멍을 좌우 교대로 하는 것에도 다 일정한 리듬이 있다. 이처럼 사람의 몸에는 시계가 있는 것처럼 인체의 모든 생리 현상은 리듬에 맞추어 움직이고 있다. 마치 지구가 자전하는 1일 주기, 달이 지구를 돌고 있는 1개월 주기, 지구가 태양을 도는 1년 주기가 일정한 리듬에 맞추어 있는 것과 같다.

사람만이 그런 것이 아니다. 어떤 동물에서는 시간의 차가 5분을 넘지 않는 수가 있다. 콩에 기생하는 진드기가 그렇다. 벌레가 알을 낳고 유충을 기르는 시간은 거의 완벽하다. 해뜨는 시간이 14시간 55분 이상 되는 따뜻한 때에는 충분히 알을 낳고, 해가 짧으면 다음 해가 뜰 때까지 기다린다. 마치 몸 속에 시계가 있는 듯하다. 사람이 꿈을 꾸는 것도 90분 주기로 꾸고, 고양이는 30분 주기로, 쥐는 12분 주기로, 코끼리는 120분 주기로 꿈을 꾼다.

사람은 생리적으로 3~4시간이면 허기를 느끼고, 아침이면 기상을 한다. 흔히 사람들은 습관 때문이라고 하지만, 그 습관이 곧 리듬이 되고 시간이 된다. 인간은 자연의 자극과 접하고 있으며, 체온·혈액·맥박·호흡·호르몬 분비 등도 모두 지구 자전에 맞추어 올라가기도 하고 내려가기도 한다. 자연스러운 인간의 생활 리듬은 태양일보다 50분 더딘 태음일 사이에서 더 균형을 맞추고 있다고 한다. 이는 인간의 흉하부에 있는 시상하부(視床下部)가 조절하고 있다고 한다. 이 시상하부는 주위 자극에 대해 매우 민감하며, 사방이 어두운 감방에 오래 가두어 두면 하루가 길어져서 실제로 감방 생활은 짧아지기도 한다.

이처럼 인체는 소우주라고 말하는 동양 철학같이 우주의 움직임이 인간 생활에 깊이 연관되어 있는 것만은 사실이다.

〈1993. 3. 4〉

인간 생명의 존엄성

지난 28일 과학원 주최의 "종교인이 보는 우리 사회의 문제들에 관한" 세미나는 참 좋았다. 가톨릭 · 개신교 · 유교 · 불교의 지도자들 네 분을 모신 모임에 많은 청중이 모였다. 그들은 첫째로 인간 생명의 존엄성을 주장했다. 인간 중심주의의 사상이 자리잡아서 물질 문명에 대한 인간의 도전은 필요하다고 했다.

나는 지난여름 우리 대학 교수들 7~8명과 함께 중국과 몽골을 구경하고 왔다. 여행 목적은 사회주의가 어떻게 붕괴되었고 그들의 개방은 어떤 모습이었는지를 보기 위해서였다. 6.25때 인해 전술(人海戰術)을 자랑삼아 떠들며 인간 생명을 티끌만큼도 여기지 않았던 중국이 아니었던가? '아파 열 냥, 죽어 백 냥'이라며 사람의 생명을 그렇게도 경시하던 중국이 여전히 인간 중심이 아니고 인간 소외로 인간을 무시했기 때문에 사회주의의 붕괴를 가져왔구나 하는 것을 보았다. 개방을 한다면서, 자본 경제를 도입한다면서 인간은 여전히 소외되고 무시되고 있는 중국의 내적 모습에 크게 의문점을 안고 왔다.

일본은 사무라이 문화의 잔재인 할복(割腹)으로써 인간 생명을 아무것도 아닌 양 생각하는 나라로서 경제 대국을 이루었는데, 과연 그들이 이렇게 인간 생명을 경시하면서 살아가는 문화는 무엇이었으며, 그들에게 참된 행복은 올까? 두고 볼 일이다.

가치관이 무너졌다고 한다. 세상은 급변하고 있는데 우리들의 사고나 행동이 그를 뒤따르지 못하니, 혼란이 오고 가치관의 붕괴가 온다. 몇 자 떨어져서 스승의 그림자를 밟지도 않는다는 스승 존경의 시대가 있었다. 그런가 하면 우리는 여자 중학교에 담배 자동판매기가 설치되는 세상에 살고 있다. 무너진 가치관은 무엇이고, 왜 그것은 무너졌고, 이제 우리가 살아야 할 가치관은 무엇인지를 종교 지도자와 사회 지도자들이 깊이 생각할 때이다.

그래서 우리의 삶의 기준이 확립되어서 국민이 갈팡질팡 방황하지 말고 최소한 큰 기준에 따라 생각하고 행동하도록 해야 한다.

오늘 이 자리에 우리나라 종교 지도자들이 모였다.

종교에서부터 먼저 물질 추구에만 정신을 팔지 말고 인간의 귀중함에 솔선 수범하는 수고의 모습이 아쉽다. 우리나라에는 가난한 사람, 고난을 받고 있는 사람, 소외된 사람들이 너무나 많다. 거기에 우리의 마음을 다해서 사랑과 자비를 실천하는 세상이 되었으면 한다.

〈1992. 10. 30〉

성

"남녀칠세부동석(男女七歲不同席)"이라는 말이 있다. 유교 전통의 한국에서 성에 대한 언급이 아주 저속하거나 불결한 것으로 여겨 오면서, 남녀는 성인(成人)이 되어 결혼할 때까지 성(性)에 대해 거의 무지한 채 성장해 왔다.

그러던 것이 근래 TV 미디어를 통해 각종·각 수준의 성 묘사가 거의 보편화하다시피 하면서, 성을 경험하지 못했던 남녀는 성이 무엇인지 깨닫게 되어 성에 무척 호기심을 보이며 성 경험을 희구하게 되었다. 이것이 성 문란(性紊亂) 또는 성 개방(性開放)의 바람까지 불러일으키고 있다. 그러나 실제로 아직도 성을 경험하지 못한 젊은이들은 어떤 면에서 성에 대한 호기심이나 기대보다 미경험에 따른 불안감이나 자신감 결여에 빠져드는 수가 많다.

사실 성 경험이 없는 남녀가 결혼해서 첫날밤을 지낼 때 발기 불능이나 조루 등으로 성교에 실패하거나 만족하지 못하는 수가 있다. 이때 신부측의 불만·불안이 신랑의 성 불안을 가속시키게 된다. 이러한 악순환이 실제로 남자에게 어떤 신체적 장애가 없는데도 오로지 성에 대한 불안이나 공포를 가지게 한다. 그리하여 남자는 성 불능자(性不能者)가 되는 수가 많다. 실제로 의학에서는 발기 불능의 주요 원인이 결코 세상에서 말하듯이 호르몬 부족이나 신체 허약 때문에 오는 것이 아니라, 정신 불안·무드 결핍 등 정신이나 감정 이상이 성교 불능의 주요 원인이 된다고 보고 있다.

이처럼 남자의 정신적 건강은 성에 아주 큰 영향을 준다. 또 불임일 때 흔히 여자가 결함인 경우가 많기는 하다. 그래서 인공수정술 등이 유행하고 있지만, 불임의 원인을 100% 여자의 결함으로 취급하는 것은 아주 잘못된 일이다. 불임은 남자의 무정자증 등이 원인인 경우가 꽤 많은데, 우리나라 풍습에서 불임을 오로지 여자 탓으로 돌리는 것은 아주 잘못된 일이다.

구미에서는 만족할 만한 성생활을 못하는 사람들을 위해 완전한 시설을 갖추어 건전한 성생활을 가능케 하는 치료법을 실시해서 많은 사람들에게 만족을 주는 클리닉(clinic)도 크게 성행하고 있다. 우리나라 같은 전통 사회에서도 성에 대한 개방된 지식의 습득을 금기시할 때는 지났다. 또 반드시 성 접촉까지는 하지 않아도 성을 서로 이해하게 하는 자신있는 남녀 교제도 크게 권장할 만한 일이다. 어느 정도의 성 지식과 어떤 형태의 남녀 교제가 바람직하다고 일률적으로 도식화하지 말고 개인 특성에 맞추어 성에 대한 자연스러운 이해를 가질 수 있도록 기성세대는 특히 노력해야 하며, 성 미경험자도 어른들의 눈을 피해 비밀스러운 성행위나 성 지식을 터득할 생각은 하지 말아야 할 것이다.

〈1993. 2. 20〉

의학과 예술

"의학과 예술"이라는 글이 꽤 눈에 띈다. 대개는 의사들이 쓴 글이어서 예술가를 의사의 눈으로 본 글들이 많다. 과학을 하는 현대 의사들은 예술가를 과학적으로 보기 때문에 정확히 예술을 해석하지 못한 점도 있다.

예술은 인간의 한계성 —더욱이 현대 문명의 만능적 힘과 가능성을 자랑하는 과학 문명까지 —을 초월하여 그 이상을 그리는 것이다. 예술이 다루는 세계는 과학의 눈으로 해석하기 힘든 세계이다. 사람은 아무리 커도 6척을 넘기 힘들고, 100m를 아무리 애써도 9초 플랫 이하로 달릴 수는 없다. 그러나 예술은 그러한 인간적 한계를 무시한 무한의 세계를 자유자재로 넘나든다. 회화 · 조각 · 음악 · 연극 · 서예 등을 예술이라고 하지만, 이상과 같은 의미로 철학 · 종교를 예술에 포함시킬 수도 있다.

사진 예술이라는 것이 있다. 사진은 대상을 있는 그대로 찍기는 하지만 그 대상의 내면을 찍지는 못한다. 산수(山水)를 찍은 사진과 그림은 전혀 다르다. 그림은 산수 풍경만 그리는 것이 아니고 풍경 속에 숨어 있는 산수를 그린다. 땅속의 바위를 그릴 수도 있고, 울창한 숲 속의 서늘함과 산수의 뜻을 그린다. 그런 뜻에서 예술 사진이라는 것이 있다. 그냥 찍는 것이 아니고 사진기에 들어오는 빛과 그림자 영상의 색깔을 강조하고, 크고 작음을 초월하여 대상의 뜻을 강조한 사진을 예술 사진이라고 한다.

고흐의 명작 가운데 "은하수"와 "성목야(星目夜)"라는 그림이 있다. 어떤 의사가 "의학과 예술"이라는 글에서 간질(epilepsy) 환자였던 고흐가 발작 증상인 환각(hallucination)으로서 뇌리에 나타나는 번개 · 별과 같은 것을 체험하게 되고 그것을 현실을 초월한 우주의 세계라고 생각히여 그림을 그렸다고 해석한 것은 과학을 하는 사람으로서 예술의 세계를 올바르게 해석하지 못한 탓일 수도 있다. 예술을 과학의 잣대로 측정하려는 노력은 애초에 잘못인 것 같다.

예술은 문명에서 비롯한다. 역사가 없다는, 다시 말해 문명의 시대가 아닌 선사시대의 그림(주로 동물)을 발견하지만, 그것은 꼭 문명의 시초가 될 만큼 역사적 가치가 있지 않아 문명이라고 할 수는 없다. 문명은 크게 세 가지로 나눌 수 있다.

1) 고대 그리스 문명 : 인간이 자연에 속한다는 철학 속의 인간은 자연 속의 하나이고, 모든 창조력은 자연의 것이지 인간의 것이 아니라는 사상이다. 인간은 자연을 모방하려 했고, 인간의 이성을 앞세워 속된 인간의 의지는 자제되어야 한다고 했다. 이런 생각은 우리의 유가(儒家) 정신과 상통한다. 동양화 특히 산수화는 그런 철학을 잘 나타내고 있다. 어떤 산수 풍경화에든

산·바위·나무·시냇물이 있는데, 인간은 그 속에 자그마한 정자나 일엽편 주의 미소한 존재로 그려져 있음을 우리는 잘 보고 있다.

2) 중세 신앙 시대 : 서구에서는 그리스도 신앙이 한창이고 동양에서는 불교 정신이 지배하는 시대이다. 인간은 신의 은총에 의한 구원 신앙에 의존해야 하며, 인간의 욕망인 세속의 의지는 절제되어야 한다는 것이다. 왜냐하면 인간은 신에 의해서 존재할 수 있는 것이고, 모든 창조력은 절대적으로 신에 예속되는 것이며, 인간의 질병·건강도 신의 징계와 포상에 의한다는 생각 때문이다. 이는 불가에서도 동일하다. 중세의 기독교 문명에는 천당·지옥·하느님이 그려져 있고, 불교 문명은 부처님에 중점을 두어 그렸다.

3) 문예부흥 시대 : 인간은 신에서 벗어난다. 모든 창조력은 인간에게 있다. 인간은 더 이상 신에 예속되어 있지 않다. 그런 의미에서 이 시대는 인간의 르네상스 시대이다. 인간의 모든 사고는 스스로의 창조 노력으로 바뀐다. 인간은 더 이상 주어지는 것이 아니고 끊임없이 성취하는 것이다. 이러한 창조를 성취하는 추진력은 현대 정신의 핵이 되었다.

이 현대 문명에서 인간의 창조력은 예술로부터 잉태되었다. 신으로부터 탈출한 인간이 크게 표면에 나서면서, 예술은 인간을 그리기 시작했다. 이에 비롯하여 많은 인물화가 대두하게 되었다. 이 시대의 인간이 창조력의 주인이 되면서 과학이 발달된다. 곧 산업 사회가 시작되는 것이다. 산업 사회의 발달은 물질을 자본화하기에 이르렀다. 이렇게 해서 물질의 풍요를 가져왔고, 인간은 물질에 탐닉하게 된다. 그러나 인간의 정신은 점점 빈곤해진다. 사람들은 과학 기술에 끌려 다니면서, 그들이 가지고 있는 가치관은 행방불명이 된다. 소유의 화신이 되고 말았다.

자연이란 인간이 이용하고 검증하는 물질의 자원일 뿐이다. 현대 문명의 자연 과학은 기계에 의한 엄청난 생산 능력을 만들었다. 현대 과학은 또 물질의 형질 변경을 가져왔고, 신물질이 합성되고 신소재가 개발되고 유전자를 조작하기에 이르렀다. 인간을 대신하는 차세대 컴퓨터가 인간 노릇을, 남편 노릇을, 아내 노릇을, 상사 노릇을 다할 수 있게 된다는 뜻이다. 이는 자연에 대한 무서운 역작용이다. 전자공학·유전공학이 발달함으로써 컴퓨터에다 인간에 관한 모든 정보를 주입시킨 다음 인간을 만들라 하면 인간이 탄생할 수도 있는 날이 예견되고 있다. 인간은 결국 물질에 지나지 않으며, 인간은 이 과학 문명의 힘에 대한 신앙에 빠져든다. 힘의 맹신자, 그런 인간이 되어 가고 있다.

생명에 대한 외경심은 상실되었다. 생명을 황금 시장에 올려놓고 잣대질하게 되었다. 이제 만물의 존재를 주재하는 것은 기(氣)가 아니라 생유욕(生有慾)의 성취일 뿐이다. 인간은 로봇으로 취급당하고 있다.

이렇게 해서 과학 정신은 신비주의를 배척하고 생명에 대한 외경심을 포기하게 되며, 동시에 자연과 생명을 파괴하게 된다. 그러나 이러한 기계 문명에 블랙 홀(black hole)이 있었음을 인식하게 된다. 인간은 과연 그들의 미래를 과학 기술에 일임해야 하는가 의심을 품기 시작했다. 기술 문명에 의해 인간 내면에 공포와 혼란을 초래한다. 그리하여 인간의 생존을 부정하는 여러 가지 반인간적 사태가 속출하면서, 인간이 현대 문명의 주인인가 노예인가 자문하게 된다. 과학 정신에 대한 비판 의식이 대두하게 된다. 과학 문명에 대한 반성, 잃어버린 인간을 되찾아야겠다는 생각, 생명에 대한 외경심, 다시 생명은 과학이 아니라 신성이라는 깨달음이 일어나기 시작했다.

르네상스가 이제 인간의 재발견 단계에 들어간다. 이것이 포스트모더니즘(postmodernism)이다. 16세기에 현대 문명이 서구에서 시작되면서, 수백 년 역사의 급류가 이제 스스로 반성하게 된 것이다.

우리나라도 갑오경장을 계기로 오랜 봉건 사상에서 깨어나 인간 창조의 성취에 뛰어들었지만, 제국주의(일본 침략)와 이데올로기(공산주의 전쟁)에 의해 우리들의 각성은 저해되고 말았다. 그러나 후기 산업 사회에 대두되는 인간의 재발견 도정에서 우리 자신이 인간임을 알게 되었고, 우리 자연의 재발견을 위해 많은 것을 배우고 성취해 나갈 수 있게 되었다.

급작스러운 해방과 더불어 우리 예술은 민족을 되찾은 기쁨과 민족혼을 고취하는 경향에서 한국화의 정립을 크게 대두시켰고, 동시에 서양화의 발전이 두드러졌다. 양자가 표현 방식에서의 융합을 이루지 못하고 대립의 양상을 보인 것은 유감이지만, 또한 그러한 대립이 예술 정신보다 색채 표현에 치우쳐 사상의 빈곤을 초래하게 된 아류(亞流)도 우리는 경계해 나가야 한다.

이렇게 인간의 재발견, 자연의 재현은 예술이 선도하게 된다. 이제 우리는 인간의 존엄성이 법에 의해 유지되는 것이 아니고 생명의 외경심에 의해서야 유지될 수 있음을 깨닫게 되었다. 생명의 원리는 인간에서 찾아내야 하며, 그것은 우주의 원리와 동등하다. 인간은 우주 안에서 그리고 자연 안에서 신과 공존함을 깨달아야 하며, 우리 선조들이 믿고 있던 "인간은 소우주이며, 우주를 돌고 있는 기(氣)가 인간 안에 살아 있다."는 인간의 원리를 깨닫는 데 노력해야 할 것이다. 우리는 우주 만물의 척도가 인간이라는 것을 알게 된다. 이체(異體)는 진리를 탐구하는 특별한 수단임을 깨닫게 된다. 소크라테스(Socrates)의 "너 자신을 알라."라는 외침은 인간 안에서 진리를 찾으라는 말이었다.

이집트 · 그리스 · 잉카 · 마야 · 인도 · 아프리카 등의 예술은 인간 곧 인류의 위상임을 말해 준다. 이러한 진리의 원천인 인간을 어떻게 읽어야 하는가? 그것을 추구하는 것이 곧 의학이다. 결국 예술이나 의학이 궁극적으로 찾고 있는 것은 인간임을 우리는 안다.

고흐는 자화상에서 살아 있는 자기를, 생각하고 사랑하며 창조하려는 자기를 그리려고 했다. 이러한 예술이 찾고 있는 인간의 재현은 조화를 기저로 하고 있다. 이체는 우주 원리에 의한 총체적 조화라고 한다. 그림 · 서화 · 조각 · 음악, 모든 것의 조화가 완벽할 때, 그것은 곧 우주의 원리, 즉 인간 자체의 구현이 되며 아름다움과 건강이 된다.

동양 의학은 이 조화를 목표로 하고 있다. 기(氣)가 경락을 통해서 순탄하게 순환하고 있을 때, 그것은 건강이다. 서양 의학에서 항시성(homeostasis, 恒

時性)이란 조화를 가리킨다. 그림을 볼 때, 조각을 감상할 때, 명필을 볼 때 첫 번째가 조화이다. 거기에는 모양새 · 색깔 · 명암 모든 것이 조화를 기본으로 하고 있다. 조화된 인간, 그것은 미(美)요 힘이다. 예술가들은 인물화를 그리면서 이 아름다운 조화미를 탐미적 취향으로 그리다가 본능적 아름다움을 가진 여체를 그리게 된다. 여인상(女人像)에 두드러지게 나타나는 것은 유방과 허리와 둔부이다. "젖과 꿀이 흐르는 땅"이라는 구약에 있는 말처럼 유방은 탐스러워야 하고(dome), 그것은 그리스 신화에서처럼 언덕이나 대지로서 생명을 양육하는 곳이기 때문에 포근해 보여야 한다. 둔부는 반석이다. 반석이 튼튼해야, 즉 골반이 튼튼해야 생명을 잉태할 수 있다. 그것은 안정되어 있어야 한다. 허리는 유방과 골반을 잇는 받침대이다. 이러한 여인의 나체를 그리는 예술가들은 이러한 생명의 구현, 그것도 건강한 생명의 살아 있는 모습을 그리려고 한다.

　나는 우리 대학 건립 초에 유럽에 갔다가 이탈리아의 카라라(Carara) 대리

평양고보 동문들 한림대학교를 방문하고 다비드상 앞에서 기념촬영

석 산맥을 찾아 다비드(David)상을 주문했다. 원래 다비드상은 미켈란젤로의 대작이다. 내가 주문한 다비드상은 피렌체에 있는 다비드상의 모조품이지만, 그 크기나 모습이 진품과 똑같다. 컴퓨터를 이용해 모조하는 조각 예술은 이제 완전할 정도로 발전했다. 이 다비드상은 모조품이지만 세계에서 우리에게밖에 없다고 한다. 다비드의 나상(裸像)은 참으로 아름답다. 젊음의 힘 · 희망 · 정의감 · 선함 등 모든 것이 그대로 나타나 있다. 이는 여인의 나체에 비할 바가 아니다. 참으로 인간의 미를 찾을 수 있다.

이 다비드상(대리석)은 5.8m의 크기이다. 카라라 대리석 산맥에서 이 크기의 조각으로 만들 수 있는 흰 대리석을 구하는 데 6개월이 필요했다고 한다. 제작하는 데 7개월, 배편으로 부산에 실려 왔다. 나무로 틀을 짜서 거기에 넣어 춘천의 대학까지 실려왔다. 가보니 하얀 아름다운 대리석상인데, 페니스(penis)가 새까맣게 되어 있었다. 이것이 웬 일인가 했더니, 뱃사람들이 기름 묻은 손으로 자꾸 만져서 그렇게 되었다고 한다. 비누로 깨끗이 닦았더니, 그렇게 잘생긴 페니스일 수가 없다. 대학 건물 중앙에 세웠더니, 그 아름다운 장관은 정말 자랑하고 싶을 뿐이다. 많은 사람들이 그 앞에서 사진 촬영을 하기에 바쁘다.

그러다가 약 1년이 지난 어느 날 아침, 다비드상의 페니스가 없어졌다. 이 것이 무슨 이변이냐고 야단을 쳤지만 찾을 길이 없었다. 주위에서 떠도는 말들에 의하면, 아들을 낳지 못한 어떤 부인이 잘라갔다고 한다. 할 수 없이 이탈리아에 전화로 페니스를 다시 주문했다. 약 2개월 만에 페니스는 복구되었다.

내가 춘천에 대학을 시작하면서 정문으로 들어오는 잔디밭에 등신대(等身大)의 아름다운 여인 나상을 세워 놓았다. 대학 초창기에 대부분의 교수들이 가족은 서울에 있고 홀아비로 춘천에 와 있을 때이다. 이 교수들이 등하교할 때마다 그 여인상의 유방과 엉덩이를 만지고 지나가니 그곳만 반질반질해서 보기가 민망스러웠다. 직원을 시켜 왁스로 2~3일에 한 번씩 닦으라고 한 일이 있다. 이 모두 인간에게서 인간을 찾으려는 본능인가 보다.

인간은 아름답다. 그는 무한·무량의 진리를 간직하고 있기 때문이다. 의학과 예술은 이처럼 같은 인간을 서로 다른 방향에서 추구하는 것이다.

과학은 인류에게 무엇을 줄 것인가

그리스 신화에 의하면, 인간은 제우스신의 명령으로 프로메테우스가 만들었다고 한다. 프로메테우스가 적토(赤土)로 빚은 인간의 형체에 생명을 불어넣으면서 제우스는 말했다.

"인간이 살아가기 위해 그에게 여러 가지 지혜를 주었다. 다만 '불'은 신들만이 가지게 하고 인간에게는 주어서는 안된다. 인간에게 불을 준다면 성질이 강해져서 신들의 힘에 넘치는 존재가 될 것이기 때문이다. 만일 이러한 나의 가르침을 어기고 인간에게 불을 주는 날에는 너도 벌을 받게 될 것이다."

프로메테우스는 인간이 살아가기 위한 많은 지식을 주었다. 경작·목축·언어들을 가르쳤다. 그래도 인간은 다른 동물들에 비해 약했기 때문에 비참한 상태를 면치 못했다. 그래서 프로메테우스는 인간을 위해 제우스의 지시를 어기고 신들에게서 불을 훔치기로 결심하였다. 결국 태양에서 훔쳐 낸 불을 인간에게 주면서 쓰는 법도 가르쳐 주었다. 드디어 제우스가 이를 알아채고 프로메테우스를 벌로서 코카서스(Cocasus) 산상에 정강이를 쇠사슬로 결박시켜 놓았다. 그런데 프로메테우스가 제우스에게 반항적 언사를 썼기 때문에, 크게 노한 제우스는 프로메테우스의 배를 갈라 솔개(독수리)로 하여금 그의 간을 쪼아먹게 하였다. 밤중에 그의 상처는 치유되지만 아침이면 또 솔개가 와서 배를 터트려 놓으므로, 프로메테우스의 고통은 이만저만이 아니었다.

신화는 옛날부터 반복해서 전해지고 있다. 인간은 거듭해서 새로운 지식을 얻지만 때때로 그것 때문에 생각지 못했던 곤란을 만나게 된다. 아담과 이브가 금단의 과일을 먹고 낙원에서 쫓겨난 구약성서의 이야기도 필요 이상의 지식이나 위험한 지식은 죄가 된다는 이야기이다. 이와 같은 신화에서 인간을 지배하고 있는 것은 신이다.

그러나 현실 세계에서 인간을 지배하는 것은 위정자이며, 그들에게는 일반 대중이 필요 이상의 지식을 가지는 것은 달갑지 않을 것이다. 지식 계급은 어느 정부에게든 그리 반가운 존재는 아니며, 불필요한 지식은 악이라고 생각하는 것도 아마 정치적 이유 때문이겠다. 이 점에서는 신이나 위정자는 같은 의견일 것이다.

프로메테우스는 화학 에너지의 상징인 불을 인류를 위해서 해방시켰는데, 금세기에서는 프로메테우스가 아닌 핵 물리학자가 정치가와 결탁하고 있다. 이중으로 잘못된 선택은 곧 인류 비운의 시작이며, 프로메테우스의 경우와는 달리 핵에너지의 경우는 처음부터 인류에게 축복은 아니었다. 그 결과로서 프로메테우스가 아닌 핵 물리학자는 전인류를 불행으로 끌어들인 형벌을 받아야 한다.

여기 구체적 예로서 핵에너지를 들었지만, 과학 기술의 진보는 많은 위험한 발명을 가져왔다. 그러므로 과연 과학은 인류에게 행복을 가져올까 불행을 가져올까 하는 문제가 제기된다. 우리 모두는 깊은 성찰을 할 필요가 있으며, 과학자나 정치가에게는 같은 철학 세계에서 높은 수준의 사상이 요구된다.

〈1992. 5. 3〉

과학 기술의 발달과 그 부작용

21세기라면 막연하게 아직도 꽤 먼 장래 같다는 느낌을 받아 왔지만, 근래와 와서 아주 가까이 온 것을 실감하게 된다. 물론 시간이란 연속적으로 흘러가고 있어서 2000년 1월 1일이 되면 갑자기 하늘이 장밋빛으로 변하지는 않겠지만, 그것을 하나의 기점으로 생각하여 즐거운 꿈을 가져서는 안된다는 법도 없다.

사실 주(週)·월(月)·년(年)과 같은 것의 약속이나 행사는 원래 연속되는 시간에 어떤 구획을 짓기 위해 인간이 도입한 것에 지나지 않는다. 그것이 사회 생활의 여러 곳에서 시대를 구획짓거나 비전을 전개할 때 지표가 되기도 하는 것은 매우 흥미있는 일이다.

그러면 앞으로 9년 후에 닥쳐올 21세기에는 무엇이 기다리고 있을까? 미래를 점치는 근거로 우선 지난 10년 동안에 일어난 일들을 돌이켜보면, 80년대는 과학 기술의 성과가 특수한 분야뿐만 아니라 일상 생활에까지 광범위하게 파급되었다고 지적할 수 있다. 특히 그중에서도 정보 전달 수단의 변혁, 정보망의 확대, 컴퓨터의 비약적 변화가 인간 생활에 막대한 영향을 끼친 중요한 역할을 했다고 할 수 있다.

정보 전달 수단의 발전 속도가 가속화됐다. 일반 가정에서 전화 놓기가 너무나 힘들어 전화상이라는 것이 성시(盛市)를 이루던 일이 바로 10여 년 전인데, 이제는 가정의 TV가 지구상에서 일어난 모든 일을 그때그때 전달하고 있다. 예를 들어 캘리포니아의 지진, 천안문 사태, 걸프 전쟁 등 옛날에는 위정자가 마음대로 제어할 수 있었던 정보는 이제 아무도 그 파급을 막을 수 없게 되었다. 동구의 붕괴도 시민들의 의식 혁명 때문이라고 한다.

물론 생생한 정보들이 정리되지 않은 채 마구잡이로 흘러 들어오는 데 따른 청소년에 대한 해악과 영향 등 심각한 부작용을 낳고 있는 것도 생각할 일이다. 각 가정·사무실·연구실에 매일같이 쌓이는 각종 잡지·선전 책자 · 정보 책자 등은 사람의 노력으로는 일일이 조사하고 읽어 낼 수 있는 한계를 지나고 있다. 과학을 하는 사람 특히 현대인은 이제 정보주 · 정보 전달에 대한 센스가 아주 필요하게 되었다. 한편 컴퓨터의 발달은 우리들 생활을 양적으로나 질적으로 완전히 바꾸어 놓았다.

옛날에는 한 집에 시계 하나가 고작이던 것이 이제는 시계 5개 이상 가지지 않은 집이 없다. WP · PC는 아직 각 가정에 덜 보급되었다 해도 전기 밥솥 · 세탁기 · 전자 렌지 등 어느 것 하나 갖추지 않은 집이 별로 없다. 빠르고 작고 가볍고 싸게 개발되는 컴퓨터는 과학이 발전시키는 대로 그 역할을 하고 있다. 이는 과학에서 과거에는 불가능으로 인식하던 많은 일들을 가능케 하고 있다.

물론 이러한 과학과 기술의 발달이 물질의 풍요를 가져오면서도, 지구 환경 오염 · 인간성 상실이라는 쌍날처럼 한쪽의 과학 · 기술이라는 측면과 또 다른 한쪽의 많은 부작용을 낳고 있음을 알아야 한다. 이제 과학과 기술의 발전 단계가 21세기에 들어서기 전에 인간의 예지, 즉 슬기가 작동해서 새로운 선택을 단행해야 할 때임을 알아야 하겠다.

〈1992. 4. 29〉

과학의 발전과 사회의 가치관

철학 · 논리학 · 수학은 그리스 이래 전통있는 학문이며, 과학을 발전시키는 데 기초가 되는 사고 형식을 제공해 왔다. 그러나 과학 그 자체는 비교적 새로운 학문이다. 과학이라면 자연 과학 · 인문 과학 · 사회 과학 등 여러 분야가 있지만, 여기서 논하려는 것은 자연 과학에 한하겠으며, 또 과학과 그 응용인 기술을 구별해서 취급하겠다.

복잡한 자연 과학은 자연 속에 감추어져 있는 자연 현상의 규칙성, 즉 자연 법칙을 발견하는 것이 목적이며, 그 특징은 극히 객관적이라는 점일 것이다. 동서양을 막론하고 어느 곳에서건 또 어느 시대에건 자연계는 동일한 법칙에 의해 지배되고 있다는 신조는 많은 사람들의 경험에 기초하고 있으며, 이것이 자연 과학의 출발점이 되고 있다.

또 하나의 특징은 자연 과학은 항상 전진하고 있으며 후퇴하는 법이 없다는 것이다. 때때로 옛 이론은 파기되고 완전히 새로운 이론이 나올 수는 있다. 이것은 자연에 대한 과학자의 이해가 급변되었음을 의미하며, 여태까지 해석하지 못했던 현상을 해석할 수 있게 되어 이론 전체가 비약적으로 발전한 것을 뜻한다. 이러한 예는 20세기 초에 발견된 상대성 이론이나 양자론에서 볼 수 있다. 화학에서의 원자론도 같은 예라고 생각한다.

사회를 위해서 과학을 응용한다는 식으로 기술을 발전시킬 때, 그것은 그 사회의 가치관에 의해 선택된다. 가장 일반적인 동기는 사회에서의 경제적 유용성이다. 그런데 어떤 기술이 그 사회에 어떤 문화적 충격(impact)을 주느냐는 점도 선택의 중요한 요소가 되지만, 그 기술이 때때로 예기치 않은 결과를 가져오기도 한다.

인간을 중노동에서 해방시킨 기계화는 산업혁명을 가져왔고, 그 결과로 사회 구조를 바꾸어 인간의 의식까지 변화시켰다. 이것은 사회에 봉사할 것이라는 기술이 역으로 사회까지 변화시킨 예이다. 그런 뜻에서 과학과 기술은 사회와 아주 밀접한 관계에 있음을 우리는 알 수 있다.

반면 사회는 정확히 말해서 사회 규범은 그 사회에서 자라온 역사 · 문화 · 종교 · 윤리 등에 기초한 통속 · 습관 등에서 나온 것이며, 또 그 내용은 매우 주관적인 것이라 할 수 있다. 또 가치의 기준도 민족과 시대에 따라 달라서 자연 과학의 경우와는 달리 어떤 사회 규범이 진보하였는지 퇴보하였는지의 결정은 매우 하기 어렵다.

자연 과학인 경우에는 선인(先人)이 발견한 법칙을 기초로 해서 새로운 발견을 그 위에 쌓아 올리는 것이지만, 사회 규범은 마치 돌 무더기가 쌓였다가 무너지고 무너졌다 쌓여지듯이 반복되는 것이다. 즉 가치관이란 시대에 따라 변화도 하지만, 한 사회가 가지고 있는 가치관은 현대에 와서 그 크기가 점점 커 가고 있다. 옛날 부족 사회에서 현대 국가 사회로 커지면서 여러 가지 사회 내의 마찰과 문화 마찰들이 감소되고 있다. 이러한 경향의 종국적 목표는 세계 연방일 것이다. 그러나 이러한 전진은 많은 경우 바람직하지 못한 수단으로 이루어지고 있는데, 즉 그것은 전쟁이라는 수단이다.

앞에서 서술했듯이 과학은 후퇴가 없으며, 한 번 성공한 것은 사라지지 않는다. 그런 면에서 과학이나 기술은 인간 사회의 진보라는 관점에서는 한계가 있는 것 같다.

〈1992. 5. 6〉

과학의 방법론

과학을 자연에 관한 인간의 지식을 체계화한 것으로 본다면, 그 지식이 어떤 형식이건 시공(時空)의 틀에 배치될 필요가 있음은 명백하다. 시공에 관해서는 고대부터 많이 논의되어 왔지만, 시공이 단순히 자연 현상에 배치되어 상호 작용하는 운명을 뜻하는 것인가, 아니면 좀더 인간의 본질에 속하는 내적 요소로서 취급되어야 하는가 하는 것도 고대부터 있어 왔다.

과학은 학제적 자세를 토대로 해야 하며—사실 학제라는 말은 근래 20년의 역사밖에 갖지 않았지만—분석적 방법, 전체적 시스템화, 질서성, 논리성, 시공의 문제 등이 총체적으로 취급되어야 한다. 이러한 태도가 오늘의 과학의 태도가 아닌가 생각된다. 즉 과학성은 학문의 본질이며, 그것이 곧 과학을 의미하면서도 개별적 분석 방법과 전체적 시스템화를 알맞게 조화하고 이해하는 학문이라야만 한다고 생각된다.

〈1992. 3. 27〉

국가의 안전과 세계의 안전

사회의 규범이나 사회 속에서의 선악의 기준은 다 똑같을 수는 없다. 어떤 행위가 여러 나라의 법률에 비추어 유죄냐 무죄냐는 정서적 판단에는 동일할 수 있는 것들이 있지만, 징역 몇 년이라는 식의 정량적 판단은 나라마다 다르다.

하물며 모두 다 복잡하게 얽혀 있는 사회 내에서 여러 선택의 기회가 주어졌을 때, 사회 내부에서 이해가 공유될 수 없는 그룹이 존재할 때 문제는 아주 심각하다. 예를 들어 원자력 발전 문제에서 찬성측은 그 지방의 일상 생활과 생산 활동을 유지하기 위해 전력의 절대 부족을 이유로 삼겠고, 반대파는 원자력 노출에 의한 체르노빌 같은 참사를 강조하며 그 폐지를 요구하게 된다. 이 두 주장은 결코 양립될 수 없는 것이라는 문제를 안고 있다.

결국 타협될 수 없는 두 그룹의 주장을 판가름하는 방법은 양자를 포함한 더 큰 사회, 즉 국가 기관이 재판에 의해 결론을 내리게 된다. 결론은 대개 국가 전체의 이해를 기준으로 이루어지겠지만, 이때 국가가 동일한 가치관 특히 논리관을 유지할 수 있는 최대 단위의 사회라는 인식이 중요하다. 그렇지 못할 경우 그 국가 자신은 불안정하게 되며, 이러한 현상이 오늘날 독립을 성취했거나 하려는 구 소련이나 유럽의 각 민족 단위 국가들에서 나타난다.

근대 세계는 각 단위 민족이나 국가의 안전 보장이 세계 연방 차원에서 공동 안전을 기도하는 경향으로 시작되고, 또 많은 해당 국가들이 지역적 영역 국가 형성을 꾀하고 있다. 이 지역 국가간의 복잡한 사회 규범 · 가치관 · 윤리관 · 사회관 등이 해결되기까지는 이러한 문제가 우선적으로 다루어져야겠지만, 그것을 위해서도 과학 발전의 자세 정립이 더 큰 관심사가 되어야 할 것이다.

〈1992. 5. 9〉

과학과 종교의 화해

인간은 실험을 통해서 자연의 비밀을 찾아내고, 계속적으로 자연 현상을 형성해 가고 있다.

과학이 언제 생겼는지는 확실치 않지만 현재와 같은 형식을 가지게 된 것은 비교적 최근에 와서라고 한다. 옛날에는(얼마 전만 하더라도) 여러 가지 현상의 원인과 결과를 명확하게 대응시키는 사상과 방식도 없었다. 다만 이러한 현상의 초자연적 존재의 개입으로 이루어지는 것이라고만 생각하고 있었다.

서구에서의 연금술(錬金術)은 납과 같은 비교적 가치가 낮은 금속에서 금을 만들어 내는 수단이었다. 이것은 가치가 높은 금속으로 변화시킨다는 인간 욕망의 동기는 되었어도 과학이라고 할 수는 없었다. 목적이 이러했으므로 연금술은 어디까지나 비밀에 속해 있었다. 또 옛날에는 흑사병과 같은 악질(惡疾)이 많이 유행했기 때문에, 이러한 질병을 지배하는 초자연적 존재와 밀접한 관계로 점성술에 의존하였다. 그러나 그러한 과정에서 연금술도 경험을 쌓아 가는 가운데 자연에는 가능한 것과 불가능한 것이 있다는 것, 그리고 자연 현상에는 여러 가지 규칙성이 있다는 것을 인식하게 되었다.

자연 현상에는 일정한 규칙성이나 규칙이 있고, 조건을 정확하게 주어 실험을 하면 누구든 동일한 결실을 가져올 수 있다는 것을 알게 되었다. 이처럼 자연에 속하는 것이 아니고 자연을 끄집어낼 수 있는 실험 과학이 자연철학과 결합할 때, 우주 전체가 정연한 자연 규칙에 의해 지배받고 있다는 확신에 도달하면서 종교와의 화해도 가능하게 되었다. 즉 이러한 장대한 자연법 체계의 배후에는 신의 존재가 틀림없이 있다고 해석될 때, 종교가에게도 과학에 반대할 이유가 없어질 것이다.

이렇게 해서 아인슈타인도 종교 없는 과학은 불구이고 과학 없는 종교는 맹목이라고 말하기까지에 이르렀다. 갈릴레오의 지동설(地動說)이 그 당시에는 종교 재판에서 이단시되었으나, 최근에는 로마 교황이 갈릴레오의 고향인 피사를 방문해서 그의 명예를 회복시키는 데까지 이르렀다. 옛날에 서구에서는 연금술사는 마법사라고 알려졌기 때문에, 이러한 연금술이 시간을 두고 과학으로 이행하는 동안 과학도 옛날 연금술과 같은 마법과 비슷한 것으로 생각하게 되었고, 근대에 와서 광기의 과학자 특히 핵 물리학자는 인류를 정복하려는 마술사로 취급되는 경우도 있다.

핵 물리학자가 대중적 이미지로 형성된 것은 방사능 발견 직후인 20세기 초가 된다. 라듐(radium)이 발견되었다. 라듐은 어두운 데서 영원한 광채를 발하고, 방사성 원소로 생물을 살생할 수 있는 능력을 가지고 있다. 이 방사능이 옛날 연금술의 강한 목적이었던 원소의 전도를 가져올 수 있다는 것을 알게되었다. 이러한 상황에서 대중은 과학자를 존경하게 되었다. 그러면서도 그들은 특히 핵 물리학자들을 새로운 연금술사, 즉 마술사로 취급하게 되었다.

이상에서 볼 수 있듯이 과학은 처음에는 자연을 속여 보려는 연금술 시대, 다음이 자연을 교묘하게 유인해서 자연의 얼굴을 볼 수 있었던 초기 과학의 시대, 그리고 마지막으로 자연의 신비들을 알고 자연을 정복하려 하는 현대에까시 이르렀다.

두 번에 걸친 세계대전, 최근의 걸프 전쟁 등 전쟁들이 과학 기술을 실험하였다. 과학 기술이 국가라는 사회 단위에 봉사한다고는 하지만 인류 전체로 볼 때는 잘못된 길을 가고 있다는 점도 인정해야 할 것이다. 파스퇴르가 과학에는 국경이 없지만 과학자에게는 국경이 있다고 한 말은 이를 증명하고 있다.

제1차 세계대전 때만 해도 과학 기술의 응용을 제한하고자 해서 독가스의 사용 금지 등이 약속되었지만 실행되지는 못하였고, 제2차 세계대전의 핵무기 개발은 이미 인간 소행의 한계를 넘어선 것이었다.

혹자는 핵무기가 현대 지구의 파멸을 방지했다는 사람도 있으나, 한 번 이루어 놓고 후퇴할 줄 모르는 이 무서운 과학의 발전은 인류의 품에 항상 폭탄을 안겨 놓고 있음을 우리는 알아야 한다. 그러나 비단 과학의 진보는 가공할 무기의 생산에만 있는 것이 아니다. 우리 인간 생활 속에 깊이 잠식해

있는 각종 과학 기술의 소산물은 21세기 인류가 짊어져야 할 가장 무서운 대
상이 되지 않을 수 없을 것이다.

〈1992. 5. 8〉

종교란 무엇인가

"신은 죽었다."는 니체가 한 말이다. 그는 초월신(超越神)에 대한 믿음은
무의미하다는 뜻으로 이렇게 말했고, 종교는 이제 시대에 뒤떨어진 것이라
고 했다.

고도의 기술과 과학의 시대에 종교에 대해 이야기함은 난센스라고 하는
사람이 많다. 또 과학적 세계관에서는 풀 수 없는 수수께끼란 없다고도 하지
만, 과학으로 모든 것이 투명화한 이 시대에도 종교의 대체물(代替物)을 발견
하지 못하고 많은 사람들이 종교를 찾고 있다.

하이데거는 "오직 신만이 우리를 구원할 수 있다."고 하였다. 사실 과학이
발달할수록 종교는 더 기세를 부리고 있다. 마치 주유소와 교회당이 늘어만
가고 있듯이 말이다. 사람들은 이 시대에도 기도를 올릴 수 있는 신, 제단을
꾸며 제사를 드릴 수 있는 신을 원하고 있다.

종교는 인류 역사만큼 오래 된 인류의 문화 현상이라고 한다. 종교는 절대
적이고 궁극적인 가치 체계를 말한다. 'Religion' 이라는 말은 Religio, 즉 초
자연에 대한 외경의 감정과 그것을 표현하는 의식 등의 행위를 말한다. 알기
쉽게 말하면 종교는 신이나 부처 등을 뜻한다고 해도 무방하다. 인간 이상의
초월적 현상에 대한 믿음의 발로로 종교가 되었다고 해도 된다.

인류는 원시시대부터 초자연에 대한 신앙을 가져왔다. 천둥 · 번개와 지
진 · 태풍을 신의 진노라 믿어 왔고, 그것이 전기 현상이라고 현대 과학이 증
명하면서도 그 전기 현상의 행위자인 신의 존재를 믿고 있음은 원시 때나 과

학의 현 시대나 다름이 없다. 공산 소비에트에서 탈출 망명한 솔제니친(Solzhenitsyn)은 "현대의 비극은 우리 모두가 신을 망각한 데에서 비롯된다." 고 하였다.

종교는 신(神)을 믿는 것이고, '신'은 인간 세계를 초월한 초자연자나 초월자를 가리킨다.

종교에는 크게 나누어 세 형태가 있다. 즉 기도하고 기복하는 마음, 진리를 탐구하는 구도(求道)의 마음, 그리고 현재의 사회 조건에 불만을 가지고 변혁하려는(미륵 사상 같은) 행위 등을 들 수 있다.

기도하는 마음은 종교인만이 가지는 것은 아니다. 초자연이나 초인간의 존재를 꼭 믿고 안 믿고가 아니다. 우리는 자주 또는 항상 누군가에게 우리의 소원을 간청한다. 내가 약해져서 더 큰 용기가 필요할 때 나에게 힘을 달라고 기도한다. 누군가 나에게 힘을 줄 수 있는 분이 있다고 믿기에 기도하는 마음, 그것이 곧 종교의 시작이다. 나를 위하기보다 남을 위해, 나라를 위해, 내가 사랑하는 사람들을 위해 기도하며, 이러한 숭고한 마음가짐은 기복의 차원보다 더 큰 변혁의 차원에서도 이루어질 수 있다. 내가 정성들여 기도하는 마음을 가지면, 그 소원은 이루어지게 마련이다. 지성이면 감천이라는 말은 기도하는 간절한 마음을 가지면 그 소원이 이루어진다는 뜻이다. 즉 지성이면 감천이라는 말은 기도하는 간절한 소원이며, 그것이 그렇게 간절하니만큼 자신의 최선을 다하기 때문에 그 소원은 이루어지게 마련인 것이다. 그렇게 해서 변혁을 가져올 수도 있다.

조선 민족은 원래가 종교성이 강한 민족이다. 농경 생활을 하면서 천재지변은 물론이지만 땅 · 물 · 나무, 모든 것이 인간의 능력 밖에서 이루어졌다. 이러한 것들은 인간에게 밀접한 영향을 주는 것들이어서 그들은 거기에서 초월적 존재를 발견하고 숭상하는 습관이 생겼다.

이와 같은 여건에서 발생한 원시 신앙이 무속 신앙이다. 무속이란 무당을 중심으로 하여 전승되는 종교적 현상이다. 무속 신앙은 샤머니즘(shamanism)이다. 샤먼(shaman)이란 저승(world beyond)과 교신하고 병자를 치료하는 무당을 뜻한다. 이러한 샤머니즘은 시베리아·우랄 알타이·동북 아시아·아메리카 북부 지방에 뿌리를 내리고 있었고, 지금도 그 종교적 영향은 크다. 무당은 소망을 비는 신앙의 신으로 삼신·천신·칠성신·용신 등의 자연신이나 장군신·왕신 등을 모시고 있다. 한반도 중북부 지방에서는 박수류에 속하는 강신무가 주이며, 남부에서는 단골신·심방신 방계로 선무당 등 세습무(世襲巫)가 많이 유행하고 있다.

우리나라의 개국 신화·시조 신앙·설화 등이 모두 무속 신화에 속하며, 단군·혁거세 등이 그 실례이다. 개국 초기에는 무속과 왕은 동일하였으나, 삼국시대에 중국으로부터 불교가 도입되어 무속과 서로 타협하게 되었고, 시대가 지나면서 우리나라 가족제도와 유교의 충효 사상이 서로 작용하여 정치와 종교의 분리가 주장되었다. 무속은 점복술·의무(醫巫)·용 신앙 등으로 변천되기도 한다.

이러한 우리나라의 무속 신앙은 1세기 초에 있었다는 기록이 남아 있고, 4세기 후반에 처음으로 불교가 우리나라에 전래되면서 무속 신앙과 마주치게 된다. 무속은 사람과 신의 결혼인 단군 신화를 낳게 했고, 노래와 춤으로 신령과 교체해서 인생 문제를 해결하려고 했다.

내가 옛날에 잘 아는 정 모라는 요정 마담이 있었다. 하루는 그 요정에 갔더니, 정 마담이 무당 내렸다고 하며 신단(神壇)을 차려놓고 점을 치고 있다는 말을 들은 적이 있다. 한 10년 세월이 흘렀는데, 비서실로 정 모 마담이라고 하며 자꾸 면회를 오겠다는 것이다. 언제 찾아오라고 했더니, 하루는 그 사람이 찾아왔다. 퍽 오래간만이지만 하나도 변한 것이 없었다. 명함을 보니 마포구 합정동에 있는 무슨 회사 검사역이라고 씌어 있다. 어떻게 왔느냐고 했더니, 그냥 보고 싶어 왔다면서 그 이유를 말하지 않는다. 내가 듣기에 무당 내렸다고 들었는데 어떻게 된 거냐고 했더니, "그런 소리 다 들으셨군요" 하면서 다음처럼 말한다.

어느 날 갑자기 신이 와서 성화를 한다. 아무리 벗어나려 해도 벗어날 수가 없어서 수녀원도 찾아가 보았고 절에도 가서 한두 달간 살아보았지만, 도저히 헤어날 수가 없었다. 고생 고생하다 모든 것을 단념하고 찾아오는 신을 받아들이기로 했다. 지금은 부천에 있는 아파트 방 한구석에 신주를 모시고 사는데, 어디서 들었는지 손님들이 찾아오고 있다. 신방에 들어가 기도하면 신이 다 말해 준다. 이 사람은 왜 왔고 어떻게 해주라고 신이 시키는 대로 말해 주면, 손님들은 기가 막혀 하면서 돈을 놓고 간다. 아마 올 때는 한 오만 원 놓고 갈 생각으로 왔다가 십만 원, 이십만 원 놓고 간다. 하루에 세 사람만 만나도 밥 먹고 애들 학교 보내는 데는 지장이 없다.

이 여자 말이 "선생님, 이상하게 생각하지 마세요, 아주 확실한 것은 신이 있다는 거예요."란다. 고등학교 다니는 애가 둘 있고 남편은 없는데, 애들이 엄마 뭘 하느냐고 물어보면 무당이라고 대답하기 힘들어 애들 아버지 친구가 하는 회사에 이름만 붙여 달라고 했다고 한다. "사실 오늘 선생님 찾아 온 것은 그 신이 하도 선생님 찾아보라고 해서요. 이제는 됐습니다."라며 인사하고 돌아간 일이 있다.

샤머니즘과 종교와의 관계는 그리 간단하고 쉽게 풀이될 수 있는 문제는 아니다. 그러나 누가 말했듯이 안다는 것은 아무것도 모른다는 것이라고 하지만, 무속과 종교는 깊은 뜻이 있다고 하면 나보고 아무것도 모르는 소리를 한다고 하는 사람도 있을 것이다.

오랫동안 종교 경험의 내용이 서구 위주의 주관적 성격을 가지고 있어서 종교 연구의 객관성을 유지하기란 불가능한 것으로 종교학에서는 믿어 왔다. 그러다가 18세기 이후 유럽의 지성 사회에 중근동(中近東)과 동양 문화가 소개되면서 모든 종교는 객관적 입장에서 비교 연구해야 한다고 생각하게 되었고, 무속 신앙도 종교 범주 내에서 다루게 되었다.

신비주의라는 것이 있다. 가톨릭에서는 먼저 신앙과 신비주의 교리에 심취한 후 그 교리와 자신의 삶으로부터 개인적 경험을 가지게 되는 사람을 신비주의자라고 한다. 신비주의(misticismo)는 신(Dios)과의 친밀한 합일(合一)을 열망하는 것이며, 완전하게 절대적 신의 세계에 이르는 길을 말한다. 이들의 최후 목적인 신과의 정신적 합일인 환희의 순간까지는 세 단계의 과정을 거쳐야 한다.

첫째, 금욕의 단계(Via Purgativa) : 외부 세계를 차단하고 모든 느낌과 감정을 전부 씻어 버려 현재의 삶에 얽힌 일체를 벗어 던지고 자아를 비워야 한다.

둘째, 계시의 단계(Via illuminativa) : 이전의 속박에서 벗어난 영혼은 신(Espiriyus santo)을 향유하게 되고 신의 존재를 환희로 받아들이게 된다.

셋째, 합일의 단계(Via Unitiva) : 신을 명상하는 차원이다. 신과의 내적 합일을 이루어 육체와 영혼이 완전히 분리되는 것을 인식하는 동시에 영혼과 신이 접촉하는 감격적 순간을 맛보게 된다.

기도를 통해서 신비의 경험을 하게 되는데, 하느님이 우리 내부에 있게 되고 자신은 그의 포로가 되는 것이다. 육신의 느낌으로써가 아니라 영혼으로써 이루어지는 것이라고 신비주의자 소화 데레사(1873~1897)는 말한다. 여기서 나는 죽지 않음으로써 죽는다는 말이 나오게 된다.

그리스도도 많은 초월적 행동, 다시 말해서 기적을 이루었다. 눈먼 소경의 눈을 뜨게 했고, 하혈하는 여인의 병을 낳게 했고, 또 제자들이 보는 앞에서 바다를 걸어왔다. 제자들이 같은 흉내를 내다가 물에 빠졌을 때 신앙이 모자란다고 했다. 참된 신앙과 굳은 믿음은 무엇이든 성취시킬 수 있다. 신앙의 힘은 사실 한없이 크다. 사람의 힘이나 오관은 헛됨이 많다. 눈으로 볼 때 확실히 거의 잉크색 같은 바닷물이 그릇에 떠 보면 무색일 때를 우리는 경험한다. 이렇게 사람의 눈은 헛된 것이다. 보고도 보지 못함이 판단의 기준이 결코 될 수 없음을 우리는 자주 경험한다. 여기서 종교는 신앙의 눈으로 볼 것을 요구한다.

현대 종교는 크게 나누어 셋으로 구분할 수 있다. 그 첫째가 기독교나 이

슬람 종교이다. 이들은 다 하느님(초월적 신)의 계시를 받아 중생에게 계명을 지시한다. 그 계명의 주요 골자는 절대신을 굳게 믿고 남을 사랑하는 신에 대한 절대 복종을 요구한다. 모든 가치관은 신의 계시에 따르며, 신에 대한 절대 신앙은 죽음을 이길 수 있고, 영생과 천국을 약속한다고 한다. 예수 그리스도는 신앙의 극치이기에 신의 아들이 되었고, 십자가에서 죽었으나 3일 만에 다시 살아났다가 40일 만에 하늘로 올림을 받았다. 그러나 그의 신령은 항상 우리와 함께 있다고 한다. 이처럼 기독교나 이슬람교는 신의 계시로써 이루어지는 종교이며, 그 계시가 삶의 전부라 할 수 있다.

둘째로 불교 신앙이다. 불교는 하늘의 계시로 이루어진 것이 아니고 깨달음의 종교이다. 다시 말해 구도로써 이루어진 종교이다. 싯달타는 왕궁을 벗어나 온갖 고행과 사색하기를 5년, 드디어 깨달음(大覺)으로 붓다가 된다. 인간의 생사 · 애증 · 병고, 이 모든 것은 환영(幻影)에 지나지 않으며, 깨달음 끝에 그는 중생에 대한 고난을 건지려는 대자비를 찾았다. 그의 구도는 드디어 생사를 초월한 해탈에 이른 것이다.

셋째로 유교(儒敎)이다. 유교는 나의 도덕적 양심의 명령을 초월자에게서 구하지 않는다. 이는 어디까지나 인(人)의 사이(間)에서 성립되는 윤리관이기 때문에, 나의 실존(實存)에 내재하는 본성(本性)에서 구한다. 그 본성은 초자연적 실재에서 찾으려 하지 않고, 그 자체가 자연적 절대자이며 궁극이라고 주장한다. 즉 인간 세상의 도덕은 야훼의 계명으로 유지되는 것이 아니라 나의 실존에 내재하는 본연지성(本然之性)에 의해 발현되는 것이다. 그 발현을 끊임없이 가능케 하고 그것의 발현에 장애를 일으키는 요소들을 끊임없이 제거하는 작업이 이루어져야 하는데, 이러한 인간 스스로가 담당할 작업은 시간과 공간이라는 인간세의 역사 속에서 이루어질 수밖에 없다고 믿어 왔다.

동양 사람은 예로부터 하늘에 계신 하느님을 믿지 않았고 역사라는 신을 믿어 왔으며, 인간의 가치는 절대자와의 관계에서 일시적인 결단에 의함이 아니라 지속적 체험의 축적 속에서 그 윤곽이 나타나고 있다고 믿어 왔다. 이것이 성리학(性理學)의 근본이며, 거기서 기(氣)의 철학이 자리잡게 된 것이다. 기철학은 성리학에서 완성된다.

인간은 존재이다. 인간은 인식이다. 인간은 존재할 때 우주 만상이 같이 존재하고, 인간이 살아서 인식하기에 우주의 섭리가 인식된다. 그래서 인간은 소우주(小宇宙)라고 하면서 대우주(大宇宙)의 생명(生命)이 곧 인간 안에서 운영되고 있다고 주장한다. 인간이 인식하고 존재하는 한에서 우주의 섭리도 있지만, 인간이 죽으면 그 인간에게는 아무것도 없다. 그러기에 인간 안에서 우주의 섭리가 살아 있다고 주장한다. 이 우주의 운명에는 기(氣)가 있어서 '기'에 의해 인간의 우주와 대우주가 호흡을 같이하고 있다고 한다. 그런데 사람은 이 우주의 섭리를 무시하고 파괴하면서 발전했다고 주장하지만, 사실 발전한 것은 아무것도 없다. 첨단 과학도 인공 위성도 그 우주 운명 안에 있는 것들이며, 그 이상의 비상도 변화도 가져오지 못한다.

우주는 그저 영원하고, 소우주는 그 대우주의 운명 속에서 같이 살고 죽는 우주의 운명에 끼어들고 있을 뿐이다. 우주를 정복했다느니 현대 과학이 천문을 해독했다느니 따위의 생각은 아주 경박한 것이라고 주장한다. 부연이 길어졌지만, 이와 같은 것이 동양 철학인 유교의 개략이라고 할 수 있겠다.

기독교에서는 예수의 부활을 강조한다. 예수는 십자가에 못 박혀 운명하고 사흘 만에 다시 부활해 40일 만에 승천했다고 한다. 불교에서는 사람이 죽으면 그 혼이 49일을 떠돌아다니며 중음(中陰)을 가다가 다음 생(生)의 인연을 찾아 다른 '생'을 맞이하게 된다고 했다. 이러한 종교의 설득은 삶의 불멸이나 영원성을 말한다. 초목이 싹트고 꽃피우고 열매맺고 시들어 죽었다가, 다시 봄이 되면 거기서 싹이 나고 새 삶을 계속한다. 인간도 태아가 자라서 어른이 되고 자식 낳고 살다가 죽지만, 그의 삶은 그의 정신과 자식들을 통해서 반복된다. 죽음은 삶의 한 과정이요, 연속이다. 죽음은 산다는 말이다. 삶은 영원하다. 죽음은 결코 삶이 없어지는 것이 아니라 삶의 또 다른 부활로 영원히 계속된다는 뜻이다. 그래서 삶은 소중하다는 것을 종교는 가르치고 있다.

초인간적 또는 초자연적 어떤 힘의 존재는 우주의 모든 현상에 비추어 볼 때 누구도 부인하지는 않는다. 이 초자연의 힘을 신(神)이라 불러도 된다. 사람이 소우주(小宇宙)로서 대우주의 섭리 속에 있는 것처럼 신(초자연의 힘) 안에서 살고 있기 때문에, 그 신을 이해하고 같이 살기 위해 인간은 신과 가까워야 하고 마치 아버지처럼 대해야 한다. 그래서 신(하느님)은 사람의 모습을 하고 있다고 한다. 그러나 현대 종교는 신을 미끼로 자기의 도그마(dogma)를 팔아먹는 신앙의 매매 행위에 빠져서는 안된다.

신은 우리와 함께 있다. 그러나 그가 사람의 모습을 하고 있다면, 그는 남자인가, 여자인가? 그는 신으로서 사람의 모습을 하고 있지만 노사(老死)·병사가 없다고 하면서 무조건 믿어라, 믿음이 약한 자가 되지 말라고 강요할 수는 없다. 예수는 신의 아들이어서 죽어서 사흘 만에 부활하고 40일 만에 승천하여 하느님 오른편에 앉아 인간을 다스린다고 하는 것과 같은 종교의 모습은 이제 바뀌어야 한다.

예수가 하늘로 날아간다면, 하느님은 하늘에 있다는 말인가? 있다 없다 존재의 개념조차 뛰어넘은 신의 존재를 우리는 알고 있으니, 현재와 같은 차원에서 종교의 신앙을 주창하지 말라. 21세기에는 새로운 탈바꿈을 해야 할 것이다. 신의 섭리, 우주의 제어, 규범, 규칙, 리듬, 하모니 등의 신의 섭리 안에서의 가치관·우주관을 찾아야 할 때이다.

세상이 혼란해지면서 문화가 정착하지 못하고 국민이 방황하게 되니, 새로운 세상을 살아가려는 많은 사람들 특히 젊은 층에 불신 풍조가 팽배하고, 사람과 사람 사이에 믿음이 없어지고, 가치관이 허물어졌다. 이러한 세태에서 여러 가지 허황된 신흥 종교가 창궐해서 사람들을 바람직하지 못한 곳으로 끌어가며 사회 혼란을 가중시키는 근래의 정신 문화의 빈곤을 볼 때, 종교는 절대적 책임을 지고 인류의 갈 길과 가는 방법을 명시해야 할 때이다.

지금까지 종교는 초자연적 힘을 의인화(擬人化)하며 여러 가지 신앙을 전파해 왔다. 그러나 종교가 찾는 목표에는 변화가 있을 수 없지만, 지금까지의 예수 승천이나 불교의 윤회(輪廻) 신앙 같은 것은 깊은 성찰과 음미를 거쳐 과감하게 개혁해야 할 것이다. 종교의 뿌리가 너무 깊게 인류 사회에 자리잡고 있기 때문에, 어떤 사상적 개혁을 거론함은 종교로부터 탄핵받을 소지가 있어 어느 누구도 입 밖에 내려 하지를 못했다. 그러나 대우주의 영원 불멸의 삶이란 신의 존재를 현세의 유기적 믿음으로 설명하려 할 것이 아니라, 우주의 대자연과 인간의 영원불멸성을 다스리는 초자연적 힘 즉 신 안에서 우리 인간을 인식하고 거기서 신에게 기도하며, 신 안에 사는 인간들이 서로 사랑하고 아끼는 삶의 가치관이 명시되어야 한다고 생각한다.

한때 휴거라는 허황된 신앙이 전파되어 많은 사람들에게 엄청난 정신적·물질적 피해를 준 일이 있다. 모월 모시에 선택된 신자들은 하늘에 끌어올려져 천년 만복(千年萬福)을 받게 되고, 천년 후 예수그리스도가 내려와서 만민을 심판하여 휴거되지 못한 사람들이 지옥의 고통을 받는다는 주장이다. 얼마나 지금 사회가 정신적으로 빈곤하면 이러한 허황된 시한부 종말론을 주장하는 교단의 맹신자가 우리나라에만 10여만 명이나 될까 하는 사실에 적어도 종교에 몸을 둔 사람으로서 깊은 관심을 가져야 할 일이다.

이 종말론은 다니엘서·요한묵시록·데살로니아전서(15장 51절) 등에 근거한다고 하며, 소년 선지자가 하느님의 계시를 받고 나타나 어린 종으로서 만민을 지도한다고 하는 데 근거하고 있다. 미국에서도 한때 짐 존스가 이와 유사한 종교로 930명의 집단 자살을 가져온 일도 있다. 예언서나 묵시록을 해석하는 데는 그들이 세워진 2천~4천 년 전 시대 상황, 그 당시의 역사 상황·풍습 등이 고려되고 해석되어야 하는데, 이를 현대에 그대로 적용해서 시한부 종말을 예언하는 어리석음이 일어나는 사태에서 현대 정신 문명의 빈곤이 얼마나 극에 달했는가를 알 수 있다.

아무것도 믿을 수 없는 세상이기에 아무거나 믿는 세태가 되어서는 안된다. 진실은 변할 수 있어도, 진리는 변하지 않는다. 진리란 관념적 사념(思念)이고, 진실은 육감(肉感)과 더불어 느끼는 것이다. 사랑한다 미워한다, 있다 없다, 간다 온다는 다 진실이며, 육감으로 느낄 수 있다. 진리는 진실보다 한 차원 높은 사상이다. 폭 넓은 사랑의 진리란 인간적 매력, 성적 매력, 이성간의 매력으로 사랑하는 것이 아니고, 내 나라를 사랑할 때에도 이 국토를 이 국민을 이 정부를 사랑한다가 아니라 전체적인 포괄적 내 나라를 사랑한다는 것이다. 내 자식을 사랑하기 때문에 추운 곳에 헐벗고 나가게 하지 않는다는 것은 진실은 될지언정 진리는 아니다. 사랑하기 때문에 추운 곳에 내보낼 수도 있고 안 내보낼 수도 있다는 것을 초월한 것이 진리이다.

종교는 천국이나 극락으로 가는 길을 가르치는 것이다. 그 천국은 오직 천국이요, 극락이다. 천국에는 춥지도 덥지도 않고 온갖 먹을 것이 다 있고, 지옥은 뜨겁고 기름 가마나 불타고 있는 곳이라고 가르치는 것이 종교는 결코 아니다. 불변의 진리를 가르치는 것이 교회이며, 진리를 터득할 때 우리 인간은 해방이 되며 거기서 영생의 길을 찾을 수 있다. 이 혼돈된 세상에 진리의 빛을 주라, 그것이 종교이다.

종교는 한 나라의 흥망에 깊이 관여해 왔다. 신라와 고려에서는 불교가 그러했고, 조선 후기의 유교가 교조적으로 퇴락함은 입만 앞세운 선비 정신의 나약과 더불어 조선 왕조의 쇠락을 가져왔다.

러시아에서는 국민들이 그렇게 굳게 믿어 왔던 기독교의 부패 때문에 볼셰비키 혁명을 초래했고, 중동 지역의 끊임없는 분쟁도 종교 때문이다. 인도 · 파키스탄 · 방글라데시가 종교에서 벗어나지 않는 한 빈곤에서 헤어나지 못할 것이라고 한다. 이처럼 종교는 여러 가지 사물에 대한 옳고 그름과 착하고 악함을 판가름하는 기준인 가치관을 인간에게 심어 주는 역할을 한다. 그만큼 종교는 사회에 여러 가지 건설적인 기초적 기여를 한다.

그러나 그 세력이 커져서 국가나 사회가 마치 종교를 위해서 있는 것처럼 될 때, 그 나라는 멸망하고 만다. 이러한 종교의 부패는 설득력없는 신앙을 신자들에게 강요한다. 그러면서 교회 지도자들은 물질적 가치에 눈이 어두워 진리의 전파보다 더 크고 더 웅장해 보이려는 욕망에서 화려하고 웅장한 교회나 사원을 짓는 데에만 열중하게 된다. 그렇게 하여 그들은 더 큰 권력을 탐하게 되고, 종교의 타락을 초래하고 만다. 지금 우리 사회에는 교회가 우후죽순으로 세워지고 있다. 그 많은 교회나 사원이 진심으로 진리의 전파를 위함인가를 모든 종교인은 깊이 반성해야 할 것이다.

종교에서는 믿음이 그 기초이다. 그러나 종교에서의 신에 대한 믿음만이 믿음이 아니다. 사람과 사람 사이의 믿음, 남편과 아내 사이의 믿음, 부모 형제간의 믿음, 친구간의 믿음, 국가와 국민 사이의 믿음, 사랑하는 사람끼리의 믿음 등 인간 만사도 믿음에서 시작되고, 그 믿음의 시초는 신에 대한 믿음에서 시작된다.

나는 집에서 개를 기르고 있다. 매일 아침 일어나면 뜰에 나가 개 우리에 가서 개를 쓰다듬어 준다. 날마다 되풀이하는 동안 개는 나를 믿게 되었다. 어느 날 개가 개집에서 뛰어나왔다. 식구들이 아무리 잡으려 해도 잡을 수가 없었다. 그러다가 내가 나가서 오라고 했더니, 그 개는 당장 쫓아와 기대고 비빈다. 쉽게 붙들어 개집에 집어넣을 수 있었다. 믿음인 것이다.

그 개의 믿음을 보면서 자연에 대한 믿음과 신에 대한 믿음을 생각해 보았다. 돈을 꾸어 주었더니 갚겠다고 약속을 하고는 갚지를 않으니 믿을 수가 없다고 한다. 돈은 결코 꾸어 주는 것이 아니라 남이 꾸어야 할 정도로 궁했으면 그냥 주는 것이다. 받을 것으로 기대했기 때문에 속았다느니 믿음을 저버렸다느니 한다. 나는 남에게 돈을 꾸어 줄 때 언제 갚겠냐고 물어 보지 않는다. 백 번 속아도 좋다. 인간사 무엇이 그리 대단한 것이라고 못 믿고 살 것인가. 그러다 한 번이라도 속지 않을 때, 나는 무척 흐뭇해진다.

백 번 속아도 무방하다고 생각하며 항상 믿고 살 때, 우리는 하느님을 믿을 수 있게 된다.

나의 집은 5대조부터 천주교 집안이어서 나 또한 태아 때부터 천주교 신자이다. 나의 부모님은 그렇게 독실한 신자일 수가 없었다. 기도 생활로 일생을 보낸 분들이며, 그들은 무조건 믿는다. 성경 말씀·기도책·성가책을 마음으로부터 믿으며 살아오신 분들이다. 그들은 나같이 따지고 생각하고가 없다. 나는 이러한 부모님 밑에서 살았기 때문에, 종교는 나의 일부 또는 나의 생활의 일부이다.

나는 항상 기도하고 항상 사랑하려고 노력한다. 만일 나에게 종교가 없었다면, 나는 정말 아주 악인이 되었을지도 모르지 않는가? 그래서 나는 또 신

에게 감사한다. 나는 자꾸 따진다. 그러면서도 굳게 믿고 있다. 그것은 나의
일부이니까….

생명과 영혼

풀 한 포기는 어떻게 자라는가? 씨앗은 뿌려져 흙과 물과 햇빛과 공기를
먹고 싹터서 풀 한 포기가 된다. 그 한 포기 풀은 자라다가 때가 되면 죽고
만다. 그러나 다시 씨앗을 남기고 죽는다.

여기 씨앗을 한 포기 풀로 키우는 데는 어떤 힘이 그렇게 작용하는가? 그
것은 생혼(生魂)이라고 하여 자라는 힘을 말한다. 동물은 자라는 힘을 가진
것 외에 식물과는 달리 보고, 듣고, 냄새를 맡고, 소리를 지르는 각혼(覺魂)이
라는 것을 가지고 있다. 그러나 동물도 식물처럼 때가 되면 죽는다.

인간은 식물의 '생혼'과 동물의 '각혼'을 다 가지고 있다. 그리고 이치를
따지는 영혼이 있다. 식물이나 동물이 가지고 있는 물리적 현상에서 나타나
는, 다시 말해 육체적 발현을 관장하는 생혼과 각혼은 죽음과 동시에 육체와
더불어 멸하지만, 인간에서는 육체의 죽음과 더불어 생혼과 각혼은 멸하지
만 영혼은 멸하지 않는다. 이 이론이 천주교와 기독교 교리의 원리이다.

책 한 권은 무엇으로 이루어지는가? 나무에서 나는 펄프를 이용하여 종이
가 이루어지는데, 거기에 영혼의 힘인 지(知)가 개입된 것이 책이다. 그 지의
기(氣)와 펄프가 된 나무는 어디서 왔는가? 그것은 하느님, 즉 천주님에게서
온 것이다. 이것이 천주교의 원리이다. 한국에는 천주교가 언제 들어왔는가?
천주교가 오기 전에는 유교의 현실성이 한국의 사상 체계였다.

정조(正祖)가 중용의 조문을 읽으면서 문신들에게 물었더니, 모두가 이 퇴
계의 사단칠정설(四端七情說)을 펼쳤다. 이때는 이 퇴계의 사단이기설(四端理
氣說), 즉 이기이원론이 지배적인 시대였다. '사단'이란 '측은지심(惻隱之

心)'·'수오지심(羞惡之心)'·'사양지심(辭讓之心)'·'시비지심(是非之心)'이고, 칠정(七情)은 희(喜)·노(怒)·애(哀)·열(悅)·애(愛)·오(惡)·욕(慾)이다. 여기서 이 퇴계는 사단이 이(理)에서 나오고 칠정이 기(氣)에서 나온다는 이기이원론(理氣二元論)을 주시하였다. 그 후 이 율곡은 이(理)와 기(氣)가 서로 떨어질 수 없는 미묘한 관계이며 사단이 칠정에 내포된 선(善)의 일부분이라고 하여 이기일원적(理氣一元的) 이원관(二元觀)을 가지고 있었다.

정조가 중용에 관해 물었을 때, 모두 이 퇴계의 이기이원론을 주장했는데, 유독 약관의 정약용만은 이 율곡의 사상관을 듣지도 못하고 기발설(氣發說)을 주장했다. 그러면서 그는 사단이기설이 이론에만 치우쳐 실생활과는 거리가 멀다고 주장하며, 우리나라 실학의 선구적 학설을 펴 천주학에 접하게 된다.

그 후 이익(李翼)·권철신 등이 처음으로 천주학에 심취하게 된다. 1630년 정두원(鄭斗源) 등이 중국에 사신(使臣 : 진주사)으로 갔다가 귀국하면서 홍이포·천리업 등과 함께 천문서(天文書)·천문도(天文圖)를 가져왔다. 그 후 잇따라 여러 가지 서양 문서들이 들어와 그 글을 통해서 한국에서는 천주교가 천주학으로 자생하게 되었다. 그러다가 1794년 조선 땅에 최초로 중국인 신부 주문모 신부가 들어와 본격적인 천주교 포교가 시작되었다.

한편 중국에서는 1583년 9월 마테오 리치라는 서양인 신부가 중국 광동성에 첫발을 들여놓고 1610년 북경에서 병사했다. 그러나 이와 함께 많은 예수회 신부들이 1773년 예수회 전교가 해산될 때까지 중국을 개척하는 데 공이 컸고, 그 후 프란체스코회가 전교를 이어받았다.

〈1993. 2. 3〉

우리의 존재 자체가 기적이다

기적이라는 것이 역사에도 기록되어 있고, 성경에도 기술되어 있다. 그러나 그것이 마치 신의 행위처럼 취급되고 있다. 예수 그리스도가 귀머거리의 귀를 열리게 하고 소경의 눈을 뜨게 하였으며 하혈하는 여인의 자궁암을 고쳐 주었는데, 하늘의 아들이라고 함은 예수를 모독한 것이다.

오늘날 과학은 귀머거리의 귀를 열어 줄 수도 있고, 소경이 앞을 보게도 할 수 있으며, 앉은뱅이가 걸을 수 있게도 할 수 있다. 그러니 이것이 다 예수 그리스도만이 할 수 있었던 것으로 생각할 수는 없게 되었다. 소위 기적이나 보려고 하늘이나 초자연을 찾는 것은 후세 인간들의 발상에 지나지 않으며, 아무도 삶의 참된 기적을 눈치채지 못하고 있다.

어떻게 태양은 끊임없이 아침에 떴다 저녁에 반드시 지는가? 지구의 자전 때문임은 다 아는 바이지만, 그 지구의 자전은 누구에 의해 어떻게 규칙적으로 자전하고 있느냐가 문제이다. 이것은 기적 가운데 참기적이며, 알 수 없는 힘—그것이 하느님의 힘이라고 해도 좋다—즉 위대한 기적이 매일 일어나고 있다. 그런데도 우리가 그것을 기적이라고 생각하지 않고 으레 있을 수 있는 일로 지나쳐 버리는 데 문제가 있다. 바다를 걸어오는 예수를 보고 하느님을 깨달았다면, 하늘 위를 나는 비행기를 보면 무엇을 깨달을 것인가?

기적은 더 크고 더 보편적인 데 있다. 우리의 존재 자체가 기적이다. 사람인 내가 어떻게 태어나 어떻게 자라서 지금 이 글을 쓰고 있는가? 물밖에 준 것이 없는데, 나무가 어떻게 물만 먹고 저렇게 거목이 될 수 있는가? 그것이 기적인 것이다. 그런데 사람들은 나무가 물만 먹고도 거목이 된다는 사실, 푸른 잎으로도 꽃으로도 열매로도 물이 변할 수 있는 사실은 기적으로 보지 않으니, 딱한 노릇이다.

기적이라고 일컫는 사실이나 현상을 통해서 참된 기적, 즉 하느님의 위대한 힘을 깨달아야 한다. 즉 하느님의 존재를 인식해야 하며, 그 하느님은 바로 내 안에 숨쉬며 살고 있음도 깨달아야 한다. 나는 하느님의 숨쉼으로 살고 있으니, 나의 삶은 곧 하느님의 삶이다. 그것이 예수건 천주님이건 신이건 조물주건 초자연이건 이를 통틀어 하느님이라고 하면, 하느님과 함께 숨쉬는 나는 존귀한 존재이며, 나를 또 나 아닌 다른 모든 삶을 상상함은 곧 하느님을 상상하는 것임을 알아야 한다. 여기에 인간 생명 또는 모든 생명이나 사물의 존엄성이 내포되어 있다는 것을 깨달아야 한다.

〈1992. 4. 2〉

종교도 변해야 한다

새 문명 시대가 개막되면 종교에 대한 개념도 확실하게 할 것은 확실하게 하고, 바꾸어야 할 것은 바꾸어야 한다.

처녀 마리아에 의해 독자로 태어난 (성령에 의해) 예수라는 말은 그냥 이야기일지라도 그런 일은 2천 년 전에 있을 수 없었고, 만일에 그것이 사실이 아님이 증명된다면 그런 개념은 없애야 한다. 또 사실 신에 의해, 신의 섭리로 있을 수도 있는 일이라고 신앙적으로 해석하거나 답할 수 있다면 좀더 신앙적이고 종교적으로 확고한 근거를 제시해서 믿게 해야 한다. 이제는 무조건 믿으라고 강요하는 종교의 권위주의적 생각에서는 탈피할 때이다.

하느님이 사람의 모습을 하였다는 신앙은 예수가 그의 아들이므로 신도 사람의 모습이어야 한다는 것을 육체적으로 그려 놓아야 한다. 막연히 사람의 모습이라고 한다면 백인이냐 흑인이냐 아랍인이냐 아시아인이냐도 가려야 하고, 그 모두를 닮은 사람의 모습이라면 그런 모습도 밝혀야 하고, 남자냐 여자냐 또 그 생식기는 어떻게 되어 있고 얼굴과 몸은 무엇을 닮았느냐는 것인지도 밝혀 두어야 한다. 또한 사람이 죽으면 신(하느님) 앞에 가서 살아생전 죄에 대한 심판을 받아 천당이나 지옥 등으로 갈라져 가며, 언젠가 모든 사람은 제 모습이 되어 다시 예수께서 내려와 다시 심판한다는 등의 것을 강요해서는 안된다.

이제 종교도 이처럼 탈바꿈할 때이다. 신의 존재를 부인하는 것은 결코 아니다. 신은 왜 존재하며, 존재 형태는 일차원적이지만 일차원보다 다른 차원의 존재라는 것을 밝혀 둘 때가 왔다. 신의 모습이 일차원에서 우리의 모습을 닮았다고 신학적 풀이를 해서는 안된다. 신을 늘 내 가까이 하기 위해서 사람의 모습을 닮았다고 주장하는지도 모른다. 신을 좀더 늘 가까이 하기 위한 방법인지는 모르나, 신을 그처럼 일차원으로 인식하게 하기에는 인지(認知)가 많이 달라졌다.

신을 믿는 많은 사람들은 그런 식으로의 믿음이 아니라 좀더 뿌리깊은 골수 신을 섬기며 가정 생활을 하고 있다. 이런 것을 현대 종교가 다 밀어 준다고 생각하는 것은 잘못이다. 잘못되어 있다는 것을 알면서도 밀어 주는 형식의 믿음을 그대로 방치하는 종교는 이제 탈바꿈하여 좀더 인간의 가슴 깊이 파고드는 종교로 새로 탄생해야 한다.

〈1992. 2. 5〉

7. 나의 경영 철학

항상 주장하는 것이지만 돈이나 명예나
권력은 뒤에서 따라오는 것이지
앞에 놓고 쫓아가는 것은 아니다.

직장, 직업, 기업

젊어서 직장(또는 직업)을 선택할 때에는 자기의 소질 · 적성 · 취미가 맞는 자리를 택하는 것이 가장 바람직하다. 이는 무슨 사업을 시작할 때에도 마찬가지이다. 그러나 사람은 언제나 자기 적성이나 취미에 맞는 직장이나 직업을 택할 수는 없다. 마치 자기 점수에 맞추어 대학이나 학과를 선택하는 것처럼 그냥 그 직장에 들어가게 되는 수가 많다.

그러나 문제는 일단 어떤 직장이건 한 번 선택했으면 자기 적성에 맞추고 자기 취미에 맞추도록 노력해서 보람있는 직장 생활을 하는 것이 지극히 바람직한 일이다. 결코 가볍게 직장이나 직업을 바꾼다는 것은 성공에 큰 장애가 되는 것이다. 사람들의 이력서를 보면 여러 번 직장을 바꾼 사람들이 있다. 지조가 없어 보이고 경망스러운 태도로 간주되기 쉽다.

사람들 중에는 전문 학력이나 경력을 가진 사람도 많다. 고등학교 때 공부하다 보니까 그에 맞게 법대를, 의대를, 치대를 졸업했으니 할 수 없이 법관 또는 의사나 치과 의사가 되어야지 하는 따위의 불성실한 생각으로 자기 전문 직업을 갖는다고 생각해서는 안된다. 미국의 아이아코카는 공과 대학 출신의 엔지니어 기술자로 포드 자동차 회사에 취직했었지만, 견습 훈련 기간에 여러 부서를 경험하면서 세일즈에 관심이 많아 결국 세일즈에 투신하여 무스탕이라는 자동차를 파는 데 대성공하였고, 그로 인해 일약 대사업가가 되었다.

이처럼 아무리 전문성이라도 나의 적성을 찾아 자기 인생에 투신하는 것이 바람직한 것이다. 직업 또는 자기 사업을 택했을 때 먼저 그 직업이나 기업을 택한 목적이 투철해야 한다. 나는 왜 이 직업을 택했고, 왜 이 직장에 들어왔고, 왜 이 사업을 시작했는지 그 목적이 투철해야 함은 당연한 일이다. 그런데 흔히 그냥 택하다 보니까 또는 그러다 보니까라는 식으로 목적 의식이 뚜렷하지 못한 때가 많다.

그러나 일단 시작했으면 나중에라도 자기 자신의 반성으로 스스로 떳떳한 목적 의식을 확립해야 한다. 나의 직업이나 기업이 나를 위해서보다는 이 사회와 이 나라와 더 나아가 인류 복지에 보탬이 되고, 사회 공동체에 보람을 주는 일임을 확인해야 한다. 나는 이 직장에서 지금은 그렇지 못하더라도 장차 일류 기업으로 키워 자랑스러운 직장인 또는 사업가가 되어야겠다는 생각을 가져야 한다. 직업 또는 사업에는 귀천(貴賤)이 결코 없다. 곰탕 장사를 하건 대폿집을 하건 맛있는 음식 또는 즐거운 술집을 만들어 여러 고객들을 즐겁게 해주는 것도 사회를 위해 보람있는 일이다. 일본에서는 심지어 가락국수집이라도 대대손손 특유한 맛과 손님들에 대한 정성어린 서비스로 이름을 내어 자랑스러운 가문의 전통으로 삼는 것을 볼 수 있다.

무슨 일이건 고객을 위해 항상 기여한다는 책임감과 봉사 정신을 가질 수 있어야 자랑스러운 직장인 · 직업인 · 기업가가 될 수 있다. 이처럼 자랑스럽고 떳떳한 직업 의식 · 기업 의식을 가지고 맡은 일에 정성을 다할 때 자부심과 긍지와 자신감을 가지게 된다.

직업의 목적이 개인의 영리와 명예나 돈을 벌겠다는 데에만 있으면, 그 직장인은 어느 한계 이상 크지도 못하고, 사업의 성장도 아주 천박해지며, 누구의 존경도 받을 수 없다. 영리 법인이면 영리를 목적으로 해야 하고 거기서 당연히 돈을 추구해야 하는 것 아니냐고 주장하는 사람도 있다. 그러나 직업이건 사업이건 그 사업이 목적하는 바를 위해 최선을 다하면 이득도 남게 되고 수익도 올릴 수 있지만, 이윤을 남기는 데나 돈을 벌자는 데만 집착하다 보면 자연히 무리수를 쓰게 되어 직업이나 사업의 원래 모습에서 빗나가게 된다.

항상 주장하는 것이지만 돈이나 명예나 권력은 뒤에서 따라오는 것이지 앞에 놓고 쫓아가는 것은 아니다. 다시 말해 직장인이나 사업가는 사심을 버리고 사욕을 채우려고 하지 말아야 한다는 것이다. 사리사욕에만 눈이 어두우면 눈앞에 있는 하나는 볼 수 있어도 먼 곳에 있는 열이나 백을 보지 못하게 된다.

직장인이나 사업가는 항상 주위 모든 사람들이나 유사 기업들과 상부상조해야 한다는 생각을 잊어서는 안된다. 현대는 '경쟁의 시대'라고 한다. 그래서 언제나 남을 이기고, 다시 말해 남을 패하게 해야만 내가 이긴다고 주장할 수도 있지만, 남을 패하게 하고 내가 이기는 것보다 남을 도와주고 나도 도움을 받을 수 있게 하여 서로가 이기고 지는 일이 없도록 하는 것이 먼 앞날을 생각할 때 가장 바람직한 태도이다. 남을 도와주면 반드시 그 도움이 내게도 몇 갑절이 되어 되돌아온다는 것을 알아야 한다. 그러기 위해 각자는 자기 영역 분야만이 아니고 다른 모든 분야의 일을 충분히 이해하고 알아야 한다.

직업을 가질 때에도, 사업을 시작할 때에도 그것이 아무리 대수롭지 않더라도 먹고살기 위해 할 수 없이 하는 것이어서는 안된다. 그저 하다 보니 그런 직업을 택했고, 그런 사업을 하게 되는 경우가 많다. 그렇다고 내가 하기 싫은 일을 마지못해 한다면 그 일 자체에 대한 모독도 되고, 또 그런 태도로 일을 할 때 그 일이 제대로 되지도 않을 것이다. 지향할 뚜렷한 의식 없이 손을 댔다 해도 일단 시작했으면 그 일에 보람과 긍지와 흥미를 가지고 나를 몰두시켜야 한다.

어떤 직업을 택했거나 사업을 시작했거나 적어도 10년 앞은 내다보아야 한다. 목전의 또는 찰나의 이득만을 보고 시작해서는 안된다. 지금 당장은 일이 단 것 같지만 곧 입에 쓴 것이 될 수도 있다. 먼 앞날을 위해 지금은 고생스럽지만 미래에는 반드시 보람을 얻을 것임을 내다보면서 일해야 한다. 먼 앞날을 보는 눈을 키우는 데는 많이 읽고, 보고, 들어서 사려깊은 판단력을 길러야 함은 물론이지만 결코 경솔하게 직업을 택하거나 사업을 시작할 것은 아니라는 뜻이다.

직업인은 어떤 결과가 올지를 자세히 검토한 후 행동해야 한다. 직장 생활을 하거나 사업을 할 때, 그것은 어디까지나 직장 중심이요, 사업 중심이어야 한다. 'business oriented'라는 말이다. 사업에 개인 감정(가까운 사람, 미운 사람)이 개입될 수는 없다.

내가 옛날에 병원을 경영할 때, 어떤 과장은 환자를 그렇게 잘 볼 수가 없었다. 환자에게 온갖 정성을 다할 뿐 아니라 쉬지 않고 책을 보고 공부하지만, 인간적 결함이 대단해서 동료들과 사귀지도 못할 뿐더러 괴팍한 성격으로 마찰을 일으키는 일이 자주 있었다. 원장이 참다 못해 감정이 폭발해서 그 사람의 멱살을 잡고 뺨을 때리는 일도 있었을 정도이다. 그러나 나는 그렇지 않았다. 나는 환자를 잘 보는 의사가 필요했다. 이 병원이 잘되게 하기 위해서는 진료를 잘하는 의사가 필요한 사업을 하는 입장이다. 그 의사를 다 미워해도 나는 아침에 꼭 내 차에 태워 출근을 같이 하고 한 주일에 한 번은 골프를 같이 다니면서 그 괴팍한 의사를 달랬던 일이 생각난다.

나도 남처럼 밸이 있고 성깔도 있지만 사업을 위해 나를 죽일 수밖에 없었다. 직장인이나 사업을 하는 사람이거나 사업이 잘되게 하기 위해 나를 버리는 business oriented한 마음가짐이 절실히 요구된다. 공(公)과 사(私)를 엄격히 구별하여 친인척이니 특혜를 베푼다든가 하며 '공'과 '사'를 구별하지 못하는 어리석음을 저질러서는 안된다.

인간은 본래 목표 지향적인 특성을 가지고 있다. 사람은 그냥 걷는 것이 아니다. 어디에 가기 위해 걷는다. 무슨 일이건 사람이 하는 일에는 목표가 있다. 목표도 없이 사람은 살지 못한다. 축구 선수나 농구 선수는 공을 차거나 잡으려고 맹렬히 뛴다. 만일에 '공'이라는 목표 없이 사람만 보고 그냥 뛰라면 그렇게 뛸 수가 없다. 이처럼 직장 생활이나 사업을 하는 데에 항상 목표를 설정하는 것은 생활에 활기와 의욕을 불어넣을 수 있다.

아침에 일어나면 오늘 나는 직장에 나가서 무슨 일을 어떻게 얼마나 하겠다는 목표를 세우는 것이 아주 필요하다. 그렇게 해서 하루 일이 끝나 아침에 세웠던 목표가 기대한 것만큼 달성되었을 때, 나는 보람을 느끼게 된다.

생산 공장에서도 생산 목표를 설정해 놓고 열심히 그 목표를 달성하도록 노력한다. 일단 목표가 달성되면 보람을 느끼게 해주어야 한다. 이러한 설정된 목표 없이 그냥 하루를 보내는 일은 아주 피로한 일이다. 특별한 목표나 보람이 없이 그냥 시간을 보내는 생활은 타성에 흐르기도 하지만 피곤하고 권태로운 삶이다.

목표는 결코 무리하게 잡아서는 안된다. 나의 능력에 맞추어 점진적으로 목표를 늘려 잡을 수도 있다. 무슨 일이건 단숨에 이룩하려면 반드시 실패한다. 시간과 노력의 점진적 경험이 가장 바람직하다. 급속한 발전과 성장은 교만과 방심을 가져온다. 꾸준한 노력과 강한 집념을 가지고 지속해야 한다. 60년대부터 불과 20년 동안에 급속한 경제 발전을 가져온 우리나라의 성장은 결코 바람직하지 못한 것이다. 거기서 우리가 겪고 있는 자만 · 낭비 · 허세가 오늘의 침체를 결과하고 말았음을 깊이 깨달아야 할 것이다. 항상 뒤돌아보고 반성하면서 점진적으로 생각하면 반드시 성공한다.

직장인이나 사업가는 결코 남의 힘에 기대려고 해서는 안된다. 부친의 힘이나 누구의 소개로 취직하는 것이 왜 나쁘냐, 또한 조상이 물려준 사업이나 누가 밀어 주어 이룩된 사업이 왜 나쁘냐고 할 수도 있다. 그러나 다 성장했는데도 자기 힘으로 직업과 직장을 구하지 못하고 남에게 청탁이나 해서 일자리를 구하려는 사람은 무언가 모자라는 사람이다.

나는 여러 사람으로부터 여러 가지 직책에 많은 사람들의 청탁을 받고 있다. 그러나 확실한 것은 이런 청탁을 하는 사람치고 변변한 사람이 거의 없었다는 것이다. 성장했으면 자립해서 자성하라. 누구에게 의지하거나 기댈 생각을 아예 하지 않아야만 크게 성장할 수 있다. 직장에 청탁으로 들어온 사람들 가운데는 그를 밀어 준 사람이 항상 뒤를 봐줄 것이라고 생각하는 아주 덜된 사람들도 있다. 그 반대임을 알아야 한다. 사업을 해도 내 능력(재력 · 재능 등 모든 것)에 맞게 나의 힘으로 사업을 일으키고 이끌어 나가야 한다.

아주 특기할 것은 결코 정치와 유착할 생각을 하지 말아야 한다는 것이다. 누구 배경을 믿고 돈을 빌리거나 특혜를 받아 난세에는 성공한 사람도 더러 있겠지만, 그는 결코 명예스러운 사업가가 될 수는 없다.

조상의 유산을 물려받아 조상의 힘에만 기대어 사업한다는 것은 그만큼 부끄러운 일일 수도 없거니와 결코 성공하지도 못할 것이다. 물려받은 사업이라도 그 바탕 위에 자기의 모든 능력을 다해 새로운 도약과 발전을 가져온다는 새로운 모습이 이룩되어야 한다. 조상이 물려준 사업을 승계하고는 나는 그보다 더 잘해 보겠다고 허세와 허욕으로 큰 잘못을 저질러 물려받은 모든 사업을 몽땅 망치는 사람도 있다. 경계해야 할 일이다.

요컨대 직장인도 사업가도 남의 힘으로 무엇을 이룩하겠다는 생각은 하지 말아야 한다. 남의 힘으로 이룩함은 남이 이룩함이지 자기가 한 것이 아니다. 아주 미숙한 사람들 중에는 조금 출세하거나 사업이 좀 잘 굴러갈 경우라든가 누군가 뒤에서 봐 주는 사람이 있을 때 멋없이 허세를 부려 자기와 남을 기만하다가 엄청난 구렁텅이에 빠지는 사람도 있다. 사업이 크건 작건 어느 누구의 존경도 받지 못하고 결국에는 궁지에 몰리는 여러 허세들을 본다. 특히 사업하는 사람은 자기 기만에 빠지지 않도록 항상 명심해야 한다.

직업인이나 사업가의 가장 필수적인 조건은 책임감이다. 내가 한 일에 대한 책임은 물론이지만 잘되었건 잘못되었건 나의 부하나 동료의 잘못도 내 책임임을 알아야 한다. 내 부하가 잘못을 저질렀다면 내가 그를 잘 보살피지 못한 것이고, 내 동료가 잘못을 저질렀다면 내가 충고를 잘해 주지 못했거나 잘 협조하지 못한 탓이다. 이러한 책임감을 느끼고 또다시 그런 잘못을 저지르지 않도록 노력해야 한다. 책임을 남에게 전가하면서 책임을 회피하려는 비겁함을 결코 가져서도 안되고, 더욱이 힘들고 어려운 일일수록 윗사람이 도맡아 처리해야 한다는 강한 책임감이 있어야 성공하는 사업가가 될 수 있다.

직업인이나 사업가는 정직해야 한다. 거짓이 없어야 한다. 정직은 인간 윤리의 근본이다. 거짓이 없어야 남으로부터 믿음을 받는다. 이를 직장이나 사업에서는 신용이라고 한다. 신용도는 사업의 근본이요, 직장인의 거울이 된다. 신용 없이는 아무것도 이룩하지 못한다.

호도(糊塗)한다는 말이 있는데, 이는 '속이 드러나 보일까 봐 풀칠해서 덮어 버린다'는 뜻이다. 진실을 보일 수 있어야 성공한다. 믿을 수 없는 사람이나 사업은 아무도 같이 거래하거나 도와주려 하지 않는다. 스스로가 자기 자신을 정직하게 보고 파악할 수 있어야 함은 물론 남을 똑바로 보고 사귀어야만 거래에서 나의 발전이 오게 할 수 있다. 그래야만 존경받을 수 있다. 신용도는 곧 존경이다. 남으로부터 존경받는 직장인·사업가는 크건 작건 성공했다고 할 수 있는 사람이다. 같은 직장의 동료나 부하들로부터 존경받을 뿐 아니라 사회와 가정에서도 존경받을 수 있는 존재라야 성공한 인생이다.

이제 직장인이나 사업가의 색깔이 나타나기 시작했다. 목적이 뚜렷하고, 책임이 있고, 신용도가 두터우며 서로 돕고 협동할 수 있는 직장인·기업인의 다양한 모습이 나타났다. 이처럼 직장인이나 사업가는 제각기 남이 볼 때 뚜렷하게 반영되는 색깔을 갖추어야 한다. 항상 나는 지금 무슨 색깔로 비추어지는지를 자성해 보아야 한다. 그 색깔의 기업에는 같은 색깔의 직업인이 함께 숨을 쉬게 될 것이다.

직장인도 사업가도 부단한 노력으로 폭 넓은 지식을 흡수해야 한다. 그러기 위해서 부지런한 독서와 부단한 교육과 여행이 필요하다. 교육은 결코 낭비가 아니고 곧 쓸모있는 과감한 투자라는 것을 잊어서는 안된다. 광범위한 교육 프로그램에는 다른 어떤 일을 제치고라도 꼭 참여해야 하고, 또 모든 직장인은 교육에의 참여가 곧 자기 발전임을 알아야 한다. 직장에서는 흔히 높은 자리에 앉은 사람이면 교육을 받지 않아도 된다고 착각하는 수가 많다. 뭐 그런 것은 내가 다 아는데라는 과대망상적 사고 때문이다. 다 안다는 사람이 사실은 아무것도 모르는 사람이다. 지위가 높은 직장인일수록 더 열심히 교육에 참여해야 한다.

2천 년 가까이 지속되어 오던 농경 문화가 2백 년 전 산업혁명으로 대전환을 이루더니, 이제는 기계 문명과 정보화 시대에 접어들었다. 그러면서 지구는 거의 매일같이 급격히 변화하는 모습을 보이고 있다. 다가오는 21세기를 예측하기는 힘들지만 정보화·국제화·다원화 시대에 들어설 것으로 기대되며, 정보 통신의 혁명과 기술 혁신으로 지식·정보·기획·엔지니어링·컨설팅·디자인 등 아이디어 중심의 활동이 각광을 받을 것이고, 유전 공학·생명 과학의 발전이 앞으로의 경제 발전에 큰 혁명을 가져올 것으로 기대된다.

이러한 시대에 적응하기 위한 국제화는 세계를 배우고 이해해야 살아남을 수 있을 것이다. 그러기 위한 외국어 교육은 물론 세계 문화에 대한 깊은 이해가 요구되며, 교육은 물론 많은 여행을 통해 스스로의 개발에 힘써야 할 것이다. 이제 다원화 시대에 접어들면서 과거에 가졌던 계급과 차별 의식은 그 형태가 바뀌었고, 우리는 이러한 변화에 뒤따른 개인주의 · 집단이기주의 등의 부작용에도 관심을 기울여 연구 검토할 입장에 처하게 되었다. 직업인이나 사업가는 이러한 시대의 변천에 능동적인 대처 능력을 키우기 위해 부단한 교육과 폭 넓은 지식 습득에 게을러서는 안된다.

직장인 또는 기업의 모든 중책의 부서 사람은 동적 행정을 기본으로 삼아야 한다. 둥근 의자에 앉아 도장만 찍는 처신은 높은 자리에 앉을 자질이 되지 못한다. 항상 움직이고 돌아다녀서 모든 일을 알아야 하고, 결점을 고쳐나가고, 사고를 방지해야 한다. 자동차 타이어 하나 바꾸는 것까지도 현장에서 확인해야 한다. 이러한 습관은 장차 큰 사업을 이룩하는 데 크게 밑거름이 될 것이다. 직장인은 항상 토론 문화에 적극 참여하라. 듣는 귀와 보는 눈을 길러야 한다. 더욱이 직급이 낮은 많은 사람들의 말에 귀를 기울이고 눈으로 봐야 한다. 우리나라는 오랜 독재 체제를 거치면서 흑백 논리에 젖어있다. 그래서 우리나라에는 폭 넓은 토론 문화가 정착하지 못했다. 하급 직원들의 불평과 불만을 긍정적으로 받아들일 줄 아는 큰 귀를 가지고 자기 반성에 힘써야 한다.

그러기 위해서 직장인이나 사업가는 폭 넓은 교우를 가질 필요가 있다. 이러기 위해 지위가 높을수록 소탈한 생활을 하면서 상하 구별이 없는 광범한 의견 수렴이 가능케 해야 한다. 교우 관계에서는 한 번 만나면 특히 외국 사람에게는(외국 사람은 사업상 또는 직업상 중요한 관계가 있거나 있을 것이기 때문에) 기회가 있을 때마다 편지를 교환하고 친교를 지속시켜야 한다. 국경 없는 지구촌 시대에 접어든 현대에 생존하려면 직장인은 물론 어떤 사업가도 외국어 한두 가지는 구사할 줄 알아야 하고, 그러기 위해서는 정정당당하고 자유로운 외국인과의 교우가 필요할 것이다.

외국인뿐만 아니라 아는 친구들과도 자주 문안을 하며 서신 교환을 해서 친교를 유지함이 좋다. 이러한 친교는 나의 발전이나 사업의 발전을 위해 많은 충고와 정보를 얻을 수 있는 기회를 마련해 준다. 직원들과의 빈번한 대화 또는 많은 사람들과의 교우는 폭 넓은 인력 개발에도 큰 도움을 준다. 뜻밖에도 숨어 있는 진주 같은 인력을 잦은 대화로 찾아낼 수 있을 뿐 아니라 많은 사람들에게 용기와 동료 의식을 심어 줄 수 있다.

이제 직장인의 모습과 기업이 걸을 길을 대강 간추려 보았다.

끝으로 중요한 것은 모든 동료들이나 모든 직원들이 자기 일에 흥미를 가지고 신명나게 뛰게 하는 것이다. 한국 사람은 멍석 깔아 놓으면 아무것도 못하는 수줍음을 잘 타는 민족이지만 한 번 신명나면 아무리 힘든 일도 거뜬히 해내는 활력찬 민족이라는 것을 우리는 알고 있다. 우리가 88올림픽을 자랑스럽게 치를 수 있었던 것은 그것에 전국민이 신명나게 참여했기 때문임을 우리는 안다. 너도나도 신명나서 이 나라 건설에 웃통 벗고 나서 보자.

물욕의 허망성

기업을 할 때 돈을 벌겠다는 물욕에 일차적인 목적을 두어서는 안된다. 돈을 벌지 않고 어떻게 기업을 하느냐고 부정할지 모른다. 그러나 돈을 번다는 것은 구체적으로 말하면 남이 소유하고 있는 것을 내 소유로 만들겠다는 것이다. 물론 나에게 돈을 준 사람이 그렇게 함으로써 자기는 또 다른 이익을 얻기 때문이기는 하겠지만, 남의 것을 내 것으로 만드는 것을 기업의 일차적 목적으로 삼는다는 것은 깊이 생각해 보면 그리 바람직한 것은 아니다.

처음부터 물욕에만 눈이 어두워 남에게 도움을 주지 못하고 남이야 어떻게 되건 나의 욕심만 채우겠다는 생각으로 기업을 하면, 그 기업은 결코 성공할 수도 없고 결과적으로 나에게 도움이 되지도 않는다. 무슨 일이건 욕심과 물욕을 가지고 일해서는 절대로 성공하지 못한다. 일 자체에 욕심을 가지고 일하는 데 전력을 투구해야 한다. 일하는 데서 흥분과 기쁨과 보람을 느낄 때 그 기업은 꼭 성공한다.

처음부터 돈만 벌겠다고 물욕에 사로잡혀 기업에 투신하지 말라. 뜻이 있는 일과 행동과 마음가짐이 필요하다. 열심히 일해서 남을 도와주고 이 사회에 기쁨을 가져다 준다는 신념을 가지고 일에 열중하라. 이것이 뜻이 있는 일이다.

내가 가지는 것, 그것이 얼마나 허황한가는 두말할 것도 없다. 끝없는 욕망, 그것은 끝없는 불행만 가져온다. 욕심이란, 더욱이 물욕이란 한이 없는 것이다. 아무리 많이 가져도 더 갖고 싶은 것이 물욕이다. 내가 열심히 살아서 보람을 찾을 때, 하느님은 나에게 가질 만큼만 꼭 준다. 이것이 곧 행복이다. 이것이 곧 인생의 보람이다.

강원일보 강 사장이 말했다. 자신은 신문사에 투신할 때부터 전무와 함께 절대로 욕심을 가지지 말고 강원 도민을 위한 훌륭한 신문만을 만들자고 굳게 맹세했다고 한다. 이 두 사람은 이러한 굳은 신념으로 동지가 되어 모든 것을 공개하고 열심히 일해 왔다고 한다. 그래서 이제 강원일보 37년에 남은 것(유형적인 것)은 아무것도 없지만, 또 그렇기 때문에 그만두면서 아쉬울 것도 원통할 것도 없고 아주 편한 마음으로 또다시 열심히 사는 길을 찾으면 될 것이라고 한다. 이 얼마나 존경할 만한 일인가. 그를 다시 보게 된다.

〈1992. 3. 4〉

정직과 물욕

일생을 살면서 가장 큰 불안을 주었던 일은 무엇인가? 그것은 내가 정직하지 못해서 국세청의 조사를 받은 때였다. 수입을 좀더 늘리려고 병원 수입을 누락하여 세무 조사에서 겪은 부끄러움과 당혹함은 무어라 형용할 수 없는 수치감의 극치였다.

1979년도에 어떤 사람의 허위와 모략으로 특별 수사대에 구속된 적이 있다. 내가 구호 물자를 팔아먹었다는 것이다. 너무도 터무니없고 아무 잘못이 없었기에 한 주일 이상 구속되어 있으면서도 전혀 불안하지도 수치스럽지도 않았다. 아마 밖에서 아무것도 모르는 가족들은 말할 수 없는 수치심과 근심과 걱정으로 초조했겠지만, 털끝만한 근거도 없는 일이니 본인 자신은 부끄럽지 않았다.

그러나 병원 수입 누락 때문에 세무 직원으로부터 힐책과 경멸감을 받았을 때의 경험은 지금 생각하면 세상에 그런 짓을 왜 했는가 후회가 이만저만이 아니다. 수입을 누락시켜 봤댔자 몇 푼 되지도 않았고, 또 결국 나중에 모두 세금으로 물었다. 다시 징수당할 그 어리석은 짓을 했구나 하는 후회를 한두 번 느낀 것이 아니다.

요컨대 정직이라는 것이 중요하다. 정직하여 최선을 다할 때 더 발전하며, 그것이 인생의 길이 아닌가 생각한다. 그러나 사실 곰곰이 생각해 보면, 나 자신은 물론 경리나 재정에 일절 문외한이기도 하여 무슨 조작을 해야겠다는 의도적 발상에서 결코 그러한 것은 아니었다. 세무 조사란 의당 장부가 정확하고 정직하게 기록되어 있는가를 조사하는 일이지만, 그런 일은 별로 없게 마련이다. 세무 조사합네 하고 나와서는 협박과 터무니없는 공갈과 위협으로 변죽만 울리다가 상상하기 힘든 돈을 세금으로 매긴다. 결국 흥정 끝에 조사를 나왔던 세무 직원들이 돈을 갈취해 가는 것이 다반사이다. 나는 장부의 정확성도 잘 몰라 그들이 협박을 하면 무엇이 무엇인지도 모르고 벌벌 떨기만 했다. 결국 이렇게 세무 직원에게 갈취 당하는 돈은 그 액수가 나로서는 상상하기 힘든 것이고, 그 액수를 마련하기 위해서는 다시 수입 누락이나 무슨 방법을 써야만 된다는 것이 경리 직원들의 설명이다. 이러한 추하고 부패한 세무 직원들의 갈취 행위는 결코 나만이 겪는 일이 아니리라. 세상 누구나 다 겪는 일이긴 하지만 참으로 우스운 세상을 살아온 셈이다. 아마 지금은 많이 나아진 것으로 믿고 살지만, 이제 대학을 설립해서 버는 돈

은 몽땅 대학에 들어가게 된다. 그래서 장부 조작이나 수입 누락 등을 할 필
요가 없게 되었고, 또 세무 직원들이 원천 조사 외에 법인세·취득세 등 일
절 조사가 없으니, 나는 그리 마음이 편할 수가 없다.

돈에 대한 욕심은 그 인생을 망치는 것이다. 결코 돈 때문에 부정직한 인
생을 살아서는 안된다. 물욕으로 정직하지 못한 인생은 가장 부끄러운 인생
임을 다시 한 번 절감하지 않을 수 없다.

〈1992. 1. 7〉

오만한 졸부

큰돈을 노력 이상으로 번 사람은 그 재화를 일부라도 사회에 기부하는 것
이 바람직하겠지만, 그것도 그 사람의 자유이지 누가 뭐라 할 처지는 아니다.
그러나 이렇게 자기 노력 이상으로 큰돈을 번 사람이 갑자기 굉장한 능력자
인 것처럼 생각하여 없는 자를 경멸하거나 호사스러운 생활을 남에게 과시
하고 교만한 마음에 빠질 때, 그는 졸부로 불리며 결코 사회에서 존경받지
못하는 존재가 되고 만다. 아마도 이번에 미국 LA 흑인들이 우리 교포 상인
들을 피습한 것도 어떤 면에서는 있음직한 일일 수 있다. 흑인들로부터 돈을
번 한인들 중 흑인들을 깔보고 눈에 띄게 거들먹거린 사람들이 더 피해를 입
었는지도 모른다. 흑인가에서 돈을 벌었으면 적어도 그 일부를 마음만이라
도 가난한 흑인들을 위하여 쓰겠다는 태도를 가졌으면 하는 바람이다.

이러한 현상은 비단 LA 사태에서만 나타나는 것은 아니다. 우리나라에서
도 이러한 졸부들이 치부나 하여 벼락부자가 되면, 무슨 큰 명예나 얻은 것
처럼 거들먹거린다. 이러한 것이 빈부 격차를 더 정신적으로 심화시켜 국민
상호간의 갈등을 빚게 하는 것 같다. 이러한 졸부들만 눈덩이처럼 커 가는
자본주의가 우리나라 경제 성장의 밑바탕에 넓게 깔려 있음을 인정할 수밖

에 없으며, 이것을 가리켜 천민자본주의라고 한다. 이제 우리나라 기업가들이 크든 작든 모두 이러한 졸부 현상이나 오만스러운 졸부 의식을 가지고 있음을 경계해야 한다. 이에 국민 모두의 깊은 성찰이 요구된다. 그뿐 아니라 우리나라 경제가 이러한 모순을 되풀이하지 않도록 구조적 개혁이 필요하고, 기업가들의 정신적인 혁신 교육이 강력히 요청된다.

〈1992. 5. 17〉

돈의 악용

돈이라는 것은 나라를 세우는 데도 필요하고, 가난한 사람을 구제해 주는 데도 필요하다. 또한 돈은 인재를 찾아내어 기르는 데 쓸 수가 있어 여러 가지로 유익한 데가 많다. 그러나 돈은 나쁜 데 사용되는 일이 더 많다. 사람들은 흔히 돈이면 무엇이든 이룰 수 있다고 생각하고, 그렇기 때문에 물질 소유의 욕망을 가진 사람은 끝없이 돈을 추구하게 된다.

선의로 남에게 준 돈이 그 사람을 돕기는커녕 망쳐 놓는 경우가 한두 번이 아니다. 팁이라는 돈이 그렇다. 사람들은 팁을 주면서 으스대기 좋아하고, 팁을 한 닢이라도 더 얻으려고 비굴해지기 쉽다. 팁이라는 돈은 힘든 노력 없이 얻은 것이기 때문에 더욱이 그렇다. 올바른 정신이 박히지 않은 사람은 한 닢이라도 생각지 않았던 돈이 생기면 그것을 장래를 위해 저축하거나 어려운 사람을 도와주는 데 쓰지 않고, 스스로 허황된 낭비에 탕진해 버린다. 일단 이러한 습관에 물들면 그 한 번 빠진 낭비벽에서 헤어나지 못하고, 온갖 거짓을 다하여 무슨 짓을 해서라도 힘 안 들이고 돈을 벌어 보겠다는 데 집중한다. 그렇게 해서 마음대로 돈이 안 생길 때 어떤 타락도 서슴지 않으며 돈을 추구하게 된다. 이렇게 돈은 사람을 키우고 흥하게도 하지만, 자칫 잘못하면 사람을 망치게 하는 것이다. 그래서 돈을 함부로 써서는 안된다.

너그러운 마음으로 젊은 사람을 위해 돈을 쓸 때, 그 젊은이가 그 돈 한 닢이라도 어떻게 쓸 것인가를 생각해 보아야 한다. 즉 그 젊은이의 교양과 인격을 보고 깊이 생각해서 도와주어야 한다. 흔히 돈 있는 사람이 이런저런 생각 없이 돈을 주는 수가 있다. 충분한 능력이 있고 돈을 쓸 줄 알고 습관적으로 돈을 거저 얻으려는 마음이 없는 사람에게만 주어야 한다. 돈은 참 유용한 것이지만, 어떤 의미에서는 아주 좋지 않은 것이다. 한 번 쉽게 돈을 구하게 되면 계속 쉽게만 얻어 보려는 것이 인간의 습성이다. 돈에 약한 것이 인간이다.

평화롭고 인자하여 많은 일들을 이해하고 많은 사람들을 포섭하는 태도도 젊은이들에게 큰 도움이 된다. 내가 기력이 좋다고 아귀다툼하며 싸우지 말자. 누구나 이해하고 용서하고 도와주려는 평화스러운 인생, 그것은 젊은이들에게 큰 본보기가 된다. 이러한 마음가짐의 귀감 노릇을 하는 것도 늙은이가 할 수 있는 가장 큰 일이다.

〈1992. 8. 31〉

자립 정신

머리가 좋은 사람들, 그래서 우수한 성적을 얻은 사람들, 소위 명문 고교·대학을 나왔다는 젊은이들, 그들 중에는 학식과 기술이 우수하고 훌륭한 인격을 갖춘 사람들도 있기는 하다. 그러나 이런 부류의 많은 사람들은 일단 자기의 목표를 이루었더라도, 예컨대 박사학위를 받았거나 명문대 병원에서 레지던트를 마치고 전문의 자격을 취득했더라도, 그러한 사람들 중에는 아주 기생충 같은 사람들도 꽤 있다.

첫째, 어떤 일이건 자신이 책임지면서 자기 앞날을 개척하려 하지도 않고 할 줄도 모른다. 그들 대부분은 부모가, 가정교사가 키워 주었기 때문에, 세상을 살아가는 데에도 누가 키워 주고 밀어 주기만을 기다릴 뿐이다. 그 결과 그들은 자기 스스로가 이제는 뛰어야 하고 뛸 수 있다는 자신감을 가지지 못한다. 그래서 남을 도와줄 때도 여러 가지 문제가 생기게 마련이다.

둘째, 이러한 사람들은 대우를 받고 자만한다. 나는 우수한 성적을 가졌으니까, 너보다 이름있는 대학을 나왔으니까 하면서 누가 옆에서 채찍질해 주지 않는 한 더 이상 노력할 줄도 모른다. 사실 명문 고교나 대학은 한 뼘의 차이도 되지 않는데, 사회가 그만 그들에게 오만부터 심어 준다. 자연히 노력은 하지 않고 대우는 받고 싶은데 사회가 거기에 응답해 주지 않으니, 그들은 불만과 불평만 일삼고 남을 원망하기 일쑤일 뿐 아니라 점점 세상이 싫어지며 시간과 더불어 낙오자로 전락하게 마련이다.

사회는 결코 두뇌가 명석한 명문고나 명문대 출신을 원하지 않는다. 적어도 나는 그렇다. 사실 그들이 별 쓸모가 없기 때문이다. 머리가 약간 둔해 명문고나 명문대 출신은 아니지만 열심히 일하고 공부하는 사람은 오히려 자신이 우수하다고 자만하는 사람들을 단시간 내에 추월해 버린다. 머리가 좋다 나쁘다의 차이란 종이 한 장 차이이다. 명문고나 명문대를 나온 사람과 무명고나 무명대를 나온 사람의 차이는 그다지 크지 않다. 오히려 사회에 나와 교만하지 않고 말없이 자기 일에만 열중하며 불평없이 일하는 직장인을 사회는 인정해 준다.

가장 큰 문제는 자립 정신을 키워 주는 일이다. 공부보다 더 중요한 것은 자기 인생은 어디까지나 자신이 책임진다는 철칙이며, 이것이 심어져 있으면 명문고나 명문대에 의존하지 않아도 될 것이다.

〈1992. 9. 1〉

명예

사람들 중에는 유달리 명예를 탐하는 사람이 있다. 아마 대부분의 사람들은 그러한 명예욕을 작건 크건 가지고 있겠지만, 어떤 사람은 보기가 민망할 정도로 유달리 명예를 쫓아다닌다. 그 이유에는 여러 가지가 있을 수 있다. 이러이러한 명예를 가짐으로써 권력욕이나 황금욕도 만족시킬 수 있기 때문이기도 하다.

대부분의 경우는 완전한 허세(虛勢)이다. 결코 자랑스러운 일이 되지 않는다. 무슨 회장 · 총재 · 총장 등만 해도 그 자리가 돈이 생기는 자리도 아니고, 오히려 많은 경우 돈을 써야 하거나 돈을 써도 어마어마한 돈을 써야 얻을 수 있는 자리이다. 소위 명예직인 자리이다. 아마도 이러한 명예직을 탐하는 사람은 거의 다 그러한 자리에 앉을 능력이나 자격이 없기 때문일지 모른다.

사실 명예직이라는 것은 그 사람에게 주어지는 것이지 결코 내가 애써서 얻거나 쟁취할 자리는 아니다. 사람들 중에는 저러지 않아도 능력이 있고 때가 되면 명예가 주어질 터인데 왜 저리 추하게 추구하려는가 하고 한심하게 생각되는 사람이 많다. 어떤 자리나 명예를 탐할 때, 그 자리에 앉아서 이런 일을 하겠다, 이만큼 나를 희생해서 남을 위해 일하겠다는 구체적인 계획과 능력이 있어 한 번 해보겠다는 것이 아니다. 그저 자기의 허세나 허영을 위해 보기 흉하도록 눈이 뻘개져서 추구하는 사람들이 많다.

이런 사람은 그렇게 해서 명예를 얻었어도 많은 사람들로부터 멸시나 천시를 받는 수가 많다. 나도 사실 많은 감투를 써 보았지만, 어느 하나도 내가 쫓아다녀서 쓴 것은 없다. 거의 억지로 씌워져서 썼고, 또 일단 쓰면 그 자리에 있는 한 내가 할 수 있는 일은 꼭 해야 한다고 생각해 왔고, 또 그 감투를 단 한 번도 어느 누구에게도 자랑하거나 잘난 체해 본 적이 없기 때문에 감히 이런 말들을 하는 것이다.

인생은 허망한 것이다. 그 허망한 인생에 왜 또 그렇게도 허망한 감투 때문에 눈이 멀게 되는가 진심으로 한심하고 치사한 일이 아닐 수 없다.

〈1993. 3. 18〉

닭의 해를 맞이하여

1993년은 닭의 해이다. 닭의 단정(丹頂)은 지혜 문명을 뜻한다고 한다. 항상 빨간 볏은 영리함과 힘찬 슬기를 상징한다. 닭의 발과 발톱은 무(武)를 뜻하는데, 그것은 적을 대할 때 물러서지 않는 용기를 뜻한다. 말하자면 그것은 힘이다. 닭의 울음소리는 새벽을 알리는 틀림없는 소리침이니, 이는 위를 가리킨다. 닭은 모이를 먹을 때 꾹꾹거리며 동료들을 모은다. 이는 화합과 공생을 뜻한다. 올해 우리는 주먹보다 슬기를 가져 문명 국민이 되도록 많은 것을 보고, 읽고, 듣자. 우리는 이렇게 해서 선진 한국을 이룩해야 한다. 현대의 과학 발달에 뒤지지 말며, 그러면서도 삶의 뜻과 철학을 생각하는 인간다운 슬기를 키우자. 올바른 가치관 · 역사관 · 국가관을 바탕으로 열심히 뛰어야 한다.

무(武)는 힘이다. 국가 안보는 물론 우리 스스로 건강하고 강인함과 인내력을 가져야 하며, 어떤 어려움도 이겨낼 수 있는 불퇴진의 용기가 있어야 한다. 모든 고통을 이겨 나가면서 새 나라 건설에 힘을 기울여야 한다.

가정이 화목하고, 우애가 두터우며, 모든 국민의 총화로 빈부 격차 · 지역 감정 · 세대 갈등을 타파하며, 국가 대화합을 이루자. 어렵고 나약한 이웃을 돕는 인간애로 우리 모두는 합쳐야 한다. 국민 서로가 밀어 주어 믿음받는 가정 · 사회 · 국가를 이룩해야 한다. 서로가 서로를 의심하는 불신의 늪에서 우리는 벗어나야 한다.

1993년, 닭의 해에 문(文) · 무(武) · 화(和) · 신(信)이 꼭 이룩되도록 우리 모두 힘써 노력하자.

〈1993. 1. 1〉

세 가지 희망

우리 가정 모두의 건강한 1993년이 될지어다. 모두 건강하면, 우리는 희망을 가질 수 있다. 건강하면 즐겁고 신나고 앞을 보는 희망을 가지게 된다. 이 신나는 희망은 다음의 세 가지를 품고 있다.

첫째, 우애이다. 형제와 자매 사이의 우애는 인간 공동체에서 가장 기본이다. 형과 아우의 질서는 반드시 지켜져야 하지만, 형이니까 아우를 지배하고 감독한다는 시대는 이제 지났다. 형은 아우를 사랑하라. 이해하고 용기를 북돋워 주고, 힘들다고 하면 밀어 주고 이끌어 주어야 한다. 잘못하는 것이 있으면 사랑으로 타일러라. 형제가 화합하지 않으면 그 가정은 망하고, 가정이 화합하지 않으면 그 사회가, 나아가 그 국가가 성장하지 못한다.

아우는 형을 진심으로 존경하고 따르고 협조하면서 항상 상하 질서를 지키는 것을 잊지 말아야 한다. 형이 잘못을 지적해 주면 고맙게 생각하고 그 사랑에 보답해야 한다는 각오를 가져야 한다. 형을 존경할 줄 아는 아우는 세상 모든 사람들로부터 존경을 받는다.

둘째, 근면이다. 윗사람이나 기업의 장(長)은 다른 어느 누구보다도 일찍 출근하고 늦게 퇴근하며, 근무 시간에도 착실히 일해야 한다. 더욱이 부친이 남겨 준 사업을 물려받은 자식이 부지런하지 않고 사치와 낭비에 빠질 때 세인(世人)이 지탄한다는 것을 항상 염두에 두어야 한다. 그는 부친보다 더 근면하고 검약하고 슬기로워야 한다. 그렇지 못할 때, 재산을 물려받더니 관리도 제대로 못한다는 손가락질을 받게 된다.

근면은 육체적 노동만이 아니다. 건강을 위한 운동, 광범위한 독서와 사색 훈련, 이 모든 것이 근면에 속한다.

셋째, 일신우일신(日新又日新)이라는 말이 있다. 어제보다 오늘이 나아지고, 오늘보다 좋아진 내일을 가져야 한다. 쉬지 않고 전진하는 삶을 가져라. 그냥 물려받은 재산만 털어먹는 사람이 되면 세상의 비웃음을 받는다. 그 아비보다 월등하다는 칭찬을 받으려면 무엇인가 앞으로 나아가야 한다. 건강도, 운동도, 기업도, 독서도 더 나아가서 인격 양성도 어제보다 오늘이 나아지고, 아버지보다 그 아들이 나아져야 한다.

1993년 새해에 건강과 희망 속에서 근면과 우애와 전진을 기억하자.

〈1993. 1. 2〉

냉철한 반성

강동 성심병원 개원(開院) 6주년이라고 한다. 이 6주년이 우리가 자랑할 만한 6주년인지 생각해 보자. 그 동안 우리는 이 병원을 재단의 중심 병원으로 하여 거의 모든 시설을 갖추려고 할 수 있는 데까지는 다했다.

그런데 정말 재단의 중심 병원 노릇을 다하였는가? 시설만이 문제가 아니

강동 성심병원 개원식에서 윤덕선 선생 내외(왼쪽에서 다섯번째)

다. 그 시설을 움직이는 사람이 재단의 중심 인물이 되었느냐는 것이 문제인데, 과연 그랬던가? 나는 중심 병원의 중심 인물이라기보다 오히려 낙후된 사람 노릇을 하지는 않았는가? 일하지 않으려고 기피하고 그냥 놀고만 먹으려 하지는 않았는가? 공부도 하고 남의 보필이 되기는커녕 남의 손가락질을 받는 사람으로서의 존재는 아니었는가? 병원에서 나는 나가 주어야 할 사람이라는 지목을 받지는 않았는가? 냉철한 반성이 필요하다. 오늘 같은 날에 우리가 생각해야 할 일이다.

　나는 오늘 같은 날 여기 내 직장에서 무슨 보람을 찾을 수 있는 사람인가? 우리 재단에는 전통이 있고, 근면과 성실함이 있다. 과연 나는 근면하고 성실하였는가, 직장을 위해 나는 모범이 되었는가를 반성해야 한다.

〈1992. 10. 22〉

직책의 조건

　사람들에게 어떤 직책을 맡길 때에는 우선 그 사람이 그 직업에 흥미를 가지고 있어야 한다. 직업 없이 노느니 흥미가 없는데도 할 수 없이 직책을 맡아서는 안된다. 잘못 보직되거나 징벌 의미로 좌천되는 것은 본인이 흥미를 가지지 않는 것으로 되기 쉽다.

　둘째로 맡은 직책에 긍지를 가지고 있고 그 직책을 소중히 하겠다는 생각이 있어야 최선을 다하게 된다. 조금이라도 그 직책이 자기에게는 부끄럽다거나 할 수 없이 맡는다는 생각을 품고 있으면, 그 직책에 열성을 다할 수가 없다. 능력있는 사람에게 그의 능력을 발휘할 수 있도록 그에 맞는 직책이 주어져야 한다.

　셋째로 자기가 맡은 직책이 존경받을 수 있어야 신이 난다. 남들이 하찮게 생각하는 자리는 본인도 신이 나지 않는다. 창의력 · 근면 · 겸허, 이런 것들이 직책에는 필수조건이다. 그중에서 가장 기초가 되는 것은 겸허함이다. 겸허하게 남의 충고를 받아들여 자기가 맡은 직책에 열심을 다할 때 창의력도 생기고, 또 열심히 일하면 부정직함이 없어진다. 내가 나의 최선을 다할 때, 나는 부정직할 필요가 없다. 정직하면 정정당당하게 되고, 신념이 생기고, 거기서 창의력이 생긴다.

과감한 추진력은 신념을 바탕으로 좋은 아이디어를 살려나가게 한다. 신념이 없으면 아이디어가 나오지 않는다. 그릇된 신념 중에 경계해야 할 것은 자기 과신이다. 자기를 너무 과대하게 스스로 평가하며 자기는 무엇에나 자신이 있다고 생각할 때에는 반드시 실수한다. 남의 충고를 잘 들어 주는 아량이 있어야 협조를 구할 수 있다. 직책을 맡는다는 것은 그렇게 힘든 일이다. 권위 의식에 빠지지 말고, 들으면서 생각하고, 거기서 새로운 아이디어를 창출하고, 그 다음에는 신념을 가지고 과감하게 추진하는 것이 직책의 필수조건이다.

〈1992. 8. 30〉

기다리는 인내심

기다리는 마음가짐은 여러 면에서 우리에게 많은 교훈을 준다.

기다리는 인내심이 있어야 한다. 인내심을 가지고 기다리면서 우리는 많은 것을 생각하고 배우고 힘을 축적시킬 수 있다. 기다림으로써 경거망동을 안하게 되고, 기다림으로써 문제가 해결되기도 한다. 시간이 해결해 준다는 말이 있다.

기다리면서 다음 인생을 준비한다. 우리는 살면서 목표를 가지는데, 그 목표를 위한 충분한 준비는 기다린다는 인내심을 가지고 마련해야 한다. 기다리지 못하고 서둘다 보면 준비가 허술해져서 해놓은 준비도 망치기 쉽다. 서

둘러야 소용이 없는데 서둔다는 것은 마음에 불안과 초조만 주게 되며, 하등의 이득이 없게 된다. 비행기 시간이 3시간 늦는다면 3시간 기다릴 수밖에 없다. 그런데 사람들은 언제 비행기가 뜨느냐고 자꾸 묻고 또 묻는다. 참으로 보기 흉한 모습일 뿐 아니라 보기조차 애처롭다. 이미 늦어지게 되었으면, 그 시간을 초조하고 무료하게 보낼 생각을 하지 말고 유효하고 적절하게 보낼 생각을 해야 한다.

성급한 사람이 있다. 쉽게 감정을 노출시키며 참지 못하는 사람이 많다. 경망스러운 감정 노출은 실수하기 일쑤다. 남의 감정만 상하게 하며, 나에게 말할 수 없는 손해를 가져온다. 날뛴다고 결코 문제가 해결되는 것이 아니다. 경망스럽거나 성급한 감정 노출은 절대로 이롭지 못하다. 인내심은 그 사람의 무게를 받쳐 준다. 참을성있는 사람, 과묵하면서도 깊이 생각하는 사람이라야 존경받는다. 기다리면서 준비하고 나의 삶의 뒷받침을 해주고 힘을 기르는 것이 중요하다.

경망스럽고 신경질적인 감정 노출은 많은 친구나 인재를 잃기 쉽다. 남북 통일도 기다려야 한다. 경제력 회복도 기다려야 한다. 더욱이 윗사람이 될 사람은 무슨 일에도 쉽게 또는 너무나 가볍게 감정적 반응을 해서는 안된다. 무슨 일이건 들어 두어라, 그리고 시간을 벌어서 생각하고 반응하라. 지도자의 요체이다.

〈1992. 2. 9〉

책임자의 자격

용병술이란 지극히 힘든 것이다. 그러기 위해서는 다음 사항에 유의해야 한다.

첫째, 그 기관의 생리를 알아야 한다. 물론 모든 기관은 그 나름대로의 색깔이 있다. 그 기관의 생리를 아는 사람이 되어야 그 기관의 책임자가 될 수 있다.

둘째, 그 기관의 사람들이 책임자를 존경하고 그를 따라야 한다. 그에게 예속되기를 즐겨야 한다. 그래서 책임자는 존경을 받을 만한 사람이어야 한다.

셋째, 부지런해야 하고, 남이 모르는 것을 알아야 한다. 그러기 위해서는 항상 뛰어야 한다. 생각하기보다 행동이 앞서는 사람이어야 한다. 무엇인가 새로운 일을 저질러야 한다. 남이 하던 일, 정해진 일을 차질 없이 해나가는 것은 누구나 할 수 있는 일이다. 무엇인가 새로운 자기 철학을 심어 주어야 한다. 그러기 위해서 상부와 상의하고 상부의 의견을 들어야 한다.

넷째, 무엇인가 새로운 일, 남이 못하는 일을 해보겠다는 야심을 가져야 한다. 그냥 답습하는 일은 누구나 할 수 있다. 누구나 할 수 있는 일을 하는 것은 결코 윗사람이 할 일이 아니다. 그러기 위해서 사람을 키우는 일이 아주 중요하다. 평소 깊이 생각해 두어야 할 일이다.

〈1992. 8. 1〉

능력과 대우

일하지도 않고 대가나 바란다는 것은 어떤 경우이건 용납하기 어렵다. 일하지 않고 대가를 바란다는 것은 남의 것을 훔치겠다는 것이다. 그것도 남이 열심히 일해서 얻은 것을 나는 조금도 노력하지 않고 그냥 얻겠다는 것이니 도적질하겠다는 것과 같은 뜻이 된다.

모든 사람에게 일할 수 있고 노력할 수 있는 기회는 충분하게 주어져야 한다. 물론 기회는 자기가 만들어야 한다고 하지만, 자기가 기회를 만든다는 것은 기회를 만들 수 있는 능력을 가졌을 때의 이야기이다. 그 능력을 키우는 데 사회는 결코 불합리해서는 안된다. 노력하면 기회를 만들 수 있고 또 기회를 만날 수 있는 것이 상식이다.

사람은 누구나 자기의 능력에 따라 보답받게 된다. 능력 이상의 것도 능력 이하의 것도 받을 수는 없다. 내가 못사는 것은 사실 내가 능력이 없기 때문인데 결코 남의 탓으로 여겨서는 안된다. 또 남을 원망하거나 미워할 것도 아니다. 누구는 운이 좋아서 잘산다고 하는 수도 있다. 그러나 그 운이란 결코 아무 능력도 없이 가만히 있는데 우연히 복권 떨어지듯 떨어지는 것은 아니며, 또 그러한 아주 우연한 기회에 얻어지는 행운이란 결코 오래 가는 것도 아니다.

자기 인생은 자기가 책임진다. 남이 어떻게 해주겠거니 하는 식의 비굴한 생각은 사리에 맞지 않는다. 불평·불만을 하기 전에 무슨 일이건 자기 자신을 냉철하게 뒤돌아보는 것이 옳은 일이다.

일하는 데 따라 대가는 당연하게 받아야 한다. 나의 능력과 경험이 이 정도이니 이만한 대우를 받아야 하고, 다른 한편 더 많은 능력을 갖고 있고 그 능력을 발휘하면서 연륜을 쌓으면 그만큼 더 대우를 받아야 한다. 그러나 부모는 수십 년 노력해 집을 장만해서 이 정도밖에 살지 못하는데, 나이 삼십이 되도록 부모와 같은 수준에 도달하지 못했다고 불평과 불만을 한다는 것은 자기 능력의 대우 이상을 기대한다는 것이다. 이러한 생각은 불만만 초래할 뿐이다. 노력해서 얻어지는 기쁨은 조금씩 조금씩 나아지면서 얻어지는 것이다. 인생은 노력이고, 그것은 곧 기쁨이며 희망이다.

〈1992. 3. 1〉

즐거운 직장 생활

직장 생활은 즐거워야 한다. 임금을 받는 것보다 몇 배 더 큰 것을 얻을 수 있기에 이 직업을 택한 것이다. 직업은 있어야겠기에 할 수 없이 이 직장에 들어올 수도 있는 것이다. 그러나 일단 들어와 직업을 가진 이상 그 직업 내용이 무엇이든 자신이 하는 일에 대한 긍지를 가져야 한다. 나는 나의 호구만을 위해 일하는 것이 아니다. 나 이외의 많은 사람들을 위해 일하고 있다. 밤잠도 제대로 자지 못하고 남이 쉴 때 쉬지도 못하면서도 나는 나보다는 나 이외의 사람들의 건강을 위해 일하고 있다. 내가 많은 사람들의 건강 회복을 위해 어떤 형태의 일이건 하였기에, 그들은 지금도 건강하게 살아가고 있음을 나는 안다. 그것이 나의 직업이요, 나의 직업관이다. 병원 근무에는 다음처럼 져야 할 책임들이 있다.

첫째, 나는 환자들이 하고 싶어하는 말들을 다 들어주고 있는가? 보호자들이 물어 보는 많은 질문들을 좋은 표정으로 대답해 주고 있는가, 나는 환자가 찾을 때 언제나 뛰어가는가. 이러한 것은 의사로서의 당연한 의무이다. 혹시라도 응급 환자에게 뛰어가지 못해서 위독하지나 않았는지 모른다. 응급 환자가 잘못되면 이는 의사의 가장 큰 책임이다.

환자 진료에 적절한 처방을 내려 주었고, 정당한 진료를 해주었으며, 자신이 한 일에 대해 양심을 통해서도 자신이 있는가? 환자는 나를 고맙게 생각하고 나를 다시 찾아올 것으로 보는가, 나는 나의 환자에게 나의 최선을 다하기 위해 부단히 공부하고 있는가, 이 모든 책임을 다하고 있는가? 자! 오늘부터 나는 하루에 한 명씩 환자를 더 봐 주자. 결코 절대로 태만하거나 오만한 사람이 되지 말자.

둘째, 나는 나와 함께 일하는 각급 직원 개개인에 대해 그의 인격을 존중해 주고 있는가, 나는 나의 일에 관계되는 모든 사람들과 잘 협조해 나가고 있는가, 나는 다른 사람이 하는 일을 존중해 주고 있는가, 나는 얼마나 나 이외에 남을 즐겁게 해주며 살고 있는가 등, 병원이나 가정이나 사회에서도 잘하고 있는지 자신을 되돌아보아야 한다.

셋째, 나는 지역 사회의 한 일원이요, 한 일꾼임을 자각하고 있는가, 지역 사회의 여러 가지 문제들인 가난 · 불건강 등에 대해 관심을 가지고 있는가,

나는 지역 사회의 봉사 활동에 얼마나 참여했는가, 지역 개업의들과 협조 · 상호 존중은 잘 지켜 적극적으로 유대를 갖도록 노력하고 있는가, 지역의 각급 공무원 · 보건소원 · 경찰 등과는 잘 지내고 있는가, 내가 지역 주민들에게 혹시 해줄 수 있는데 못해 준 것은 없는가 등등 지역 사회사업 · 복지사업에 적극 참여할 책임이 있다.

필란드로피아(philanthropia)라는 말은 많은 사람을 사랑한다는 그리스 말이다. 사랑과 즐거움이 넘치는 지역 사회의 일원이 되자.

넷째, 병원과 대학에 대한 나의 책임은 무엇이며, 그 책임은 다했는가? 나는 높은 수준의 진료를 제공하는 병원으로 만들겠다는 노력을 해야 하는데 얼마나 했으며 신빙성 있는 병원으로 키우는 데 얼마나 기여를 했는가? 또한 대학 교수로서, 직원으로서 그 명예에 걸맞게 행동했는가? 학생 교육은 얼마나 했고 지도는 잘했는가, 학문 연구에 대한 노력을 얼마나 했는가?

바르셀로나 올림픽의 100m 결승에서는 8명이 뛰었는데, 1등과 8등의 차이는 0.5초밖에 되지 않았다. 그렇지만 그 영예는 엄청나다. 우리 대학이나

일송가족 한마음대회에서 축사를 하는 모습(1995. 9. 30)

병원도 1등에 뒤져서는 안된다.

다섯째, 나를 키워야 한다. 직업인으로서뿐만이 아니라 직장 생활에서 내가 커야 한다. 우리는 유명 상품을 살 때 그 디자이너의 상표를 보고 살 때가 많다. 유명한 상표가 되어야 한다. 나만이 너를 건강하게 해준다는 믿음을 많은 사람들에게 심어 주어야 한다. 많은 논문을 써라. 잡지와 신문과 TV에 나가라. 그러기 위해 쉬지 않고 공부해야 한다. 그냥 놀고먹으면 결코 커지지는 않는다.

우리 모두 이 병원을 기능 집단이 아닌 사람과 사람이 즐겁게 만나는 교감 집단으로 키우도록 힘쓰자. 진료비(price)가 비싼 병원이 아니고 진료의 가치(worth)가 비싼 병원이 되어야 한다.

우리는 서로 자주 만나서 함께 사는 의미를 찾자. 모든 모임에 빠지지 말자. 내가 하는 일에 대한 기술(technic)보다 내가 하는 일의 의미를 항상 생각해야 한다.

굿판이란 하늘과 땅과 사람이 하나로 융합함을 의미한다. 나와 다른 사람(환자 · 직원 · 지역 사회 주민)과 대학병원이 하나가 되어 신나는 굿판을 만들어 보자.

〈1992. 9. 19〉

세상은 더불어 사는 곳

늙으면서 남의 신세를 지지 않고 살아야지 하는 혼자만의 오만에 빠지기 쉽다. 세상은 더불어 사는 것이다. 알게 모르게 나는 남의 신세를 지고 있다. 나의 의식주(衣食住)도 내가 세운 기업에서 당연히 나오는 이윤으로 해결하는 것이니 남의 신세를 지지 않았다고 생각하면 큰 잘못이다. 내가 벌어 놓은 돈을 예금해서 그 이자를 먹고사는 것이니 남의 신세를 지지 않았다고 생각하는 사람도 있을 것이다.

그러나 생각해 보라. 내가 세운 기업에서 누가 돈을 벌어 주고 있는가? 그것은 수많은 직원들이 일하고 있기 때문이며, 그들이 사용하는 설비나 기계도 누군가가 만들어서 수고했기 때문이다. 단지 우리는 그 설비를 이용하고 있을 뿐이다. 그 시설은 내가 내 돈을 주고 산 것이니 그 설비 임자에게는 신세를 지지 않았다고 생각하면 큰 잘못이다. 그 설비를 사용하는 자, 또는 쓰다가 이 다음에라도 버리면 치워야 할 사람, 이 모두가 힘을 써야 하지 않는가?

그 사람들에게는 응분의 대가를 지불하지 않았는가? 그래서 신세를 지지 않았다고 생각하는 것은 하나만 알고 둘은 모르는 것이다. 그 사람에게 응분의 대가를 지불했다고 해도 그 사람이 있었기에 거기서 이윤도 남겨 내가 먹고살지 않았는가? 내가 번 돈을 저금한 데서 이자를 받았다 해도 어떻게 해서 돈을 벌었는가? 누군가 나로 하여금 돈을 저축할 수 있을 만큼 도와주었기에 저축할 수 있었던 것이다. 그 돈을 저축하게끔 한 사람에게는 응분의 대가를 치렀으니 신세를 지지 않았다고 하면 말이 아니다. 어쨌거나 그 사람이 나에게 저축할 수 있게 해주었다는 신세를 진 것이다. 사용자가 고용인에게 군림한다는 말이 있지만, 사용자는 그런 의미에서 고용인에게 항상 신세를 지며 살고 있는 것이다. 이것이 인간이 더불어 사는 법칙이다.

혼자 살 수 없는 것이 사람이다. 신세를 지지 않는다는 말은 하지 말라. 오로지 남에게 과도하게 피해를 끼치는 사람이 되어서는 안된다. 남에게 해를 끼치면서까지 물질을 탐하는 법도 아니요, 또 구걸하거나 바라는 법도 아니다. 될 수 있는 한 남의 신세를 져서는 안되겠지만 남을 착취하거나 남에게 해를 끼치거나 악하게 해서는 안된다.

그러나 사람의 일이 자기 마음대로 되지는 않는다. 갑자기 반신불수가 되어 걸음을 걷지 못해 대소변을 받아내는 일이 생기면, 내가 원치 않아도 남의 도움을, 그것도 아주 귀찮은 도움을 피할 수가 없게 된다. 이런 삶을 살지 않도록 건강에 주의하고 하느님께 기구해야 한다. 남의 신세를 지지 않을 수 없는 것처럼 나도 남에게 신세를 갚아야 한다. 적어도 남에게 신세를 지는 삶은 피해야 한다. 아무리 부모와 자식 사이일지라도, 또 극진한 부부간이나 애인 사이일지라도 긴 병에 효자 없다는 말이 있듯이 어느 누구에게도 폐를 주는 삶은 살지 말아야 한다.

이것이 늙은이의 자존심도 오만도 아니라 늙은이의 슬픔임을 어떻게 할 것인가.

〈1992. 10. 25〉

기업 성공의 조건

내가 살아온 인생은 열심히 일하는 것만이 능사인 것으로 점철되어 있다. 이러한 것을 지금 젊은이들에게 자랑삼아 강조하면서, 그것이 마치 기업을 키우는 데 절대적이고 유일한 길이라고 생각해 왔다. 아마 기업 육성에 전념한다는 것이 여러 여건 가운데 중요한 일부인 것만은 틀림이 없다. 하루 24시간 항상 자기 기업에 정신을 쏟고 밤잠도 거르면서 들러붙어 키우면, 기업이 일어나지 않을 수 없다. 개인 사업체라서 혼자 힘으로 될 수 있는 일이면 그러한 방법도 권장할 만한 것임에는 틀림이 없다.

그러나 내가 하는 병원이나 대학처럼 기업이 커져 많은 직원들이 참여할 때, 이 많은 참여자들이 나처럼 밤잠을 자지 않고 열심히 일한다는 것은 도저히 기대할 수는 없다. 내가 사실 오늘날 이만큼이라도 커질 수 있었던 것은 이런 의미에서 나와 동참하는 많은 동료 직원들의 힘이 절대적이었음을 나는 알며, 어떻게 하면 이처럼 나와 고락을 같이하며 오늘날까지 살아온 사람들에게 보답할 수 있을까를 늘 생각하고 있다. 그러나 이제 시대는 달라졌다. 사실 내가 큰 시대는 성장 위주의 물결을 타고 있었다. 모든 기업들이 성장할 때, 내가 시작한 병원들도 그 흐름 속에서 쉽게 성장할 수 있었다.

또 확실한 것은 동참자들과 이러한 시대의 흐름과 하늘이 나를 도와주었으며 운이 나를 키워 주었다는 것이다. 이제 어느 정도 나의 일이 정돈되어 가면서 하늘이 주신 도움에 보답하기 위해서도 무엇인가 국가와 사회와 인류를 위해 일해야겠다는 생각이 늘 앞선다. 또한 지금의 세계를 사는 이들에게는 기업에 대한 열성, 동참자들의 협조, 하늘의 도움과 시운(時運)도 필요하겠지만, 기업을 키우는 과학적 브레인의 전문적 뒷받침이 반드시 필요하다는 것을 강조하지 않을 수 없다.

옛날같이 주먹구구식으로 무조건 뛰기만 해서 되지는 않는다. 분석하고 연구하고 추적해서 빈틈없는 계획 아래 결코 실수하지 않아야 하며, 또 실수해도 그 대책을 세워 사업을 시작하고 운영해 나가야 한다. 기업 경영에서 전문적 경영 능력과 재산·인력·재무 관리 등이 전문적 지식을 가진 사람들에 의해서 다루어져야 하며, 여기에 능력있는 경영 분석가들이 협력해서 실수·부정 등을 즉시 포착해야 한다. 우리나라에서도 이제는 과거와 같은 열성 일변도가 아니라 전문적인 경영 지식을 갖춘다는 것이 꼭 필요함을 강조하고 싶다.

〈1992. 5. 27〉

하면 된다

올림픽 마라톤에서 우승을 했다. 결코 우연한 일이 아니다. 손기정 선수가 우승한 이래 56년 만이라고 한다. 하면 된다. 우리는 하려고 마음만 먹으면 할 수 있는 민족이다. 문제는 주체 의식이다. 우리 민족의 우수성을 스스로 깨닫고 믿어 온갖 노력을 다해 보자는 것이다.

우리나라 경제가 과거 4~5년 간 급속히 뒤떨어졌는데, 그 원인이 노사 문제와 불신 같은 것들이라고 한다. 이는 사람들의 문제이다. 기술이 모자라든가 설비가 없는 것이 아니다. 또 많은 사람이 지도자의 부재(不在)를 이유로 들고 있다. 그도 그럴 것이다. 그러나 그것이 이유의 전부가 될 수는 없다.

지도자가 있어서 국민 정신에 활력을 넣어 주어야 한다고는 하지만, 설사 힘이 센 대통령이 있다고 해도 그 권력으로 국민을 지도만 하려다가는 아무 것도 하지 못하게 된다. 또한 이에는 지속성도 없다. 국민 각자가 자신이 누구인지를 알고 뜻을 바로 세우도록 밀어주는 사람이 있으면 더욱 좋겠지만, 그러기란 그리 쉽지 않다. 각자 한 사람 한 사람이 스스로를 반성해야 한다. 그 자신이 자기의 가족이나 그가 속해 있는 조직체·집단의 지도자라고 생각하여 스스로 노력하면, 그것이 곧 민족의 응집력이 될 수 있다. 그렇게 되어 그 민족은 크게 성장하고 도약하게 될 것이다. 남을 믿지 않고 남에게 핑계만 대려 하지 말라. 모든 것이 오직 내 탓임을 스스로 깨달아 스스로를 성장시키고 도약시키겠다는 마음가짐이 모든 국민에게 있을 때, 바로 이때야 그 민족은 일어난다.

하면 된다. 황영조는 혼자 했다. 지도자가 훌륭해서가 아니다. 황영조만한 기질은 국민이 다 가지고 있는데, 하고자 하는 결심이 없어서 못한다.

정신일도하사불성(精神一到何事不成)이다.

국민 한 사람 한 사람이 마음을 굳게 먹으면 할 수 있는 것이다.

〈1992. 8. 17〉

8. 인생을 사는 법

슬플 때, 가련할 때, 아주 힘들 때는 울 줄 알아야 한다.
나를 위해서만이 아니고 남을 위해서도
눈물을 흘릴 줄 아는 사람이 문화인이다.
정감이 있는 사람이 문화인이다.

성찰

고백의 기도를 드린다. 자신이 생각과 말과 행위로 많은 죄를 지었고 또 신자로서 지켜야 할 의무를 다하지 못했음을 고백하고, 잠시 침묵하는 가운데 그간의 잘못을 반성하며 하느님께 용서를 빈 후에야 미사성제에 참여한다.

사람은 늘 잘못을 저지른다. 하느님이 우리를 선하게 살도록 인도해 주시는데도, 우리는 그 하느님과의 약속을 지키지 못하는 죄를 범했으니 용서를 빌어야 한다. 이는 종교를 믿는 사람이거나 믿지 않는 사람이거나 다 마찬가지이다. 내가 하느님을 지칭하지 않더라도 다시는 잘못을 저지르지 않겠다고 내 마음속으로 다짐하는 자기 자신의 성찰을 누구나 다 반복하면서 인간은 살아가고 있다. 즉 이와 같은 반성과 회개가 인간을 성숙하게 한다.

나태 : 나는 오늘 하루를 부지런히 일하며 살았는가? 내가 할 공부를 다하였는가? 내가 게으름을 피우지는 않았는가? 직장에서는 쉬지 않고 일을 했는가? 여가를 어떻게 보냈는가? 집에서 집안을 깨끗이 치웠는가? 내가 어른 입네 하고 또는 나이 들었다고 아무것도 하지 않고 그냥 무위도식하지는 않았는가? 시간 있을 때 독서도 하고 스스로 반성의 시간을 보냈는가? 나를 위해, 또 나 이외의 다른 사람들을 위해, 즉 나의 식구나 이웃을 위해, 내가 사는 마을을 위해, 나의 국가를 위해 무엇을 하면서 하루를 보냈는가? 그냥 개나 돼지처럼 먹고 자기나 하는 나태한 하루를 보내지는 않았는가?

자신의 인생을 스스로 키우고 먹이고 입히고 행복해지도록 노력하였는가? 나의 인생은 나의 것이지 다른 누구의 것도 아닌데 남의 덕이나 보려 하지는 않았는가? 부모나 형제 또는 친구가 도움을 주겠거니 하고 무능력하게 살고 있지는 않은가? 클 만큼 컸는데도 남에게 의존하려 하지는 않은가? 취직도 남이 시켜 주기를 기다리고, 승진도 남이 뒤를 밀어 주기를 기다리는 못난 인생을 살지는 않은가? 나는 자립하기 위해 시간과 노력을 다했는가?

혹시라도 내 인생을 남이 밀어 주는 것인 줄 착각하고 시간을 허비하지는 않았는지 반성해야 한다. 말하자면 사람은 항상 자신의 의무가 무엇인가를 똑똑히 인식하고 그 의무를 성실히 지켜야 한다. 나의 모든 삶의 모습은 나의 책임이다. 내가 열심히 살면 그만한 보답을 받는 인생을 살 수 있는 것이고, 나태한 세월로 허송하면 그 대가로 빈곤과 고생과 멸시의 인생밖에 살 수가 없다. 그래서 모든 것은 내 탓이요, 내 탓이요, 나의 큰 탓이로다라는 고백을 한다.

세상은 공평하게 살게 되어 있다. 일을 하지 않고 나태했으면 천대를 받는 것이 당연해서 일을 하게끔 되어 있다. 교만했으면 남한테 반드시 멸시를 받게 되어 있다. 돈을 낭비했으면 반드시 굶주림을 겪게 되어 있다.

그래서 사람은 항상 내일을 생각하고 살아야 한다. 내가 장군이 되거나 부자가 되었다면 장군이나 부자 자리에서 물러날 때를 생각하고 살아야 한다. 이것이 미래를 위한 오늘의 삶이다. 영원히 권세를 부릴 줄 알고 권세에 도취해 있다가 하루아침에 권좌에서 물러나 비참한 삶을 사는 숱한 군상들이 우리에게 주는 교훈을 잊어서는 안된다.

근래에 사회복지가 잘된 사회에서는 일을 하지 않고도 최소한의 생계는 유지할 수 있게 국가가 도와준다. 복지 정책은 일을 할 수 있는데도 게을러서 놀고먹는 사람들을 위한 복지 정책이 결코 아니다. 그것은 일을 하고 싶은데도 일자리가 없거나 병들어서 일을 못하는 사람들을 위한 보호 정책일 뿐이다. 복지 기금이라는 것은 모든 사람들이 세금을 내서 일할 수 없는 사람들을 위한 공동 기금을 마련해서 도와주는 것이다. 놀고먹으며 남의 도움이나 받겠다는 거지 근성을 위한 복지 정책은 결코 아님을 알아야 한다. 나도 열심히 일해서 불우한 이웃, 병든 이웃을 위해 복지 기금을 마련해 주고 있는가를 반성해야 한다.

신념 : 사람은 살면서 왜 나는 살고 있고, 왜 일을 해야 하고, 왜 책을 보고 공부를 하고, 왜 학문을 연구하고, 왜 건강을 지키는가를 확고하게 인식하고, 그 왜가 곧 내 삶의 신념이 되어야 한다. 사람은 어떻게 태어났을까?

불교에서 말하듯이 어떤 연기(緣起)에 의해 태어났을까? 연기라면 어떤 연기 때문일까? 부모의 성(性)에 의해 태어난 것뿐일까? 부모님은 '나'라는 생명을 만들어 낼 만큼 커다란 능력을 가지고 계셨을까? '나'라는 생명은 이 지구상의 어느 누구와도 또 역사상의 어느 누구와도 다른 독특한 존재이다. 이 지구상에 나와 똑같은 모델은 없다. 그 나는 영겁의 세계에서 처음 태어난 나인 것만은 틀림없다. 누가 그 나를 이렇게 소중하게 처음 태어나게 하였을까? 그것은 곧 신의 창조요, 신의 더할 나위 없는 정성이요 사랑이며, 그 결집이 곧 나라는 생명인 것은 틀림없다.

옛날에 중국의 시황제(始皇帝)가 자기 무덤에 3천 명의 병사 토우(土偶)를 만들어 묻게 했다. 여러 사람이 각기 다르게 생긴 토우를 만들었는데, 아무리 애를 써도 60개 이상 각기 다르게 생긴 것을 만들 수가 없었다고 한다. 그런데 지구가 시작된 이래 수십억 년 동안 이 지구상에 얼마나 많은 인간이 탄생했겠는가? 그럼에도 불구하고 그 많은 인간들 가운데 한 사람도 똑같이 생기지 않았다. 심지어 일란성쌍생아도 어딘가 다르게 생겼다. 인간은 한 사람 한 사람마다 이처럼 각기 다른 그 사람에게만 부어진 정성과 사랑으로 탄생한 것이 아니라고 누가 부인할 것인가?

그렇게 소중하게, 그렇게 정성되게, 그렇게 지극한 사랑으로 이루어진 나는 소중해야 하고 귀함을 받아야 하며, 그렇게 키워지고 보존되고 그렇게 사랑에 넘치고 정성스럽게 지켜져야 한다. 그것이 '나'이고 그것이 곧 나의 삶의 본질이다. 내가 그렇게 소중하고 그렇게 조물주의 사랑이 지극할진대, 마찬가지로 남의 생명도 소중하고 사랑스러울 것은 당연하다. 그것이 다 조물주의 또는 초월신의 정성어린 창조이기 때문이다. 우리는 살면서 이 생명의 존귀함을 항상 잊어서는 안되며, 찰나에 현혹되어 물질욕이나 명예·권세에 탐닉해서는 안된다. 그리하여 인간의 생명 또는 자연의 모든 삶에 대한 깊은 사랑과 존귀함을 망각해서는 안된다.

근래 사람들이 허황된 물질 또는 황금에 눈이 어두워 귀한 생명을, 인간의 본질을 돈이나 물질로 바꾸어 버리는 경향을 우리는 안다. 인간에 대한 사랑, 나와 나 이외의 모든 생명에 대한 사랑, 그것이 곧 나의 삶의 신념이어야 한다.

나의 행복을 위해 남을 불행하게 해서는 안되며, 불우하고 고통받는 생명들을 위해 최선을 다해 도와주고 사랑해 주는 것이 우리 삶의 본질이어야 한다.

남을 희생해서라도 나만 행복하면 된다는 천박한 이기주의에 빠져서는 안되며, 나를 생각하다가 남을 해치지나 않았는지 항상 반성해야 한다. 나 또한 남으로부터 돌봄과 사랑을 받고 있음을 항상 감사하고, 그 보답을 다할 것을 맹세해야 한다. 나의 부모님을 낳아 주신 선조들, 나를 낳으시고 키워 주시고 공부시켜 주신 부모님께 감사하고 살았는지 깊이 성찰해야 한다.

식사할 때에도 이 식량을 나에게 먹게 해준 농부들에게 감사하고, 이 일용할 양식을 준비해 주신 하느님께 감사하는 마음을 잊어서는 안된다. 설혹 부주의로 이 고마운 나의 이웃이나 하느님의 선물을 낭비하지나 않았는지 생각하고 또 생각하며 귀하게 아껴서 써야 한다.

흔히 세상에는 친절하다느니 불친절하다느니의 말이 있다. 남을 나처럼 위하고 남을 나처럼 사랑할진대, 어찌 감히 '불친절'이라는 말이 나올 수 있겠는가? 혹시라도 나의 부주의로 남에게 불쾌감을 주지나 않았는지 성찰해야 한다. 나 이외의 사람이란 나보다 윗사람일 수 있지만, 나보다 지위가 낮거나 아랫사람들을 나는 권세로 멸시하거나 사랑하지 않는 교만을 부리지나 않았는지도 생각하며 살아야 한다.

이러한 삶의 신념은 당연한 것이면서도 많은 사람들의 존경을 받게 되고, 이것이 곧 남의 모범이 될 것이다. 항상 감사하며 산다는 것은 삶의 진실을 알기 때문이다. 나의 생명이 이렇게 초월신의 사랑과 정성을 받을진대, 이를 튼튼히 키우고 건강하게 삶을 영위하여 그 정성에 보답해야 한다.

건강이란 결코 쉬운 일이 아니다. 우리가 살기 위해 열심히 일함이 본분이라면, 나의 건강을 소중하게 키우는 것 또한 가장 소중한 것이다. 혹시나 건강을 해치도록 폭음하지는 않았는지, 도박이나 노름에 빠져 건강을 해치지나 않았는지 항상 반성하고 주의해야 한다. 건강은 자기 노력 여하에 달려 있다. 규칙적 생활을 하지 않고 적당한 운동에 게으르지나 않았는지, 쉬는 날이라고 늦잠을 자거나 밤늦게까지 밤을 새우지는 않았는지 주의해야 한다.

일정한 신체의 단련은 건강의 요체이다. 꾸준한 신체 단련은 건강을 유지케 한다. 폭음·과식은 건강에 해롭다. 육신에만 해로운 것이 아니고 정신에 더 해롭다. 육체나 정신을 해롭게 함은 큰 죄악임을 알아야 한다.

사람의 생명만이 존귀한 것이 아니다. 이 지구상의 모든 것은 내가 마음대로 해도 되는 동물이나 식물이나 광물이 아니다. 모두 다 하느님의 창조물일진대, 무엇이든 소중히 여겨야 함은 당연한 일이다. 근래 자연 훼손이니 환경 파괴니 말이 많다. 인간과 똑같은 귀한 창조주의 창조물일진대, 우리에게는 자연도 동식물도 인간과 똑같이 사랑해 주고 보호해 줄 의무가 있다. 그 자연이, 그 동식물이 우리 인간에게 얼마나 소중한 것인가를 깨달아야 한다. 나는 나 이외의 다른 생명이나 자연에 해나 끼치지 않았는지 반성해야 한다. 나의 목적을 위해 나 아닌 다른 어떤 존재이건 희생될 수는 없음을 알아야 한다.

질투와 시기 : 남을 의심하고 산다는 것처럼 불행하고 불안한 것은 없다. 나의 남편이나 아내를 믿지 못하고 부질없는 질투심에 사로잡히지나 않았는지 반성해 봐야 할 때가 많다. 근거없는 일로 남을 의심하기 시작하면 끝이 없다. 무엇이나 다 의심하게 되고, 또 그것을 질투하게 된다. 의심 암귀(疑心暗鬼)라는 말이 있다. 남을 의심하면 자기는 나쁜 귀신이 된다는 뜻이다. 남이 잘되면 배가 아파서 질투하는 마음처럼 사악한 것은 없다. 내가 남의 성공을 질투하거나 미워한다면, 반드시 나도 잘되었을 때 남의 미움과 질투를 받게 된다.

남편 때문에 시어머니가 며느리를 질투하거나, 며느리가 시어머니를 질투하고 미워하는 일은 없는지 반성해 보아야 한다. 증오나 시기는 일종의 살인이라고 나는 주장한다. 사람의 생명은 육신과 정신으로 되어 있다. 육신을 죽이거나 손상시키는 것만이 살인이나 치상은 아니다. 정신을 손상시키는 것도 살인이나 치상이다. 이와 같은 정신적 증오·시기·질투는 정신적 살상(殺傷)이다. 절대로 해서는 안된다.

거짓은 큰 죄악이다. 내가 나를 속이고 내가 남을 속이는 거짓은 언제나 나를 불안하게 한다. 나는 거짓됨이 없는가, 말이나 생각이나 행동으로 나 스스로를 속이고 거짓 꾸미고 남을 거짓으로 대하지나 않았는가, 왜 없으면서도 있는 체 거짓 꾸며야 했는가, 왜 있으면서도 없는 척 남을 속이려고 했던가, 이러한 것들을 반성해야 한다. 나나 남을 속이는 것은 내 안에 있는 하느님을 속이는 것이다.

거짓은 세상 사람들이 자주 범하는 잘못 가운데 하나이다. 약속을 지키지 않는 거짓, 가당치 않은 허명이나 명예를 쫓아다니는 거짓, 힘든 일은 하기 싫고 도박이나 해서 남을 속이거나 요행으로 돈을 벌겠다는 거짓, 예약을 하고도 지키지 않는 거짓, 잘나지도 않았으면서도 잘난 척하는 거짓, 모르면서도 아는 척하는 거짓을 범하지 않았는가? 우리는 살아가면서 항상 거짓을 범하지 않도록 반성하고 노력해야 한다.

거짓 중에서도 허황된 명예나 권세를 쫓아다니는 많은 군상들이 있다. 감투를 쓰려고 운동하는 사람, 한 자리 명예를 얻어 보려고 남을 쫓아다니며 구걸하는 저속한 인간들도 있다. 나는 그런 생각을 가지지나 않았는지 반성해야 한다.

명예나 권세는 뒤에서 쫓아오는 것이지 결코 쫓아다니는 것이 아니다. 그것은 허황된 것이어서 참된 삶에 아무런 가치도 되지 않는다. 명예를 구걸하고 쟁취하려는 모습이 얼마나 저속하고 웃음거리 인생인지를 알아야 한다. 나 자신을 거울을 통해 자세히 관찰하자.

세상에 사람을 의심하는 것처럼 추한 것은 없다. 그것은 믿음이 부족한 탓이다. 나를 믿고 남을 믿어야 한다. 그렇게 믿기만 하다가 속기 일쑤가 아니겠느냐는 사람도 있다. 백 번 속아도 한 번 믿음을 가질 수 있을 때, 그것은 좋은 것이다. 인생을 살면서 속기도 해야 한다. 그런 어리석은 생각이 어디 있느냐고 하겠지만, 사람에게는 어리석음이 똑똑함보다 낫다. 결코 속지 않고 똑똑한 사람과 항상 남을 잘 믿어 어리석다는 사람, 어느 편의 삶이 행이고 불행일까를 생각할 때 의심보다는 믿음이 낫다고 생각해야 한다.

남을 믿기만 하고 의심하지 않다가는 돈을 빌려 주어도 밤낮 손해만 볼 것 아니냐고 하는 사람도 있다. 돈을 꾸어 줄 때는 속아도 좋으니 꾸어 준다고 생각할 때에만 꾸어 주어야 한다. 남을 의심하면서 돈 거래를 하는 어리석음은 범하지 말아야 한다.

친구 : 사람은 많은 친구를 사귀어야 한다. 거기에는 믿음이 제일 중요하다. 믿음 없이 친구를 사귈 수 없다. 친구는 인간에게 매우 소중한 것이다. 믿음 없는 친구는 친구일 수 없을진대, 믿음의 중요성이 어떤 것인가를 짐작하게 한다.

교만한 허세 : 내가 잘나지 못했으면서, 내가 있는 것도 없으면서, 내가 아는 것도 없으면서 허세를 부리고 있지나 않은지 성찰해야 한다. 허세와 같은 어리석음은 없다. 그것은 궁극적으로 스스로에게 겸손하지 못하고 솔직하지 못하고 교만한 마음가짐 때문에 생기는 부정직한 마음이다. 이렇게 교만한 허세는 그것을 감추기 위해 말을 많이 한다. 필요없는 말을 많이 해서 없는 나의 위세를 세워 보려는 아주 허약한 마음 때문이다.

말 : 말은 많이 하는 것이 아니다. 쓸데없는 말을 경망되게 지껄여 남의 마음이나 명예를 훼손하지나 않았는지 반성해야 한다. 쓸데없이 남을 비판하고 남의 험담을 안했는지 성찰해야 한다. 남을 비판하지 말라. 스스로를 비판하는 데 인색하지 말라. 말이 많은 사람은 스스로의 감정을 조절하지 못해서 그에게는 희로애락이 빈번하다. 쉽게 분노하고, 쉽게 슬퍼하고, 쉽게 좌절한다. 분노는 삶에서 가장 해로운 악덕이다. 내가 화를 내서 나에게 득이 된 일이 한 번도 없다. 아무리 나에게 좋지 못하거나 부당한 언행을 하는 사람이 있어도 결코 그에게 분노하지 말라. 분노해서 그 사람이 잘못을 깨닫거나 고칠 수 있다고 생각되지 않는다. 오히려 상대처럼 감정을 억제하지 못하고 분노하면, 고치려던 상대방의 생각도 더 나쁘게만 할 뿐 아니라 나 자신이 얼마나 정신적으로 손해를 보는지 생각하라. 참고 웃어넘기거나 묵묵부답으로 인내하면 분노함보다 몇 배의 득을 본다. 이는 모두 교만에서의 탈피와 겸손의 터득이다.

인내는 사랑에서 자란다. 사랑 없이 인내가 자랄 수 없다. 문제는 욕심이다. 재물에 대한 부당한 욕심은 도적이 된다. 명예나 권세에 대한 욕심은 결국 그 허함에 너무나 큰 실망과 좌절만을 겪게 된다. 가지겠다는 욕심은 과음·과식과 같다. 결코 건강에 좋지 못하고 정신에 추함만을 안겨 준다.

나약한 인간의 성찰은 끝이 없다. 나를 직시하라, 그래서 건강한 나를 키우라. 그것이 우리가 해야 할 가장 큰 성찰이다.

새해의 각오

머리를 써라. 많은 것을 알아야 한다.

1) 컴퓨터를 배우라.
2) 외국어를 습득하라.

늙었다고 스스로 나태해지려는 자세를 경계하라.
하루 한 번 계획한 일들을 실천했는지 점검하라.
깊이 생각하는 시간, 나를 반성하는 시간을 가져라.
남을 비판하기 전에 나부터 반성했는지 점검하라.
모든 이를 사랑하고 이해하고 바다처럼 넓은 포용력을 가져라.
누구를 원망하거나 증오하거나 시기하지 말라.

〈1992. 1. 2〉

할아버지와 손자

아들 둘에서 친손자가 셋, 친손녀가 둘이고, 딸 셋에서 외손녀가 셋, 외손자가 셋, 합해서 열한 명의 손자와 손녀가 있다. 친손자와 외손자, 모두 하나같이 귀엽고 사랑스럽다.

어느 날 친손자 셋을 앉혀 놓고 옛날 이야기를 하는 할아버지의 모습이 지난 꿈을 먹고사는 늙은이인 것은 그에게는 이제 미래라는 것이 없기 때문인 모양이다. 큰손자는 대학 2년, 둘째는 중2, 셋째는 국민학교 5학년이다.

"희제(셋째), 너 몇 살이지?"

"열두 살이에요."

"그래 나는 어려서 보통학교(지금의 초등학교)에 들어가 열두 살, 바로 네

캐나다 여행중에 손자, 손녀들과 함께(1995)

나이에 보통학교를 졸업했지. 내가 자란 내 고향은 아주 시골이어서 인가가 한 7백 호밖에 되지 않은 곳이지. 자동차가 아주 드문 때라서 버스가 아침과 저녁 하루 두 번 지나는데, 그 배기가스 냄새가 그렇게 좋아서 자동차 꽁무니를 따라다니며 가스 냄새를 맡곤 했단다."

물론 기차는 없었다. 6학년 수학 여행 때 한 60리 걸어서 간 진지동이라는 곳에서 기차 구경을 했던 것이 생각난다. 학교가 끝나면 친구들과 논 것이라곤 거의 씨름뿐이었다. 축구공이 없어서 낡은 새끼를 공처럼 둥글게 말아서 그것을 차고 즐겁게 놀았지! 해변가여서 낚시질(망둥이)은 아주 어려서부터 일상사로 하였고, 또 그렇게 잡아온 망둥이가 제법 좋은 반찬거리가 되었고, 지금도 나는 망둥이 말린 것을 굽거나 쪄먹는 것이 그렇게 좋다.

이렇게 자라다 우리 고향에서는 처음으로 평양에 가서 고등보통학교(당시는 중학교와 고등학교를 합쳐서 5년제였다)에 입학한 해가 12살, 지금 희제 나이인데 너만 하거나 너보다도 키는 작았던 것 같다. 한 반의 학생 수가 55명인데, 내가 43번이었으니까 말이다. 나는 평양 고보(평고)에 입학할 때까지 양복은 입어 보지 못했고, 운동화도 신어 보지 못했다. 학교에서는 지방에서 온 나 같은 학생들을 위해서 바지저고리와 두루마기(우리 고향에서 주의라고 함)에 고무신을 신어도 한 학기만은 허용해 주었다. 두루마기는 까맣고 하얀 동정이 달렸는데, 흰 동정이 때를 잘 타서 하얀 동정은 떼어버리고 그것을 입고 한 학기를 다녔다. 우리 학년 165명 중에 나 같은 학생은 서너 명밖에 안 되었지만, 위축되거나 부끄러운 마음은 없었다.

평양에 아버님과 함께 버스를 타고 기차를 타고 입학하러 왔다. 아버님은 좀 아는 사람이라면서 신양리에 사는 성모 보통학교 교장선생님의 집에 나를 하숙시켜 주셨고, 입학식이 끝나자 고향으로 내려가셨다. 하숙집에서 한참 걸어서 아버님을 전송하고 나니, 그렇게 서럽고 눈물이 쏟아질 수가 없었다. 이제 나는 혼자구나 하는 생각이 들었다. 아는 사람 하나도 없는 외딴 도회지에 버려진 열두 살 소년은 정말 슬펐지만, 그것이 나를 공부시키기 위한 부모님의 뜻임을 알아야 한다고 혼자 입을 꽉 다물 수밖에 없었다.

길도 잘 모르는 시내를 걸어서 학교를 다니며 친구도 사귀고 학교에 흥미도 갖게 되었다. 1학년 2학기 때의 일이다. 선생님이 숙제를 내주신 지리 실습 노트를 잘 정리해서 학교에 가지고 왔는데, 바로 지리 시간 전에 누군가가 훔쳐 갔다. 아직 선생님이 들어오시지 않아 제출된 지리 실습 노트를 조사해 보니까, 누군가가 내 노트의 이름을 지우고 자기 이름을 써 놓았는데 그 애가 바로 내 뒤에 앉은 H 모라는 애이다. 화가 머리끝까지 나서 붙잡고 정신없이 마구 때렸는데, 선생님이 들어오셔서 나를 때리며 뜯어말리셨다. 왜 싸웠냐고 세차게 몰아세웠지만, 선생님에게 고자질하는 일은 할 수 없어서 묵묵부답하고 한 시간 벌을 섰다. 아마 이런 일이 있어서인지 학생들은 나를 결코 깔보거나 업신여기지 않았으며, 친구들도 많이 생겼다.

내가 평고에 입학했을 때에는 하숙비가 한 달에 11원 했는데, 한 달 잡비로 아버님은 나에게 8원을 주셨다. 그러나 이 한 달 잡비 8원은 내가 평고를 졸업하고 서울에서 의학전문학교 4년을 마칠 때까지도 계속되었고, 그때 하숙비는 50원이 넘었다. 더욱이 전문학교를 다닐 때이니 그 비싼 의학 서적도 사야 했고, 또 의학 공부 외에 철학 · 문학 · 경제학 등 숱한 책을 탐독하려니 책값만도 엄청나게 들었다. 그뿐 아니라 친구들과 술도 마시고 사교도 해야 할 판이어서 여러 번 잡비 증액을 요구했어도 아버님은 묵묵부답이셨다. 할 수 없이 가정교사로 취직해서 이런 경비를 충당할 수밖에 없었다.

지금 지난날을 생각해 보면, 아버님이 돈이 아깝거나 없어서 나에게 그러신 것은 결코 아님을 알고 있다. 결국 나에게 혼자 해결할 수 있는 힘, 즉 자립심을 키워 주셨던 것이다. 이런 습관이 몸에 배었기 때문에, 방학 때 고향에 가도 남처럼 놀고 세월을 보내는 것은 나의 생리에 맞지 않았다. 집에서 어머님은 한때 조그마한 가게를 운영하셨다. 집이 좀 크다 보니까 넓은 공간을 놀리고 싶지 않아서였다. 가게 일도 도와주고 무엇이든 집안일에 보탬이 되려고 마음을 먹었다. 내가 평고를 졸업하고 경성 의전 시험에 낙방하여 한

해를 낭인 생활(요즘 말로 재수 생활)로 보낼 때에도 결코 그냥 아무것도 안하고 놀 수는 없었지. 자전거 행상도 하고 막노동도 했다. 그러면서 세상도 배웠지. 집에서 아버님은 쉬지 않고 일하셨고, 상급 학교를 가지 못한 동생은 가게도 보면서 많은 일을 하였다. 그러니 낙방한 재수생이 되어 그냥 밥을 먹여달라고 할 수는 없었지.

부모님을 도와 가게 일도 보고 공사장 일도 돕던 동생(너희들의 작은할아버지)이 잔돈푼이나 만질 수 있어서 내가 의학 전문학교 방학 때 고향에 갔다 올 때에는 슬그머니 50전짜리 은화를 건네주면서 보태 쓰라고 하던 일이 그렇게도 고마웠다. 동기간의 사랑이란 아주 중요한 것이고, 언제나 마음에 여유와 흐뭇함을 주는 것이다. 요즘에는 형제 · 자매 · 자식들이 많지 않지만 너희들도 있는 형제들뿐 아니라 사촌 · 육촌 동기간도 서로 사랑하고 도와주는 사랑의 융합이 인생을 살아가는 데 엄청난 힘과 보람을 준다는 사실을 잊지 말고, 서로 이해하고 도와준다는 마음가짐을 가져야 한다.

일본말 속담에 사랑하는 자식에게는 여행을 시키라는 말이 있다. 여행으로 혼자서 고생을 겪게 해야 한다는 뜻이다. 자립심을 키우라는 말이다. 사람이 사는 데는 사람끼리 서로 도와주며 사는 법이지. 그러나 내가 힘이 없거나 모자람을 남에게 부탁하거나 매달려서 나의 부족함을 메워 보겠다는 생각은 절대로 해서는 안된다. 나는 숱한 사람의 청탁을 받는다. 대학에 입학하는 일, 취직하는 일, 이러한 일들을 부탁받고 도움을 준다고 해도, 그 도움받은 사람이 결코 성공하지 못하는 것을 나는 수없이 보아 왔다.

부모가 나를 도와주겠거니, 아버지가 누구에게 부탁해 주겠거니, 아버지는 나에게 이만한 재산을 남겨 주겠거니 따위의 생각은 꿈에도 가져서는 안된다. 너희들은 내가 못 가지고 있는 엄청난 재산을 가지고 있다. 그것은 미래라는 무한대의 큰 재산이다. 내게는 이제 미래는 없다. 그러나 너희들은 그것을 가지고 있다. 이제 너희들의 인생은 한없이 큰 미래라는 세계에 얼마든지 큰 꿈을 실어 담을 수 있다.

너희들은 이제 너희들의 노력에 의해 무엇이든 할 수가 있다. 누가 너의 미래를 설계해 주는 것도 아니고, 살아 주는 것도 결코 아니다. 너희들 그 동안 학교 성적이 좋지 않아서 주춤거리기도 했다. 그러나 미래는 그까짓 주춤거림에 좌초되는 것이 아니다. 앞으로 너희들은 그 넓은 미래를 살아가는 데 수없이 많은 실패와 좌절을 겪게 된다. 그것이 인생의 상도(常道)이기 때문이다. 그러나 결코 좌절하거나 실망해서는 안된다. 누구나 다 겪고 그것을 이겨내는 자가 성공한다. 자신감을 가져라. 다시 말해서 그 자신감이란 너희는 내가 못 가진 그 큰 미래를 가지고 있음을 깨달아야 한다는 것이다.

용기와 자신감, 그것을 내가 가지고 있다고 생각할 때, 그것은 내 능력의 몇 배의 힘을 만들어 주는 것이다. 만일에 자신감을 잃어버렸다고 하자. 실망과 좌절의 늪에서 헤어나지 못하고 자신이 없는 상태에서는 어떤 일이든 성사시킬 수 없다. 될 수 있는 일도 자신감을 잃어버리면 실패한다. '자신감은 곧 힘이다' 라는 것을 알아야 한다. 자신감과 용기를 가져라. 나에게 힘이 없는데 어떻게 자신을 가질 수 있느냐고 말할지 모른다. 그것은 도피이다. 너희들은 지금 무엇이든 해낼 수 있는 능력을 가지고 있음을 알아라. 지금 다시 백지에서 시작해도 결코 늦지 않다. 나 같은 늙은이, 더 이상 삶의 여유 시간이 없는 사람과는 다르다. 이제 다시 시작해도 너희들은 어디든지 누구든지 따라잡을 수 있는 시간과 재질을 가지고 있다. 중요한 것은 마음먹기에 달려 있다. 하면 된다는 확고한 신념을 가져라. 그 신념은 너희들에게 자신감을 심어 주게 되고, 그 자신감은 너희들의 재능을 일깨워 주고 힘이 되어 줄 것이다.

"할아버지는 사람이 살아가는 데 제일 중요한 덕목이 무엇이라고 생각하십니까?"

큰손자가 묻는다. 가장 중요한 것은 질서라고 생각한다. 조물주는 천지 창조의 기본을 질서에 두었다고 생각한다. 아침에 해가 뜨고 저녁에 해가 지고 낮과 밤이 온다. 봄·여름·가을·겨울이 틀림없이 반복되는 이 어김없는 질서가 곧 대자연의 위대한 섭리라고 본다. 산이 있고 계곡이 있고 시내가 흘러 강이 되고 바다가 되는 대자연, 산에도 높은 곳이 있고 낮은 곳이 있는 질서, 그것이 자연의 섭리이다. 높고 낮음과 계곡과 강과 바다가 있어 대자연에 수를 놓고 있는 이 위대한 질서, 그것은 곧 아름다움이다. 만일에 산도 계곡도 없고 높고 낮음이 없이 자연 모두가 평평하기만 하다면, 거기에는 질서도 아름다움도 없다.

비슷한 이야기로서 공산주의는 평등을 주장하는데, 이 높고 낮음이 없는 평등은 결국 멸망하고 말지 않았는가? 인간 사회와 나라에는 모두 이 질서가 있고, 그 질서를 잘 지켜 나갈 때 평화와 번영과 행복이 온다. 그것은 아름다움이기 때문이다. 가정에는 위로 부모가 있고, 아래로 자식이 있다. 어른은 자식을 사랑하고 자식은 부모를 공경하는 것은 하늘이 점지해 주신 질서, 다시 말해서 섭리를 지키는 것이며, 그럴 때 우리에게 가정의 평화와 행복과 사랑이 깃들게 된다.

조그마한 일에서도 질서를 무시해서는 안된다. 가령 집에서 식사할 때에도 자식들은 어른이 수저를 드는 것을 기다렸다가 식사를 시작하는 것이 질서이다. 이러한 조그마한 일에서도 질서를 배워야 한다. 학교에서 스승은 제자를 사랑하며 아껴 주고, 제자는 스승을 공경해야 한다. 이러한 것을 따르는 데 학교의 미덕이 있고, 그것이 곧 아름다움이다. 형제애 · 우애 · 화목 · 부부애 · 효도, 이 모든 것이 질서이다. 이것을 유교에서는 예(禮)라고 했다. 그래서 유교에서는 예가 모든 인륜의 으뜸가는 것으로 생각한 것이다. 그런데 아랫사람이 윗사람을 공경하는 것만이 예나 질서로 생각해서 윗사람은 대접받기만 바라는 풍조도 있다. 이것은 질서도 예도 아니다.

더 중요한 것은 윗사람이 아랫사람을 진심으로 사랑하고 걱정해 주는 것임을 알아야 한다. 나라도 마찬가지이다. 국민이 나라를 존중히 여기는 만큼 나라도 국민을 존중해야 그 나라는 큰 나라가 될 수 있다. 국민은 국민대로 나 혼자만 잘살면 된다는 이기주의나 집단이기주의는 그 나라를 망치는 것이고, 나라도 국민이 어떻게 살건 정부 관리들이 자기 배만 채운다면 그 나라는 망하고 만다. 무질서한 폭력이나 집단 난동에서 대두되는 최루탄 · 화염병 · 쇠파이프, 이 모든 것들은 질서를 무너뜨리는 용서하지 못할 파괴물이며, 이러한 질서 또는 하늘의 섭리를 무시하는 행동은 반드시 그 업보를 면하지 못할 것이다.

질서는 곧 하늘의 뜻이요, 우리 모두가 지켜야 할 예이다. 그래서 그것은 아름다움인 것이다. 질서 이야기는 아니다만 너희들이 항상 마음에 간직하고 있어야 할 마음가짐에 대해서 이야기하자. 지금 우리가 저녁을 먹을 때, 내가 식사하기 전에 기도를 올리고 너희들 모두 따라서 묵도를 했다. 나는 기도문을 통해 하느님께 감사하면서 항상 마음속으로 하느님과 함께 나에게 이 음식을 준비해 준 농민들, 부엌에서 음식을 장만해 준 모든 사람들에게 반드시 감사하다는 묵념을 올린다. 농부나 어부나 그 모든 사람들에게 진심으로 감사하는 마음을 가진다. 나에게는 이렇게 사는 버릇이 있다.

왜 내가 너희들에게 이러한 말을 하느냐 하면, 그것은 사람 누구나 항상 감사하는 마음을 가져야 한다는 뜻이다. 너희가 밥을 먹고 자라는 것, 학교에 가서 공부하는 것, 건강하고 화목하고 행복하게 사는 것, 이 모두 다 아버지 어머니의 덕임을 알고 감사해야 한다. 학교에서 너희들을 가르치는 선생님이나 친구·할아버지·할머니·삼촌·사촌, 이 모든 사람들이 다 너희들 잘되기를 기구한단다. 그런데 이를 감사할 줄 모른다면, 그것은 인간의 도리가 아니다. 감사하는 마음은 곧 사랑하는 마음이다. 사랑이 없는 곳에는 행복이 있을 수 없다. 다시 말해서 감사할 줄 모르는 사람에게는 행복이 오지 않는다.

요즘 나는 학생들이나 근로자들이 시위하는 모습을 TV로 보면서 얼마나 가슴이 아픈지 모르겠다. 데모하기 전에 화염병을 만들고 쇠파이프를 제조하고 있다. 누구를 불태우고 누구를 때려잡겠다는 것인가? 머리에는 뻘건 띠를 두르고 "투쟁하자, 때려부수자."라고 떠들면서 인간이 인간을 증오하고 때리고 쳐부수어야 잘살 수 있다고 선동하는, 다시 말해 인간에게 증오와 원수의 마음을 불질러 놓는 꾀임에 빠진 젊은 집단들의 소동을 보면서 진심으로 슬픔을 금할 수가 없다. 저 젊은이들도 다 앞으로 행복하고 사랑받아야 할 사람들인데, 누가 저런 모습을 하도록 만들었고, 또 대학생쯤 된 젊은이들이 저렇게도 분별력이 없을까 하고 근심이 태산과 같다. 시위할 일이 있으면 말과 글로 얼마든지 할 수 있다. 소리를 질러 절규를 해라, 그러나 화염병과 쇠파이프만은 그만두어라. 돌을 던져야만 시위가 된다고 생각하는 것은 미개한 나라 사람이 하는 짓이다.

근로자들도 그렇다. 뻘건 머리띠를 두르고 '투쟁'·'쟁취' 따위의 글을 써넣은 조끼를 입고 노사 협상에 들어서는 창피한 꼴은 이제 제발 그만두자. 어느 선진 국민이, 어느 공산주의 국가가 그런 모습으로 노사 협상을 하는 것을 보았는가? 왜 정정당당하게 기업주(사)측과 대등하게 넥타이를 매고 정장차림으로 당당히 맞서지는 못하는가? 이제 이런 노릇은 부끄럽다는 것을 알아야 할 때이다. 서로 감사하는 마음, 서로 사랑하는 마음을 가지지 못하고 증오와 파괴를 선동해서 무엇을 어떻게 성취하겠다는 것인가?

설사 폭력과 공갈 협박으로 무엇을 쟁취했다고 하자. 그렇게 해서 얻어진 것은 결코 오래 가지도 못하고, 올바르게 얻은 것이 되지도 못한다. 서로 감사하면서도 따질 것은 따지고, 잘못된 것은 서로 힘을 합쳐서 고쳐 나가야 한다. 힘을 합치는 것은 사랑이요, 곧 감사의 뜻이다. 언제나 마음속에 잊어서는 안되는 것은 감사하는 마음임을 명심하기 바란다.

앞에서 질서는 문화라는 말을 했다. 그런데 거기 못지 않게 사람이 살아가는 데 중요한 것이 청결이다. 그래서 나는 청결을 문화라고 하기도 한다. 수년 전에 중국을 여행했다. 연길 지방에 갔었는데, 소위 조선족이라고 우리나라 사람들이 이주해서 사는 곳을 방문했다. 그렇게 더럽고 지저분할 수 없다. 외국 땅에서 차별 대우를 받고 사는 옛날 망국인의 후예들이다. 가난하고 배우지 못했으니 그럴 수밖에 없겠지.

그들은 중국인보다 확실히 뒤떨어졌지, 그러니 불결할 수밖에. 그래 청결은 문화라고 하던 내 말이 생각나더라. 사람은 항상 내 몸과 얼굴과 옷을 깨끗이 해야 한다. 그래야 마음도 깨끗해지는 것이고, 내가 깨끗하지 못하면 보는 사람들에게 불결감을 준다.

내가 너희들에게 이 말을 강조하는 데는 또 다른 이유가 있다. 우리 집 앞이 모(某) 대학교인데, 그 근처에는 학생들을 상대로 하는 상점이 많이 있다.

이곳은 학생들이 항상 모이는 곳이다. 그런 곳이 그렇게 불결할 수 없다. 대학은 지성인을 기르는 곳이고 지성인은 문화를 가르치는데, 어찌 대학생들이 그리 불결할 수가 있는가? 대학생들의 옷이나 그의 생활 주변만 더러운 것이 아니다. 대학 구내나 그 주변에 광고·전단 등을 붙이는 것을 보아라. 광고나 전단을 어디다 붙이는지조차 모르고 있다. 아무데고 담벼락이나 문짝 할 것 없이 마구 붙여서 보는 이로 하여금 불쾌하게 하고, 질서를 문란하게 하고 있다. 대학생의 아니 문화 민족의 최소한의 필수 요소는 청결이다. 돈도, 사치도, 화장도, 많은 지식도 다 필요없다. 이러한 것들이 청결이라는 기반 위에서 이루어지지 않으면 아무 가치도 없다. 이제 청결은 공해 문제로까지 번지고 있다. 청결은 미(美)이다. 미(美)는 선(善)이다. 나의 몸과 나의 주위가 깨끗하면 내 마음도 깨끗해지고, 내 마음이 깨끗해지면 나는 아름다워진다. 요즘 배우지 못한 여자들은 얼굴에 덕지덕지 바르고 육체를 많이 노출하면 다 아름다운 줄 아는데, 청결 없는 화장이나 노출을 생각해 보아라. 얼마나 불결한 것인가 말이다.

내가 너무 긴 사설을 했구나 잘들 명심하여라.

가정, 가족

가정이란 부부를 중심으로 한 가족이라는 구성원으로 이루어진 공동체이다. 이 가족이란 인간 생활의 일차적 집단이고 공동 사회집단이지만, 극히 폐쇄되고 형식적이거나 제도적인 집단이 아니며 비형식적이고 비제도적인 특수 집단이라고 할 수 있다. 이는 혈연의 공동체요, 거주(居住) 가계의 공동체요, 애정과 운명의 공동체이다. 부부를 중심으로 이루어진다고 하지만 반드시 부부가 있어야만 가정일 수는 없다. 부부·자식·부모가 다 구성원이지만, 자식이나 부모가 없어도 가정일 수는 있다.

이 가정은 가장이 있어 운영되고 있다. 특히 근래에는 사회 변화에 따라 핵가족이나 소가족이 유행하고 있으나, 그 뿌리는 혈연으로 진하게 연결된 대가족의 인연 테두리에서 벗어나지 못하고 있다. 더욱이 우리나라처럼 오랜 역사 동안 우리 문화사에 크게 영향을 준 가족 중심 제도는 서구 문명에서 말하는 가족제도와는 판이한 점이 있다.

농경시대의 집단적 대가족에서 젊은 근로자들이 가정을 떠나 산업 사회의 공장 지대로 떠나면서 핵가족이 발생한 것이다. 근래에는 인구증가 억제책으로 아이 덜 낳기 운동의 결과, 한 가정에 하나, 기껏해야 두 자녀를 두는 풍습이 생기면서 형제간의 문제가 일어나지 않는 경향이 있다. 그러나 부모가 맞벌이로 직장에 나가고 자녀만이 보육원·유치원·학교에서 위탁 양육·교육을 받게 된다. 그래서 자연히 부모에 대한 애정과 효심이 적어질 뿐만 아니라 부모의 자식에 대한 사랑도 옛날과는 다른 모습을 띠고 있다.

결국 혼자서 외롭게 자란 자녀는 남과 어울려 집단의 다양성에 조화를 이루는 데 서툴게 된다. 무엇에든 자기 방어 의식이 강해서 소유욕이 엄청나고, 남을 특히 불우한 친구나 이웃을 도와줄 줄 모르며, 사랑이나 정을 모르는 자기 위주의 삶을 살게 된다. 가정이나 사회에서의 질서 의식이 희박하니 어른 공경이나 윗사람에 대한 예의도 배우지 못하고, 집안이나 모임에서의 에티켓과 매너가 아주 미숙하고, 자기 의견에 반하는 대응에는 쉽게 화를 내고 토론이나 남의 의견을 들을 줄 모르는 아주 편파적인 인간이 되기 쉽다.

또한 어머니의 과보호에서 자란 외톨이 자녀는 커서 자립심이 약해 세상 풍파에 대응하기 힘들다. 그러므로 여러 형제들과 함께 사랑과 정을 나누고 싸움도 하며 인생을 성장시키는 것이 바람직하며, 성장해서 어렵고 슬픈 일을 당할 때 마음으로 기대고 싶어지는 것은 형제밖에 없다는 것도 깊이 명심하게 하는 것이 좋다.

이러한 뜻에서 나는 가족 계획에 반대하며, 대가족의 집단 가정을 주장하는 사람이다. 세계 인구가 폭발하는데 그 많은 인구가 무엇을 먹고살며 이좁은 땅에서 그 많은 인구가 다 어떻게 살 것이냐고 주장하는 사람도 있지만, 100년 · 200년 전 10억 · 20억 인구보다 현재 50억 세계 인구가 더 잘 먹고 더 많이 먹고살고 있다. 지구에 식량이 없다고 하지만, 유전공학 등의 발달로 세계 식량에 대한 큰 우려는 필요없는 것으로 믿고 있다.

또한 이 좁은 땅에서 그 많은 인구가 다 어떻게 사느냐고 하지만, 아직 지구는 더없이 넓으며 그러한 우려는 필요없다고 본다. 우리나라에서 지금 핵가족 1세대가 정착하기 시작했다. 앞으로 이에 따른 여러 가지 사회 문제가 인구억제 정책에 새로운 전환을 가져오게 하지 않을까 생각해 보며, 핵가족 2세 · 3세가 나타나면서 가정에 관한 여러 가지 새로운 양상이 나타날 것으로 보인다. 또한 근래에는 독신 생활을 하는 남자가 늘고 있는데, 이런 생활을 가정이라고 부를 수 있는지 의문시된다.

가정이란 부부 또는 부모 심지어는 조부모가 중심이 된 가족 집단이기 때문에, 여러 세대차를 가진 이질적이면서도 진하게 관련된 성원들로 이루어져 있다. 따라서 가치관 · 역사관 · 문화관의 차이 등 여러 가지 문제를 낳고 있다. 그러나 이러한 차이에도 불구하고 우리나라 가정은 근원적 원칙에서는 벗어나지 못하고 있다. 부부 · 부모 · 자식들의 구성원이 원만한 가정을 이루어 나가기 위해 지켜야 할 원칙적이거나 기본적인 문제들에 대한 검토는 아주 중요하다.

우리는 지금 선진 문화 사회를 지향하고 있다. 이러한 선진 문화 사회에서는 공동체의 도덕성이 우선해야 하며, 여러 계층의 구성원으로 조직된 가정이 조화를 이룬 다양성으로 아름답고 행복해야 한다. 그래야만 이 사회와 국가가 다 선진화할 수 있다.

가정에서는 부모가 자식들을 양육하고 자식들은 부모를 보양하게 되어 있다. 부모가 자기의 모든 것을 희생하면서도 자식을 양육하고 교육시켰더니 자식은 부모를 배척하거나 저버리려는 일들이 근래에는 중요한 사회 문제 가운데 하나가 되고 있다. 다시 말하지만 시대의 변화가 너무 빠르기 때문에 소위 세대차(世代差)가 점점 극심해지고 있다. 벌써 10년의 연령차도 문제가 될 정도가 되었다. 부모와 자식 사이의 가치관 · 도덕관은 물론 지식 ·

취향의 양상이 아주 달라지게 되었다. 그래서 상호 이해는 점점 힘들어진다. 결국 부모와 자식 사이의 이해가 어려워 서로 기피하거나 혐오하는 일들이 벌어지게 된다.

부모가 늙어서 더 이상 생계를 유지할 수 없으므로 자식들이 봉양해야 한다는 문제는 그리 간단한 문제가 아니다. 특별히 부모가 자식에게 간섭하는 일이 없어도 자녀가 그냥 부모와 함께 살면 부자유를 느낀다는 정도의 생각은 자식들이 부모와 함께 살기 싫어하는 큰 원인이 되고 있다. 이러한 사실은 부모가 항상 명심해서 자녀들 생활에 관여치 말도록 해야 한다는 정도로 해결될 문제는 아니고, 자녀들이 부모를 이해하거나 순종한다고 될 일도 아니다. 늙은 부모가 자식들로부터 버림(?)받아 외롭게 산다는 비참함이 있어서도 안되겠지만, 또 늙은 부모를 돌보지 않는 자녀들을 욕되게 해서도 안된다. 문제는 부모와 자식들이 함께 산다는 것이 아니라, 같이 살건 헤어져 살건 부모와 자식 사이의 사랑과 정만은 잃어서는 안되겠다는 것이다.

부모는 자식에게 있는 것 다 주고도 또 모자라서 무엇인가 더 줄 것이 없는가 늘 생각한다. 결코 물질 문제가 아니다. 정과 사랑이다. 헤어져 살아도 어디 아프지나 않는지 손자들은 잘 자라는지 항상 궁금하고 걱정이 된다. 혹시 미운 짓 하는 아들이나 며느리가 있어도 미워할 때 미워하면서도 항상 걱정하는 것이 부모의 심정이다. 할 수 없어 자식에게 기대고 싶은 부모도 있겠지만, 결코 자식에게 폐를 끼치려는 부모는 없다.

자식도 부모의 마음과 비슷하다. 다만 며느리가 시부모를 싫어하거나 미워하거나 혐오하기 때문에 가정의 비극이 생기기 쉽다. 저 늙은이는 왜 아직도 살아서 성화냐, 왜 우리만 자식이냐, 다른 형제들도 다 있는데 왜 나만 귀찮게 구느냐, 집에 가만히 있으면서 방구석 하나 치우지 못하고 손자들 제대로 봐 주지도 못하느냐 따위로 고민하는 며느리가 많다. 참으로 나쁘며 모자라는 며느리이다. 아무리 미워도 내 남편을 낳고 고생하며 키워 준 시어머니인데 그래서는 안된다. 또 이러한 아내의 푸념에 귀가 쏠려 덩달아 자기 부모를 멀리하는 덜된 아들들도 있다. 문제는 사랑의 결핍이다. 훗날 내 자신도 쉬 나이 들어 자식들이 멀리하려는 입장이 된다는 것을 명심해야 한다.

가정은 여러 사람이 모여 사는 다양성을 지닌 공동체이다. 이러한 다양 속에 조화를 이루는 아름다움을 만드는 데 부모나 자식이나 며느리나 손자가 다 합심하고 이해하고 인내하려고 노력해야 한다. 그러나 서로 가치관·역사관이 아주 판이한 부모와 자식이 함께 살며 조화를 찾는 것보다는 자식이 혼자 살 만하면 부모가 자식을 독립시켜 따로 떼어놓는 것이 가장 바람직하며, 부모는 평상시 이러한 준비를 해둘 필요가 있다.

가정에는 각각 특별히 눈에 띄는 색깔이 있다. 형제간의 우애가 두터운 가정, 효자·효녀들의 가정, 수재들만 있는 가정, 종교에 깊이 빠진 가정, 교육가의 가정, 의사들이나 대학 교수들의 가정 등 특유한 색깔을 가지고 있는 수가 많다. 또 가정마다 독특한 장맛이 있다. 그 집의 김치맛·장맛·찌개맛, 각기 자랑스러운 맛 또는 풍미를 가진 가정들이다.

그러나 이러한 가정의 색깔 중에 가장 존경받고 남의 부러움을 사는 가정은 형제가 모두 화목하고 부모를 잘 모시는 가정이다. 이러한 화목을 이루는 가정의 특색은 상하 질서가 확실하고 효도는 물론 상하 범절이 확실해서 부모나 형의 말씀에 순종하고 윗사람 모시는 습관이나, 부모나 형이 자식이나 아우를 사랑하고 이해하는 모습이 뚜렷해서 누구나 금방 그 가정의 화목함을 깨닫게 하는 것이다. 아우가 혹시 형보다 물질적으로 좀 풍요롭다고 결코 교만하거나 방자하지 않고, 형이건 아우건 좀 잘살수록 더 조심스럽고 겸손하며, 물질이나 권력보다 형제간의 우애가 몇 갑절 더 소중하다고 믿고 있는 가정은 참으로 본받을 만한 가정이다.

이러한 가정의 화목에 결정적인 것은 딸·며느리·어머니의 역할이나 인격이다. 이러한 부녀자들의 역할은 결코 학력이나 사회 경험에 따라 다르지 않다. 어릴 때부터의 가정 교육이 절대적 영향을 준다. 흔히 아내의 마음씨가 못되면 남편에게 항상 형제들을 시기하고 험담하고 모략하며, 남편으로 하여금 형제간의 불신과 불화를 조성케 하는 수가 많다. 화목의 절대적 힘은 부녀자에게 있다. 가정 교육이 모자라거나 나쁜 집안의 며느나 딸이 그 집안 불화의 절대 요인이 된다. 화목하는 집안에는 그 집안의 며느리와 딸을 보면 안다. 딸과 며느리가 못나면, 그 가정은 화목을 이룰 수 없다. 그래서 부녀자들은 집안 화목에 절대적인 책임을 가지고 있음을 명심하며, 항상 착하고 순하고 아름다운 마음씨를 가지고 동서끼리 시누이와 올케 모두 집안 화목에 힘써야 한다. 아랫사람을 이해하고 도와주고 사랑해 주지는 않고 내가 윗사람이니 너에게 군림하겠다는 이기적 태도에 굴종할 아랫사람은 없다. 아랫사람도 윗사람을 존경하고 믿고 이해하는 서로의 화목이 너와 나 모든 가정의 행복임을 깊이 깨닫고 노력해야 한다.

동기 중에 어느 한 사람이 물질적으로 특별히 잘살게 되고 나머지 동기들이 융화가 잘 안될 때, 있는 형제가 너그러운 마음으로 서로 화목하도록 힘써야 하되, 결코 돈 몇 푼 더 있다고 잘난 체하거나 교만해서는 안된다. 이는 남편은 물론 부인이 더 조심해야 할 일이다.

형제가 불화하는 집안은 언젠가 반드시 그 불화 때문에 망하게 된다는 것을 알아야 한다. 시형이나 시동생 또는 부모를 헐뜯는 아내의 잘못을 타이르고, 그래도 듣지 않으면 버려야 한다고 생각하며 아내의 경솔한 말짓에 속지 말아야 한다. 형제간에는 어느 하나나 둘이 아주 게으르거나 불량할 수가 있다. 결코 부녀자들이 나설 것이 아니고, 남자 형제끼리 이러한 불행한 동기를 어떻게 구제해야 하는지 서로 협력하고 힘써야 한다. 이때 아내나 누나는 가만히 있어 속으로 집안의 화목을 빌고만 있으면 된다.

각기 다른 생김새와 성질을 가진 형제가 모여 사는 다양한 가족들이 조화를 이루는 아름다움은 참된 행복이요 선이다. 이렇게 한집안이 다양성 속에서 조화를 이루는 아름다운 화평은 곧 이웃을, 그리고 한 마을과 사회를, 나아가서 한 나라를, 그리고 인류 전체를 평화 속에 이끌어 가게 하는 것이다.

사치와 허영은 누구에게나 금물이지만, 더욱이 형제간의 부녀자끼리 사치와 허영에 빠져 서로 경쟁하고 싸우며 불화를 가져오는 추한 모습을 보여서는 안된다. 결코 형제끼리 경쟁해서는 안된다. 경쟁은 반드시 불화를 가져오고 불화는 곧 불행과 패배를 초래한다는 것을 명심해야 한다.

두 아들과 함께. 오른쪽에서 첫 번째가 장남인 윤대원 일송학원 이사장, 윤덕선 선생, 차남인 윤대인 의료법인 성심의료재단 이사장(1990. 12)

지금까지 기술한 것들을 돌이켜보면 한집안이나 동기간의 불화 원인은 부녀자들에게 많다고 했다. 그것은 사실이다. 그래서 아내를 택할 때에는 신중해야 한다. 그러니 집안 화목을 이룩할 수 있는 아내감이 되는지부터 생각해야 한다. 배우지 못한 집안이라는 말은 가정에서 질서와 예의 범절을 교육받지 못하고 형제간의 사랑과 조화를 훈련받지 못한 집안을 말한다. 그래서 아내는 형제가 많은 집안에서 구하는 것이 바람직하다. 그것도 그 집안에서 어머니 교육이 잘 되었는지를 알아 봐야 한다. 형제를 사랑하고 윗사람을 모시고 존경할 줄 알고 아랫사람을 사랑할 줄 아는 사람이어야 한다.

지금 세상이 많이 달라졌다느니 남녀 평등이라느니 아내의 주권이라느니 말들이 많이 있다. 그러나 가정에는 중심이 있어야 하고, 존경받는 가장이 있어야 한다. 식사할 때에도 어른이 수저를 들기 전에 먼저 식사하는 법이 아니다. 개인주의 · 민주주의 · 자유주의가 존경되는 서구 사회에서도 모든 식구가 다 모여 가장이 기도하고 먼저 수저를 들어야 식사를 하기 시작한다.

이러한 것은 조그마한 가정 교육이지만, 부모 없이 자랐거나 교양을 익히지 못한 가정에서 자란 사람은 결혼을 해도 이러한 가정의 예법이나 아름다움을 이해하지 못한다. 검소하면서도 아름답고 조용하고 건강한 여자가 아내로서는 최고이다. 결혼은 화목한 가정을 이루는 데 아주 중요한 요인이 될 수 있다. 어느 집안에는 새 며느리가 들어오더니 집안이 화목하고 융성하더라는 말이 결코 빈말이 아니다.

하느님 앞에서 흔히 맹세하고 결혼식을 거행하는 이유 가운데 하나는 하느님 앞에 겸손되이 그 품안의 따스함 속에서 가정을 이루어 보자는 데 뜻이 있는 것이다. 그래서 종교는 화목한 가정에 큰 역할을 하고 있다. 동기들이 모여서 서로 힘을 합해서 가난한 형제나 이웃을 돕는 일이 얼마나 보람되고 평화스러운 일인지 모르며, 이러한 모습은 자연히 자녀 교육에도 크게 보탬이 된다.

가정 교육은 모든 교육 가운데 가장 기본적이고 가장 소중한 것이다. 근래 물질주의가 팽배하면서 맞벌이하는 가정이 많아졌다. 그래서 자녀 교육은 유치원이나 학교에서 하는 것이고, 부모는 돈이나 버는 역할이나 하는 사람쯤으로 아는 몰지각한 사람이 많다. 이러한 경우에는 반드시 불량한 자녀가 태어나게 되고, 맞벌이로 벌어들인 돈이 정말 쓸모가 없는 결과를 낳게 된다. 자녀 교육은 사랑이 기초이다. 사랑을 모르는 학교 교육 또는 남에게 의탁하는 교육은 전혀 쓸모가 없다.

반면에 자녀가 어머니의 무슨 소유물인 줄 알고 애들을 치마폭에 감싸서 기르는 많은 철없는 부모들을 본다. 공부도 항상 남에게 이기는 공부, 일등만 하는 공부를 하도록 학원이다, 과외다, 피아노다, 태권도다 하며 한참 자유롭게 자라야 할 애들을 이리 끌고 저리 몰며 온갖 구속을 다한다. 그것을 견뎌내게 하기 위해 온갖 영양식을 다 먹이니 비만아만 생겨난다. 결국 애들이 자연스럽게 성장하지 못한다.

이런 애들은 조금 자라서 무엇을 시켜도 어머니의 눈치를 보지 않고는 아무것도 하지 못한다. 이러한 어머니들에 의한 자녀들의 희생은 장차 자라서 큰 불행을 초래한다. 자주·자립 정신이 없으므로 성장해서 세상을 혼자 살려 해도 이미 어머니가 없는 상태에서 자기의 갈 길을 찾지 못한다. 결국 어머니의 빗나간 자식 사랑이 자식에게 평생의 불행을 가져다 준 것이다.

어린이는 마을의 여러 애들과 어울려 뛰어 놀고 싸움도 하고 서로 돕기도 하면서 단련도 받고 자라야 튼튼하고 강한 의지력을 가진 아이로 자라게 된다. 자식을 끔찍이 사랑하면서도 그 애들을 이다지도 못나게 키우는지 알 수가 없다. 조금 여유있게 살면 딸애들에게 부엌 출입도 못하게 하고 방 청소도 시키지 않는 어리석은 허영에 들뜬 어머니들이 많다. 그렇게 키운 딸을 어디다 출가시킬 생각이며, 또 어느 얼빠진 총각이 그렇게 자란 딸을 데려갈 것인가? 가정의 화목·질서·자녀 교육의 많은 책임은 어머니가 져야 한다. 못된 자녀, 능력없는 자녀로 키운 것은 그 어머니의 책임이 크다고 할 수 있다.

어린 자녀들에게는 부모가 사 주는 완구 하나에도 신경을 써야 한다. "너 무엇 갖고 싶니?" 하며 애들이 원하는 것은 아무거나 사주는 법이 아니다. 그 연령에 맞추어 그 아이의 적성에 적합한 완구를 생각해서 골라 주어야 한다. 나도 때로는 여행하고 돌아올 때 손자들에게 문방구를 사다 준다.

손자들에게 장난감 하나를 사 주어도 동기간이나 사촌끼리 또는 이웃 친구들끼리 나누어 가지거나 남을 도와주는 습관을 키워 주는 것이 바람직하다. 산더미같이 많은 장난감을 혼자 움켜쥐고 있는 것이 자랑이나 되게끔 교육해서는 안된다.

내가 이 나이까지 살면서 매우 후회하는 것 가운데 하나가 바깥 생활에 열중하느라 자녀들에 대한 모든 책임을 아내에게만 맡겼다는 것이다. 가정 교육은 어머니 책임이라고 강조했지만, 그것이 전부는 아니다. 아버지로서 평상시에 시간 나는 대로 아내와 애들과 어울려 같이 시간을 보내지 못한 것에 대해서 지금 때늦게 아내에게도 자식들에게도 죄책감을 느낀다는 것은 참으로 어리석은 일이다. 항상 자녀 교육에 신경을 쓰고 가족과 함께 대화하고 놀고 그들을 이해하려는 아버지의 노력은 매우 소중한 것임을 강조한다.

가정 화목에 아주 중요한 것은 상호간의 친밀한 대화이다. 이 중요한 집안 동기간의 대화가 근래에는 거의 자취를 감추고 말았다. 그 중요한 이유는

TV에 있다. 동기간 모두 모여 서로 대화할 수 있는 시간에 TV는 아주 저속한 드라마나 방영하고 있고, 어머니나 딸들은 거기에 쏠려 있다. 그래서 어느 누구 하나 대화를 가지려 해도 가정의 대화는 단절되기 마련이다. 물론 언론매체의 잘못도 있지만, 적어도 가정의 주요 구성원들은 서로 대화의 시간을 가지는 것이 가정 화목과 자녀 교육에도 아주 중요함을 인식해야 한다. 현재와 같은 저속한 TV 프로그램은 뉴스 외에는 인간 생활에 백해무익한 것밖에 안된다는 것을 이해하고, TV 시청에도 어른다운 선택이 있어야 한다. TV에 몰입하면 골빈 속물이 되고 만다는 것을 알아야 한다.

가족 모임이나 친척끼리의 모임 또는 다른 가정과의 교우를 서로 자주 가지는 것은 자녀 교육에도 아주 중요하고 집안 화목에도 도움이 된다. 좋은 친구나 좋지 않은 친구 다 서로 사귀어서 더 좋아지고 스스로를 연마하는 데 힘써야 할 것이다. 가족끼리 모여서 주의할 것은 절대로 남의 흉을 보거나 험담을 하지 말아야 한다. 특히 부녀자들이 깊은 생각도 없이 모이면 남의 험담하기를 즐기는 수가 있는데, 이는 아주 천박한 짓일 뿐더러 이러한 일이 자주 일어나면 결국은 가정 불화의 씨앗이 되고, 더해서 자녀들의 귀에 들어 가게 되면서 형제간의 싸움을 일으키는 요인이 되기 쉽다. 형제간이나 가족 끼리의 대화 속에서 남의 일을 간섭하며 이러쿵저러쿵 비판하고 험담하는 것은 지극히 삼가야 한다.

가정 교육에서 중요한 것 가운데 하나는 자식들을 키우면서 자녀 하나하나의 특성을 자세히 파악해서 그 특성에 맞게 키우는 것이다. 또 항상 주의할 것은 부부가 살아가면서 때로 싸움을 할 때도 있겠지만 부부 싸움의 추한 모습이 자식들의 눈에 띄거나 귀에 들어가지 않게 해야 할 것이다. 더욱이 성난 목소리가 결코 집 밖에 나가지 않게 하는 것이 아주 중요한 일이다. 뿐만 아니라 행여 의견이 달라서 다투는 일이 발생해도 부부간의 신의와 변할 수 없는 애정으로 쉬 화해하도록 해야 한다.

부부 싸움은 칼로 물 베기라고 한다. 이를 명심해야 한다. 부부는 물론 온 가족이 믿음으로 굳게 화합하는 것은 매우 중요하며, 이러한 가족끼리의 믿음이 더 넓게 이웃과 내 마을과 사회와 국가, 더 나아가 인류 전체에 미칠 때 그 이상 바랄 것이 없게 된다.

끝으로 자식들은 때론 부모의 유산을 물려받는 수가 있다. 그런데 이때 아주 슬프게도 승계 재산 가지고 불화, 심지어는 이전투구와 같은 추악한 다툼으로 결국 상속된 유산마저 다 날려 버리는 처량한 사람들이 있다. 이는 무엇보다도 자식들에게 재산을 물려주는 부모가 가장 큰 잘못을 저지르는 것이다. 재산이란 이 세상의 것이지, 결코 어느 누구의 것도 아니다. 부모가 번 재산은 그 부모가 세상을 떠나면 그 사회의 것이지, 결코 그 자식의 것이 될 수 없다. 다만 선조가 남긴 재산이나 사업을 계승해서 경영하는 데 그 자식이 그 내용을 잘 알고 또 선조의 경영 이념이나 경영 철학을 가까이 배워 잘 이해하고 있기 때문에 물려받아서 관리하거나 경영할 수는 있는 일이고, 누구에게 물려준다는 사전(死前) 약속은 필요한 것 같다. 하지만 그 재산은 어느 자식의 것이 결코 될 수 없음은 물론, 부모가 살아 있을 때라도 그 재산이 부모의 소유이거나 영원한 재산이지는 못한 것이다. 다른 이야기이지만 이 세상에는 소유란 없다. 어느 누가 무엇을 영원히 소유한 것을 보았는가?

앞으로 10년이 지나면 지금의 핵가족 또는 소가족 1세대가 사회의 주류가 될 것이다. 이때는 이미 가정에 대한 의미가 많이 희박해질 것이 상상된다. 많은 청장년들은 자유를 누리려 하고, 그 정도가 지나친 절제 없는 자유로 인해 무질서와 혼란이 오고 있다. 부모에 대한 존경이나 형제간의 사랑·우애는 형제 없는 소가정에서는 찾아보기 힘들 것이다. 이들은 과거에 부모의 과보호로 성장해서 자립 정신이 아주 약해져 항상 남에게 기대려 한다. 누가 자기를 위해 모든 것을 해줄 것만 바라지만, 기댈 수 있고 자기를 보호해 줄 사람은 아무도 없을 것이다. 그렇다고 스스로 자립할 능력이 없으니, 자연히 욕망이나 야심을 포기하거나 아주 무기력한 삶에 고민하게 된다.

국가의 복지 정책에 기대려 하지만, 이러한 일들이 만족을 주지는 못한다. 일은 하기 싫고 보호는 받고 싶으면서도 능력은 없고 사랑에 굶주리면서, 10년이나 20년 세월이 지나면서 다시 가정이, 가족이 그리워진다. 인간의 삶의 원천은 인간애에 있음을 깨달으면서 가정 속의 자기를 찾으려는 시도가 일어날 것이다. 이러한 미래의 모습은 핵가족이 3세대나 4.5세대가 지난 서구의 오늘날의 개인주의와는 전혀 다른 모습이다. 유교 사상의 토양에서 자란 우리 미래 세대의 모습은 그 나름대로의 혼란에서 특유의 복고풍이 일어날 수 있는 것이 아닌가 상상된다.

어떤 사람들은 우리 사회의 미래를 서구의 변화에 준하리라 예측하지만, 우리는 지금의 젊은 청소년들의 성장 과정과 옛날 서구의 핵가족 시대의 청소년들의 성장 과정이 판이함을 알아야 한다. 아들이나 딸 하나밖에 없는 가정에서 자식에 대한 과도한 부모의 애정과 과보호 밑에서 자란 우리의 차세대의 모습과, 어려서부터 자립 정신과 강인한 의지의 단련을 받은 서구 차세대의 모습은 아주 판이하다는 것을 알아야 한다.

이러한 점을 생각할 때, 청소년들이 홀로 서야 할 장래를 생각하며 오늘의 가정, 오늘의 가족이 해야 할 일이 무엇인가를 깊이 생각해야 할 것이다.

아버지의 길

뭐니뭐니 해도 우리나라는 엄격한 가부장제의 나라이다. 집안에서는 아버지가 제일 윗사람이다. 온 집안이 기둥같이 받들고 의지하는 것이 곧 아버지이다. 아버지의 명령은 권위가 있어 온 집안이 그의 명령에 순종할 줄 알아야 한다. 그러기 위해 아버지는 존경받을 수 있는 인격자여야 한다.

아버지의 가치관은 그 집안의 헌법이다. 가치관이란 무엇을 해서는 안되고 무엇은 해야 하고 무엇은 해도 된다는 판단 기준을 말한다. 그것이 곧 집안의 헌법이 되며, 아버지는 그 헌법의 최고 권위자여야 한다. 아버지의 말이나 행동은 곧 이러한 가치관에 바탕을 두고 있다. 그래서 아버지의 말은 무게가 있어야 한다. 존경받을 수 없는 행동은 아버지가 해서는 안되고, 그래서 자식들이나 아랫사람 앞에서 남의 험담이나 욕지거리 등을 경망하게 할 수 없다. 자식들이 본받을 행동을 해야 한다. 윗사람을 공경하고 예절을 지킬 줄 아는 아버지가 되어야 한다. 아내를 사랑해 주고 어머니 대우를 해주는 아버지가 되어야 한다. 형제간의 우애를 따뜻하게 유지하는 아버지의 행동은 자식들이 본받아 형제의 우애를 가지게 한다. 형제간의 우애에는 어머니의 역할이 지극히 크다. 아버지 형제간의 화목은 90% 이상이 어머니 노력에 달려 있고, 그것이 곧 아내의 인격이 된다.

자식들에게 권위가 서 있는 아버지이면서도 자식들과 격의 없이 대화할 줄 알고, 또 자주 그런 대화를 통해서 자식들을 선도하기도 하지만 자식들한테서도 많이 듣고 배워야 한다. 아버지를 보면서 우리 아버지는 무엇 때문에 사는지를 보고 배워야 한다. 아버지에 대해서 "우리 아버지는 돈밖에 모르는 사람이야."라든가 "돈만 잘 벌면 훌륭한 아버지라고 생각하는 모양이야."라고 자식들이 본다면, 우선 아버지의 권위는 실종된 것이나 마찬가지이다. 자식들은 돈을 버는 데서 벗어나 더 높은 데서 삶의 뜻을 찾으려고 하며, 돈만 벌려고 하는 아버지를 존경하지 않게 된다. 60~70대 사람들은 젊어서 가난에서 탈출하려고 온갖 고생을 했다. 그렇게 해서 집안을 꾸리고 자식을 공부시키고 잘살게 해주었다고 자부하는 사람도 있지만, 그것은 그 시대를 살아온 사람으로서 그 시대의 뜻은 될 수 있을지언정 인생의 전부는 결코 될 수 없다.

아버지는 아버지 나름대로 삶에 대한 강건한 신념이 있어야 한다. 이웃 사랑, 남을 도와주려는 마음, 인간 누구로부터도 존경받을 수 있는 삶의 깊이가 투철한 직업인에게는 그 나름대로의 사회관·국가관·문화관이 키워지고 있다. 그러한 삶의 신념이 커 가면서 앞을 내다보는 능력을 키우게 되고, 인생의 뜻과 모든 사람이 존경하는 길을 향해 나아가게 된다. 흔히 "아버지는 돈을 버는 사람이야, 자식 교육은 어머니가 책임져야지."라 하며 마치 열심히 돈 버는 데만 치중하는 인생을 살다 어느 새 나이 들게 된다. 자식들은 이런 아버지를 추호도 존경하지 않으면서도 혹시 돈이나 얻어 써서 아버지의 돈의 힘이나 빌려 볼까 한다. 요즘 젊은이들은―60~70년대 고생한 세대 말고―이런 의미에서 자기들이 존경할 수 없는 30~40년 전의 가난에서 벗어나려고 애쓰던 아버지 세대를 추호도 안중에 두지 않고 있다.

가부장제의 기풍이 유지되기 위해 나이 든 아버지들은 이런 의미에서 의식 혁명을 가져야 한다. 삶의 참뜻을 우리가 살아온 과거에서 찾으려 하지 말고 지금을 이해하고 내일을 바라보면서 존경받는 아버지 상(像)이 무엇인가를 공부하고 생각해야 한다.

〈1992. 5. 12〉

어머니의 길

여자는 결혼하면 우선 인생의 길에 완전히 들어선 것으로 생각하기 쉽다. 더욱이 애(아들)나 두엇 낳으면 그의 인생의 가야 할 길을 다 간 것으로 생각하고 우선 자기 자신에 대한 공부를 딱 끊어 버린다. 심지어는 신문도 보지 않으며, 인생은 이제 따 놓은 당상이라고 생각하는 사람이 많다. 그러다 보니 자연히 배우는 것 없는 교양 없는 여자, 세상에 뒤떨어진 여자로서 허영심에 가득 찬 볼품없는 인생으로 낙오하고 만다(본인은 결코 그렇게 자각하지 못하지만). 여자이건 남자이건 인생은 끝날 때까지 배워야 하고 공부해야 한다. 더욱이 자꾸 뻗어 가고 출세하는 남편을 뒤따르려면, 또 공부하며 쑥쑥 자라는 자식을 뒷바라지하려면 그들 못지 않게 공부하여 격높은 교양을 갖추어야 한다. 그런 일 가운데 아내로서 명심해야 할 중요한 것이 있다. 그것은 가부장제의 가정에서 그 집안의 기둥인 남편을 공경하는 것이다. 애나 두엇 낳았다고 해서 집안에서 아내의 책임을 던져 버릴 수는 없다. 가정은 조그만 사회 단위이다. 그 사회 집단에는 반드시 질서가 있어야 하기 때문에, 가정의 중심인 남편이자 아버지에 대한 권위를 아내는 언제나 잊지 말고 세워 주도록 명심해야 한다. 남편에 대한 말씨는 공경심이 깃들여 있어야 한다. 친한 부부라고 함부로 남편을 홀대하면, 그 집안의 질서가 무너진다. 식사할 때에는 아버지가 먼저 수저를 들기 전에 누구도 먼저 수저를 들 수는 없다. 남편의 옷차림·반찬거리·구두·넥타이·내의 할 것 없이 최상의 신경을 써 주어야 한다. 잠자리는 편하고 깨끗해야 하고, 남편(아버지)의 거실은 조용하고 아름다워 즐거움이 깃들여야 한다. 아내는 결코 허영에 들떠 남편에게 분에 넘치는 금전을 요구해서는 안된다. 남편으로 하여금 자기 형제들과 우애를 깊게 가질 수 있도록 세심한 신경을 쓰고, 동서나 시누이들과 친하게 지내도록 노력해야 한다.

남편이 집에 들어가고 싶도록 집안 환경을 즐겁게 해주고, 집에 남편이 들어와 무엇인가 즐길 수 있도록 일정(日程)을 만들어 주는 지혜가 있어야 한다. 남편이 하는 바깥일에 대해 남편은 말이 없는데 이러쿵저러쿵해서는 절대로 안된다. 때때로 자식들에 관한 일, 집안 어른들과 형제들의 일을 조용히 상의할 수 있어야 한다.

이러한 일이 남편에 대한 내조이며, 그것이 또 아내의 일 가운데 중요한 것이다. 이렇게 해서 남편의 권위가 섰을 때, 그 아내의 권위는 자연히 서게 된다. 그것이 한 가정의 질서의 기반이며, 질서없는 사회나 어떤 집단도 평화나 번영을 가져올 수는 없다.

그러기에 부부는 돈을 벌어 풍족하게 살고, 자식은 아들딸 남부럽지 않게 낳아 길러서 죽는 날까지 이러한 질서를 유지하기 위해 쉬지 않고 마음을 써야 한다.

〈1992. 5. 13〉

문화인의 조건

문화인이란 무엇을 말하는가? 오관(五官)을 슬기롭게 쓸 줄 아는 자가 곧 문화인이다. 문화인의 조건으로는 다음과 같은 것이 있다.

1) 볼 줄 알아야 한다. 겉만 보지 않고 속을 볼 줄 아는 깊은 안목이 있어야 한다. 헛보고 남의 흉내나 내는 사람은 문화인이 아니다. 외제면 무엇이든 좋다는 사람도 문화인이 아니다. 적어도 색감은 볼 줄 알아야 하며, 최소한 예술 감각이 있어야 한다.

2) 들을 줄 알아야 한다. 말속의 말인 깊은 뜻을 알아서 들어야 문화인이다. 남이 듣기에 좋거나 말거나 자기에게만 좋으면 어떤 소음도 상관없다고 생각하면 문화인이 아니다. 적당한 음악쯤은 즐길 줄 알아야 한다. 클래식만이 문화적이라는 뜻은 결코 아니지만, 소란하지 않아 듣기 좋은 음악이 좋다. 들을 것만 듣고, 쓸데없는 소리는 한쪽 귀로 듣고 한쪽 귀로 흘려 보냄이 좋다.

3) 슬플 때, 가련할 때, 아주 힘들 때는 울 줄 알아야 한다. 나를 위해서만이 아니고 남을 위해서도 눈물을 흘릴 줄 아는 사람이 문화인이다. 눈물 한 방울 흘리지 않는 사람은 결코 문화인이 아니다. 정감이 있는 사람이 문화인이다.

4) 사회의 규칙·에티켓·매너를 잘 지켜야 문화인이다.

5) 고마울 때 고마워할 줄 알아야 문화인이다.

6) 상식(인간의 상도)을 갖추어야 문화인이다.

7) 남에게 해를 끼치지 않는 사람이라야 문화인이다. 남을 도와줄 줄 아는 사람이라야 문화인이다. 남의 험담이나 하고 욕질이나 하는 사람은 문화인이 아니다.

8) 웃을 때 웃을 줄 알고 미소지을 줄 아는 사람이라야 문화인이다. 헤프게 웃거나 소리 내어 웃는 것도 문화인으로서의 자격이 없다. 더욱이 남을 비웃는 웃음을 짓는 사람은 야만인이다.

9) 뚜렷한 주관이 서 있어야 문화인이다. 남이 이렇다면 이리로 좇고 저렇다면 저리로 좇는 사람은 문화인이 아니다.

10) 가난한 사람, 고통받는 사람을 도와주어야 한다는 온정이 있어야 문화인이다.

11) 옷은 깨끗하게 입고 남에게 혐오감을 주지 않아야 문화인이다. 결코 사치스러움을 뜻하는 것은 아니다.

〈1992. 4. 3〉

소유에 관하여

사람이 죽으면 내가 가지고 있는 모든 것을, 심지어는 나의 육체조차 이 땅에 돌려주고 떠난다. 다시 말해 사람이 이 세상에서 소유할 수 있는 것은 아무것도 없으며, 자기가 소유한다거나 하고 있다고 생각하는 것은 사실은 소유한 것이 아니고, 이 지구에서 빌려 쓰고 있으면서 마치 내가 소유하고 있는 것으로 착각하는 것이다.

대예술가의 미술품, 대문호의 여러 가지 걸작들도 모두 지구에 남겨 놓고 떠난다. 그전의 세계에서 나의 혼이 담겨진 형상이나 문예·철학 등이 나라는 존재로 남겨지기도 하지만, 그것이 나의 소유물이 될 수는 없다.

훌륭한 음악이, 미술품이, 철학이, 사상이 사람에 의해 만들어졌다지만, 그것은 그 나름대로 지구상에 존재하여 많은 사람들이 그것을 빌려 쓰고, 보고, 들으면서 그 업적의 혼과 정신을 엿볼 수 있는 것이지 소유할 수 있는 것은 아니다. 그러한 혼이 담긴 사실들은 누구의 소유도 아니며, 이 지구상에 영원히 또는 유한하게 존재하는 것이다.

그러나 존재라는 것은 영원하다든지 유한한 것은 아니다. 뚜렷한 뜻있는 존재는 오래 기억될 것이고, 하찮은 존재는 쉬 잊혀질 것이다. 어떤 사람은 사랑을 주는 것이라느니 하고 말장난을 하기도 하지만, 사랑은 사랑하는 것이지 결코 주고받는 소유물이 될 수 없다. 사랑은 그저 사랑하는 것이다. 앞서 말한 존재한다는 뜻과 비슷하다.

재물욕은 재물욕을 일으키고, 가지고 또 가져도 욕망을 결코 만족시킬 수 없다. 돈은 아무리 많이 소유해도 더 가지고 싶은 것이다. 옷을 수없이 많이 소유한 사람도 또 옷을 가지고 싶어한다.

그런데 사랑도 소유하는 것으로 생각하는 사람이 있다. 내가 사랑하는 사람을 나만이 소유한다고 또 해야 한다고 생각하는 수가 있다. 사랑하는 자식으로부터, 부인으로부터 더 많은 사랑을 받고 싶고, 더 많이 섹스를 즐겨 주기를 바라며, 더 많은 시간을 나를 위해 써 주기를 바란다. 말하자면 내가 그들을 소유하고 있다고 생각하기 때문이다.

이러다 보면 사랑은 자기도 모르는 새 탐욕과 질투와 시기로 일그러지고 만다. 결국 아름다워야 할 사랑의 모습은 추하고 악한 모습으로 타락하고 만다. 존재와 사랑은 그 자체이지 누구도 소유하는 것이 아니라는 것을 명심해야 한다.

일단 소유라는 욕망이 비치면, 그 존재와 사랑은 파괴되는 것이다.

〈1992. 1. 12〉

소유와 존재

사람들은 행복을 찾는다면서 더 불행에 빠져들고 있는지도 모른다.

행복을 차지하기 위해 더 많은 불행을 딛고 넘어서야 하는가? 100원만을 벌겠다는 목표를 세워 1,000원을 벌었는데도 허기지기만 하다.

사랑을 찾기 위해 얼마나 많은 마음을 지나쳐서 가는가?

더 나아지기를 원하는데도 더욱 죄어들며 자기를 속박하는 것이 우습지 않은가?

진실을 찾아다니면서 거짓 속에 빠져든다. 이 모든 것은 무엇을 가지겠다는 데서 비롯된다. 돈을 벌고, 사랑을 독차지하며, 진실을 찾아 소유하려는 데서 또 다른 불만을, 거짓을 길러 낸다. 내가 그대를 너무 사랑하기 때문에 그대는 누구의 사랑도 받아들여서는 안된다는 또 다른 증오심을 키우고 있다.

행복을 찾는다고 하면서 모든 것과 똑같은 행복을 찾으려 하지 않고, 내가 찾는 행복은 남보다 낫거나 더 해야만 참된 행복이라고 하면서 또 다른 사람의 불행을 맛보고 싶은 불행을 겪고 있다.

이것만이 진실이어야 한다면서 저것은 다 진실치 못한 것으로 쳐 버리려한다. 더 나아지기를 원한다는 것은 더 못한 것이 존재함을 말한다. 이 모든 것은 인생의 참모습을 보류해 두기 때문이다. 소유에서는 만족함이 없다는 것은 불행을 뜻하는 것이고, 불만은 항상 아름답지 못하다는 것을 뜻한다.

소유보다 존재가 진실이다. 마음을 비운다는 말은 마음의 존재만을 인정하는 것이다. 결코 만족할 수 없는 소유를 바란다는 것은 있을 수 없는 한없는 소유욕에서 고뇌와 슬픔과 번뇌만을 가지고 살게 되는 것이다.

〈1992. 1. 24〉

분수에 맞는 삶

'지족자락(知足自樂)' 이라는 말이 있다. 자기의 분수를 알아 거기에 적당한 만큼 인생을 즐기라는 것이다. '젊어서 고생은 돈 주고도 못 산다' 는 말이 있다. 이 귀한 젊음일 때 고생이 내 인생을 쌓아 올라가는 데 얼마나 귀중한 것인가를 깨달아 힘들어도 참고 열심히 살자. 이 '돈 주고도 살 수 없는 젊었을 때 고생' 은 그것이 곧 소중함이며 즐거움임을 아는 것이 '지족자락' 이다.

이제 겨우 사회(직장) 생활에 뛰어들어 월수입 50만 원인데, 옷을 잘 입고 더 잘 먹고 더 놀고만 싶다. 백만 원·2백만 원 수입자처럼 살고 싶을 때 그에게는 곧 불행밖에 없다. 인생은 절대로 하루아침에 성공할 수 있는 것이 아니다. 40년이나 50년 고생하면서 저축하고 노력해서 집도 마련하고 자동차도 사고 휴가도 가며 산다.

이제 사회에 나온 지 한두 해밖에 안되면서도 분수에 맞지 않게 집도 장만하고 자동차도 사며 화려한 생활과 휴가를 즐기겠다고 함은 무리임을 누구나 안다. 하루아침에 출세하려다가는 엄청난 피해를 본다. 출세는 오랜 시간의 끊임없는 노력 없이 결코 이루어지지 않는다. 마치 돈도 많이 버는 것처럼 허황되게 분에 넘치는 생활을 하면, 누구나 저 놈은 도둑질해 먹는 놈 아닌가 하고 손가락질하지, 결코 부러워하거나 칭찬하지 않는다.

노력해서 정정당당하게 얻어진 재물과 명예는 당당할 수 있고 행복할 수도 있지만, 부정·기만으로 얻어진 명예나 재물은 파멸의 길을 걸을 수밖에 없다. 남을 속이는 것이 금방 탄로가 나지 않는다고 '이렇게 쉬운 것을.' 하다가는 재앙을 부르게 된다. 이 세상은 절대로 거짓을, 부정을 용납하지 않는다. 이것은 아무리 부인해도 변할 수 없는 진리이다. 나쁜 짓을 하고 탄로날까 봐 전전긍긍하며 불안과 공포에 떨기보다 허영에서 눈을 뜨고 정정당당한 인생을 살자. 거짓은 절대로 자랑이나 명예가 될 수 없다.

〈1992. 3. 13〉

향락

사람에게는 살면서 피곤을 풀거나 스트레스에서 해방되기 위해 오락(recreation)은 필요하리라고 본다. 어지럽고 힘든 일을 잊어버리기 위해 향락(pleasure)은 가질 수 있다. 술도 마시고 춤도 추고 노래도 부르는 일이 때로는 인생에 윤기를 가져다준다. 그러나 그러한 향락은 잠시 삶에 활력은 될지언정, 향락에만 빠져 허구한 세월을 보내면 오히려 삶에 피로와 해독을 가져올 수도 있다. 그러나 때로 사람은 이러한 향락에 빠져 헤어나지 못하는 수가 있다.

나는 지금 이 순간을 왜 가지며, 그것이 내 인생에는 어떤 플러스가 되고 마이너스가 될까? 이러다가 이 좋은 세월 지나면, 몇 년 후 몇십 년 후 나는 어떻게 될까? 주위에서 사람들은 나를 어떻게 평가할까? 나의 이러한 향락 생활이 다른 사람에게 어떤 영향을 미칠까? 나의 친구 · 애인 · 형제 · 부모 · 이웃에게 실망을 안겨 주지는 않을까? 나는 진정 이러한 향락 생활에서 벗어날 수 있는 묘책도 없는 무능한 인간일까? 향락에 드는 모든 비용을 누가 챙겨 주며, 그것은 정당한 방법으로 번 것일까? 일정한 직업이나 일하는 것도 없이 빈둥거리면서도 매일 향락 생활에 취해 있는 내 모습을 사람들은 어떤 눈으로 보고 있을까? 저 놈이 돈이 어디서 났지 하고 의심이나 하지 않을까? 어지간히 덜된 놈이라고 속으로 비웃고 있지는 않을까? 쓰레기 같은 인간이라고 비웃지나 않을까? 남이 어떻건 무슨 상관이냐고 억지 생각을 해 보는 것처럼 어리석고 비굴한 일이 또 있을까? 나를 좋아하는 듯한 친구들은 정말 좋은 친구들이고, 나를 배신하지 않는 친구들일까?

그러나 꿈에서 깨어나야 한다. 술 · 섹스 · 노래 · 춤, 이러한 중독성(육체적으로나 정신적으로) 향락에서 깨어나서 그보다 더 크고 자랑스러운 기쁨의 향락을 찾아라. 무엇인가 남을 위해 뜻이 있는 환희와 기쁨, 그것은 결코 절대로 맛보지 못한, 얻을 수 없는 엄청난 경험이며, 나의 육체와 영혼에 엄청난 양식이 될 것이다. 이제 누구에게도 부끄럽지 않고 손가락질받지 않고 비실비실 남을 피해 살지 않고 당당한 이 나라의 청년이라는 긍지를 가지고 있을 때, 나는 내가 자랑스러우리라. 나는 결코 비굴하지 않고, 나는 자신이 있기 때문에 진정 용감하고 진정 엄청난 힘을 가지게 될 것이다.

〈1992. 3. 6〉

감정의 억제

사람은 감정에 나약해서 조금만 기분이 나쁘면 얼굴을 찡그리고 신경질이나 화를 내는 수가 많다. 이러한 불쾌한 감정의 표현은 결코 본인의 아름다움을 더해 주는 것도 아니고, 오히려 무엇보다도 추하게 보이는 꼴이 된다. 어떤 경우이건, 어떤 이유이건 사람이 살면서 모든 일이 항상 자기 비위에 맞거나 항상 즐거울 수는 없다.

본인의 감정이 어떻건 잠시라도 그것을 얼굴이나 몸짓으로 드러내는 것은 수양이 모자라는 행동이다. 남에게 불쾌감과 혐오감을 주어서는 어느 누구에게도 이득될 것이 없고, 아무 일에도 도움이 되지 않는다. 아무리 기분이 나쁘거나 마음이 상하거나 증오감이 생기더라도 그것을 마음으로 소화해서 어떤 경우에도 남을 먼저 이해해야 한다. 그럴 수도 있지, 고치면 되지, 다시 나쁜 일을 하지 않도록 도와주어야지 하는 생각으로 웃으며 너그러움을 가지는 습관을 길러야 한다. 이렇게 하려면 비상한 인내심과 노력이 필요하겠지만, 어쨌든 옳은 일이니 노력해야 한다. 어떤 이는 "그는 화는 잘 내지만 뒤끝이 없어."라든가 "화가 머리끝까지 날 때에는 소리라도 질러서 폭발시켜 버려야지 속으로 끓고만 있으면 병이 난다."와 같은 말을 많이 하지만, 그런 생각은 절대로 옳은 것이 아니다. 순간적 폭발이(비단 그것이 뒤끝이 없더라도) 얼마나 남에게 불행·비탄·실망을 주는지도 알아야 하며, "절대로 감정을 묻어 두지 말고 폭발하는 것이 건강에 좋다."는 망언은 성립될 수 없음을 알아야 한다.

참는 것, 그래서 내가 나를 잃어버려서는 안된다는 사실을 우리는 언제나 마음에 간직해야 한다. 아무리 불쾌한 일이라도 웃는 낯으로 의연히 이겨내는 큰 사람이 되어야 나의 건강에도 좋고, 남으로부터 존경받게 되며, 스스로 후회를 남기지 않게 된다.

〈1992. 7. 30〉

정직은 평화

4월의 바보(April Fool)라고 거짓말해도 죄가 되지 않는다는 서구의 풍습이 있다. 서구는 아마 거짓을 아주 좋지 않을 일로 보는가 보다.

거짓이란 자기 자신에 대한 거짓이다. 자기 자신은 항상 선하기를 바라고 있는데, 그 선하기를 바라는 자기 양심을 속이는 것이 모든 거짓의 시초이다. 능력은 없으면서 능력 이상의 것을 바라는 것부터 자기 자신을 속이려는 마음에서 시작되는 것이다.

자기 자신에 대한 거짓은 악의 근원이다. 악은 추하다. 욕심이란 거짓이기 때문에 추하게 된다. 욕심이 많은 사람은 벌써 얼굴에 그것이 나타난다. 얼굴이 긴장되어 있고, 거짓에서 비롯한 욕심의 살이 더덕더덕 붙어 있다. 마음을 비운다는 말이 있다. 마음을 비운 욕심없는 사람은 평화롭다. 욕심이 없다고 해서 무능을 뜻하는 것은 결코 아니다. 욕심이 많다는 인상을 주는 것처럼 부끄러운 것이 없다. 그러면서도 항상 자기 자신을 속이려는 부정직의 반동을 사람들은 억제하지 못한다.

골프를 칠 때도 마찬가지이다. 골프는 혼자서 치는 운동이다. 랜치(ranch)에 공이 들어가면 건드리지 못하게 되어 있는 것이 규칙(rule)이다. 그런데 어떤 사람은 건드리고도 스스로 벌점을 매기지 않는다. 참으로 이처럼 자기를 속이는 일은 없다. 실로 사람은 이와 같은 명백한 자기 기만을 수없이 저지르고 있는 것이다. 자기를 스스로 속이는 사람은 남을 속이는 데는 더한 법이다.

정직은 평화이다. 정직은 결코 부끄러움이 아니다. 정직은 평화이고, 깨끗함이고, 존경을 받는 것이다. 그런데 왜 그것을 무시할까? 심지어 혼자서 하는 운동이요, 혼자서 점수를 매기는 운동인데도 점수를 스스로 속이는 나약한 인간이 되어서는 안된다. 골프는 육체적 운동이다. 이런 점에서 정신적인 수양 방법이 필요한 것 같다.

정직하라 : 그것이 평화.

욕심을 가지지 말라 : 그것이 자기 힘 이상의 것을 바라는 자기 기만에서 비롯되었을 때 아주 추한 모습이 된다.

정직은 결코 어리석음이 아니다. 많은 사람들이 항상 자기 자신을 스스로 속이고 그렇게 또 남을 속이는데, 나만이 스스로 남도 속이지 못해서 손해를 보는 수가 있다. 그러나 그 손해는 결코 치명적인 것도 영구적인 것도 아닌 것이다. 끝까지 정직하라. 겉꾸밈은 자기 기만임을 알아야 한다.

〈1992. 4. 1〉

만남과 헤어짐

회자정리(會者定離)라는 말이 있다. 선현들이 세상을 달관한 말이다. 만남이란 곧 헤어짐의 시작이다. 시작했으면 끝이 있다. 밝은 곳이 있다는 것은 어두움이 있다는 말이다. 사람이 만나면 헤어져야 한다는 것을 알아야 한다. 중요한 것은 만나서 헤어질 때까지의 과정이다. 귀하게 만났는데 소중한 과정을 거쳐 웃으며 헤어져야 한다. 만나기는 했는데 그 헤어질 때까지의 과정이 값어치가 없으면, 그 헤어짐도 보기 싫게 된다.

시작은 하였으나 살아가는 과정이 시원치 않으면, 그 죽음도 끝맺음도 처량한 것이다. 어차피 헤어짐이 예정된 만남이라면 그 만남에 무슨 소중함이 있겠느냐고 생각할 수도 있지만, 만났으면 보람있는 헤어짐이어야 하며 결코 미련이나 아쉬움이나 슬픔을 남기는 헤어짐이어서는 안된다.

우리는 잘 만났고 잘 살았고 잘 헤어지게 되었다고 할 때, 헤어짐의 슬픔을 만족한 헤어짐으로 장식해야 한다. 헤어져 죽거나 헤어져 살아남더라도 지난날의 만남이 즐거운 추억이 될 때, 그 만남은 값어치가 있게 된다. 끝맺음이 깨끗하고 존경받을 수 있을 때, 그 시작과 그 삶의 과정은 후세에 귀감이 된다.

나의 시작은, 나의 만남은 남에게 무엇인가 주는 삶이어야 가치가 있다. 모범을, 착함을, 부지런함을, 검소하면서도 멋있음을 후세에게 보여 줄 수 있을 때, 나의 삶이 끝나더라도 뜻있는 시작이요, 뜻있는 만남이 된다.

〈1992. 9. 16〉

사귐

내성적인 성격은 좋게 말해서 점잖은 사람이라고 할 수도 있다. 그러나 나쁘게 말하면 음흉하다고 하겠고, 용기가 없고, 사교성이 없다고도 할 수 있다. 누구에게나 웃는 낯으로 호쾌하게 웃고, 말하고, 사귀는 것은 참 좋은 일이다.

부지런해야 많은 사람도 만나고 여러 모임에도 나갈 수 있다. 누구도 나의 거동을 싫어하거나 낯설어하지 않는데, 공연히 뒷걸음질을 쳐서 손해를 보는 수가 많다. 고독한 사람이려거니 하지만 고고하고 교만한 사람이라는 말도 자주 듣는다. 물론 만나는 사람 중에는 내가 싫은 사람도 있고 나의 비위에 거슬리는 사람도 있을 것이다.

그러나 어떠한 모임이건 어떤 사람이건 모두 어울려 이해하고 포섭할 수 있는 큰 아량이 있어야 큰 사람이 된다. 뿐만 아니라 여러 모임에 참석하고 많은 사람들을 만나면서 많은 것을 보고 배우게 된다. 좋지 않은 것도 많이 보면서 저렇게 해서는 안된다는 것을 결심하게 되고, 많은 사람들을 만나서 사귀므로 나의 인생에 큰 도움을 받는다.

많은 사람을 사귀다 보면 부담스러운 일도 겪는데, 그것이 인생이다. 사귐은 지극히 중요하다.

내가 칠십 평생 살아오는 동안 이러한 사귐을 충분히 하지 못한 것이 제일 부끄럽고 아쉽다. 때로는 감투를 싫어해서 어떤 모임에는 나가지 않는다지만, 이것이 나가기 싫은 변명에 지나지 않는 수도 더러는 있다. 감투도 필요할 때 쓰고, 때를 알아 미련 없이 벗을 줄 알아야 한다. 그것이 곧 사귐이다.

〈1992. 10. 20〉

거지 근성

가장 보기 싫은 사람은 거지 근성을 가진 자들이다. 그들은 무엇이든 누구한테 거저 얻기를 안타깝게 간절히 **바라는** 군상(群像)이다. 꼭 필요한 것도 아니면서 무언가 거저 주었으면 하고 바라는 사람, 몇 번 얻었는데도 이에 그치지 않고 이것저것 더 주기를 **바라는** 사람이 그런 사람이다. 그를 사랑하므로 그에게서 얻어야지 하고 생각하는 사람도 있다. 사랑하는 것과 거저 얻는 것과 무슨 관계가 있단 말인가?

왜 남에게 조금이라도 주어 만족과 기쁨을 얻을 생각은 하지 않을까? 나는 윗사람이니까, 집안 어른이니까 얻어 가질 수 있다고 생각하는 경우도 있다. 사랑하기 때문에, 집안 어른이기 때문에, 윗사람이기 때문에 그에게 주어야겠다는 생각은 왜 하지 못하는 것일까?

가진다는 생각, 즉 소유욕이란 한정이 없다. 얻어도 얻어도 그냥 또 얻고 싶은 추한 소유욕에서 헤어나지 못하다가 직장도, 사람도, 의리도 모조리 잃어버리기 쉽다. 열 번 얻더라도 한 번 얻지 못하면 불만을 품는다. 사람을 저버리고, 상사를 원망하고, 집안 윗사람을 미워하게 된다. 거지 근성에서 깨어나야 행복할 수 있다.

거지 근성이란 아무리 배불리 먹어도 그냥 허기지는 것을 뜻한다. 욕망이란 한이 없기 때문에 언제나 불만과 불행만이 가득하게 된다. 사랑하는 사람에 대한 사랑을 얻지 못할 때에 미움으로 변한다. 윗사람과 형제를 배신하고 배반하게 된다. 참으로 불행한 일이다. 거지 근성은 버려야만 한다.

〈1992. 7. 15〉

남을 사랑하라

남을 사랑하고 미워하는 것은 결국 나 자신을 사랑하고 미워하는 것이 된다. 내가 누구를 사랑할 때, 나의 마음은 참으로 청초하고 스스로 사랑의 감미로움을 느낀다. 처녀들이 남을 사랑하게 될 때 무척 예뻐진다. 그래서 나는 가까이 있는 처녀들이 예뻐지면 "너, 연애하는구나." 하고 우스갯소리로 농담을 하곤 한다. 그것은 결코 우스갯소리도 농담도 아니다. 남을 사랑할 때, 그 자신이 먼저 사랑을 몸소 느끼면서 스스로 착해지기 때문에 예쁘게 되는 것은 당연하다. 내가 남을 사랑할 때, 진심으로 나는 벌써 내 마음에, 나의 얼굴에 밝음 · 착함 · 아름다움을 가질 수 있는 것이다.

마찬가지로 내가 누구를 미워할 때, 질투할 때, 시기할 때 내 마음은 결코 순탄치 못하고 괴로우며, 나의 얼굴과 몸가짐은 추해 보인다. 우울하고 추하고 명랑하지 못한 얼굴은 그가 마음의 평화를 잃어버린 때이다.

이처럼 사랑이나 미움은 남에게 주어지는 나의 감정을 뜻하지만, 기실은 나 자신을 사랑하느냐 또는 나 자신을 증오하며 천대하느냐를 뜻하는 것이다. 내 안에 남이 있고 남 안에 내가 있음을 이로써 깨달아야 한다. 그러면 반드시 남을 사랑하고 남을 평화롭게 해주는 것이 되며, 그것은 나의 평화, 나의 아름다움, 나의 믿음을 만들게 된다.

〈1992. 1. 5〉

신의

　신의라는 말이 있다. 사람들은 모두 서로 믿고 의지하고 도와주며 산다. 그런데 만일 사람이 거짓으로 사람을 대하면, 대접받은 사람은 앞으로 그 사람을 더불어 살 수 없는 사람으로 간주하게 되며, 같이 삶을 나눌 수가 없게 된다.

　신의의 가장 기본적인 근간은 약속을 지키는 일이다. '나는 너의 친구'라고 서로 약속했으면, 친구가 불행해졌거나 잘못을 저질렀어도 친구는 어디까지나 친구인 것이다. 만일에 친구가 불행해졌으면 그 불행을 헤쳐 나가도록 도와주고, 잘못을 저질렀으면 진실한 충고로 잘못을 지적해 주어 그 잘못을 고치도록 도와주어야 한다. 흔히 사람들 중에는 친구가 불행해지면 어떤 이유를 들어서도 그렇게 가깝던 친구의 단점을 들춰내면서 단교하지 않을 수 없었다고 친구를 배반하는 사람들이 많다. 이것은 신의를 잃어버린 것으로서 배신이라고 한다. 중국에서 배신은 가장 나쁜 죄악이라고 하며, 우리나라에서도 배신하는 사람은 가장 천하게 여겨서 사귀지 못할 사람으로 취급한다.

　신의는 약속을 지키는 일이다. 의롭지 않은 일을 나의 욕심을 위해 감히 남에게 저지르는 행위에 대해서 신의를 지키지 않는 행위라고 한다. 한 번 사귄 친구가 어려움에 빠지면 반드시 나를 희생해서라도 친구를 도와주는 것이 신의이다. 친구로 빙자하면서도 친구의 약점을 이용하거나 친구의 허점을 공격하여 친구를 못살게 구는 일은 불의의 소치이며, 사람으로서 행할 짓이 아니다. 소위 '달면 삼키고 쓰면 뱉는 일'이 있어서는 안된다. 그래서 신의를 가진 친구를 사귀는 것은 그만큼 힘든 일이다.

〈1992. 9. 2〉

건강한 삶

자연은 생명이며, 영원히 죽지 않고 살아 있는 생명체이다. 자연은 쉬지 않고 반복된다. 모든 현상이 일정한 리듬을 가지고 규칙적 유전을 하고 있으며, 이러한 끝이 없는 움직임의 생명 활동은 어떤 큰 제어에 의해서 이루어진다. 이러한 큰 생명의 질서를 관장하는 힘을 선현들은 기(氣)라 하였고, 20세기에 들어와서 이러한 기에 대한 해석을 음양의 전기 작용이라고 소극적으로 설명하기도 한다.

문제는 리듬, 즉 질서이다. 춘하추동의 4계절이나, 아침에 해가 뜨고 저녁에는 해가 지며 밤에는 달과 별이 반짝인다는 영구불멸의 질서는 계속되고 있고, 이러한 질서가 계속되면서 우주의 생명은 영원히 지속된다. 때로 자연에는 폭풍이나 태풍도 일어나고 지진과 같은 대변동이 일어나지만, 이러한 변화도 영원한 생명을 지속시키기 위한, 자연의 질서를 유지시키기 위한 변동이라고 해석되고 있다.

사람이 살아가는 데도 이와 똑같은 이치가 적용되는 것만은 틀림없다. 살면서 규칙적으로 자고 깨고 일하고 밥먹는 일들이 일정한 리듬을 탈 때, 그 삶은 건강하여 자연적 수명을 다하게 될 것이다. 그러나 불규칙한 생활에서 오는 문란한 운동이나 침식, 인간의 질서를 파괴하는 행위는 건강을 해치고 생명을 중도에서 그치게 한다. 옛날에 신선들이 몇천 년 살았다는 말도 있다. 그것의 사실 여부는 차치하고라도 인간도 우주 대자연의 질서와 더불어 움직이는 삶을 규칙적으로 리듬있게 유지하면 자연만큼 살 수 있고, 자연만큼 건강할 수 있다.

건강은 육체적인 것만 뜻하지 않는다. 정신과 육체는 합일되어 인간의 생명을 이루고 있을진대, 정신의 병이 나면 육체에 병이 생기고 또한 육체의 병은 정신의 병을 초래한다. 분에 넘치는 욕심은 육체에 무리를 가져오게 한다. 과도한 스트레스는 육체에 병을 가져온다. 불안·공포·초조·비관, 이 모든 것이 육체에 병을 초래하는 것은 당연하다.

부정직 · 거만 · 교만 · 비열 · 질투 · 시기 · 증오, 이 모든 것은 사람의 정신을 해친다. 그 해를 받은 정신은 그만큼 육체에 병을 준다. 건강한 삶이란 질서있고 정직하고 너그럽고 사랑에 넘치는 삶이다. 이러한 삶이야말로 인간으로 하여금 건강하고 오래 살 수 있게 한다.

〈1992. 12. 22〉

신사고

신사고(新思考)의 때가 된다. 우리는 과거 획일적 절대주의 사고에서 자라왔고, 자리 굳힘을 해왔다.

이제 새로운 시대가 열렸다. 지역적으로 글로벌(global) 시대가 왔을 뿐 아니라 문화 · 사고, 모든 면에서 크게 열렸다.

새로운 시대에 적응하기 위한 사고의 일대 분발이 있어야 한다. 많이 듣고 많이 생각하라.

나의 생각이 결코 절대적일 수 없음을 인식해야 할 때이다.

나의 생각처럼 남도 그러하다고 생각하면 결코 발전할 수 없음을 알아야 한다.

나의 인생이 커 온 배경은 넓은 세계를 가지고 있지 못했다. 그것은 많은 면에서 자만에 빠지기 쉽게 하고, 또 자기 도착과 시대 착오에 빠지기 쉽게 한다.

세계를 배운다는 자세와 자신의 마음을 들여다볼 수 있는 눈을 가져야 한다.

〈1992. 1. 4〉

우물 안의 개구리

'우물 안의 개구리(井中之蛙)'라는 말이 있다. 말하자면 우물 속 깊은 곳에서 우물 밖으로 내다보이는 하늘은 오로지 그 우물 구멍만 하므로 하늘이 높고 한없이 넓은 줄을 모른다는 뜻인데, 이는 자기 울타리 안에 갇혀 있어 자기밖에 모르는 소견좁은 사람을 비유한 말이다.

옛날에는 고고한 학자나 도사들이 집안에 칩거하며 세파의 험한 세계에 물들지 않고 혼자서 깨끗하고 고매함을 자랑한 때도 있기는 했다. 또 그들은 그러한 운둔 생활에서 명상과 폭 넓은 독서를 통해서 인생을 논하기도 했다.

그러나 지금은 세상이 달라졌다. 지구촌(global village)이라는 말이 자연스럽게 쓰이고 있다. 이제는 어느 개인이나 어느 국가 또는 어느 민족이라도 문을 잠그고 고립되어 살다가는 현대 문명에 낙후되고 만다. 이 현대 문명이란 비단 경제나 과학·기술 문화만을 뜻하지 않는다. 또한 그것은 넓은 뜻에서의 사상·철학을 포함하는 모든 인생에 관한 일들도 뜻한다. 그래서 우리는 항상 많은 여행을 통해서 세계 각국의 견문을 넓히며 여러 나라의 문화도 배워야 한다. 그러기 위해 외국어를 열심히 공부하고 많은 서적도 통독해야 하지만 고된 여행도 겪어야 한다. 힘은 들겠지만 어떤 사람과도 폭 넓은 대화를 편안하게 함으로써 세계를 이해하고 많은 친구들을 사귀어야 한다.

여행이라고 해서 외국 여행만을 뜻하지 않는다. 우리나라에서도 향락 목적으로가 아니라 여러 기관·기업들도 배우러 다니면서 보지 못했던 것을 본다는 것은 아주 중요하다. '그렇고 그렇지 뭐'가 결코 아니다. 다니면서 무언가 내가 가지지 못한 것을 얻게 되고 배우게 된다. 병원하는 사람이 공장에 가 보기도 해서 그곳의 실상을 배워 자신의 병원에 적용시킬 수 있는 것을 찾아내기도 하며, 공장하는 사람이 각급 교육 기관도 찾아보면서 배움의 터전이 어떻게 변하고 있는지 눈으로 보면 볼수록 배우는 것이 많아질 것이다.

국내외에 있는 갖가지 전시회·박람회, 이 모든 것이 교육 자료이며, 늙어

죽도록 쉽게 배울 수 있는 기회들이다. 각종 모임에 빠지지 않고 나가야 한다. 거기서 듣고 만남이 얼마나 중요한지는 지나고 보면 안다. 이것은 절대적 사실이다. 물론 시간을 내어 여기저기 다니는 것보다 집에서 편히 쉬며 잘 먹는 것이 쉬운 일이기는 하다. 그러나 인생은 고되게 살아야 그 보람을 얻는다. 편하게 살면 반드시 보람아닌 고된 인생을 얻는다. 세계는 넓어졌다. 많은 사람 만나고 많이 보고 겪어야 한다. 정중지와(井中之蛙)로 교만해지는 방관자의 비참한 인생은 살지 말자.

〈1992. 5. 5〉

독서에 힘을 써라

세월의 빠르기가 책장 뒤집는 것 같다고 하는 사람이 있다. 책을 많이 읽어서 세월이 빨리 가는 듯하다는 말도 되고, 지나가는 세월 하나하나의 책장에 실린 교육을 역사에 달아 주자는 말도 된다.

치매 환자의 맨 처음 증세는 책읽기를 잊어버리는 것이라고 한다. 책읽기가 싫거나 읽지 않는 사람은 노인성 치매에 걸렸거나 그와 비슷한 어리석음에 살고 있다는 말도 된다. 시간이 없어서 책을 읽지 못한다고 한다. 이 말은 돈을 버는 데만 눈이 어두운 사람에게는 돈을 버는 데는 시간이 모자랄 정도지만 책을 읽는 데는 시간이 없다는 뜻인데, 돈 벌어서 치매가 되니 돈 그만 벌고 치매에 걸리지 않는 편이 더 낫다.

고교 시대까지는 대학입시 준비에 파묻히다 보니 교과서와 참고서 외에는 읽을 시간도 없고 그 밖의 책을 탐독하다가는 학교 성적이 엉망이 된다는 말도 있다. 그러나 요즘 젊은 세대 학생들이 광기 가득한 노래와 춤의 추태로 보내는 시간을 조용한 독서와 명상의 시간에 할애하는 것이 좋다. 찰나적인 삶에서 어떤 의의를 얻을 수 있는가 깊이 생각해야 한다. 젊어서는 책을 넓게 보지만 얕게 읽고, 늙어서는 좁게 보나 깊이있게 읽는다고 한다. 늙으면 글자 하나하나에서 역사를 들여다보고 오래 살아온 삶의 경험을 글과 더불어 음미하기 때문일 것이다.

예전과 달라서 좋은 책이 너무나 많이 나왔다. 인생은 결코 누가 살아 주는 것이 아니다. 인간은 어떻게 사느냐를 누가 결정해 주거나 끌고 다니는 것이 아니고, 내가 알고 터득하는 것이다. 올바른 인생을 힘차게 살아가는 길은 내 스스로 책에서 찾는 것이다. 결코 무슨 핑계를 대지 말고 독서에 힘을 써라. 책은 우리로 하여금 읽으라고 있는 것이다. 거기에 무한한 양식이 실려 있다. 없는 것은 사다 줄 것이다.

〈1992. 12. 20〉

불행의 극복

나는 어려서 아주 병약해서 부모 속을 많이 썩였다고 한다. 지금도 나의 발목·가슴·등에 뜸자리가 있는 것을 봐도 어려서 얼마나 많이 앓았으며, 또 그만큼 부모의 속을 얼마나 애타게 했는지 짐작하고도 남는다. 그러나 지금 나이 칠십이 넘어서도 어느 젊은이 못지 않게 건강한 것은 아마 어렸을 때 부모님의 큰 정성 때문일 것이다. 그 정성을 하느님이 감지해서 나에게 이런 건강을 주셨거니 하고 생각하고 있다.

사람은 어려서부터 파란과 곡절을 많이 겪고 산다. 일찍 부모를 잃어 사랑이 뭔지도 모르고 살아가는 고아들도 있다. 돈이 없고 가난해서 남같이 호의호식하며 살지도 못하고, 상급 학교에 가지 못하는 아이들도 있다. 태어날 때부터 평생 신체가 남처럼 건강하지도 못하고 불구인 사람들도 있다.

누구나 이러한 유전적·물리적 불구를 경험하게 된다. 이것이 인생이다. 남달리 유복하고 잘 자란 애들이라도 자라서 어떻게 불행한 고생길을 경험하게 될지 아무도 모른다. 친구를 잘못 사귀어 불량한 짓을 하고 다니는 청년들도 있다. 그러나 이러한 불량은 그 크기에 차이가 있을지 모르나, 누구나 언젠가는 한두 번 겪으면서 살게끔 하는 것이 하느님의 섭리인 것 같다.

문제는 이러한 어려운 삶에 처했을 때 누가 빨리 불행의 길에서 뛰쳐나와 새 희망을 가지고 굳게 결심해서 성공하느냐에 있다. 좌절이나 자포자기는 인생에서 가장 비굴한 것이다. 인생에 좌절은 있을 수 없다. 악은 언제나 착함 · 용기 · 즐거움 · 교만 등의 탈을 쓰고 우리를 유혹한다. 그러나 이러한 유혹을 수많은 사람이 다 이겨 나가는데 나만이 유독 이겨 나가지 못하고 분연히 일어서지 못한다면, 그것은 젊음의 가장 부끄러운 모습이 될 것이다.

인생은 찰나의 삶이 아니다. 내일이 있는 것이 인생이다. 지금 20대로서 30대나 40대가 될 때 살고 싶은 나의 인생을 그려 보며 지금 내가 정신차려야 한다는 것을 깨달아야 한다. 젊어서 고생은 돈 주고도 못 산다는 말이 있다. 내일을 위해서 정신을 차려야 한다. 그보다 더 보람있는 것은 나만의 만족을 추구하기보다 나보다도 더 못한 사람들에게 희망과 용기를 줄 수 있는 나를 키우는 것이다. 세상에는 굴곡이 허다하다고는 하나 나보다 더 불행하거나 비참한 자가 또 있겠느냐고 생각한다면, 그것은 오만이다.

내가 지금 칠십이 넘어 이렇게 글도 쓰고 있지만, 젊어서는 행상도 하고 노동도 하기도 하고 가정교사도 해보았다. 평양의 영하 20도 혹한 때 불도 때지 않은 하숙방에서 쭈그리고 떨며 고생한 때도 있었다. 밥을 굶어 문전 걸식을 했던 전쟁도 겪었다. 우중충한 지하에서 둘째딸이 태어나는 것을 보고 아내에게 속으로 미안해 하며 눈물을 흘린 때도 있었다. 그러나 지금 다 지나서 그것이 내 생애의 추억이 되기도 하니, 인생은 참으로 굴곡도 심하다고 생각된다.

내가 지금 불행하다고 생각할 수 있다면, 그것은 그만큼 행복하다는 것을 알아야 한다. 불행했기에 나는 행복할 수 있는 미래를 가질 수 있다. 지금 불량한 길에 빠져 있어서 나는 불량함이 무엇인지 경험하고 앞으로 다시는 그러한 불량한 길에 빠지지 않고 남을 사랑하는 보람을 더 뼈아프게 맛보게 되리라는 것을 고맙게 생각해야 한다.

하느님의 섭리는 움푹 패인 곳을 메워 주고 튀어나온 것을 깎아서 평편하게 하려 하며, 또 그렇게 된다. 지금 불행하거나 불량하지만 언젠가는 틀림없이 착하게 살게 된다. 지금 조금 잘살아 행복하다고 고마움을 모르고 거만을 피워서는 안된다. 거만과 게으름에 대해서는 하늘의 섭리가 망치로 내려칠 것이다.

젊은이들이여 용기를 잃지 마라. 너희는 내가 못 가진 미래와 희망을 가지고 있다. 그것은 인생에 주어진 가장 큰 선물임을 깨닫고 소중히 여겨야 한다.

〈1992. 3. 3〉

항상 최선을 다하자

골프는 자기와의 싸움이라고 한다. 골프를 잘 친다는 것은 내가 얼마나 정성을 쏟아 머리를 들지 않고 힘을 빼서 치는지에 달려 있다. 결코 내기를 하거나 남에게 이기겠다는 생각으로 해서는 안되며, 나 자신을 위해 얼마나 마음을 쓰느냐에 달렸다고 할 수 있다.

그러나 이는 비단 골프만에 한정되는 것은 아니다. 축구를 할 때도, 농구를 할 때도 나의 최선을 다하면 되는 것이다. 나의 팀을 돕는 데도, 나의 상대 팀을 견제하는 데도 나의 최선을 다하면 된다.

사람들은 흔히 남의 탓을 할 때가 많다. 내가 나의 최선을 다했으면 그만이다. 그렇게 해서 안될 수도 있고, 잘될 수도 있다. 승패가 인생에 결정적인 가치를 주는 것은 아니다. 중요한 것은 내가 나를 위해 얼마나 나의 정성을 다했고, 나와의 싸움, 즉 내가 해서는 안될 일을 얼마나 참고 견뎌 내느냐에 달렸다. 인생은 최선을 다하면 된다. 그것은 나의 인생이기 때문이다.

항상 최선을 다하자. 그것으로 족하다. 어차피 인생은 유한한 것이고, 언젠가는 나의 뜻이 아닌 다른 뜻인 자연의 섭리가 나의 삶에 더 큰 영향을 줄 수도 있다. 그것은 내가 최선을 다한 후 그냥 그것으로 만족하고 자연의 섭리에 따르면 되는 것이다. 그것이 참 삶의 가장 옳은 길일 것이다.

〈1992. 8. 12〉

새로움을 살자

인생은 무궁무진한 세상이다. 어느 누가 또는 수많은 사람들이 캐어도 캐어도 한이 없는 것이 인생이다. 공부하고 노력하고 힘을 다해도 인생은 언제나 끝이 없다. 이러한 인생을 살아가는 데 패자(敗者)가 될 수 없다. 어떤 권력도, 어떤 혐오도, 또한 그 어떤 것도 이겨 나가야 한다. 이겨 나간다는 것은 싸워서 이겨내는 것이다. 아주 쉬운 것도 물론 아니지만 절대적으로 불가능한 것도 아니다.

얼마나 노력하느냐에 따라 인생은 그만큼만 보답을 주는 것이다. 노력했는데도 보답이 없다고 불평하는 사람이 있을 수 있으나, 결코 그렇지 않다. 언젠가 반드시 노력만큼의 보답이 따르게 마련이다. 인생은 누구에게나 존경받고 신뢰받는 사람이라야 보람이 있다. 그러기 위해서는 결코 거짓이 있어서는 안된다.

믿음직스럽다는 말은 그 사람이 거짓이 없다는 말이다. 가식이나 허위는 인생의 최대 악이다. 매 시간 시간을 새롭게 살자. 네가 사는 모든 인생은 새로운 순간의 연속이요, 그것이 곧 새로운 나이다. 지나가면 나의 과거이고 앞으로 오는 것은 미래이지만, 과거나 현재나 미래는 곧 새로운 현재의 연속일 뿐이다.

지루하고 권태로운 현재를 가져서는 안된다. 무엇인가 새로운 현재가 되어야 한다. 인생은 새로움의 연속이다. 지금의 현재는 확실히 과거보다 나아져야 한다. 또 현재에는 틀림없이 과거에 없었던 새로운 것이 있고, 이러한 새로움의 연속이 곧 새로운 미래가 된다.

현실에 안주하려는 사람은 과거를 사는 사람이다. 성공이란 새로움의 미래를 말한다. 새로움을 갖기 위해서 우리는 꿈을 가져야 한다. 먼 곳에 꿈을 두자. 그곳을 향하여 열심히 사는 인생은 반드시 성공한다. 그것이 곧 아이디어의 연속이다. 먼 곳에 있는 꿈을 찾아가려면 부지런히 찾아가야 한다. 오직 그 꿈—그것은 새로운 현재가 가는 곳—에 열중하라. 사람은 순간순간에 열중해야 한다. 일에도 열중하고, 사람을 만나도 열심히 만나고, 놀 때에도 열심히 놀고, 쉬어도 철저히 쉬고, 사랑을 해도 열심히 해라.

일일신(日日新)을 달성하기 위해서는 열심히 살아야 새로움에 살게 된다. 불만과 내 마음에 들지 않는 일, 싫은 일, 미운 일 속에서 살아서는 안된다. 이러한 부정적(negative) 생각은 빨리 잊어버려라. 오래 품고 있을 일이 아니다. 결코 남을 탓하려 하지 말라. 너의 인생은 오직 너의 것이지 아무의 것도 아니다. 인생은 언제나 너에게 결코 다홍빛으로 비쳐지지는 않는다. 어두움도 회색도 수없이 많겠지만, 그러한 실망·증오·좌절·혐오·피곤은 네가 겪고 나가야 할 일들이다.

남을 험담하지 말라. 그럴 시간과 힘의 낭비가 있어서는 안된다. 남을 비방하면서 너에게 무슨 도움이 될 것이냐? 남이 잘못할 때, 너는 거기서 무엇인가 배워야 한다. 나는 저래서는 안된다고 말이다. 사람은 살면서 실수와 잘못을 수없이 저지르게 된다. 그러나 이때 실수나 잘못을 반복하지 않으려는 노력이 무엇보다 중요하다. 실수나 잘못은 결코 부끄러운 일은 아니지만 실수나 잘못을 되풀이하는 것이 부끄러운 것임을 알아야 한다.

남을 용서하는 포용력을 가지자. 남을 이해하자. 너의 잘못을 용서받기 위해서도 남을 용서하고 포용하자. 그러면서 남을 도와준다는 생각을 언제나 잊지 말자. 누구에게나 결점이 있기 마련이다. 너를 포함해서 말이다. 그러니 나는 그 사람이 싫다는 교만함은 너의 인격의 흠을 만들어 준다. 상대방이 잘못을 저질러도 그를 이해하고 그를 도와주려고 할 때, 그는 반드시 너의 사람이 되고 만다.

　사회의 기본 질서는 인생의 근간으로서 반드시 지켜야 한다. 그것은 부모와 형제에 대한 마음으로부터의 사랑과 존경이다. 결코 겉치레나 물질적인 사랑과 존경이 아니고 항상 마음으로부터의 사랑과 존경이어야 한다. 이러한 마음으로부터의 기본 질서 의식이 없을 때, 너의 인생은 어떤 일에서도 완전히 실패작이기 마련이다.

　건강에 조심하자. 네가 열심히 일하고 열심히 놀면, 그것이 곧 건강이다. 건강은 스스로 부지런하고 열심히 할 때 따라오는 것이다. 네가 건강하지 못하다면, 그것은 인생을 열심히 보람있게 살지 못한 때문임을 알자.

〈1992. 8. 20〉

9. 관찰과 사색

"애호박은 아무리 크더라도
자기 줄기를 깎고 열리지는 않는다"고 한다.
… 누가 호박한테 줄기를 깎고 열리지 말라고 가르쳐 주었는가?
이 자연 속에 있는 신비스러운 일들은 하나 둘이 아니다.

물

명경지수(明鏡止水)라는 말이 있다. 맑은 거울처럼 속에 감추어진 것이 없고 마음을 비우고 있어 편안한 상태를 말한다. 맑는 거울은 명석한 두뇌와 같아서 추잡한 욕심이 없고 어두움을 비추어 주는 상태이다.

물은 고요히 멎어 있으면 밝은 거울과 같다. 실로 평온한 상태이며, 평화를 상징한다. 물은 담겨지는 그릇에 따라 그대로 순응한다. 둥근 그릇에는 둥글게, 모난 그릇에는 모나게 모습을 자유자재로 적응해서 바꾸는 능력이 있다.

물은 항상 겸손해서 언제나 낮은 곳으로 흐른다. 물은 언제나 어디서나 무한한 공급원이다. 생물 같은 생태계는 물론 대자연의 생명원이 되어 항상 모든 것에 주는 일을 맡고 있다. 사람도 물 없이는 단 하루도 살기 힘들다. 그러면서도 물은 무엇이든 받으려고 하지 않는다. 언제나 주는 것을 그 사명으로 알고 있다. 무엇이 그를 형편없이 더럽히건 흔들건 끓이건 아무 소리 없이 그냥 적응한다. 반면에 물은 성이 나면 집채만한 바위도 굴려 버리고 태산도 넘어뜨린다.

물은 살아 있다는 말도 있다. 물은 하나의 생명이다. 명경지수로 살아 있으나, 쉬고 있는 상태인지도 모른다. 물은 모든 삶(생명)의 근원이다. 물을 귀하게 여기는 것은 곧 생명을 귀히 여기는 것이다. 함부로 오염시키거나 멸시해서 함부로 버려질 것이 결코 아니다.

〈1992. 4. 19〉

산

산은 장엄하고 무거운 침묵으로 우리에게 엄청난 교훈을 준다. 말이 없는 가운데 무한한 교훈을 주고 있다. 산은 살아 있는 생명이다. 거기서 수없이 많은 생명들이 잉태되고 있고, 또 거기서 자라고 있다. 나무와 꽃과 풀은 물론이지만 너무도 많은 동물들, 들짐승과 새들이 태어나고, 그 커다란 품에서 자라고 있다. 엄청나게 큰 바위도 이끼를 입고 생명을 키우고 있다.

산은 확실히 살아 있다. 무슨 힘을 가졌기에 그 우람한 동물들을 키우고, 얼마나 자상하기에 그 아름다운 꽃들을 피우는가? 그 품안에서는 무서운 호랑이도 안식하고, 사람들이 다 싫어하는 뱀도 즐겁게 마음놓고 살고 있지 않는가? 산의 힘은 그렇게 크다. 그가 잉태한, 그러고 나서 키우는 그 많은 생물들에게 말로 표현하지는 않으나 많은 가르침을 주고 있다.

백두산 정상에서(1994)

들짐승들이 사악한 인간들에 쫓기게 되면 숨을 자리를 마련해 주고 있다. 필요할 때 쓰라고 동굴도 만들어 놓고 있다. 거기서 태어나 거기서 사는 모든 생명들은 아무리 세차게 부는 폭풍도, 억수로 쏟아붓는 비바람도, 꽁꽁 얼어붙는 눈보라도 아무 찡그림 없이 그냥 받아 주며 뭇 생명들을 보호해 주고 있다.

찬바람이 불어닥치는 한겨울에 함박눈이 쏟아져 사람들은 눈을 치우느라고 야단이지만, 산은 그 눈을 옷으로 입고 따스하게 모든 생물을 그 밑에 보호해 주고 있다. 산은 맑은 공기와 맑은 물을 생산하며, 산 밑에 사는 모든 생명체에게 그 젖줄을 대주고 있다. 인간이 살다가 죽으면 말없는 산의 품안에 들어가 묻힌다. 산은 이승에서 어떤 일을 저지른 사람이건 아무 거부감 없이 그냥 따스하게 받아 준다. 산은 그래서 무한대의 사랑을 품고 있다고 한다.

산은 위대하다. 산같이 살라. 그것이 위인이다.

〈1992. 4. 20〉

설악산

8월 3일 설악에 왔다. 맑은 공기, 산에 흐르는 물, 그냥 내리쬐는 태양, 모든 것이 아름답지 않은 것이 없다.

'꽃을 사랑합시다' 라는 푯말이 서 있다. 왜 하필 꽃만이랴? 사랑스러운 것이 꽃만은 아니다. 나무와 풀, 바위, 흐르는 물 하나같이 사랑스럽지 않은 것이 없다.

그냥 있다
그냥 흐르고
그냥 가고 있다.

누가 시킨 것도 아니다.

그냥 간다

어디를 가는지 묻지도 않는다

그래서 자연이라고 하는가 보다

스스로 산다

스스로 있다

그저 그냥 있다

언제까지나 있다

겨울이 와도 여름이 가도 그냥 거기 있다

그러다 그냥 흘러간다

바람에 날려도 가고

물에 씻겨도 간다

사람이나 짐승에 채여서도 간다

싫어도 아파하지도 않는다

채이면 채이는 대로 밀리면 밀리는 대로다

아프다, 싫다, 좋다가 없다.

누가 무어라고 하건 관계가 없다.

그냥 있는 대로 그냥 닿는 대로 굴러가기로 하고

마냥 가만 있기로 한다.

그냥 그렇게 할 뿐이다.

그가 있음이 곧 그의 삶이며, 그는 곧 살아 있다.

말이 도대체 없다.

감각이 없는 것이 아니다

부러지기도, 짓눌리기도 하고

뜯기기도 한다.

아파하지 않지만 아프지 않은 것은 더욱이 아니다.

무척 아플지라도 아파하지 않는다.

무한한, 그냥 무한한 참을성
그것이 그의 생이요
그의 존재이다.
그가 있음은 그래서 위대하다.
그는 마냥 크다.
그는 마냥 아름답다.
그는 사랑받아 마땅한데 사람들이 가만두지를 않는다.
가만두지 않아도 그냥 있다.
그래서 그는 위대한 것이다.

〈1992. 8. 10〉

닭

어제는 마석에 있는 산에 갔다. 서울을 떠나 맑은 공기와 깨끗한 물을 마시러 갔다. 그것은 생의 자연스런 욕구이다. 사람들이 눈앞에 있는 물질의 요술에 현혹되어 이 깨끗하고 맑은 공기와 물을 잊었다. 가슴이 막히고 속이 언짢으니 자연을 찾아 그 품안에 기어든다.

몇 마리 닭을 기르고 있는데, 그들은 들에서 마음대로 돌아다니면서 곤충도 잡아먹고 풀도 쪼고 있다. 그들에게도 어쩌면 엄연한 질서가 있을 법하다. 가장 덩치가 큰 수탉이 당연히 우두머리이리라. 큰애의 말이 그 옆에 따라다니는 덩치 큰 암탉이 저 숫놈의 본마누라라고 한다. 그와 비슷한 암탉과 새끼들은 모두 작은댁이거나 졸개들이라고 한다. 잘생긴 수탉(토종닭)도 있다. 큰 수탉이 가는 곳을 작은 닭들이 비켜 준다. 마음대로 걸어다니면서 여기저기 먹이를 찾는 본마누라 암탉을 어쩌다 건드리다가는 큰 수탉의 노여움이 무섭다. 이들을 가만히 보면 그렇게 즐거울 수가 없다.

그들이 믿는 것은 푸른 하늘과 산과 나무와 바위와 꽃들이다. 시냇물도 마시면서 자연과 함께 서로 믿고 사는 이 닭 같은 생물들이 한없이 부럽기만 하다. 그들은 그저 태연하다. 닭들에게는 우리가 있다. 저녁이 되면 집으로 모여 들어가고, 비가 오거나 바람이 세게 불면 그곳으로 피해 간다. 하늘의 맑은 공기는 물론 물과 푸른 나무와 잎들이 그들을 보호해 주고 있고, 그들은 거기서 그저 함께 산다.

복받는 삶은 여기에 있다. 하찮은 동물에서 삶의 참을 본다.

〈1992. 10. 19〉

닭과 호박

집에 꽃닭 몇 마리를 키우고 있다. 정성스럽게 알을 모아서 10여 개가 되면 부화기에 보내서 새끼를 까려고 했지만 번번이 실패하였다. 다른 부화기로 시도해 보았으나 모두 무정란이라면서 불가하다고 한다.

부지런한 대학 정원사가 알을 모아 나한테는 알리지 않고 어미 닭에게 그 알들을 품게 하였다. 창고 한구석에 자리를 마련해 주고 알을 품게 한 것이다. 사람이 들락날락하거나 옆에서 떠들어도 알을 품은 닭은 꿈적도 하지 않는다. 이러한 것이 신기해 보였다.

20여 일이 지나 새끼가 나왔다. 하도 기쁘고 대견해서 어미 닭이 그렇게 귀여울 수가 없다. 새끼 일곱 마리를 추울 것 같아 전등을 켜서 우리에 넣었다. 그런데도 어미닭이 자기 날개 밑에 새끼들을 곱게 품어 보호해 준다. 어쩌다 병아리가 하도 귀여워 만지려 하면, 어미 닭은 목덜미 털을 일으키며 덤벼든다. 새끼를 보호하려는 어미의 마음은 한갓 미물(微物)로만 여겨 온 닭에서조차 무시할 수 있는 것이 아님을 느끼게 된다.

기계가 사람을 대신해서 온도·습도·진동 모든 것을 닭의 품과 꼭 같게 하지만, 역시 닭의 품이 단연 낫다. 누가 저 닭에게 그 알을 품고 있으라고 가르친 것도 아니고, 누가 저 닭보고 병아리 새끼를 날개 밑에 보호하라고 훈련시킨 것도 아니다. 어디서 저 미물 같은 닭이 그런 기특한 일을 해낸단 말인가.

풍수하는 사람이 "지기(地氣)는 산줄기 능선으로는 지나가지 않는다. 그래서 산등성이를 피해 묘를 쓰는 것이 좋다."고 한다. 산등성이에 지기가 지나가는지 안 지나가는지 어떻게 아느냐고 했더니, "애호박은 아무리 크더라도 자기 줄기를 깔고 열리지는 않는다."고 한다. 반드시 자기 줄기는 피해서 열린다는 사실을 왜 모르느냐고 핀잔하는 것을 들었다. 누가 호박한테 줄기를 깔고 열리지 말라고 가르쳐 주었는가? 신기할 수밖에 없다. 이 자연 속에 있는 신비스러운 일들은 하나 둘이 아니다.

"사람에게만 육신과 영혼이 있어서 여러 가지 정신 활동을 하며, 동물이나 식물에는 영혼이 없다."고 한다. 그럴까? '닭은 알을 품고 새끼를 보호한다'는 본능이나 '호박은 자기 줄기만은 건드리지 않고 열린다'는 본능은 어떻게 설명될까?

인간은 좀더 겸손해서 이러한 동식물 속에 간직된 생명의 비밀을 인정하면서 신의 조화에 머리 숙여야 할 것이다.

〈1992. 5. 16〉

술

자가 운전이 보편화하면서 달라진 것은 술 먹는 사람이 줄었다는 사실이다. 많은 사람들, 특히 젊은이들이 술을 먹지 않게 되었다. 일이 끝나면 직장 동료나 다른 친구들하고 한 잔 할까 하는 우정의 기회도 없어지고, 자연히 인간 관계가 소원해지고 동료들과의 대화의 기회도 적어진다. 아직 술 한 잔

없이 친구들과 함께 저녁이나 먹고 웃다 헤어지는 풍토가 자리잡지 못한 탓일 게다.

술은 먹어서 취하는 맛에 마신다. 술김에 호연지기를 부리면서 인생을 논하기도 하고, 상대에게 큰소리를 치기도 하고, 평소에 펴지 못했던 굉장한 꿈도 실제로 맛볼 수 있다. 마음속에 갇혀서 부글부글 끓고만 있던 모든 억제된 감정이 스트레스가 되어 나의 몸과 마음을 좀먹고 있었는데, 술이 취하면 이런 울분을 마구 분출하게 된다. 소리를 지르고 노래도 부르며 마구 큰소리를 치면서 감정의 비뚤어졌던 것이 어느 정도 정상을 되찾기도 한다.

술은 어떤 때에는 회개하기 위해 마시기도 하며, 많은 면에서 약이 되기도 한다. 술을 먹지 못하거나 건강하지 못해 술자리에 끼지도 못하는 외로움은 심신 건강에 나쁘다. 술은 이처럼 먹지 않아서도 좋지 않을 수 있지만, 먹어서 건강도 해치거나 감정의 도가 지나친 표출로 실수할 때가 많다. 말도 취중에 함부로 해서 화를 입는 때가 많다. 술을 자주 마시면 자연히 가정을 소홀히 하기 쉬우니, 그럴 때의 술은 나쁘다. 술김에는 운전이 더 잘될 것이라며 취중 운전을 하다 사고라도 내면, 그것처럼 망신스러운 일도 없을 것이다. 건강을 해칠 정도로 과음을 해서도 안되고, 자주 마셔도 안된다. 신체의 건강은 말할 것도 없지만, 술에 취하면 말이 많아지든가 횡포해지기 쉽다. 다음날 숙취로 직장도 나가지 못할 사람은 술을 마셔서는 안되는 사람들이다.

주법(酒法)이라는 것이 있다. 술은 즐거움이다. 그런데 주법도 모르고 술만 마셨다 하면 주사를 하고 술사를 부리는 사람이 있다. 주법도 모르면서 술을 마시려고 해서는 안된다. 술도 마실 줄 알면서 마셔야 한다. 그래서 주도(酒道)라는 것이 있고, 술은 처음 마실 때부터 그 방법을 배워야 한다. 주도도 모르면서 술을 마시려 해서는 안된다. 주도에 익숙한 사람을 선생으로 모셔 술을 배우고 난 후라면 혼자서 술을 마셔도 된다.

술은 좋게 마시면 좋은 것이 되지만, 나쁘게 마시면 좋지 않은 것이 된다. 무조건 술을 나쁘다고만 할 수 없다.

〈1992. 1. 26〉

멋

멋을 부리는 사람이 많다. 저 사람은 멋을 부리느라 저렇구나 하고 생각되는 일이 있다. 멋은 있어야 하지 멋을 부린다는 타율이 되어서는 안된다. 실은 있는 그대로가 제일 멋이 있다. 일부러 꾸미는 멋은 멋이 되지 못한다. 일부러 꾸밀 필요는 없지만 깨끗하게 꾸민다는 것은 중요하다. 머리도 깎지 않고 옷도 남루해서는 멋있다고 볼 수 없다. 팔십이 된 내 선배 한 분이 닦지 않아 먼지가 뽀얗게 앉은 구두를 신고 다녀 사실 궁기가 줄줄 흘러 보인다.

나이를 먹어 흰 머리칼이 많아져 젊게 보여야겠다고 새까맣게 염색을 하는 사람이 있는데, 내가 보기에 아주 흉하다. 백발인 채로 있어도 보기 좋은데 염색을 해서 젊어 보이겠다는 행동은 지나쳐 보이고 점잖지 못하게 보인다. 늙으면서 옷을 이상하게 입거나 모자도 이상한 것을 쓰고 다니는 사람이 있다. 본인은 한껏 멋을 내느라 그랬겠지만, 내 눈에는 하나도 멋있어 보이지 않는다.

자연 그대로가 좋다. 자연을 속여 늙고도 젊은 것처럼 꾸며 봤댔자 조금도 늙음이 젊음으로 변하지 않는다. 이것은 자연을 거역하는 자기 기만밖에 안 된다. 이발을 자주 하고 양복도 바르게 데려 입고 셔츠도 깨끗한 셔츠에 타이도 단정하게 매면 그것이 멋이지, 더 이상 꾸며서는 안된다.

내 친구 중에 대머리가 있는데, 그는 자주 모자를 쓰고 다닌다. 대머리를 보이기 싫어서 그랬겠지만 사실은 머리칼이 없어서 추위를 막기 위해 모자를 쓰고 있음을 나는 안다. 나이를 먹은 사람이 추위를 막기 위해 모자를 단정히 쓰고 다니는 것은 점잖은 멋이며 전혀 부자연스럽지 않다.

그런데 여자들 가운데 나이를 먹어 머리가 빠진 사람은 보기가 아주 흉하다. 이런 때 적당히 가발을 쓰거나 염색을 하는 것도 괜찮다. 노부인이 머리가 다 빠졌거나 그것도 흰머리만 좀 남아 있을 때에는 멋보다도 추해 보이기 때문에 가발이나 염색도 괜찮다고 본다.

때로는 얼굴이나 목의 주름을 없애려고 수술을 해서 안면이나 목의 가죽을 끌어올리는 수술을 받는 사람들이 있는데, 일부러 자기 나이를 속이면서까지 수술받는 것은 그 수술이 아주 잘되었다고 해도 저 사람이 무리를 하고 있구나 하는 생각이 들게 한다. 또한 늙음을 감추기 위해서나 젊은 사람들같이 한다고 짙은 눈화장에 유달리 새빨간 입술을 하고 다니는 것은 아무리 좋게 칠해도 칭찬받거나 존경받을 모습은 아니다.

추하거나 불결하지 않게 꾸미되, 가능하면 자연 그대로, 있는 그대로의 겸손한 모습이 멋있다. 그러나 멋의 진수는 겉 꾸미기보다 속 꾸미기에 있다. 골빈 속물 인간들이 겉을 아무리 꾸며 봤자 결코 매력도 없고 오히려 남에게 혐오감만 준다.

늙은 사람들에게는 높은 교양과 인자한 인품을 갖춘다는 것이 멋 중의 멋이다. 그러기 위해 겉 꾸미는 노력만큼이라도 책을 보고 명상하고 듣고 보아서 나의 내면의 세계를 풍요롭게 하는 것이 멋 중의 멋이 된다.

풍요로운 내면의 세계가 항상 이웃을 즐겁게 해주고 나의 주변에 행복과 낭만이 가득 차게 해주는 참된 멋쟁이의 세계임을 알아야 한다.

〈1992. 1. 29〉

풍류

근대 문명은 경제 성장을 가장 중시하고 있다. 옛날에는 특히 우리나라에서는 돈이 많은 사람, 돈을 버는 사람을 천시하였다. 가난하고 깨끗하여 풍류를 아는 사람을 선비라고 하여 숭앙해 왔다.

이제는 돈이 제일이다. 모두 돈을 벌기 위해 혈안이 되어 있고, 또 돈을 많이 벌면 무엇이든지 할 수 있다고 생각하는 현대가 왔다. 공부 한 자, 못한 자도 돈만 있으면 정치를 할 수 있고, 정치한다는 것은 인간의 모든 것을 다할 수 있다는 것을 뜻한다고 한다. 그러니만큼 돈만 있으면 무엇이나 다 할 수 있다고 한다. 돈이 숭배받는 세상이 되었다. 이렇게 돈이나 물질을 쫓아 뛰다 보니까 인간의 정서가 메마른 상태에까지 이르게 되었다.

풍류라는 우리 고대의 말이 있다. 풍류란 아취가 있고 고상함을 뜻하며, 그것이 곧 문화인 때가 있었고, 우리는 그러한 역사를 살았다는 것을 자랑하고 있다. 우리 선조들은 음풍농월하며 자연과 인생과 예술을 즐겼다. 풍류는 자연적 요소, 음악적 요소, 그리고 현실을 뛰어넘는 이상적인 그 무엇을 찾는 것이다. 풍류란 자연을 가까이 하는 것, 멋이 있는 것, 음악을 아는 것, 예술에 대한 조예이다. 생활에 여유가 있으며 서둘지 않고 유유자적하며 자유분방한 것을 말한다.

유·불·선 삼교는 원래 중국에서 유래했다. 유교는 아집을 버리고 예로 돌아가라 했고, 불교는 아집을 버리고 불심이나 일심으로 돌아가라 했으며, 도교는 거짓된 언행 심사를 떠나 자연의 대법도로 돌아가라 했다. 그런데 이것들은 우리나라의 삼한시대·신라·고려·조선시대를 거쳐 다듬어져 풍류도(風流道)가 되었다.

원래 신라에서는 현묘지도(玄妙之道)라고 하여 접화군생(接化群生), 즉 모든 생명과 접촉해서 이들을 감화시키는 것이어야 했다. 풍류도에서는 자연을 숭상하여 봄과 가을에 하느님에게 제사를 지냈다. 말하자면 하느님과 인간이 하나가 되는 천인 합일(天人合一)이 천신도 또는 풍류도이다. 이러한 풍류가 나중에 문인화(文人畫)가 되었다. 그래서 글쓰는 사람이 그림을 그리고 자연 속의 심오한 뜻을 읊게 되었다.

그런데 근대에 와서 경제 발전·과학 문명·물질 문명을 빙자하면서 자연을 숭상하기는커녕 자연을 서슴없이 파괴하고 있다. 인간의 가치 기준에서 능력을 가장 중요시하게 되었다. 그래서 인간은 멋이나 새로운 맛(新味)도 정감도 없고 여유도 없는 삶 속에서 빠져 나오지 못하고 있다.

휴일이나 주말에 겨우 교외를 찾으나, 이는 자연을 새롭게 맛본다기보다 질식된 육체에 산소를 공급하려고 뛰어갔다 오는 형편이다. 인생은 확실히 이런 것은 아니다. 인간의 문화는 반드시 그 열쇠를 다시 잡아야 할 것이다. 아마 그것이 21세기의 큰 숙제일 듯하다.

〈1992. 10. 6〉

조화

밸런스를 맞춘다는 것은 조화를 찾는다는 말이다. 조화란 자연의 대현상에서 인위적으로 이룩하기는 힘들고, 또 무리해서 인위적으로 조화를 찾다가는 어색해지기가 쉽다. 이러한 조화는 더 보기가 싫은 부조화를 가져온다.

남은 다 큰데 자신만 작고 인위적으로 크게 할 수 없으므로 다른 면에서라도 큰 사람에게 뒤지지 않겠다는 노력을 하게 된다. 이러한 노력은 무리를 가져오게 되어 보기 싫은 부조화를 불러일으키게 된다. 남만큼 배우지 못했으니 물질적으로나 외형적으로라도 남보다 좋아져야겠다는 노력으로 사치를 과도하게 하는 등 무언가 뛰어나 보여야겠다면서 더 보기 추한 꼴을 연출하기도 한다. 남보다 가난하게 자랐으므로 낭비도 해보고 돈이나 물질을 속마음과는 반대로 가볍게 보거나 보잘것없게 보면서, 가난하게 자랐다는 핸디캡도 아닌 핸디캡 때문에 낭비를 과시하는 수도 있다. 이 또한 아주 보기 싫은 일이다. 남이 볼 때도 저 사람은 지금은 돈이 많지만 가난하게 자란 사람이거나 공부를 잘하지 못한 사람이겠구나 하는 생각을 하게끔 행동해서 자기가 기대했던 결과의 반대를 가져오기 쉽다.

조화란 이렇게 가지지 못한 것을 가진 것처럼 만들려는 무리한 노력으로 이룰 수 있는 것이 결코 아니다. 스스럼없이 있는 상태에서 겉꾸미기를 하지 않는 순수한 노력이 오히려 더 아름답고 가치있는 조화된 삶을 가져온다. 공부를 못했으면 공부한 것처럼 겉꾸미기를 하지 말고 열심히 공부하면 된다. 늙어서 젊어지고 예뻐지고 싶으면 성형 수술을 할 것이 아니라 점잖음과 깨끗함과 우아함을 찾으면 된다. 있는 그대로의 순수한 노력, 사실보다 더도 아니고 덜도 아닌 자연스러운 노력에의 조화, 그것이 곧 아름다운 삶일 것이다.

〈1992. 10. 24〉

젊음

젊음은 건강이다. 그의 체력은 지칠 줄 모르며, 아무리 뛰어도 피곤함을 모른다. 그의 활동력은 거의 제한이 없다. 그에게는 과거가 없고, 또한 그는 과거를 모른다. 그에게는 미래만 있다. 과거가 없기 때문에 말이 많지 않고, 미래에 대한 꿈을 먹고 살아야 하기 때문에 많은 새로운 일을 경험한다.

그는 많은 실수와 잘못을 저지른다. 그의 나이에 걸맞는 잘못이나 실수를 사회는 용서하지만, 그의 잘못이나 실수가 인생의 공부가 되고 다시는 잘못을 저지르지 않으려고 한다.

그는 열렬한 사랑에 빠진다. 계산보다 앞서 무조건 사랑에 빠진다. 그래서 그는 배우자를 얻는다. 때에 따라 그의 나라에 대한 열렬한 사랑은 그의 목숨까지도 서슴없이 준다. 그는 힘이 있기 때문에 무엇이나 할 수 있고, 또 할 수 있다고 생각한다.

〈1992. 8. 13〉

대화

대화는 매우 좋은 것이다. 남과 말하거나 말을 나누는 기회는 지극히 소중하다.

첫째, 대화하면서 내가 그를 인정해 주니, 그는 소외감을 느끼지 않고 동료 의식을 가지게 된다.

둘째, 말을 나누는 동안 나의 책임인 일들에 대해 그도 같은 책임 의식을 가지고 진지하게 생각하게 한다.

셋째, 대화는 많은 것을 얻는다. 내가 못한 여러 가지 일들은 나에게 새로운 지식으로 전해진다.

넷째, 대화는 상대를 나만큼 적어도 나와 비슷하게나마 착하고 열성적이게 한다. 그래서 내가 하는 일에 크게 도움이 된다.

다섯째, 나는 아무에게도 숨길 일이 없다. 무엇이나 털어놓아서 남의 이해를 구하기가 아주 쉬울 뿐 아니라 남들로 하여금 나를 믿게 해준다. 젊은이들과의 대화, 그것은 때로 우스개 같은 일도 생기게 하지만, 그들이 매우 즐거워하고 자랑스러워할 뿐 아니라 나도 기분이 젊어지고 그들처럼 즐거워진다.

젊은이들은 마음속에 숨기는 것이 비교적 적다. 그들보다 나이를 더 먹고 더 많이 안다는 사람들은 좋아하고(好) 좋아하지 않고(不好)가 많다. 누구는 좋고 누구는 나쁘다는 감정을 앞세우기 때문에 그들은 판단을 흐리게 된다.

그래서 젊은이들과 말을 나누는 동안 나는 많은 것을 얻게 된다.

〈1992. 10. 15〉

책

갑골문자는 인류가 시작된 이래 최초의 글자라고 하지만, 인류가 본격적으로 책을 쓰고 읽고 한 것은 기원전 5세기부터라고 한다. 또 인류는 글을 쓰고 읽기 시작한 지 거의 2천 년이 되는 18세기까지는 고전들을 다시 해석하면서 그 빛 아래 살아 왔는데, 19세기에 들어서면서 자연 과학과 역사 의식이 비약적으로 발전해서 새로운 지식들이 마구 쏟아지기 시작했다. 19세기는 인류가 과거 2천 년 동안에 축적했던 지식을 두 배 이상 늘린 시대라고 한다.

사람들은 20세기 초반을 지식과 정보의 폭발적 증대의 시대로 불러 왔고, 근래에 와서는 거의 10년마다 지식의 정보가 두 배씩 늘어나고 있다고 한다. 이제 인간은 일평생 쉬지 않고 배우고 읽어야 할 평생 교육의 시대에 살게 될 것 같다.

책은 이런 의미에서 모든 지식의 전달뿐 아니라 새로운 지식을 개발하는 가장 혁신적인 매체인 것이다. 그래서 현대 교육의 목표는 일정한 지식만을 가르치는 것이 아니라 일평생 배우는 것을 가르치는 것이라고 한다.

최근까지 무력 · 전쟁 등으로 폭력이 지배하는 시대였다가 근래에는 경제가 지배하게 되었는데, 21세기에 무력이나 경제보다 더 강한 것은 지식과 정보의 힘으로 알려져 있다. 정보의 시대는 과학과 기술, 곧 지식과 정보의 모든 힘이 판치는 시대이다.

인간은 생물학적 조건에서 다른 동물들에 비해 그렇게 우월할 것이 없다고 한다. 다른 동물들은 일생을 통해 일정한 생활 환경에 매우 적합한 기능적 조건들을 대체로 갖추고 있다. 즉 추울 때에는 체모(體毛)가 추위를 가려 주는 생물학적 기능을 가지고 있으나, 인간은 추우면 집을 짓고 외투를 마련해 입는다는 식이다. 즉 인간은 생체생물학적 기능보다 제2의 자연 곧 문화를 창조했다. 이것은 인간이 보유한 말 · 글 · 책이 문화의 핵심을 이루게 되었음을 의미한다. 말이 글이 되고 글이 책이 되어 인간의 문화를 만든 것이다.

말을 애써서 다듬지 못하고 글을 정성껏 고치지 못하고 책을 성의껏 만들지 못하면, 우리의 마음의 집은 없게 되고 우리의 문화도 없게 된다. 지금 우리는 책의 홍수 시대에 살고 있다. 거기에서 우리는 문화의 힘을 안고 살아가고 있는 것이다.

〈1993. 3. 7〉

문화와 문명

인간이 최소한의 의식주를 해결하면 정신적 욕구를 충족시키기 위한 노력을 하는데, 그것이 곧 문화이다. 문화는 인간 정신의 순화와 향상이며, 고고학·철학·문학·예술 등 여러 학문의 발달이 여기에 참여하게 된다. 그러면서 자칫 물질 만능에 빠지지 않도록 자연과 함께 공존하면서 자연이 가지고 있는 착함과 순리와 아름다움을 공유하려고 노력한다. 그것이 문화의 본질이다. 이렇게 문화가 발달하면서 인간을 계도하고, 남을 해치지 않고 서로 도우며, 믿고 화합하며 즐겁게 살아가려는 인간 정신의 순화가 곧 문화이다.

그래서 문화인은 될 수 있는 대로 최소한의 규약을 만들어 그 규약 밑에서 서로가 서로를 해치지 않고 도우며 살아가게 된다. 그것이 문화가 창출한 법이라는 것이다. 사람들이 모여 사는 공동체에는 반드시 공동의 삶을 위한 질서가 있어야 한다.

그래서 문화는 곧 질서라고도 한다. 질서 없는 혼란은 인간을 불안하게 한다. 국가는 법을 만들어 사람들이 법 테두리 안에서 서로 해치지 않고 살게 하며, 집행관을 두어 법을 지키도록 계도하고 감시하게 한다. 법을 어기면, 다시 말해 질서를 해치면 벌을 주고 있다. 혼란을 가져오지 않도록 무엇이든지 합리적으로 순서를 지키는 것도 질서이다.

이러한 질서로 어디서나 깨끗한 환경이 주어지도록 각자가 노력해야 한다. 내 옷도, 내 집도, 내 주변도, 내 마을도 청결케 함으로써 내가 즐겁고 내 이웃이 즐겁다. 그래서 문화라는 질서는 청결이라고도 한다.

자연 현상은 시간과 공간에 관계없이 보편적이고 획일적으로 불변의 법칙에 의해 지배되고 있다. 그러나 인간만이 가지고 있는 문화 현상이란 가변적이고 아주 다양하다.

문화란 오로지 인간에게서만 볼 수 있는 현상이기 때문에, 인간적이라는 말은 필연적으로 문화적이며, 또 반대로 문화적인 것은 반드시 인간적이라고도 할 수 있다. 문화란 인간의 정신적 욕구를 충족시키는 활동 · 현상 · 표현을 뜻한다.

인간 생활에서 동물적 · 생물학적 · 물질적인 것 외에 순전히 정신적인 욕망을 추구하는 것은 아주 중요하다. 문화 사회라는 말은 물질적으로나 정신적으로나 도덕적으로 상당히 높은 수준에 이른 고등 교육을 받은 사람들의 사회 혹은 산업화한 사회를 말한다.

보다 구체적인 의미에서의 문화란 한 사회의 수준 높은 학문의 발달과 문화예술 활동 및 깊이있는 도덕적 의식을 뜻한다. 경제 없는 문화 활동은 가능할 수 있겠지만, 문화를 전제하지 않는 경제란 생각할 수 없다. 마르크스가 생각한 대로 인간의 본질적 조건은 정신적 현상에 선행한다. 따라서 경제 활동 그것이 아무리 중요하더라도 어디까지나 인간의 정신적 충족을 위한 수단에 지나지 않는다. 문화야말로 동물로서의 인간을 인간으로서의 동물로 승화시키는 활동이고 방법이며 척도이다.

절대 빈곤에 허덕였던 우리 민족에게 가장 긴급하고 중요한 문제는 경제적 자립임을 뼈저리게 느끼지 않았던 이는 아무도 없다. 그러한 과정을 거쳐 오늘에 이른 우리는 그 경제 활동이 지향하는 우리 문화의 향방을 똑바로 봐야 한다. 또 반대로 어떤 문화인이라는 사람들은 오늘의 문화를 낳게 한 그간의 경제 활동을 비판하고 조소하고 저주하는 모순된 현상도 생기게 되었다. 이것은 숲은 못 보고 나무만 보는 눈이다. 물질적 충족이 있어야 정신적 충족이 주어지며, 물질적 빈곤으로는 문화를 가질 수 없다.

그러나 이것이 지나쳐 물질적 충족이 황금만능주의에 빠져 문화를 망각할 때, 우리는 동물에 지나지 않는다. 경제 활동은 우리가 무엇을 위한 활동인가를 알고 행해져야 한다. 문화는 결코 낭비가 아니다. 근래에 서구 문명이 물밀듯이 들어오고 있다. 우리의 경제 또는 물질의 풍요는 이러한 서구 문화에 의해 거의 광적인 행태를 보이고 있다.

꽃나무의 뿌리와 토양을 경제라고 하면, 그 나무와 꽃은 문화이다. 뿌리가 흙 속에서 잘 자라면, 그 꽃은 아름답고 싱싱하다. 문화와 경제는 이러한 관계이다. 그런데 그 꽃나무는 자기가 자란 토양에서라야 잘 자라지 다른 토양에서는 잘 자라지 못한다. 자기의 토양이란 자기의 전통이며, 거기서 피어난 꽃은 전통 문화이다. 억지로 서양의 사상과 문화를 흉내내는 것은 꽃을 피우는 것이 아니고 조화(造花)를 즐기는 것이다.

우리의 토양에서 우리의 꽃나무 뿌리에 있는 우리의 얼과 슬기와 강인한 민족성을 찾고 거기에 꽃이 피어날 때, 우리 것을 찾는 주체라는 보람을 가지게 된다. 뿌리가 우리의 모체인 것처럼 우리 경제도 우리 문화의 모체임을 알아야 한다. 그리하여 경제 활동이 지향하는 바를 찾아서 거기에 있는 잡초를 뽑고 거름을 주어 아름다운 우리 전통의 꽃인 우리의 문화를 꽃피우고 열매를 맺게 해야 한다.

우리의 고유 문화인 질서 정신을 찾아보자. 직업·지위의 귀천을 막론하고 어른을 공경하는 것은 사람이 지켜야 할 만고의 진리이다. 그 옛날에 양반과 상놈이라 하여 '사람 위에 사람 있고, 사람 밑에 사람 있던' 봉건 시대는 아주 멀리 갔다. 윗사람이란 나이 많은 분들이고 공경해야 할 분들이다. 장유유서(長幼有序)라는 말이 있다. 자식이 부모를 공경하고 아우가 형을 존경함은 당연한 일이다. 이것이 질서라는 것이고, 이 질서가 지켜져 왔기 때문에 인류 사회는 번영할 수 있었고, 그 엄격한 질서가 있어 문화가 생겼고, 그 문화라는 것이 인간이 동물과 구별되는 점이다.

어른 공경·선배 존대·스승 섬기기, 그 크기의 차이는 약간씩 있을지언정 세계 어디서나 지켜져야 하는 인간 세계의 흔들릴 수 없는 진리이다. 약한 사람을 돕고 어른을 공경함은 사람된 자 누구나 가져야 할 최소한의 질서이다. 비록 부모가 자식을 도와주지는 못했을지라도, 자식은 그래도 자기를 낳아서 길러 주신 부모의 은공을 가슴속에 간직하고 항상 감사하고 공경해야 한다. 또 윗사람이나 선배는 아랫사람을 그만큼 생각해 주고 마음으로라도 도와주어 모범이 되게끔 살아야 한다.

이러한 예의 범절을 지키지 못하는 자는 문화인이 아니고 패륜아라고 부른다. 예(禮)란 사람이 갖추어야 할 가장 소중한 규범의 하나이며, 우리나라가 제일 아끼는 전통 문화의 표상이다. 어른 앞에서 담배를 피워서는 안되며, 술은 마시되 고개를 돌려 마셔야 하고, 어른에게는 반드시 존댓말을 쓴다. 이러한 문화 속에서 우리는 자랐고, 이것은 다른 나라에서 보기 드문 고유 문화이다. 어른한테는 자리를 양보해야 하고, 함부로 술에 취해서 고성방가를 해서는 안된다. '어른보다 먼저 수저를 들 수 없으며, 스승으로부터 여섯 자 떨어져 그 그림자를 밟아서는 안된다'는 예의 질서는 우리의 자랑스럽고 고이 간직해야 할 질서 문화이다.

질서 교양과 같은 기본적 문화는 물론이지만 현대 사회에서 올바른 문화관을 정립하기 위해서는 많은 것을 배워야 한다. 그래서 교육이라는 것이 필요하게 되고, 교육을 통해서 쏟아져 나오는 많은 지식을 터득하게 된다. 교육이란 결코 학교 교육만을 가리키는 것이 아니다.

일상의 대화나 각종 세미나·강연회 등에서 교육을 받으면서 지식의 전수와 정리를 겪게 된다. 여기서 꼭 필요한 것이 토론 문화이다. 우리는 오랜 세월 획일적 체제 아래에서 흑백 논리에 젖어 왔기 때문에 문화의 다양성을 경험하지 못했다. 즉 우리는 토론 문화의 훈련을 쌓지 못했다.

듣기만 해야 했고 복종만 하기를 강요당했기 때문에, 나의 의견을 발표하고 거기에 대한 비판을 받고 수정하는 방법을 경험하지 못했다. 몰라도 질문해서는 안되고, 모르면 모른 채 그냥 살아야 함이 우리의 습관이었다. 그러나 올바른 문화를 계발하고 향상시키기 위해서 우리는 자유스러운 토론과 질문과 겸허한 수용 정신을 길러야 한다.

옛날 미국에서 공부할 때의 일이다. 인도에서 유학을 온 의사가 있었는데, 그는 미국 올 때까지 신발을 신지 않았고 밥도 손가락으로 먹던 사람이다. 그곳에서 의과 대학을 다녔고 조그마한 왕궁의 주치의였다고 하지만, 현대 의학에 대해 너무도 몰랐다. 거의 매일 열리는 교수들의 집담회(集談會)에 그는 꼭 참석해서 빠지지 않고 질문하지만, 너무도 유치한 질문이어서 많은 사람들의 비웃음을 샀다. 그러나 그는 조금도 부끄러워하지 않았고, 쉬지 않고 질문하였다. 그러면서 나날이 달려져 갔다. 2~3년 후 그는 외국에서 온 어느 의사보다도 훨씬 많이 아는 의사가 되었다. 이러한 것을 보고 그의 알려는 노력에 감탄했던 일이 생각난다. 쉬지 않고 배우고 질문하고 토론하는 노력, 그것은 곧 새로운 문화의 구현이다. 다양한 대화와 토론의 습관은 건전한 문화 육성에 기본이 됨을 강조한다.

문화라는 말은 본래 라틴어 cultur에서 시작되었는데, 이는 원래 '농경 재배'의 뜻이었는데 나중에 교양이라는 뜻으로 변했다. 문화는 인류 세계에서만 볼 수 있는 사유(思惟) 행동이며 유전하는 것이 아니다. 학습과 노력에 의해서 습득되고, 사회로부터 전달받는 것이다. 그러나 원시시대에도 인류 세계 문화가 있었느냐에 대해서는 학설이 구구하다. 예를 들어 원인(猿人)인 '오스트랄로피테쿠스'의 뇌가 유인원(類人猿)의 뇌만큼 작았으면서도 이 원인이 도구를 제작했다는 사실은 인류에게는 원시시대부터 문명 또는 문화가 있었다는 증거라고도 한다. 또는 사람은 직립(直立)·이족행(二足行)을 하고 두 손과 열 손가락으로 기능이 발달하면서 두뇌의 발달을 가져왔을 것이라는 주장도 있다.

다음처럼 극히 협소한 뜻으로 문화를 해석하는 사람도 있다.

1) 구미풍의 요소나 현대적 편리성(문화 생활·문화 주택 등)
2) 높은 교양과 깊은 지식, 세련된 생활의 우아함, 예술풍의 요소(문화인·문화재)
3) 인류의 가치 소산으로서의 철학·종교·예술·과학 등

문명이란 인류의 물질적 또는 기술적 소산을 뜻하면서 문화라는 뜻과 달리해야 한다고 하지만, 둘은 아주 밀접한 관계에 놓여 있다. 문명을 영어로는 civilization이라고 하는데, 이는 civis(시민)와 civilitas(도시)라는 말이 합쳐진 것이라고 한다. 문명에는 모든 문명의 모체가 되는 고대 문명이 있는데, 이집트 문명·수메르·미노스·중앙 아메리카·남아메리카·안데스, 아시아 또는 중문(中文) 문명 등과 인도의 하라파 문명 등 7대 문명을 고대 문명으로

꼽는다. 이러한 모체 문명에서 배태된 서구 문명·인도 문명·극동 문명· 그리스도교 문명이 태어났고, 각 국가와 민족 집단은 이러한 문명권에 살고 있다.

그런데 인류의 물질적인 기술적 소산은 문명이며 정신적이고 지속적인 가 치적 소산은 문화라는 주장을 이해한다 해도, 문명 세계에서 세계 인류가 모 체 문명 안에서도 글로벌한 문명 세계를 이룩하고 있는 것이 오늘의 현실이 라면, 문화 또는 문명의 대전환에 따르지 않으면 안될 것이라는 생각도 든다.

따라서 현대의 어느 문명권에 살고 있건 우리들이 갖추어야 할 광범위하 고도 포괄적인 삶의 가치관·종교관·철학을 공유하면서 어느 문명권의 문 화에도 타당한 일반 교양의 기초적 확립이 선행되어야 할 것이라고 생각한 다. 이러한 공통 문명권에서의 기초적 가치관, 즉 질서·예절·청결·사 랑·자비들을 바탕으로 급변하는 인류 사회의 여러 가지 모체 문명에서 공 통된 인류의 가치관 도출에 힘써야 할 때가 아닌가 생각한다. 이것은 각 문 명권 문화 현상의 혼동에서 나타나는 여러 가지 문명·문화의 무질서로부터 의 방향 모색이라는 뜻에서도 긴요하다.

손쉬운 예를 들어보자.

지금 우리 사회에는 서구풍의 춤과 음악이 판을 치고 있다. 한때 우리나라 에는 비애·절망의 노래가 연가(戀歌)라는 이름으로 판을 치면서 우리 민족 을 좀먹더니, 이제는 잘 이해되지 않는 리듬과 가사의 많은 유행가들이 범람 한다. 그런데 이들은 선정적이거나 불안정한 것들이 대부분이다. 우리나라 의 젊은이는 이제 각성하여 자유를 구가하고 발휘하면서도 활기에 차 있는 음악을 찾을 것이 요구된다. 슬픔·절망·비애는 이제 집어치우고 고통 속 에서도 용기를 갖고 미래를 꿈꾸는 국민 활력을 되찾는 음악이 요구되며, 건 전하면서도 활달하여 힘이 넘치고 명랑하며 서로 조화를 이루는 새로운 풍 의 음악이 요구되고 있다.

따스한 사랑을 키움으로써 민족 공동체를 확인하고 이념이니 증오니 하 는 선동 따위는 지상에서 없어져야 한다. 이러한 음악에 맞추어 추는 춤에 힘이 있고 미래 지향적인 것으로 민족 정기를 되살리는 자신감과 긍지를 불어넣어 주는 것이 바람직한 것이다. 느리고 유연하면서도 힘을 느끼고 긍지와 자신감이 넘치는 것이어야 하고, 어떤 좌절에도 굴하지 않는 강인한 민족성이 발휘되기를 바란다.

문화

백인들은 그들의 문화가 유색인 문화보다 앞서 있다고 하면서 그들 문화의 우위를 주장하려 한다.

1) 현대 문화는 인간을 물질적으로 풍요롭게 하였다.
2) 현대 문화는 백인이 주도해서 이끌어 왔다.
3) 이러한 경제 문화로 강력한 무력을 가지게 되었다.
4) 경제적으로 유색인종보다 풍요하기 때문에 그들의 문화, 즉 종교 · 음악 · 미술 · 과학 등에서 힘을 발휘했다.
5) 백인은 유색인종 특히 황색인종보다 체격이 크다.

이러한 이유로 그들은 기독교에 관한 하느님의 복음을 전하면서도 인종 차별을 여전히 했다. 아무리 그들이 인종 차별을 하지 않는다고 해도 제2차 세계대전 때 독일에 쓰지 않은 원자탄을 일본에서는 사용했다는 사실을 우리는 기억해야 한다.

그러나 지금 국경이 많이 개방된 지구촌(global village)에 살면서 우리는 여러 가지로 생각해 봐야 한다.

1) 물질적 풍요는 총체적으로 볼 때 백인의 서구나 황색인의 아시아가 많

이 누리고 있고, 이제 머지않아 큰 차이가 없거나 황색인이 더 풍요로운 삶을 가지게 될 것이다.

2) 백인이 주도한 물질 기계 문명은 21세기에 가서는 동기 상실을 뚜렷하게 인식하면서 인간성 상실 등으로 백인주의의 현대 문명은 큰 딜레마에 빠지게 될 것이다.

3) 무력의 강약은 이제 어느 민족이나 종족에 차별을 둘 만큼 영향을 주지 않게 될 것이다.

4) 황색인종은 그들 고유의 훌륭한 역사를 발전 확인하고, 특유의 문화, 즉 음악 · 미술 · 무용 · 종교에서 백인의 것보다 우수한 것을 향유할 수 있는 전망이 확실하다(우리의 진지함과 노력만 있다면).

5) 체격의 대소(大小)는 그리 큰 문제가 아니지만, 아시아인도 체력 증대에 노력할 것이다.

이렇게 볼 때, 슬기로운 선조들에 의해 구축된 우리의 과거 역사는 훌륭한 역사였다. 그것을 잘 살리면 백인의 문화보다 월등한 아시아 문화를 창출해 낼 것은 확실하다. 조지 오웰(George Owell)이 말했듯이, 동방 나라의 번영의 날이 멀지 않았음을 우리는 내다보아야 한다.

미래를 살자. 우리의 꿈은 반드시 우리 후손들에 의해 성취될 것이다.

〈1992. 2. 19〉

일본인의 친화력

일본인은 외래 문화에 대한 친화력(親和力)이 있다. 금방 외국 것을 자기 것으로 완전히 소화해 버린다. 일본이 서구 문명으로부터 처음 들여온 것은 프랑스의 섬유 짜는 기계였다. 기계를 들여오면서 체격이 큰 프랑스 사람이 쓰는 의자도 그대로 들여와 처음에는 키가 작은 일본인들에게는 아주 불편했다. 하지만 그 의자를 그대로 써서 결국 자기 것으로 만들어 의자에 앉아 다리를 대롱대롱 늘어뜨리고 일하는 습관을 터득했다. 이렇게 일본인은 외래 문화를 완전히 자기 것으로 만들어 버리고, 그것을 그대로 모방하고 덧붙여서 오늘의 일본 물질 문명 및 정신 문명을 만들었다. 현재 일본말 중에는 약 5천 개의 외래어가 통용되고 있다고 한다.

그런데 한국 사람은 일본인과는 아주 다르다. 우리에게는 외래 문화를 받아들이는 친화력이 아주 부족하다. 또한 지극히 못살았던 역사 속의 과도한 사대주의 사상에 젖어 있으면서도 외래 문화를 일본 사람들처럼 완전히 한국 것으로 만들지도 못한다.

언어를 보라. 일본어에서는 찹쌀떡을 모치라고 하는데, 한국어에서는 이것을 모치떡이라고 한다. 두 나라의 경우에 여러 가지 외래어가 이와 비슷하다. '라인(line) 선상(線上)에'라는 말이 있다. 'line'은 선(線)을 가리키는데 'line선'이라는 말로 모방한다. 역전앞 · 동해바다 · 처가집 · 깡통 · 민주화되다 등등 수없이 많다.

한국 민족에게는 아마 이렇게도 한국의 뿌리를 결코 놓치지 않으려는 뿌리깊은 속성이 있는 것 같다. TV에서 요란한 춤과 광기어린 노래와 이상한 옷차림들이 자주 보인다. 구미풍을 흉내내고 있다고 하며 주체성 없는 젊은이들의 짓이라고 탓하는 사람들이 많지만, 나는 반드시 그렇게만 생각하지 않는다. 그 젊은이들의 그 이상스러운 행동 속에도 우리 흙내가 어디엔가 담겨져 있음을 찾아보려고 주의깊게 본다. 다른 데가 있다. 확실히 구미 애들과는 다른 데가 있다. 그들의 리듬은 운동이다. 음악에 맞춘 춤이겠지만, 육체의 운동 더 똑똑히 표현해서 노동이다. 그런 면에서 그것은 반드시 경박한 외래 문화를 흉내내는 것만은 아니라는 생각도 해본다.

〈1993. 2. 2〉

10. 늙음과 죽음에 관한 명상

"늙은 새는 낟알을 줍지 않는다"는 말이 있다.
늙은 새는 낟알이 눈앞에 있다고 허둥지둥 먹으려 달려들지 않는다.
왜 그 낟알이 내 눈앞에 있을까부터 생각할 뿐 아니라
낟알로 배나 채우는 것이
삶의 전부는 아님을 알고 있기 때문이다.

늙음의 징표들

늙으면 건강치 못하다. 모든 근육이 전과는 다르다. 쉬 피곤하거나 지치기 쉬우니 어떤 큰일을 하지 못한다. 좀더 늙으면 작은 일도 할 수 없거나 하기 싫어서 가만히 있기만 한다.

그는 하는 일이 적어서 그만큼 실수를 하지 않는다. 그는 미래보다는 과거를 먹고살려 하기 때문에 말이 많다. 그의 말은 잔소리가 되고 말지만, 더 늙으면 말이 적어진다. 듣지도 보지도 못하게 되니 자연히 말이 적어지게 된다.

그의 열렬했던 사랑은 점점 식어가고, 사랑이 정으로 변한다. 흔히 계산부터 하려 하기 때문에 말은 많지만 행동에 옮길 만한 용기와 기력이 없다.

과거를 들추기를 잘하면서도 미래에 대한 걱정을 한다. 죽음이나 삶의 마감이 가까이 다가오기 때문에 거기에 대한 많은 생각과 행동을 하게 된다.

모든 이를 사랑하고 싶은 마음이 생기지만, 그 사랑이란 젊어서의 남녀 사랑도, 열렬한 애국심도 아니고 오직 진득한 정만이 따라붙는다.

〈1992. 8. 14〉

늙어서의 고독

늙으면 지난날에 대한 회한에 괴로워하는 이가 있다. 지난 일에 대한 한을 푸념하는 것은 지난 고통·슬픔·배신 등을 이겨낸 자신을 자랑하고 싶은 데서 그럴 수도 있겠고, 또 사람에 따라서는 아팠던 지난 일들이 먼저 기억에만 남아 있어 한풀이를 하게 된다. 이러한 과거에 대한 한풀이는 대개 고독한 늙은이에게서 많이 듣게 된다. 그러나 이러한 한풀이나 푸념은 결코 듣는 사람에게 아주 아름다운 것(한두 번은 흥밋거리도 되겠지만)이 아니다. 그저 늙었으니 저러지 하고 비판하게 마련이다.

늙어서의 고독. 사실 젊은이에게는 고독이 없느냐 하면 반드시 그렇지도 않다. 성녀 데레사는 외로움을 통해서 하느님과의 만남을 경험했다고 한다. 늙어서 고독할 때 깊은 상념에 빠진다는 것은 고독의 외로움보다 몇 갑절 유익한 때가 많다. 오히려 고독은 나에게 무한한 자유를 준다.

내가 해놓은 게 무엇이 있느냐고 한탄하는 것이 아니라, 내가 늙어서도 무엇을 할 수 있다는 자신감을 자유스럽게 고독 속에서 찾는 것이 중요하다. 일본의 노인 연구소와 요양원을 찾은 일이 있었다. 92세 할머니가 방문한 사람들에게 주려고 만든 인형을 선물로 받은 좋은 경험이 있다. 그 노인은 그걸 어떻게 만들었느냐는 물음에 자신의 고독을 달래기 위해서였다고 했다. 즉 그 노인은 콧노래를 부르면서 자신을 상대해 줄 인형이나 물건을 만드는 것이 그의 즐거움이라고 했다. 고독할 때 결코 다시는 한풀이를 하지 말고 무엇인가를 만들어야 한다. 책도 읽고, 글도 쓰고, 그림도 그리고, 시도 노래도 짓는 일이 고독한 가운데 찾을 수 있는 보람이 된다.

사람은 누구나 고독을 경험한다. 젊어서 할 일이 태산 같을 때의 고독은 쉽게 이겨낼 수 있고, 늙어서의 고독은 또 다른 아름다운 인생을 장식하는 데 도움이 된다. 고독을 노래한 젊은 시인들도 있고 철학자도 있다. 그들은 그 고독 속에서 인간의 상념과 자유를 겪으면서 많은 인생 철학을 찾아내 인생을 아름답게 할 수 있는 숱한 상념을 키워 주기도 한다.

고독은 인생에서 때때로 필요한 것이고, 그런 순간을 통한 자기 정화(自己淨化)도 필요한 것이다.

〈1992. 10. 26〉

노인의 언어 예절

노인은 말이 적다. 잘 들리지 않으니 말이 적을 수밖에 없다고 이해할 수도 있다. 그러나 노인은 격하기 쉬워 자기 자신을 통제하지 못한다. 또 노인은 말을 막 해도 된다고 이해하고 있는 사람도 있지만, 절대로 말을 막 해서는 안된다. 말은 사람을 해치는 도끼와 같다고 했다. 노인의 말은 자칫 잘못하면 남을 해치기 쉬울 뿐 아니라 자기 자신에게도 해를 준다.

노인의 말은 분명하고 간결해야 한다. 무슨 말인지 그 뜻을 알아들을 수 없는 말이 되어서는 안된다. 노인은 말을 많이 하고 싶어한다. 특히 내 어머님의 예를 들어보면, 아주 옛날 이야기를 하루에도 몇 번씩 되풀이하셔서 손자·손녀들이 다 암송할 정도였다. 노인이라고 해서 결코 말을 많이 해서는 안된다. 남에게 혐오감을 줄 뿐이기 때문이다. 알아들을 수 있는 간결한 말에 무게가 실려 있으면 된다.

말할 때에는 험담이나 남의 감정을 촉발하는 따위를 결코 해서는 안된다. 남을 이해하고 애정이 담긴 간단한 말, 남이 듣기 좋아하고 듣고 싶어하는 말만 하는 것이 좋다.

노인이 되면 그에게는 화제(話題)가 없는 수가 많다. 많은 독서·연구·전시회 등을 통해서 화젯거리를 만들어야 한다. 보고 듣는 것에서 인생의 보탬이 되는 것이 무엇인지를 깨닫고, 그런 것들을 화제에 실어야 한다.

〈1992. 10. 12〉

효도 관광

왜정 때 경성농업학교이던 전농동 서울농업대학(현재 서울시립대학교) 바로 앞에 있는 임야 일부에 농가가 있어 1953년에 사서 홍성에서 이사온 후 부모님을 모셨으니, 전농동에 들어선 지 40년이 되었다. 거기서 살다 유학을 갔다 와서 가톨릭 의대에 근무할 때에는 명동 성당 구내에서 살았다. 그때 부모님께서는 아직 정정하시지만 칠십이 넘어서서 내가 모셔야 할 형편이었다. 그래서 1968년 성모 병원을 그만두면서 다시 전농동으로 이사왔다. 그때 내 나이 50을 바라보는 때였고, 자식들도 다 잘 성장하고 있을 때였다.

지금은 우리 노부부만 살고 있다. 몇 해 전까지만 해도 둘째네가 같이 살았는데, 아이들의 진학 문제로 따로 나갔다. 세월은 많이 달라졌다. 옛날에 나는 노부모 나이 칠십이 되니 나갔다 모시려고 들어왔는데, 이제는 우리 나이가 칠십이 되니까 함께 살던 자식들도 나가 버리는 세상이 되었다.

"나는 자식들에게 폐를 끼치지 않고 늙어야지. 그래도 다행히 내가 죽을 때까지 먹고 살 수는 있는데, 혹시 반신불수라도 되어 자리에 눕게 되면 어떻게 하나? 자식들의 걱정거리가 되지는 말아야지."라고 생각하며, 그렇게 해주십사 하고 하느님께 기구한다. 늙은이들 가운데 몇 달씩이나 몇 해씩 죽지도 않고 그야말로 살아 있는 모습만으로 버티는 경우를 더러 본다. 자식들이 속으로 "아이고 이제는 고생 그만하시고 가셔야 우리 산 사람도 한시름 놓을 텐데…" 하는 생각을 가지게끔 하는 것을 볼 때마다 나를 보는 것 같은 부끄러움을 느끼곤 한다.

사람은 결코 불필요한 존재나, 또는 남에게 폐가 되는 공해적 존재로 살아서는 안된다. 자식들에게 의지하지 않고도 혼자 살 만큼 살다 가면 된다고 생각하기도 하지만, 돈으로 생계만 유지하는 것은 사는 것이 아니다. 여하튼 여러모로 공해적 존재가 되어서는 안되겠다고 늘 생각한다. 요새 '효도 관광'이라 하여 자식들이 부모에게 효도하는 셈치고 관광 여행을 시켜 주어 즐거워하는 노인들의 모습을 때때로 보지만, 내 눈에는 그들이 그저 불쌍하게만 보일 뿐이다. 저분들의 자식들이 정말로 갸륵한 효심으로 관광시키고 있을까, 관광시켜 주는 그 돈으로 차라리 손자들에게 무엇 하나 사 주면 얼마나 더 좋을까 하는 생각이 든다.

노인들이 때때로 '노인석'에 앉은 젊은이에게 자리를 내놓으라고 소리치는 것을 볼 때마다 "내가 왜 이리 늙었나?" 하는 부끄러움을 금할 수 없다. 대접받고 싶은 노인들은 "내가 너희들을 이만큼 길러 놓았는데,…" 하고 생각할지 모르지만, 이제부터 무엇을 잘해 주었으니 대접해 달라고 결코 생각해서는 안되겠다.

〈1992. 6. 27〉

나이만 먹었다고 노인은 아니다

선배의 팔순 잔치에 갔다왔다. 많은 제자들이 축하해 주었다. 한 가지 흠이 있다면, 이분에게는 여러 형제와 친척들도 있는데 그들은 한 명도 참석하지 않고 부인과 아들·딸만 나온 것이다. 그는 팔순을 살았는데 우리한테 무엇을 보여 주고 있는가? 형제간에 의가 나쁘고 친척들과 단교함이 마치 저만 잘난 것으로 생각할지 모르지만, 남들은 그런 면에서 결코 그를 존경하지 않는다. 또한 이러한 모습은 결코 그의 자식이나 후손들에게도 귀감이 되지 못한다.

아마도 그런 부친의 모습을 보아서인지 그의 아들 셋이 서로 가까이 지내지 못하는 것 같다. 형제나 친척과 의좋게 지내는 것은 인생을 살아가는 데 아주 중요한 것인데, 그는 이것을 잃고 있다. 그 주된 원인은 욕심과 교만이다. 더 가지려고 해보았자 얼마 더 가진 것도 아니며, 자기만 잘난 줄 알아도 누가 그를 잘났다고 하지 않는다. 소유욕과 교만에 빠져서 팔순이 되어도 헤어나지 못하는 그 선배가 불쌍하게만 보이며, 저런 인생을 결코 살아서는 안되겠다고 생각한다.

건강도 좋고 다른 모든 것이 좋아 제자들의 축하도 보람이 있기는 하지만, 그 제자들 가운데 몇 사람이나 진심으로 그를 존경하고 있을까? 사람이 나이만 먹었다고 노인은 아니다. 어른다운 본보기를 가진 사람이 노인인 것 같다.

〈1992. 10. 11〉

늙어서 해야 할 일

늙어서 건강이 전만 못하다고 대접이나 받으려고 하지는 말라.

너는 살아 있다, 용기를 되찾으라. 하느님이 너를 데려가지 않는 것은 네가 아직도 할 일이 있기 때문일 것이다.

힘들다고 핑계를 대지 말라. 너는 아직 힘이 있다. 뒷걸음질치지 말라, 앞으로 나갈 수 있는 너의 인생이 있다.

무엇이나 할 수 있는 일을 찾자. 젊은 세대들이 너에게 일을 주지 않는 것은 결코 놀고 먹으라는 뜻이 아니다. 만일 놀고 먹으라는 뜻이라면 빨리 가라는 말이 된다.

네가 할 수 있는 일, 또 그것이 너 말고 남은 사람들을 위하는 일이면 무엇이든 해라. 하다못해 산보를 하다가도 쓰레기를 모아서 치워라.

많은 것을 생각하라. 하고 싶었으나 못했던 일들, 그것이 너의 부자연스런 육체가 감당할 수 없는 것이라면, 마음으로나 정신으로라도 생각을 다듬고 글을 써라.

늙으면 많은 것을 잊어버린다. 손자들하고 놀 줄도 모르고 손자들을 이해해 주지도 못한다. 다 잊어버린 탓일 것이다. 그러나 그보다 더한 것은 네 스스로 하려 하지 않기 때문이다. 뛰기도 하고 씨름도 하여라. 몸을 아끼지 말라.

점잔을 빼지도 말라. 스스로 할 것을 찾아야 한다. 네가 할 일은 죽는 순간까지 있다는 것을 알고 살아야 하며, 알면 실천을 해야 한다.

〈1992. 8. 15〉

늙은 개는 공연히 짖지 않는다

늙은 개는 공연히 짖지 않는다는 말이 있다. 늙은이의 입에서 나오는 말은 헛되이 지껄이는 소리가 될 수 없다. 공연히 감정이나 일순간의 흥분으로 마음에도 없는 말을 함부로 토로할 수도 없다. 더욱이나 나이를 먹어서 흥분하기 쉬운 성격 때문에 쓸데없이 소리나 지르고 권위 없는 말을 하거나 농담을 하여 남의 빈축을 사거나 남의 웃음거리가 되는 수도 있다. 극히 삼가야 할 일이다.

연장자의 말은 천금만금의 무게가 있어야 한다. 듣는 이가 귀담아 들을 수 있고 그만큼 가치가 있는 말을 해야 한다. 늙은이가 하는 농담은 때론 매우 재미있는 해학의 말이 될 수도 있다. 우스갯소리 속에도 무엇인가 뜻이 있어서 듣는 이로 하여금 웃으면서 생각하게 한다.

나이 먹은 사람일수록 말수는 적은 것이 좋다. 웬만한 말은 듣고도 못 들은 척하는 것이 좋다. 또 듣되 깊이 생각해 보는 것이 좋다. 나이를 먹으면 인생을 깨달은 것처럼 떠드는 사람들도 있다. 나이를 먹는 동안 깨닫는 것보다 생각하는 습관을 가져야 한다. 내가 인생을 더 살았으니까 더 많이 안다고 주장하다가는 스스로 함정에 빠진다.

더욱이 요즈음 세상이 엄청난 속도로 바뀌어 가는데, 늙은이가 이 급속한 문명의 발전을 뒤따를 수는 없다. 내가 칠십 평생 배운 것을 요즘 사람들은 4년이나 5년에 다 배운다. 늙은이라고 아는 척하지 말아야 한다. 남의 웃음거리밖에 안된다. 많은 경우 젊은이들이 '노인이니까 그저 그런 척해 둬'라는 식으로 가만히 있을 때, 잘못 생각하고 내가 젊은이들로부터 존경받고 있구나 하고 착각할 때가 많으며, 그 결과 웃음거리가 될 수도 있다. 젊은이들을 가르치고 싶고 자신의 경험담을 얘기할 때에도 자신이 모든 것을 터득하고 있는 것처럼 말하는 늙은이들을 자주 보는데, 결코 그런 사람들은 존경받지 못한다. 옛날과 지금은 매우 달라졌다. 그래서 둘 사이의 가치관도, 윤리관도,

도덕관도, 국가관도 다 달라졌다. 진리는 변하지 않는다고 혹자는 말할지 모르지만, 이러한 변화된 가치관이나 판단 기준의 틀에서 옛날 생각만 주장해서는 안된다.

늙은 개는 공연히 짖지 않는다면, 늙은 사람도 헛된 소리―남이 그렇게밖에 이해하지 못하는―를 해서는 안된다. 늙을수록 말 한 마디 한 마디를 신중하게 해야 한다.

〈1992. 1. 27〉

늙은 새는 낟알을 줍지 않는다

"늙은 새는 낟알을 줍지 않는다."는 말이 있다. 늙은 새는 낟알이 눈앞에 있다고 허둥지둥 먹으려 달려들지 않는다. 왜 그 낟알이 내 눈앞에 있을까부터 생각할 뿐 아니라 낟알로 배나 채우는 것이 삶의 전부는 아님을 알고 있기 때문이다.

늙어서도 재물에 눈이 어두워서는 안된다. 그것은 추함이다. 재물보다 더 소중한 것이 무엇인지를 오랜 인생 경험으로 알아야 하며, 재물이 결코 인생의 전부는 아니라는 것을 깨달아야 한다. 이러한 늙은이가 되어야 한다. 옛날에 사람들이 재물에만 욕심을 두었다가 인생을 실패하는 경우가 많았다.

철없는 많은 새들이 낟알에만 눈이 어두워 덥석덥석 물었다가 목이 막혀 목숨을 잃는다. 사람은 새들이 낟알에만 정신이 팔려 함부로 먹다가 덫에 걸린다는 사실을 알기 때문에, 낟알을 덫으로 하여 새를 잡으려 한다. 그러면서도 사람 자신은 재물에 눈이 어두워 감옥에 잡혀 가고 있음을 깨닫지 못함이 안타깝다.

낟알이라고 함부로 먹지 않고 가려서 먹을 줄 알려면, 이 낟알은 왜 먹어서는 안되는지를 깨닫는 슬기가 있어야 한다. 이 깨달음은 인생을 오래 살면서 많은 것을 공부하고 경험했기 때문에, 또 이러한 반복되는 경험을 참된 교훈으로 몸에 간직할 수 있었기 때문이다. 늙은 새라고 다 낟알을 줍지 않는 것이 아니고, 늙은 새라도 이러한 공부와 경험에 의한 슬기를 간직하고 있는 늙은 새를 말하는 것이다.

늙은 사람도 이처럼 알고 경험해야 한다. 그러기 위해 많은 책을 읽고 보고 들으면서 많은 것을 배우고 지식과 교양을 경험과 함께 터득할 때 슬기를 가지게 된다. 늙어서도 얼마나 추하고 우둔한 늙은이가 많은가?

진심으로 존경받고 인생의 귀감이 되는 연장자가 되어야겠다.

〈1992. 1. 28〉

노인의 처세술

이제 어디를 가나 원로 또는 노인 대접을 받는다. 그러나 노인은 자신의 떳떳한 삶을 살기 위해서라도 부단히 노력해야 한다.

1) 건강해야 한다. 그러기 위해 힘든 일을 지겨워도 해내도록 노력해야 한다. 건강하지 못하면 늙어서 자식이나 아내에게 해가 되는 인생이 된다.

2) 결코 늙은이 행세는 하지 말자. 노인이라고 대접받기를 바라는 삶은 살지 말자.

3) 욕심을 내지 말라. 허심, 그것이 편안하다. 욕심 내는 것과 같은 인상을 준다면 큰 잘못이다. 인자하고 남을 도와주겠다는 의욕을 가져라.

4) 유머가 있는 노인이 되라. 남에게 늙은이건 젊은이건 애들이건 즐거움과 웃음을 주는 노인, 거기서 삶의 멋을 보여 주는 노인이 되라.

5) 남을 욕하거나 아프게 하지 말라. 쓸데없이 흥분하고 격하기 쉬운 늙은이는 가장 추한 모습이다. 참을성있는 노인, 그저 미소짓고 대답만 하는 노인이 되라.

6) 먹는 것, 마시는 것, 모든 것에 대해 욕심을 부리지 말라. 재물이나 명예·권세 등 모든 욕심에서 이탈해야 하며, 일하는 데서는 봉사하는 생각으로 최선을 다하라.

7) 정서 생활을 통해 인생의 여유를 다져라. 미술전시회를 통해서나 그림을 그리고 붓글씨를 쓰면서 마음을 닦아라.

8) 옷은 깨끗이 입어라. 단정하고 편안하게 입어라. 멋을 부리려는 무리를 하지 말고 자연스럽게 살라. 머리 염색과 이상한 모자나 옷차림은 보기 싫은 노인을 만든다.

9) 경망스럽게 말하지 말라.

10) 노망기 들었다는 얘기를 듣지 않도록 항상 조심하라.

11) 죽음에 대해 담담하여 죽음을 기피하거나 불안해 하지 말라.

〈1992. 4. 7〉

노인의 힘찬 삶

노인이 되면 육체적으로나 정신적으로 활동력이 적어지고, 나이가 먹어가면서 말은 많아지고 남을 비판하기를 좋아한다.

기업도 똑같다. 몇 기업의 노화(老化) 현상을 들어 말하는 사람이 있다. 바로 그 노화 현상이다. 사람들에게는 이를 개척하겠다는 정신이 부족한데, 그들은 항상 시설이 없고 노후했다는 불평만을 한다. 모든 일을 자기가 책임지려 하지 않으면서 경영자가 나쁘다느니 동료의 협조가 없다느니 핑계만 댄다. 일하지 않으려 하며 남에게 시키기 일쑤이고, 남이 잘했느니 못했느니 평(評)만 한다.

대접받기만 좋아하고 남을 대접해 주지 않는다. 정력이 없어 생식 능력이 없는 것처럼 생산성이 없어 진취적인 일을 하지 못한다. 모든 일에 정성이 부족하고 또 극히 소극적이다. 또 어떤 사람은 조숙하거나 조로해서 이제 겨우 스태프 10여 년에 벌써 힘든 일은 하지 않으려 하고 윗사람 노릇만 하려고 한다.

기업의 노화를 전쟁에 비교하는 사람이 있다. 고지를 점령하기까지 목숨을 걸고 열심히 했는데, 고지를 점령하고 나서는 벙커에서 시레이션(C-ration)이나 먹고 쉬려고만 한다. 그 사이에 적은 주위를 에워싸고 공격해 온다. 그래서 드디어 패배하고 만다. 항상 야심을 가져라. 끊임없는 전진이 있어야 한다.

나이를 먹으면 잘못을 덜 저지르고 실수를 적게 한다. 나이가 들수록 일을 더 많이 하라. 윗사람은 아랫사람이 하기 싫어하거나 하기 힘들어 하는 일들을 도맡아서 해야 한다.

항상 자기 개발을 하는 데 쉴 수는 없다. 나의 발전은 나의 노력에 달려 있다. 사회에서 인정받는 사람이 되라. 무한 욕구는 자기 개발을 위해서 발휘해야지 결코 남을 비판하는 데 써서는 안된다. 나는 존경받을 수 있게 믿음직스러워져야 한다. 집에서, 병원에서, 그리고 사회와 학계에서 말이다.

나는 건강해야 한다. 건강은 거저 얻어지는 것이 아니라 꾸준한 노력이 있어야 한다. 존경받고 사랑받는 인생을 살라. 그저 되는 대로 밀려서 사는 사람이 되어서는 안된다. 고지를 점령도 하기 전에 벙커에서 시레이션이나 먹기나 하면서 유명해지고 존경받을 것을 기대하지 말라.

〈1992. 8. 19〉

노인과 신앙

신앙이란 무한하다. 그래서 우리가 신앙에 잠길 때, 그 안에서 한없이 많은 힘을 얻는다.

젊을 때에는 원기도 있고 가능성도 있어서 굳이 신앙에 기대려고 하지 않는 수가 많다. 그러나 늙으면 신앙 속에 안주하며 흔들리지 않는 믿음을 통해서 힘을 얻는다. 그런 뜻에서 종교는 노인에게 특히 필요하다.

뭐 죽을 날이 멀지 않으니까 죽어서 천국에 가겠다는 뜻에서 종교의 필요성을 말하는 것은 아니다. 노인은 무기력하기 쉽고 삶의 권태를 느끼는 경우가 많다. 그러나 믿음 속에 살 때 남을 위해 기도도 하고, 또 거기서 자기 자신의 정화를 위한 많은 가르침을 받게 된다. 또 교회에 나가거나 종교 활동에 참여하면서 친구들도 사귀게 되어 말동무도 있을 수 있으며, 서로 어울리는 기회가 생겨서 자칫 노인들이 갖기 쉬운 폐쇄적인 환경에서 탈출할 수도 있다.

그러나 종교를 믿을 때 몇 가지 주의할 점이 있다.

1) 너무 맹신에 빠져서는 안된다. 종교는 삶의 전부가 결코 아니며, 종교 속에서 자기의 삶을 더 자세히 들여다볼 수 있다는 것을 알아야 한다.

2) 내가 믿는 종교만이 제일이고 유일하다고 생각해서는 안된다. 믿음이라는 것에는 그 모양 갖추기가 여러 가지 있다. 남의 종교를 이단시하기 쉬운 것도 맹신의 하나이며, 결코 바람직하지 않다.

3) 종교를 믿으면서 허세를 부려서는 안된다. 돈이 좀 있다고 마구 뿌리는 모습은 달갑지 않다. 마치 천국을 돈으로 사고 자기 삶을 물질로 미화하려는 듯한 일은 올바른 일이 아니다.

사회는 노인들을 좋아하지 않는다. 그래서 기도하는 마음을 가지고 종교의 믿음 속에서 안정되고 아름답고 우아한 삶을 가진다는 것은 남에게 결코 혐오감을 주지 않는 일이다. 그러므로 종교는 반드시 권하고 싶은 것이다.

〈1992.10.27〉

죽음의 예견

평생 의업에 몸을 담고 살면서 많은 죽음을 보았다. 그중에는 평소 나와 여러모로 가까웠던 분들도 많다. 그런데 이상하게도 상당수의 사람들이 자기의 죽음을 예견하고 있는 것을 보았다. 누가 가르친 것인지, 또는 이상한 예감이라는 것이 든다는 사람도 있지만 그 이상한 예감이란 어떤 것인지 궁금하다.

오늘 안사돈이 심근경색으로 약 2주 간 앓다가 세상을 떠났다. 그분은 2주일 전 밤에 갑자기 가슴의 통증으로 병원에 입원했는데 자식들이나 아는 사람이 찾아가면 자기는 죽을 것 같다며 무척 울었다고 한다. 바깥사돈도 그의 부인이 자신의 죽음을 안 것 같았다고 말한다. 어떻게 본인은 그런 죽음을 예지할 수 있을까?

친구인 이요 군이 세상을 떠난 지도 벌써 1년여 지났다. 그는 평소에 술도 잘 먹고 아주 건강했다. 그런데 어느 날 갑자기 가슴이 답답하고 입이 말라오는 것 같다며 병원에 갔는데, 협심증이라고 했다. 잘 낫다가 한 1주일 후에 또 왔다. bypass surgery를 받는 것이 좋겠다고 해서 자기 아들(둘째)이 졸업한 한양대에 가서 수술을 받았는데, 이 수술은 그리 큰 수술도 아니어서 모두 안심하고 있었다. 그런데 수술 후 회복되지 못하고 약 2주일 후 세상을 떠났다.

그가 죽은 후 발견된 그의 소지품 속에는 수술받기 전에 나를 포함한 친구들에게 써 놓은 유서가 있었다. 거기에는 "나는 이제 먼저 가네. 거기에 가서 먼저 간 친구에게 자네들 소식 전하겠네."라는 자신의 죽음을 정확히 예견한 글이 남겨져 있었다. 그가 수술받기 전에 상태가 나빴다거나 특별한 증상이 있었던 것도 아니며, 더욱이 그는 평생 의사 노릇을 해왔다. 그런데 어떻게 그가 죽음을 예지했는지 알 수 없다. 그는 앓기 전에 천주교에 입교하기 위해 나의 권유로 교리를 배우고 있었다. 죽기 전에 세례를 주었건만 그는 그렇게 죽었다.

또 하나 다른 예가 있다. 나를 꽤 따르던 이홍섭이라는 사람이 있었다. 대사업을 하던 그는 골프가 싱글이고 꽤 재미있게 사는 편이었다. 하루는 평소와 다름없이 나를 찾아와 왼쪽 팔과 어깨가 저리다고 했다. 그래서 골프를 너무 쳐서 그럴지도 모른다고 하면서 진찰을 받아 보라고 했다. 그는 우선 입원해서 철저히 검사받겠다며 입원했다. 관례대로 흉부 엑스레이(X-ray)를 찍었더니 폐암이 상당히 확산되어 있다고 한다. 본인은 기침도 전혀 없고, 체중도 줄지 않았으며, 식욕이나 수면도 보통이라고 했다. 그래서 자기는 병이 있다는 생각을 전혀 해본 적이 없다고 했다. 우리가 보기에도 평상시와 다름이 없었는데, 폐암이라는 진단이 나왔다. 그는 그러한 진단을 받자 즉시 나를 찾아와 천주교에 입교해서 세례를 받고 싶으니 신부에게 얘기해 달라고 졸라댔다.

교리를 모르는데 함부로 세례를 주는 것이 아니니 시간을 두고 준비하자고만 해두었다. 나도 의사이지만 그 엑스레이 진단을 믿을 수가 없었고, 아무리 폐암이라도 그리 쉬 죽기야 하겠는가 생각하고 있었다. 별로 증상의 변화도 없어서 일단 퇴원했다. 한 1주일 후 다시 입원했는데, 얼굴이 좀 부어 있어서 약간 근심은 되었다. 매일같이 그는 신부님한테 영세시켜 달라고 졸랐다. 신부도 딱해서 나도 모르게 나의 친구인 박연두 군을 대부로 세워 영세를 시켜 주었다. 영세한 지 얼마 안되는 박연두 군이 마침 그 병원에 입원해 있었다. 그리고 며칠 후 이홍섭은 내가 없는 사이 세상을 떴다.

누가 이렇게 죽음을 알려 주는가? 많은 사람들은 육감이라고 하는데, 그것만으로는 결코 설명이 되지 않는다. 죽음의 예견을 결코 빈말로 취급하지 말고 그 진상을 알 필요가 있다.

〈1992. 7. 3〉

전생의 세계

사람들은 흔히 사후에 대해서 궁금해 한다. 또 많은 학자들은 사람이 죽은 후 갈 세상에 대하여 논한다. 그러나 중요한 것은 사람들이 이 세상에 태어나기 전에 어디서 왔는지에는 그리 큰 관심이 없다는 것이다. 불교에서 다만 전세(前世)의 인연으로 이런 팔자가 되었다고는 한다. 그러나 불교에서도 사후 윤회와 극락을 주창하지만, 사람이 태어나기 전에 어디서 왔는지에는 큰 관심이 없다. 그러나 죽어서 어디로 간다면 태어나기 전에 어디서 왔는지도 관심을 가지고 생각해 봐야 한다. 사람은 아버지와 어머니한테서 정자와 난자의 결합으로 잉태되고 태어났다는 것은 알지만, 그 생명의 탄생 이전에 어떤 계기로 또는 어떤 곳에서 그 생명이 태어났는지는 모른다. 만일에 그 생명이 전세의 계속이라면, 전세에도, 즉 태어나기 전에도 어떤 형상이건 생명이었다가 그것이 사람이라는 새로운 생명으로 이어졌다는 이론이 성립되어야 한다. 그러나 정자와 난자의 결합을 전세의 생명의 연장으로 본다는 것은 사람의 개념으로는 판단하기 곤란하며, 다만 정자와 난자의 결합이라는 생명 현상이 새로운 생명을 창조하였다고 보는 것이 타당한 것 같다.

그렇다면 이렇게 태어난 생명이 죽음으로 소멸(창조의 반대)되면 또 다른 모습으로 이어지든가, 영생의 법칙으로 어디선가 계속 생명이 유지된다면 새 생명의 창조 이론으로 비추어 볼 때 우주 현상에는 창조는 있으나 소멸은 없다는 말이 된다. 이것은 무엇인가 잘못된 것 같다. 우주의 모든 현상은 존재에 가치가 있다. 그 존재 안에서 창조와 퇴보는 반복되겠지만, 계속 창조만 되고 없어지지 않는 법이란 일차원 세계에서는 이론상 성립되지 않는 것 같다.

생명은 태어났다가 죽음으로 없어진다. 그 대가 이어지고 그 자체 존재의 변화는 있겠지만, 존재의 새로운 창출은 있을 수 없다. 한정된 존재 세계에서 한정된 생사가 반복되는 것이 아닐까?

〈1992. 4. 10〉

사후의 세계

　사람들은 사후에 대해 많은 말들을 한다. 연구한다고 할 수는 없고 연구할 과제도 아니다.(인지론)

　철학적으로나 종교적으로 사후에 천당 간다거나 지옥 간다, 극락 간다거나 연옥 간다는 등의 말이 있다. 죽음을 잘 모르고 하는 말이다. 사후의 세상은 제3의 세계이다. 인지(人知)로는 그것을 헤아릴 수 없다. 신앙만이 그것을 느낄 수 있다. 계시로 하느님의 말씀을 들었다고도 한다. 하느님의 말씀이 계시건 무엇이건 인간에게 전달될 수 있는 것은 아니며, 하느님의 마음은 인간 세계를 초월한 또 다른 제3차원의 것이다. 신앙은 자유이다. 신앙이 두터우면 말세(末世)를 볼 수 있다지만, 신앙이 두텁지 않고는 이를 부인할 수도 없다. 불교에는 윤회라는 말이 있다. 사람은 이승에서 저지른 일들이 인연이 되어 내세에서 사람으로도 짐승으로도 태어난다고 한다. 돼지로, 개로, 호랑이로도 태어난다고 한다. 이는 모든 생명을 동일선상에서 보는 데서 비롯되었을 것이다.

　사람이 사후에 대해 궁금해 한다는 것 자체가 생에 대한 미련 때문이다. 죽기를 그야말로 죽기보다 싫어하는 인간의 약점을 이용하여 사후관(死後觀)이 많이 나올 수 있다. 사후에 대해서는 무슨 말이건 할 수 있다. 그러나 그것에 대해서는 영원히 아무도 모른다. 아무도 죽어 보지는 못했으니 말이다.

　사후에 미련을 두는 것처럼 미련한 일이 없다. 사후 세계는 또 다른 무엇일 게다. 그것은 천당·지옥도 될 것이고, 주검은 또 다른 생물로 환생할 수도 있을 것이다. 아무도 죽어 보지 못했으니, 이에 대해서는 어떤 말도 할 수 없을 것이다.

　죽음은 그냥 죽음이다. 죽은 후에는 무(無)로 돌아갈 것이 확실한데, 무(無)에서 또 다른 삶이 돋아날 수 있을 것이다. 죽음과 태어남은 우주의 자연 섭리이다. 그냥 그 위대한 섭리에 순종함이 온전한 죽음이다. 사후를 위해 산다는 삶은 허황된 것이다. 천당 가기 위한 목적으로만 이승에서 착하게 살고 착한 일을 하지 말라. 이 생을 뜻있게 살기 위해 착하게도 슬기롭게도 사는 것이다. 지금의 삶, 이승의 삶을 위해 나는 나의 최선의 삶을 살면 되는 것이다. 착하게 살아야 죽어서 천당 간다고 유혹하거나 속이지 말라. 아무도 모르는 저승의 일을 운운함은 어리석은 짓이다. 이승을 올바르게 완수하는 것, 그 것이 곧 인생이다.

"가난한 자는 진복자(眞福者)로다. 천당은 그들의 것이다."라는 말은 가난 하면 유족할 때가 반드시 이승에서 온다는 뜻이다. 마음이 가난하여 마음이 비어 있는 자에게는 반드시 그 빈 자리의 마음이 채워질 때가 이승에서 온다. 죽어서 채워진다는 말이 결코 아니다. 죽어서 복을 받겠다고 살지 말라. 이승에서 복받을 수 있는 삶을 살아야 한다.

〈1992. 4. 5〉

육체적 이탈 체험

휴먼 사이언스(human science), 즉 인간 과학이란 인간에 관한 제반 문제를 탐구하는 과학으로 정의할 수 있다. 그것은 이제껏 인문 과학이라고 생각하던 범위를 넘어서 사회 과학·자연 과학에서 인간에 관한 영역까지 합쳐서 상당히 광범위한 범위에 걸쳐 있다고 할 수 있다. 1960년대 이후 언어학·인류학·정신 의학·정신분석학·심리학·사회학을 위시해서 뇌신경 생리·동물행동학까지 포함한 인간 제활동의 과학적 탐구 등이 연구되면서 종래의 인문 과학이라는 명칭을 대신한 것이 인간 과학이 되었다.

최근에 생명 과학의 발전에서 인간을 대상으로 하며 과학적 연구가 진척 되면서도 한편으로는 '생명'이 신비에 속하는 영역이고 불가침이라고 누구나 막연히 생각하기도 했지만, 생명에 대한 과학적 탐구가 의외로 가능해지고 있음을 우리는 알고 있다.

또한 근래에 장기 이식 등 의료 기술의 급격한 발전 때문에 인간의 생명과 죽음에 대해 종래의 생각을 바꿀 필요가 생기기 시작했다. 또 DNA의 발견 이래 소위 'DNA→RNA→Protein' 이라는 Central Dogma가 성립되고, DNA의 해독에 의해서 개개인간의 설계도가 확실해지지 않는가 하는 단계에 이르렀다. 요는 DNA의 발견 이래 인간의 연구는 획기적이 된 것이 사실이며, 앞으로 더욱 발전이 있을 것이 기대된다.

반면에 로스(Cubra Ross) 여사의 『사후 생』(Life after Death)에 대한 연구도 그냥 무시만 할 것이 아니라, 사후 생에 대하여 그녀가 단순히 믿고 있는 것이 아니고 과학자로서 알고 있는 것을 강력히 주장하고 있다는 것을 알아야 할 것이다. 로스 여사는 불치의 병으로 죽음에 다다른 사람들과 가까이 하면서 죽음에 이르기까지의 체험을 직접 청취하는 방법을 썼다. 처음에는 이러한 환자들이 거부적 태도를 취했으나 마음 터놓고 이야기하다 보니 솔직히 자기 경험을 말하게 되었고, 그들의 증언을 토대로 해서 그녀는 사후 생의 존재를 강력히 주장하고 있다.

여기서 그 진위 문제는 차치하고 이러한 증언을 들으려 했던 사람들이 없는 이상, 그녀의 결론은 무시되어서는 안될 것으로 본다. 그녀의 철학·종교 등에 의한 신조에 의해 주장된 것이라는 점에서, 그녀가 경험적 사실에 바탕을 둔 주장이라는 점에서 그 주장도 과학일 수 있다고 생각한다. 로스 여사가 명확히 한 사실 가운데 '육체적 이탈 체험' 이라는 현상이 있다.

빈사 상태에 빠졌던 그 사람은 자기의 육체를 이탈해서 높은 곳(高所)에서 자기의 신체를 둘러싼 여러 상황을 보게 된다는 것이다. 그 사람이 빈사 상태에서 소생하여 그의 죽음을 말할 때, 확실히 그것은 현실의 상황과 일치하고 있고 그 사람이 보고 있었음을 인정하지 않을 수 없다는 사실이다. 로스 여사는 이것을 입증하기 위해서 많은 예를 들고 있는데, 이러한 주장이 어떻게 처리되어야 하는지도 문제이다.

〈1992. 4. 14〉

죽음의 준비

나는 꿈속에서 꼭 가는 곳이 있다. 그곳은 내가 현실에서 가 본 일이 없는 아주 생소한 곳이지만, 하도 여러 번 똑같은 곳에 가는 꿈이라 이제는 생시에도 훤하다. 그곳은 내가 지은 집이고 큰 병원이다. 여기가 좋겠다, 저기가 좋겠다고 하며 장소를 구해서 지은 큰 병원이고, 또 나의 개인 주택도 포함해서 연결된 건물이다. 일단 큰 건물을 세우고 또 나중에 비좁아서 덧붙여진 건물이어서 약간 구조가 복잡하다.

건물은 완전히 병원 건물이고, 방마다 환자와 의사·수녀·직원들로 꽉 차 있다. 나는 건물 중심부에 항상 나의 집무실을 마련해 놓고 있는데, 이상하게도 내가 그 건물 속에 가서는 나의 방을 찾지 못해 애를 먹는다. 직원들이나 수녀들한테 자주 내 방을 어디로 옮겼느냐고 물어 보면, 다들 급한 일로 썼으니 양해하라면서 방을 새로 준비해 주겠다고 하여 나는 기다리다 꿈이 깨곤 한다. 어떤 때에는 엘리베이터를 잘못 타서 내 방을 찾지 못하다가 일하고 있는 수녀를 만나 물어 보며 내 방을 찾느라 애쓰다가 꿈에서 깨어난다.

나는 하도 똑같은, 어떤 때에는 아주 비슷한 병원·주택 등 건물의 꿈을 꾸기 때문에, 이곳이 죽어서 내가 갈 곳이구나 하는 생각이 들 때가 있다. 나는 가기는 갔는데, 너무 이르니 더 있다가 오라고 하는 것 같다. 아마도 아직 내가 사후 세계에 가기에는 이른 것 같다. 그러나 한 가지 분명한 것은 꿈을 꿀 때마다 거기에 나와 가까웠던 사람들이 있어야 하는데 아무리 찾아도 그런 사람이 없다는 것이다. 내가 평생 너무 여러 군데 병원을 지었기 때문에 그것이 꿈에 나타나는 것 같기도 하고, 내가 젊었을 때 나와 함께 일하던 수녀들이 나를 위해 아직까지도 기구해 주고 있음을 내가 알기에 그들이 아마 꿈에 나타나는 것 같기도 하다.

죽음의 부름을 받아 저승으로 가기는 갔었는데 있을 곳을 마련해 주지 않아 다시 이승으로 돌아온 것이라고 풀이해도 무방할 것 같다. 내가 안주할 곳은 있겠는데 없어서 찾아 헤맸다면, 그것도 나에 대한 교훈인 것 같다. 저 승이 어디인지는 모르지만 나의 갈 곳을 찾아 두어야 한다. 막연하게 준비 없이 이승을 하직했다가 갈 곳이 없어서 헤맨다면 어쩔 것인가?

그러면 내가 갈 곳은 어디인가? 내가 가서 새로운 삶을 살 수 있는 곳, 그 곳은 아무 욕심도 없이 아주 편안한 마음으로 열심히 살 수 있는 곳이 되어 야 한다.

다시는 사랑도, 미움도, 야망도, 명예도, 권세도 바라지 않는 여기, 저승에 오지 못하고 헤매고 있는 많은 불쌍한 영혼을 도와주는 일, 그런 일을 하며 사는 곳이 내가 갈 저승이어야 한다. 그러기 위해 나는 이승의 얼마 남지 않 은 세상에서 내가 갈 저승의 삶을 준비하는 노력을 해야겠다.

더 많이 읽고, 더 많이 생각하고, 결코 한치 후회와 부끄러움도 없는, 그렇 다고 누구에게 자랑거리도 되지 않는, 그러한 아주 평범하고 모든 이의 마음 을 즐겁게 해주는 행동을 해야겠다. 이것이 죽음에 대한 준비요, 나의 삶의 마지막 정리인 것 같다.

〈1992. 7. 8〉

빈손으로 가는 인생

인생이란 어디서 왔으며, 어떻게 시작되었는가?

물론 부모의 은덕으로 태어났지만, 그야말로 빈주먹으로 태어났다. 혹자 는 부모님의 사랑으로 자라나 공부도 하며 유산도 가지고 인생을 시작했다 고 말할 수도 있다. 나도 남과 같은 유산은 받지 못했지만 부모님의 극진한 사랑과 학교에 보내 준 덕분에 의사가 되어 인생의 시동을 걸었다.

그러나 나는 머지않아 나의 인생이 그 동안 어떠했든 태어날 때와 똑같이 빈주먹으로 저승으로 가고 말 것이며, 거기서 나의 인생은 끝을 맺을 것이다.

나는 아무것도 가지고 가는 것이 없으며, 아마 내가 가지고 있던 모든 것을 자식들이나 후배·제자들에게 넘겨주고 가리라. 나에게 조그마한 유산은 있겠지만, 그 대부분은 법인이라는 데 주고 갈 것이다.

이것들은 이미 받은 이들 나름대로 인생을 사는 데 쓰일 것이다. 그들이 나의 자식이건, 나의 제자이건, 학교 법인이나 의료 법인이건 문제가 아니다. 그런데 사람들은 죽는 날까지 악착같이 가지려고 한다. 명예·권력·금전 등 각종 물건들을 말이다. 심지어는 사랑하는 사람까지도 쥐고 놓지 않으려 한다. 그래서 미련한 인생이라는 말도 듣는가 보다. 정말로 사람은 저승에 꼭 가게 되어 있고, 그때에는 티끌 하나 가지고 가지 못하는데도 말이다. 권력은 더구나 소용없고, 명예나 이름 남김도 저승에서는 아무 쓸모도 없는데 말이다.

어떻게 저승으로 가는 것이 가장 좋은 방법인가? 가기 전에 모든 것을 잊어버려야 한다. 더욱이 온갖 욕심에서 벗어나는 것이 가장 중요하다. 죽는 날까지 먹을 것만큼만 가지고 있으면 된다. 명예나 권력은 아무 쓸모도 없다.

죽는 순간까지 건강하고 떳떳하게 살면 그만이며, 오직 인생은 그것뿐이다. 그런데 나약한 인생은 무엇인가? 못내 아쉬워하며 그냥 갖고만 싶어한다. 아주 보기가 추하다.

빈손으로 왔다가 빈손으로 가는 게 틀림없는 인생임을 알아야 한다.

〈1992. 8. 16〉

죽음을 앞둔 벗에게

저승에 갈 날이 얼마 남지 않은 벗에게 쓴다.

사람은 누구나 저승으로 가게 마련이어서 이승과는 헤어져야 한다. 이것이 만고 불변(萬古不變)의 법칙임을 우리는 잘 알고 있고, 여기에 항거할 수도 없고, 거부할 처지도 아니다.

슬퍼할 것도, 아쉬워할 것도 없다. 언제가 나는 가는구나를 알고 있음이 얼마나 다행인가? 그날까지 지난 평생 살면서 내가 남한테 잘못한 것이 있다면, 나도 모르게 남에 대한 잘못이 있다면 무릎을 꿇고 용서를 빌어야 한다. 그리하여 모든 원망을 멀리해야 한다.

남이 나에게 잘못한 일이 있거나 악하게 한 일이 있다면, 그 모든 잘못을 용서하여 그의 영혼과 사랑의 대화를 가지며 마음의 진정한 평화를 가져야 한다. 곱게 가야지 결코 추하게 가지는 말아야 한다. 얼마 남지 않은 인생, 남의 존경 속에 그 인생을 마감해야 한다.

인생살이란 물거품과 같은 것, 내 떠나면 아무것도 남는 것이 없는 것 아닌가? 티끌만한 미련도 절대로 갖지 말자. 아쉬움이란 더 더욱 갖지 말자. 홀홀 털고 성큼성큼 저승의 길로 가자.

나는 육칠십 평생을 이렇게 웃으며 살았고, 또 뒤에 올 모든 이들에게도 웃음을 주며 떠난다. 자! 조금이라도 아쉬움이 있다면, 저승에 가서 꼭 다시 만날 것을 기대해 보자.

한순간이라도 남에게 폐를 끼치거나 손해를 주거나 구차하게 굴지 말자. 그것이 건강한 죽음이요, 그것이 선종이라는 것이다.

〈1992. 7. 18〉

죽기 전에 할 일

인생은 일생 동안 죽음을 향한 과정이라고 볼 수도 있으나, 확실하게 죽음에 다가가서 부자연스런 죽음의 과정을 살아가는 여러 가지 보기 추한 삶을 볼 수 있다.

몇 가지 예를 들면 뇌졸중에 걸려 반신 불수(半身不隨)가 되거나, 또 다른 이유로 하반신 불수에 걸려 죽는 날까지 정상인으로 살지 못하고 남의 도움으로 살아야만 하는 부담스러운 삶이 있다. 또 노망기에 들어 헛소리나 불면 등으로 식구들을 괴롭히는 보기 싫은 삶이 있는데, 커다란 사회 문제가 되기도 한다. 병이 들어 죽는 날만을 기다리며 심하게 보기 싫은 몰골을 보이거나 악취를 풍기는 사람도 있다. 시력(視力)·청력(聽力)이 다 떨어져 죽어 가는 사람들은 특별히 주위에서 신경 쓸 일도 없거니와 남의 도움도 별로 필요하지 않으므로 그래도 나은 편이다.

병 때문에 남에게 큰 부담을 주는 인생은 온갖 방법을 써서라도 빨리 삶을 끝맺는 것이 필요하다. 정상 회복이 불가능한 줄을 알면서도 무리하게 생명을 연장시키려는 현대 의학은 큰 문제점을 안고 있다. 불구된 몸으로 살더라도 사람답게 살 수 없을 텐데 굳이 살려 둘 필요는 없다고 생각한다.

내가 지금 할 수 있는 일은 남에게 부담을 주는 추한 삶을 가지지 말고 단시간 내에 죽음을 맞을 수 있기를 하느님께 기구하는 길뿐이다. 사실 이미 나이 들어 인생을 살 만큼 살았는데, 이제 남을 도와주지도 못하는 삶이 나에게 한이 되고 남에게 부담을 주고 신세를 지며 살아가는 삶이어서는 결코 안된다고 굳게 믿고 있다.

내가 원망스러웠던 모든 사람들을 용서하고, 그만큼 남을 원망하고 미워했으면 그만큼 사랑으로 보상해 주고 죽어야 할 것이다. 모든 일을, 모든 것을 넓게 용서하는, 증오심이 조금도 없는 참된 사랑의 마음을 키워 그 속에 안주하는 삶을 가지도록 노력하자.

이제 더 이상의 아무런 욕심도 없고, 명예·금전·물욕·정욕 등 모든 것은 꺼져 버리는 물거품임을 알 때가 왔다. 나의 기운이 남아 있는 동안 내가 신세 진 사람, 나를 사랑하는 모든 이들에게 조금이라도 보태 주고 가자.

〈1992. 7. 4〉

죽음 앞에서도 희망을

늙었다고 죽는 날만 기다리고 산다면, 그것은 반죽음 인생이다. 사람은 누구나 언젠가는 죽게 마련이다. 늙지 않았으니 죽는 날이 멀었다고 생각해서는 안된다. 죽음은 우리가 태어날 때부터 시작된다. 우리는 내일을 위해 살고 있다. 내일이 없다면 오늘도 없는 것이다.

늙음뿐이겠는가. 온갖 삶의 어려움·지겨움·괴로움·슬픔 등이 닥칠 때 희망이 없는 것 같고, 빨리 끝내 버릴 인생이기를 바라기도 한다. 그러나 그러한 일들이 인생의 막을 빨리 내리게 하지는 않는다. 마찬가지로 늙었다고 해서 곧 죽는 것도 아니다. 산다는 것이 죽는 날만 기다리는 것이 아니라면, 사는 동안에는 내일을 생각하며 살아야 한다. 인생에서는 젊어서나 늙어서나 죽음을 선고받고도 내일을 보며 살게 되어 있다.

아무리 죽음이 가깝더라도 '오늘이 지면 내일'이라는 아침이 어김없이 찾아온다. 내일이라는 아침은 곧 꿈이요, 희망이다.

며칠 살지 못할 것이라는 의사의 진단이 있더라도, 그래도 살 길이 있지 않겠느냐는 희망을 언제나 사람은 가지게 된다. 그것이 곧 삶이기 때문이다. 어떤 어려움을 당하더라도 내일의 희망을 가져야 한다. 나는 이제 희망도 없이 마치 죽는 날만 기다리는 삶 아닌 삶을 살아서는 안된다.

그것을 꿈이라 하기도 하고 희망이라 하기도 한다. 이와 같은 희망은 언제나 무궁무진한 힘을 준다. 용기를 준다. 그것은 소생이기 때문이다. 희망은 소생이다. 그래서 거기에는 기쁨과 용기가 있다. 얼었던 땅을 뚫고 솟아나는 새싹의 지각을 뚫는 소리가 얼마나 요란한가? 그것은 희망찬 삶의 외침이다. 희망을 버리지 말라. 내가 내일 죽게 되더라도, 내일 아닌 모레, 글피, 먼 훗날을 위한 희망의 씨앗을 뿌리고 싶어야 한다. 희망과 꿈은 곧 인생이요, 삶이다.

〈1992. 12. 21〉

죽는 복

　의사로서 또 의료 사업에 종사하며 일생을 바쳐온 지 50여 년, 수많은 태어남과 죽음을 보고 겪으면서 인간의 생사(生死)에 대해 많이 생각할 기회를 가졌다. 그래서 생사에 관한 여러 사람들의 수기를 읽을 때 남보다 더 깊은 관심을 가지게 되고 사색에 빠질 수 있다.

　내가 어려서 고향에서 자랄 때 부모님과 친형제처럼 바로 이웃에서 지낸 분이 계셨다. 나중에 그분은 월남하여 서울에서 개업하고 계셨다. 나도 항상 친삼촌을 대하듯 모셔 왔던 분인데, 평생 술·담배도 하시지 않고 아주 성실한 인생을 사신 분이다. 자연히 그분의 자녀들과도 가까이 지내는 사이였는데, 이분이 73세 때 집에서 환자를 보시다가 오후 3시쯤 갑자기 심장이 이상하다며 나의 병원 중환자실에 입원하셨다. 마침 출타중인 나는 저녁 8시쯤 병원에 들러 그분이 입원하셨다는 말을 듣고 중환자실로 뛰어갔다. 아주 평온하신 상태에서 미소지으며 "덕선아, 나 죽으려고 해. 다들 건강하고 잘들 있거라."라고 하셨다. 이상하다고 생각되어 혈압계를 가져오라고 해서 혈압을 재 보았더니 70이고, 맥박은 거의 잡히지 않을 뿐 아니라 120 가량 뛰고 있었다.

　이거 큰일났다고 생각하고 서둘러 그 자녀들과 손자들을 불렀다. 더 늦기 전에 빨리 아버지와 할아버지를 보라고 하였다. 그분이 자식과 손자들을 만나고 한 30분 만에 곱게 운명하시는 것을 보았다. 세상에 이런 죽음도 있구나? 평소 누구에게도 해를 끼치지 않고 오로지 자기 자식들만 위해 살다가 가신 그분의 죽음에 진심으로 경의를 느꼈다.

　한 번은 어떤 성직자가 위암에 걸려 찾아왔다. 아주 초기여서 곧 수술하면 완치할 수 있었다. 그런데 어떤 의사가 약으로 고친다고 통원(通院)을 하라며 내보냈다. 1년 후 왕진을 청해서 갔더니, 그 사람은 이미 희망 없는 상태였다. 피골이 상접하고 복수가 찼는데, 자기를 살려 달라고 그렇게 애걸복걸할 수가 없었다. "나는 절대로 죽지 못합니다. 선생님, 저 좀 살려 주세요." 하는 것이다. 겨우 빠져 나오면서 성직자가 아직 죽음을 이기지 못했구나 생각했다. 죽음의 문전에서 그렇게 추한 모습을 보여 주는 사람도 보았다.

사람에게 가장 중요한 것은 '죽는 복'이라고들 한다. 깨끗하게 인생을 마감하는 것처럼 중요한 것이 없다. 나이가 들어 죽지는 않고 치매가 되든가 대소변도 가리지 못하고 반신불수가 되는 경우가 있다. 자식들이나 주위 사람들에게 심려와 고생을 시키며 몇 년씩 죽지 않고 사는 인생, 죽지 못해 사는 인생으로 죽음을 마감해서는 안될 것이다.

내가 이 나이에 항상 염원하고 기구하는 것은 "죽는 복을 줍시사." 하는 것이다. 깨끗한 죽음, 그것이 인생의 마지막에서 가장 큰 행복이다. 중요한 것이 하나 더 있다. 즉 죽음을 강요하거나 남의 생명을 내 욕망 때문에 마감시키는 살인 행위같이 부도덕한 것은 없다는 것이다. 죽음은 내 육신이 그 기능을 다해서 육체가 죽어 썩는 것을 가리킨다. 정말 나는 죽고 썩어 버릴 것인가? 그 썩어 없어질 나라는 것은 무엇일까? 내 육신은 죽을지언정 내 영혼은 죽지 않는다.

씨앗 하나는 땅 속에서 싹터서 꽃나무가 되고 꽃을 피우다가 씨앗의 열매나 뿌리를 남겨 놓는다. 그리고 때가 되면 시들어 죽어가지만, 때가 되면 다시 싹이 트고 또 자라서 그 삶이 계속된다. 죽는 것이 아니다. 죽음이 마지막이 아니다. 살고 죽음은 시작도 끝도 없는 반복이요 영원히 계속되는 삶의 연속이다. 이것이 종교에서의 영생이요, 윤회일 것도 같다.

내가 죽음은 나의 끝이 아니다. 나는 시들어 죽는 것 같지만, 나의 본질인 나의 혼은 나의 자식이나 제자나 사랑하는 사람 속에 전수되고 유전된다. 그리하여 나의 인생은 죽음이 아닌 부활을 영원히 지속할 것이다.

〈1993. 2. 4〉

내가 죽으면

죽음이 나의 주변에 어른거리고 있다. 나와 가까웠던 많은 사람들이 세상을 뜨고 있다. 나도 이제 가는구나 하는 마음이 가슴에 와 닿는다. 편히 쉬고 싶을 때가 많다. 아마 죽음이 그것이겠지 하면서도, 내가 죽으면 내가 남겨 놓고 가는 나의 사랑하는 모든 사람들의 가슴을 맺히게 할 것이다. 나 때문에 나하고 인연이 있었던 많은 사람들의 행복을 기리는 마음이 간절하다.

죽을 때 결코 자식이나 가까운 사람들에게 추하게 보이며 죽지는 말아야겠다는 생각이 항상 가슴속에 있으며, 늘 주님께 기도한다. 죽는 것이 무섭거나 죽음을 피하거나 멀리하고 싶다는 생각은 없다. 살 만큼 살았고, 운이 좋아서 하늘이 도와주어 이만큼 살았으니 그저 감사할 뿐이며, 나만이 이런 복을 차지했구나 하는 미안한 마음이 늘 같이하고 있다.

죽으면 화장도 좋고, 사체(死體)를 의대생 실습에 써도 좋다. 화려하고 장대한 무덤은 결코 내가 원하는 것이 아니다. 죽으면 깨끗이 몸을 닦고 평상시에 입던 옷을 편안하게 입은 후 좀 여유있는 관에 두툼한 담요를 깔고 눕고 싶다.

수의다 베옷이다 하며 이런 것으로 염한다는 등의 일은 원하지 않는다. 장례 때는 화환을 일절 받지 말고, 관을 꽃으로 씌우기만 하면 굿(good)이다. 깨끗하고 고결한 죽음을 갖게 해주기를 바란다. 무덤은 아무 곳이나 관계가 없다. 어차피 썩어서 흙으로밖에 더 변할까? 사후 몇 년은 자식들이나 가까운 사람들이 성묘를 오기 편하게 도심에서 너무 멀지 않고 교통이 편한 곳이 좋겠다. 살아 있는 사람들을 위해서이다. 섭섭하면 조그마한 비석이면 된다. 결코 크고 웅장한 비석이나 무덤은 원치 않는다.

⟨1992. 4. 4⟩

11. 우리 아버님, 우리 할아버지

아버지는 집안의 화목을 가장 중요하게 여기셨으며...
이러한 전통은 알게 모르게 우리 형제들에게도 가르침이 되었다.
아버지는, 사람의 삶을 움직이는 보이지 않는 힘이
무엇인가를 알고 계신 분이셨다.

"벌거벗고 세상에 태어난 몸, 알몸으로 돌아가리라"(욥 1, 21)

아버님의 죽음을 지키지 못한 불효자(不孝子)로, 5년의 세월은 짧지 않은 기간이었습니다. 갑작스런 아버님의 부재(不在)는 저에게는 커다란 혼돈과 충격과 방황을 주었습니다.

집으로 돌아오시면 항상 십자성호와 기도를 드리시는 모습에서 겸손을 보았고, 모함으로 괴롭히는 사람들에게 앙갚음 않으심에서 사랑의 인내를 배웠습니다. 일구신 모든 것을 사회에 환원시키시는 것을 옆에서 지켜보며 그분이 우주의 질서를 좋아하시는 것을 느꼈습니다. 점점 기억은 희미해져가나 저에게는 더욱 커져만 가시는 아버님이십니다.

돌아가시고서 알게 된 육필(肉筆) 원고는 그분이 세상에 돌려주신 모든 것이었습니다. 더 이상 당신에게 속한 아무것도 소유하지 않음으로써 마침내 영원한 사랑으로 돌아가셨음을 깨닫게 해 주셨습니다.

아버님이 돌아가시기 수년 전에 제게 남기신 글을 여기 공개하는 것은 아버님의 모든 생각이 담겨 있기 때문입니다.

둘째아들 대인

大仁에게 남기는 글

1. 근면하여라. 너는 부지런하지 못한 것이 흠이다.

윗사람이라고 해서 늦게 출근해도 된다는 생각은 절대로 금해야 한다.

윗사람이기 때문에 다른 사람보다 더 일찍 출근하고 더 많은 시간을 근무해야 된다는 것을 명심해야 한다.

2. 근검 절약정신을 잊지 말아야 한다. 한 푼의 돈도 얼마나 많은 사람들의 노력에 의해 얻게 된다는 것을 항상 생각하고 한 푼의 돈을 써도 나를 위해서가 아니고 직원 또는 기관을 위해 또는 사회를 위해 쓴다는 생각을 가지고 돈을 아껴쓰는 습관을 가져야 한다. 돈을 아끼지 못하고 낭비하는 습관을 가진다면 반드시 멸망할 것이다.

3. 혼자 아는 체하지 말고 항상 남의 의견을 조용히 듣는 습관을 가져야 한다.

4. 많은 것을 보고 넓은 세계를 여행하면서 견식을 넓혀라.

5. 무슨 일이건 한 번 시작한 것은 끝장을 보는 끈기를 가져야 한다.
   조금만 하다 마는 것은 처음부터 하지 않는 것이 나을 것이다. 너의 인생 목표를 확립하고 그 목적 달성을 위해 부단한 노력을 기울일 수 있는 지구력이 필요하다.

6. 형제들과 화목하는 데 중추적 역할을 하여야겠다는 생각을 항상 잊지 말도록 하여라.

7. 사사로이 돈이나 물질에 욕심을 가지지 말아라.
   반드시 부끄러움을 당하고 후회가 올 것이다.

8. 너의 뎟을 존경하고 순종할 줄 알아라.
   남을 존경할 줄 아는 자만이 남으로부터 존경과 사랑을 받을 수 있다.

성공한 삶

흔히 사람들은 나의 아버지를 일컬어 성공적인 삶을 사셨다고 한다.

사실이 그렇다. 아버지는 자신의 의지와 노력으로 삶의 꽃을 피우셨다. 외형적으로 성공하셨고, 더구나 이것이 사회적으로도 의미있는 일이었기에….

그러나 각 개인에게 있어서 인생의 성공은 남들이 어떻게 보든 스스로 생각할 때, 넓은 뜻에서 그리고 가장 근본적인 뜻에서 도의적인 삶을 살아가는 데 달려 있지 않은가 한다. 죽는 순간에 가슴에 손을 얹고 누가 무엇이라든 간에 "나는 내 힘껏 내 뜻대로 옳게 살았다"라고 스스로 말할 수 있을 때 그 사람의 삶은 성공한 삶이라고 할 수 있을 것이다. 이러한 점에서 나의 아버지는 자신의 인생에 성공한 분이라고 생각한다.

새삼스럽게 이러한 생각을 요즘 다시 하게 된 것은 얼마 전에 그 옛날 내가 태어나기도 전에 아버지가 유학을 와서 공부하셨다는 미국 코네티컷 주의 브리지포트 시를 찾으면서였다. 최근 남편의 직업상 미국 뉴욕에 와서 잠시 머물게 되었고 브리지포트 시가 그다지 멀지 않아 남편과 함께 다녀보면서 자주 아버지 생각을 하곤 했다. 한국이 마냥 멀기만하게 느껴졌을 당시에 아버지는 이곳에서 어떤 생각을 하셨을까? 당시 한국은 전쟁 직후라서 가혹한 가난에 시달렸을 시기인데, 이 크고 풍요한 나라에서 느끼셨을 갈등과 쇼크를 어떻게 관리하셨을까? 나에게 아버지는 항상 뭔가 크고, 완벽한 존재였기 때문에 나 자신이 영어를 잘 못해 답답한 마음이 들 때 아버지의 위기관리는 어떤 것이었을까를 생각해 보았다.

한국인의 미국 이민 기록을 보면 6.25전쟁 이후 1964년까지 미국으로 유학을 온 학생 및 전문의는 200여 명으로, 그중의 대부분은 본국으로 돌아가지 않은 것으로 되어 있다. 막상 미국에 와서 살아보니 그들의 심정을 충분히 이해할 수 있을 것 같다. 언젠가 어머니로부터 아버지가 미국에서 돌아오신 후에 미국에 가서 일할 수 있는 기회가 생겼는데 어떻게 생각하느냐고 물으신 적이 있다고 들었다. 당시 미국에 가면 한국과는 달리 많은 보수를 받을 수 있고 보다 나은 생활을 할 수 있다고 말씀하셨다고 한다. 그러나 두 분 다 그런 소중한 기회를 포기하셨는데 그 이유가 부모님과 형제들을 두고 떠날 수가 없었다는 것이었다. 농담삼아 당시 이민을 오셨더라면 내가 지금 이렇게 영어 때문에 당황해 하지 않을 텐데 하고 남편과 함께 웃었지만, 그 엄청난 유혹을 물리치신 것을 보면 아버지야말로 요즘은 보기드문 진정한 한국인이셨다는 생각을 한다. 한 집안의 장남으로서 아버지는 강한 책임감과 의무감을 지니셨고, 할아버지와 할머니도 아버지한테 많은 기대와 사랑과 격려를 아끼지 않으셨다. 이렇듯이 전형적인 한국 가정의 딸로서 자랐다는 것을 나는 미국에 와서 다시 확인한다. 아버지는 집안의 화목을 가장 중요하게 여기셨으며 내가 어릴 적, 주말이면 늘 할아버지, 할머니, 삼촌·고모들의 식구들과 시간을 같이 보냈고 또 어머니 역시 말없이 모든 힘든 일을 하셨다. 그러한 아버지였기 때문에 아버지는 삼촌들과 고모들의 존경과 사랑을 많이 받으셨고 그때 아버지의 모습은 무척 행복해 보이셨다. 이러한 전통은 알게 모르게 우리 형제들에게도 가르침이 되어 나는 오빠들과 동생들의 사랑과 격려가 내 삶에 큰 힘이 되고 있다는 것을 발견한다. 아버지는, 사람의 삶을 움직이는 보이지 않는 힘이 무엇인가를 알고 계신 분이셨다.

아버지가 어려운 상황에서도 여러 가지 값싼 유혹을 물리치시고 당신이 살고 싶은 삶과 꿈을 계속 추구하며 결코 좌절하시지 않고 자신의 가치를 추구하며 사셨다는 사실에 나는 한없는 존경심과 부러움을 느끼며, 아버지를 지탱해 준 힘은 어머니의 말없는 내조와 가족의 사랑이었다고 생각한다. 그리고 무엇보다도 도덕적으로 사회에 이바지하고자 하셨던 진정한 인간다운 가치관을 가지셨기에 나의 아버지는 성공적인 삶을 사셨다고 감히 말할 수 있지 않을까 한다.

큰딸 미숙

사위가 본 아버님, 윤덕선

　아버님을 처음 뵌 것은 내가 결혼하던 해인 1982년이었다. 갑자기 돌아가신 것이 1996년의 일이니까 14년 정도 모신 셈이다. 14년이란 세월도 결코 만만한 것은 아니지만 감히 가까운 가족이나 친지들과 견줄 처지는 못된다. 하지만 아버님으로부터 받은 영향을 놓고 겨룬다면 물러서고 싶은 생각이 없다. 살아 계신 동안 이모저모로 아낌과 가르침을 받은 것은 물론이지만 돌아가신 후에도 여전히 내 삶의 등대로 마음속에 남아 계신다. 아버님의 상사시 조문을 오신 친구 분들이 많았다. 모두 고희(古稀)를 훌쩍 넘긴 백발이 성성하신 분들이었다. 이분들이 영정 앞에서 통곡하는 모습에서 깊은 감동을 받았다. 도대체 생전의 우정이 얼마나 돈독한 것이기에 다복한 삶을 누리고 세상을 떠나는 친구와의 이별을 이토록 서러워하는 것일까. 나는 영정 앞에 놓여 있는 훈장보다 오히려 그 앞에서 눈물을 쏟고 있는 친구들이 더 부러웠다.

　아버님은 한마디로 쾌남(快男)이셨다. 지금도 아버님을 생각하면 거칠 것 없는 초원에서 바람을 가르며 말을 달리는 사나이의 풍모가 연상된다. 아버님 생전에 몽골과의 교류에 관심을 가지고 지원을 아끼지 않으셨던 것도 어쩌면 몽골의 대륙적인 분위기가 당신의 성정에 맞아서였는지도 모른다. 아버님은 어느 면으로나 성공적인 인생을 사셨다. 더없이 단란한 가정을 꾸리셨지만 가족에 대한 아버님의 한없는 사랑과 배려를 나로서는 도저히 말로 어떻게 표현할 재간이 없다. 아버님은 자타가 인정하는 훌륭한 의사이셨다. 그러나 아버님께는 실례지만 수재들이 많은 의료계에서 아버님보다 뛰어난 의술을 가진 의사가 어디 한둘이었으랴. 아버님을 두고 병원 경영의 천재라는 소리도 있었지만 경영 기술이란 면만 놓고 본다면 아버님보다 한 수 높은 이들이 없지 않았을 것이다. 아버님이 병원 경영에서 발군의 성과를 이룬 것은 아마도 의술과 경영 능력을 겸비하셨기 때문이 아닌가 생각한다. 그러나 아버님은 단순히 병원을 키우고 돈을 버는 것에 만족하시는 분은 아니셨다. 재물이란 아버님께는 당신의 원대한 꿈을 이루기 위한 수단에 불과한 것이었다. 일에 대한 욕심은 한이 없으셨지만 재물이나 자리를 탐하지는 않으셨다. 아버님은 모두 노력하면 세상이 좋아질 수 있다는 점을 의심치 않았다는 점에서 낙관주의자였고 그 노력을 일생 멈추지 않았다는 점에서는 이상주의자였다. 처음 아버님을 뵙고서 가장 인상 깊었던 것도 바로 그 점이었다. 이미 60을 넘긴 연세에 마치 '상록수'의 주인공이나 지녔음직한 순수한 이상을 포기하지 않고 있다니 실로 경이로운 일이었다. 젊은 시절 내심 한두 가지 꿈을 품지 않았던 이가 어디 있으랴. 그러나 세파에 시달리다 보면 예전에 간직했던 꿈은 어느덧 아스라이 사라지고 마는 것이 세상의 이치가 아니던가. 보통 사람들이 이런 아버님의 이상을 그대로 믿어 주기는 어려웠으리라. 하지만 아버님을 믿고 따르는 사람들에게 아버님은 참으로 신선한 존재였을 것이다. 아버님이 그토록 많은 사람들을 끌 수 있었던 것은 어쩌면 그런 꿈과 이상을 버리지 않고 계셨기 때문일지도 모른다.

항상 부지런히 일에 몰두하는 아버님이셨지만 규율, 절제, 희생만을 강조하는 엄숙주의자와는 거리가 멀었다. 아버님은 일에 못지않게 인생을 즐기고 멋을 추구하는 분이셨다. 친구와 술은 평생 가까이 하셨다. 친구와 술이 어우러져 생전에 숱한 일화를 남기셨다.

문학, 음악, 예술, 스포츠를 두루 애호하셨고 주위 사람들에게 끊임없이 권하셨다. 아버님께서는 지적 호기심이 남다른 분이셨다. 병원이나 학교 일과 도무지 아무런 관계도 없을 듯한 분야에 대해서도 묻고 배우는 일을 즐겨하셨다. 어디서든 새로운 지식을 얻어오시면 가족들에게 들려주며 자못 의기양양해 하셨다. 틈틈이 신간소설을 찾아 읽는 것은 물론이고 최신유행의 대중가요에도 관심을 보이시곤 했다. 과연 아버님의 생애에 무료했던 순간이

한 번이라도 있었을까 의심이 들 정도로 다방면에 열심이셨다.

아버님은 매사에 자신만만하고 거리낌이 없는 분이셨다. 허세를 혐오하고 가식을 경멸하는 정도가 지나친 것이 간혹 문제가 될 정도였다. 아버님은 항상 무궁무진한 화제로 모임의 흥을 돋구시곤 했는데 때로는 보통사람이라면 어떻게든 감추고 싶을 무참한 실수담을 태연하게 늘어놓아 좌중을 웃음바다로 만드는 일도 적지 않았다. 저녁식사 뒤 반주로 얼큰한 상태에서 자식들을 모아놓고 털어놓는 젊은 날의 비화에는 늘 자랑과 허풍이 양념처럼 섞여 있었다. 특히 "너희 어머니에겐 비밀이다만"이란 말로 시작하는 이야기는 모두 침을 삼키며 열중하곤 했다. 50년대 유학 시절 같은 병원에서 근무하던 서양 의사들과 뉴욕의 술집에서 본의 아니게 무전취음(?)하다 겪은 일이라든지 북쪽에서 학정을 일삼던 지방 공산당 간부를 앞장서 타도한 일이라든지, 당시 손에 땀을 쥐며 들었지만 지금 생각하면 어디까지가 정말인지 다소 의심스런 이야기가 부지기수이다. 지금도 참으로 유감스러운 것은 아버님 생전에 이런 저런 일화들을 보다 체계적으로 들어두지 못한 것이다.

아버님은 여간해선 한 사람이 함께 지니기 어려운 여러 덕목을 고루 지니신 분이셨다. 한편으로는 세심하고 치밀하며 신중한 분이셨다. 모든 일을 주도면밀한 계획을 세워 추진하는 면에서나 병원의 구석구석을 몸소 일일이 확인하는 면에서나 주위 사람의 어려운 일을 챙기는 면에서나 성심을 다하셨다. 반면에 아버님은 그 시원스런 풍채만큼이나 호쾌무비(豪快無比)한 분이셨다. 째째하고 구질구질한 것은 생리적으로 싫어하셨다. 내가 처가를 드나들기 시작한 후에도 때로는 주위에서 아버님의 기대를 저버리거나 심지어 배신하는 이들이 없지 않았다. 몹시 서운해 하셨지만 그 사람의 못된 점을 시시콜콜 따지는 법이 없었다. 참다 못한 옆 사람이 그 사람의 험담을 시작하더라도 그저 "왜 그렇게 모자란지 모르겠어" 하는 정도로 그만이었다. 사실 모자란 사람의 치졸한 행동에 대해서 신경을 써본들 하등 이로울 것이 없다는 점은 살아오면서 이제 겨우 체득한 바이지만 아버님께서는 그런 계산과 상관없이 워낙 그런 체질로 태어나신 듯했다. 자신이나 타인의 잘못을 대

범하게 넘기지 못하고 공연히 신경을 소모하곤 하는 나에게 아버님의 스케일은 도저히 흉내낼 수 없는 경지에 속하는 것이었다.

어느새 아버님께서 작고하신 지도 만 5년이 지났다. 너무도 뜻밖에 당한 일이라 그지없이 놀랐고 또 슬펐다. 워낙 건강하셨기에 적어도 수년은 더 만년(晩年)을 즐기실 수 있었을 텐데 하는 안타까움을 떨칠 수 없었다. 인생의 의미가 새삼스럽게 다가오는 나이에 접어든 나로서는 아버님의 존재가 날로 더 아쉽게 느껴진다. 그러나 다른 한편으로는 아버님의 죽음은 너무도 아버님다운 것이 아니었나 하는 생각도 든다. 평소 아버님은 말과 행동에 뜸을 들이거나 미적미적하는 법이 없으셨다. 언제나 단도직입(單刀直入), 구구한 사설은 입에 담지 않으셨다. 마치 여느 일요일 오후 병원에라도 향하시듯 홀연 떠나신 것은 너무도 아버님 스타일에 맞는 것이었다. 아버님은 그토록 치열한 인생을 사시면서도 삶에 대한 집착 같은 것은 거의 없으셨다. 남겨진 사업이나 못 이룬 꿈에 대한 미련이 있을 법도 하련만 생을 대하는 태도는 지극히 담담한 것이었다. 종교적 신심(信心) 때문이었을까. 오히려 돌아가시기 얼마 전부터는 죽음에 대한 말씀을 많이 하셔서 자식들에게 핀잔을 받곤 하셨다. 돌아가신 분을 생각할 때면 혹시 적적하시지 않을까 하는 걱정을 간혹 하게 마련이다. 그러나 아버님의 경우에는 이상하게도 그런 생각은 전혀 들지 않는다. 천당에서도 분명 많은 친구 분들에 둘러싸인 채 허풍 섞인 무용담으로 주위를 즐겁게 해주고 계시리라 여겨지기 때문이다. 이미 뵙지 못한 지도 6년째 접어들지만 그리 멀리 계신다는 생각도 들지 않는다. 요즘도 이따금 이런 저런 좀스런 일로 마음이 괴로울 때에는 아버님이라면 이럴 때 어떻게 하셨을까 생각을 해보곤 한다. 그럴 때면 늘 예의 특유한 억양으로 "아유, 왜 그렇게 유치해" 하시는 말씀이 들려오는 것이다.

둘째사위 김건식

우리 할아버지

저는 참 복이 많다고 생각합니다. 예전엔 미처 생각지 못했던 제 삶에 대해서 이제 대학교 4학년이 되는 즈음에서야 '아 내가 참 행복한 사람이구나' 하는 것을 돌아보게 된 것이지요. 많은 사람들이 자신의 삶에 있어서 본보기가 될 만한 사람을 찾게 됩니다. 제가 초등학교를 다닐 때나 중학교를 다닐 때나 항상 그런 질문을 받듯이, 우리는 가장 자신의 존경하는 사람을 가슴에 품고 다닙니다. 마치 언제나 준비되어 있는 무엇처럼….

선생님의 질문에 많은 아이들이 대답합니다.

"세종 대왕이요!"

"이순신 장군이요!"

"대통령이요!"

하지만 우리 가족에겐 혹은 할아버지를 알고 있는 많은 분들에게 할아버지는 아이들이 언제나 대답했던 세종 대왕·이순신 장군·대통령 이상의 분으로 남아 있습니다.

이렇게 할아버지에 대한 글을 쓰면서 제가 하나하나 생각해 가는 할아버지의 모습은 아주 많습니다.

일주일에 한 번씩 꼭 모이는 우리 가족들, 큰아버지, 고모들, 고모부님들 모든 가족이 두루 앉아 저녁을 먹을 때 항상 할아버지는 많은 웃음을 주셨고, 많은 웃음을 보여 주셨습니다. 제가 항상 기억하는 할아버지는 너무도 멋진 신사이셨고, 할머니의 말씀도 잘 들어주시는 그런 할아버지셨습니다.

저희 가족에게 그런 할아버지는 모두가 마음속으로 생각하고 있는 정신적 지주이자 가장 소중한 보물입니다.

생전에 저에게 할아버지께서 화랑에 같이 가자고 말씀하신 적이 있습니다. 그때는 그저 그것이 싫었습니다. 할아버지와 어딜 간다는 것이 그냥 부끄러웠던 거지요. 그리고 지금은 제가 가장 후회하는 것 중의 한 부분이 바로 그 약속을 할아버지와 지키지 못했다는 것입니다.

제가 초등학교 3학년 때 한 번은 저녁 무렵에 시험 공부를 하고 있을 때였습니다. 그 전날이 저의 생일이었지요. 한 10시 즈음 약주를 한 잔 드신 듯 얼굴이 약간 불그레한 할아버지께서 제게 학용품이 잔뜩 든 쇼핑백을 주고 가시는 것이었습니다. 모 백화점에서 직접 쇼핑을 하셨다면서요. 그때 혼자 쇼핑을 하셨다는 것을 아이처럼 자랑하시던 모습이 지금도 기억에 남아 있습니다.

또 한 번은 이런 적이 있었습니다. 일본에서 아주 신기한 저금통을 사오신 할아버지께서 가족들을 한데 모아놓고 저금통의 신비를 풀어 보라며 당신은 그 풀이를 알고 계신지 가만히 웃고 계셨습니다.

예전에 할아버지께서 식사를 하실 때마다 한 순갈씩 남기시는 버릇이 있었습니다. 제가 할아버지께 그 이유를 묻자 할아버지께서 "옛날에 양반들은 다 그랬다."라며 크게 웃으시던 기억이 남습니다. 정말 양반들이 그랬는지 아님 할아버지께서 어린 제게 착한 거짓말을 하신 것인지는 저도 아직까지 모르겠습니다. 그리고 앞으로도 모를 겁니다.

하지만 제게는 왜인지 몰라도 버릇이 하나 생겼습니다. 밥을 먹을 때 꼭 한 순갈씩 남기는 버릇이지요. 아마도 저에겐 너무도 까마득해서 따라가기 힘든 제가 할아버지를 닮기 위해 한 순갈씩 남기는 그런 버릇이라도 생긴 것 같습니다. 엄마한테 매일 밥을 다 먹으라고 혼나면서도 제가 그 버릇을 자랑스럽게 여기고 있다면 웃으시겠지요.

이제 할아버지가 돌아가신 지도 만 5년이 되었습니다. 그리고 아직도 우리 가족들은 종종 할아버지께서 살아 계실 때 얘기를 하곤 합니다. 슬픈 얼굴로서가 아닌 웃는 얼굴로 말입니다. 그리고 저는 모두의 웃음 속에서 할아버지를 그리워하는 마음을 느낍니다. 각자가 갖고 있는 할아버지에 대한 자신들만의 기억으로….

　할아버지가 가족이 아닌 다른 분들에게 어떠한 모습으로 남아 있는지 저
는 모릅니다. 그러나 그렇다고 해서 모두에게 제가 알고 있는 할아버지만의
모습, 가족들과 화투를 치시다가 몰래 겹쳐 놓은 화투 한 장을 옆에서 보던
제가 바로 해놓았을 때 "이런! 그런 건 그냥 모르는 척하는 거다 이 놈아!"
하시던 그 장난꾸러기 같던 할아버지의 모습을 일일이 다 말하고 싶진 않습
니다. 그건 우리들만이 알고 있는 할아버지의 정말 할아버지다운 모습이셨
으니까요.

　하지만 제가 모두에게 아주 당당하게 말할 수 있는 것이 있습니다.

　세상에 우리 할아버지만큼 멋진 분은 어디에도 없을 거라고 말입니다….

2001. 3.

손녀 윤은화

一松 尹德善 선생의 큰 생각을 담은 글모음
숨은 거인의 길

초판인쇄   2001년 5월 1일
초판발행   2001년 5월 8일

일송 윤덕선 선생 추모사업위원회 엮음

발행인 / 고화숙
발행처 / 도서출판 소화
등록 / 제13-412호
주소 / 서울시 영등포구 영등포동 94-97
전화 / 677-5890(대표)
팩스 / 2636-6393
홈페이지 / www.sowha.com

ISBN 89-8410-171-0

값 20,000 원

잘못된 책은 언제나 바꾸어 드립니다.